Sharon Bolton

Schwarze Strömung

GOLDMANN
Lesen erleben

Buch

Lacey Flint weiß, dass die Themse gefährlich ist. Vielleicht hat sie sich den Fluss genau deshalb als Arbeitsplatz ausgesucht. Seit Kurzem arbeitet die einstige Ermittlerin bei der Londoner Flusspolizei, und die dunklen Fluten lassen sie auch in ihrer Freizeit nicht los. Als sie beim illegalen Schwimmen in der Themse eine Tote entdeckt, scheint fast so, als sollte diese von Lacey gefunden werden. Tatsächlich wird die in ein weißes Leichentuch gehüllte Frau nicht das einzige grausame Geschenk sein, das der Killer für Lacey hinterlässt. Irgendjemand beobachtet jeden ihrer Schritte. Und kennt sie besser, als ihr lieb sein kann …

Autorin

Ihr erster Roman, »Todesopfer«, der inzwischen sogar verfilmt wurde, machte sie über Nacht zum neuen Star unter den britischen Spannungsautoren. Ihrem ersten Triumph folgten weitere spannende Thriller – darunter die Reihe mit der grandiosen Ermittlerin Lacey Flint –, in denen Sharon Bolton ihr brillantes Können immer wieder unter Beweis stellte. Sie wurde für zahlreiche Krimipreise nominiert und für ihr Gesamtwerk mit dem Dagger in the Library geehrt. Sharon Bolton lebt mit ihrem Mann und ihrem Sohn in Oxford.

Die Lacey-Flint-Reihe:

Dunkle Gebete. Thriller • Dead End. Thriller •
Ihr Blut so rein. Thriller • Unschuldig wie der Schnee (E-Book Only) •
Schwarze Strömung. Thriller • Das Auge des Flusses (E-Book Only)

Mehr von Sharon Bolton:

Todesopfer. Thriller • Schlangenhaus. Thriller •
Bluternte. Thriller • Böse Lügen. Thriller

Sämtliche Romane von Sharon Bolton sind auch als E-Book erhältlich.

Sharon Bolton

SCHWARZE STRÖMUNG

Thriller

Aus dem Englischen
von Marie-Luise Bezzenberger

GOLDMANN

Die Originalausgabe erschien 2014 unter dem Titel
»A Dark and Twisted Tide« bei Bantam Press,
an imprint of Transworld Publishers, London.

Dieses Buch ist auch als E-Book erhältlich.

MIX
Papier aus verantwortungsvollen Quellen
FSC® C014496

Verlagsgruppe Random House FSC® N001967

1. Auflage
Taschenbuchausgabe März 2017

Umschlaggestaltung: UNO Werbeagentur, München
Umschlagmotiv: Copyright © plainpicture
mb · Herstellung: Str.
Satz: Uhl + Massopust, Aalen
Druck und Einband: GGP Media GmbH, Pößneck
Printed in Germany
ISBN: 978-3-442-48519-2
www.goldmann-verlag.de

Besuchen Sie den Goldmann Verlag im Netz

Zum Andenken an Margaret Yorke,
die meine Nachbarin war, meine Mentorin
und meine Freundin

»Doch entsprechend dem Erfolg, mit dem man dies und jenes zusammensetzt, nimmt man eine Frau und einen Fisch auseinander oder setzt eine Seejungfrau zusammen. Und der Herr Inspector konnte nichts Besseres hervorbringen als eine Seejungfrau, an die kein Richter und kein Sachverständigenausschuss glauben würde.«

Charles Dickens, *Unser gemeinsamer Freund*

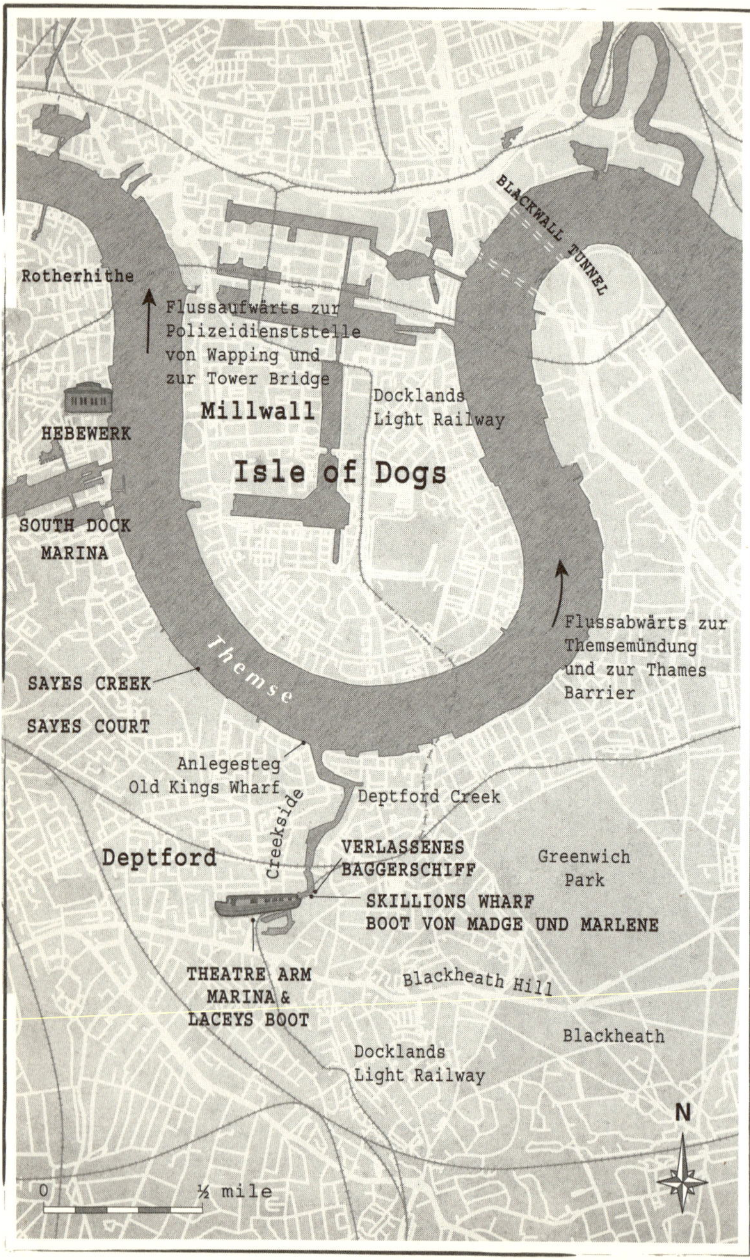
Rotherhithe
Flussaufwärts zur Polizeidienststelle von Wapping und zur Tower Bridge
BLACKWALL TUNNEL
Millwall
Docklands Light Railway
HEBEWERK
Isle of Dogs
SOUTH DOCK MARINA
Flussabwärts zur Themsemündung und zur Thames Barrier
Themse
SAYES CREEK
SAYES COURT
Anlegesteg Old Kings Wharf
Creekside
Deptford Creek
Deptford
VERLASSENES BAGGERSCHIFF
Greenwich Park
SKILLIONS WHARF BOOT VON MADGE UND MARLENE
THEATRE ARM MARINA & LACEYS BOOT
Blackheath Hill
Blackheath
Docklands Light Railway
N
0
½ mile

Prolog

Ich bin Lacey Flint, sagt sie sich, während der Morgen dämmert und sie erst einen und dann den anderen Arm hebt und dabei kräftig mit den Beinen schlägt. Beine, die dank starrer Taucherflossen länger und kräftiger sind als sonst. *Mein Name ist Lacey Flint,* wiederholt sie, denn dieses Identitätsmantra ist ebenso sehr Teil ihres täglichen Rituals wie das Schwimmen bei Tagesanbruch. *Lacey, das ist weich und hübsch wie Spitze, und Flint, das ist kantig und hart wie Feuerstein.* Manchmal findet Lacey den Kontrast lustig, der ihrem Namen innewohnt. Dann wieder gibt sie zu, dass er genau zu ihr passt.

Ich bin Constable Lacey Flint von der Londoner Flusspolizei, verkündet Lacey stumm ihrem Spiegelbild, während sie ihre makellose Uniform anzieht und sich auf den Weg zu ihrer neuen Dienststelle macht, dem Polizeirevier in Wapping. Dabei tröstet sie das Wissen, dass es sich zum ersten Mal seit vielen Monaten so anfühlt, als sei eine Polizistin genau das, was sie sein sollte.

Ich bin Lacey Flint, sagt sie sich in den meisten Nächten, wenn sie die Schotten ihres Hausbootes dicht macht und in die kleine Doppelkoje in der Bugkajüte kriecht. Dem Klatschen des Wassers am Bootsrumpf lauscht und dem Scharren nächtlicher Wesen, die ihre Streifzüge antreten. *Ich wohne auf dem Fluss, ich arbeite auf dem Fluss, und ich schwimme im Fluss.*

Ich bin Lacey, und ich werde geliebt, denkt sie, als ein hochgewachsener Mann mit türkisblauen Augen wieder einmal ganz vorn in ihren Gedanken auftaucht.

»Ich bin Lacey Flint«, sagt sie manchmal halblaut vor sich

hin, wenn sie in jene Welt des Was-wäre-wenn, des Könnte-sein und des Vielleicht-doch-noch hinübertreibt, die andere Menschen Schlaf nennen. Und sie fragt sich, ob wohl jemals ein Tag kommen wird, an dem sie vergisst, dass das alles eine gewaltige Lüge ist.

Samstag, 28. Juni

1

Der Mörder

Das Hebewerk steht dicht an der Ufermauer der Themse in London, ganz nahe an der Grenze zwischen Rotherhithe und Deptford, wie eine Frau auf einem Ball, die es schon lange aufgegeben hat, auf einen Tanzpartner zu hoffen. Das kleine viereckige Gebäude ist von den Menschen, die jeden Tag zu Fuß, auf dem Rad oder im Auto daran vorbeikommen, weitgehend vergessen worden, falls sie es überhaupt jemals bemerkt haben. Es war immer schon da, so wie die Straßen, die hohe Flussmauer, der Uferweg. Kein auffälliges Bauwerk, in keinerlei Hinsicht, und nie geschieht irgendetwas, das mit ihm in Verbindung gestanden hätte. Keine Waren werden vor den breiten Holztoren an der einen Seite des Gebäudes angeliefert, und ganz sicher kommt nichts heraus. Seine Fenster sind mit Holzplatten vernagelt. Gelegentlich bemerkt vielleicht jemand, der auf dem Uferweg eine Pause einlegt, dass das Mauerwerk schön gearbeitet ist, auf unaufdringliche Weise.

Vielen fällt das nicht auf. Das Dach liegt höher als das Blickfeld eines normalen Menschen, und auf der nächstgelegenen Straße fährt kein Bus. Der Verkehr auf dem Fluss zieht natürlich viel weiter unterhalb des Hebewerks vorüber. Deshalb nimmt nie jemand wahr, dass das Blassgrau des Gebäudes von einem Kreuzmuster aus weißen Backsteinen durchzogen ist und dass einheitlich geformte Steine diagonal darin eingearbeitet sind. Während der viktorianischen Epoche wurde alles verziert, und dieses unbedeutende Bauwerk war davon nicht ausgenommen, wenngleich nur wenige Menschen seinen ursprünglichen Zweck in vornehmer Gesellschaft angesprochen hätten. Das Hebewerk war gebaut worden, um Abwässer aus dem tiefer gelegenen Rotherhithe in die Themse zu pumpen. Früher hatte es eine wichtige Rolle dabei gespielt, die umliegenden Straßen sauber zu halten, aber größere, effizientere Pumpwerke wurden eingesetzt, und es kam der Tag, da es nicht mehr gebraucht wurde.

Wären Passanten neugierig genug gewesen, sich dort Zutritt zu verschaffen, hätten sie gesehen, dass das Innere des Gebäudes sehr viel größer ist, als sein Äußeres vermuten lässt, weil mindestens die Hälfte des Pumpwerks unter der Erde liegt. Die mit Brettern vernagelten Fenster und das große zweiflügelige Tor befinden sich hoch über dem Boden in den Wänden, in Höhe des zweiten Stockwerks. Um sie zu erreichen, muss man eine Eisentreppe hinaufsteigen und einen reich verzierten Laufgang entlanggehen, der um den ganzen Innenraum herum verläuft.

Sämtliche technischen Gerätschaften sind schon vor langer Zeit fortgeschafft worden, aber die Dekorationen sind noch da. Steinerne Säulen ragen zum Dach empor; ihre einst leuchtend rote Farbe ist zu Stumpfrot verblasst. Tudorrosen winden sich noch immer um ihre Kapitelle, wenngleich sie nicht mehr schneeweiß leuchten. Schimmel kriecht an dem glatten Mauerwerk hinauf, kann aber die gute Qualität der Backsteine nicht verbergen. Jeder, dem das Privileg zuteilwird, das Hebewerk von innen zu sehen, würde es als kleines architektonisches Schmuckstück betrachten, als etwas, das erhalten und wertgeschätzt werden sollte.

Das geht nicht. Seit Jahren ist das Hebewerk jetzt schon in privater Hand, und diese Hand hat kein Interesse an Entwicklung oder Veränderung. Diese Hand kümmert es nicht, dass ein Ufergrundstück so nahe an der City wahrscheinlich Millionen wert ist. Das Einzige, was dieser Hand wichtig ist, ist, dass das alte Hebewerk einem ganz bestimmten Zweck dient.

Außerdem ist es zufällig auch ein idealer Ort, um eine Leiche ins Grabtuch zu hüllen.

In der Mitte des Innenraumes stehen drei eiserne Maschinenfundamente, jedes etwa so groß wie ein bescheidener Esstisch. Die Tote liegt auf dem, das dem Abflussrohr am nächsten ist, und der Mörder keucht von der Anstrengung, sie dort hinzuschaffen. Wasser trieft von beiden herab. Das Haar der Toten ist schwarz und sehr lang. Es klebt an ihrem Gesicht wie Wasserpflanzen bei Ebbe an einem umgekippten Boot.

Über ihnen ist der Mond nicht viel mehr als eine gekrümmte blonde Wimper am Himmel, doch entlang des Ufers stehen Straßenlaternen, und ein wenig Licht dringt hier herein. Zusammen mit dem Schein mehrerer Öllampen, die in den Wandnischen stehen, genügt das.

Als das Haar sanft angehoben wird, kommt das bleiche, vollkommene Gesicht zum Vorschein. Der Mörder seufzt. Es ist immer so viel leichter, wenn die Gesichter keinen Schaden genommen haben. Die Wunde um den Hals ist hässlich, das Gesicht jedoch ist unberührt. Die Augen sind geschlossen, und auch das ist gut. Augen verlieren immer so schnell ihr Leuchten.

Hier kommt sie wieder, jene schwer lastende Traurigkeit. Bedauern – es gibt eigentlich kein anderes Wort dafür. Sie sind so wunderschön, diese jungen Frauen mit ihrem wallenden Haar und ihren langen Gliedern. Warum sie mit Versprechen von Rettung und Sicherheit fortlocken? Warum für den Moment leben, wenn die Hoffnung in ihren Augen sich in Entsetzen verwandelt?

Genug. Der Leichnam muss ausgezogen, gewaschen und verhüllt werden. Er kann den Rest der Nacht hier liegen bleiben und morgen zum Fluss hinausgeschafft werden. Die gesäumten Laken liegen griffbereit, ebenso die Nylonschnur und die Gewichte.

Bald ist die Frau entkleidet; das lange Hemd und die Hosen aus Baumwolle sind schnell aufgeschnitten, die billige Unterwäsche ist eine Sache von Sekunden.

Oh, aber sie ist doch so schön. Zierlich. Lange, schlanke Beine, kleine, hoch angesetzte Brüste. Blasse, makellose Haut. Die kräftigen Finger des Mörders streichen den festen, gerundeten Schenkel hinunter, zeichnen die Form der kleinen runden Kniescheibe nach und fahren an dem vollendet ausgeformten Schienbein hinab, über die platt gedrückte Wölbung der Wade. Wunderschöne Füße. Der hohe anmutige Bogen des Spanns, die winzigen rosa Zehen, das vollkommene Oval der Zehennägel. Im Tode ist sie das perfekte Abbild unerreichbarer Fraulichkeit.

Ein röchelnder Laut, dann eine kalte, starke Hand, die den Arm des Mörders umklammert.

Die Frau bewegt sich. Ist gar nicht tot. Ihre Augen sind offen. Nicht tot. Sie hustet, ringt nach Luft, ihre Hände tasten auf dem Eisenblock umher, sie versucht aufzustehen. Wie ist das passiert? Der Mörder fällt vor Schreck fast in Ohnmacht. Augen, die vor Grauen ganz schwarz geworden sind, starren. Noch mehr Flusswasser sprüht hustend zwischen jenen blassen, wund gebissenen Lippen hervor.

Lippen, die nichts mehr zu sagen haben sollten.

Der Mörder streckt die Hand aus, ist aber nicht schnell genug. Die Frau hat sich hastig rückwärtsgeschoben und ist von dem Fundament gefallen. »Aii, aii«, ruft sie, der Laut eines verängstigten Tieres. Auch der Mörder hat fürchterliche Angst. Ist jetzt alles vorbei?

Die Frau ist auf den Beinen. Verwirrt, desorientiert, aber nicht so sehr, dass sie vergessen hätte, was ihr zugestoßen ist. Sie weicht zurück, starrt um sich, sucht nach einem Fluchtweg. Jedes Mal, wenn ihr Blick dem des Mörders begegnet, werden ihre Augen vor Entsetzen noch größer. Worte kommen aus ihrem Mund; vielleicht sind es die Worte, die der Mörder hört, vielleicht auch nicht.

»Was bist du?«

Und das reicht, um die rasende Wut zurückzubringen. Nicht: »Wer bist du?«, nicht: »Warum tust du das?« Beides wären unter diesen Umständen vollkommen verständliche Fragen. Sondern: »Was bist du?«

Jetzt rennt die Frau durch den Raum, sucht nach einem Fenster – das sie hier im Erdgeschoss nicht finden wird – oder nach einer Tür, die ihr nicht helfen wird.

Sie hat das Obergeschoss entdeckt, strebt auf die Treppe zu. Dort oben führt kein Weg hinaus – die Fenster sind alle mit Brettern vernagelt, das schwere Tor lässt sich nicht öffnen –, aber es gibt dort Oberlichter, die sie vielleicht einschlagen und so Menschen draußen auf sich aufmerksam machen könnte.

Der Mörder stürmt los, knallt schmerzhaft gegen das Eisengerüst der Treppe und bekommt den Knöchel der Frau zu fassen, beißt mit aller Kraft in den fleischigen Teil der Wade. Ein schmerzliches Aufheulen. Noch ein heftiger Ruck. Ein Aufschrei, dann kommt sie die Treppe heruntergestürzt.

Jetzt hat der Mörder sie, doch die Frau ist nackt und glitschig vom Wasser und vom Schweiß. Es ist nicht leicht, sie festzuhalten, und sie wehrt sich wie ein Aal. Das Beißen und Kratzen und das unablässige Zappeln kosten viel Kraft. Der Griff des Mörders lockert sich. Die Frau ist auf den Beinen. Den Arm ausstrecken, zupacken. Sie ist hingefallen, ist hart auf dem Steinboden aufgeprallt, hat sich den Kopf angeschlagen. Benommen ist sie leichter zu bändigen. Anheben. Das Geräusch von über Stein schürfender Haut. Arme fuchteln, klauengleiche Hände versuchen, irgendetwas zu fassen zu bekommen – egal, was –, aber sie haben das glatte Metallrohr erreicht, durch das früher das Wasser aus dem Hebewerk geströmt ist. Sie hineinheben. Ihr nachklettern. Sie weiterschieben. Das Abflussrohr ist kurz, nicht viel länger als ein Meter.

Dort unten ist Wasser, ganz nahe, und jetzt hilft die Schwerkraft mit. Vorbeugen, schieben und, ja – sie schlagen beide auf die Wasseroberfläche auf.

Und die Welt wird wieder ruhig. Still. Weich und mühelos.

Ganz mühelos jetzt. Lass los. Lass sie untergehen. Lass sie in Panik geraten. Warte, bis sie auftaucht, um ihren letzten, verzweifelten Atemzug zu tun, und dann pack zu. Mit einem einzigen mächtigen Emporschnellen aus dem Wasser heraus und dann wieder hinab, die Hände um ihren Hals gelegt. Hinunter, hinunter in die Tiefe. Hinunter, bis sie aufhört, sich zu wehren.

Beide fest umschlungen. Eine innige Umarmung. Eine gute Art zu sterben.

Donnerstag, 19. Juni

(neun Tage zuvor)

2

Lacey

Einem Regentropfen, der auf das Dorf Kemble in den Cotswolds fällt, ist es vorherbestimmt, zu einem Teil des längsten Flusses von ganz England und einem der berühmtesten Ströme der Welt zu werden.

Auf seiner knapp dreihundertfünfzig Kilometer langen Reise zur Nordsee wird sich dieser eine Wassertropfen mit Hunderten Millionen anderen zusammentun, die jeden Tag an der London Bridge vorbeiströmen.

Manchmal dachte Lacey Flint über jene Millionen von Tropfen nach, während sie mitten unter ihnen dahinschwamm, und ihr ganzer Körper erschauerte vor Erregung. Dann wieder hätte sie angesichts der unaufhaltsamen Wucht des Wassers um sie herum am liebsten vor Angst losgeschrien. Doch das tat sie nie. Wenn man so nahe bei der Themsemündung eine Ladung Flusswasser in den Mund bekam, war es durchaus möglich, dass einen das umbringen konnte.

Also hielt sie den Kopf oben und den Mund weitgehend geschlossen. Wenn sie ihn öffnete, um nach Luft zu schnappen, verließ sie sich darauf, dass die antiseptische Lösung, mit der sie vor dem Schwimmen gegurgelt hatte, die Bakterien beim ersten Kontakt abtötete.

Seit fast zwei Monaten, seit sie die alte Segeljacht gekauft hatte, die jetzt ihr neues Zuhause war, schwamm sie in der Themse, sooft die Gezeiten und die äußeren Bedingungen es erlaubten, und sie war gesünder als je zuvor.

An einem Junimorgen um 5 Uhr 22, so kurz vor der Sommersonnenwende, dass es kaum noch etwas ausmachte, war auf dem Fluss bereits eine Menge los, und selbst wenn sie sich dicht am Südufer hielt, musste sie sich in Acht nehmen. Der Schiffsverkehr beschränkte sich nicht immer auf die Flussmitte, und kein Bootsführer hielt jemals Ausschau nach Schwimmern.

Die Flut hatte ihren Höchststand erreicht. Dann gab es immer einen Moment, besonders im Sommer, wo der Fluss innezuhalten und ganz still zu werden schien. Ein paar Minuten lang – zehn, vielleicht fünfzehn – konnte man so leicht durch die Themse gleiten wie durch ein Schwimmbecken. Und Lacey konnte vergessen, dass sie ein menschliches Wesen war, auf Neoprenanzug und Flossen und antiseptisches Mundwasser angewiesen, um in diesem merkwürdigen aquatischen Umfeld zu überleben, und konnte stattdessen zu einem Teil des Flusses werden.

Eine Möwe schoss wie eine schlanke Pfeilspitze vor ihr dicht über dem Wasser dahin, ehe sie unter der Wasseroberfläche verschwand. Lacey stellte sich den Vogel vor, wie er unter ihr mit weit geöffnetem Schnabel den Fisch schnappte, den er von oben erspäht hatte.

Sie schwamm weiter, auf die schartigen schwarzen Pfähle eines der verfallenen Anleger ein Stück vor dem Ufer zu, die an diesem Teil des Flusses häufig waren. Nicht zum ersten Mal ertappte Lacey sich dabei, dass sie Ray vermisste. Sie vermisste es, seine dürren Arme ein Stück voraus zu sehen, vermisste das gelegentliche leuchtend helle Aufspritzen, wenn er zu weit mit den Beinen ausschlug. Aber er hatte sich vor ein paar Tagen eine Erkältung eingefangen, und seine Frau Eileen hatte ein Machtwort gesprochen. Er würde erst wieder in den Fluss steigen, wenn er wieder gesund war.

Keine dreißig Meter mehr bis zu den Pfählen. Diese Anleger, gebaut, als London einer der geschäftigsten Handelshäfen der Welt gewesen war, damit größere Schiffe dort festmachen und ihre Ladung löschen konnten, waren schon vor

Jahrzehnten baufällig geworden. Da ihre sämtlichen Sinne – wie immer im Fluss – hellwach waren, fiel Lacey etwas auf. Dort war eine Bewegung im Wasser, nahe am Ufer. Kein Treibgut – es blieb am selben Ort. Es gab Fischotter in der Themse, aber sie hatte noch nie gehört, dass so weit flussabwärts welche lebten. Laut Ray schwammen auch andere Menschen im Fluss, aber weiter stromaufwärts, wo das Wasser sauberer und die Strömung nicht so stark war. Soweit sie wusste, waren er – und jetzt Lacey – die Einzigen, die so dicht vor dem Mündungsgebiet schwammen.

Ein wenig beklommen legte Lacey an Tempo zu, wollte plötzlich an dem Anleger vorbeikommen, in den Deptford Creek einbiegen und auf der Zielgeraden sein.

Fast geschafft. Ray schwamm normalerweise zwischen den Pfählen hindurch, sein ureigenes kleines Ritual, aber Lacey kam ihnen nie zu nahe. Das geschwärzte, muschelverkrustete Holz hatte etwas an sich, das ihr nicht gefiel.

Also doch eine zweite Schwimmerin, direkt vor ihr. Lacey empfand jenes momentane Hochgefühl, das von geteilter Freude herrührt. Vor allem von verbotenen Freuden. Sie machte sich bereit zu lächeln, wenn die Frau näher kam, vielleicht kurz Wasser zu treten und zu plaudern.

Nur – das war gar kein Schwimmen. Das war mehr Treiben. Der Arm, der eben noch zu winken schien, wedelte jetzt ziellos hin und her. Und der Arm war auch nicht einfach nur dünn – er war skelettdürr. Einen Augenblick lang war die Frau aufrecht, dann kippte sie um, ehe sie ganz verschwand; gleich darauf war sie wieder da. Vielleicht war es auch gar keine Frau; das lange Haar, das Lacey in dem blendenden, vom Wasser reflektierten Licht gesehen hatte, sah jetzt aus wie Wasserpflanzen. Und die Kleider, die wie ein Schleier hinter dem Körper herschleppten, hatten zu dem femininen Effekt beigetragen. Je näher sie kam, desto geschlechtsloser wirkte dieses Ding dort.

Lacey schwamm näher heran und redete sich ein, dass es da nichts gab, wovor man Angst haben müsste. Sie hatte noch nie miterlebt, wie eine Leiche aus dem Fluss gezogen worden war. Ungeachtet ihrer zwei Monate bei der Flusspolizei, ungeachtet der Tatsache, dass die Themse ihren Hütern allen Berichten nach mindestens eine Leiche pro Woche als fällige Zahlung bescherte, war sie entweder nicht im Dienst gewesen oder hatte anderweitig zu tun gehabt, wenn Tote geborgen worden waren.

Allerdings wusste sie von einem Einführungsgespräch in ihrer ersten Dienstwoche her, dass die Themse nicht so war wie stille Gewässer, wo ein Leichnam normalerweise versank und erst nach etlichen Tagen wieder an die Oberfläche kam. Die Strömung und die Gezeitenströme des Flusses rissen ihn mit, bis er irgendwo hängen blieb und bei Ebbe zum Vorschein kam. Es gab Stellen entlang der Themse, die als Leichenfänger berüchtigt waren und die die Flusspolizei immer zuerst abklapperte, wenn jemand verschwand. Leichen aus dem Fluss wurden für gewöhnlich recht schnell gefunden, und ihr Zustand war leicht vorherzusagen.

Nach zwei oder drei Tagen pflegten Gesicht und Hände anzuschwellen, weil sich Fäulnisgase innerhalb des Körpers sammelten. Nach fünf oder sechs Tagen fing die Haut an sich abzulösen. Nägel und Haare verschwanden nach einer Woche, manchmal dauerte es auch bis zu zehn Tage. Und dann waren da noch die Auswirkungen der Wasserfauna. Fische, Krustentiere und Insekten, sogar Vögel, die an den Leichnam herankamen, hinterließen samt und sonders ihre Spuren. Augen und Lippen waren normalerweise zuerst an der Reihe, was dem Gesicht ein erschreckendes, monströses Aussehen verlieh. Ganze Klumpen konnten von Bootsschrauben oder harten Hindernissen im Wasser aus dem Körper herausgerissen werden. Wasserleichen waren nie frohe Kunde.

Jetzt war sie ganz nahe. Die Gestalt im Wasser schien in

freudiger Erwartung auf und ab zu hüpfen. *Hier bin ich. Hab auf dich gewartet. Komm und hol mich.*

Kein erst vor Kurzem ertrunkenes Opfer, so viel war klar. Vom Gesicht war nur noch sehr wenig übrig: ein paar matschige Klumpen Muskelgewebe, das sich am rechten Wangenknochen entlangzog, ein bisschen mehr um Kinn und Hals. Jede Menge Bissspuren. Und auch die Pflanzenwelt des Flusses hatte sich eingenistet. Die wenigen verbliebenen Hautplacken zogen einen grünen Bewuchs an; dort hatte sich eine Art Wassermoos oder -kraut angesiedelt.

Zierliche Gesichtsknochen, noch Haare am Kopf. Wasserpflanzen schienen aus der linken Augenhöhle zu sprießen. Und Kleider, obwohl die für gewöhnlich im Fluss verloren gingen. Nur waren das eigentlich gar keine Kleider, sondern irgendetwas, das anscheinend um den Leichnam herumgewickelt gewesen war und sich jetzt löste, auf sie zutrieb, genau wie das lange Haar. Der Leichnam schien nach Lacey zu greifen, sogar die Arme waren ausgestreckt, die Finger klammernd gekrümmt.

Lacey befahl sich, sich zusammenzureißen. Sie hatte hier einen Job zu machen, eine Leiche konnte ihr nichts tun, sagte sie sich und trat Wasser. Sie musste sich vergewissern, dass der Leichnam nicht abtreiben konnte, und im Zweifelsfalle dafür sorgen, dass das nicht geschah. Und dann musste sie raus aus dem Wasser und den Vorfall melden. In einer Tasche ihres Neoprenanzugs trug sie immer eine flache Taschenlampe bei sich. Sie fand die Lampe, schluckte die aufsteigende Panik hinunter, sagte sich, dass man manchmal eben verdammt noch mal durch etwas durchmusste, und tauchte.

Nichts. Absolute Schwärze, die auch der Taschenlampenstrahl nicht durchdringen konnte. Dann eine wirbelnde Masse aus Grün- und Braunschattierungen. Aus Licht und Schatten. Völlige Verwirrung.

Und die Geräusche des Wassers waren hier unten so viel

intensiver. Oben an der Oberfläche platschte, gurgelte und rauschte der Fluss, darunter jedoch deuteten die Laute eher ein Strömen, ein Abfließen, ein Schwappen an. Unter der Oberfläche hörte sich der Fluss lebendig an.

Merkwürdige, fremdartige Umrisse schienen auf sie zuzukommen. Das schwarze, von Muscheln überkrustete Holz der Anlegerpfähle. Irgendetwas streifte ihr Gesicht. Den Mund fest zugekniffen – sie würde nicht schreien. Wo war die Leiche? Dort. Fuchtelnde Arme, lang dahinwallende Kleider. Lacey ließ den Lampenstrahl an der schwebenden Gestalt hinauf- und hinunterwandern. Der Fluss wogte, und der Leichnam tauchte vollständig unter. Jetzt schienen die augenlosen Höhlen sie direkt anzustarren. Allmächtiger, als wären ihre Albträume nicht schon schlimm genug.

Nicht denken, einfach machen. Leuchte da hin. Finde raus, was sie an Ort und Stelle hält.

Da! Einer der Stoffstreifen hatte sich fest um den Anlegepfahl gewickelt. Es sah aus, als würde er halten.

Lacey hatte noch Luft übrig, als sie durch die Oberfläche stieß und an der Leiche vorbei zum Ufer schaute. Es gab keinen Uferstreifen – der Wasserstand war zu hoch –, aber sie musste aus dem Wasser raus. Der Anlegesteg über ihr war größtenteils intakt, aber zu hoch, um ihn zu erreichen. Ihre einzige Chance wäre, auf einen der Querbalken zu klettern, bis Hilfe kam. Ein paar Meter entfernt war einer, der stabil genug aussah.

Sie schwamm darauf zu und schaute sich alle paar Sekunden um, um sich zu vergewissern, dass die Tote sich nicht von der Stelle gerührt hatte. Sie blieb, wo sie war, doch sie schien sich im Wasser herumgedreht zu haben, um ihr nachzublicken.

Der Querbalken würde eine Weile halten. Als sie aus dem Wasser heraus war, streifte Lacey die Träger um ihre Schultern ab. In einer kleinen, wasserdichten Tasche, die tief auf ihrem Rücken hing, war ihr Handy. Ray bestand darauf, dass sie es mitnahm.

Er meldete sich schnell. »Alles klar, Schätzchen?«

Lacey hatte den Blick nicht von der Stoffbahn abgewendet, die von dem Steg wegwallte. Während die Wellen sich hoben und senkten, konnte sie immer wieder einen kurzen Blick auf den runden, mondähnlichen Schädel der Frau erhaschen.

»Lacey, was ist los?«

Niemand war in der Nähe, aber trotzdem hatte sie das Gefühl, sie müsse leise sprechen. »Ich hab eine Leiche gefunden, Ray. Beim alten King's Wharf. Am Anleger festgemacht.«

»Bist du aus dem Wasser raus? Bist du in Sicherheit?«

»Ja, ich bin draußen. Und die Flut läuft aus. Ich bin in Sicherheit.«

»Die Leiche kann nicht abtreiben?«

»Sieht nicht so aus.«

»Zehn Minuten.«

Weg war er. Ray hatte vor Jahren bei der Flusspolizei gearbeitet und wusste um die Bedeutung einer Leiche im Wasser. Genau wie Lacey wohnten er und seine Frau auf einem Boot, das im Deptford Creek lag, einem nahen Seitenarm. Zehn Minuten waren sehr knapp geschätzt, er konnte sie unmöglich in weniger als zwanzig Minuten erreichen. Bis dahin musste sie sich warm halten.

Leichter gesagt als getan, so zwischen zwei Holzbalken eingeklemmt, während ihr das Wasser alle paar Sekunden über die Knöchel schwappte. Seit zwei Wochen erlebte Großbritannien eine der längsten Hitzewellen, die je dokumentiert worden waren, aber es war noch früh am Morgen, und die Sonne hatte das Südufer noch nicht erreicht.

Unter ihr waberte das Wasser um die Pfähle und bildete Miniaturwirbel. Die Tote schien zu tanzen, die Wellen ließen sie spielerisch auf und ab hopsen; der Stoff schwebte wie wallende Röcke um sie herum.

»Hey!«

Lacey wäre vor Erleichterung fast umgekippt. Sie hatte gar nicht gemerkt, wie angespannt sie gewesen war. Ray musste geflogen sein, um so schnell – *Vorsicht!* Sie spürte, wie der Balken unter ihr ein klein wenig nachgab.

Und Ray war nirgends zu sehen. Kein kleiner, emsiger Motor kam auf sie zugetuckert, kein runzliger alter Bootsmann schaute mit gefurchter Stirn in die Sonne. Und doch war den Bruchteil einer Sekunde lang das Gefühl, dass noch jemand hier war, geradezu überwältigend gewesen. Sie hatte ihn doch rufen hören.

Lacey reckte sich in die Höhe. Das Ufer war leer. Sie konnte Autos hören, aber ein gutes Stück entfernt. Keine Fahrradreifen oder joggenden Schritte. Auf dem Fluss waren Boote unterwegs, aber keins war auch nur ansatzweise in ihrer Nähe.

Da war er endlich, hielt so schnell auf sie zu, wie es sein 20-PS-Motor erlaubte.

Sie ergriff die Leine, die er ihr hinstreckte, und machte das Boot fest, ehe sie hinabkletterte.

»Zieh das hier an.« Er warf ihr eine Tasche zu. »Oben bei Limehouse ist ein Patrouillenboot. Die sind gleich hier. Also, wir reden hier nicht vom Schwimmen. Du und ich, wir waren in meinem Boot auf dem Fluss, als du die Leiche entdeckt hast.«

Lacey nickte, während sie sich aus dem Neoprenanzug schälte und ihre nassen Sachen in die Tasche stopfte. Im Gezeitenbereich des Flusses zu schwimmen war ein Verstoß gegen die Stadtverordnung. Auch wenn man zur Flusspolizei gehörte.

»Alles okay?«, erkundigte sich Ray, während das Polizeiboot näher kam.

»Alles gut«, versicherte sie.

Der Bootsführer war ein junger Sergeant namens Scott Buckle. Er schaute zu Lacey herüber und winkte.

»Das gehört bei dem Job eben dazu«, sagte Ray halblaut zu ihr. »Wird nicht die Letzte sein, die du rausholst.«

»Ich weiß.«

»Das hier ist ein gieriger Fluss. Die Leute sind abgelenkt, passen nicht richtig auf. Er gibt ihnen keine zweite Chance.«

Vor fast einem Jahr hatte der Fluss *ihr* doch eine zweite Chance gegeben. Er hatte sie losgelassen; vielleicht war das der Grund, warum sie jetzt keine Angst mehr vor ihm hatte. »Das war nicht der Fluss.« Sie sah zu, wie ihre Kollegen mit Bootshaken an der Leiche herumstocherten. »Und mit den Dingern kriegen sie sie nie raus. Sie ist festgemacht, um den Pfahl herum.«

»Das weißt du doch gar nicht«, wehrte Ray ab. »Das kannst du unmöglich wissen, es sei denn, du bist mit dem Kopf unter Wasser gewesen. Bitte sag, dass du das nicht getan hast.«

»Die ist nicht aus Versehen reingefallen«, beharrte Lacey. »Sie ist eingewickelt wie eine Mumie.«

Ray seufzte. »Großer Gott, Lacey. Wie machst du das bloß?«

3

Der Schwimmer

Im Schatten verharrte der andere Schwimmer vollkommen regungslos. Das Sonnenlicht reichte nicht bis hierher, doch die glänzenden Boote mit ihren überlauten Motoren kamen manchmal gefährlich nahe. Und sie hatten Lampen, diese Männer, die glaubten, der Fluss gehöre ihnen. Starke Suchscheinwerfer, die jeden ausfindig machen konnten, selbst im dunkelsten Winkel. Also stillhalten, ganz tief im Wasser, den

Blick gesenkt, so ging das. Sie würden den Kopf des Schwimmers für ein mit Wasserpflanzen bedecktes Stück Holz halten, den Arm für einen abgebrochenen Ast, vom Wasser entrindet und von der Sonne gebleicht.

Anya war gefunden worden. Der Schwimmer konnte sie jetzt sehen, mit dem im Wasser wallenden Leichentuch, wie sie nach einem Fluchtweg suchte, der doch eine vergebliche Hoffnung war. Bald würden noch mehr Boote kommen. Sie würden sie aus dem Fluss heben, ihren armen, zerstörten Leib dem Sonnenlicht preisgeben, mit ihren Fingern und ihren Werkzeugen und ihren Blicken an ihr herumstochern.

Die Frau, die schwamm, als wäre sie im Wasser geboren worden, stieg mithilfe der anderen in eines der größeren Boote. Sie hoben sie mühelos heraus. Sie sah klein und zierlich aus, wenn man bedachte, wie stark und schnell sie im Fluss war. Der Wind packte ihr Haar, das bereits in der Sonne trocknete, und es flatterte hinter ihr her wie eine leuchtende Fahne. Die Männer würden auch sie mitnehmen, sie dachten schließlich, sie wäre eine von ihnen. Sie hatten ja keine Ahnung, wie viel sie vor ihnen geheim hielt.

Die Frau mit dem hellen Haar drehte sich um, und einen Moment lang schien sie den Schwimmer direkt anzusehen. Eben war es knapp gewesen. Nur ein glücklicher Zufall hatte verhindert, dass sie sich von Angesicht zu Angesicht begegnet waren.

Eigentlich war ja alles dem Zufall unterworfen. Manchmal begünstigte er einen, manchmal nicht. Hätte es mehr Zeit gehabt – Tage, vielleicht auch nur Stunden –, so hätte das Wasser Anya ausgezogen, Gezeiten und Strömung hätten ihre Zeichen hinterlassen, und sie wäre einfach nur ein weiteres Opfer des Flusses gewesen. Wäre die hellhaarige Frau heute nicht geschwommen, so wäre Anya wahrscheinlich nicht innerhalb eines Zeitraums gefunden worden, in dem man ihre Geschichte noch erzählen konnte.

Alles lief auf Zufälle hinaus. Und der Zufall würde das Ganze weiterführen. Denn wenn Anya zu ihnen sprach, würden sie auch die anderen finden.

4

Dana

»Sagen Sie mir eins: Eine Fünfzehnjährige, die glaubt, wenn sie schwanger wird, verleiht das der schmuddeligen Sozialhilfe-Existenz, die bei ihr als Leben durchgeht, ein bisschen Bedeutung. Wessen Erlaubnis braucht die, sich fortzupflanzen? Oder eine Cracksüchtige, die sich in den Arsch ficken lässt, um den Stoff zu bezahlen, der von Mal zu Mal schlechter wird? Wer unterschreibt das Formular, in dem steht, dass *die* ein Baby kriegen darf?«

Dana schloss die Augen, als könnte sie so die Stimme ihrer Lebensgefährtin ausblenden. Das war's also. Doch kein Baby. Helen hatte schon immer ein Problem mit Autorität gehabt (eigentlich ironisch, wo sie doch in einem Beruf Karriere gemacht hatte, der genau das erforderte), und mit medizinischer Autorität tat sie sich am schwersten. Eines ihrer liebsten Hassthemen war die Arroganz der Mediziner. Nur ließ sie sich für gewöhnlich nicht in deren Gegenwart darüber aus.

Dana öffnete die Augen und schaute auf die Uhr. Sie würde es doch zu der Besprechung um zehn schaffen; sie hätte wissen müssen, dass es so enden würde. Nun ja, aus einer Kinderwunsch-Sprechstunde geschmissen zu werden, das wäre doch mal eine neue Erfahrung.

»Wir haben keinerlei Befugnis festzulegen, welcher Teil der Bevölkerung Nachwuchs haben darf und welcher nicht«, erwiderte der Arzt, der zudem noch der Chefarzt des Instituts war. Auf Helen war Verlass. Wenn man schon jemanden gegen sich aufbringen wollte, dann konnte man auch gleich ganz oben anfangen. Der Arzt war etwa Mitte sechzig, hochgewachsen und dünn, mit großen dunkelblauen Augen und dicken schwarzen Brauen. Sein Haar, noch immer dicht und ein wenig zu lang, war schwarz mit ein wenig Grau darin. Der Name an seiner Tür lautete Alexander Christakos.

Christakos' Klinik lag direkt am Fluss, und aus dem Fenster hinter ihm hatte man einen Blick auf das honiggelbe und weiße Mauerwerk, die dem Fluss zugewandte Bogengang-Fassade und das blassblaue Dach des Old Billingsgate Fish Market. Der war jetzt ein Konferenzzentrum, ein Schauplatz großer, glamouröser Events, früher jedoch hätte man von diesem Raum aus den Fisch riechen können.

Er hatte einen ganz leichten Akzent, doch Dana konnte ihn nicht zuordnen. »Sie und ich könnten lange über die Vorteile dieser Regelung diskutieren«, sagte er gerade zu Helen, als wären nur sie beide im Raum. »Was ich aber weiß, ist, dass aus Spendergameten gezeugte Kinder – und vor allem Kinder, die in gleichgeschlechtlichen Elternhäusern aufwachsen – sich beim Heranwachsen mit ganz spezifischen Problemen herumschlagen müssen. Es wäre verantwortungslos von uns und auch von Ihnen, das zu ignorieren.«

Draußen auf dem Fluss fuhr ein Boot der Flusspolizei vor dem Billingsgate-Gebäude vorbei. Hier im Zimmer hatte Christakos noch immer das Wort.

»Uns sind eine ganze Anzahl von Fragen wichtig«, sagte er – und man musste es ihm hoch anrechnen, dass er Helen dazu gebracht hatte, so lange den Mund zu halten. »Erstens, inwieweit Sie die Auswirkungen durchdacht haben, die eine unübliche Empfängnis und Erziehung auf ein Kind haben wird. Und dann natürlich …«

Dies hier war ihr erster Gesprächstermin. Helen war mit

dem Flieger aus Dundee gekommen – wo sie arbeitete und die meiste Zeit wohnte –, damit sie sich als Einheit präsentieren konnten. Sie hatten mit etlichen heterosexuellen Paaren im Wartezimmer gesessen. Die Frauen hatten eifrig die Informationsliteratur der Klinik durchgeblättert, als sei das Geheimnis der Fruchtbarkeit auf einer Hochglanzseite zu finden, während die Männer verlegen und unruhig herumzappelten und überall hinschauten, nur nicht in die Augen von irgendjemand anderem.

»Unsere Philosophie hier besagt, dass es beim Elternsein um Liebe geht, nicht um Biologie.« Christakos war fest entschlossen, sich von einer großmäuligen Lesbe nicht die Butter vom Brot nehmen zu lassen, ehe er ihnen riet, es woanders zu versuchen. Fast hätte Dana ihn bewundern können, wäre er nicht im Begriff gewesen, ihr das Herz zu brechen. Ein weiteres Polizeiboot fuhr schnell flussabwärts vorbei. Sie würde Helen umbringen.

»Zeit, Hingabe, Geduld, Großzügigkeit, sogar Humor, das ist alles wichtig, aber Liebe steht ganz oben auf der Liste. Außerdem ist ein bestimmtes Maß an gesundem Egoismus durchaus hilfreich. Die Patienten, die wir hier aufnehmen, wollen unbedingt Eltern werden. Also, ich habe keinerlei Zweifel daran, dass Miss Tulloch Mutter sein möchte. Die Frage lautet: Sie auch?«

Eben nicht, dachte Dana. Das war ja das Problem. Helen würde ihr ganzes Leben lang kinderlos bleiben können und nie das Gefühl haben, dass ihr irgendetwas fehlte. Nur Dana zuliebe hatte sie bei dem Ganzen mitgemacht. Sie würde hinausgehen, gelassen die Achseln zucken und sagen, wenigstens hätten sie es versucht. Und dann würde sie einfach weiterleben und erwarten, dass Dana dasselbe tat. Sie fragte sich, wie lange ihre Beziehung jetzt noch halten würde, nachdem Helen ihr dies verwehrt hatte.

»Um die Wahrheit zu sagen, ich habe nie über Kinder

nachgedacht«, antwortete Helen gerade, weil Helen nämlich nicht lügen konnte. Dana sah zu, wie draußen ein Flugzeug gemächlich über den Himmel zog.

»Das hier ist etwas, das Dana will.« Während Danas Gedanken abschweiften, wurde Helens Stimme immer leiser. »Aber ich will mit Dana zusammen sein, egal unter welchen Umständen. Und um Ihr Argument von wegen Liebe aufzugreifen: Wenn dieses Baby Dana in Miniaturform ist, wie kann ich da anders, als es anzubeten?«

Danas Handy vibrierte in ihrer Tasche. Eigentlich gab es ja keinen Grund, nicht nachzusehen. Also, das erklärte auf jeden Fall die ganze Aufregung, die sie da eben auf dem Fluss gesehen hatte. Aber wie …? Egal, damit würde sie sich auf dem Revier befassen.

Die beiden anderen hatten aufgehört zu streiten. Christakos war aufgestanden, streckte ihr die Hand hin. Es wäre doch unhöflich, sie nicht zu ergreifen, und sie konnte ihm ja auch keine Vorwürfe machen. Es war doch Helens Schuld gewesen.

Dana ging als Erste hinaus, schritt voran den Flur hinunter und fragte sich, wie sie Helen ansprechen sollte, ohne sie anzubrüllen. *Du konntest nicht anders, wie? Du konntest einfach nicht die Klappe halten.*

»Das mit der ethnischen Herkunft haben wir nicht wirklich bedacht, nicht wahr?« Helen blieb stehen, um Dana zuerst in den Fahrstuhl treten zu lassen.

»Was?«

»Also, du erinnerst dich doch, dass er gesagt hat, indische Spender seien sehr selten? Wir würden mit an Sicherheit grenzender Wahrscheinlichkeit keinen finden. Vielleicht können wir ja einfach nach dunklem Haar und dunkler Hautfarbe suchen. Ich fänd's schön, wenn es so aussieht wie du, wenn das irgendwie möglich ist.«

»Die Flusspolizei hat eine Leiche aus dem Fluss geborgen«,

sagte Dana. »Scheint sich nicht um ein Unfallopfer zu handeln. Sie bringen sie nach Wapping. Oh, und rate mal, wer sie gefunden hat.«

Jetzt schaute Helen auf die Uhr. »Ich bin so gegen sechs zu Hause. Hör zu, vielleicht schaffe ich es nicht zu unserem ›ganz besonderen Termin‹. Ist das okay für dich? Wenn ich bei der Empfängnis nicht dabei bin? Ich hab das Gefühl, ich sollte dabei sein, es ist nur …«

Sie kamen am Empfang vorbei und traten durch die schwere Glastür hinaus. Als sie die Klimaanlage hinter sich ließen, traf die Hitze sie mit voller Wucht.

»Wovon redest du eigentlich?«, fragte Dana. Helen sah heute Morgen gut aus, selbst für ihre Verhältnisse. Sie war groß und athletisch gebaut und machte in gut geschnittenen Hosenanzügen immer eine tolle Figur. Ihr langes blondes Haar war im Nacken zu einem Knoten geschlungen; sie trug Schmuck und sogar Make-up. Der Termin, zu dem sie so eilig unterwegs war, war offenbar wichtig. Viel wichtiger als der, den sie gerade gehabt hatten.

»Dana, hast du da drinnen überhaupt zugehört?« Helen trat zur Seite, um eine Bürokraft mit einem Papptablett voller Kaffeebecher vorbeizulassen.

»Eigentlich nicht«, gestand Dana. »Ich hab abgeschaltet, als du losgelegt hast.«

»Ja, das hab ich mir gedacht. Okay, ich muss jetzt los, also konzentrier dich mal kurz. Du hast letzten Freitag deine Regel gekriegt, stimmt's? Das heißt, du musst in ungefähr einer Woche mit den Eisprung-Analysen anfangen. Die wollen während des ersten Zyklus einen Ultraschalltermin machen, nur um sicherzugehen, dass alles richtig funktioniert.«

Helen war vor einem Taxi auf die Straße getreten. Sie reichte Dana einen großen braunen Umschlag. »Da sind die Formulare für den Hausarzt und für die Entbindung von der Schweigepflicht drin – die musst du heute abschicken. Und außerdem der Leitfaden für die Auswahl eines Spenders. Da will ich mitreden, ich will nämlich auf keinen Fall, dass mein Sohn oder meine Tochter rothaarig wird.«

Dana schaute jetzt direkt in die Sonne. Sie blinzelte. »Er hat die Formulare unterschrieben?«

Helen saß im Taxi und wollte gerade die Tür zuschlagen. »Natürlich hat er die verdammten Dinger unterschrieben. Wir werden ganz tolle Eltern sein. Ich liebe dich.«

Die Tür knallte zu, und das Taxi fuhr zurück zur Brücke. Dana ging auf, dass sie keine Ahnung hatte, wo Helen hinwollte. Sie hatte ungeheuer geheimnisvoll getan, was den Grund für ihre Reise nach London anging, abgesehen von dem Besuch in der Klinik. Und jetzt stand sie allein auf einer Straße mitten in London und hatte das vage Gefühl, dass sie eigentlich irgendwo anders sein sollte. Während sie doch an nichts anderes denken konnte als daran, dass sich ihr Leben in den letzten paar Minuten vollkommen verändert hatte.

5

Lacey

»Sind Sie sicher?«, fragte Sergeant Buckle.

»Ich bin mir sicher.« Lacey sah zu, wie drei ihrer Kollegen mit der Leiche näher kamen, die jetzt ordentlich in einem schwarzen Sack mit Reißverschluss verpackt war. Ihre Bewegungen waren gemessen und respektvoll, Gespräche wurden mit leiser Stimme geführt, immer eingedenk der Tatsache, dass der Steg auf der Rückseite der Polizeidienststelle von Wapping dem Blick der Öffentlichkeit preisgegeben war.

Am Hauptteil des Kais lag ein kleines dunkelblaues Gebäude. Darin befanden sich Tische, Lagerungsmöglichkeiten und eine flache Edelstahlwanne. Jeder Leichnam, der aus dem Tidenbereich der Themse geborgen wurde, wurde zuerst hierhergebracht, zur Erstuntersuchung und nach Möglichkeit zur Identifikation. Ein unangenehmer, unbeliebter Teil des Jobs; es war höchst ungewöhnlich, dass jemand sich freiwillig dafür meldete, so wie Lacey es eben getan hatte.

»Ich kann mir ohne Weiteres jemand anders suchen«, versuchte Buckle es noch einmal.

»Diesmal muss ich das machen«, wehrte Lacey ab. »Und ich hab sie doch schon gesehen, schon vergessen?«

»Den Leichnam«, verbesserte Buckle. »Sie haben den Leichnam gesehen. Keine Mutmaßungen hinsichtlich des Geschlechts.«

»Paket für Sie, Sarge.« Die anderen gingen, und Buckle sah auf die Uhr. »Na schön, wir haben ungefähr zwanzig Minuten, bis die Kollegen von der Kriminalpolizei hier aufschlagen. Schauen wir mal, was wir denen erzählen können.«

Während der Sergeant den oberen Teil des Leichensacks festhielt, zog Lacey den Reißverschluss auf. Dabei hielt sie die Luft an, doch der Geruch, der aus dem Sack drang, war nicht schlimmer als eine Art konzentriertes Flusswasseraroma, mit einem Hauch faulender organischer Materie. Der Oberkörper der Frau – es *war* eine Frau, das wusste sie ganz einfach – war größtenteils skelettiert, doch um Bauch und Oberschenkel waren die Stoffbahnen fester gewickelt und hatten anscheinend die Weichteile in diesem Bereich geschützt.

Buckle hatte ein Diktiergerät in der Brusttasche seines Overalls und sprach hinein, nannte Datum und Uhrzeit der Erstuntersuchung von L23, dem dreiundzwanzigsten Leichnam, der in diesem Jahr aus der Themse gezogen worden war. Lacey nahm die Digitalkamera.

»Leichnam misst hundertfünfundsechzig Zentimeter und wiegt etwa dreißig Kilo. In Anbetracht der recht weit fortgeschrittenen Skelettierung – insbesondere am Kopf, den oberen Extremitäten und dem Rumpf – würde ich sagen, wir haben es mit den sterblichen Überresten eines zierlichen Erwachsenen oder eines Teenagers zu tun.« Lacey machte aus ein paar Schritten Entfernung Totalaufnahmen von der Leiche.

»Die Größe lässt darauf schließen, dass es sich wahrscheinlich nicht um einen erwachsenen Mann handelt.« Buckle schaute auf und zwinkerte Lacey zu. Sie trat an den Rand der Wanne, um Nahaufnahmen vom Kopf zu machen. Die Wasserpflanzen, die aus der Augenhöhle hervorwucherten, waren widerwärtig, wie etwas aus einem schlechten Science-Fiction-Film. Sobald sie konnte, würde sie sie entfernen. Sie fotografierte nacheinander beide Hände und machte dann eine Reihe Nahaufnahmen, angefangen beim Kopf und dann den ganzen Körper hinunter.

»Ein ungewöhnliches Merkmal dieses spezifischen Leichnams ist, dass er anscheinend eingewickelt war«, sagte Buckle gerade, »und zwar von Kopf bis Fuß, in eine Art Stoff. Was immer auch die Lösung dieses Rätsels ist, es erscheint höchst unwahrscheinlich, dass es sich hier um einen Unglücksfall oder um Selbstmord handelt. Okay, drehen wir das Ganze mal um.«

Lacey legte die Kamera weg und half Buckle, die Leiche umzudrehen. Ein Stück der Kopfhaut, von der noch immer langes Haar herabhing, saß noch am Hinterkopf. Auf dieser Seite war die Verwesung weniger weit fortgeschritten, und das Gewebe an Schultern und Rücken leuchtete rot und wund im hellen Sonnenlicht.

»Diese Seite sieht anders aus.« Lacey griff von Neuem nach der Kamera.

»Hat wahrscheinlich auf dem Rücken unten auf dem Grund gelegen«, meinte Buckle. »Wenn's da schlammig war, wären Fische und so da nicht so leicht rangekommen. Versucht haben sie's – schauen Sie mal.« Er zeigte auf die linke Schulter. »Aber erst in den letzten paar Tagen, würde ich sagen.«

»Was glauben Sie, wie lange die Leiche im Wasser war?«, fragte Lacey. Buckle arbeitete schon seit etlichen Jahren bei der Flusspolizei; bestimmt hatte er während dieser Zeit viele Wasserleichen zu Gesicht bekommen.

»Länger als einen Monat, kürzer als ein Jahr. Aber ich sag Ihnen, was mir auffällt.«

»Was denn?«

»Sie war nicht groß in Bewegung. Machen wir mal den Stoff ab, um sicher zu sein, aber ich würde sagen, das Skelett ist ziemlich intakt.«

»Was ist denn das?« Lacey zeigte auf die Mitte des Rumpfes, dorthin, wo die Taille gewesen wäre. Buckle beugte sich vor. »Eine Schnur«, meinte er. »War fest um die Taille gebunden, vielleicht, um den Stoff zu halten.«

»Sieht nach Nylon aus«, bemerkte Lacey und trat ans Fußende der Wanne. »Das bedeutet, sie hätte sich nicht zersetzt. Um die Knöchel ist auch eine. Oben am Kopf auch?«

»Kann keine sehen«, erwiderte Buckle.

»Deswegen ist der Stoff um den Bauch und an den Beinen auch dort geblieben, wo er war«, sagte Lacey. »Er wurde von Nylonschnüren gehalten, die die Flusslebewesen nicht kaputt fressen konnten.«

Sie blickte auf und bemerkte, dass Buckle sie sonderbar ansah.

»Machen wir den Stoff jetzt ab?«, fragte sie.

Als Antwort griff er hinter sich und nahm eine große Schere zur Hand. »Alles eintüten«, wies er sie an. »Ich versuch mal, das Teil hier abzukriegen, ohne es zu zerschneiden.« Er zog an der Schnur um die Füße, suchte nach einem losen Ende. Lacey etikettierte zwei Beweismittel-Plastiktüten und legte sie auf den Arbeitstresen.

»Das reicht nicht bis ganz nach oben.« Sie zeigte auf den oberen Teil der Schenkel. »Da ist ein größeres Stück Stoff, unter diesen Bindenstreifen da.«

»Und weiter oben sind noch mal solche Bandagen, als sollten die das Tuch darunter halten.« Buckle schob die Hände unter den Oberkörper der Leiche. »Na schön, ich hebe an, Sie wickeln.«

Lacey hatte fast einen Meter Stoff abgewickelt, als etwas Kaltes, Scharfkantiges ihre Hand streifte. Sie fuhr zurück. »Mein Gott, da ist irgendwas drin!«

Buckle war ebenfalls zusammengezuckt. Er entspannte sich ein paar Sekunden vor ihr, und sie sahen zu, wie die kleinen Geschöpfe, die Lacey befreit hatte, über den Leichnam hinwegkrabbelten und versuchten, an den Metallwänden der Wanne hinaufzuklettern.

»Wollhandkrabben«, meinte Buckle. »Der Fluss ist voll von den Viechern.«

Lacey nickte. Chinesische Wollhandkrabben, die bis zu handtellergroß werden konnten, waren in den Dreißigerjahren in Großbritannien aufgetaucht, eingeschleppt im Schiffsballast. Da sie nur wenige natürliche Feinde hatten, hatten sie sich rapide vermehrt und an Flussufern und Hafen-Infrastrukturen sowie unter der einheimischen Tierwelt des Flusses unbeschreibliche Schäden angerichtet. Ihr Hauptmerkmal waren dicke, haarige Scheren, und bei Ebbe sah der Grund des Flusses ihretwegen aus, als befände er sich in ständiger Bewegung.

Lacey hatte schon Dutzende von den Tieren gesehen, seit sie auf dem Fluss wohnte und arbeitete. Natürlich zog verwesendes Fleisch sie an. Irgendetwas an den Viechern – sie zählte sechs Stück, die in heller Panik in der Wanne herumhasteten – war wahnsinnig gruselig.

6

Nadia

Der Fluss machte Nadia Angst. Sogar hier, hoch über der Stadt. Die Flüsse, die sie bisher gekannt hatte, waren nicht so gewesen wie dieser. In den ländlichen Gegenden, die sie hinter sich gelassen hatte, waren Flüsse schnell und flach, so klar wie Glas und so kalt wie die Nacht. Sie hüpften über Felsen und eilten durch Schilfgürtel, plätscherten und funkelten in der Sonne, schimmerten wie Sternenschein im Dunkeln. Dieser Fluss war gewaltig: braun wie getrocknetes Blut und unvorstellbar tief.

Sie hatte zu lange hingestarrt. Also lehnte sie sich von dem Teleskop zurück und ließ ihre schmerzenden Augen ausruhen. So früh am Morgen, mit dem Wind im Gesicht, wehendem Haar und geschlossenen Augen, konnte sie fast glauben, sie wäre zu Hause.

Zu Hause hatte sie Zuflucht in den Hügeln gesucht, als das Getöse und der Zorn ihres kriegszerrissenen Heimatlandes zu viel geworden waren. Sie hatte den Blick fest auf den Schnee gerichtet, der sie die meiste Zeit des Jahres über bedeckte, hatte Luft geatmet, die frei von Staub und Rauch war, und sich eingeredet, das gedämpfte Gebrüll und die fernen Schreie wären gar nicht so weit von völliger Stille entfernt.

Hier, auf der anderen Seite der Welt, erwiesen sich alte Gewohnheiten als hartnäckig, und sie hatte begonnen, in diesem alten Park hoch hinaufzusteigen, um Luft und Ruhe zu finden. Selbst hier jedoch war es unmöglich, dem Fluss zu entkommen; Teleskope, die an den höchsten Aussichtspunkten aufgestellt worden waren, machten es einem nur allzu leicht, ihn zu betrachten.

Er hatte von ihr gekostet, dieser große, mitleidlose Strom, hatte sie im Mund herumgerollt und war drauf und dran gewesen, sie zu verschlucken, als sie ihm entrissen worden war wie ein Kätzchen aus dem Rachen eines hungrigen Hundes.

Vor Jahren hatte Nadias Mutter ihr eine Geschichte von einem großen, gierigen Fluss erzählt. In der Geschichte merkte sich der Fluss jeden, der jemals in seine Klauen geriet. Hatte er einmal von einem gekostet, vergaß er einen nie. Dann war man fürs Leben gezeichnet, und während die Jahre verstrichen, wuchs der Hunger des Flusses nach einem immer mehr, bis schließlich der Tag kam, wo er einen holte, ganz gleich, wie viel Mühe man sich gab, ihm fernzubleiben.

Nadias Augen schmerzten nicht mehr, und sie schaute abermals durch das Teleskop. Jetzt war nur noch ein Polizeiboot übrig. Vor einer halben Stunde waren es noch mehrere gewesen; die blauen Rümpfe und die weißen Deckaufbauten waren unverwechselbar, als sie einen Kreis bildeten und gegen die Strömung der einsetzenden Ebbe ihre Positionen hielten. Die Polizeiboote sollten leicht zu erkennen sein, auch für Menschen, die noch nie auf einem gewesen waren, die nie aus der eisigen Tiefe gezogen worden waren wie ein Fisch, dem die Kraft ausgeht. Wie sie, in jener Nacht, als sie aus dem Fluss gerettet worden war.

Aber vergessen war sie nicht. Der Fluss sprach im Dunkeln zu ihr, während sich ihre Träume in Albträume verwandelten, in denen das Wasser überall war und Schlamm und Wasserpflanzen sie umklammerten und hinabzogen. Er sagte ihr, sie werde niemals frei sein, eines Tages werde er sie holen und das nächste Mal werde es kein Entkommen geben.

7

Lacey

»Wie ich sehe, hat's ja nicht lange gedauert, bis Sie sich wieder Ärger einhandeln.«

Lacey zuckte zusammen. Sie und Buckle waren so damit beschäftigt gewesen, die Leiche auszuwickeln, dass keiner von ihnen die beiden Männer bemerkt hatte, die auf dem Steg zu ihnen getreten waren. Detective Sergeant Neil Anderson und Detective Constable Peter Stenning vom Major Investigation Team der Dienststelle in Lewisham. Sie sahen Lacey zum ersten Mal in Uniform.

Andersons Hosenbund spannte über seinem Bauch. Anscheinend hatte er zugenommen, und er war ohnehin schon kein Fliegengewicht gewesen. Der Sergeant war Mitte vierzig, mit schütterem roten Haar, schwammiger Kinnlinie und gerötetem Gesicht; er gehörte nicht zu den Beamten, die mit dem Stress ihres Berufs leicht fertigwurden. Stenning dagegen sah gut aus. Er war ungefähr so alt wie Lacey, groß und gut in Form. Sein dunkles, lockiges Haar hatte er mit Gel gebändigt, und er trug irgendein Rasierwasser, das nach Gewürztruhen roch.

Im März, als sie drauf und dran gewesen war, für immer aus dem Polizeidienst auszuscheiden, hatte Lacey den höchst ungewöhnlichen Schritt getan, eine Versetzung zu beantragen. Sie hatte einer vielversprechenden Karriere als Detective und einer möglicherweise unmittelbar bevorstehenden Beförderung zum Sergeant den Rücken gekehrt und war in den Streifendienst zurückgekehrt. Etliche Kollegen, Anderson und Stenning eingeschlossen, hatten versucht, sie umzustimmen. Sie hatten von dem beispiellosen Pech gesprochen, durch das sie dreimal hintereinander mitten in sehr schwierige Fälle hineingeraten war, davon, wie unwahrscheinlich es war, dass dergleichen in ihrer ganzen beruflichen Laufbahn noch einmal vorkommen würde. Im Streifendienst wäre ihr Talent verschwendet, hatten sie gesagt. Und sie würde sich zu Tode langweilen. Trotzdem hatte sie an ihrem Entschluss festgehalten.

Verbrechen verhindern, das war es, was sie jetzt tun musste. Sie würde auf dem Fluss patrouillieren, Boote und Zulassungen kontrollieren und Betrunkene und Leichtsinnige davon überzeugen, dass das Wasser ja vielleicht einladend aussah, aber ihnen in Wirklichkeit ganz und gar nicht freundlich gesonnen war. Und hin und wieder würde sie mithelfen, eine Leiche aus dem Wasser zu ziehen. Die Aufklärung schwererer Verbrechen würde sie denen überlassen, die noch den Mumm dazu hatten.

Komisch, dass es gleichzeitig schön und schrecklich sein konnte, anderen Menschen zu begegnen. Die beiden hier waren beinahe zu Freunden geworden. Beinahe, weil Lacey Flint eigentlich keine Freundschaften schloss. »Guten Morgen, Sergeant.« Sie richtete sich auf und rang sich ein Lächeln ab. »Morgen, Pete.«

Anderson kam unbeholfen auf sie zu und schien im Begriff zu sein, sie zu umarmen, ehe er merkte, dass ihr Overall mit Flusswasser und verwesendem menschlichen Gewebe verschmiert war. Er hob stattdessen die Hand zum Gruß. Stenning lächelte und warf ihr eine Kusshand zu.

Die drei Männer begrüßten einander, dann wandte sich Anderson an Lacey. »Alles okay?«

»Alles bestens, Sarge«, antwortete sie rasch.

»Was haben Sie für uns?«

Aus Höflichkeit blickte Lacey schnell zu Buckle hinüber, der ihr mit einem Nicken bedeutete anzufangen.

»Einen Leichnam, der heute früh um kurz vor sechs im

Fluss gefunden wurde«, berichtete sie. »Übrigens von mir. Er hing an einem alten Anleger am Südufer fest, ein kleines Stück flussaufwärts vom Deptford Creek. Das Ungewöhnlichste daran ist, dass er anscheinend von Kopf bis Fuß in diesen leinenartigen Stoff da eingewickelt war, den Sergeant Buckle gerade eintütet. Ein großes Stück, ungefähr so groß wie ein Bettlaken für ein Einzelbett, und dann noch sehr viel schmalere Streifen aus demselben Material, mehrere Meter lang. Die Streifen sind etwas über zwanzig Zentimeter breit, aus einer Art dicht gewobenem Baumwollstoff. Sie sind auf beiden Seiten von Hand gesäumt. Das ist also nicht einfach nur ein in Streifen gerissenes altes Bettlaken.«

»Männlich oder weiblich?«, wollte Anderson wissen. »Jung? Alt? Tot oder lebendig, als der oder die Betreffende im Fluss gelandet ist?«

Buckle legte die Tüte mit dem Stoff hinter sich. »Im Moment können wir Ihnen sehr wenig sagen. Keine Fingerabdrücke mehr möglich und ganz sicher keinerlei besondere Kennzeichen oder Ausweispapiere. Die Größe des Skeletts und das Vorhandensein von langen Haarresten würden auf eine Frau schließen lassen, aber ich kann zum Beispiel nicht ausschließen, dass es sich um einen jungen Sikh handelt.«

»Sie kann nicht am Leben gewesen sein, als sie ins Wasser geworfen worden ist«, meinte Lacey. »Das Leichentuch war mit absoluter Präzision befestigt. Wenn wir reingehen, können wir Ihnen Fotos zeigen. Das wäre doch unmöglich gewesen, wenn das Opfer um sein Leben gekämpft hätte.« Buckle furchte die Stirn, ließ Laceys Beharren darauf, dass die Leiche weiblichen Geschlechts sei, jedoch unkommentiert. »Außerdem«, fuhr sie fort, »gab es keinerlei Anzeichen von Blutflecken auf dem Stoff. Natürlich war er verfärbt, aber das war das Werk des Flusses und des Schlamms.«

»Da ist was dran«, bemerkte Buckle. »Außerdem ist das Skelett mehr oder weniger unversehrt, obwohl die Verwesung weit fortgeschritten ist. Für eine Wasserleiche ist das etwas sehr Ungewöhnliches.«

»Die Gezeiten und die Strömung knallen sie gegen alle möglichen harten Gegenstände, richtig?«, fragte Stenning.

»Und verursachen dabei massive Schäden«, bestätigte Buckle. »Und das, noch bevor man Dinge wie Schiffsschrauben mit einkalkuliert. Nach einer Woche ziehen wir fast nie Leichen mit intakten Knochen aus dem Wasser.«

»Sie war beschwert«, sagte Lacey. »Irgendwie hat sie sich losgemacht, aber der Stoff ist an dem Anleger hängen geblieben. Irgendwann letzte Nacht, würde ich sagen, sonst hätte sie schon gestern Abend jemand gesehen.«

»Und Ihre Beweise dafür?« Jetzt machte Buckle ein belustigtes Gesicht. Die beiden anderen auch. Nun, sie konnte ja nicht einfach vergessen, dass sie früher mal Detective gewesen war.

»An den Nylonschnüren um die Taille und um die Füße waren die Gewichte befestigt«, erklärte Lacey. »Es wurde synthetisches Material benutzt, weil sich das nicht zersetzen würde. Wir sollten sie eigentlich nicht finden.«

»Ach ja?«, ließ sich eine neue Stimme vernehmen.

Alles drehte sich nach der Frau um, die leise die Gangway heruntergekommen war. Eine junge, schlanke Frau in einem hellgrünen Hosenanzug; ihr schulterlanges schwarzes Haar hob sich in der Brise. »Hallo, Lacey«, sagte Detective Inspector Dana Tulloch.

»Guten Morgen, Ma'am.« Lacey sah, wie DI Tulloch kurz auf die Leiche hinabblickte und dann wieder sie musterte.

»Alles okay?«, fragte Tulloch.

»Vollkommen«, versicherte Lacey und überlegte, ob das vielleicht ein kleines bisschen zu schnell und zu fröhlich gewesen war, um völlig überzeugend zu wirken.

»Sind Sie hier fertig, Scott?« Andersons Blick, bemerkte Lacey, zuckte zwischen den beiden Frauen hin und her, und er sah ziemlich nervös aus. Nicht ohne Grund. Als er seine Vorgesetzte und Lacey das letzte Mal zusammen gesehen hatte, hatte er sie praktisch davon abhalten müssen, aufeinander loszugehen.

Buckle hob mit einer *Sie-gehört-Ihnen*-Geste die Hände, ehe er sich an Lacey wandte. »Sie müssen jetzt nach Hause. Ich schau mal, ob eins von den Booten Sie hinschippern kann. Das Wasser sollte noch hoch genug sein.«

»Also, eigentlich«, sagte Tulloch mit jenem kleinen, akkuraten Lächeln, das Lacey fürchten gelernt hatte, »hätte ich es gern, dass Lacey mit uns in die Gerichtsmedizin fährt, wenn sie sich dazu in der Lage fühlt.«

Lacey warf Buckle einen raschen Blick zu. »Ich?«, fragte sie, an Tulloch gewandt.

»Ja. Ich möchte genau wissen, was Sie heute Morgen auf dem Fluss gemacht haben. Gehen wir?«

8

Pari

Die Kopfschmerzen wurden schlimmer. Der Schmerz war heute Morgen stark, er hatte sie vor dem Morgengrauen geweckt. Pari hatte mit geschlossenen Augen dagelegen und darauf gewartet, dass das Pochen in ihrem Schädel entweder einen Grad erreichte, wo sie sich übergeben musste, oder so weit nachließ, dass sie aufstehen konnte. Sie hatte sich noch immer nicht gerührt.

Das Fenster war offen. Sie machte es nicht mehr zu. Zum Teil, weil dann das Gefühl des Eingesperrtseins fast unerträglich wurde, und zum Teil, weil die Brise manchmal einen Geruch herbeitrug – nach heißem Öl, Orangen und Kardamom oder auch nur den schlichten Duft von bratendem Lammfleisch –, der sie an zu Hause erinnerte.

Durch das offene Fenster drangen die Geräusche des Flusses herein. Der starke Motor eines Bootes, Befehle, die übers Wasser gerufen wurden, eine zeternde Möwe, die wissen wollte, was der ganze Aufruhr sollte.

Pari stemmte sich hoch und stieg aus dem Bett. Dann reckte sie sich zu ihrer vollen Größe auf – was nicht sehr viel war – und drückte das Gesicht durch den kleinen freien Raum, der zu der Verbindung zwischen ihr und der Welt geworden war, die sie verloren hatte.

Frühmorgendliches Sonnenlicht schimmerte auf den Fenstern auf der anderen Seite der schmalen Wasserstraße draußen, aber nur auf denen im oberen Stockwerk. Der Kanal unter ihr war zu tief und zu eng, als dass die Sonne jemals das Wasser erreicht hätte. Die unteren Fenster jedoch fungierten als düstere Spiegel, und eins davon ermöglichte es ihr gelegentlich zu sehen, was auf dem Fluss geschah.

Ein Boot mit blauem Rumpf und weißer Kabine, das im Fluss seine Position hielt. Ein Polizeiboot.

Hier bin ich! Helft mir!

Die Worte blieben in Paris Kopf. Diese fremden Polizisten würden ihr nicht helfen. Die Polizei in ihrem Heimatland hatte ihr auch nicht geholfen, warum sollten sie es hier tun? Sie atmete ein letztes Mal frische Luft ein und drehte sich dann wieder zu dem Zimmer um, das sie am Anfang so fröhlich begrüßt hatte, wie eine Anzahlung auf das Versprechen eines besseren Lebens, und fragte sich, ob sie vielleicht darin sterben würde.

9

Dana

»Haben diese Trottel in Wapping etwa wieder mit meinen Leichen rumgemacht?« Ein halb aufgegessenes Brötchen mit Rührei in der einen und eine knallrote Brille in der anderen Hand, kam der Gerichtsmediziner in den Raum geschritten. Er war Ende vierzig, groß, mit mächtigem Brustkorb, dichtem grauen Haar und leuchtend blauen Augen.

»Wenn's im Wasser treibt, machen wir damit rum«, erwiderte Lacey. »Schön, Sie wiederzusehen, Dr. Kaytes. Neue Brille?«

Dana sah, wie Mike Kaytes unverwandt auf Lacey herabschaute, ehe er die Brille in die Tasche seines OP-Kittels schob. »Ich sollte wohl dankbar sein, dass Sie mir zur Abwechslung mal eine gebracht haben, die noch in einem Stück ist.«

Einen Moment lang verstand Dana gar nichts. Dann ging ihr auf, dass Kaytes sich bestimmt noch vom letzten Sommer her an Lacey erinnerte, als er gebeten worden war, diverse Körperteile zu untersuchen, die im Stadtgebiet von London deponiert worden waren. Natürlich erinnerte er sich an sie. Gab es überhaupt einen lebendigen Mann, der Lacey Flint vergaß, nachdem sie einmal auf seinem Radar aufgetaucht war?

Die meisten Frauen konnten das Reizvolle nicht sehen, das dicht unter Lacey Flints Oberfläche schimmerte. Sie sahen eine Frau, die nicht sehr groß war, die ihre Athletenfigur unter weiter, schlichter Kleidung verbarg, die auf ihrem vollendet geformten, aber ansonsten wenig bemerkenswerten Gesicht nur selten Make-up trug und sich das lange, helle Haar entweder zum Pferdeschwanz band oder zum Zopf flocht.

Aus irgendeinem Grund, den Dana noch nicht herausbekommen hatte, wollte Lacey Flint nicht bemerkt werden. Bei ihren Geschlechtsgenossinnen klappte das meistens auch.

»Die da ist aber nicht in einem Stück«, meinte Lacey und zeigte auf die Gestalt in dem schwarzen Sack auf dem Untersuchungstisch. »Die meisten Weichteile sind weg.«

Kaytes biss in sein Brötchen, und Dana sah, wie Eigelb gefährlich weit herausquoll und fast auf den Boden tropfte. Nun, die Absaugvorrichtung hatte schon Schlimmeres geschluckt.

»Also, es liegt mir ja fern, den Fachleuten zu widersprechen«, nuschelte er. »Könnt ihr mal den Sack abmachen, Mädels?«

Die beiden Labortechnikerinnen, die beide nicht aussahen, als wären sie unter vierzig, warteten bereits bei dem verpackten Leichnam in der Mitte des Raumes. Gemeinsam öffneten sie den Sack und zogen ihn unter der Leiche hervor. Die eine schaltete die starke Deckenlampe ein, die andere die Absaugvorrichtung, die während der ganzen Untersuchung ein hungriges, schlürfendes Geräusch machte.

Der Geruch der Themse drang in den Raum. Vollkommen von seinen leinenen Hüllen befreit, die Dana bisher nur auf Fotos gesehen hatte, wirkte der Leichnam klein. Kopf und Oberkörper waren fast vollständig skelettiert, an den unteren Extremitäten hatte sich mehr Gewebe gehalten.

»Ich habe gehört, Sie haben das hier gefunden?« Kaytes sprach noch immer mit Lacey. »Sie arbeiten jetzt bei der Wasserwacht, stimmt's?«

»Wenn David Cook hört, dass Sie seine Einheit Wasserwacht nennen, dann sind demnächst Sie derjenige, der obduziert werden muss.« Dana trat einen Schritt vor, sodass sie eindeutiger in seinem Blickfeld stand. »Ich bin DI Tulloch, Leitende Ermittlungsbeamtin. Dies hier sind Detective Sergeant Anderson und Detective Constable Stenning.«

Sie erwartete nicht, dass er sich entschuldigte. Sie alle hatten schon oft mit Kaytes gearbeitet.

»Ja, ja. Können Sie das hier mal halten, während ich mir einen Mundschutz überziehe.« Er hielt ihr doch tatsächlich das halb gegessene Eibrötchen hin.

»Ich bin Vegetarierin«, wehrte sie ab.

Er sah gekränkt aus. »Ist doch bloß Ei. Ach, Herrgott noch mal, hier, Jac, nehmen Sie das Ding.«

Die Labortechnikerin hob abwehrend eine behandschuhte Hand. »Ich bin total eingesaut, Boss.«

Mit schmerzlich verzogenem Gesicht, als müsse er sich eben mit der Unfähigkeit derer um ihn herum abfinden, stopfte Kaytes sich das eine Ende des Brötchens in den Mund und drehte sich zu einem Schrank um. Er zog einen Einmal-Mundschutz aus einer Box hervor.

»Wie wollen Sie denn mit Mundschutz essen?«, erkundigte sich Dana.

Heftig kauend wandte Kaytes sich wieder zu ihr um. Das Brötchen war verschwunden. Er streifte den Mundschutz über und trat näher an die Leiche heran. »Sie sollten mir lieber mal erzählen, was ihr Trottel da in dieser Bruchbude angestellt habt, die ihr als Untersuchungsraum bezeichnet.«

»Den Leichnam fotografiert und vermessen«, antwortete Lacey. »Versucht, Fingerabdrücke zu nehmen, was am Fehlen der Haut an den Händen gescheitert ist. Die leichentuchähnlichen Stoffwickel entfernt, sie eingetütet und weggeschickt. Dabei ein paar Flussviecher freigelassen, die sich als blinde Passagiere da eingenistet hatten; ein paar davon haben wir behalten, um sie zu untersuchen. Und dann gab's nichts Vernünftiges mehr zu tun, also haben wir ein bisschen rumgemacht.«

»Lacey«, warnte Dana.

Der Gerichtsmediziner schritt von einem Ende des Leichnams zum anderen. »Also, was wollen Sie wissen?«

»Den Namen des Opfers, Todesursache und -zeitpunkt, die im Wasser verbrachte Zeitspanne und eine belastbare Theorie, wie es kam, dass sie wie ein Geburtstagsgeschenk verpackt in der Themse gelandet ist.« Dana lächelte.

Kaytes fuhr fort, langsam und bedächtig um die Leiche herumzuwandern. »Wahrscheinlich weiblichen Geschlechts«, sagte er. »Nach der Körpergröße, der Größe der freiliegenden Knochen, der Kopfform und dem verbliebenen langen Haar zu urteilen. Keine Genitalien, aber die sind im Wasser oft zuallererst weg. Im Bauchbereich ist das Gewebe weitgehend noch vorhanden, aber wir können später röntgen und das Becken begutachten, um ganz sicher zu sein. Fast sicher eine Erwachsene, in Anbetracht der Größe, aber ich kann nicht ausschließen, dass es sich um eine gut entwickelte Halbwüchsige handelt.«

Er trat zum Kopf, bückte sich und schob einen latexverhüllten Finger in den Mund der Leiche. Ungefragt reichte eine der Assistentinnen ihm eine Klemme und dann eine kleine Taschenlampe. »Jetzt kann ich es ausschließen«, stellte er ein paar Sekunden später fest. »Die Weisheitszähne sind alle da, das deutet auf ein Alter von mindestens achtzehn Jahren hin. Wenn wir das Gewebe entfernt haben, können wir einen Blick auf die langen Knochen werfen. Wenn die sich dem Ende ihrer Wachstumsphase nähern, dann weist das auf jemanden so um die fünfundzwanzig hin. Das Ausmaß der Kerbungen und Vernarbungen im Brustbeinbereich kann sogar noch akkurater sein. Ich wäre aber überrascht, wenn das hier jemand wäre, der auch nur auf die Lebensmitte zusteuert. Die Knochen sind ziemlich gut in Schuss.«

»Und wie sieht's mit der ethnischen Herkunft aus?«, fragte Dana.

»Das ist weniger einfach«, gab Kaytes zu. »Selbst wenn ich mehr Zeit hätte. Im Grunde gibt es nur drei Typen, bei denen Unterschiede im Skelett bestehen – kaukasisch, mongoloid und negroid –, ich kann sie also bestenfalls einem davon zuordnen. Und das nur unter der Annahme, dass wir es mit einer reinblütigen Vertreterin zu tun haben – 'tschuldigung, wenn das jetzt ein bisschen nach Harry Potter klingt. Schwierig wird's bei gemischter genetischer Herkunft.«

»Irgendwelche ersten Überlegungen?«, erkundigte sich Dana.

»Der hohe, gerundete Schädel, die dreieckigen Augenhöhlen und die vorspringende Nase deuten auf kaukasische Abstammung hin«, antwortete Kaytes. »Andererseits könnten die im Vergleich zum Rumpf unverhältnismäßig kurzen Arme und Beine vielleicht auf mongoloide Vorfahren hinweisen. – Also, das ist ja interessant.«

Er betrachtete gerade einen der Unterarme. »Für eine junge Frau ist der Knochen hier ganz schön gut entwickelt. Sie war ziemlich stark. Möglicherweise ein Hinweis auf schwere körperliche Arbeit irgendwann in ihrem Leben.«

»Oder auf eine Mitgliedschaft im Fitnesscenter«, meinte Lacey.

»Da liegen Sie falsch, Wasserwacht. Ich habe mir nämlich ihre Zähne genauer angeschaut und gesehen, dass ein paar gezogen worden sind; das ist eine ziemlich primitive zahnärztliche Behandlungsmethode. Keinerlei Füllungen, soweit ich sehen kann. Und ein paar Schiefstände, die man hätte korrigieren können. Ich glaube nicht, dass unsere Tote wohlhabend war. Und ich glaube nicht, dass sie sehr lange Zugang zu dem bisschen an zahnärztlicher Versorgung hatte, die man in diesem Land noch von der Krankenkasse bezahlt bekommt. Ein Entwicklungsland, würde ich tippen. Eine Immigrantin.«

»Aber eine kaukasische Immigrantin?« Dana dachte, dass dies das Feld nicht besonders eingrenzen würde. Ein großer Teil der Weltbevölkerung war kaukasischer Abstammung.

Kaytes neigte zustimmend den Kopf. »Die Röntgenbilder werden zeigen, ob der Oberschenkelknochen eine leichte Krümmung nach vorn aufweist, was wieder auf eine Kaukasierin hinweisen würde. Das Haar ist recht aufschlussreich. Darf ich mal?« Er trat auf Dana zu, und noch ehe sie sich fragen konnte, was er vorhatte, streckte er die Hand nach der Seite ihres Kopfes aus. Sie verspürte ein scharfes Ziepen, und dann hielt Kaytes eins ihrer Haare ins Licht empor.

»Ein sehr gutes Beispiel für asiatisches Haar«, bemerkte er. »Allerdings, ich glaube, Sie sind von gemischter Abstammung, richtig? Aber sehen Sie, wie glatt es ist? Und die Farbe ist reines Schwarz. Außerdem ist es sehr dünn, das ist der europäische Anteil. Wenn jetzt die Wasserwacht vielleicht …« Erwartungsvoll sah er Lacey an.

»Ich mach's selbst.« Lacey griff nach hinten zwischen ihre Schultern, wo ihr Pferdeschwanz herabhing. Sie fand ein loses Haar und reichte es ihm.

»Kommen Sie mal zum Licht.«

Alle folgten Kaytes zu einem Tresen, wo er die beiden Haare auf ein Blatt weißes Papier legte und eine helle Lampe darüber ausrichtete. Dann nahm er eine Lupe zur Hand.

»Max, wären Sie wohl so freundlich?« Er bedeutete der zweiten Laborassistentin, dass sie irgendetwas mit der Toten anstellen sollte. Die Frau nahm eine Pinzette, zupfte ein langes Haar vom Hinterkopf der Toten und legte es zwischen das von Lacey und das von Dana auf das Papier.

»Also, was sehen Sie?«, fragte Kaytes.

»Das von Lacey ist am dünnsten«, meinte Anderson. »Dann kommt das von DI Tulloch. Außerdem scheint Laceys Haar ein bisschen gewellt zu sein.«

»Klassisches angelsächsisches Dunkelblond«, pflichtete Kaytes ihm bei. »Danas Haar dagegen ist so glatt und so schwarz, wie man es von einer Frau mit asiatischen Vorfahren erwarten sollte. Aber unsere Freundin hier hat Haare, die sehr viel gröber, länger und dicker sind als die beiden anderen. Naher Osten, würde ich sagen, oder Indien, vielleicht auch Teile von Osteuropa. Wahrscheinlich nicht Ferner Osten. Sieht immer noch nach einer Immigrantin aus. Okay, die Todesursache.«

Alle folgten Kaytes' Beispiel und scharten sich wieder um den Obduktionstisch.

»Dass sie so sorgfältig eingewickelt war, deutet darauf hin, dass sie schon tot war, als sie ins Wasser geworfen wurde«, meinte Lacey. »Jegliche Gegenwehr hätte doch das Leichentuch verrutschen lassen.«

»Wahrscheinlich.« Kaytes nickte. »Allerdings hätte sie auch betäubt oder bewusstlos sein können.«

»Anscheinend ist vom Lungengewebe nichts mehr übrig«, stellte Lacey fest. »Da ist es wohl schwer zu sagen, ob sie ertrunken ist oder nicht, nicht wahr?«

»Das ist schon mit einer intakten Lunge schwer festzustellen.« Kaytes wandte sich an Dana. »Ich nehme doch an, Sie zahlen ein komplettes toxikologisches Screening?«

»Bleiben Toxine denn im Wasser über längere Zeit erhalten?«, wollte Lacey wissen.

Kaytes zog eine seltsame Grimasse, als denke er eingehend darüber nach. Oder vielleicht steckte ihm auch einfach nur ein Stückchen Ei zwischen den Zähnen. »Der Verfallsprozess läuft im Wasser im Allgemeinen langsamer ab. Wenn sie vergiftet oder unter Drogen gesetzt worden ist oder sich zu Tode getrunken hat, sollten wir das rausfinden können.«

»Und wenn nicht?«, fragte Dana.

Kaytes zuckte die Achseln, als ginge ihn das eigentlich gar nichts an. »Na ja«, meinte er. »Dann sind Sie am Arsch.«

10

Lacey

Vierzig Minuten später waren sie wieder in Wapping. »Wir haben es also mit einer jungen Frau zu tun, wahrscheinlich Mitte zwanzig. Die genaue Altersbestimmung muss bis zum Knochenkochen warten, um unseren Freund aus der Horseferry Road zu zitieren.« Tulloch blickte von ihrem Laptop auf, sah die beiden Männer auf der anderen Seite des Tisches an und schaute dann zu Lacey hinüber, die an der kleinen Küchenzeile des Erdgeschosses stand. »Geht das nur mir so, oder wird Kaytes jedes Mal schlimmer?«

»Der macht das um des Effekts willen«, meinte Anderson. »Die Jungs in Lewisham haben 'ne Wette laufen, wer ihm als Erster eine knallt.«

»Na ja, vielleicht sollten sie meine Quote mal runtersetzen.« Tulloch rieb sich den Hinterkopf. »Schön. Lacey hat sich netterweise bereit erklärt, eine Vermisstensuche für uns durchzuführen und sich dabei auf junge Frauen zu konzentrieren, die in den letzten zwei Jahren auf dem Fluss oder in seiner Nähe verschwunden sind.«

»Was darf's für Sie sein, Ma'am?«, erkundigte sich Lacey. »Kaffee?«

»Habt ihr koffeinfreien?«

Lacey nahm die Tüte mit gemahlenem Kaffee und warf einen Blick auf das Verfallsdatum. »Wenn Koffein sich im Laufe der Zeit verflüchtigt, dann ja. Ich glaube, der hier stammt aus einer Kiste, die irgendwann in den Neunzigern von einem Frachtschiff gefallen ist. Der Tee ist ein bisschen frischer. Oder Orangensaft.«

»Frisch gepresst?«

Als Lacey die kleine Flasche mit der orangefarbenen Flüssigkeit schüttelte, stieg das Sediment von dem dicken Glasboden empor. »Ich weiß nicht, ob das hier jemals im Innern einer Orange war. Wasser?«

»Irgendwie gefiltert oder direkt aus dem Fluss?«

»Highland-Spring-Mineralwasser«, antwortete Lacey. »Wir haben drei Kästen davon im Keller stehen; wir fragen nicht, wo das Zeug herkommt.«

Tulloch seufzte tief. »Wasser wäre prima, vielen Dank. Na gut, konzentrieren wir uns mal ein paar Minuten, ehe wir uns verziehen und Lacey ihr neues Leben als Strandgutsammlerin genießen lassen. Die Todesursache werden wir vielleicht nie herausfinden, weil sämtliche Weichteile fast vollständig zerfallen sind.«

»Hat eigentlich irgendwer mal an einen Ehrenmord gedacht?«, erkundigte sich Lacey, während sie die Getränke zum Tisch brachte.

Anderson blickte von seinen Notizen auf. »Großer Gott, das will ich doch verdammt noch mal nicht hoffen.«

Niemand schien geneigt, ihm zu widersprechen. Ehrenmorde waren bekanntermaßen schwer aufzuklären, für gewöhnlich, weil ganze Familien, oft sogar ganze Gemeinden Stillschweigen verabredet hatten.

»Im Augenblick können wir nichts ausschließen«, meinte Tulloch. »Okay, und jetzt will ich hören, was Lacey uns über das, was heute Morgen passiert ist, *nicht* erzählt hat.«

Lacey, die Stenning gerade einen Becher reichte, hielt mitten in der Bewegung inne. »Bitte?«

Damit kam sie bei Tulloch nicht durch. »Ich sage Ihnen das ja nur höchst ungern, Lacey, aber Sie sind nicht halb so gut im Lügen, wie Sie glauben.«

»Nicht?« Wann war das denn passiert? Früher war sie mal eine hervorragende Lügnerin gewesen.

»Nein, Sie machen sich dann immer so komisch steif, Ihr

Kinn kriegt Falten, und Ihre Augen werden ein ganz kleines bisschen starr«, erklärte Tulloch.

»Und Sie trommeln mit den Fingern auf die nächstbeste feste Oberfläche«, ergänzte Stenning. »Schreibtisch, Arbeitsplatte, sogar auf Ihre eigenen Oberschenkel.«

»Und Ihre Nasenlöcher zucken dann so«, meinte Anderson.

Lacey schüttelte den Kopf. »Ihr drei seid echt zum Brüllen.«

»Wir sind Detectives, die schicken uns auf so Fortbildungen.« Stenning griff nach seinem Becher. »Sie hätten wahrscheinlich auch schon so einen Kurs gemacht, wenn Sie uns nicht sitzen gelassen und sich zur Verkehrspolizei verdrückt hätten. Mein Gott, ist in dem Zeug hier richtiger Kaffee drin oder Soßenpulver?«

»Ich guck mal nach.« Lacey wandte sich wieder zur Küchenzeile um, damit die anderen ihr Gesicht nicht mehr sehen konnten.

»Hätte ja nie gedacht, dass ich mal erlebe, wie Lacey Flint wieder unter die Bobbys geht«, bemerkte Anderson.

»Lassen wir Laceys Geschick im Lügen mal einen Moment außen vor«, sagte Tulloch. »Was Sie drei noch nicht wissen, weil ich es nämlich direkt von Chief Inspector Cook erfahren habe, ist, dass die zwei Nylonschnüre, von denen wir vermuten, dass die Leiche damit auf dem Grund an Gewichten befestigt war, nicht gerissen sind. Sie wurden mit etwas Scharfem durchgeschnitten, und zwar erst vor ganz kurzer Zeit.«

Ein paar Sekunden Stille, während alle das bedachten. Der Leichnam war nicht versehentlich an die Oberfläche gekommen. Jemand hatte ihn losgemacht.

»Meine Fresse«, bemerkte Anderson.

»Also los, Lacey, raus damit.«

Brachte es etwas, sich zu zieren? Wenn Tulloch sich einmal in etwas festgebissen hatte, war alles nur eine Frage der Zeit.

»Und wenn ich sage, dass das absolut keine Auswirkungen auf den Fall hatte?«, versuchte sie ihr Glück.

»Wir haben noch keinen Fall, wir haben eine Leiche. Und wir wollen es trotzdem wissen.«

Am besten, sie brachte es hinter sich. »Ich bin geschwommen.«

»Sie sind *was*?«

»Geschwommen. Sie wissen schon, erst den einen Arm hoch, dann …«

»In der Themse?«, stieß Anderson hervor.

»Nichts für ungut, Sarge, aber muss ich darauf wirklich …«

»Wissen Sie, was Sie sich in dem Fluss alles holen können?«, fragte Tulloch.

»Ja, da war doch mal so ein Typ, dieser Komiker, wie hieß der doch gleich? Williams?«, bemerkte Stenning. »Der ist den ganzen Fluss runtergeschwommen, für wohltätige Zwecke. Hat nach zwei Tagen Megadünnpfiff gekriegt.«

»Ich schluck das Zeug ja nicht runter.« Laceys Augen wurden hart.

Anderson lehnte sich auf seinem Stuhl zurück, ein breites Grinsen im Gesicht. »Also, reden wir hier von 'nem Neoprenanzug, 'nem Trockenanzug oder so 'nem roten Badeanzug wie in *Baywatch*?«

»Unangebrachte sexuelle Anzüglichkeiten, Sarge.« Lacey stand auf, um die Becher zum Spülbecken zu bringen.

»Lacey, das ist doch lächerlich«, sagte Tulloch. »Etwas Gefährlicheres oder Verantwortungsloseres kann ich mir gar nicht vorstellen. Sie sollten es wirklich besser wissen.«

»Ja, Mum«, brummte Lacey halblaut, noch immer mit dem Rücken zu den anderen.

Tullochs Stimme wurde lauter. »Wie haben Sie mich gerade genannt?«

»Ich hab gesagt, ›Ja, Ma'am‹«, antwortete Lacey.

»Nein, haben Sie nicht. Sie haben mich Mum genannt.«

»’tschuldigung, war nicht respektlos gemeint.«

»Oh, das bin ich gewohnt. Aber jetzt mal im Ernst: Schwimmen Sie etwa allein?«

»Normalerweise ist jemand dabei, dem geht’s nur gerade nicht so gut.«

»Das überrascht mich nicht. Was hat er denn? Morbus Weil?«

Lacey drehte sich wieder zu den anderen um. »Ein Stück die Straße rauf ist ein Comedy-Club. Ich kann ja mal schauen, ob die demnächst was frei haben. Bis dahin macht das bei dem, was heute Morgen passiert ist, überhaupt keinen Unterschied, aber wenn Sie es Mr Cook sagen, kriege ich gewaltigen Ärger.«

Tulloch machte ein besorgtes Gesicht. »So einfach ist das vielleicht nicht, Lacey. Wie oft schwimmen Sie im Fluss?«

»Erst seit ich auf dem Boot wohne und nur, wenn es warm genug ist. Nur ganz früh am Morgen oder am frühen Abend, wenn wenig Verkehr auf dem Fluss ist. Und nur bei Flut. Bei auf- oder ablaufendem Wasser ist die Strömung einfach zu stark.« Lacey blickte von einem zum anderen. »Für jeden, der den Fluss nicht kennt, wäre da also überhaupt kein Muster zu erkennen. Es würde vollkommen beliebig erscheinen.«

»Aber für jemanden, der sich auskennt, wäre es ziemlich berechenbar.«

Anderson kratzte sich hinterm Ohr. »Moment mal – Sie denken, irgendjemand wollte, dass Lacey die Leiche findet?«

Lacey nahm sich einen Stuhl und setzte sich.

»War der Stoff an dem Pfahl festgebunden oder nur darumgewickelt?«, fragte Stenning.

»Die Flusspolizei hat Fotos gemacht«, sagte Dana. »Die kriege ich heute noch, das haben sie versprochen. Die Bilder sollten uns zeigen, wie die Leiche befestigt war.«

»Das werden sie nicht tun.« In einer Geste der Kapitulation hob Lacey die Hände. »Ich hab’s mir angesehen, ich bin getaucht. Es war kein Palstek oder so was. Andererseits sah es ziemlich stabil aus. Im Großen und Ganzen kann man's einfach unmöglich sagen.«

»Schwimmen Sie immer dieselbe Strecke?«, wollte Tulloch wissen.

Wieder nickte Lacey. »Normalerweise schwimmen wir fast bis zum Greenland Pier rauf. Aber immer nur fast, weil da eine ganze Menge los sein kann, sogar sehr früh am Tag. Also kehren wir an der Einfahrt zur South Dock Marina um und schwimmen zurück.«

»Waren Sie auf dem Hinweg oder auf dem Rückweg, als Sie die Leiche gefunden haben?«

»Auf dem Rückweg.« Schlagartig begriff Lacey. »Auf dem Hinweg war sie noch nicht da. Sonst hätte ich sie gesehen. Scheiße, sie ist für mich da festgemacht worden, nicht wahr?«

Beklommenheit machte sich auf Tullochs Zügen breit. »Das können wir unmöglich wissen. Aber fürs Erste wäre ich sehr viel glücklicher, wenn Sie sich für Ihren Frühsport ein Schwimmbad irgendwo in der Nähe suchen würden.«

11

Lacey

»Zum ersten Mal in der Kanalisation?«, erkundigte sich Sergeant Wilson, als sie auf den Tunneleingang zufuhren.

»Heute war ein Tag voller neuer Erfahrungen, Sarge«, gestand Lacey.

Während sie sich dem Tunnel näherten, schaute sie sich kurz zu dem nicht mehr ganz jungen Mann mit dem ausgeblichenen roten Haar um, der das kleine Boot steuerte.

Fred Wilson war ein Flusspolizei-Veteran mit über zwanzig Dienstjahren auf dem Buckel, der Lacey vor knapp einem Jahr aus dem Fluss gefischt hatte. Und sie damals fast wieder hineingeworfen hätte, so wütend war er gewesen, weil sie überhaupt erst ins Wasser gesprungen war. Im Geist nannte Lacey Sergeant Wilson immer Onkel Fred, er war nämlich Onkel Fred für den Mann, der sie einander vorgestellt hatte. Eines Tages, so fürchtete sie insgeheim, würde sie ihn aus Versehen laut so nennen.

Vorn im Bug saß Constable Finn Turner, Mitte zwanzig und eins sechsundneunzig groß, dessen hageres Gesicht und schlanker Körper nur eine hochgezogene Augenbraue weit von Model-Schönheit entfernt waren.

Lacey bekam die Seilschlaufe zum Festhalten zu fassen, als das Boot jäh von einer Welle hochgehoben wurde. In so einer kleinen Jolle kam sie sich immer vor, als würde sie in einer Waschmaschine herumgeschleudert. Und außerdem war ihr heiß. Die Trockenanzüge, die die Mitarbeiter der Flusspolizei bei Außeneinsätzen trugen, waren dazu gedacht, einen warm zu halten. Außerhalb des Wassers, an einem warmen Tag, wurde »warm« zu »schweißtreibend heiß«.

»Sie haben doch keine Klaustrophobie, oder?« Schweißperlen zeigten sich an Wilsons Schläfen, und sein Gesicht war noch röter als sonst. Als Kind war er bestimmt von oben bis unten voller Sommersprossen gewesen. Mit Mitte fünfzig waren diese Sommersprossen zu Sonnenbräune verschmolzen.

Über Turners Schulter hinweg betrachtete Lacey das gähnende Loch in der Ufermauer und verspürte einen Hauch erwartungsvoller Spannung. »Das werden wir wohl gleich rausfinden«, meinte sie.

Wilson ließ den Motor aufheulen, wendete scharf auf die Mauer zu, und dann glitten Lacey und ihre beiden Begleiter in einen langen, schmalen Tunnel, der sich unter der Londoner Innenstadt hinzog. Die Geräusche der Themse an einem Sommertag verschwanden ebenso schnell hinter ihnen wie die Hitze und das Licht. Während Wilson Gas wegnahm, bis der Motor im Leerlauf tuckerte, fuhren die drei Polizeibeamten immer tiefer in eine Welt hinein, von deren Existenz nur wenige Menschen in London wussten, obgleich sie direkt unter ihren Füßen lag.

Eine Welt der merkwürdig verzerrten Geräusche, von so dichter Finsternis erfüllt, dass man sie fast mit Händen greifen konnte. Eine Welt, in der einem vielleicht nur jener lange Zeit untätige sechste Sinn sagen könnte, wenn sich von hinten Gefahr anschlich. Die untere Welt.

Verblüfft merkte Lacey, wie etwas ihr die Brust zusammenschnürte, wie ihr Atem schneller ging. War das Klaustrophobie? Oder nur die Nachwirkungen einer Erinnerung, die noch ein wenig länger brauchte, um zu verblassen? Kaum jemand kannte dieses zwielichtfarbene unterirdische London besser als sie. Es hatte Zeiten gegeben, wo wunderschön gebaute, mit Backstein ausgekleidete Tunnel mit dekorativen Bogengängen ihr ebenso vertraut gewesen waren wie den meisten Menschen Straßenlaternen und Verkehrsschilder. Und dann hätte sie vor nicht ganz einem Jahr in einem Tunnel wie diesem beinahe alles verloren.

Sie schloss kurz die Augen, bemühte sich, den plötzlichen Drang abzuschütteln, aus dem Boot zu springen und zum Sonnenlicht zurückzuschwimmen. Als sie sie wieder öffnete, sah sie, dass hinter dem stabilen Oberkörper des Sergeants die Welt, die sie zurückgelassen hatten, zu einem kleinen, dunstigen Lichtkreis geworden war.

Turner schaltete eine starke Lampe vorn am Bug an, und dann nahmen alle drei dies als Signal, ihre Helmlampen einzuschalten. Wieder sehen zu können half.

Bei voll aufgelaufener Flut würde der Tunnel, den sie jetzt entlangfuhren, fast vollständig unter Wasser stehen; für ein

Boot mit drei lebenden, atmenden Insassen wäre kein Platz. Bei Niedrigwasser würde der Fluss sich bis zum Uferstreifen draußen zurückziehen, sodass nur noch ein Rinnsal aus dem Tunnel tröpfelte. Dies war der beste Zeitpunkt, um hier einzufahren.

Weit unten an den Mauern des Gewölbes zog sich zu beiden Seiten ein schmales Sims entlang, gerade breit genug, um darauf zu gehen. Das Wasser unter ihnen war schwarz und von Schaum bedeckt und roch nach Öl, nach verlassenen Kellern, nach Wasser in den abgelegenen Ecken geschäftiger Häfen, das nicht abfließen kann.

»Hier die Hand ins Wasser zu stecken ist wahrscheinlich nicht gerade die allerbeste Idee«, bemerkte Lacey.

»Das Wasser hier drin ist auch nicht schlimmer als im Fluss«, erwiderte der Sergeant. »Das hier ist ein Regenwasserkanal, erinnern Sie sich? Wir leiten keine ungeklärten Abwässer in die Themse ein.«

»Es sei denn, es hat ordentlich geregnet«, meldete sich Turner zu Wort. »Dann kann keiner sagen, was hier rauskommt. Sie sollten sich wahrscheinlich die Hände waschen, bevor Sie Abendbrot machen.«

»Wonach genau suchen wir eigentlich?« Lacey schaute zu dem vollendeten Gewölbe der Tunneldecke hinauf und erblickte sonderbare Algenmuster.

»Nach verdächtigen Gegenständen«, antwortete Wilson. »Eine Explosion hier unten könnte das halbe Bankenviertel plattmachen.«

»Nicht jeder würde das schlimm finden.«

»Leiter direkt rechts voraus, Sarge«, meldete Turner.

Wilson wurde langsamer, bis das Boot anhielt. »Haben Sie Bock, Finn, oder wollen Sie Lacey da raufschicken?«

»Wenn Sie 'n Rock anhätte, wäre ich ja schwer in Versuchung, Sarge.« Turner stand auf und griff nach einer schmalen Eisenleiter, die an der Tunnelwand hinaufführte. »Aber so, wie die Dinge liegen, möchte ich nicht hier rumhängen, während sie 'nen hysterischen Anfall kriegt.«

»Ihnen ist doch klar, dass Polizisten schon für weniger gefeuert worden sind?«, bemerkte Lacey, als Turner vom Boot absprang. Ungefähr drei Meter über dem Wasser verschwand die Leiter in einem engen Kamin. Bald konnten sie nur noch Turners Waden und Füße sehen.

»Was macht er da?«, wollte Lacey wissen.

»Sieht nach, ob der Kanaldeckel noch draufliegt. Er sucht nach irgendwelchen Anzeichen dafür, dass an dem Ding kürzlich herumgemacht worden ist. Drückt ihn wahrscheinlich ein kleines Stück weit auf, um zu sehen, ob noch alles richtig funktioniert.«

Lacey unterdrückte ein Kichern. »Also könnte sich über uns vielleicht jemand gerade jetzt an dem Anblick erfreuen, wie Finn aus dem Loch auftaucht wie ein Erdmännchen aus seinem Bau?«

»Hoffen wir nur, dass er nicht von einem Auto plattgefahren wird. Haben Sie in letzter Zeit mal von unserem gemeinsamen Freund gehört?«

Lacey verspürte den vertrauten Stich der Erregung. Großer Gott, schon bei so einer Anspielung. Wilson sprach von Mark Joesbury, seinem Neffen, Dana Tullochs bestem Freund und ihrem – was denn eigentlich genau? Sie versuchte immer noch, das auszuknobeln.

»Seit Anfang April nicht mehr, Sarge. Er ist verreist.«

Wilson nickte rasch. Er wusste, was »verreist« hieß. »Also, wenn Sie mal was hören: Seine Mum will wissen, wo er die Grillzange hingetan hat, als er das letzte Mal da war, und sein Bruder muss mit ihm über Lex Luthor reden.«

Das war immer noch etwas Neues, etwas über Joesburys Familie zu hören. »Lex Luthor?«

Wilson zuckte geringschätzig die Achseln. »Fragen Sie mich nicht, irgend so ein dämlicher Code, den die sich als

Kinder ausgedacht haben. Hat wahrscheinlich was mit Kohle zu tun, wenn man bedenkt, wie reich Lex Luthor angeblich war.«

Sie hörten das laute, misstönende Scheppern von Eisen, das auf Stein fällt, und Turner sprang ins Boot herunter. »Ist nicht angerührt worden, Sarge«, meldete er. »Musste mich echt verdammt anstrengen.«

»Also«, sagte Wilson, als sie sich von Neuem auf den Weg machten, »was gibt's denn Neues von Ihrer Leiche?«

»Ach, jetzt ist das also meine Leiche?«, fragte Lacey. »Das alte Seefahrergesetz von wegen ›Wer's findet, darf's behalten‹?«

»Nö, bloß die Perversen auf dem Revier, die sagen eben gern ›Laceys Leiche‹«, erklärte Turner. »Sie wissen schon: ›Habt ihr Laceys Leiche gesehen?‹, ›Laceys Leiche stinkt ganz schön bei dieser Hitze‹.«

»Ich kann mir echt nicht erklären, wo Sie Ihren Ruf in Sachen Frauen herhaben«, meinte Lacey. »Reden Sie eigentlich je mit Frauen?«

»War nie notwendig.«

»Stört Sie das, Lacey?« Der Sergeant war plötzlich ernst.

»Alles gut.«

Er betrachtete sie einen Moment lang eingehend, dann nickte er. »Wie groß ist die Wahrscheinlichkeit, dass wir sie identifizieren können?«

»Ich würde kein Geld darauf wetten«, gestand Lacey. »Die Kollegen vom CID haben mich gebeten, die Liste derer durchzugehen, die noch immer offiziell vermisst werden, nachdem sie mutmaßlich im Fluss verschollen sind. Ich hab vierzehn gefunden, in den letzten drei Jahren.«

»Das heißt nicht, dass die alle tot sind«, meinte Wilson. »Ein paar sind bestimmt rausgeklettert, klatschnass und peinlich berührt, und haben Hackengas nach Hause gegeben.«

»Und ein paar sind ins Meer geschwemmt worden, auf

Nimmerwiedersehen«, setzte Turner hinzu. »Wie viele davon waren junge Frauen?«

»Zwei«, sagte Lacey. »Aber die passen beide nicht zu unserer Leiche. Die eine war eine zwanzig Jahre alte Nigerianerin, die dabei gesehen wurde, wie sie von der London Bridge gesprungen ist, die andere eine gefärbte Blondine, die auf einer Ufermauer rumgealbert hat und reingefallen ist.«

»Alle Fälle klären wir nicht auf, das wissen Sie doch«, bemerkte Wilson. »Ich hab selbst mal vor Jahren eine rausgezogen. Oben in der Nähe von Pimlico. Eine junge Frau, fast vollständig skelettiert. Hab nie rausgefunden, wer sie war oder was mit ihr passiert ist.«

»Falls Sie sich die Mühe machen wollen, können Sie ja mal die landesweite Vermisstenliste überprüfen«, schlug Turner vor. »Obwohl, eigentlich ist das ja ein Job für die Kriminalpolizei.«

»Hab ich schon«, erwiderte Lacey. »Das sind wahnsinnig viele. Aber nachdem ich die rausgenommen habe, die entweder zu alt oder zu jung waren oder die falsche ethnische Abstammung oder das falsche Geschlecht haben, hatte ich noch hundertzwei übrig.«

»Das CID braucht bestimmt nicht lange, um mögliche Kandidatinnen zu finden.« Wilson nahm abermals Gas weg, und Turners Beine verschwanden eine zweite Leiter hinauf. »Die jeweiligen Kollegen vor Ort können wahrscheinlich DNA-Proben zum Vergleichen liefern.«

Turner sprang von der Leiter auf das Sims und stieg wieder ins Boot. »Der Nächste ist Ihrer«, ließ er Lacey wissen. »Also, wenn sie als vermisst gemeldet ist, dann wissen wir bald, wer sie ist?«

»Dana hat den Fall bis Ende der Woche geknackt. Ist seit Jahren der schlaueste Kopf bei der Londoner Polizei, das Mädchen.« Wilson steuerte sie weiter den Tunnel hinauf.

»Ist auch ’n ganz schön heißer Feger«, bemerkte Turner, als

sie die nächste Leiter erreichten, und streckte den Arm aus, um das Boot ruhig zu halten. »Was glauben Sie, ist der der Richtige bloß noch nicht begegnet?«

Lacey stieg auf die Leiter.

»Aua, verdammt!« Turner steckte sich praktisch die ganze Faust in den Mund. »Passen Sie doch auf, wo Sie hintreten!«

»'tschuldigung, Finn«, sagte Lacey. »Meine Augen sind wohl noch nicht ganz an das Licht hier gewöhnt.«

12

Dana

Was in aller Welt hat die Frau geritten, hier wohnen zu wollen?, dachte Dana nicht zum ersten Mal.

Die Zuflüsse des Tidenbereichs der Themse waren im Laufe der letzten paar Hundert Jahre urbanisiert worden, hatten sich in Industrieanleger mit hoch aufragenden Lagerhallen und kommerzielle Kais verwandelt. Der Deptford Creek, wie der letzte Kilometer des Ravensbourne genannt wurde, ehe er bei Deptford in die Themse mündete, floss durch ein Kanalbett aus Stahl und Beton, das bis zu sieben Meter tief und an einigen Stellen siebzig Meter breit war. An seinen Ufern machten dunkle Backsteingebäude die Wände des Kanals noch höher. Bei Flut lief er komplett voll. Zu anderen Zeiten bildete er einen riesigen urbanen Tunnel.

Auf dem Schleusenhof, der manchmal recht ironisch als »Theatre Arm Marina« bezeichnet wurde, marschierte Dana über den Beton und fand die Leiter, über die sie zu den zwölf Booten hinuntergelangen würde, die dort mehr oder weniger auf Dauer festgemacht hatten und die größte Hausbootkolonie von Deptford bildeten.

Einige der Bootsbewohner waren an Deck und genossen die frischere, kühlere Abendluft. Auf einem großen Boot mit schwarzem Rumpf in der Mitte der Reihen saß ein junges Paar; ein Kleinkind lag zusammengerollt auf dem Schoß der Frau. Spielzeug und Babysachen lagen auf dem Deck verstreut. *Die Leute zogen hier tatsächlich Kinder groß? Man könnte sie doch nicht eine Sekunde aus den Augen lassen.*

Ein Zug fuhr auf dem Hochbahn-Abschnitt der Docklands Light Railway vorbei, der über ihnen verlief. Es war eine viel befahrene Strecke, die bestimmt für fast unaufhörliche Hintergrundgeräusche sorgte.

Laceys Boot, eins der kleinsten im Schleusenhof, war ganz außen festgemacht, in der hintersten Reihe, und Dana musste mehrere größere Boote überqueren, um dort hinzugelangen. Sie stieg von einem zum nächsten, sah Licht in einer Kabine, hörte Bewegung in einer anderen und dachte, dass die doch alle verrückt waren. Diese Leute hatten kein fließendes Wasser, keine Zentralheizung, keinen Strom. Sie hatten Wassertanks, die sie alle paar Tage mit dem Schlauch auf dem Schleusenhof auffüllten, und dieselgetriebene Generatoren, die ihnen ein Mindestmaß an Elektrizität bescherten. Sie kochten mithilfe von Gasflaschen. Ein paar der Boote hatten Herde, die mit Holz befeuert wurden, andere nicht. Allein schon die Einkäufe nach Hause zu schleppen musste doch ein Albtraum sein.

»'n Abend«, sagte der hagere, sonnengebräunte Mann auf dem Boot neben dem von Lacey, als Dana näher kam.

»Darf ich?«, fragte sie, als sie auf das Deck seines Bootes hinabkletterte, und deutete mit einer Geste zum Bug. Er neigte den Kopf, gab ihr stumm seine Erlaubnis. In der einen Hand hielt er eine Zigarette, in der anderen eine Bierflasche. Als Dana sich vorsichtig einen Weg über das unordentliche Deck suchte, erblickte sie eine Frau auf dem Boot, die sie durch ein offenes Schott beobachtete. Anfang sechzig, jünger als der Mann. Ebenso gebräunt und grauhaarig wie er, aber mit mehr Körperfett.

Laceys Boot war eine Segeljacht aus den Fünfzigerjahren, der Rumpf war leuchtend gelb gestrichen. Dana trat auf das Deck, dessen Planken, wie Mark ihr erklärt hatte, aus Weißeiche gefertigt waren.

Und dieses enge, bedrückende Gefühl wurde schlimmer, allein schon bei dem Gedanken an Mark. Es war, als klammere sich irgendeine kleine Kreatur an ihre Brust und bohre mit Zähnen und Klauen. Ihr Fuß stieß gegen irgendetwas, ließ es über das Deck und über den Rand rutschen.

»Verdammt.«

Sie beugte sich über die Reling und schaute in die Lücke zwischen Laceys Boot und dem größeren nebenan. Ein kleines Spielzeugboot lag im Schlamm, der Rumpf war genauso gelb wie der von Laceys neuem Zuhause.

»Sekunde.«

Ohne ein weiteres Wort beugte der Mann auf dem Nachbarboot sich über die Reling, fischte die Spielzeugjacht mit einem langen Bootshaken auf und hielt sie Dana hin. Sie versuchte, nichts von dem Schlamm abzubekommen, als sie sie nahm und sich bei ihm bedankte.

»Willkommen an Bord.«

Lacey stand im Cockpit; ihr blasses Gesicht und das helle Haar waren vor dem dunkler werdenden Himmel gerade noch zu erkennen. Dana hielt sich am Geländer des Niedergangs fest und stieg hinunter.

»Entschuldigen Sie das mit Ihrem Schiffchen, ich hab es nicht gesehen.«

Lacey betrachtete das Spielzeugboot. »Das hab ich noch nie gesehen. Gehört bestimmt den Kindern auf einem von den anderen Boten. Ich wasch's nachher ab und bringe es zurück.«

Wie ein merkwürdiges Einweihungsgeschenk wurde das kleine Schiff von einer Frau zur anderen gereicht.

»Ich hab Weißwein im Kühlschrank«, sagte Lacey. »Und Tee. Aber keinen koffeinfreien Kaffee, fürchte ich.«

»Tee wäre prima«, erwiderte Dana.

Lacey war noch immer in Uniform: die schlichte blaue Bluse und die blauen Hosen, die die Angehörigen der Flusspolizei meistens trugen. Ihr Haar wehte ihr in der Brise ums Gesicht. Von der Uniform abgesehen sah sie zeitlos aus, wie eine zum Leben erwachte Marmorstatue.

Dana schaute sich um. Überall um sie herum standen Kabinentüren offen.

»Haben Sie etwas dagegen, wenn wir nach unten gehen? Ich weiß, es ist heiß, aber …«

Lacey machte zwei große Schritte durchs Cockpit, ehe sie sich umdrehte und in die Kajüte hinuntersprang.

Sie füllte gerade den Wasserkessel, als Dana den Niedergang hinunterkletterte. Sie hörte das Zischen von Gas, das Anreißen eines Streichholzes. Lacey holte Becher aus einem Schapp, suchte Teebeutel, griff in einen kastengroßen Kühlschrank nach Milch und gab Dana so Gelegenheit, sich umzusehen.

Dana war schon einmal auf dem Boot gewesen, allerdings unter außergewöhnlich angespannten Umständen. Das letzte Mal war sie nicht gerade in der richtigen geistigen Verfassung gewesen, um anzuerkennen, dass es hier drinnen tatsächlich recht schön war.

Überraschend geräumig, war ihr erster Gedanke. Der zweite war, dass es hier drin ein bisschen so aussah wie in einem privaten Arbeitszimmer eines exklusiven Herrenclubs. Die ganze Kajüte war vom Boden bis zur Decke mit Holz getäfelt, das nach Mahagoni aussah. Grüne Glaslampen schimmerten sanft an den Wänden, und die Sitzplätze um den Tisch herum waren mit braunem Leder gepolstert. Die kleine Kombüse auf der Steuerbordseite war wunderschön ordentlich, der Kartentisch dahinter sah aus wie ein antiker Schreibtisch, und darüber gab es sogar ein verglastes Bücherregal. Die Bücher, alles gebundene Ausgaben, waren eine Mischung aus Klassikern und modernen Krimis. Am anderen Ende der Kajüte führte eine Tür zur größeren der beiden Schlafkabinen.

Dana erinnerte sich an ein kleines, ordentliches Doppelbett, von einem Holzrahmen umgeben, den winzigsten aller Kleiderschränke, ein kleines Nachtschränkchen. Es war alles ordentlich und hübsch und gemütlich, aber wo zum Teufel bewahrte die Frau all ihren Kram auf?

Lacey beobachtete sie. Wahrscheinlich schon seit einer ganzen Weile. Sie hatte so eine Art, sich zu bewegen, so leise, so sparsam.

»Ich hab nicht viel«, sagte sie, als hätte sie Danas Gedanken gelesen. »Was Sie hier sehen, ist mehr, als ich in meinem ganzen Leben je besessen habe.«

»Dann sind Sie ziemlich ungewöhnlich. Die meisten von uns sind ganz besessen davon, Besitztümer anzuhäufen.«

Lacey trat vor und stellte Milch und Zucker auf den Tisch. »Ich finde die Vorstellung von vielen Sachen ziemlich beklemmend. Irgendwie eine ... wie sagt man ... eine Fessel.«

Die Milch kam direkt aus der Tüte, der Zucker aus der Packung.

»Manche Menschen betrachten Besitz als Anker«, gab Dana zu bedenken.

Lacey lächelte, ehe sie sich wieder dem Wasserkessel zuwandte. »Ich hab einen Anker. Einen echten.«

»Ein Boot ist wohl an und für sich etwas zum Mitnehmen. Man setzt einfach die Segel und fährt los, mit allen Sachen und allem Drum und Dran.« Wieso redeten sie über Sachen? Wieso schaffte Lacey es immer wieder, sie aus dem Gleichgewicht zu bringen?

»Theoretisch.« Lacey drehte das Gas ab. »Aber die Segel

für dieses Boot sind eingelagert, und ich wüsste auch gar nicht, wie man es segelt.«

Dana machte schon den Mund auf, um zu sagen, Mark würde das wissen, und dann fiel ihr wieder ein, warum sie hier war. »Lacey, wann haben Sie Mark zum letzten Mal gesehen?«

Lacey stellte den Kessel wieder auf den Gasherd und drehte sich um. »Ist ihm was passiert?«

Sie war noch immer ein Enigma, aber so viel leichter zu lesen als früher. Dana atmete den Geruch von altem Leder ein und einen ganz schwachen Hauch des Parfums, das Lacey manchmal trug. »Er hat mich Ende März besucht.«

Lacey lehnte sich gegen den Kartentisch, als wappne sie sich gegen schlechte Nachrichten.

»Kurz nach … na ja, Sie wissen ja, was im März war.«

Ein winziges Nicken. Sie wussten es beide; beide wollten nicht darüber reden.

»Er hat gesagt, er müsse auf einen Einsatz«, fuhr Dana fort. »Er hatte keine Ahnung, wann der vorbei sein würde oder wann er sich wieder melden würde. Hat mich gebeten, ein Auge auf Carrie und Huck zu haben. Und nebenbei auch auf Sie.«

Diese braunblauen Augen wurden ein ganz klein wenig weicher. »Zu mir hat er so ziemlich dasselbe gesagt. Ohne das mit dem Ein-Auge-auf-jemanden-Haben.«

»Ich habe gewusst, dass er das eigentlich nicht machen wollte«, sagte Dana. »Er fand, es sei zu früh nach der ganzen Geschichte mit den verschwundenen Jungen, gar nicht zu reden von der Sache in Cambridge.«

»Ja, das hat er mir auch gesagt.«

Laceys Blick war wieder hart geworden, was nicht weiter überraschend war. Nach drei üblen Fällen – vier, wenn man diese Geschichte letztes Weihnachten im Park mitzählte – war Lacey drauf und dran gewesen, endgültig aus dem Polizeidienst auszuscheiden. Lacey Flint, die niemanden brauchte, fing allmählich an, Mark zu brauchen, und er war weggegangen.

Aber Mark Joesbury war Detective Inspector beim SCD10, dem Spezialdezernat für Schwerverbrechen, das für verdeckte Ermittlungen zuständig war. Als einer der ranghohen, erfahreneren Mitarbeiter wurde er üblicherweise auf Einsätze geschickt, wenn eine Operation sich ihrem Ende näherte. Aus persönlichen Gründen nicht verfügbar zu sein könnte die monate-, manchmal auch jahrelange schwierige und gefährliche Arbeit seiner Kollegen gefährden. Es wäre völlig untypisch für ihn, einen Einsatz abzulehnen. Genau diese Hingabe an seine Arbeit war es, die ihn seine Ehe gekostet hatte und die ihn jetzt vielleicht Lacey kosten könnte.

»Also, was ist passiert?«, wollte Lacey wissen.

»Vielleicht gar nichts«, antwortete Dana. »Mit an Sicherheit grenzender Wahrscheinlichkeit gar nichts. Aber es sind da Gerüchte im Umlauf, und ich wollte nicht, dass Sie die hören.«

Lacey kehrte ihr den Rücken zu, griff wieder nach dem Kessel und goss den Tee auf. »Oder vielmehr, Sie wollten, dass ich sie von Ihnen höre.«

Dana lächelte, gab in diesem Punkt nach. »Den Gerüchten nach hat er sich abgesetzt. Niemand kann ihn kontaktieren. Sie können ihn jetzt schon seit Wochen nicht erreichen.«

Lacey brachte die Becher zum Tisch. »Ist das nicht ganz normal? Geht's bei Undercover-Arbeit nicht genau darum?«

»Eigentlich nicht. Derjenige, der die Operation leitet, sollte ihn immer erreichen können, und sei es nur für den Fall, dass sie ihn abziehen müssen.«

»Denken Sie, ihm ist was passiert?«

»Nein, er ist nämlich gesehen worden. Er ist quicklebendig, machen Sie sich keine Sorgen. Dem Gerücht nach ist er übergelaufen.«

»Übergelaufen?«

»Hat die Seiten gewechselt. Gehört jetzt zu den Bösen.«

Lacey starrte sie an, ließ sich nichts anmerken. Oder vielmehr ließ sie sich eine ganze Menge anmerken, wie Dana plötzlich klar wurde, und zwar ohne es zu wollen. Es hatte keinen augenblicklichen Einspruch gegeben, keine »Mark-würde-so-was-nie-tun«-Beteuerungen.

»Würde er das tun?«, fragte sie nach kurzem Schweigen.

»Ich weiß es nicht«, antwortete Dana aufrichtig.

»Sie kennen ihn doch seit fünfzehn Jahren, wie kann es da sein, dass Sie das nicht wissen?«

»Er ist kein Heiliger, Lacey. Aber wer er ist? Ich habe zu meiner Zeit ein paar ziemlich unverzeihliche Dinge getan, um Ergebnisse zu bekommen. Sie nicht?«

»Ich hab ein paar ziemlich unverzeihliche Dinge getan, bevor ich zur Polizei gegangen bin«, erwiderte Lacey. »In letzter Zeit versuche ich, sauber zu bleiben.«

Toll. Es ging doch nichts über einen Constable, der sich für moralisch überlegen hielt.

»Sehr gut. Aber ich habe den Verdacht, dass Sie damit zur Minderheit gehören.«

Schweigen. Dana wusste, dass sie wahrscheinlich zu viel gesagt hatte. Das war ein Teil des Jobs, den die meisten Polizisten verstanden, den aber nur wenige offen eingestanden. Manchmal war es gar nicht so leicht, den Abstand zwischen Falsch und Richtig zu erkennen. Manchmal war der moralische Code nicht leicht zu entziffern.

Vor fast fünfzehn Jahren hatten sie und Mark als junge Polizisten die Wohnung eines einschlägig bekannten Drogendealers observiert. Sie hatten gesehen, wie er das Haus verlassen und eine Supermarkt-Plastiktüte in einen Müllcontainer geschmissen hatte. Ein paar Stunden später waren sie dabei gewesen, als die Wohnung durchsucht wurde, und hatten nichts gefunden. Der Dealer hatte jedes Fitzelchen belastendes Beweismaterial aus seiner Wohnung entfernt. Es lag alles unten in dem Container, und sie hatten keine Möglichkeit, die Tüte mit ihm in Verbindung zu bringen. Mark hatte die Bettdecke weggezogen und zwei kurze schwarze Haare gefunden. Er hatte sie eingesteckt, und später, als sie die Tüte aus dem Container geholt hatten, hatte er sie unbemerkt hineinfallen lassen.

Unbemerkt von allen außer von ihr. Sie hatte zugesehen, wie ihr Freund die Grenze überschritten hatte, und dann hatte sie es ihm gleichgetan. Und das war gleich zu Beginn ihrer beruflichen Laufbahn gewesen. Bevor sie Zeit gehabt hatte, sich zu überlegen, wie viel genau ihr Integrität bedeutete.

Der Dealer war im Knast gelandet. Ein Drecksack weniger auf der Straße. Ohne jeden Zweifel an seiner Schuld hatte Dana keinerlei Gewissensbisse verspürt. Nobel-Verstoß, so nannte man dieses Verfahren. Beweismaterial unterschieben, kleine fromme Lügen erzählen, Fakten zurückhalten, um die Verurteilung jener zu garantieren, von denen man wusste, dass sie schuldig waren.

Das war weit verbreitet und richtete zumeist keinen Schaden an. Andererseits war es der erste Schritt auf der schiefen Bahn. Wie groß war der Schritt zwischen »Beweismaterial unterschieben« und »ein paar Pfund von dem Geld abgreifen«, das bei einer Razzia gefunden worden war? Und wenn man das mit seinem Gewissen vereinbaren konnte – das Geld war ja auch auf illegale Weise erworben worden –, wie schwer wäre es dann, ein halbes Paket Kokain abzustauben, um das Zeug selbst zu verticken? Die zweihundert Pfund einzustecken und wegzuschauen, wenn ein betrunkener Autofahrer artig darum bat? Mit der auf betrügerische Weise erworbenen Kreditkarte ein paar Zwanziger zu ziehen?

Polizeiarbeit bestand meistens nicht darin, Serienmörder zur Strecke zu bringen und bestialische Morde aufzuklären.

Sie war kleinlich und schäbig, man schlug den Abschaum bei seinem eigenen Spiel. Polizisten gaben die besten Schurken ab. Sie wussten, worum es ging. Sie wussten, wie man sich nicht schnappen ließ.

Und ein kleiner Lichtfunke war in Laceys Augen erloschen.

»Außerdem weist sein Bankkonto eine Diskrepanz auf«, fuhr Dana fort und wünschte, sie könnte ihr den schwerwiegendsten Beweis von allen ersparen. »Mehrere Hunderttausend Pfund mehr, als da drauf sein sollten. Viel mehr, als er bei der Polizei verdient, und keine Erklärung dafür.«

»Und was wollen Sie also damit sagen?«, fragte Lacey. »Dass ihr alle korrupt seid, und er ist schließlich einfach nur aufs Ganze gegangen?«

»Nein, ich will nichts dergleichen sagen. Um ehrlich zu sein, ich glaube das nicht. Zum Teil, weil ich glaube, Mark weiß, wo er die Grenze ziehen muss, und zum Teil, weil er zu viel zu verlieren hat. Wenn er untertaucht, verliert er seine sämtlichen Freunde. Ganz zu schweigen von seinem Sohn. Ganz zu schweigen von Ihnen.«

»Und wie genau haben Sie davon gehört?«

»Einer von seinen Freunden hat mich angerufen. Jemand, den ich von früher kenne. Wollte wissen, ob ich irgendwas gehört hätte. Bei Ihnen meldet er sich vielleicht auch noch.«

»Ich hab nichts von ihm gehört. Seit er weg ist, nichts.«

»Er hätte schon längst aus dem SO10 wegversetzt werden sollen.« Dana benutzte die frühere, aber unter Kollegen noch immer beliebte Bezeichnung der Undercover-Einheit. »Die Arbeit, die die da machen, ist unglaublich gefährlich, und niemand sollte da länger als ein paar Jahre drinbleiben.«

Lacey nickte. »Sie kommen den Leuten zu nahe, gegen die sie ermitteln. Sie fangen an, die Dinge aus ihrem Blickwinkel zu sehen. Es wird wichtig für sie.«

»Sie schließen Freundschaften. Manchmal lassen sie sich sogar mit jemandem ein. Auf eine Liebesbeziehung, eine sexuelle Beziehung. Sie sind nicht mehr in der Lage, das alles hinter sich zu lassen. Wissen Sie was? Wenn Mark nicht so verdammt gut darin wäre, sich an Ganoven anzupassen, dann hätten sie ihn auch schon versetzt, aber es war eben immer noch ein Fall und dann noch einer.«

Lacey fuhr sich mit den Händen übers Gesicht. »Was glauben Sie, wo wird er hingehen?«

Dana stand auf. »Wenn Mark wirklich weg ist, dann wird es Menschen geben, die ihm Zuflucht gewähren. Er wird uns nicht in Gefahr bringen. Er wird nicht hierherkommen.«

Eigentlich war nichts mehr zu sagen. Dana versuchte zu lächeln und schaffte es nicht ganz. Sie verabschiedete sich und stieg von dem Boot. Während der kurzen Zeit, die sie an Bord gewesen war, war jede Spur der Sonne vom Himmel verschwunden, und der Wasserlauf nahm allmählich jenes Aussehen einer klaffenden Felsschlucht an, das er nach Einbruch der Dunkelheit immer hatte.

Vom Ufer aus war Lacey nirgends zu sehen, als sie sich umdrehte.

13

Dana

Helen saß im Garten, in Jogginghosen und Trägerhemd; Schweiß glänzte auf ihrer Stirn. Neben sich ein großes Glas Wasser, eine Flasche kaltes Bier und eine Tüte Chips; so legte sie nach hartem Training immer Flüssigkeit, Kohlenhydrate und Elektrolyte nach.

»Ich hatte schon früher mit dir gerechnet«, bemerkte sie, als Dana über die Terrasse auf sie zukam. »Viel zu tun?«

»Der blanke Wahnsinn. Was war mit diesem Meeting, zu dem du so eilig losmusstest? Ist das gut gelaufen?«

»Ich weiß doch, dass du über die Klinik reden willst.« Helen lächelte. »Hast du die Formulare weggeschickt?«

Ja, zwischen dem Anleiern eines Ermittlungsverfahrens wegen Mordes und dem Verdauen der Nachricht, dass ihr bester Freund sich vielleicht für immer aus ihrem Leben verabschiedet hatte, hatte Dana irgendwie Zeit gefunden, die Formulare auszufüllen und abzuschicken, die für die nächste Stufe des Prozesses standen, der sie zur Mutter machen würde. Außerdem hatte sie den größten Teil ihrer Mittagspause damit verbracht, von einer Kinderwunsch-Website zur nächsten zu surfen.

»Weißt du, viele Frauen in unserer Situation teilen sich die Schwangerschaft«, sagte sie, während sie sich setzte und Helen einen Schluck aus der Flasche klaute.

»Hmmm.« Helen war plötzlich sehr mit der Chipstüte beschäftigt.

»Die eine spendet die Eizellen.« Dana stellte die Flasche wieder hin. »Die werden dann in vitro befruchtet, und dann werden die Embryos der anderen Partnerin in die Gebärmutter eingepflanzt.«

Helen schob sich etliche große Chips in den Mund. »Ich glaube, bei dem rosa Teil da müssen mal die verwelkten Blüten gekappt werden«, stellte sie fest.

Ihr zuliebe schaute Dana zu der prachtvollen Kletterrose am unteren Ende des Gartens hinüber. Das war ungefährlich. Helen interessierte sich nicht für den Garten, der war lediglich ein Ort, um ein kaltes Bier zu trinken und gelegentlich unter freiem Himmel zu Abend zu essen.

»Dann ist also Partnerin A – die, von der die Eizellen sind – die leibliche Mutter, und Partnerin B – die, die sie austrägt – ist eine Art Leihmutter?«, fragte Helen, nachdem mindestens eine Minute vergangen war. »In Anbetracht der Tatsache, dass du mich als Partnerin A eingeplant hast, was genau gehört da eigentlich dazu?«

Dana sah zu, wie sich ein Nachtfalter auf einer violetten, glockenförmigen Blüte niederließ. »Na ja, es wäre so ähnlich wie IVF. Du müsstest künstliche Hormone einnehmen, die das Follikelwachstum stimulieren. Meistens werden die gespritzt, es gibt aber auch welche, die man einfach schnupft.«

»Ja, von denen sind mir schon einige begegnet.«

»Wenn die Eier so sind«, fuhr Dana fort. »Mein Gott, ich höre mich an wie eine Fernsehköchin. Wenn die Follikel bereit sind, die Eizellen freizugeben, werden sie unter örtlicher Betäubung chirurgisch entnommen.«

Helen nahm einen tiefen Schluck. »Einen Samenspender bräuchten wir trotzdem.«

»Ich fürchte, daran führt kein Weg vorbei. Also, was denkst du?«

Helen stellte die leere Flasche hin. »Klingt grässlich übergriffig, wahnsinnig teuer und grundsätzlich widerwärtig. Abgesehen davon ist es ein toller Plan.«

Also, lachte sie jetzt, oder wurde sie sauer? Das war das Problem bei Helen – es war immer beides möglich. »Okay, ich wollte dir bloß die Option lassen.«

Helen legte den Kopf zurück und schüttete sich die Chipskrümel aus der Tüte in den Mund. »Weißt du, ich brauche kein biologisches Bindeglied zu diesem Kind«, sagte sie und knüllte die Tüte zusammen. »Mir reicht's, wenn du eins bekommst.«

»Ich wollte bloß nicht, dass du das Gefühl hast, du bleibst außen vor. Das wird schon schwer genug, du oben in Schottland und das Baby und ich hier.«

»Also, jetzt kannst du wegen dem Termin heute Vormittag fragen.«

Sie hatte doch gewusst, dass da irgendwas im Busch war. »Erzähl mir von dem Termin.«

»Ehrlich gesagt war's mehr ein Vorstellungsgespräch. Für eine Stelle.«

»Wo?«

»Bei Interpol.«

In Großbritannien war Interpol in London ansässig. Dana dachte ganz kurz darüber nach. »Ich hab gar nicht gewusst, dass du umziehen wolltest.« Helen hatte immer schon in Schottland gearbeitet. Sie hatte bei der Tayside Police Karriere gemacht, war eine der jüngsten Frauen gewesen, die es in Schottland je zum Detective Chief Inspector gebracht hatten.

»Wollte ich auch nicht«, erwiderte Helen. »Aber wenn ich Dad sein soll oder Co-Mum oder was weiß ich, dann wird das nicht klappen, wenn ich siebenhundertfünfzig Kilometer weit weg bin.«

»Du würdest nach London ziehen?«

»Erst mal muss ich den Job kriegen. Erst mal musst du schwanger werden. Jede Menge Wenn und Aber, und es ist noch viel zu früh, um über ungelegte Eier zu reden. Also, sagst du mir jetzt, was los ist?«

Nie konnte sie etwas vor Helen verbergen. »Es geht um Mark«, sagte sie.

Mittwoch, 12. Februar

(achtzehn Wochen zuvor)

14

Yass

Die Flut schleicht sich heran. Zuerst ganz langsam, wie ein Raubtier, dem es an Überzeugung mangelt. Anfangs ist das einzige Anzeichen für das Näherkommen des Wassers das fast unmerkliche Nachgeben des Sandes. Plötzlich ist er nicht mehr so fest wie vorher. Er entspannt sich, löst sich in seine Bestandteile auf, fängt an … zu fließen. Dann wird aus feucht nass, und Yass weiß, dass es Zeit ist, aktiv zu werden.

Also wird sie aktiv. Sie hopst und strampelt und schlägt um sich. Sie schreit und brüllt, während sie ihre Glieder gegen die Ziegelwände um sie herum schleudert. Und sie macht immer weiter, bis sie nur noch erschöpft auf den Sand niedersinken kann, der jetzt noch weicher ist.

Ein paar Minuten später ist der Geruch um sie herum dichter geworden, fester. Die Luft riecht nach Salz, das zu lange in der Speisekammer gelegen hat. Nach Motoröl. Nach verwesendem Kleintier. Sie kann Schweiß riechen. Nein, das kommt von ihr. Blut. Das kommt auch von ihr.

Yass sinkt ein wenig tiefer in den Schlamm.

Sie kann das Wasser nicht sehen. Noch nicht, jedenfalls. Hier drin ist es zu dunkel. So schwarz wie die Nacht daheim, wenn der Strom ausfiel. Nur findet auch hier ein winziges Lichtrinnsal den Weg herein, so wie die Sterne zu Hause einen Hinweis darauf gaben, was hinter dem schwarzen Mantel lag.

Das ist eine Veränderung. Augenblicklich ist Yass von Neuem in Bewegung, kommt auf die Knie hoch. Jede Veränderung bedeutet neue Informationen, etwas, was sie verarbeiten kann. Es war Nacht, als sie hergebracht worden war. Irgendwann nach Mitternacht. Sie hatte den Schlüssel genommen, der ihr gegeben worden war, war die Treppe hinuntergeschlichen, wobei ihr Herz bei jedem Balkenknarren wie wild gepocht hatte, und hatte die Hintertür geöffnet. Das Boot hatte gewartet.

Sie waren davongefahren, hatten die Ruder als Paddel benutzt und den kleinen Motor erst angelassen, als sie das Haus hinter sich gelassen hatten. Ohne zu sprechen, waren sie den Fluss hinaufgefahren, ehe sie in einen mit Backsteinen ausgekleideten Tunnel unter der Stadt abgebogen waren. Ein Tunnel, der sie tiefer und tiefer in die Finsternis hineingeführt hatte, bis nur noch die Lampe am Boot verhindert hatte, dass sie völlig darin untertauchten.

Es ist nicht mehr Nacht. Von irgendwoher kommt Licht, genug, um die Hand vor ihrem Gesicht sehen zu können, könnte sie ihre Hände denn bewegen. Sie kann das leise Dröhnen vorbeifahrender Autos über sich hören. Sie ist unter der Stadt, und die Stadt ist wach.

Mit dem Wissen, dass sie seit Stunden hier ist, kommt die Erkenntnis, dass ihr furchtbar kalt ist. Das völlige Fehlen von Licht, die Feuchtigkeit überall um sie herum, all das hat ihrem Körper jegliche Wärme entzogen. Yass zittert vor Kälte.

Jetzt kann sie das Wasser hören. Ein stetiges, rhythmisches Saugen, das Geräusch eines gierigen jungen Tieres, das seine Mutter leer trinkt, das Rotzen und Spucken alter Männer an Straßenecken. Die Mauer in ihrem Rücken fühlt sich kälter an, nasser. Überall um sie herum sind rieselnde Geräusche, als hätten ein Dutzend Wasserhähne plötzlich angefangen zu tropfen. Sie kniet im Wasser.

Sie versucht aufzustehen. Nicht so leicht mit auf den Rücken gefesselten Händen, doch das Wasser bedeckt jetzt ihre Beine, und es ist unmöglich stillzuhalten. Allerdings auch unmöglich aufzustehen, weil der Strick um ihren Hals einfach nicht lang genug ist. Mühsam dreht sie den Kopf, doch sie kann nicht sehen, woran der Strick festgemacht ist. Also zieht sie noch einmal, stößt den Kopf nach vorn und spürt den scharfen Schmerzstich wunder Haut, der sie daran erinnert, dass sie das schon viele Male getan hat.

Sie schreit laut. Und ihre wunde Kehle sagt ihr, dass es nicht das erste Mal ist.

Jetzt kommt das Wasser in schnellen, harten Wellen. Das Raubtier ist voller Mut, jetzt wo es weiß, dass sie sich nicht rühren, sich nicht wehren kann, dass sie allein hier unten ist.

Nur ist sie nicht allein. Das sind Menschenaugen, die sie da sehen kann, nur wenige Meter entfernt; sie schimmern in dem Lichtgeriesel. Der blasse Schein eines menschlichen Gesichts, das Gesicht, das sie hierhergebracht hat. Yass öffnet den Mund, um zu flehen, obwohl sie weiß, dass es hoffnungslos ist.

Diese Augen sind hier, um ihr beim Sterben zuzusehen.

Freitag, 20. Juni

15

Lacey

Wie so oft, wenn die körperliche Erschöpfung kompensiert war, schlich sich der Schlaf hinterrücks davon, und irgendwann in den frühen Morgenstunden wachte Lacey auf. Das Boot bewegte sich, es wippte und hopste wie ein Baby in einem Gummisitz. Die Flut kam herein.

In der Kabine um sie herum war die Finsternis vollkommen. Es gab keine Laternen auf dem Hof oder in dessen Nähe, und die Bootsbewohner vergeudeten ihren kostbaren Strom nicht damit, nachts Licht anzulassen. Wenn kein Mond da war oder die Wolkendecke zu dicht war, wurde es in ihrer kleinen Schlafkammer so undurchdringlich schwarz wie im Hades.

Joesbury.

Lacey schloss die Augen, fühlte die Tränen kalt an ihren Wimpern kitzeln, wollte, dass der Schlaf sich ihrer wieder bemächtigte. Nachdem Tulloch gegangen war, war sie sofort ins Bett gegangen, hatte sich geweigert, über das nachzudenken, was sie gerade erfahren hatte. Seit sie auf das Boot gezogen war, hatte sie so gut geschlafen wie schon seit Jahren nicht mehr. Sie genoss die unberechenbaren Rhythmen des Wassers, das fröhliche Klatschen der Wellen am Bootsrumpf. Selbst das Pfeifen des Windes um die wenigen verbliebenen Masten am Liegeplatz war tröstlich, und es störte sie nie, wenn das Wasser völlig aus diesem Teil des Creeks verschwand, wenn die Boote mit Schlagseite auf Grund lagen. Dann rollte sie ganz einfach gegen den Holzrahmen ihres

Bettes, wie ein Kind in einem Gitterbettchen, und schlief tief und fest weiter.

Sie war wütend auf ihn gewesen, weil er weggegangen war. Im April hatte er sie angerufen und sie gebeten, sich nach der Arbeit mit ihm zu treffen. Und sie hatte sofort gewusst, dass da etwas lief, das ihr nicht gefallen würde. Sie waren nämlich seit Monaten nicht mehr miteinander allein gewesen. Er hatte ihr Luft gelassen, hatte sich nur am Wochenende oder am frühen Abend mit ihr getroffen, und immer war sein neunjähriger Sohn Huck dabei gewesen, als dürrer, rotzfrecher Anstandswauwau. Und gerade als sie angefangen hatte zu denken, dass es vielleicht doch möglich wäre, dass es trotz allem vielleicht doch gehen könnte, war er weggegangen.

In einem Pub am Fluss hatte er ihr gesagt, er müsse schon am nächsten Tag weg, dass ein Einsatz, der seit Monaten an der Peripherie gelaufen sei, zu Ende gebracht werden müsse, dass niemand anderes das machen könne. Er könne ihr nicht sagen, wo er sein, was er tun oder wann er zurück sein würde. Carrie, seine Exfrau, sei stinkwütend, gestand er, wenn sie könnte, würde sie sich noch einmal von ihm scheiden lassen.

»Huck braucht dich doch«, hatte Lacey gesagt und dabei gewusst, dass sie eigentlich *Ich brauche dich doch* meinte. Das hatte gesessen. Sie hatte gesehen, wie seine Augen dunkler wurden, wie seine Züge sich spannten.

»Wenn ich das nicht tue, könnten Kinder wie Huck draufgehen.«

Und was konnte man darauf erwidern? Aber wie kam er dazu, auf moralisch überlegen zu machen, wenn er Wochen später die Seiten wechseln würde?

Hieß das, dass sie das glaubte?

Tulloch glaubte es. Ganz gleich, was sie an Gegenteiligem behaupten mochte, sie glaubte es – und sie kannte ihn schon seit Jahren. Sie und Joesbury hatten zusammen bei der Polizei angefangen, hatten zusammen die Ausbildung gemacht – sie kannte ihn besser als jeder andere.

Und wer wäre auch wirklich überrascht? Bei der Polizei wimmelte es von Beamten, die hinter dem Geld her waren, und die Hälfte aller Augen der Londoner Polizei waren zugedrückt. So eine dürftige Grenze zwischen Wilderer und Wildhüter.

Die Tränen kamen jetzt im Schwall. Unmöglich, ihnen Einhalt zu gebieten. Wäre das überhaupt von Bedeutung? Wenn er mit einer halben Million Pfund in der Tasche auftauchen und sie bitten würde, mit ihm durchzubrennen und den Rest ihres gemeinsamen Lebens als Flüchtling zu verbringen, würde sie es tun?

Draußen auf dem Wasser konnte sie leises, rhythmisches Plätschern hören.

Unmöglich. Seit Jahren war der Beruf jetzt alles, was sie hatte. Das hatte ihr alles bedeutet. Das Gesetz achten. Etwas bewegen. Dinge in Ordnung zu bringen, wenn sie aus dem Lot gerieten. Sie *war* ihr Beruf. Sie konnte sich nicht davon abwenden.

Plätschern.

Sie war nicht korrupt, würde nie korrupt sein. Vor Jahren, als aufsässiger Teenager in den Wohngettos von Cardiff, da hatte sie ständig Ärger gemacht. Schulen, Behörden und Pflegefamilien waren an ihr verzweifelt. Und dann, eines Nachts, hatte sich ihr Leben unwiderruflich verändert, und eine Abfolge von Ereignissen war ins Rollen gekommen, die schließlich einen anderen Menschen aus ihr gemacht hatten. Im wahrsten Sinne des Wortes. Sie hatte den Menschen verloren, der ihr auf der ganzen Welt am nächsten gewesen war, und die Frau, zu der sie beinahe geworden wäre, war ebenfalls umgekommen. Lacey Flint war an ihrer Stelle erschienen, und Lacey Flint war nicht korrupt. Wenn also Joesbury zu ihr käme, im Schutze der Dunkelheit, und sie bitten würde, bei ihm zu bleiben?

Sie würde es tun, sofort.

Plätschern.

Lacey seufzte und setzte sich auf. Niemand konnte schlafen, wenn derartiges Elend auf ihm lastete. Außerdem hatte sie ein dringlicheres Problem. Irgendjemand schwamm um ihr Boot herum.

Sie hielt den Atem an, lauschte aufmerksam und wusste, dass sie sich nicht geirrt hatte. Dieser beherrschte, gleichmäßige Rhythmus war ganz anders als das zufällige Platschen der Wellen. Das war Absicht, das Produkt bewussten Denkens. Jemand war gleich dort draußen, im Wasser.

Joesbury?

Joesbury würde auf das Boot klettern und nicht darum herumschwimmen. Und doch war der Gedanke an ihn ganz vorn in Laceys Kopf, als sie die Steppdecke wegschob und lautlos auf die Beine kam. Die Bugluke war direkt über ihr, aber dort hinauszusteigen würde von jedem, der in der Nähe war, zu leicht bemerkt werden.

Sie hielt Ordnung im Boot, der Boden war frei von herumliegenden Sachen; man wusste ja nie, wann man sich hier vielleicht einmal im Dunkeln würde zurechtfinden müssen. In der großen Kajüte drang ein klein wenig Licht durch die Bullaugenvorhänge, und sie konnte die Messingbeschläge an den Wänden spiegeln sehen, das etwas hellere Schimmern der Plastikluke.

Sie streckte die Hand zur Luke hinauf und wusste genau, sobald sie sich anschickte, sie aufzudrücken, würde derjenige, der dort draußen war, es hören und wissen, dass sie wach war. Ihre Taschenlampe stand auf dem Niedergang. Ihr Licht war sehr hell, der Strahl würde jeden im Wasser finden, bevor er Gelegenheit hatte davonzuschwimmen.

Aber wer würde denn um diese Zeit im Creek schwimmen?

Und doch, selbst wenn das stetige Plätschern eine andere

Ursache gehabt haben könnte: Für das gedämpfte Husten, das sie gerade gehört hatte, kam das nicht infrage. Es war ein Geräusch, das sie so gut kannte, sie hatte es selbst Dutzende von Malen von sich gegeben. Man machte im falschen Moment den Mund auf, bekam ein bisschen Flusswasser hinein und hustete es rasch wieder aus. Irgendwer hatte gerade wenige Meter entfernt Wasser gespuckt. Da draußen war jemand.

Es war Zeit zu handeln. Die Luke machte ein raues Ratschgeräusch, als Lacey sie aufdrückte. Sie zog sich hoch, duckte sich ins Cockpit und wartete.

Über ihrem Kopf zogen ein paar dunkle Wolken rasch dahin, stahlgraue Schemen vor dem Kohlschwarz des Himmels. Jenseits des Creeks standen ein paar zu hohe, zu dünne Bäume, und ihre Blätter raschelten wie ein näher kommender Insektenschwarm. Unter ihr strömte das Wasser ebenfalls schnell dahin und machte dabei Geräusche, die so vielfältig waren wie die Farben, die es an einem heißen Sommertag zu absorbieren schien. Endlose Laute um sie herum, aber das Schwimmen hatte aufgehört.

Lacey kauerte sich tiefer zusammen und bemerkte das kleine Schiff auf dem Boden des Cockpits. Diesmal mit rotem Rumpf, ansonsten jedoch das genaue Ebenbild des Schiffchens auf ihrem kleinen Abtropfbrett, das darauf wartete, den Kindern zurückgegeben zu werden, die ihr sagen würden, sie wüssten von nichts. Irgendjemand war auf ihrem Boot gewesen und hatte die beiden Spielzeugboote zurückgelassen.

Sie ließ es liegen und blickte auf. Sämtliche Hausboote schwammen frei im Wasser, doch von der Wasseroberfläche bis zum Rand des Kais war es noch ein ganzes Stück. Wenn der Höchststand der Flut morgens um sechs erreicht sein sollte, dann war es jetzt wahrscheinlich ungefähr drei Uhr. Hinter der Backbordreling konnte sie Sternenlicht auf dem bewegten Wasser glitzern sehen. Die Flut brach sich sanft zu winzigen weißen Wellen, doch nichts sonst störte die glatte schwarze Fläche.

Sie hielt die Taschenlampe hoch, schaute über die Steuerbordreling und schaltete sie an. Niemand versteckte sich zwischen den beiden Booten. Sie verließ den Schutz des Cockpits und ging an Steuerbord das Deck entlang; ihre nackten Füße machten keinerlei Geräusch. Vorn am Bug war nichts zu sehen.

Sie hatte sich geirrt. Bestimmt hatte sie ein Tier gehört oder doch nur Wasserplätschern. Für die Spielzeugschiffe würde es eine Erklärung geben. Zeit, nach unten zu gehen und weiterzuschlafen, wenn sie konnte. Lacey ging zurück zum Cockpit, sprang leichtfüßig hinein und schwang sich in die Kajüte hinunter.

Mark Joesbury saß auf ihrem Sofa und zog sich gerade den linken Schuh aus.

16

Der Schwimmer

Dicht am gegenüberliegenden Ufer, keine zwanzig Meter entfernt, hielt ein dünner, kräftiger Arm den tief hängenden Ast eines Strauchs umfasst. Im Schatten des Ufers, in jenem dunklen Bereich, wo keine Straßenbeleuchtung hinreichte, blinzelten große Augen. Der Mann war neu. Der Mann war noch nie hier gewesen. Würde er bleiben?

Das fühlte sich nicht richtig an. Dieses ganze Herumlaufen und Schauen und mit hellen Lampen mitten in die Dunkelheit Leuchten. Jetzt würde geredet werden, möglicherweise eine Ewigkeit lang. Vielleicht gab es auch Sex.

Zusehen? Die Frau verhängte ihre Fenster nie. Sie schien sich nie Gedanken darum zu machen, gesehen zu werden, wie sie wie eine Prinzessin dalag, das Haar über weiße Kissen gebreitet, und sanft und tief atmete. Der Mann war groß und stark, jung, genau wie die Frau. Er würde über ihren Körper sinken wie Nebel über den Fluss, in jede Wölbung eindringen. Ihre Glieder würden sich in die Höhe recken wie Wasserpflanzen, würden ihn umschlingen. Und ihre Gesichter. Gesichter, die nicht wussten, dass sie beobachtet wurden.

Zu riskant. Die Frau war ohnehin schon auf der Hut. Schluss für heute Nacht.

Später.

17

Lacey

»Du bist ja gar nicht nass.« Lacey betrachtete Joesburys trockene Jeans, die unversehrte schwarze Lederjacke und das kragenlose weiße Hemd. Ein Stoffrucksack, der ebenfalls nicht nass aussah, lag auf dem Kajütenboden. Mit einem Rucksack hätte er doch nicht schwimmen können, oder?

Die Schuhe, mittlerweile beide ausgezogen, hatten keinerlei Spuren hinterlassen. Keine Socken. Soweit sie sehen konnte, trockene Füße. Lange Zehen mit kleinen schwarzen Haarbüscheln drauf. Wieso starrte sie eigentlich seine Füße an? Sie zwang sich aufzublicken.

»Du bist gar nicht nass«, wiederholte sie.

»Kaum zu glauben, dass sie dich beim CID haben gehen lassen. Wär ein kaltes Bier zu viel verlangt?«

Er kam ihr größer vor, als sie ihn in Erinnerung hatte, oder vielleicht lag das auch an der Enge der Kajüte. Sein Haar hatte er länger wachsen lassen, das stand ihm immer gut. Es machte die Linien seines Kopfes und seines Gesichts weicher, ließ ihn weniger wie einen halbgezähmten Schlägertypen aussehen. Die Augen genau wie immer: tief liegend, türkisblau, mit schwarzen Wimpern. Sie konnte ihm nie lange in die Augen sehen. Also drehte sie sich um, zog die Luke zu und machte das Licht an, ehe sie die Rollos herunterzog.

»Ich hab jemanden ums Boot schwimmen hören«, sagte sie. »Davon bin ich aufgewacht. Ich dachte, du wärst es. Und du weißt genau, dass ich kein Bier trinke.«

Joesbury zog gerade seine Jacke aus; diese simple, nachvollziehbare Handlung – es war immer noch ganz schön heiß – machte ihr jäh sehr bewusst, wie wenig sie anhatte. Joggingshorts und ein Trägerhemd – mehr trug sie im Bett nie. Sie sah zu, wie sich der weiße Stoff seines Hemdes über dem Rücken spannte, sah die Kuhle zwischen zwei Muskeln an seinen Schultern, stellte sich das Schimmern heißer Haut darunter vor.

»Um drei Uhr morgens im Deptford Creek schwimmen? Eher nicht.« Er ließ die Jacke aufs Sofa fallen. »Ich bin über den Hof gekommen und die Leiter runtergeklettert. Während du am Bug rumgetanzt bist, war ich die ganze Zeit auf Rays Boot. Und *ich* trinke Bier. Ich dachte, du hast vielleicht welches da, nur für den Fall der Fälle.«

»Für welchen Fall der Fälle? Dass du aus heiterem Himmel auftauchst, während die halbe Londoner Polizei nach dir sucht?«

Er hatte sich seit Tagen nicht rasiert. Die Stoppeln an seinem Kinn waren kurz davor, zu einem richtigen Bart zu werden. Gewaschen hatte er sich auch seit geraumer Zeit nicht mehr; er roch nach der Stadt, nach Rauch und Asphalt. Und wie Männerkörper in warmen Nächten eben riechen. Jetzt grinste er sie an, als wäre es erheiternd, dass er als Schurke enttarnt worden war. »Ah, ich hab mich schon gefragt, ob du Bescheid weißt. Dana ist vorbeigekommen, stimmt's?«

»Vor ein paar Stunden.«

Das Grinsen wurde breiter und schiefer. »Sie hält mich für schuldig, nicht wahr? Herrgott noch mal, ein einziges krummes Ding bei einer Verhaftung vor fünfzehn Jahren. Ich könnte dir auch so einiges über sie erzählen, weißt du?«

»Das hat sie schon selbst getan. Ich hab sie noch nie so … mitteilsam gesehen.«

»Na, das möchte ich mal erleben. Dann denkst du also, ich bin ein korrupter Bulle?«

Die Worte lagen ihr auf der Zunge. *Das ist mir egal. Es ist mir egal, was du getan hast. Mir ist nur wichtig, dass du da bist.*

»*Et tu, Brute*«, brummte er, und es war unmöglich zu erkennen, ob er enttäuscht, stocksauer oder immer noch lediglich belustigt war.

»Was machst du hier?«

»Brauch ein Bett für heute Nacht. Für das, was von heute Nacht noch übrig ist.«

Bleib in der Offensive. Zeig ihm nicht, dass schon das Wort »Bett« es praktisch unmöglich macht, klar zu denken. »Und zu dir nach Hause konntest du nicht, weil die Maler da sind?«

»Ich kann nicht zu mir nach Hause, weil ich im Moment eigentlich gar nicht ich sein soll. Ich kann nicht in die Absteige, wo ich die letzten drei Monate gepennt habe, weil's heute Abend ein paar Spannungen gegeben hat und ich lieber nicht auffallen will.«

Und ihr kurzer Augenblick des Kontragebens war dahin. »Mark.« Sein Vorname fühlte sich in ihrem Mund noch immer merkwürdig und anmaßend an. »Was ist eigentlich los?«

Er holte tief Luft, und seine Miene war plötzlich vollkommen ernst. »Die Gang, gegen die ich ermittele, weiß, dass ich bei der Polizei bin. Genau darum geht's ja, die brauchen einen korrupten Bullen. Sie glauben, ich bin Sergeant bei der

Streife in Catford und scharf auf Kohle. Das Problem ist nur, so ganz kaufen sie mir das doch nicht ab. Jedenfalls haben sie mir nicht gesagt, was sie vorhaben, und ich bezweifle, dass sie das tun werden, solange ich nicht einigermaßen ihr Vertrauen gewinnen kann.«

»Und warum geht dann das Gerücht um, du hättest dich abgesetzt? Wieso sind Hundertausende Pfund auf deinem Bankkonto?«

»Woher, zum Teufel …?« Er schüttelte den Kopf. »Hat sie doch schon wieder mein Konto gehackt! Ich fasse es verdammt noch mal nicht!« Er sah Lacey unverwandt in die Augen. »Das Geld gehört meinem Bruder. Er hat sein Haus verkauft und betreibt ein bisschen kreative Buchführung. Was das Gerücht betrifft: Ich hab keine Ahnung. Wahrscheinlich ein Fall von stiller Post. Vielleicht hat mich ja jemand irgendwo in der Stadt gesehen und hat zwei und zwei zusammengezählt und fünf rausbekommen. In einem hat Dana recht – ich mach das schon viel zu lange.«

Er war in der Stadt gesehen worden? »Du warst die ganze Zeit in London?«

»Näher, als du denkst. Gestern Abend hab ich dich auf dem Fluss gesehen. Dieser schlaksige Trottel da vorn im Bug – war das dieser Klettertyp, dem ich im März begegnet bin? Der, der sich Spiderman nennt?«

»Finn gehört zum Kletterteam«, antwortete Lacey. »So wie ich es verstanden habe, wird er Spiderman genannt, weil er außergewöhnlich gut klettern kann. Noch habe ich ihn nicht in Aktion gesehen, aber lass mir mal noch ein bisschen Zeit.«

Joesburys rechte Augenbraue klomm in die Höhe.

»Bitte tu mir so was nicht noch mal an. Ich dachte schon, ich sehe dich nie wieder.«

Großer Gott, hatte sie das eben wirklich gesagt? Joesbury sah aus, als könne er es auch nicht ganz glauben. Er streckte die Beine aus, stemmte sich hoch, und es war ein Glück, dass das Boot so klein war – einen größeren Raum zu durchqueren hätte im Moment nämlich viel zu lange gedauert.

Ja, genau so roch er. So fühlte sich die Haut in seinem Nacken an.

»Du weißt schon, dass es jede Menge billige Hotels gibt, wo bar bezahlt wird und keine Fragen gestellt werden und in die du hättest einchecken können«, sagte sie halblaut in seine linke Schulter hinein.

»Hm, erwischt.« Sein Atem war warm an ihrem Ohr.

»In manchen davon gibt's sogar Mädchen.«

Seine Hände, die auf ihren Hüften gelegen hatten, wanderten über ihren Rücken, hielten sie fester. »Aber dieses hier gibt's in keinem.«

Jetzt ruhte sein Kinn auf ihrem Scheitel, seine Arme waren fest um sie geschlungen, und eine Weile fühlte es sich an, als sei es genug, ihm einfach nur so nahe zu sein, zu fühlen, wie sein Atem im Gleichtakt mit dem ihren ging.

»Scheint mir sehr lange her zu sein, dass ich dich das letzte Mal geküsst habe«, sagte er nach ein paar Sekunden.

»Du hast mich noch nie geküsst.« Lacey gab sich alle Mühe, sich die Freude nicht anmerken zu lassen und die Erregungsblasen zurückzuhalten, die in ihrem Bauch explodierten, und sie wusste, dass ihr beides nicht gelang.

»Hab ich verdammt noch mal wohl.« Seine Nase streifte ihre Schläfe.

»Wenn du von dem Abend letzten Oktober redest, da habe ich dich geküsst, nicht umgekehrt. Und als ich dir klargemacht habe, dass ich sehr viel mehr als nur Küssen im Sinn hatte, hast du voll auf alte Jungfer gemacht.«

Drei scharfe Atemstöße fauchten aus seiner Nase. Er hatte eben tatsächlich gekichert. »Komm, sei fair. Ich hab dich für eine messermordende Psychopathin gehalten und gedacht, ich wäre als Nächster an der Reihe.«

»Und jetzt denkst du was anderes?« Sie bog sich zurück, legte den Kopf in den Nacken und sah zu ihm auf.

Er lächelte. »Jetzt stelle ich seltsamerweise fest, dass mir das egal ist.«

Sie lächelte ebenfalls. »Also, das mit dem Küssen …«

Er seufzte und schüttelte ein ganz klein wenig den Kopf. »Geht nicht.«

»Was?«

»Wenn ich damit anfange, hör ich nie wieder auf, und was dann unweigerlich folgt, kann im Moment keine gute Idee sein. Außerdem ist es nach drei Uhr morgens, ich hab nicht geschlafen, und nach allem, was ich gehört habe, war dein Tag auch nicht gerade eintönig.«

Als wäre sie je in ihrem Leben wacher gewesen als jetzt. »Was weißt du denn von meinem Tag?«

»Ich hab immer noch Zugang zum System. Ich weiß über alles Bescheid, was heute Morgen passiert ist. Bist du okay?«

Sie öffnete den Mund, um ihm zu sagen, es sei alles bestens, und überlegte es sich dann anders. »Ein bisschen genervt davon, dass alle mich fragen, ob ich okay bin. Ansonsten geht es so.«

Die Augenbraue war wieder oben. »Weißt du, du kannst dich all dem nicht vollständig entziehen. Dem Schlimmen. Nicht in diesem Beruf.«

Das wusste sie. Das hatte sie schon im März gewusst, als sie beschlossen hatte, wieder eine Uniform anzuziehen.

»Es ist nur …«

»Du hast nur gedacht, du würdest mehr Zeit haben.« Joesbury nickte, als verstünde er vollkommen. »Du hast gewusst, dass du dich dem allen irgendwann wieder stellen musst, aber du hast gedacht, du hast ein bisschen Luft. Nur noch ein paar Monate, um im Kopf wieder alles auf die Reihe zu kriegen.«

»Ja«, sagte sie gedämpft in sein Hemd hinein. Genau so war es gewesen. Sie hatte eine Pause verdient.

»Wem sagst du das?«, meinte er und streichelte ihren Hinterkopf.

Damit hatte er durchaus recht. Der Fall im März, der ihre Karriere als Detective beendet hatte, war für ihn viel schlimmer gewesen. Und trotzdem war er gleich danach zu einem Undercover-Einsatz angetreten, umgeben von Fremden und Feinden. Er schlug sich auch mit all dem herum, mit dem sie zu tun hatte, nur tat er es allein und war dabei auch noch in akuter Gefahr.

»Und wo ich schon mal dabei bin«, sagte er, »diesen Schwachsinn mit dem Schwimmen finde ich überhaupt nicht gut.«

»Davon stand doch gar nichts in dem Bericht.«

»Du wohnst neben Ray Bradbury, dessen Wasseraktivitäten seit Jahren berüchtigt sind, und du warst mit ihm zusammen, als du die Leiche gefunden hast. Ich bin doch kein Vollidiot. Kein Schwimmen mehr im Fluss, okay?«

»Seit wann hast du das Recht, mir zu sagen, was ich zu tun und zu lassen habe?«

»Seit ich mich in dich verliebt habe. Also, wenn du schon kein Bier gebunkert hast, dann ist eine Reservezahnbürste wohl reichlich viel verlangt?«

»Im Schränkchen im Bad. Ist noch verpackt. Ich hab eine türkisblaue gekauft, weil sie mich an deine Augen erinnert hat – und wenn du noch Interesse hast: Unten im Kühlschrank ist ein Sixpack Carlsberg. Für den Fall der Fälle. Oh, und deine Mum will wissen, wo du die Grillsachen hingetan hast, und dein Bruder will mit dir über Lois Lane reden. Oder irgendwas in der Art. Was bin ich eigentlich, deine Privatsekretärin?«

Mein Gott, er hatte ein fantastisches Lächeln. Wie hatte sie dieses Lächeln vergessen können? Und wollte er wirklich in der anderen Kabine schlafen, ganz ehrlich?

Anscheinend, denn er beugte sich herab und küsste sie auf

die Wange, dicht über dem Ohr. »Gute Nacht, Flint«, sagte er und verschwand.

Als Lacey am Morgen erwachte, war Joesbury fort. Einen Moment lang fragte sie sich, ob sie das Ganze nur geträumt hatte. Und dann sah sie seine Nachricht, auf dem Tisch in der großen Kabine. Er hatte in die Zuckerpackung gegriffen, den Zucker durch seine Finger rieseln lassen und damit ein einziges schlichtes Symbol auf ihre Tischplatte gezeichnet. Ein Herz.

18

Lacey

»Ich bin Lacey Flint, und ich schwimme nicht mehr im Fluss«, sagte Lacey halblaut vor sich hin, während sie ins Kanu stieg. »Ich schwimme nicht im Fluss, weil das gefährlich ist und weil mein Freund ein Machtwort gesprochen hat.« Sie stieß sich vom Heck der Jacht ab und überlegte, ob es sich bei dieser unbekannten Unbeschwertheit, mit der sie aufgewacht war – diesem Gefühl, dass ihr Körper plötzlich leichter und in ihrem Kopf sehr viel Platz war, dass der Tag, der vor ihr lag, voller wunderbarer Möglichkeiten sei –, tatsächlich um jenen Seelenzustand handeln konnte, den andere Menschen als Glücklichsein bezeichneten.

Es war noch früh, und sie hatte noch etliche Stunden Zeit, bis ihr Dienst anfing. Sie könnte Wäsche waschen, einkaufen, den Wassertank des Boots auffüllen und – verdammt, seit wann war Hausarbeit denn etwas, worauf man sich freute? Aber zuerst der Fluss.

Die Ebbe hatte eingesetzt, und Paddeln war kaum nötig. Wenn sie erst einmal auf der Themse war, würde das anders sein, aber eine von Rays goldenen Regeln in Sachen Sicherheit auf dem Wasser besagte, dass man immer gegen den Gezeitenstrom fuhr oder schwamm, wenn man noch frisch war, und sich auf dem Rückweg, wenn man müde war, von ihm tragen ließ. Die zweite war, sich dicht am Ufer zu halten, wo wenig Gefahr bestand, auf Gegenverkehr zu stoßen, und wo die Strömung schwächer war.

»Guten Morgen, schöne Frau.«

Lacey kam gerade am Skillions Wharf vorbei, einer der anderen Hausbootkolonien am Creek. Eine Blondine mit Größe 42, die sich in einen Badeanzug von Größe 38 gequetscht hatte, lehnte an der Reling eines deutschen Küstenwachtbootes. Fleischwülste quollen an dem tiefen Ausschnitt sowie an Schultern und Hüften über die Ränder des roten Stoffs.

»Guten Morgen, Marlene«, rief Lacey zurück. »Sie sind aber früh auf.«

»War gar nicht im Bett.« Marlene zog inbrünstig an einer Zigarette, die möglicherweise nicht nur Tabak enthielt. In der anderen Hand hielt sie ein Getränk, das wahrscheinlich nicht nur aus Tomatensaft bestand. »Wo ist denn dieser alte Wichser, mit dem Sie immer schwimmen?«

Die Schwerkraft tat Marlene keinen Gefallen. Ihre Brüste sackten schwer herab, und in ihrem Gesicht waren Furchen, die vielleicht verschwinden würden, wenn sie aufrecht stand. Vielleicht.

»Ist ein bisschen erkältet«, berichtete Lacey. »Eileen hat ihn ins Trockendock gelegt.«

Marlene schnippte ihre aufgerauchte Zigarette ins Wasser, hakte den Daumen in den Beinausschnitt ihres Badeanzugs und zerrte ihn vom Körper weg. Lacey erhaschte einen kurzen Blick auf flachsblondes Schamhaar, ehe sie hastig wegschaute.

»Die Strömung ist ganz schön stark.« Sie ließ sich vom Wasser weitertragen. »Schönen Tag noch.«

Als sie sich dem nächsten Boot näherte – einem gewaltigen, schon lange aufgegebenen Schwimmbagger, der neben einem Kiesplatz festgemacht hatte –, blickte Lacey sich kurz um. Marlene war noch immer an Deck und sah ihr nach, aber sie war nicht länger allein. Ihre Lebensgefährtin Madge, eine Frau ähnlichen Alters, stand dicht hinter ihr, und vielleicht lag es ja nur an dem Licht, aber die Art und Weise, wie die beiden sie beobachteten, hatte etwas Raubtierhaftes an sich.

Lacey sagte sich, dass sie wohl etwas überspannt sei, und konzentrierte sich auf das Wasser vor ihrem Bug. Sie fuhr an dem Baggerschiff vorbei, dann an dem Hebewerk und am Hill's Wharf. Jeder Abschnitt des Creeks hatte einen Namen. Ray, der sie anscheinend alle kannte, hatte sie ihr beigebracht. Ray wohnte seit über dreißig Jahren auf dem Creek und hatte sogar noch länger auf dem Fluss gearbeitet. Es gab nicht viel, was er über ihn nicht wusste. Und über seine menschlichen Bewohner.

Marlene und Madge waren Theaterfrauen. Marlene war Schauspielerin, wenngleich fraglich war, wann sie das letzte Mal irgendwo aufgetreten war. Madge war eine Art Producerin. Laut Ray war ihr Boot voller Theaterandenken, hauptsächlich Fotos der beiden mit diversen West-End-Stars und Requisiten, die sie im Laufe der Jahre bei Produktionen geklaut hatten.

Unter der Eisenbahnbrücke hindurch. Von hier an wurden die Mauern höher, und der Creek wurde tiefer, als er sich der Themse näherte. Noch mehr Anleger – Normandy Wharf, Saxon Wharf, Lion Wharf. Lacey war Anfang des Jahres auf den Creek gestoßen, damals war er Brennpunkt einer Serie von Kindermorden gewesen. Davor hatte sie wie viele andere Londoner – selbst jene, die ganz in der Nähe wohnten – kaum von seiner Existenz gewusst. Früher ein wichtiger Teil des kommerziellen Lebens entlang der Themse, war der Creek jetzt weitgehend in Vergessenheit geraten, selbst bei denen, die Grundstücke an seinen Ufern besaßen. Er war verfallen; ein Grenzgebiet, das niemandem gehörte und das niemanden interessierte.

Doch er war auch eine Wildnis, wo die Natur prächtig gedieh. Wenn der Beton zerbröckelte, wenn der Stahl zu rosten begann, wenn das Gebälk Anzeichen von Fäulnis zeigte, fassten Pflanzen in den Schwachstellen Fuß und wucherten. Man musste ihren Kampfgeist bewundern.

Lacey fuhr unter der Creek Road Bridge hindurch und war nur noch ein kurzes Stück von der Themse entfernt. Allmählich fing sie an, tiefer zu atmen, wappnete sich für die Anstrengung. Sie würde bis zur South Dock Marina hinaufpaddeln, nahm sie sich vor, vielleicht noch ein bisschen weiter – im Kanu würde sie leichter vorankommen. Dann kam sie um die Biegung und … *oh!*

Der Fluss war rosa, in einen Nebelschleier gehüllt; die frühe Morgensonne hinter ihr ergoss ihr Licht über London und verwandelte die Stadt in eine Metropole aus Korallen und Rauch. Riesige Lagerhallen und gewaltige Schornsteine entlang der Flussufer waren nur undeutlich zu erkennen; wie auf impressionistischen Gemälden verschmolzen sie miteinander. Vögel ruhten auf dem Wasser, reglos und stumm wie Spielzeug in einem verlassenen Planschbecken. Das Wasser selbst schien erstarrt zu sein, nur die Mühe, die es Lacey kostete, vom Fleck zu kommen, erinnerte sie daran, dass es tatsächlich ziemlich schnell zum Meer hinunterströmte.

Genau deswegen! Dies war der Grund, warum sie bei Tagesanbruch draußen auf dem Fluss sein musste. Im Wasser schwimmen, darauf dahinpaddeln – so oder so, dies hier war etwas, was sie nicht verpassen durfte.

Sie wandte den Kopf und erblickte eine kleine braune Ratte, die sie von einem Betonvorsprung aus beobachtete.

Der Anblick weckte eine flüchtige Erinnerung an einen Traum, der schon fast verblasst war. Worum war es da noch mal gegangen? Sie träumte doch nie. Augen, die beobachteten. Augen, die auf sie herabstarrten. Das Gefühl, es sei sehr wichtig aufzuwachen.

Nur, hatten diese Augen auf sie herabgeblickt? Oder zu ihr herein?

Zu ihr herein. Durch das kleine runde Bullauge auf der Backbordseite des Bootes, die Seite, die dem offenen Wasser zugewandt war. Nun, das war wenigstens irgendwie logisch. Sie war in dem Irrglauben aufgewacht, jemand würde um ihr Boot herumschwimmen. Dann war sie wieder eingeschlafen – nach einer ziemlich ereignisreichen halben Stunde – und hatte geträumt, dass ein Schwimmer zu ihr hereinschauen würde.

Lacey merkte, dass sie langsamer paddelte, dass der Fluss sie zurückdrängte und dass sie näher am Ufer war, als sie vorgehabt hatte. Sie spannte sich für eine Riesenanstrengung an und erblickte den langen, schmalen Streifen aus weißem Stoff, der auf sie zuwallte.

Nein, nein – ach, Herrgott noch mal, es war doch gar nichts. Nur ein Stück Stoff, das an einem Holzsplitter an der Spundwand hängen geblieben war.

Andererseits näherte sie sich allmählich der Stelle, wo sie gestern den Leichnam gefunden hatte, und wenn dies hier ein Stück des Leichentuchs war, das sich gelöst hatte, dann sollte sie wahrscheinlich versuchen, es zu bergen. Sie paddelte los, war um einiges früher an der Wand, als sie erwartet hatte, und griff nach dem Stoff. Er löste sich sofort.

Okay, das war nicht gut. Das war die Ufermauer, gegen die sie da eben gedrückt worden war.

Sie paddelte aus Leibeskräften, und der Fluss drängte sie wieder an die schleimige Spundwand zurück. Hier war irgendeine Unterströmung, die sie dicht am Ufer festhielt. Da ihr aufging, dass sie sich lieber davontreiben lassen sollte, solange sie konnte, um Kraft zu sparen, ließ Lacey sich vom Gezeitenstrom wieder flussabwärts tragen.

Na toll. Wochenlang war sie geschwommen, ohne dass irgendetwas passiert war, und kaum sprach Joesbury ein Machtwort, ging alles schief. Daraus könnte man wahrscheinlich eine Lehre ziehen, inzwischen aber war sie in unmittelbarer Gefahr, in einen Abwasserkanal hineingezogen zu werden.

Nur war das gar kein Abwasserkanal. Tatsächlich war es ein weiterer Creek, wenngleich auch ein sehr schmaler – viel zu schmal für Motorboote. Nicht viel breiter als anderthalb Meter, verschwand er zwischen zwei hohen Gebäuden. Das eine ragte ein bisschen weiter ins Wasser als das andere, sodass man den Creek von stromabwärts aus nicht sehen konnte. Selbst von stromaufwärts aus würde er einem kaum auffallen, es sei denn, man wäre ihm so nahe wie sie jetzt.

Gleich darauf hatte Lacey den Fluss hinter sich gelassen. Nun, sie hatte das Kanu schließlich behalten, um die Gegend zu erkunden.

Das Gefühl, von der Welt abgeschnitten zu sein, das beim Bootfahren auf dem Deptford Creek immer dazugehörte, war hier so viel stärker. Entlang dieses Wasserlaufs säumten hohe Gebäude jeden Zentimeter der Ufer. Die Fenster in den unteren Stockwerken waren dunkel und leer; weiter oben glänzten sie im frühmorgendlichen Sonnenschein wie Rechtecke aus Gold. Manche, an denen sie vorbeikam, waren vergittert.

Bis hinunter aufs Wasser gelangte kein Sonnenlicht. In dunklen Schemen und Schatten wirbelten die Wellen um ihr Kanu, drängten sie zurück, kämpften gegen ihr Vorankommen an. Die Strömung in dem schmalen, engen Kanal war schneller und stärker als in ihrem Creek. Hätte sie gewendet oder einfach nur aufgehört zu paddeln, hätte sie sie mit voller Wucht wieder hinausgeschwemmt.

Die Gebäude veränderten sich. Das Grau der Häuser, die

dicht an der Themse standen, war einem sanfteren Ziegelrot gewichen. Sie waren auch nicht mehr so hoch. Manche hatten Türen dicht oberhalb der Hochwasserlinie; Stufen führten von dort zum Wasser hinunter. Ringe zum Festmachen waren in regelmäßigen Abständen ins Mauerwerk eingelassen.

Vor ihr flammte plötzlich Licht auf. Sie war im Begriff, an den letzten hohen Häusern vorbeizupaddeln, und an ihrer Stelle war auf beiden Seiten des Wasserlaufs eine Steinmauer, nicht viel höher als zwei Meter.

Die plötzliche Helligkeit hob Laceys Stimmung um einiges. Und der Kanal wurde breiter. Bald würde sie wenden können. Hinter den Mauern zu beiden Seiten des Wassers konnte sie Bäume sehen. Links von ihr war ein Obstgarten. Inzwischen war sie mindestens einen halben Kilometer weit gekommen, seit sie die Themse verlassen hatte, und näherte sich dem Ende des Creeks. Das Wasser, das ihn speiste, kam aus einem Siel.

Eine Bootsrampe führte unterhalb von einem großen Tor in der Mauer zu ihrer Rechten zum Wasser hinunter, und ein festgemachtes Boot schaukelte am Ufer. Es war ungefähr so groß wie ihres, vom Stil her jedoch war es so anders, wie man es sich nur vorstellen konnte. Es war aus Holz, und der Bug war in Gestalt einer Frauenbüste mit langem, wallendem Haar geschnitzt, wie früher bei Segelschiffen. Schnitzereien entlang der Seiten sahen wie Federn aus. Es hatte Dollen, kunstvoll gearbeitete Ruder und einen kleinen Außenbordmotor.

Gleich hinter dem großen Tor befand sich ein kleineres für Fußgänger, und eine zweite, schmale Rampe führte zum Wasser hinab. Lacey fuhr an den Toren vorbei und erhaschte einen flüchtigen Blick auf ein großes Haus hinter dem kunstvollen Eisengitter. Ganz am Ende des Creeks schien ein Wendekreis zu sein. Sie drehte das Kanu und hätte vor Schreck fast das Paddel fallen lassen.

Vor dem schmalen Tor, von dem sie eben noch sicher gewesen war, dass es geschlossen gewesen war, saß ein Märchengeschöpf.

19

Dana

»Also gut, danke, dass Sie früher gekommen sind«, sagte Dana. »Nehmen Sie sich was zum Frühstück.«

Das Team hatte sich in Danas Büro auf dem Revier von Lewisham versammelt. Groß war der Raum nicht, aber sie waren auch nicht viele. Die Frau aus dem Fluss war schon vor Monaten umgekommen, es gab keine echten Hinweise auf ein Verbrechen, und solange sich daran nichts änderte, würde man ihnen die finanziellen Mittel nicht gerade nachwerfen. Fürs Erste waren sie zu fünft. Anderson und Stenning natürlich und noch zwei andere Detective Constables. Gayle Mizon, eine Blondine Anfang dreißig, hatte sich den zweiten Stuhl geschnappt, Tom Barrett, der Witzbold der Truppe, lehnte mit den beiden anderen Männern an der gegenüberliegenden Wand. Seine dunkle Haut glänzte wie poliertes Walnussholz. Alle bearbeiteten noch andere Fälle, daher das frühe Treffen.

»Dank des prompten Berichts von Detec… von PC Flint wissen wir, dass die Frau, die gestern gefunden worden ist, nicht zu den Personen gehört, die innerhalb der letzten achtzehn Monate als im Fluss verschollen gelten.« Dana griff nach ihrem Kaffee. Mizon zerpflückte ein Croissant, die Männer hatten sich gleich über die Sandwiches mit Speck und Rührei hergemacht. »Außerdem hat Lacey die Suchanfrage erweitert und gleich noch eine Liste von hundertzwei jungen Frauen mit vergleichbarem ethnischen Hintergrund zusammengestellt, die ungefähr im gleichen Zeitraum in Großbritannien als vermisst gemeldet worden sind.«

»Die Kleine kann's einfach nicht lassen«, knurrte Anderson mit vollem Mund. »Vor Ende des Jahres ist die wieder da.«

»Möglich.« Dana reichte ihm eine Schachtel mit Papiertüchern aus ihrer obersten Schublade. »Aber im Augenblick müssen wir ihre Entscheidung respektieren. Sie hatte letztes Jahr eine schwere Zeit, und das muss sie verarbeiten. Wir fangen mal hiermit an, gehen die Liste durch und suchen die Frauen zwischen spätem Teenageralter und Anfang zwanzig raus. Kontaktieren die betreffenden Dienststellen und besorgen uns Fotos und DNA, soweit das möglich ist. Tom, ich möchte bitte, dass Sie das übernehmen.«

Barrett nahm einen Becher Joghurt zur Hand, verzog das Gesicht und stellte ihn wieder hin. »Geht klar. Und wenn sie nicht als vermisst gemeldet worden ist?«

»Ich bitte Mr Weaver, eine Gesichtsrekonstruktion zu genehmigen«, meinte Dana. »Wir können einen Fernsehappell senden, aber das wird dauern. Ich kann's ja ruhig ehrlich sagen – ohne Identifikation können wir nur sehr wenig tun.«

»Haben wir einen Ehrenmord ausgeschlossen?« Gayle Mizon hatte ihr Croissant vertilgt und holte von irgendwo einen Apfel hervor. Ohne Proviant war Mizon nie anzutreffen.

»Ich hab gehört, vor Kurzem gab's 'ne Umfrage, die besagt, dass zwei Drittel der britischen Asiaten Ehrenmorde befürworten«, sagte Barrett.

Dana schüttelte den Kopf. »Die hab ich auch gelesen. Nur ein bisschen genauer als Sie. Eigentlich hieß es da, dass zwei Drittel der jungen britischen Asiaten die Idee eines Ehrenkodexes gutheißen. Um einiges besorgniserregender, das gebe ich zu, war, dass so um die zwanzig Prozent Körperstrafen für diejenigen gutheißen würden, die dagegen verstoßen.«

»›Diejenigen‹ heißt Frauen«, bemerkte Mizon.

»Also, was glauben Sie, wie verbreitet ist so was in Großbritannien?«, fragte Stenning.

»Laut Schätzungen gibt es so um die dreitausend Ehrenverbrechen im Jahr, allerdings kann man wohl getrost davon ausgehen, dass wir von vielen nicht erfahren«, erwiderte Dana. »Was Todesfälle angeht, weniger als ein Dutzend, aber trotzdem mehr, als jeder haben möchte.«

»Und ein Ehrenverbrechen ist …?«, fragte Anderson.

»Schläge, sogar Folter«, antwortete Mizon. »Einsperren, oft ohne Essen und Wasser. Jemandem medizinische Hilfe vorenthalten. Stellen Sie sich die übelsten Gräueltaten vor, die misshandelten und vernachlässigten Kindern in diesem Land zugefügt werden. All das kann man mit erwachsenen oder fast erwachsenen Frauen aus Immigrantenkulturen machen, die niemanden haben, an den sie sich wenden können, und nicht wissen, wo sie hinsollen.«

»Was ich Ihnen nicht zu sagen brauche, ist, dass wir den Fall wahrscheinlich nicht schnell lösen werden, wenn das hier ein Ehrenmord ist«, sagte Dana. »Es kann Jahre dauern, so einen Fall vor Gericht zu bringen. Wenn das physische Beweismaterial in schlechtem Zustand ist – und das scheint hier mit Sicherheit der Fall zu sein –, dann reden wir von monatelangem Observieren und davon, das Vertrauen von Familienmitgliedern zu gewinnen und sie dazu zu bringen, ihre eigenen Verwandten zu verraten. Möglicherweise wird sogar Zeugenschutz notwendig.«

»Wissen Sie was, Boss? Ich bin mir sowieso nicht sicher, dass wir es hier mit einem Ehrenmord zu tun haben.« Anderson knüllte sein Sandwichpapier zusammen. »Der Leichnam ist doch sehr aufwendig hergerichtet worden. Wer tut denn so was für jemanden, der die Familie entehrt hat?«

Er schmiss das Zellophanknäuel in Richtung Papierkorb. »Die Opfer von Ehrenmorden werden doch einfach irgendwo abgeladen, nicht wahr? Dieses Mädchen da in Kent, wurde die nicht in einem Graben gefunden? Wenn man so wenig von seinen weiblichen Verwandten hält, dass man ihnen ein Kissen aufs Gesicht drücken kann, dann macht man sich doch nicht die Mühe, mit ihren sterblichen Überresten respektvoll umzugehen.«

Anderson hatte danebengetroffen. Das Zellophanknäuel lag gut zehn Zentimeter von seinem Ziel entfernt.

»Aber wenn's kein Ehrenmord war«, gab Mizon zu bedenken, »dann haben wir keine Ahnung, was mit ihr passiert ist.«

Dana hob das Einwickelpapier auf und beförderte es in den Papierkorb. »Die eine Spur, die wir verfolgen können, ist das Leichentuch, in das sie eingewickelt war. Sind Sie immer noch bereit, sich damit zu befassen, Gayle?«

Mizon nickte. »Wie bereit sind wir, es als Zufall zu betrachten, dass Lacey die Leiche gefunden hat?«

Dana schüttelte den Kopf. »Ich überhaupt nicht. Aber ich habe mit dem Taucherteam gesprochen, das die Leiche geborgen hat, und die Fotos sind genau begutachtet worden. Man kann unmöglich erkennen, ob sie an dem Holzpfahl festgebunden war. Es könnte ein Zufall sein, und muss ich noch einmal darauf hinweisen, dass Lacey sich erst mal wieder fangen muss? Ich will nicht, dass sie wegen dieser Geschichte durchdreht. Hoffen wir, dass sie von jetzt an aus dem Fluss rausbleibt.«

20

Lacey

Eine Frau, so alt und runzlig, dass man an ihrem Geschlecht hätte zweifeln können, wären nicht das sehr lange graue Haar und die korallenrote Bluse gewesen, die sie trug, starrte Lacey an. Ihr Gesicht war das eines Menschen aus einem heißen Land, der sein ganzes Leben in der Sonne verbracht hatte, und ihre Hände waren faltig und voller Leberflecken. Sie saß in einem Rollstuhl oben an der Bootsrampe, die Beine unter einem bunten Rock verborgen.

»Hallo«, sagte sie.

»Hallo«, antwortete Lacey und dachte: *Und was jetzt?* Sich entschuldigen, weil sie unbefugt auf Privateigentum geraten war? Sich dumm stellen? Fersengeld geben?

»Kommen Sie zum Frühstück?«

Die Strömung zog Lacey wieder aus dem Creek heraus. Sie musste sich anstrengen, um nicht an der ungewöhnlich gastfreundlichen alten Dame vorbeizutreiben.

»Danke, aber ich habe nur ein bisschen die Gegend erkundet. Es tut mir leid, wenn ich …«

»Das mache ich auch oft. Die Gegend erkunden.«

Die Frau sah aus, als würde es sie Mühe kosten, in ihren Stuhl hinein- und wieder herauszukommen.

»Sie sollten lieber festmachen.« Sie streckte eine lange Hand aus, mit Schmucksteinen an so ziemlich jedem Finger, und zeigte auf einen Eisenring an der Bootsrampe. »Sie haben ungefähr eine Stunde Zeit, bevor das Wasser zu seicht wird. Vorn am Eingang zum Creek ist ein Schleusentor; bei diesem hohen Wasserstand sind Sie da wohl einfach drüber weggepaddelt.«

Nun, manchmal musste man eben mit dem Strom schwimmen. Lacey erreichte das Ufer und beugte sich vor, um das Kanu festzumachen, wobei sie sich die ganze Zeit des Blicks der Frau bewusst war, der auf ihr ruhte. Als das Kanu vertäut war, fiel ihr Blick auf das Stück Stoff, dass sie überhaupt erst hergeführt hatte, und ihr ging auf, dass es keinerlei Ähnlichkeit mit den Stoffstreifen oder dem Tuch hatte, in das der Leichnam von gestern gehüllt gewesen war. Dieser Fetzen hier war gar nicht weiß, sondern hatte ein verblasstes rosafarbenes Muster. Das Kopftuch einer Frau. Sie stieg aus dem Kanu und bemerkte das Schild neben dem Tor. *Sayes Court.*

»Ich bin Thessa«, verkündete die alte Frau, als Lacey am Ufer stand. »Eine Abkürzung von etwas sehr Langem, Griechischen. Und Sie …?« Sie zeigte mit langen manikürten Fingernägeln, die in einem zu ihrer Bluse passenden Pinkton lackiert waren, auf Lacey.

»Ich heiße Lacey. Freut mich sehr, Sie kennenzulernen, Thessa.«

»Kommen Sie.« Thessa drehte den Stuhl herum und rollte mit einer Kraft zügig die Rampe hinauf, die ahnen ließ, dass sie nicht annähernd so gebrechlich war, wie sie aussah. Lacey folgte ihr und trat mitten in einen schwirrenden Farbenwirrwarr.

Der Garten war für Londoner Verhältnisse groß und wie ein Park angelegt, mit Rasenflächen, auf denen hier und da Bäume standen.

Der Weg war zu beiden Seiten von den schmalen silbergrünen Blättern und violetten Knospen von Lavendelsträuchern gesäumt. Vor dem Lavendel blühten winzige weiße Blumen, die wie Sterne vor dem tiefgrünen Hintergrund leuchteten. Dahinter standen höhere Pflanzen, die tiefrosa blühten, mit so großen Blättern, dass sie auch in einem Regenwald nicht fehl am Platze gewesen wären. Bienen und Schmetterlinge waren überall.

»Lassen Sie das Tor ruhig«, rief Thessa.

Lacey beschleunigte ihre Schritte, sodass sie fast neben der alten Dame herging. »Ist das Ihr Haus, Thessa?«

»Ja«, antwortete Thessa. »Gehört schon seit Generationen unserer Familie. So was sagt man doch, oder? Stimmt natürlich nicht. Wir waren dreckige Immigranten, die Glück gehabt und richtig Kohle gemacht haben.«

Das Haus, auf das sie zugingen, sah aus, als stamme es aus der Zeit von King George, mit zwei Stockwerken und einer Reihe Mansardenfenster. Ein Wintergarten zog sich den größten Teil der hinteren Außenwand entlang.

»Hier arbeite ich«, sagte Thessa und rollte schwungvoll durch die offene Tür. »Kommen Sie rein.«

Wenn sie mir Pfefferkuchen anbietet, bin ich weg, sagte Lacey sich, als sie eintrat und die Wand aus Hitze sie traf wie der Glutschwall einer Schmiedeesse.

Auf dem Tisch in der Mitte des Treibhauses – wegen Thessas Rollstuhl sehr niedrig – waren flache Kästen mit jungen Pflanzen aufgereiht. Andere wuchsen in Körben, die von der Decke herabhingen. An den Wänden standen niedrige Arbeitstresen, ähnlich vollgestellt mit Pflanzen, bis auf die Flächen, die zum Arbeiten freigeräumt waren. Lacey sah Messer, Scheren, Schnur, Mörser, Waagen. Unter den Tresen waren hölzerne Kommoden mit kleinen Schubladen eingebaut, jede mit einer Handschrift etikettiert, die sie nur schwer entziffern konnte.

»Ich bin Phytotherapeutin«, verkündete Thessa. »Was möchten Sie trinken? Holunderblütensirup? Pflaumensaft? Schierling? … War nur ein Witz. Die Pflaumen waren letztes Jahr nicht sehr gut … War auch nur ein Witz.«

Insgeheim nahm Lacey sich vor, dafür zu sorgen, dass sich stets die offene Tür zwischen ihr und dieser merkwürdigen Frau befand.

»Ihnen ist es zu heiß hier drin. Kommen Sie.«

Nicht ganz sicher, ob das eine gute Idee war, aber seltsam gebannt, folgte Lacey Thessa in einen Raum, der nicht ganz eine Küche, aber auch nicht ganz irgendetwas anderes war. Grob gezimmerte Arbeitsflächen, zwei riesige Spülsteine und etliche große Kühlschränke, die anscheinend alle bis auf einen abgeschlossen waren.

Neben einem der Spülsteine stand eine Reihe hoher Glasflaschen, von denen jede eine andersfarbige Flüssigkeit enthielt. »Ich glaube, wir versuchen's mal mit der da, Lacey«, sagte Thessa. »Die dritte von links. Im Schrank unter dem Spülstein finden Sie einen Krug, und im Kühlschrank ist Eis. Das Leitungswasser ist okay, da ist ein Filter eingebaut.«

»Holunderbeere«, las Lacey das Etikett vor.

»Hab ich letzten September selbst gepflückt. Das ist bis zum Herbst die letzte Flasche. Also, ungefähr drei Zentimeter in den Krug und dann mit Wasser auffüllen. Kommen Sie schon, sonst verpassen Sie noch die Flut. Klingt doch wunderbar, finden Sie nicht? Die Flut verpassen. Als wären wir Seefahrer aus alten Zeiten, unterwegs zu Abenteuern am anderen Ende der Welt. So ist's richtig, nicht zu dünn.«

Manchmal muss man auf Exzentriker eben einfach eingehen, dachte Lacey, öffnete den nicht abgeschlossenen Kühlschrank und fand darin jede Menge weiterer Flaschen, Schalen und Gläser, alle mit Thessas krakeliger, unleserlicher Handschrift beschriftet. Während sie Eis in den Krug tat, sah sie, wie Thessa in etlichen Schubladen herumkramte. Der Holunderbeerensirup, in der Flasche dickflüssig und violett, verwandelte sich in blassestes Rosa, als sie Wasser hinzufügte.

»Um ehrlich zu sein, Wildkirschsirup ist ein bisschen süßer«, erläuterte Thessa. »Das Tablett steht oben auf dem Kühlschrank, Gläser sind in dem Schrank gleich neben der Tür. Und Blaubeeren mag jeder. Aber Holunderbeeren haben etwas ganz Besonderes. Scheint für Ihren ersten Besuch genau das Richtige zu sein. Okay, wenn wir hier fertig sind, gehen wir wieder nach draußen. Auf geht's.«

Eine kurze Rampe führte von der Küche ins Gewächshaus hinab; Thessa schoss sie fröhlich hinunter und drehte erst im allerletzten Moment ab, um nicht gegen die Glaswand zu knallen. Dann fuhr sie durch eine Seitentür hinaus.

Als Lacey ihr folgte, fand sie sich in einem Sonnenwinkel wieder. Auf der einen Seite von der Steinmauer des Hauses und auf der anderen von der Glaswand des Wintergartens begrenzt, war das gepflasterte Areal nach Südwesten offen, und Lacey konnte über den Garten hinweg und durch die eiserne Gittertür bis zum Creek sehen. Blumenduft erfüllte die Luft.

»Wonach riecht es hier?«, erkundigte sie sich, als Thessa an einem kleinen gusseisernen Tisch haltmachte.

»Nach Thymian. Wenn ich mit dem Rollstuhl drüberfahre, wird der Geruch freigesetzt. Kommen Sie, setzen Sie sich.«

Lacey schaute nach unten und sah, dass aus jedem Spalt zwischen den Pflastersteinen Pflanzen hervorsprossen. Manche sahen aus wie wilde Gänseblümchen, mit langen, dünnen Stängeln und weißen Blütenblättern mit gelber Mitte. Die meisten jedoch waren ein strauchartiges Gewächs mit winzigen grünen Blättern und rosa- oder lilafarbenen Blüten. Dann gewannen andere Gerüche die Oberhand. Einen davon erkannte Lacey als Lavendelduft; bei dem anderen war sie sich nicht sicher, aber sie musste dabei an Lammbraten denken.

»Das da ist Schnittlauch.« Thessa zeigte auf lange grüne Stängel und eine Masse violetter Blüten. »Den fahre ich nicht platt; der riecht nach Zwiebeln.«

»Und was ist jetzt an Holunderbeeren so besonders?« Lacey setzte sich und überlegte, ob sie tatsächlich ein selbst gemachtes Gebräu trinken würde, das ihr von dieser merkwürdigen Frau kredenzt wurde.

Thessa beugte sich auf ihrem Stuhl vor. Ihre dunklen

Augen waren nicht braun, wie Lacey zuerst gedacht hatte, sondern vom tiefsten Dunkelblau, das man sich überhaupt nur vorstellen konnte. »Der Holunder ist eine der wichtigsten Pflanzen in der Kräuterheilkunde. So etwas Ähnliches wie ein ganzes Medizinschränkchen in ein und derselben Pflanze. Andererseits – und das finde ich am spannendsten – wird er fast überall gefürchtet.« Sie setzte sich wieder aufrecht hin und blickte sich argwöhnisch im Garten um.

Du schräge alte Schmierenkomödiantin, dachte Lacey.

Die alte Schmierenkomödiantin war nicht zu bremsen. »Nur wenige Pflanzen kommen so oft in Legenden und in Volksmärchen vor wie der Holunder. Früher hieß es, wenn man in der Mittsommernacht um Mitternacht unter einem Holunderbaum steht, würde man den Feenkönig vorbeireiten sehen. Das ist übrigens heute. Und fast unvermeidlich, wo die Sonnenwende doch genau eine Minute vor Mitternacht ist.«

»Ich werde nach ihm Ausschau halten.« Lacey lächelte, als sie sich Joesbury als Feenkönig verkleidet vorstellte.

»Sollten Sie auch.« Thessa verzog keine Miene. »Ich schwör's, der Mann wird mit jeder Dekade schöner.«

»Und was hat Holunder für Heilkräfte?«

»Schützt vor Infektionen. Ist sehr gut bei Grippe oder Erkältung und hilft, Husten zu lindern.«

»Ich habe zwar weder Husten noch Schnupfen«, meinte Lacey, »aber es ist trotzdem ein netter Gedanke.«

»Sie sind im Begriff, beides zu kriegen«, verkündete Thessa. »Ihre Stimme ist heiserer als sonst, Sie atmen flach, das bedeutet, dass Ihr unterer Brustbereich nicht richtig arbeitet, weil er gegen eine Infektion ankämpft, und seit Sie hier sind, haben Sie dreimal geschnieft. Ich wette, Sie sind auch müder als sonst und Ihr Brustkorb fühlt sich ein bisschen schwer an.«

Totaler Schwachsinn. Nur … »Ich hab in letzter Zeit wirklich nicht gut geschlafen«, gab Lacey zu.

»Sie haben seit Jahren nicht mehr gut geschlafen, seit dem

großen Kummer, was immer das war. Erzählen Sie's mir nicht, Liebes, dafür kennen wir uns noch nicht annähernd gut genug. Aber ich kann Ihnen etwas geben.«

Sie griff in die Tasche und zog drei kleine Fläschchen hervor.

»Weißdorntinktur.« Thessa schraubte den Deckel des ersten Fläschchens ab und ließ drei Tropfen in den Krug fallen. »In zwei verschiedenen Stadien gemacht: Im Frühling aus den Blüten und den Blättern, und dann tut man im Herbst die Beeren dazu. Hervorragend für Herz und Kreislauf; das brauchen Sie nicht, aber auch zum Beruhigen und um Ängste abzubauen, und das brauchen Sie ganz bestimmt. Hilft außerdem gegen böse Träume und Schlaflosigkeit.«

Holunderbeeren und Weißdorn? Klang gar nicht so schlecht. Wenn es denn wirklich Holunderbeeren und Weißdorn waren.

»Das hier ist Lindenblütenextrakt.« Thessa öffnete die zweite Flasche und tat wie aus der ersten ein paar Tropfen in den Krug. »Lindert Reizungen, stärkt das Immunsystem und hilft einem, sich zu entspannen und zu schlafen.«

»Bis Mittag liege ich im Tiefschlaf«, meinte Lacey. Nicht dass sie die Absicht hatte, das Zeug zu trinken.

»Das Letzte hier ist Beifuß. Kein schöner Name, aber ein sehr gutes Kraut für uns Frauen. Es wird seit Jahrhunderten in der Heilkunst und in der Magie verwendet. Gilt als Beschützer der Frauen und der Reisenden.«

Nachdem sie die drei Fläschchen wieder zugeschraubt hatte, nahm Thessa den Krug und füllte Laceys Glas und ihr eigenes. »Beifuß ist gut für Frauenprobleme. Nicht dass ich Anzeichen für so was sehe, aber es ist ein sehr gutes Rundum-Stärkungsmittel. Mal sehen, wie Sie sich mit den dreien hier vertragen. Sie können sie mitnehmen.« Damit schob sie die Flaschen über den Tisch zu Lacey hinüber.

»Das ist sehr nett, aber …«

»Trinken Sie.«

Thessa deutete mit einem Kopfnicken auf Laceys Glas, wo dem Saft, der vielleicht aus Holunderbeeren bestand, vielleicht aber auch nicht, neun Tropfen von weiß Gott was hinzugefügt worden waren. Geschahen so schreckliche Dinge? Aus Höflichkeit?

»Ach, Herrgott noch mal!«

Blitzschnell griff Thessa nach ihrem eigenen Glas und trank es zur Hälfte aus. Dann stellte sie es auf den Tisch und sah Lacey erwartungsvoll an.

»Entschuldigen Sie, wenn ich unhöflich bin«, sagte Lacey, »aber Sie sind schon ein kleines bisschen ungewöhnlich, und ich bin noch nie einer … Oh mein Gott, was ist denn?«

Sie schnellte von ihrem Stuhl hoch und beugte sich über Thessa, die in ihrem Rollstuhl krampfhaft gezuckt hatte, ehe ihr der Kopf auf die Brust gesunken war. Die alte Frau zitterte, ihre Arme zuckten neben dem Körper, und merkwürdige Krächzgeräusche drangen aus ihrer Kehle.

»Thessa, sei nicht albern«, ließ sich eine Männerstimme von der Tür des Hauses her vernehmen.

Lacey fuhr herum und erblickte einen hochgewachsenen, dunkelhaarigen Mann von Anfang sechzig, der ihnen zusah. Seine Miene machte deutlich, dass er das alles schon oft gesehen hatte und dass es dadurch auch nicht komischer wurde. Sie schaute sich wieder nach Thessa um, die wieder aufrecht dasaß und grinste.

»Erwischt!«, sagte sie zu Lacey.

»Was gibt sie Ihnen denn da?«

Der Mann war aus dem Haus getreten und hatte neben Lacey Platz genommen. Er hatte sich ein Glas mitgebracht.

»Äh … Holunderbeeren, Weißdorn, Lindenblüten und Beifuß, glaube ich.«

Der Mann zuckte mit den Achseln und schnitt eine Grimasse, dann schenkte er sich ein Glas ein.

Er trank und lächelte Lacey an. »Ich bin Alex, Thessas Bruder. Freut mich, Sie kennenzulernen.«

»Lacey Flint«, sagte sie zu dem Mann mit den dichten Augenbrauen und dem dunklen Teint, der auf den ersten Blick überhaupt keine Ähnlichkeit mit Mrs Überkandidelt in dem Rollstuhl hatte. Er trug ordentlich gebügelte Hosen und ein Button-down-Hemd.

»Ganz was Neues, Besuch, der mit dem Boot kommt«, meinte er. »Obwohl, mir gefällt das ja. Erinnert mich an früher, als die Wasserwege um London herum die Hauptverkehrsstraßen waren.«

»Ich wohne auf einem von den Booten im Deptford Creek.« Lacey nahm ihr Glas und riskierte einen kleinen Schluck. »Wir haben alle Kanus oder kleine Motorjollen. Aber irgendjemand hier hat doch auch ein Boot.«

»Das gehört Thessa«, erwiderte Alex. »Ich habe versucht, ihr klarzumachen, dass es geradezu lachhaft unverantwortlich ist, auf die Themse hinauszufahren, aber sie hat sechzig Jahre lang nicht auf mich gehört, und ich bezweifle, dass sie jetzt damit anfangen wird.«

Der Saft war reichhaltig und süß, ähnlich wie schwarzer Johannisbeersaft, aber nicht so herb. Lacey trank den größten Teil des Glases in einem Zug aus.

»Viele von den Pflanzen, die ich brauche, wachsen am Flussufer«, meinte Thessa. »Und eine ganze Menge davon am Deptford Creek. Außerdem habe ich sehr kräftige Arme. Wenn die Beine nutzlos sind, müssen die anderen Körperteile halt einspringen. Und wenn's haarig wird, gibt's ja immer noch den Motor. Kennen Sie diese beiden alten Lesbenschlampen auf dem alten Kriegsschiff am Skillions Wharf?«

Lacey warf Alex einen raschen Blick zu. Er zuckte ganz leicht die Achseln, als wolle er sagen *Ich halte mich da raus.*

»Na ja, diese Bezeichnung hab ich jetzt so noch nicht gehört, aber ich weiß, dass da zwei Frauen mittleren Alters am

Skillions Wharf wohnen«, erwiderte sie schließlich. »Mein Nachbar sagt, sie waren früher mal Schauspielerinnen.«

»Die überreife Blondine war mal Stripperin«, behauptete Thessa. »Und das Mannweib war ihr Zuhälter.«

»Haben die mal gerade ihren Toilettentank abgepumpt, als Sie vorbeigepaddelt sind?«, erkundigte sich Lacey, woraufhin Alex in sein Glas prustete. Als er fertig gehustet hatte, schaute er rasch auf die Uhr. »Sie haben noch zwanzig Minuten, um aus unserem Creek rauszukommen, Lacey, sonst bleiben Sie den Tag über bei uns.«

Lacey stand auf. »Also, das hört sich toll an, aber ich muss heute Nachmittag zur Arbeit. Vielen Dank für den Saft.«

»Und die Tinkturen.« Thessa drückte Lacey die drei kleinen Fläschchen in die Hand. »Drei Tropfen von jeder, zweimal täglich.«

»Ist das ein englischer Akzent, Lacey?«, erkundigte sich Alex, als die drei den blumengesäumten Pfad hinunter auf den Creek zugingen. Eine Biene ließ sich auf Thessas roter Bluse nieder, und sie ließ sie sitzen, gleich unterhalb der Schulter, wie eine Schmucknadel. »Sie haben da so einen Singsangton, den ich nicht recht einordnen kann.«

»Ich bin aus Shropshire«, antwortete Lacey. »Ganz dicht an der walisischen Grenze. Manchmal sagen die Leute, ich hätte einen walisischen Akzent.«

»Und was machen Sie beruflich?«

»Ich bin Polizistin«, sagt Lacey. »Vor Kurzem habe ich bei der Flusspolizei angefangen.«

»Dann muss ich Sie um einen großen Gefallen bitten. Wenn Sie meine Schwester da draußen in ihrem lächerlichen Kahn antreffen, verhaften Sie sie.«

Thessa kicherte beinahe kokett. Dann fing sie tatsächlich an, der Biene auf ihrer Brust etwas zuzuflüstern.

»Na ja, ich gebe ja nun selber nicht gerade das beste Beispiel ab«, meinte Lacey. »Aber wenn man die starken Gezeitenströme meidet und sich dicht am Ufer hält, dann ist es nicht allzu gefährlich.«

»Für einen jungen, gesunden Menschen vielleicht nicht«, entgegnete Alex. »Aber für eine verrückte alte Frau in den Sechzigern? Ich sollte mich wohl nicht beklagen; wenn sie absäuft, erbe ich ihr ganzes Geld.«

»Hab letzte Woche mein Testament geändert«, verkündete Thessa. »Ich hinterlasse alles dem Tierheim.«

»Die Hunde werden damit verantwortungsvoller umgehen als du. Auf Wiedersehen, Lacey. Es war schön, Sie kennenzulernen.«

»Kommen Sie nächsten Donnerstag wieder«, wies Thessa sie an. »Die Kräuter brauchen eine Woche, um Wirkung zu zeigen. Aber wenn Sie einfach nur plaudern wollen, kommen Sie ruhig jederzeit.«

Lacey stieg in ihr Kanu und machte das Tau los. Alex bückte sich galant und schob sie sanft auf die Mitte des Creeks zu.

»Wiedersehen«, rief sie, während die einsetzende Ebbe sie auf die Themse zu zog.

Kurz bevor sie um die Ecke bog, schaute sie noch einmal zurück. Thessa und ihr Bruder standen immer noch am Ufer. Alex hatte sich hingehockt, sodass er auf einer Höhe mit seiner Schwester war, und sie waren in ein Gespräch vertieft. Lacey fragte sich, wie sie jemals hatte finden können, dass sie sich nicht ähnlich sahen. Aus dieser Entfernung, wenn sie sich so angeregt unterhielten, glichen sie einander wie ein Ei dem anderen.

21

Dana

»Das Verhüllen eines Leichnams vor dem Begräbnis ist eine Praxis, die in so ziemlich jeder Kultur gängig ist«, erläuterte Mizon von ihrem Platz ganz vorn im Raum aus. »Es gibt sogar Hinweise darauf, dass nordamerikanische Ureinwohner aus Pflanzenfasern Leichentücher gewebt haben.«

Dana griff nach oben und zog das Rollo vor dem Fenster herunter. Es war kurz nach Mittag, die Sonne war zu ihrer Seite des Gebäudes herübergewandert, und die Temperatur stieg an. Im Besprechungszimmer saßen Neil Anderson, Pete Stenning, Tom Barrett und Gayle Mizon. Ihre engsten Vertrauten.

Gründlich wie immer, hatte Mizon etliche Bilder von verhüllten Leichen auf den Bildschirm hinter ihr projiziert: Gramgebeugte Nonnen trugen ein langes, schmales Paket, das fahle Gesicht eines Kindes, bevor sein Kopf endgültig bedeckt wurde, Reihe um Reihe auf einem Fliesenboden ausgelegter weißer Bündel.

»Egal, wie die Leute sich ihrer Toten entledigen wollen«, sagte sie gerade, »es gibt auf jeden Fall irgendeine rituelle Vorbereitung der Leiche, und dazu gehören fast immer symbolisches Waschen und dann Einwickeln.«

»Mein Dad ist in seinem besten Anzug beerdigt worden«, meinte Barrett.

»Das ist in den westlichen Kulturen inzwischen durchaus üblich«, betätigte Mizon. »Aber noch nicht lange. Leichentücher gehen zurück auf die Zeiten, als Kleider teuer waren. Indem sie den Verstorbenen in ein Grabtuch gelegt haben, wurde ein Satz Kleidungsstücke für ein anderes Familienmitglied frei.«

Stenning drückte sich eine Coladose auf den Nacken. »Also, gibt uns die Art und Weise, wie sie eingewickelt war, einen Hinweis auf ihren Hintergrund?«

Zwei schwache Parallelkerben waren zwischen Mizons Brauen erschienen. »Da wird das Ganze schon ein bisschen schwieriger. Nach allem, was ich finden konnte, war das, was wir gesehen haben, nicht typisch für irgendeine anerkannte Begräbnisetikette.«

»Wie meinen Sie das?«, fragte Dana.

Mizon warf einen schnellen Blick auf ihre Notizen. »Die jüdische Begräbniskleidung heißt *Tachrichim*. Ein Kittel, Hosen, Gürtel und eine Kapuze mit Schal, um den Kopf zu bedecken. Dann wird der ganze Leichnam in ein größeres Stück Stoff gewickelt, das ist dann quasi das Leichentuch. Die jüdische Tradition schreibt vor, dass im Tod alle gleich sind. Also hatten jüdische Grabkleider keine Reißverschlüsse, Knöpfe oder irgendwelche Verzierungen. Und auch keine Taschen, weil persönliche Besitztümer im Jenseits keinen Platz haben.«

»Also nicht jüdisch«, stellte Anderson fest.

»Und auch nicht typisch muslimisch«, sagte Mizon. »Muslimische Begräbniskleidung ist als *Kafan* bekannt. Drei Stücke Stoff für einen Mann, fünf für eine Frau. Das sind eigentlich keine Kleidungsstücke, einfach nur große Stücke eines sehr schlichten Stoffs, die in einer bestimmten Reihenfolge vorgeschriebene Teile des Körpers umhüllen. Auch hier ist Anstand im Tod wichtig.«

»Hindus verwenden auch Kleidungsstücke«, meldete sich Dana zu Wort, »mit einem großen Stück Stoff, das den ganzen Leichnam bedeckt. Meine Mutter ist in ihrem Hochzeitssari eingeäschert worden. Der war übrigens rot. Natürlich heißt das alles nicht, dass das Opfer nicht Muslimin oder Jüdin war, nur dass ihr Leichnam nicht auf orthodoxe religiöse Art und Weise bestattet worden ist.«

»Es heißt, die Leiche wäre mumifiziert worden«, bemerkte Barrett.

»Nein«, widersprach Dana. »Allerdings entsteht dadurch, wie sie eingewickelt war, dieser Eindruck. Können Sie mal die ersten Fotos raussuchen, Gayle?«

Sie wartete, während Mizon nach den Fotos suchte, die die Flusspolizei von der Leiche gemacht hatte, dann stand Dana auf und trat näher an den Bildschirm heran.

»Sie sehen, dass der Unterkörper noch immer weitestgehend eingewickelt ist, obwohl sich der Stoff größtenteils vom Oberkörper gelöst hat.« Mit einem Stift deutete Dana auf das Bild. »Und wenn man sich die Füße und die Unterschenkel anschaut und dann die Taille, dann sieht das Ganze wirklich ein bisschen wie eine Mumie aus, aber die Art und Weise, wie diese Frau eingewickelt worden ist, unterscheidet sich in Wirklichkeit sehr von dem Vorgehen in Ägypten.«

»Und wie genau?«, wollte Anderson wissen.

Dana bedeutete Mizon mit einem Nicken, das zu erläutern. »Eine ägyptische Mumie wäre vollständig in Stoffbinden gewickelt worden«, sagte diese. »Jede Extremität, jeder Finger und jeder Zeh wäre separat umwickelt worden. Wir würden hier von Hunderten Metern Stoff reden. Bei dieser Frau waren nur an bestimmten Stellen Binden – um Fußknöchel, Taille und Hals.«

»Wenn's also keine richtige Verbindung zum Islam, zum Hinduismus oder zum Judentum gibt, was ist dann mit dem Christentum?«, fragte Anderson.

»Ähnlich, aber nicht ganz dasselbe«, antwortete Mizon. »Wenn Sie mal Bilder vom Turiner Grabtuch gesehen haben, dann wissen Sie, dass das ein Stück Stoff war, das gerade breit genug war, um einen Leichnam zu bedecken, aber mindestens zweimal so lang wie ein menschlicher Körper. Es war bestimmt irgendwie befestigt, möglicherweise mit langen, schmalen Streifen aus demselben Stoff. Was wir hier haben, sind ein sehr breiter Stoffstreifen und mehrere schmale, die dazu benutzt worden sind, das eigentliche Leichentuch festzubinden.«

»Also, egal wie sie umgekommen ist: Ihr Leichnam wurde von jemandem aus der christlichen Tradition für die Bestattung präpariert«, stellte Dana fest.

Mizon schüttelte den Kopf. »Da bin ich mir auch nicht sicher. Bestimmt aus keiner von den konventionelleren Glaubensrichtungen, denn wie Tom gesagt hat: Christen ziehen ihren Toten heutzutage üblicherweise normale Kleidung an. Andererseits sind Grabtücher bei den orthodoxen Christen ziemlich reich verziert.«

Mehrere Bilder von Leichengewändern erschienen auf dem Bildschirm; Szenen unter Gewölbemauern, mit Sonnenstrahlen, Kruzifixen und anderen christlichen Symbolen. Sogar eine Auferstehungsszene war dabei.

»Aber so eins würde doch niemand benutzen, der einen verdächtigen Todesfall vertuschen will«, gab Dana zu bedenken. »Die wären doch zu leicht zurückzuverfolgen.«

»Stimmt«, antwortete Mizon. »Um ehrlich zu sein, Ma'am, ich glaube nicht, dass es bei der Art und Weise, wie diese Leiche verhüllt worden ist, um etwas Religiöses gegangen ist.«

»Und um was dann?«

Mizon schaltete den Bildschirm aus, als weise sie sämtliche Informationen von sich, die sie ihnen gerade gezeigt hatte. Oder vielleicht wurde ihr auch einfach nur zu heiß. »Manche Mörder stellen ihre Leichen zur Schau, und manche verstecken sie, richtig?«

Stennings Kopf ruckte in die Höhe. »Die, die sie zur Schau stellen, sind stolz auf das, was sie getan haben. Die wollen, dass wir sie finden.«

Mizon nickte. »Und im Umkehrschluss schämen sich die, die es nicht tun.«

»Diese Frau wurde verschnürt wie ein Paket, beschwert

und in einen der größten, tiefsten Flüsse der Welt geworfen.« Auch Anderson sah jetzt wacher aus. »Ich würde sagen, damit gehört unser Mörder zu denen, die sich schämen.«

»Und zwar sehr«, pflichtete Mizon ihm bei. »Ich weiß, Sie mögen es nicht, wenn wir vorschnelle Schlüsse ziehen, Ma'am, aber ich würde sagen, das Verhüllen und das In-den-Fluss-Werfen, da geht's ums Verbergen. Mit anderen Worten, um Scham. Ich glaube, die Stoffbinden sollten das Leichentuch einfach an Ort und Stelle halten. Bei einer Beerdigung wäre das nicht nötig, aber in schnell fließendem Wasser würde das Ganze viel weniger gut halten. Ich glaube, die Binden sollten das Leichentuch befestigen – mit anderen Worten, das Verstecken.«

»Dann gibt uns also das Verhüllen keinerlei Hinweis auf den Hintergrund des Mörders?«, fragte Dana.

»Das hab ich nicht gesagt«, wehrte Mizon ab. »Er hat nicht einfach ein paar Müllsäcke benutzt und die fest mit Packband verschnürt. Das Leinen weist auf eine Kultur hin, die Tote mit Respekt behandelt. Ich glaube, unser Täter ist wahrscheinlich jemand mit östlichem Hintergrund, aus einer Kultur, die mehr von religiösem Glauben und religiösen Praktiken beherrscht wird als die westliche Welt.«

»Ich sag euch mal, was mir noch mehr zu schaffen macht.« Selbst Barrett war jetzt ganz aufgedreht. Es gehörte eine Menge dazu, ihn in Fahrt zu bringen. »Das war keine Panikaktion. Das war geplant. Sorgfältig. Als ob …«

Normalerweise stahl Dana einem Teammitglied niemals die Show. Diesmal jedoch konnte sie nicht anders. »Als ob er das schon mal gemacht hätte«, sagte sie.

22

Nadia

Die Sonne stand tief am Himmel, und Nadia beeilte sich. Sie hatte sich vor den Duschen anstellen müssen und das Schwimmbad daher erst spät verlassen. Und sie hatte versprochen, um sechs zurück zu sein, dann wollten sie abfahren, und Gabrielle brauchte die Sonnencreme.

»Es macht Ihnen doch nichts aus, auf dem Rückweg kurz mal im Drogeriemarkt vorbeizuschauen, oder?« Es war immer dasselbe. »Können Sie kurz im Supermarkt haltmachen? Können Sie schnell mal zum Body Shop gehen? Können Sie bei Majestic ein bisschen Wein holen?« Als hätte Gabrielle ständig das Bedürfnis, Nadia daran zu erinnern, dass Freizeit kein Recht war, sondern nur eine Leihgabe, die jederzeit zurückgefordert werden konnte.

Im Unterricht war viel los gewesen. Allmählich wurde sie zu einer der Besseren. Eine von denen, an die die Lehrerin sich wandte, wenn sie jemanden zum Vormachen brauchte.

»Erst den Ellenbogen aus dem Wasser und dann den Arm strecken. So braucht ihr weniger Energie und seid schneller. Schaut euch Nadia an.«

Inzwischen konnte sie kraulen, mit dem Kopf im Wasser, den sie rhythmisch zum Atemholen hob, und kam schnell voran. Wer hätte das noch vor Monaten gedacht, als sie gerade mal panisches Hundepaddeln zustande gebracht hatte?

Musliminnen schwammen nicht. Außer den wenigen, die es als Kinder lernten, oder den Superreichen mit ihren Privatswimmingpools. Sich in der Öffentlichkeit zu entkleiden war undenkbar für eine Muslima. Doch die Bezirksbehörde von Greenwich bot im Freizeitzentrum Schwimmunterricht für Frauen an, und für zwei Stunden die Woche wurde das Schwimmbad zu einer sicheren Zuflucht für die Islamgläubigen und die Schamhaften.

Das war mit das Schwerste gewesen, was Nadia jemals getan hatte, sich das erste Mal ins Wasser hinabsinken zu lassen. Erinnerungen waren auf sie eingestürmt: Wasser überall um sie herum, in ihrer Nase, ihrem Mund, ihrer Kehle. Qualvolle Schmerzen in der Brust, als Wasser in ihre Lunge strömte. Die Gewissheit, dass sie sterben würde, hier und jetzt.

Es hatte lange, lange Minuten gedauert, sich klarzumachen, dass das Entsetzen und die körperlichen Schmerzen von Erinnerungen ausgelöst wurden, nicht von etwas, das jetzt, in diesem Moment, mit ihr geschah. Während des größten Teils der ersten Schwimmstunde war sie außerstande gewesen, sich vom Beckenrand zu lösen, doch sie hatte sich gezwungen, ein zweites und ein drittes Mal hinzugehen, bis es sie nicht mehr mit Furcht erfüllte, ins Wasser zu steigen. Sie hatte schwimmen gelernt, weil sie gewusst hatte, dass sie und der Fluss sich eines Tages wieder begegnen würden.

Als sie an dem Kasten vorbeikam, wo Gratis-Zeitungen auslagen, überflog Nadia automatisch die Schlagzeilen, hielt Ausschau nach Worten, die sie kannte. Von dem Frauenleichnam, der gestern früh aus dem Fluss gezogen worden war, hatte sie nichts mehr gehört, abgesehen von einem kurzen Bericht in den Abendnachrichten. Die Polizei fürchtete, dass die Tote schwer zu identifizieren sein würde, und bat um Hilfe. Eine junge Frau, nahmen die Beamten an, möglicherweise aus dem Nahen Osten oder vom indischen Subkontinent, seit zwei bis sechs Monaten verschollen. Jeder, der irgendwelche Informationen hatte, sollte sich bitte bei der Polizei melden.

Sie hatte keine Informationen.

In dem vollen Laden an der Hauptstraße fand sie die Sonnencreme. »Nehmen Sie unbedingt welche mit Lichtschutzfaktor 50«, hatte Gabrielle gesagt. »Man muss doch daran denken, wie das Sonnenlicht wirkt, das vom Wasser zurückgeworfen wird.«

Es war nichts Ungewöhnliches, dass eine Leiche aus der Themse geborgen wurde, hatte Gabrielle ihr erzählt. Die meisten schafften es nicht einmal bis in die Nachrichten, nur die, die identifiziert werden mussten, oder die, die unter verdächtigen Umständen ertrunken waren. Nur wenn die Polizei um Informationen bat.

Sie hatte keine Informationen. Sie musste rechtzeitig zurück sein.

23

Dana

»Helen, das ist ja wie eBay-Shoppen. Nur ohne Bilder.«

»Moment, ich such nur eben dieselbe Website. Okay, ich logg mich gerade ein.«

Dana schloss die Augen und stellte sich Helen in ihrem Arbeitszimmer vor, zu Hause in Dundee. Bestimmt hatte sie den Hosenanzug ausgezogen, den sie den ganzen Tag angehabt hatte, trug jetzt Jeans oder vielleicht auch Joggingsachen.

Plötzlich hatte Dana das Bedürfnis, Helens Gesicht zu sehen. Sie griff hinter sich nach dem gerahmten Foto, das im Bücherregal stand, und stellte es gleich links neben den Bildschirm. Sie hatte das Bild selbst gemacht – Helen im Garten, nicht lange nach dem Laufen. Das lange blonde Haar durcheinander, das Gesicht rot und feucht und ein Leuchten in den Augen, das anscheinend jedes Mal etwas anderes aussagte, wenn Dana das Foto ansah. Manchmal machte dieses

Bild sie ruhiger, wenn die Enge in ihrer Brust zu schmerzen begann. Nicht immer. »Wie war der Flug?«, erkundigte sie sich.

»Voll«, antwortete Helen. »Okay, London Sperm Bank. Mein Gott, das ist eine völlig neue Welt, nicht wahr?«

Die London Sperm Bank war eine zentrale Samenbank, die die meisten Kinderwunsch-Kliniken von London und im Südosten des Landes belieferte. Seit sie auf dieser Website gelandet war, hatte Dana immer wieder Flashbacks aus einer kurzen Phase ihres Lebens erlebt, in der sie vor Jahren fast shoppingsüchtig geworden wäre, nachdem sie Geld geerbt hatte. Online-Angebote waren am schlimmsten gewesen: Immer hatte man den Eindruck, man hätte nur begrenzt Zeit, die besten Schnäppchen zu finden und abzugreifen. Ihr war immer ganz heiß geworden, während sie sich hektisch von einer Website zur anderen klickte, sinnlos Geld ausgab und nicht aufhören konnte. Seit Jahren hatte sie dieses Gefühl nicht mehr gehabt.

»Such dir mal die Seite, wo man einen Spender aussuchen kann«, wies sie Helen an.

»Hab ich schon. Oh mein Gott, man hat hier echt einen Einkaufswagen. Hier steht, mein Einkaufswagen ist gegenwärtig leer. Na ja, in gewisser Weise …«

»Kannst du dich mal einen Moment konzentrieren?« Dana wartete, bis Helen sie eingeholt hatte, während ihr Blick wie ein Tennisball zwischen dem Foto ihrer Lebensgefährtin und der Drop-down-Liste der Männer hin und her sprang, von denen sie ein Kind bekommen könnte. Jeder Eintrag war mit einem schlichten Icon gekennzeichnet, einer Männerfigur, und daneben standen die grundlegendsten Details: ethnische Herkunft, manchmal auch die Staatsangehörigkeit, Augenfarbe, Haarfarbe, Größe, Hautfarbe, Bildungsstand und gelegentlich Religion. Die Icons hatten verschiedene Farben. Also, wollte sie einen zuckergussrosafarbenen, einen zitronengelben oder einen quietschgrünen Samenspender? Die Helen auf dem Foto war belustigt, nahm das alles nicht ernst.

»Ich kann doch den Vater meines Kindes – unseres Kindes – nicht anhand dieser Informationen aussuchen«, sagte sie, als die Helen im richtigen Leben endlich dieselbe Website vor sich hatte. »Diese Typen könnten doch Kinderschänder sein, Drogendealer. Vielleicht hängen die am Sonntagvormittag an der Waterloo Station rum und schreiben sich die Zugnummern auf. Gott steh uns bei, die könnten Golf spielen!«

»Hauptsache, keiner von denen ist rothaarig.«

Schweigen. Und das Foto hatte diese Miene aufgesetzt, die sie schon immer gehasst hatte, dieses *Ich-hab-also-auf-deine-Kosten-einen-Witz-gemacht-und-wenn-schon?*-Gesicht. Dana fragte sich, ob sie gleich losheulen würde. »Wir sollten uns die Väter unserer Kinder doch eigentlich aussuchen können«, sagte sie. »Wir suchen uns den Mann aus, den wir auf der ganzen Welt am allermeisten lieben und bewundern, und wenn wir Glück haben, empfindet er genauso, und wir gründen zusammen eine Familie. Andere Frauen« – *normale Frauen,* sagte die Stimme in ihrem Hinterkopf – »verwenden Jahre auf diese Entscheidung. Die haben jede Menge Daten zur Verfügung. Ich – wir – haben nicht mal ein Dutzend Worte.«

»Das haben wir uns nun mal so ausgesucht, Schatz«, meinte Helen.

»Wusstest du, dass Seesterne zu den wenigen Tierarten gehören, die sich asexuell vermehren können?«

Schweigen. Sie malte sich aus, wie Helen tief durchatmete, sich darauf einstellte, mit *Dana-ist-mal-wieder-schwierig* klarzukommen. Die Helen auf dem Foto machte jedenfalls ihr *Ich-beherrsche-mich-und-wenn's-mich-umbringt*-Gesicht.

»Faszinierend«, bemerkte die echte Helen. »Aber ich denke, bis zur Erfindung der Klontechnologie müssen wir das pragmatisch angehen. Wir wissen, dass diese Kerle alle auf Gesundheitsprobleme hin durchgecheckt worden sind.«

»Oh, die sind gecheckt worden bis zum Anschlag«, erwiderte Dana. »Wundert mich ja, dass überhaupt welche von denen durchgekommen sind.«

»Außerdem brauchen sie eine ärztliche Genehmigung. Falls es da also irgendwelche Probleme mit geistigen Krankheiten oder auch nur wiederholt auftretendem kriminellen Verhalten gäbe, dann können wir davon ausgehen, dass das bemerkt worden wäre.« Helen sprach ganz langsam, wie mit einem ziemlich unterbelichteten Kind.

»Ich denke schon.«

»Und in Anbetracht der Tatsache, dass das Spenderhonorar in Großbritannien ziemlich dürftig ist, müssen wir annehmen, dass ihre Motive einigermaßen uneigennützig sind.«

»Scheint so.«

»Okay, das hier ist also ein Haufen gesunder, anständiger Kerle, die bereit sind, erhebliche Unannehmlichkeiten auf sich zu nehmen, von Peinlichkeiten mal ganz abgesehen, um anderen zu helfen. Wir hätten's sehr viel schlechter treffen können.«

Und genau deswegen liebte sie sie. Helen fing sie auf, wenn sie fiel. Sie sah, was wichtig war. »Und wir filtern alle raus, die nicht wenigstens einen Bachelor haben«, sagte sie gerade, pragmatisch wie immer.

Dana lächelte das Foto an, das sich in das verwandelt hatte, was es normalerweise war: ein Bild von einer klugen, warmherzigen Frau.

»Okay, was ist mit Spender Nr. 68? Dunkelbraunes Haar, eins achtundsiebzig groß, mittlerer Hautton, Doktortitel?«

»Der ist Schotte«, meinte Dana und betrachtete das blaue Icon.

»Ist doch super«, sagte Helen.

24

Lacey

»Hart Steuerbord… verdammt, Mädchen, langsam… nein, Sie sind vorbeigefahren. Okay, wenden… Nein, der Rückwärtsgang bringt gegen den Gezeitenstrom gar nichts. Wenden… verdammt noch mal, Frau am Steuer.«

»Nichts für ungut, Sarge, aber Beifahrer am Steuer ist noch schlimmer. Ich krieg das schon hin.«

»Okay, Gas wegnehmen, ein Tick Backbord, ruhig halten, und… Ja, prima, Finn.«

Na toll. Gegen starke Strömung und bei rapide schwindendem Licht hatte sie das Boot neben ein Stück Treibgut manövriert und es etliche Sekunden lang dort in Position gehalten. Turner dagegen, der nicht mehr getan hatte, als einen überlangen Arm auszufahren und das Ding mit dem Bootshaken zu bergen, wurde gelobt. Mit einem hörbaren Seufzer schaltete Lacey in den Leerlauf.

»Marine Central. Können Sie bitte Ihre Position durchgeben?«

Wilson beugte sich über Lacey hinweg und sprach ins Mikrofon, gab ihre Position als ein kleines Stück stromaufwärts von der Tower Bridge an. »Was gibt's, MP?«, fragte er die Einsatzvermittlungszentrale in Lambeth. Beklommenheit regte sich tief in Laceys Innerem. Ihr Dienst war praktisch zu Ende. Sie wollte nicht aufgehalten werden, nicht heute, nicht, wenn daheim auf dem Boot vielleicht jemand auf sie wartete. Wann erschien der Feenkönig noch einmal, eine Minute vor Mitternacht?

»Uns ist ein kleines, unbeleuchtetes Boot gemeldet worden, voll besetzt, das in Höhe Blackwell Pier flussaufwärts fährt. Es besteht der Verdacht, dass sich illegale Einwanderer an Bord befinden.

Sie haben Anweisung, das Boot zu finden und zu stellen. Marine Lower im Moment unabkömmlich. Zuständige Dienststelle ist informiert. Seien Sie vorsichtig.«

»Sie übernehmen die Backbordseite am Bug«, wies Wilson Turner an und machte sich auf den Weg zur Flybridge. »Lacey, wenn ich da oben bin, gehen Sie nach Steuerbord. Und ich will, dass ihr beide gesichert seid.«

Schweren Herzens – jetzt war es unwahrscheinlich, dass sie rechtzeitig fertig sein würden – hakte Lacey ihre Sicherungsleine am Fuß einer Strebe ein.

»Festhalten«, rief der Sergeant.

Auch ohne Motor würde ein Boot, von Gezeitenstrom und Flussströmung getragen, schnell vorankommen; die Targa-Motorjacht flog geradezu übers Wasser. Sie machte große Sätze, als sie auf höhere Wellen traf, und Gischt stob um sie herum auf, funkelte im Schein der Positionslichter des Bootes wie Kristalle. Warme Luftwellen prallten gegen Laceys Gesicht, während die eleganten Säulen und Kuppeltürme des alten Hospitals von Greenwich mit jeder Welle näher kamen, durch die sie hindurchschnitten. Laceys Pferdeschwanz begann sich aufzulösen; sie drehte den Kopf, um das Haar wieder zusammenzuraffen, und bemerkte ein winziges Licht am Südufer, in Höhe des Wassers. Unwillkürlich geriet sie ins Schwanken, hätte beinahe das Gleichgewicht verloren und packte die Reling. Das Licht war immer noch da und der ganz schwache Umriss von etwas, das sich auf das Ufer zubewegte.

Als sie sich der Einfahrt zu den Docks näherten, nahm Wilson Fahrt weg, ließ den Motor leise laufen und drehte ihn gerade hoch genug, um sie im Fluss an Ort und Stelle zu halten. Auf der Backbordseite des Bootes, wo Turner auf Ausguck war, herrschte Licht und reges Treiben. Die Hafenanlage der Isle of Dogs kam nachts nie wirklich zur Ruhe. An Steuerbord jedoch war das etwas ganz anderes. Lacey schaute übers Wasser, dorthin, wo der Millenium Dome orangerot und golden leuchtete; die senkrechten Träger strahlten wie glühendes Metall. Das Gebiet darum herum lag weitestgehend im Dunkeln.

»Ich glaube, das hatten wir schon mal, Lacey«, bemerkte Wilson gerade laut genug, dass seine beiden Untergebenen es hören konnten. »Bleiben Sie diesmal an Bord, ja?«

Lacey nahm den Insiderwitz lächelnd zur Kenntnis, die Anspielung auf letzten Herbst, auf den Abend, als sie Sergeant Wilson kennengelernt hatte. Joesbury hatte sie zu einer Flussfahrt mit seinem Onkel Fred und seiner Mannschaft aufgefordert. Eigentlich hatte das eine Möglichkeit für sie sein sollen, sich wieder mit dem Fluss anzufreunden, nachdem sie fast ertrunken wäre. Stattdessen waren sie in eine Verfolgungsjagd mit einem Schlauchboot mit vier Insassen hineingeraten, drei Männer und eine junge Frau, die versuchten, illegal ins Land zu gelangen. Das Schlauchboot war gekentert, und alle vier waren im Wasser gelandet. Lacey auch. Es war gedankenlos und leichtsinnig gewesen, und sie hatte deswegen ernsthaften Ärger bekommen. Aber wahrscheinlich hatte sie der jungen Frau das Leben gerettet.

»Hab nichts dagegen, heute Abend trocken zu bleiben, Sarge«, rief sie zur Flybridge hinauf.

Stille senkte sich über das Boot, während sie ihre Position hielten. Lacey gab sich Mühe, nicht zu oft auf die Uhr zu schauen.

»Die sind uns durch die Lappen gegangen, stimmt's?«, meinte Turner schließlich.

»Mit an Sicherheit grenzender Wahrscheinlichkeit«, antwortete Wilson. »Na ja, ziehen wir lieber mal das übliche Programm durch.«

Er wendete das Boot und hielt auf die Docks zu.

»Sarge?«

Wilson nahm abermals Gas weg und schaute zu Lacey hinunter.

»Ist nur so ein Gedanke, aber wie stehen unsere Chancen, sie in den Docks zu finden?«

»Null Komma einen Scheiß«, erwiderte Wilson. »Die haben bestimmt festgemacht und sind abgehauen.«

Lacey zögerte kurz. Wollte sie wirklich diesen Kurs einschlagen?

»Dann haben wir also nicht viel zu verlieren, wenn wir mal was anderes versuchen?«, fragte sie und ohrfeigte sich innerlich selbst, noch während die Worte herauskamen.

Über das Kabinendach hinweg betrachtete Turner sie voll Interesse. »Muss man sich dafür nass machen? Ich hab da nämlich so Gerüchte über Sie gehört.«

»Dito.« Lacey wandte den Blick nicht von dem Sergeant ab. »Mal angenommen, ich sage, dass ich auf dem Weg hierher ein kleines Licht und Bewegung drüben am Südufer gesehen habe, direkt vor dem Marine-College. Wär's das Ende der Welt, wenn wir nachschauen gehen und nichts finden?«

Wilson schwieg einen Moment lang; zweifellos überlegte er, wie lange ein kleines Motorboot brauchen würde, um die Windungen des Südufers entlangzufahren. »Wir brauchen zurück doppelt so lange, wenn wir uns am Südufer halten«, gab er zu bedenken.

Da war durchaus etwas dran. Und sie hatte ihre Pflicht doch getan, indem sie es vorgeschlagen hatte. Wenn die Männer beschlossen, auf direktem Wege zurückzufahren, würde sie nicht widersprechen.

»Ist doch 'n schöner Abend für so was«, meinte Turner.

Natürlich hatte sie sich den einen Abend ausgesucht, an dem er kein Date hatte.

Mit einem tiefen Seufzer wendete Wilson das Boot im Fluss und fuhr geradewegs nach Süden, bis sie dicht vor dem Ufer waren, direkt vor dem Marine-College.

»Ich bin ganz in Ihrer Hand, Lacey«, sagte er. »Wie sieht der Plan aus?«

Sie war selbst schuld, jetzt blieb ihr nichts anderes übrig, als ihr Bestes zu tun. »Viel weiter flussaufwärts können sie nicht gekommen sein. Dafür war einfach keine Zeit. Also sind sie bestimmt hier irgendwo in der Nähe. Sie wissen, dass wir hier sind und dass wir schneller sind als sie. Daher nehme ich an, die halten sich ganz dicht am Ufer und versuchen, sich an uns vorbeizuschleichen. Also müssen wir ihnen nach.«

»Ich finde diesen Plan merkwürdig erregend«, bemerkte Turner.

»Vielleicht haben sie sogar versucht, irgendwo auf einem Uferstreifen anzulanden«, fuhr Lacey fort. »Wenn irgendwelche Streifenwagen zwischen uns und dem Zentrum von Greenwich sind, dann wär's vielleicht nützlich, wenn die sich in Bereitschaft halten.«

Während Wilson ins Funkgerät sprach, trat Lacey zu Turner auf die Backbordseite des Bugs. Er kauerte sich neben sie, und sie spähten in die Düsternis unterhalb der Ufermauern.

»Ich setze diesen Kahn hier nicht auf Grund, Lacey«, warnte Wilson. »Ihr beide werdet eben die Augen aufsperren müssen.«

Langsam fuhr das Motorboot stromaufwärts. Niemand sagte etwas. Die Pracht des Regency Building blieb hinter ihnen zurück, und während sie den Greenwich-Pier umfuhren, beugten Lacey und Turner sich vor und starrten suchend in die Tiefe.

»Auf der Thames Street ist ein Polizeiwagen«, meldete Wilson. »Die warten auf Anweisungen. Ich übrigens auch.«

»Können Sie mal kurz den Motor ausmachen, Sarge?«, fragte Turner.

»Aber nicht lange«, brummte Wilson, während der Motor ausging. »Was ist denn?«

Turner legte den Finger auf die Lippen. »Wie tief ist es hier?«

Wilson schaute kurz auf die Instrumente. »Anderthalb Meter. Reicht nicht. Wenn ich mit dem Ding hier auflaufe, krieg ich das bis in alle Ewigkeit aufs Brot geschmiert.«

»Lacey, haben Sie mal die Lampe?«

Lacey hielt die Taschenlampe dicht an die Brust gedrückt und sah Tuner unverwandt ins Gesicht. »Was haben Sie gesehen?«

Er antwortete nicht, wandte jedoch den Blick nicht vom Südufer.

»Die suchen bestimmt nach einer Leiter«, sagte er. »Sie sind näher dran als wir, also werden sie sie früher sehen. Sarge, wär's möglich, dass Sie …«

»Nein.«

»Gibt's eigentlich einen Grund dafür, dass Sie nicht mehr gesichert sind?«, fragte Lacey Turner.

»In Sachen Licht an der richtigen Stelle zur richtigen Zeit verlass ich mich ganz auf Sie«, erwiderte er. »Und möglicherweise noch in Sachen ordentlich abrubbeln später in einem warmen Zimmer.«

»Träumen Sie ruhig …«, setzte Lacey an.

»Auf zehn Uhr.« Turner schnellte hoch und sprang über Bord.

»Himmel, Arsch und Zwirn!« Wilson legte den Rückwärtsgang ein, er hatte offenkundig Angst, einen seiner Mitarbeiter mit der Schraube zu erwischen. »Lacey, wo ist er? Leuchten Sie ihn an.«

»Leuchten Sie weiter die Mauer an!«, brüllte Turner von irgendwoher im Wasser. Lacey ließ den Strahl kurz zu ihm hinüberhuschen, vergewisserte sich, dass er auf den Beinen war und sich vorwärtsbewegte, dann richtete sie ihn wieder auf die Mauer, wo, wie sie sich ziemlich sicher war, mindestens eine schwarz gekleidete Gestalt versuchte, vom Uferstreifen emporzuklettern. Wieder fand sie Turner mit dem Lichtstrahl, nur wenige Schritte vom Ufer entfernt, und beleuchtete dann den Rand des Wassers, damit er etwas hatte, worauf er zustreben konnte. Dann wieder zur Mauer hinauf. Mehr als eine Gestalt mühte sich ab, die Leiter zu erklimmen.

Hinter sich konnte sie Wilson am Funkgerät hören; er meldete dem Streifenwagen oben auf der Thames Street, dass eine … zwei … möglicherweise auch mehr verdächtige Personen die Ufermauer hinaufkletterten und direkt östlich vom Victorian Wharf und dem Norway Wharf auftauchen würden.

»Ein Mann, eine Frau«, rief Lacey, während sie zusah, wie dunkles Haar um den Kopf einer schlanken Gestalt wehte. Eine sehr viel größere Person war bereits über die Mauer verschwunden. »Die Frau ist jung, Asiatin, würde ich tippen. Jetzt ist ein zweiter Mann auf der Leiter. Älter. Weiß, mittelgroß. Macht drei Verdächtige.«

Turner rannte über den Uferstreifen. Er erreichte die Leiter und sprang daran hinauf, wobei er praktisch über die kleine Jolle hinweghechtete, die an einer der unteren Sprossen festgemacht war. Eine Sekunde nachdem der dritte Verdächtige das Ende der Leiter erreichte, war er oben.

»Polizei! Stehen bleiben!«, hörten sie ihn rufen.

»Sehen Sie sich verdammt noch mal ja vor da oben«, brüllte Wilson, ehe er die Zentrale davon in Kenntnis setzte, dass einer seiner Leute Verdächtige in Richtung Süden verfolgte, weg vom … »Er hat ihn! Halten Sie die Lampe ruhig, Lacey. Verdächtiger am Victorian Wharf gefasst, von einem Beamten der Flusspolizei, der verdammtes Glück hat, nicht gerade jetzt auf die Nordsee rauszutreiben. Können wir bitte ein bisschen Hilfe kriegen? Diese verdammten Bälger sind noch mein Tod. Zwei weitere Verdächtige auf freiem Fuß. Männlich und weiblich, Asiaten. Unterstützung wäre sehr willkommen.«

»Er steht wieder, Sarge«, meldete Lacey. »Er ist okay.«

Auf der Promenade waren zwei Streifenpolizisten Turner zu Hilfe gekommen. Der Verdächtige wurde zu Boden gedrückt und mit Handschellen gefesselt.

»Gut gemacht, Lacey«, sagte Wilson.

»Finn ist doch derjenige, bei dem wir uns bedanken müssen.«

»Der Blödmann soll bloß nicht denken, dass er wieder hier aufs Boot kommt. Soll er doch ruhig einen Streifenwagen nass machen.«

25

Pari

»Ich denke an dich, wenn der erste Schnee fällt.
Ich denke an dich, wenn der letzte Stern verblasst.
Du bist meine Stärke, du bist meine Güte,
Geh niemals fort, geh niemals fort aus meinem Herzen.«

Pari wusste nicht genau, ob sie wach war oder nicht. Ihre Mutter hatte dieses Lied gesungen, so lange sie sich erinnern konnte. Hatte es wahrscheinlich an ihrer Wiege gesungen, als sie ein Baby gewesen war, hatte es gesungen, während sie die Häuser anderer Frauen geputzt hatte, während sie Brot gebacken hatte, während sie dagesessen und zugesehen hatte, wie die Sonne hinter den Dächern der Stadt unterging.

Das Lied einer Frau in mittleren Jahren, die sich nach dem Dorfjungen sehnte, den sie zurückgelassen hatte, ihrer verlorenen Liebe. Das blödeste Lied, das man sich vorstellen konnte. Frauen aus Paris Land verliebten sich nämlich nicht. Das konnten sie sich nicht leisten. Die Frauen aus ihrem Land, die Glück hatten, heirateten einen ehrlichen, freundlichen Mann und lernten, Zuneigung für ihn zu empfinden.

Sie hatte geträumt, natürlich. Hatte wieder von ihrer Mutter geträumt, von zu Hause. Nur dass sie jetzt wach war. Sie konnte das dunkle Zimmer um sich herum sehen, den Schweiß an ihren Schläfen fühlen, zwischen ihren Brüsten. Und irgendwo draußen vor ihrem Zimmer, vielleicht unter ihr auf dem Wasser, sang jemand ein Volkslied von daheim.

26

Lacey

Es wurde entschieden, dass es unpraktisch wäre, Constable Turner wieder an Bord des Polizeiboots zu holen. Er würde mit der Streife zurück nach Greenwich fahren, wo der in Gewahrsam genommene Verdächtige über Nacht festgehalten und morgen früh vernommen werden würde.

Als Wilson und Lacey wieder in Wapping ankamen, wartete Chief Inspector Cook auf sie. Lacey spürte ein ungemütliches Nervenkribbeln tief im Bauch. Normalerweise war der Boss um diese Zeit nie hier.

»Kann ich Sie kurz sprechen, Fred?« Er wandte sich an Lacey, war sich anscheinend nicht ganz sicher. »Sie auch, Liebes«, sagte er ganz untypisch. »Kommen Sie mit runter.«

Lacey folgte den beiden Männern in Chief Inspector Cooks Büro an der Vorderseite des Gebäudes.

»Ich habe vor einer halben Stunde einen Anruf bekommen.« Cook lehnte sich gegen seinen Schreibtisch. »Scotland Yard hält das so lange zurück, wie sie können, aber es ist nur eine Frage der Zeit, bis es rauskommt.«

Wilson und Lacey ließen sich in den Sesseln nieder, die Cook in seinem Büro stehen hatte.

»Vergangene Nacht hat es einen Zwischenfall in Catford

gegeben«, fuhr Cook rasch fort. »Ein paar junge Grünschnäbel haben versucht, Verdächtige festzunehmen, die mit terroristischen Verbrechen in Verbindung stehen und gesucht werden. Die Idioten hätten auf Verstärkung warten sollen. Einer von ihnen hat einen Schuss in die Brust abbekommen. Er ist vor einer Stunde gestorben.«

»Und was hat das mit uns zu tun?«, wollte Wilson wissen.

Lacey wusste es bereits.

»Der andere Constable hat den Schützen erkannt. Er hat die letzten drei Monate mit ihm gearbeitet. Angeblich ein Sergeant von der Streife aus Catford.«

Lacey versuchte, sich in Erinnerung zu rufen, wie weit es bis zu den Toiletten war, und fragte sich, ob sie es bis dahin schaffen würde, bevor sie sich übergeben musste. Cook reichte Wilson ein Foto.

»Sergeant Mick Jackson«, sagte er. Lacey brauchte das Bild nicht anzusehen. Sie kannte den Decknamen, den Joesbury bei verdeckten Ermittlungen benutzte.

»Er war undercover«, sagte sie, an niemanden Bestimmtes gewandt. »Hat sich als korrupter Polizist ausgegeben.«

»Undercover oder nicht, man schießt nicht auf Kollegen.« Cooks mitfühlende Miene war verschwunden. »Die beiden Polizisten, die ihn festnehmen wollten, waren nicht bewaffnet. Es tut mir leid, für Sie beide, aber gegen Mark Joesbury ist Haftbefehl erlassen worden.«

27

Lacey

Lacey ging über den Schleusenhof, hielt hellwach Ausschau nach jeglicher Bewegung, nach irgendeinem Hinweis darauf, dass im Schatten vielleicht jemand wartete.

Es herrschte Ebbe. Irgendwann im Lauf der letzten paar Stunden hatte ihr Boot auf den Schlamm aufgesetzt, mit einem Geräusch, das irgendwo zwischen einem Quatschen und einem Seufzen lag. Das hörte sie mitten in der Nacht immer gern, fand es tröstlich, beruhigend. Nächstes Mal, dachte sie, würde es sich vielleicht anhören, als ersticke jemand.

Er hatte auf jemanden geschossen? Einen jungen Constable erschossen, der die Dreistigkeit besessen hatte zu versuchen, ihn zu verhaften? Und das, nur Stunden bevor er auf ihrem Boot aufgetaucht war? Hatte sie verpasst, wie er sich das Blut von den Händen gewaschen hatte?

Sie musste weit klettern, um bis zum ersten Boot hinunterzugelangen. Es war spät, gegen Mitternacht; kein Licht brannte auf diesem Boot oder auf dem nächsten.

Es gab kein Zurück mehr. Nicht, wenn man einen Kollegen getötet hatte.

Er hatte gesagt, er wäre unschuldig. Er hatte ihr in die Augen gesehen und gelogen. Oder hatte er lediglich das Minimum erzählt, mit dem er durchzukommen glaubte? War er nur deshalb zu ihr gekommen und nicht zu Dana oder irgendeinem seiner Freunde, weil er gewusst hatte, dass sie diejenige war, die keine Fragen stellen, die am dringendsten glauben wollen würde, was er ihr erzählte?

Ihr Handy klingelte. Joesbury? Es würde irgendeine Erklärung geben, es musste eine geben.

»Lacey, hier ist Dana.«

»Ich glaube das nicht.« Zu laut. Sie stand auf einem fremden Boot, sie musste leise sein. Und sie musste schauen, wo sie hintrat, sonst würde sie über Bord fallen.

»Ist alles okay?«

»Nein, es ist nicht alles okay. Ich glaube das nicht.«

»Lacey, ganz ruhig. Wo sind Sie?«

Sie trat auf ihr eigenes Boot hinunter und lehnte sich gegen das Vorstag. »Ich bin zu Hause. Bin gerade zurückgekommen. Es ist doch nicht wahr, oder?«

Sie hörte Danas scharfes Atemholen. »Ich erzähle Ihnen mal, was ich weiß, und das ist nicht viel. Dieser Einsatz, bei dem Mark da mitgemacht hat, hatte irgendwas mit nationaler Sicherheit zu tun. Das war ein Gemeinschaftsunternehmen mit dem MI5.«

»Wie, wegen einer Terrordrohung, al-Qaida oder so was?«

»Möglicherweise. Ich glaube, es war irgendein Terrorangriff auf London geplant, und Mark sollte sich als Helfer ausgeben, als jemand, der so was möglich machen kann. Die Hälfte von all dem hab ich mir selbst zusammengereimt, das verstehen Sie doch?«

»Weiter.«

»Letzte Nacht haben ein paar Streifenpolizisten ihn zufällig gesehen; ich hab nicht rausfinden können, was er da gerade gemacht hat. Er hat sich der Festnahme widersetzt und dem einen Officer in die Brust geschossen. Der Notarzt war ziemlich schnell da, aber die Einblutung in die Brusthöhle war zu heftig. Scotland Yard versucht, das Ganze geheim zu halten, damit sie Zeit haben, ihn zu finden. Oder damit er sich stellen kann. Wenn er sich bei Ihnen meldet, müssen Sie ihn dazu bringen, dass er genau das tut, Lacey.« Dana sagte halblaut Gute Nacht und legte auf.

»Lucy!«

Lacey blickte zu der Frau auf, die auf dem Boot nebenan

erschienen war. Rays Frau Eileen war anscheinend der Ansicht, dass es Namen, die sie noch nie gehört hatte, unmöglich wirklich geben konnte und dass die junge Frau, die seit ein paar Monaten ihre Nachbarin war, anders heißen, irgendeinen konventionelleren Namen als Lacey haben musste. Lucy war ihr Favorit. Manchmal auch Lizzy. Gelegentlich sogar Stacey oder Tracey.

Eileen war schon im Bett gewesen und hatte ihre stattliche Gestalt in einen wattierten lilafarbenen Morgenmantel gehüllt. Sie war dicker als ihr Mann, größer und schwerer. Mit ihrem asthmatischen Keuchen und ihrem Raucherhusten tat sie sich schon schwer damit, sich auf dem Boot zu bewegen oder zum Ufer hinaufzuklettern. Doch laut Ray war sie zu ihrer Zeit eine hervorragende Schwimmerin gewesen, viel stärker und schneller als er.

»Warst du vor ein paar Stunden schon mal hier?«, fragte sie Lacey jetzt. »So gegen sieben? Auf deinem Boot?«

»Nein. Ich bin gerade erst nach Hause gekommen.«

Eileen runzelte die Stirn. »Also, irgendjemand war aber hier. Erwartest du Besuch?«

Ja, sie hatte Besuch erwartet. Einen ganz bestimmten Besucher. War er doch hier gewesen? »Nicht direkt«, antwortete sie. Ruhig. Sie musste so tun, als wäre sie ganz ruhig. »Hast du gesehen, wer's war?«

»Ich hab überhaupt nichts gesehen.« Eileen schaute beklommen zu Laceys Boot hinüber. »Ich hab gespürt, wie dein Boot ein bisschen gegen unseres gekrängt ist, so wie's das immer tut, wenn jemand an Bord kommt, und ich hab im Cockpit was rumklappern hören. Hat sich nicht nach dir angehört, also bin ich rauf, um nachzusehen. Keiner da.«

Es konnte nicht Joesbury gewesen sein. Er würde nicht zurückkommen. Nicht, wenn bekannt war, was er getan hatte. Lacey löste sich vom Vorstag und strebte auf das Cockpit zu.

»Moment noch«, rief Eileen. »Egal wer's war, er ist nicht vorher über unser Boot gekommen.«

»Muss er aber doch. Anders geht's doch gar nicht.«

Eileen deutete nachdrücklich zum Bug ihres Bootes. »Niemand marschiert über mein Boot, ohne dass ich es höre. Der muss übers Wasser gekommen sein.«

Lacey wandte sich um und schaute auf den Creek hinaus. »Jetzt ist da aber kein Boot«, meinte sie.

»Ich hab auch kein Boot gesehen«, erwiderte Eileen. »Und auch keins gehört. Ich bin ziemlich schnell rauf auf Deck, hat nicht länger als ein oder zwei Minuten gedauert. Ein Boot hätte keine Zeit gehabt, um die Ecke zu verschwinden.«

Schweigen. Ein Zug fuhr über ihnen vorbei. Lacey blickte zu der Stelle hinüber, wo der Theatre Arm auf den eigentlichen Creek traf. Ein kleines, schnelles Boot könnte wahrscheinlich innerhalb von ein paar Minuten um die Ecke sein. Aber ein schnelles Boot hätte einen Motor, den man hören würde. Es sei denn, es fuhr gerade ein Zug vorbei.

»Wo ist Ray?«, fragte sie.

»Im Pub. Soll ich ihn anrufen?«

»Lass mich nur mal schnell nachschauen.«

Es war doch Joesbury gewesen. Dort war seine Visitenkarte, auf dem Boden des Cockpits. Sie zählte rasch. Drei Muschelschalen, zwei grüne Glasscherben und eine blaue, alle vom Wasser glattpoliert, ein Stück einer zerbrochenen Teetasse, noch immer mit einem Muster aus winzigen rosa Blumen darauf, und etliche glatte weiße Kieselsteine. Dreizehn kleine Gegenstände, zu einem Herz gelegt.

»Sieht alles okay aus«, rief sie über die Schulter zurück. »Die Kajüte ist abgeschlossen. Danke, dass du aufgeblieben bist.«

»Bist du sicher, dass ich Ray nicht anrufen soll?«

Lacey warf einen schnellen Blick zum Pub hinüber. »Dafür wäre er uns beiden bestimmt nicht dankbar. Alles gut, Eileen, wirklich. Geh wieder ins Bett.«

Sie schloss die Tür auf, während Eileen in ihrer eigenen Kajüte verschwand. »Hallo?«

Die Luft in der Kajüte roch nach jener fest komprimierten Mischung aus Toilettenartikeln, Flusswasser und Leder, die immer entstand, wenn das Boot den ganzen Tag lang abgeschlossen gewesen war.

»Ich bin's. Bist du da?«

Keine Antwort. Bestimmt wäre doch irgendeine Spur von ihm zu finden? Wenn er sich länger als eine Stunde oder so hier aufgehalten hätte, müsste sie ihn riechen können. Den schwachen Duft des Rasierwassers, das er manchmal trug. Sein Shampoo. Den warmen, salzigen Geruch eines erhitzten Männerkörpers. Sie wusste doch, wie Joesbury roch. Lacey atmete tief durch die Nase ein. Nichts.

Kurz darauf hatte sie überall nachgesehen – sogar in dem Segelschapp unter ihrer Koje – und keine Spur von ihm gefunden. Jetzt war sie wieder an Deck, konnte die warme, stickige Luft unten in der Kajüte nicht ertragen. Sie saß da und starrte das Herz an.

Er war hier gewesen und hatte ein Zeichen hinterlassen, das nur sie als seins erkennen würde. Wenn Eileen recht hatte, war er mit dem Boot gekommen, was an und für sich nicht ungewöhnlich wäre. Joesbury kannte sich mit Booten aus. Sein Großvater war bei der Flusspolizei gewesen, und er und sein Bruder hatten einen Großteil ihrer Kindheit damit verbracht, auf Polizeibooten herumzuklettern. Es wäre nicht schwer für ihn, ein Boot den Creek heraufzusteuern und neben ihrer Jacht festzumachen. Aber wenn er mit dem Boot gekommen war, wieso hatte Eileen ihn dann nicht wegfahren sehen?

Muscheln, Kiesel, vom Fluss polierte Scherben. Wie hatte er die Zeit gefunden, solche kleinen Schätze zu sammeln?

Auf der anderen Seite des Herzens lagen die beiden Spielzeugschiffchen auf dem Boden des Cockpits, die kürzlich auf geheimnisvolle Weise auf ihrem Boot aufgetaucht waren.

Hatte Joesbury die auch mitgebracht? Merkwürdige kleine Geschenke waren eigentlich nicht sein Stil.

Das war nicht Joesbury.

Wo war denn das jetzt hergekommen? Diese Stimme in ihrem Kopf, so laut, als hätte jemand gesprochen, der direkt hinter ihr saß? Als gäbe es sonst noch jemanden auf der Welt, der sich verstohlen übers Wasser auf ihr Boot schleichen, ihr ein Herz hinterlassen und dann spurlos verschwinden würde.

28

Lacey

Lacey war völlig verdreckt. Sie hatte nicht auf dem Boot bleiben können, also hatte sie Watstiefel angezogen und war das kurze Stück den Creek hinuntermarschiert, um zu fragen, ob Marlene und Madge vorhin jemanden auf den Theatre Arm hätten zufahren sehen. Hatten sie nicht. Sie hatte darauf bestanden, zu Fuß nach Hause zu gehen, trotz ihrer Warnungen, die Flut käme zurück, es sei gefährlich dunkel, und dass es doch viel besser wäre, wenn sie über Nacht bliebe.

Sie hatten recht gehabt. Die Flut kam schnell herein, und sie war ausgerutscht. Als sie jetzt an Bord ihres Bootes kletterte, war sie von oben bis unten voller Schlamm. Nachdem sie sich kurz umgeschaut hatte, um sich zu vergewissern, dass niemand sie sehen konnte, zog Lacey Shorts und T-Shirt aus. Dann stieg sie die Leiter zu der kleinen Badeplattform hinunter und zog die Badedusche aus ihrer Halterung.

Unglück war wie Schlamm, dachte sie, als sie das Wasser aufdrehte. Es war gierig und eifersüchtig, packte einen und zog einen hinunter. Unglück stank wie Schlamm. Es geriet einem in die Augen, ließ sie brennen und schmerzen, drang einem in die Kehle, schnürte sie enger und enger zusammen, sodass man sich fragte, wie man jemals wieder atmen sollte.

Der große Unterschied war natürlich, dass man sich nicht einfach bis auf die Unterwäsche ausziehen und Unglück am Heck unter der Bootsdusche abspülen konnte.

Mit geschlossenen Augen hielt sie die Düse hoch über ihren Kopf, ließ das Wasser über sich laufen, spürte, wie der Schlamm ihren Körper hinunterrann, zurück in den Creek. Sie bewegte den Kopf hin und her, wusste, dass sie sich die Haare würde waschen müssen, wenn sie nach unten ging, aber so ging wenigstens der schlimmste Dreck ab und – *Grundgütiger, was war da gerade über ihre Hand gekrochen?*

Lacey ließ die Dusche fallen und öffnete die Augen. Über ihrem Kopf hing ein grob zugebundener Beutel aus Leinen, ungefähr so groß wie eine Grapefruit.

Leinen?

Es war schwer zu erkennen, aber der Stoff sah so ähnlich aus wie der, in den die Wasserleiche eingewickelt gewesen war. Und das war auch keine Grapefruit da drin – das war etwas Lebendiges.

Der behelfsmäßige Beutel blähte sich und zog sich dann wieder zusammen; Buckel bildeten sich ganz oben, wo er lose zusammengeschnürt war, und ganz unten, wo sich der größte Teil des Inhalts ballte. Die ständigen Bewegungen dessen, was dort drin war, lösten allmählich die Schnur. Gerade als Lacey klar wurde, dass sie genau darunter stand, ging der Beutel auf.

Die Krabben purzelten heraus; viele trafen ihren nassen Körper, prallten auf ihre Füße, als sie auf der Plattform landeten, ehe sie im Wasser verschwanden.

29

Der Schwimmer

Sie war wieder da. Ihr kräftiger, glänzender Körper war reingewaschen, ihre Fußspuren waren auf dem hinteren Teil des Bootes noch immer zu sehen. Andere kamen, jene lichtblitzenden, mit groben Stimmen brüllenden, sirenenheulenden anderen. *Also bleib unten, halt still, bleib im Schatten.*

Eben war es knapp gewesen. Ein Geräusch auf dem alten Baggerschiff hatte Lacey abgelenkt, sie war erschrocken herumgefahren, ihr Fuß war weggerutscht, und sie war der Länge nach hingefallen. Es war ein Wunder, dass sie sich dabei nicht den Kopf angeschlagen hatte, dass sie nicht im Schlamm ertrunken war, gar nicht zu reden von der Flut, die hereindrängte, schnell und heftig wie ein rächendes Heer.

Die schöne Lacey mit dem hellen Haar hätte heute Nacht im Creek ertrinken können. Ihr Leichnam hätte in den Fluss hinausgeschwemmt werden können, und was wäre das für eine Verschwendung gewesen. Für Lacey gab es nämlich andere Pläne. Ganz andere Pläne.

Etwas kitzelte den Schwimmer am Arm. Es war eine kleine Krabbe, die komischen kleinen Fäuste fest geballt wie die eines Boxers.

»Gut gemacht«, flüsterte der Schwimmer. »Und jetzt geh spielen.«

Sonntag, 23. März

(dreizehn Wochen zuvor)

30

Samira

»Ich suche mir eine Arbeit in einem Teppichladen«, verkündet Samira, eine Art Experiment, um zu sehen, ob sie wieder zum Schweigen gebracht wird. Keine Antwort. Bestimmt sind sie inzwischen weit genug weg. »Das ist mein Plan«, fährt sie fort, durch das Schweigen am Heck des Bootes ermutigt. »Mit Teppichen kenne ich mich aus. Das war meine Arbeit zu Hause. Teppiche knüpfen, mit meiner Mutter. Seit ich fünf oder sechs Jahre alt war.«

Die Gestalt am Ruder antwortet nicht, aber der Motor wird lauter, und sie werden schneller. Für Samira fühlt sich das vielversprechend an. Nicht dass man sie je zum Reden hätte ermuntern müssen, aber sie sieht die zunehmende Geschwindigkeit, die wachsende Schaumwelle am Bug, die weiße Spur am Heck als Mittel, ihr neues Leben schneller zu erreichen.

Der Fluss schwappt über den Bug, und sie erschrickt. Sie ist nicht an Boote gewöhnt. In ihrem Land gibt es keine Meere, und ihr Zuhause liegt nicht in der Nähe eines Sees. Abgesehen von der Nacht, als sie angekommen ist – inzwischen ist das etliche Monate her –, hat sie noch nie in einem Boot gesessen.

Sie blickt zurück, doch sie kann das Haus, aus dem sie sich vor wenigen Minuten geschlichen hat, nicht mehr sehen. Die Schlüssel, die ihr zugeworfen worden sind, liegen schimmernd auf dem Boden des Bootes, dicht vor den Füßen des Bootsführers.

»Als ich hier angekommen bin, dachte ich, sie würden mich

nicht mögen. Ich hab da was am Rückgrat, verstehen Sie? Es ist krumm, wo es doch gerade sein sollte, und sie haben immer wieder gefragt, ob ich das schon von Geburt an habe. Ob das ein Problem wäre, das in meiner Familie liegt. Und ich hab ihnen gesagt, ja, aber wir werden nicht damit geboren, das kommt davon, dass wir uns den ganzen Tag über die Webstühle beugen. Keiner von den Männern hat das. Bloß die Frauen. Die Männer haben auch bessere Lungen als wir, weil sie nicht den ganzen Tag lang Teppichstaub einatmen. Das habe ich ihnen gesagt, und wegen meiner Lunge haben sie sich keine Sorgen gemacht. Die haben alle möglichen Untersuchungen gemacht. Deswegen musste ich wohl auch so lange dableiben. Sie mussten die Untersuchungen machen.«

Sie redet zu viel. Das tut sie immer, wenn sie aufgeregt ist. Oder wenn sie nervös ist. Oder sich langweilt. Eigentlich immer. »Samira, hör doch mal ein paar Minuten auf zu plappern«, hat ihre Mutter immer gefleht. »Mir tun die Ohren weh.«

»Wo fahren wir hin?«, fragt sie, als ihr plötzlich klar wird, dass sie viel näher am Rand des Flusses sind und dass die Mauer neben ihnen unermesslich hoch und finster erscheint.

»Es ist nicht mehr weit«, sagt der Bootsführer und steuert sie direkt auf die Mauer zu.

Samira hält sich mit einer Hand die Augen zu. Mit der anderen klammert sie sich am Boot fest, wappnet sich für den Schock eines Aufpralls, der nicht erfolgt.

Als sie wieder einen Blick riskiert, sind sie unter der Mauer, fahren durch einen schmalen, gewölbten Tunnel vom Fluss weg. Würde sie im Boot aufstehen, könnte sie die Ziegeldecke erreichen. Würde sie sich quer ausstrecken wie ein Brett, so würden ihre Finger und ihre Zehen die feuchten, schleimigen Wände streifen.

»Wo bringen Sie mich hin?«

»In die Stadt. Wenn wir nicht hier hineinfahren, müssen wir viel weiter den Fluss entlang, und das ist in diesem kleinen Boot nicht sicher.«

Das klingt logisch. Samira befiehlt sich, ruhig zu bleiben. Sagt sich, dass es bald vorbei sein wird.

»Meine Schwester ist gestorben«, sagt sie und fragt sich, wieso sie jetzt daran denkt. »Deswegen hat meine Mutter mich weggeschickt. Meine kleine Schwester ist gestorben, weil meine Mutter ihr zu viel Opium gegeben hat. So halten wir die Babys ruhig. Wir tun ihnen ein ganz kleines bisschen Opium in den Saft, damit sie schlafen und wir arbeiten können. Aber sie ist nicht mehr aufgewacht, und meine Mutter hat gesagt, sie will dieses Leben nicht mehr für mich. Sie hat gesagt, ich hätte eine Chance, etwas Besseres zu finden, und die sollte ich nutzen.«

Der Motor erstirbt, das Boot hat angehalten. Der Bootsführer macht es an einem Eisenring in der Wand des Tunnels fest. Samira steigt aus und geht auf das Licht zu.

Sie hört das Rauschen der Luft hinter sich – oder vielleicht spürt sie es auch nur. Dann nichts mehr.

Samstag, 21. Juni

31

Lacey

Ein weiteres Metalltor schlug scheppernd zu. Manchmal, wenn sie in der Warteschlange stand, fragte Lacey sich, ob es vielleicht immer dasselbe Tor war, dessen hohler, dissonanter Widerhall in Endlosschleife durch den Gebäudekomplex gesendet wurde. Irgendwie war das Geräusch symbolisch, eine weitere Erinnerung daran, dass sie die Welt hinter sich ließen.

Eine weitere Anweisung wurde gerufen, und die Schlange bewegte sich von Neuem vorwärts, tiefer hinein in den Dunst von gekochtem Essen, Maschinenöl und starkem Desinfektionsmittel, der typisch für jedes Gefängnis war, das Lacey jemals betreten hatte.

Manchmal hatte es den Anschein, als büßten jene, die die Reise in das Hochsicherheitsgefängnis bei Durham antraten, bei jedem Schritt mehr von ihrer Lebenskraft ein. Farben verblassten, Stimmen klangen gedämpfter. Schultern sanken herab. Irgendetwas daran, Schlange zu stehen, um einen Ort zu betreten, den so wenige jemals freiwillig aufsuchen würden, saugte dieser Schar aus Frauen, Kindern und einigen wenigen grauen, schlaffen Männern das Leben aus.

Noch mehr Hände machten sich an ihr zu schaffen, kalt und unpersönlich, weniger aufdringlich als der Menschendunst um sie herum. Noch ein Korridor. Noch einmal wurden Hand- und Manteltaschen durchsucht. Noch mehr Formulare, die es zu unterschreiben galt. Noch ein halbherziger Protest wegen irgendeines eingebildeten Missstandes, und sie hatten den Besuchersaal erreicht. Wie ein Mann begannen die

Besucher, mit der resignierten Ergebenheit jener umherzuschlurfen, die dies schon viele Male gemacht hatten.

Lacey suchte sich einen Tisch in der Mitte des Raums, als die Insassinnen nacheinander hereinkamen, jede in dem violetten Kittel, der sie als eine von denen auswies, die in nächster Zeit nicht nach Hause gehen würden. Sie waren genauso düster und farblos wie ihre Umgebung, sogar noch schattenhafter als die Menschen, die sie besuchen kamen.

Und dann kam sie. Die Zwölfte in der Reihe, aber irgendwie von den anderen getrennt. Mit hoch erhobenem Kopf und gestrafften Schultern schritt sie dahin und bekam die Seitenblicke, die stockenden Gespräche und das Nicken und Flüstern entweder nicht mit, oder sie tat so, als bemerke sie sie nicht. Sie war die Prominente, die, über die alle redeten, die alle zu kennen glaubten, der alle nahe sein wollten, wenn sie sich nur getraut hätten.

Sie war jung, Mitte zwanzig. Ihr langes dunkelblondes Haar war sauber, musste allerdings dringend ordentlich geschnitten werden. Groß war sie nicht, aber sie war so schlank und hatte eine so gute Haltung, dass sie groß wirkte. Ihre Haut war rein, und ihre Augen leuchteten noch hell; auf beides hatte sich das notorisch schlechte Gefängnisessen noch nicht ausgewirkt. Sie war lebhaft und schön, unendlich viel lebendiger als alle um sie herum, und man vergaß in ihrer Gegenwart nicht einen Augenblick, dass sie eine Mörderin war.

Lacey nannte sie Tic, obwohl das nicht einmal annähernd ihr richtiger Name war. Sie kam zu Laceys Tisch, drückte nacheinander kurz beide Wangen gegen die ihren und hielt sie dann noch einen Moment länger ganz fest.

»Hey, du«, sagte sie, ehe sie lächelnd zurücktrat.

»Du musst von diesem Boot runter«, meinte Tic ein wenig später. »Nur für eine Weile. Nur bis diese Geschichte geklärt ist.«

Im Besucherraum war es laut. Das war immer so. An der

Einrichtung war nichts Weiches, was Geräusche gedämpft hätte, und die endlosen Regeln und Vorschriften an den Wänden um sie herum schienen fast zu dem unaufhörlichen Lärm beizutragen. Sie mussten sich beide über den Tisch beugen und ein wenig lauter sprechen, als es ihnen angenehm war.

»Ich weiß ja noch gar nicht genau, ob es da überhaupt eine Geschichte gibt«, erwiderte Lacey. »Und selbst wenn es eine gibt, vielleicht wird die fragliche Geschichte ja nie geklärt. Ich kann doch nicht einfach das erste richtige Zuhause verlassen, das mir jemals gehört hat.«

Tic runzelte die Stirn und blinzelte. »Lass mir mal einen Moment Zeit, das zu verarbeiten.«

»Wir haben keinerlei Beweise dafür, dass die Leiche extra dort deponiert worden ist, damit ich sie finde. Und keinerlei Beweise dafür, dass derjenige, der die Krabben auf meinem Boot aufgehängt hat, etwas mit der Leiche zu tun hatte. Der Beutel bestand aus einer alten Leinenserviette. Wahrscheinlich fand irgendjemand das witzig, jemand, der von der Erstuntersuchung der Leiche gehört hat und wusste, dass ich mich erschreckt habe, als die Krabben da rausgewuselt gekommen sind. Bullen haben einen echt schrägen Sinn für Humor. Das gehört praktisch zu dem Job dazu.«

»Und natürlich wird ein gewisser DI mit türkisblauen Augen nicht wissen, wo er dich finden kann, wenn du von dem Creek wegziehst.«

Niemand kannte sie besser als Tic.

»Okay, zurück zu den Krustentieren«, fuhr Tic fort. »Was hat denn die Polizei gesagt? Du hast doch die Polizei gerufen?«

»Ich habe Tulloch angerufen. Das Ganze schien mir nicht ernst genug zu sein, um die Kollegen von der Streife anrücken zu lassen, aber natürlich war sie anderer Meinung, also hat's auf der ganzen Marina bis zum Morgengrauen ausgesehen wie in einer Szene aus *CSI Miami*.«

Tics Augen waren schmal geworden, als Dana Tullochs Name fiel. Ein wenig nervös wartete Lacey. Tulloch hatte Tic damals festgenommen.

»Und zu welchem Schluss ist unsere Freundin und Helferin gekommen?«

»Na ja, dass sie nicht gerade erbaut war, ist noch milde ausgedrückt. Sie wollte mich doch tatsächlich mit zu sich nach Hause nehmen und hat sich dann damit begnügt, ein paar Mann von der Streife auf dem Schleusenhof Wache schieben zu lassen. Also hab ich den Rest der Nacht gefürchtet, Du-weißt-schon-wer würde aus seinem Versteck kommen und einkassiert werden.«

»Wenn er überhaupt da war.«

»Wer sollte mir denn sonst ein Herz hinterlassen?«

»Und warum sollte Joesbury dir einen Beutel voller stinkender Krabben dalassen? Oder ein paar Spielzeugboote? Ist ja nicht so, als hättest du 'ne Badewanne, in der du damit spielen kannst.«

Lacey schüttelte den Kopf. »Das würde er auch nicht tun«, sagte sie. »Jedenfalls nicht die Krabben. Ich hatte gestern zweimal Besuch. Wenn das so weitergeht, beschwere ich mich noch über mein hektisches Sozialleben.«

Tic quittierte diese Bemerkung mit dem höflichen Lächeln, das anscheinend erforderlich war. »Okay«, fuhr sie fort, »sagen wir mal, Loverboy ist vorbeigekommen, hat seine Visitenkarte hinterlassen und sich verdrückt und der Krabbenmann oder die Krabbenfrau kam später. Der Krabbenmensch ist derjenige, wegen dem wir uns Sorgen machen sollten. Joesbury würde dir nichts tun. Bei dem Krabbenmenschen ist das was ganz anderes.«

Unwillkürlich musste Lacey lächeln. »Klingt wie ein billiger Science-Fiction-Film.«

Tic ließ sich nicht ablenken. »Ich bin mir gar nicht so sicher, dass das mit dem zweiten Herz Joesbury war. Woher nimmt ein Mann, der auf der Flucht ist, die Zeit zum Strandgutsammeln? Wenn jemand anderes den Beutel mit den Krabben aufgehängt hat, kann doch auch jemand anderes das Herz und die Schiffchen hinterlassen haben.«

Lacey schüttelte den Kopf. »Das ist nicht möglich. Das Herz war etwas Persönliches. So eine Art geheime Botschaft.«

»Und was ist, wenn sich jemand auf deinem Boot rumgetrieben und das Herz gesehen hat, das Supermann dir dagelassen hat? Und dann dachte, es wäre doch lustig, dich ein bisschen aufzumischen? Und das mit der Wasserleiche, die im größten Fluss der Welt ganz zufällig ausgerechnet dir genau vor die Nase treibt, gefällt mir überhaupt nicht.«

Lacey schwieg.

»Und weißt du, was mir noch mehr Sorgen macht? Weil du den lieben Kollegen nichts von dem zweiten Herz erzählt hast…«

»Das ging doch nicht.«

»Ja, ja. Aber weil du das nicht getan hast, werden sie das Ganze nicht so ernst nehmen, wie sie's eigentlich tun sollten. Die werden mit der Theorie ›Zufall, gefolgt von albernem Scherz‹ arbeiten.«

Sie hatte recht. Sie hatte meistens recht. Lacey ließ den Kopf in die Hände sinken. »Warum ich?«

»Das muss jemand sein, den du kennst. Oder vielmehr jemand, der dich kennt.«

Lacey blickte wieder auf. »Wieso?«

»Es kommen doch keine Fremden in den Schleusenhof«, meinte Tic. »Nach dem, was du mir erzählt hast, ist das Tor meistens abgeschlossen. Um Joesburys Zuckerkunstwerk gesehen zu haben, müsste derjenige irgendwie auf den Hof kommen, ohne dass jemand ihn anspricht, über mindestens drei Boote klettern und dann in dein Kabinenfenster schauen. Der würde sich doch, gelinde gesagt, verdächtig machen.«

Lacey antwortete nicht. Sie konnte Tic fast alles erzählen, aber …

»Was ist?«

»Auf der anderen Seite ist auch noch ein Fenster«, gestand Lacey. »Auf der zum Creek hin. An dem Abend, wo er auf dem Boot übernachtet hat, kurz bevor er gekommen ist, da dachte ich, ich hätte jemanden um das Boot herumschwimmen hören.«

Tic lächelte ungläubig. »In dem Fluss schwimmt doch niemand, der noch alle Tassen im Schrank hat.«

Lacey wartete.

»Entschuldige. Es gibt viele Leute, die im Bereich South London gern mal ein erfrischendes Bad im glasklaren Wasser der Themse und ihrer Nebenflüsse nehmen. Hätte wirklich jeder sein können.«

»Es hätte doch jemand in einem Boot sein können.«

»Immer noch verdächtig«, entgegnete Tic. »Es sei denn, es ist jemand, der in der Gegend oft auf dem Wasser gesehen wird.« Sie lehnte sich auf ihrem Stuhl zurück. »Ich krieg allmählich ein ganz ungutes Gefühl bei dieser Sache.«

»Dann sind wir ja schon zu zweit.«

»Könnten auf diesen Glasstückchen und Muscheln Fingerabdrücke drauf sein?«

Lacey überlegte. »Möglich wär's.«

Die Besuchszeit ging zu Ende. Der Getränkekiosk hatte geschlossen. Die Gefängniswärter schauten auf ihre Armbanduhren, tippten den Leuten auf die Schulter.

»Ich kann's einfach nicht glauben, dass er einfach weg ist«, sagte Lacey.

»Wenn ich ihm einen Vertrauensbonus gewähren würde, würde ich sagen, er hat beschlossen, dass du ohne ihn besser dran bist. Dich mit einem einschlägig bekannten Copkiller einzulassen wird deinen Beförderungsaussichten nicht gerade förderlich sein.«

»Dich alle zwei Wochen zu besuchen bringt mich auch nicht gerade auf die Überholspur.«

»Na ja, das ist ja deine Entscheidung.«

Selbst Lacey war klar, dass sie zu weit gegangen war. »Entschuldige. Unangebracht und irrelevant. Ich habe gar nicht das Bedürfnis, auf der Überholspur zu fahren.«

Tic gab nach; während die Leute anfingen, sich zu verabschieden, streckte sie abermals die Hand über den Tisch. »Es tut mir wirklich leid, Lacey«, beteuerte sie. »Gerade als allmählich alles ins Lot gekommen ist.«

Einen Augenblick lang sank der Lärmpegel. Und dann rannte ein Kleinkind kreischend durch den Saal. Die Mutter, in Gefängniskluft gekleidet, stand auf, um die Kleine einzufangen. Lacey spürte, wie ihre Nase brannte, wie ihr Kiefer zu schmerzen begann. Sie durfte nicht weinen. Sie weinte doch nie.

Tic musterte sie unverwandt. »Weißt du, Menschen töten aus allen möglichen Gründen.«

»Nur selten aus guten.«

»Das ist Ansichtssache.«

»Nein, wirklich nicht.«

Tics sanfte braunblaue Augen konnten von einem Moment auf den anderen kalt werden. Sie durften nicht streiten. Wenn sie Tic verlor, hatte sie wirklich niemanden mehr.

Während Lacey abwartete und nicht genau wusste, was sie sagen sollte, um es besser zu machen, schien Tic sich dazu zu zwingen, sich zu entspannen.

In den sechs Monaten, seit sie verurteilt worden war, hatte Lacey sich allmählich mit der Erkenntnis angefreundet, dass man, wenn man nur genug für jemanden empfand, mit so ziemlich allem zurechtkommen konnte, was der andere getan hatte. Es war eben *doch* möglich, einen Mörder zu lieben, und unter den gegebenen Umständen war diese Fähigkeit vielleicht nicht das Schlechteste.

Sonntag, 22. Juni

32

Lacey

Lacey atmete tief durch und befahl sich, sich zusammenzureißen, nur noch ein paar Stunden. So bewältigte sie das Leben im Augenblick, in Stundenabschnitten. Mit Handschuhen an den Händen leerte sie den Inhalt des Gefrierbeutels auf die Arbeitsplatte. Die Tagschicht war zu Ende, und auf dem Polizeirevier von Wapping war es still geworden.

Sie schaltete die Schreibtischlampe an und griff nach einer Lupe. Die Kiesel, die Muschelschalen, sogar die Porzellanscherbe hatten harte, nicht poröse Oberflächen. Derjenige, der sie angefasst hatte, würde Fingerabdrücke hinterlassen haben. Die Fachleute könnten sie mit Leichtigkeit finden, aber das hier war nicht gerade etwas, was sie den Spurensicherungsexperten schicken konnte.

Nacheinander nahm sie jeden Kiesel in die Hand und drehte ihn unter der Lampe. Sie wiesen mehrere Teilabdrücke auf, aber nichts, was definitiv identifizierbar sein würde. Auf den Muscheln war auch nichts und auf den Glasscherben auch nicht.

Sie befand sich im Keller, in einem Raum ohne Fenster. Lacey änderte die Lichtkonfiguration und trat wieder an die Arbeitsplatte. Dort, auf einer dreieckigen grünen Glasscherbe, war im Ultraviolettlicht das Rillenmuster eines Fingerabdrucks fluoreszierend sichtbar. Ein großer Abdruck, wahrscheinlich von einer Männerhand. Lacey studierte ihn, dann machte sie das Deckenlicht wieder an und schlug in dem Fachbuch nach, das sie vorhin aufgetrieben hatte.

Fingerabdruckmuster wurden meistens als Windungen, Schleifen und Bögen bezeichnet. Bögen waren Papillarleisten, die in der Mitte anstiegen und ein Wellenmuster bildeten, und sie waren entweder einfach oder spitzgiebelig. Nur ungefähr fünf Prozent aller Muster waren vermutlich Bögen. Schleifen entstanden, wenn eine oder mehrere Papillarleisten eine Hundertachtzig-Grad-Wendung machten; sie wurden danach unterteilt, ob die Papillarleisten zum Daumen oder zum Kleinfinger hin verliefen. Ungefähr sechzig Prozent der menschlichen Fingerabdrücke bestanden aus Schleifen. Windungen waren kreisförmige Muster; entweder konzentrische Kreise wie Zielscheiben oder fortlaufende wie eine Spirale. Fünfunddreißig Prozent der Muster enthielten irgendeine Art von Windung.

Das Muster, das sie auf der grünen Glasscherbe gefunden hatte, war ein einfacher Bogen. Die Papillarleisten verliefen auf dem Abdruck von links nach rechts, hoben sich ein wenig zur Fingerspitze hin und fielen dann wieder ab. Ein sehr auffälliger Abdruck.

Ermutigt suchte Lacey den zweiten Plastikbeutel hervor, den sie mitgebracht hatte, den mit den beiden Spielzeugschiffen darin. Es war nur eine Frage von wenigen Augenblicken, mehrere Abdrücke zu finden, alle kompatibel mit dem auf der grünen Glasscherbe.

Wer immer das Herz deponiert hatte, hatte auch die Schiffchen dagelassen.

Lacey griff abermals in ihre Tasche und zog die Zahnbürste heraus, die Joesbury benutzt hatte, als er bei ihr übernachtet hatte, und die er als Einziger jemals angefasst hatte. Unter dem Ultraviolettlicht konnte sie Spuren am Griff ausmachen, jedoch nichts Verwertbares. Dann oben am Kopf der Bürste, dicht unterhalb der Borsten einen sehr deutlichen Abdruck, wahrscheinlich von seinem Daumen. Sie hielt ihn ins Licht, hob die Lupe, um sicherzugehen, doch es war kein Irrtum möglich.

Der Abdruck auf der Zahnbürste war vollkommen anders.

Eine doppelte Schleife, die sich mit der überlappte, die von oben rechts kam. Wer auch immer das Herz im Cockpit ihres Bootes hinterlassen, wer auch immer die Schiffchen angeschleppt hatte – Joesbury war es nicht gewesen.

33

Der Schwimmer

Der Schwimmer kommt ungefähr zwanzig Meter von Laceys Boot entfernt an die Oberfläche. Die letzten Hausbootbewohner sind vor geraumer Zeit unter Deck verschwunden. Alles scheint ruhig zu sein.

Langsam. Lacey ist jetzt wachsam, ist nervös. Vorhin, als sie zum Boot zurückgekommen ist, war ihre Nervosität ganz deutlich sichtbar. Sie hält sich anders, die Schultern hochgezogen, das Gewicht auf den Fußballen, als wäre sie jederzeit bereit loszurennen. Sie kommt überhaupt nicht mehr zur Ruhe; ihr Kopf dreht sich hin und her, ihre Augen suchen nach etwas, das sie möglicherweise gar nicht erkennen würde, wenn sie es sähe. Ihre Nerven rechnen mit Ängsten, denen sie keinen Namen zu geben vermag. Lacey hat Angst, und eine ängstliche Lacey ist eine gefährliche Lacey.

Der Schwimmer gleitet durch das stille, kalte Wasser voran und hört und sieht nichts. Hinein in den Schatten des Bootsrumpfes, zum Heck der Jacht. Die Badeleiter hängt ins Wasser herab, wie immer. Der Schwimmer reckt den Arm nach oben, ergreift die unterste Sprosse und dann die nächste.

Etliche der Luken stehen offen, um die Abendbrise hineinzulassen. Ganz vorsichtig jetzt. Ein Geräusch unter Deck. Lacey ist also doch wach.

Aus der Bugkabine dringt ein tiefer Seufzer. Er entflieht in die Nacht, schwebt wie Nebel über dem Boot, ehe er über den Creek davontreibt. Die Nacht, die er zurücklässt, ist kälter geworden. Das war ein Laut des Kummers.

Der Schwimmer wartet auf das Weinen, das auf einen solchen Seufzer doch ganz bestimmt folgen wird, hört jedoch nichts außer dem Knarren von Holz, dem Rascheln von Baumwollbettwäsche.

Als kein weiteres Geräusch zu hören ist, streckt der Schwimmer die Hand aus und legt ein kleines Spielzeugboot aus Plastik mit blauem Rumpf auf die waagrechte Klappe des Schapps am Heck.

Eine Drehung, ein Satz, ein leises Platschen, und der Schwimmer ist verschwunden.

Montag, 23. Juni

34

Lacey

»Es gibt Menschenschmuggel und Menschenhandel«, erklärte der Beamte, ein Mann Anfang dreißig von nichtssagendem Äußeren, auf dessen Namensschild »Dale« stand. »Die Leute verwenden immer mal diesen und mal jenen Begriff, aber sie bedeuten etwas sehr Unterschiedliches, das wissen Sie doch, oder?«

Lacey befand sich im Lunar House in der Marsham Street, der Hauptgeschäftsstelle der UK Border Agency, der britischen Einwanderungsbehörde. An diesem Morgen hatte Chief Inspector Cook den Wunsch geäußert, zum Thema Menschenschmuggel auf den neuesten Stand gebracht zu werden. Er wollte so viel Hintergrundwissen wie möglich haben, bevor er Polizeimittel organisierte. Entsprechend war Lacey, als jüngstes Teammitglied und als Einzige mit CID-Erfahrung, für ein paar Tage vom Flussdienst freigestellt worden.

Das Zimmer, in das man sie geführt hatte, war grau. Graue Wände, graue Möbel, grauer Teppichboden. Sogar der lauwarme Kaffee, den sie bekommen hatte, war grau.

»Ich glaube schon«, sagte sie. »Menschenschmuggel findet in beiderseitigem Einvernehmen statt. Die Betroffenen wollen ohne die notwendigen Genehmigungen in ein anderes Land einreisen, und die Schmuggler helfen ihnen gegen Bezahlung dabei.«

Dale senkte den Kopf und tippte etwas in den Laptop vor ihm, als hätte Lacey etwas angeführt, das er sich merken wollte. Sein schlaffes aschbraunes Haar wurde am Scheitel dünner. Außerdem hatte er Schuppen und roch nach Medizinshampoo.

»Menschenhandel dagegen ist etwas sehr viel Finstereres«, fuhr Lacey fort. »Dabei stellen die Menschen die Handelsware dar. Für gewöhnlich sind es Frauen und Kinder – sie werden illegal in ein Land gebracht und dann verkauft. Menschenhandel ist im Großen und Ganzen Sklavenhandel.«

Dale blickte auf. »Sie sind noch nicht lange bei der Flusspolizei, nicht wahr? Ich frage mich bloß, warum Chief Inspector Cook Sie hiermit betraut hat.«

Lacey holte tief Luft. »Seit ungefähr drei Monaten.«

»Es könnte ja wohl an Ihrer Vergangenheit als Detective liegen«, überlegte Dale weiter. »Ich weiß nicht, ob ich schon mal irgendjemandem begegnet bin, der freiwillig wieder in den Streifendienst zurückgekehrt ist. Schon so einigen, die zwangsweise dazu verdonnert worden sind, aber das ist ja was anderes.«

Die Frage blieb in der Luft hängen. Und genau dort würde sie auch bleiben. Lacey entdeckte einen Kaffeeklecks auf dem Schreibtisch, und ohne nachzudenken, tippte sie ihn mit der Spitze ihres Zeigefingers an und malte ein Herz.

»Also, Dale, was uns Kopfzerbrechen macht«, bohrte sie weiter, »ist die Frage, warum jemand illegale Einwanderer die Themse hinaufschippert. Zum einen ist das ein extrem vielbefahrener Flussabschnitt. Die Gefahr, gesehen zu werden, ist sehr groß.«

»Ja, sollte man meinen.« Dales Blick war wie gebannt auf das Herz gerichtet, das sie gezeichnet hatte.

»Von allen Routen, die illegale Einwanderer in dieses Land nehmen könnten, warum ausgerechnet diese?«

»Nun ja, das ist auch so eine falsche Vorstellung«, meinte er gedehnt. »Die meisten illegalen Einwanderer werden nicht mitten in der Nacht ins Land geschmuggelt. Die reisen auf vollkommen legale Weise ein, mit einem Arbeits- oder einem Studentenvisum, und bleiben still und leise da, wenn das Visum abläuft. Das ist das eigentliche Immigrantenproblem, mit dem es dieses Land zu tun hat, die alle ausfindig zu machen und sie nach Hause zu schicken. Nicht irgendwelche Boote voller Illegaler, die hin und wieder heimlich die Themse raufschippern.«

Großer Gott, wenn dieser Kerl das Ganze noch laxer angehen würde, müsste er inzwischen schlafend unter dem Tisch liegen. »Das verstehe ich. Aber letztes Jahr habe ich selbst miterlebt, wie zwei Boote die Themse heraufgekommen sind. Den Berichten in Wapping und anderen Anhaltspunkten zufolge sind noch etliche andere gesehen worden. Der Vorfall, bei dem ich letzten Oktober involviert war, hätte ganz böse enden können. Das Boot, in dem die Leute unterwegs waren, ist gekentert. Wir mussten sie aus dem Wasser ziehen.«

Dale fing abermals an, Tasten an seinem Laptop zu drücken. »Ich hab's«, verkündete er gleich darauf. »1. Oktober, östlich von Greenwich, nicht wahr? Also, das ist ja interessant. Drei von den Bootsinsassen waren gar keine illegalen Einwanderer. Nur die Frau.«

»Was ist aus ihnen geworden?«

»Die drei Männer waren der Polizei alle bekannt, die hatten alle Vorstrafen«, antwortete Dale. »Sie sind angeklagt, für schuldig befunden und verurteilt worden. Sitzen jetzt in Wormwood Scrubs, in ein paar Monaten könnten sie auf Bewährung rauskommen.«

»Die Gang ist also fast ein Jahr lang aus dem Verkehr gezogen worden?«

Dale schüttelte den Kopf. »Da würde ich nichts reininterpretieren. Diese Banden beschäftigen jede Menge Laufburschen, und die Leute ganz oben machen sich nie die Hände schmutzig. Wenn das, was die gemacht haben, lukrativ ist, dann ist bestimmt jemand anderes eingesprungen.«

»Und was ist mit dem Mädchen?« Eine plötzliche Erinnerung an den Abend letzten Oktober. Das lähmend kalte Wasser, eine verzweifelte Frau, die versuchte, sie in die Tiefe zu ziehen.

»Nadia Safi. Hier steht, dass sie in eine Unterkunft geschickt worden ist, die Opfer von Menschenhandel aufnimmt. Ich kann Ihnen die Adresse geben.« Er schrieb etwas auf einen Post-it-Klebezettel.

Lacey nahm das Stück Papier entgegen. Eine Adresse in London.

»Soweit ich es mitbekommen habe, haben Sie doch am Freitagabend jemanden festgenommen. Haben Sie von dem nichts erfahren?«

»Überhaupt nichts«, gestand Lacey. »Er hat steif und fest behauptet, er wäre allein im Boot gewesen und wäre nur zum Nachtfischen rausgefahren. Ließ sich absolut nicht davon abbringen. Wir haben ihm eine Anklage wegen Führens eines nicht lizenzierten Bootes und Gefährdung des Schiffsverkehrs verpasst, aber mehr war nicht drin.«

»Frustrierend.« Dale nickte mitfühlend.

»Das kann man wohl sagen. Aber ich verstehe immer noch nicht, wieso die die Themse raufkommen.«

»Ich würde sagen, ihr initiales Ziel befindet sich irgendwo am Fluss«, meinte Dale. »Ansonsten scheinen sich die zusätzlichen Risiken doch kaum zu lohnen.«

»Wovon reden wir hier? Von einem Bordell mit Blick auf den Fluss?«

»Wohl kaum. Wahrscheinlich eher eine Art Zwischenlager. Sie wissen schon, ein leerstehendes Gebäude, ein Lagerhaus irgendwo. Entlang diesem Teil des Südufers gibt's immer noch eine Menge Brachland und verlassene Gebäude. Irgendwo zwischen Greenwich und Rotherhithe, würde ich tippen. Wahrscheinlich eher näher an Greenwich dran. Sie direkt in die Stadt zu schaffen erscheint mir zu riskant.«

Irgendwo in der Nähe des Deptford Creek. Nahe der Stelle, wo die Leiche gefunden worden war.

Die Leiche einer Immigrantin?

»Ich hoffe, Sie finden sie, Lacey«, sagte Dale, der jetzt überhaupt nicht mehr lax wirkte. »Wenn Frauen Menschenhändlern in die Hände gefallen sind, dann werden sie bestimmt unter Bedingungen festgehalten, die den Tierschutzverein auf die Barrikaden treiben würde, wenn das mit irgendwelchen Viechern gemacht werden würde. Bestimmt sind die halb verhungert, wahrscheinlich krank und fast wahnsinnig vor Angst. Und das nur während des Transports.«

Lacey verspürte einen plötzlichen Drang, von diesem Stuhl aufzustehen, dieses Gebäude zu verlassen, sich zu bewegen. »Es wird noch schlimmer?«

»Oh ja. Und wenn Sie zwei Frauen gesehen haben, dann ist es gut möglich, dass es da noch sehr viele mehr gibt.«

35

Pari

Liebe Mutter,

endlich habe ich Zeit, Dir zu schreiben. Ich war ein bisschen krank, aber jetzt geht es mir viel besser.

Pari legte den Stift hin. Ihre Mutter hatte es immer gemerkt, wenn sie gelogen hatte. Würde sie es jetzt auch merken, über Tausende von Kilometern hinweg? Und war etwas mehr oder weniger gelogen, wenn es niedergeschrieben war?

Die Stadt ist größer, als ich es mir je hätte träumen lassen. Jeden Tag sehe ich etwas Neues.

Das war keine Lüge. Jeden Tag sah Pari riesige steinerne Kirchen und elegante Gebäude, wie Paläste, schimmernde Türme aus juwelenbuntem Glas. Immer etwas Neues, und es war doch wirklich nicht nötig, ihrer Mutter zu sagen, dass alles, was sie sah, im Fernsehen war. Dass sie die gewaltige, fremdartige Stadt nur ein einziges Mal wirklich zu Gesicht bekommen hatte. An dem Abend, an dem sie angekommen war, auf dem dunklen Fluss, der durch das Herz der Stadt floss.

Aber ich hätte denen nicht glauben sollen, die gesagt haben, in diesem Land würde es kalt sein. Seit ich hier bin, hat meistens die Sonne geschienen, stark und heiß, wie bei uns im Frühling. Mir ist die ganze Zeit warm, so warm wie das Brot aus dem Ofen.

Auch das war wahr. Wieder legte Pari den Stift weg. Ihr war glühend heiß, und das hatte nichts mit dem Wetter draußen zu tun. Eigentlich war es in ihrem Zimmer recht kühl. Wenn sie die Unterarme oder den Kopf gegen die weiß getünchten Wände lehnte, erfüllte sie das mit wunderbarer, betäubender Kühle, die nie lange genug anhielt, dass sie sich besser fühlte.

Sie hatte Fieber. Bald würde sie sich unter die kalte Dusche stellen, wenn es ihr gut genug ging; alles, um das Feuer zu löschen, das in ihr schwelte und mit jeder Stunde, die verstrich, heißer wurde.

Mein Englisch ist schon so viel besser geworden. Ich spreche mit vielen Menschen und werde immer besser. Die unterschiedlichen Akzente können einen verwirren, aber ich gewöhne mich allmählich daran.

Auch das war wahr oder jedenfalls fast. Vor ein paar Wochen, als sie gerade erst angekommen war, hatte Pari kaum die einfachen Satzkonstruktionen und ständigen Wiederholungen der Kindersendungen verstehen können. Jetzt gelang es ihr an manchen Tagen, wenn es ihr nicht zu schlecht ging, den Nachrichten zu folgen.

Entschuldige, dass ich erst jetzt schreibe. Ich hatte einfach so viel zu tun.

Sie war gar nicht auf die Idee gekommen zu fragen. Eben war sie bass erstaunt gewesen, als sie eingewilligt hatten. »Ich möchte meiner Mutter schreiben«, hatte sie gesagt und mit der augenblicklichen Zurückweisung gerechnet, die auf all ihre früheren Bitten erfolgt war. »Natürlich«, hatten sie gesagt. »Wir wundern uns nur, dass du nicht schon früher darum gebeten hast. Vielleicht kannst du ja einen oder zwei Sätze auf Englisch schreiben. Denk doch nur, wie stolz sie sein wird.«

Das war unwahrscheinlich. Paris Lese- und Schreibfertigkeiten in ihrer Muttersprache waren begrenzt. In ihrer Heimatprovinz verließen die meisten Mädchen die Schule, sobald sie in die Pubertät kamen. Selbst in der Universitätsstadt bekamen sie wahrscheinlich nur halb so viel Unterricht wie die Jungen und nur halb so viel Aufmerksamkeit seitens der Lehrer, wenn sie anwesend waren.

Trotzdem war sie selbst über die wenige Zeit froh, die sie in der Schule verbracht hatte. Bildung war wichtig, sagten sie ihr hier andauernd. Wenn sie fortging, müsste sie gut Englisch sprechen können.

Jetzt werde ich diesen Ort bald verlassen und in mein neues Heim ziehen und meine neue Arbeit beginnen. Dann schicke ich Dir Geld. Ich werde eine Möglichkeit finden, Dir welches zu schicken, sodass es sicher ist. Sie sagen, dieser Brief wird ein paar Wochen brauchen, bis er bei Dir ankommt, ich werde also versuchen, mir beim nächsten Neumond vorzustellen, wie Du meinen Brief öffnest und all meine Neuigkeiten liest.

In Liebe

Pari

36

Dana

Als ihr Handy klingelte, fuhr Dana zusammen, als wäre sie bei etwas Unerlaubtem ertappt worden. Sie schaute sich um und sah eine Stelle nahe bei der Wand, wo sie niemandem im Weg sein würde. Die Babyabteilung von Selfridges. Eine Stunde Leerlauf auf dem Nachhauseweg, und hier war sie schließlich gelandet.

»Ma'am, hier ist Lacey. Ich hatte da eine Idee, und ich wüsste gern, was Sie davon halten. Ist das okay?«

Dana blickte zu den langen Reihen der Strampler hinüber, mit Häschen, Mäuschen und Schmetterlingen darauf. »Schießen Sie los.«

Lacey redete schnell, so wie sie es oft tat, wenn sie wegen irgendetwas in Fahrt war. »Kennen Sie das, wenn manchmal mehrere Ideen auf einmal zusammenkommen, und obwohl keine davon für sich genommen logisch ist, sieht plötzlich alles ganz anders aus, wenn man es zusammenschmeißt?«, fragte sie.

Der Fahrstuhl ging auf, und drei Frauen kamen heraus. Eine war hochschwanger. »Ich denke schon.«

»Okay, wir haben ein Problem mit illegalen Einwanderern, die auf der Themse nach London kommen«, fuhr Lacey fort. »Ich hatte mit zwei Fällen direkt zu tun, und in Wapping sind noch andere dokumentiert. Bei den beiden Fällen, bei denen ich dabei war, waren junge Frauen involviert, wahrscheinlich aus dem Nahen Osten oder aus Asien. Das deutete auf Menschenhandel hin, möglicherweise auf Zwangsprostitution.«

Mit an Sicherheit grenzender Wahrscheinlichkeit hatte Lacey recht. Mit Zwangsprostitution war es dasselbe wie mit dem Drogenhandel, es war ein fortwährendes, allgegenwärtiges Problem. Die hübscheren Frauen würden normalerweise zunächst in einem Privatharem landen, als Eigentum eines einzelnen Mannes, der großzügig mit seinen Freunden teilen würde. Die Mädchen würden herumgereicht werden, würden gezwungen werden, an Orgien teilzunehmen, würden für die Herstellung von Pornomaterial benutzt werden. Tabus gäbe es nicht viele.

Die weniger Attraktiven würden in Bordellen enden, wo man von ihnen erwarten würde, jede Nacht mehrere Freier zu bedienen, für zwanzig bis fünfzig Pfund pro Nummer. Von dem Geld würden sie keinen Penny zu sehen bekommen. Sie würden schnell hoffnungslos drogenabhängig werden und sehr jung im Elend sterben. Polizeiinformanten gingen davon aus, dass es allein in London über neunhundert Bordelle gab.

»Okay«, sagte Dana, weil es wahrscheinlich zu lange dauern würde, irgendetwas anderes zu sagen.

»Ich war vorhin bei der UK Borger Agency«, berichtete Lacey eilig weiter. »Die denken, es gibt vielleicht am Flussufer in der Nähe von Deptford irgendwas, wo die Frauen vorübergehend festgehalten werden.«

»Das ist möglich.«

Ein Kleinkind rannte kreischend an Dana vorbei.

»Okay, also, laut Dr. Kaytes war die Tote, die ich bei Deptford im Fluss gefunden habe, eine Immigrantin. Eine junge Frau, möglicherweise aus dem Nahen Osten oder aus Asien.«

Dana entdeckte eine Tür und strebte darauf zu. »Und Sie denken, sie war Teil dieser Menschenhandel-Operation, von der Sie glauben, dass sie den Weg über die Themse nehmen?«

»Das wäre doch möglich oder nicht?«

Sie trat in die Halle mit den Fahrstühlen. Stille senkte sich herab. »Absolut. Aber zu diesem Zeitpunkt noch immer recht weit hergeholt.«

»Das ist mir klar. Aber erinnern Sie sich noch, dass Joesbury und ich letzten Oktober an einer Festnahme beteiligt waren? Eine junge Frau namens Nadia Safi, die illegal ins Land gekommen war? Sie ist in Gesellschaft dreier Männer aufgegriffen worden, die wegen Menschenhandel vorbestraft waren. Die sitzen jetzt alle in Wormwood.«

Plötzlich war Dana deutlich interessierter. »Und die Frau?«

»Jetzt wird's spannend. Ich komme gerade aus dem Wohnheim, wo sie ein paar Wochen gewohnt hat, aber da ihr nichts wirklich Traumatisches passiert war – na ja, jedenfalls hat sie's nicht zugegeben –, ist sie zur Abschiebehaft nach Kent überstellt worden. Da hab ich gerade angerufen. Die wollten erst nicht mit Details rausrücken, aber als ich angefangen habe, von gerichtlichen Verfügungen zu reden, haben sie schließlich zugegeben, dass jemand sie gesponsert hat.«

»Wofür? Für den Londoner Marathon?«

»Illegale Immigranten können für eine begrenzte Zeit in die Obhut anderer entlassen werden, solange die nachweisen können, dass sie die nötigen Mittel haben, um für sie zu sorgen, und bereit sind, sie nach Ablauf der vereinbarten Zeit in ein Flugzeug nach Hause zu setzen. Da ist so ein Kerl aufgetaucht, hat behauptet, er wäre ein Verwandter von Nadia, und hat sich bereit erklärt, sich ein paar Wochen um sie zu kümmern und sie dann zum Flughafen zu bringen. Das hat er auch getan. Er hatte Fotos von ihnen beiden zusammen, einschließlich eins vom Flughafen, und eine Quittung für ein Ticket in den Iran. Da käme sie her, hat er behauptet. Das Problem ist nur: Sie ist nie in die Maschine gestiegen.«

»Das Ganze war ein Täuschungsmanöver?«

»Wahrscheinlich. Aber er behauptet, er wisse von nichts. Sagt, er hat keine Ahnung, wo die Cousine zweiten Grades seiner Frau ist, und die Einwanderungsbehörde hat keine Möglichkeit, das Gegenteil zu beweisen. Mir scheint, da hat sich jemand eine Menge Mühe gemacht, sie hier im Land zu halten. Also, wem ist sie so viel wert und warum?«

»Sie glauben, sie sollte an denselben Ort gebracht werden wie das Mädchen, das ihr Freitagabend verfolgt habt?«, fragte Dana.

»Zwei Gangs, die junge Frauen die Themse raufschmuggeln«, meinte Lacey. »Wie wahrscheinlich erscheint Ihnen das?«

»Nicht besonders.«

»Also, ich denke, wir müssen diese Nadia finden.«

»Ist wahrscheinlich leichter gesagt als getan, wenn sie irgendwo in London untergetaucht ist, aber ich sorge dafür, dass sich morgen jemand darum kümmert. Danke, Lacey, das ist tatsächlich sehr hilfreich.«

»Da wäre noch was.«

Dana lächelte. »Ich bin ganz Ohr.«

»An dem Tag, als ich die Leiche in der Themse gefunden habe, habe ich mich mit Sergeant Wilson unterhalten – Sie wissen schon.«

»Onkel Fred. Ich weiß.«

»Und er hat was davon gesagt, dass er vor einem Jahr die Leiche einer jungen Frau gefunden hat.«

»Viele Frauen enden in der Themse, Lacey.«

»Ich weiß, aber was ist, wenn genau das das Problem ist? Was ist, wenn wir, weil es so viele sind, die Verbindungen nicht sehen, wenn welche bestehen?«

»Und die Verbindung wäre …?«

»Junge, illegale Immigrantinnen, die ermordet werden. Dana, was ist, wenn es noch mehr davon gibt?«

37

Lacey

Was ist, wenn es noch mehr davon gibt?

In den letzten fünf Jahren waren vierhundertfünfzehn Leichen aus dem Gezeitenbereich der Themse geborgen und zu der flachen Wanne gebracht worden, von der Lacey jetzt gar nicht weit entfernt saß. »Nicht identifiziert« in die Suchmaschine einzugeben reduzierte die vierhundertfünfzehn Fälle auf fünfunddreißig. Fünfunddreißig Menschen, die in den letzten fünf Jahren aus der Themse gezogen worden waren, waren nie identifiziert worden. Sie brauchte nur die Frauen. Also startete sie einen weiteren Suchdurchlauf, und aus den fünfunddreißig wurden vierzehn.

Aber, großer Gott, es war schwer, sich zu konzentrieren. Die Hitzewelle machte keinerlei Anstalten nachzulassen, und das Polizeirevier von Wapping befand sich in einem Altbau, wo »klimatisieren« bedeutete, dass man ein Fenster aufmachte oder einen Ventilator einschaltete. Lacey stand auf, wedelte mit dem offenen Kragen ihrer Bluse, band sich den Pferdeschwanz neu und setzte sich wieder.

Laut den Obduktionsberichten waren vier der Frauen über fünfzig gewesen, was die Gruppe auf zehn reduzierte. Zwei davon waren afrikanischer oder karibischer Herkunft, eine stammte aus Westasien.

Noch sieben, dachte Lacey. Was sonst noch? Sie stand auf, verließ den Raum und ertappte sich dabei, wie sie zum Steg ging, der zum Wasser hinunterführte. Eines der Festrumpfschlauchboote der Flusspolizei hatte gerade abgelegt und sauste wie eine Libelle über das Wasser dahin. Lacey sah zu, wie es dem Lauf des Flusses folgte. Diese Boote konnten es bis auf fünfundvierzig Knoten bringen; es würde nicht lange dauern, bis es die unterste Biegung erreichte, wo der Deptford Creek in den Fluss mündete und ein Leichnam, lange vergessen, endlich wieder den Weg an die Wasseroberfläche gefunden hatte.

Und das war der nächste Suchparameter: Länge der im Fluss verbrachten Zeit. Ihre Leiche hatte dem Gerichtsmediziner zufolge mehrere Monate im Wasser gelegen.

Wieder am Schreibtisch, startete sie einen neuen Suchlauf, sortierte diesmal die Leichen aus, die schnell gefunden worden waren. Drei waren nach zwei Wochen oder weniger aus dem Wasser geholt worden. Blieben noch vier.

Vier unbekannte junge Frauen, die etliche Monate im Wasser gelegen hatten, ehe sie aufgetrieben und gefunden worden waren.

Wo?

Die am längsten zurückliegende Tote, weibliche Unbekannte 645/01, war vor vier Jahren und drei Monaten in der Nähe von Putney von Anglern entdeckt und aus dem Wasser gezogen worden. Das schien zu weit westlich zu sein. Weibliche Unbekannte 322/92 war vor zwei Jahren unter der Pimlico Bridge gefunden worden. Das war wahrscheinlich die Leiche, von der Sergeant Wilson gesprochen hatte. War Pimlico immer noch zu weit im Westen? Wahrscheinlich.

Die Dritte auf der Liste war bei Limehouse geborgen worden, vor zehn Monaten, damit war sie eine mögliche Kandidatin. Die Vierte hatten sie vor zwei Monaten in der Nähe der Einfahrt zur South Dock Marina gefunden.

Also noch zwei. Lacey öffnete die Falldateien der beiden, um zu sehen, ob es da noch etwas anderes in Erfahrung zu bringen gab. Die Limehouse-Tote hatte mehrere Monate im Wasser gelegen. Die Weichteile waren fast vollständig verschwunden gewesen, doch das Skelett hatte nur minimalen Schaden genommen. Auch bei der Frau von der Jachthafeneinfahrt war nur sehr wenig weiches Gewebe vorhanden gewesen, das Skelett jedoch war weitgehend intakt gewesen.

Sie schrieb die Fallnummern auf einen gelben Klebezettel.

Zusammen mit der Toten, die sie gefunden hatte, waren das drei junge kaukasische Frauen, die etliche Monate im Wasser gewesen waren, deren Skelette jedoch kaum Beschädigungen aufwiesen. Keine der beiden, die sie gerade ausfindig gemacht hatte, war mit irgendwelchen Kleidungsstücken gefunden worden, aber damit war auch zu rechnen. Kleider verschwanden in strömendem Wasser sehr schnell.

Eine Stimme hinter ihr ließ sie zusammenfahren. »Sind Sie für heute Abend nicht langsam fertig?« Sergeant Buckle stand neben ihrem Schreibtisch.

»Ja, ich wollte gerade gehen.«

Während Lacey sich aus dem Suchprogramm ausloggte, schlenderte Buckle zu dem Aktenschrank in der Ecke hinüber.

»Sarge«, fragte sie, »wo bewahren wir eigentlich die Bilder von den Leichen auf?«

Buckle nahm die Brille ab und rieb sich die Augen, ehe er sie wieder aufsetzte. »Bitte?«

»Die Akten zu den Leichen, die wir aus dem Fluss ziehen. Ich weiß, die grundlegenden Details sind im Computer, aber ich habe überlegt, was mit den Fotos ist, mit den eigentlichen Berichten, die damals geschrieben worden sind.«

»Hätte nicht gedacht, dass Sie makaber veranlagt sind, Lacey.«

»Was ist, wenn die Frau, die wir letzte Woche gefunden haben, nicht die Einzige war?«

Buckles Augenbrauen tauchten über dem oberen Rand seiner Brille auf. Er verschränkte die Arme und wartete.

»Ich hab das System durchsucht«, gestand sie. »Nach ähnlichen Fällen, und es wäre möglich, dass ich zwei gefunden habe.«

»Wie lange liegen die zurück?«

»Gar nicht lange. Zehn Monate und zwei Monate.«

»Junge Frauen, nicht identifiziert?«

»Kaukasisch, haben lange genug im Wasser gelegen, dass das Weichteilgewebe weg ist, aber die Skelette sind größtenteils intakt.«

Buckle richtete sich auf. »Kommen Sie«, befahl er.

Lacey folgte ihm aus dem Büro in ein anderes, wo drei Sergeants ihre Schreibtische hatten. Buckle nahm Schlüssel von seinem eigenen Schreibtisch und schloss einen Aktenschrank auf, der an der einen Wand stand. Lacey reichte ihm den Klebezettel mit den Fallnummern und wartete. Draußen vor der Tür waren Schritte zu hören, dann kamen Fred Wilson und Finn Turner herein.

»Habt ihr alle kein Zuhause?«, erkundigte sich Wilson.

»Unsere kleine Detektivin hier hat eine Eingebung, der sie nachgehen möchte.« Buckle hielt ihr eine Akte hin und suchte weiter, überließ das Erklären ihr.

»Wahrscheinlich bin ich einfach nur blöd«, meinte sie. »Aber ich hab darüber nachgedacht, was Sie neulich gesagt haben, dass Sie eine junge Frau im Fluss gefunden haben, die nie identifiziert worden ist.«

»Ich nehme doch an, dass 'ne ganze Menge Kerle im Fluss gefunden worden sind, die nie identifiziert wurden«, bemerkte Turner. »Oder sind die nicht wichtig?«

»Na, na, Kinder. Hier haben wir's ja.« Buckle brachte die zwei Akten zum nächsten Schreibtisch und legte sie ab. Er schlug die eine auf, Lacey die andere.

»Oh, lecker.« Turner erhaschte einen kurzen Blick auf das Foto, das an die Innenseite von Laceys Akte geklippt war.

»Sieht ein bisschen so aus wie Sie ganz früh am Morgen«, stellte Wilson fest.

»Sarge, ich hab's Ihnen doch gesagt, das ist unser Geheimnis.«

»Die hier hat mein Team gefunden.« Buckle blätterte die

Akte der Limehouse-Toten durch. »Ich erinnere mich nicht wirklich daran, aber ich hab während meiner Zeit hier auch so einige abgearbeitet. Ein paar oberflächliche Schäden, heißt es hier, Dellen im Schädel, ein paar fehlende Finger.«

»Wie haben Sie sie gefunden?«, wollte Lacey wissen. »Wo genau war sie?«

»Zwischen der Ufermauer und den Pfählen eines alten Steges.« Buckle starrte den Bericht und das Foto noch ein paar Sekunden länger an. »Da ist sie hängen geblieben, als die Ebbe eingesetzt hat.«

Lacey sah die zweite Akte durch. Die Leiche war zwischen dem umhertreibenden Müll gefunden worden, der sich in der Nähe eines vor Anker liegenden Tankschiffs gesammelt hatte. Der Besitzer einer Motorjacht, der frühmorgens hinausgefahren war, um zu tanken, hatte sie entdeckt. Die Leiche war schwerer beschädigt gewesen als die von Limehouse. Eine Hand fehlte, und mehrere Rippen waren gebrochen.

»Langes dunkles Haar.« Turner hatte über Laceys Schulter hinweg mitgelesen.

Lacey betrachtete das Foto. »Was ist denn das?« Sie ließ den Finger über dem linken Fußknöchel der Toten schweben.

»Schwer zu sagen«, meinte Buckle. »Könnte ein gebrochener Knochen sein oder ein bisschen Müll.«

»Das ist ein Stück Stoff«, stellte Lacey fest. »Schaut doch mal, der ausgefranste Rand. Ich würde sogar behaupten, das ist Leinen.«

38

Dana

An Sommerabenden war der Garten am schönsten, nachdem die Tageshitze den Duft der Blumen geweckt hatte. Am Ende des Tages im Garten zu sein war für Dana zur Gewohnheit geworden. Selbst nach fürchterlichen Tagen fand sie ihn tröstlich. Es gab wohl keine Regel ohne Ausnahme.

»Diese verdammte Lacey Flint.« Sie fuhr sich mit der Hand über die Augen.

»Das können Sie laut sagen«, erwiderte David Cook. »Keiner von den Männern kann sich konzentrieren, wenn sie im Zimmer ist. Idioten wie Finn Turner springen in die Themse, um sie zu beeindrucken, und jetzt hat sie diese fixe Idee von wegen, es gäbe noch mehr Leichen. Und dann noch ihre liebe kleine Angewohnheit, morgens ein Bad im verfluchten Fluss zu nehmen.«

»Das sollten Sie eigentlich gar nicht wissen.« Dana konnte sich ein Lächeln nicht verkneifen.

»Das wissen wir verdammt noch mal alle.« Cook schien außerstande, nicht laut zu werden. »Bei der Morgenstreife glotzen die Jungs die ganze Zeit mit ihren Ferngläsern auf die Einfahrt zum Deptford Creek. Herrgott noch mal, hat die auch nur den blassesten Schimmer, was sie sich in dem Wasser alles einfangen kann?«

»Nehmen Sie sich noch ein Bier, Dave.«

Cook streckte die Hand aus und bediente sich aus Danas Kühlbox. Der Himmel nahm endlich allmählich eine dunklere Farbe an.

»Also, wenn ich Sie richtig verstanden habe«, sagte Dana, nachdem Cook sein Bier geöffnet und sich eingeschenkt hatte, »haben Lacey und die Scooby-Gang noch zwei nicht identifizierte Leichen gefunden, die in den letzten zwölf Monaten aus dem Fluss geborgen worden sind. Definitiv jung?«

»Laut Obduktion beide nicht älter als dreißig.«

»Und beides Kaukasierinnen, wenig Weichteilgewebe, was darauf hinweist, dass sie einige Monate im Fluss gelegen haben, aber relativ intakte Skelette, was normalerweise dagegen sprechen würde«, fuhr Dana fort.

»Was man eben bei 'ner Leiche erwarten würde, die irgendwo festgehangen ist.«

»Oder die beschwert war«, meinte Dana. Cook neigte den Kopf. »Beide in einem ähnlichen Teil des Flusses wie die, die Lacey gefunden hat?«

Cook trank einen großen Schluck. »Limehouse und South Dock Marina. Die Scoobys haben anscheinend noch zwei andere gefunden, aber die schließen sie aus, weil das oben im Westen war. Was am signifikantesten ist: Die Limehouse-Leiche hatte sehr langes dunkles Haar, und um den einen Fußknöchel war ein weißes Stück Stoff gewickelt.«

»Wie bald können wir uns dieses Stück Stoff ansehen?«

Cook hatte eine dünne Aktentasche dabei. Er zog einen kleinen Plastikbeutel daraus hervor und legte ihn auf den Tisch.

»Sieht mir sehr ähnlich aus.« Dana nahm den Beutel und hielt ihn ins schwindende Licht.

»Das hab ich vorhin mitgenommen, gegen Unterschrift«, meinte Cook. »Wir haben es noch nicht aus der Tüte genommen. Das Ding muss noch mal im Labor untersucht werden, aber es sieht wirklich genauso aus wie die Laken und Binden, die wir an dem Leichnam vom letzten Donnerstag gefunden haben. Da sind sogar ein paar handgenähte Stiche dran.«

»Scheiße«, sagte Dana.

»Ganz meine Meinung«, pflichtete Cook ihr bei, ehe er sich jäh duckte. »Verflucht noch mal, was war das?«

Dana lächelte. »Eine Fledermaus. Die hausen in den Bäumen da drüben. Ich mag sie ganz gern.«

Cook schaute sich erschrocken um. Etliche kleine dunkle Silhouetten waren erschienen und flitzten um die Bäume und Dächer herum. »Na ja, jedem das Seine. Aber das stellt uns ein bisschen vor ein Dilemma.«

»Da gibt's kein Dilemma, Dave. Wir müssen suchen.«

Cook seufzte und tauchte abermals in seine Aktentasche. Er holte seinen Laptop hervor und loggte sich ein. Nach ein paar Sekunden rief er eine Karte auf, die einen Abschnitt der Themse zeigte.

»Wenn wir, mal rein hypothetisch, bei Limehouse anfangen und kurz vor dem Deptford Creek aufhören, dann reden wir hier von acht Kilometern Fluss, Dana. Der an dieser Stelle fast einen halben Kilometer breit ist.«

»Sie sind ja nur sauer, weil ich Ihnen Ihr Budget für Unterwasser-Suchaktionen versenken werde. Das Wortspiel war übrigens nicht beabsichtigt.«

Cook stand auf und ging ein paar Schritte. »Macht bestimmt ganz schön Mühe, die Platten da vom Moos frei zu halten.« Er blickte auf die glatten, glänzend-blassgrauen Steinplatten hinunter, mit denen die Terrasse und die Stufen gepflastert waren, die in den Garten hinunterführten.

»Heutzutage gibt's Chemikalien für alles«, meinte Dana.

»Ein Glück, dass Sie keine Kinder haben«, bemerkte er. »Die würden sich beim Rumklettern auf den Betonkästen da glatt den Hals brechen.«

Er kam wieder zurück. »Ich kann nichts genehmigen, bevor wir die Vergleichsergebnisse von den Stoffproben haben. Wenn's da keine Übereinstimmung gibt, ist die Angelegenheit damit wahrscheinlich erledigt.«

»Soll mir recht sein.«

Cook ließ sich wieder neben ihr nieder.

»Und Lacey glaubt, es gibt da eine Verbindung zu unserem

Problem mit illegalen Einwanderern«, meinte er nach kurzem Schweigen.

»So hab ich das auch verstanden. Ist das möglich?«

»Möglich ist alles. Ob's logisch ist, ist was anderes.«

»Illegale Immigranten die Themse raufzuschippern ist nicht logisch«, stellte Dana fest. »Es sei denn, das Ziel liegt irgendwo ganz nahe am Fluss. In diesem Falle wäre es relativ einfach, die Leichen zu entsorgen, wenn sie mit ihnen fertig sind.«

»Stimmt, aber was machen sie mit den Frauen? Ich weiß, Zwangsprostitution ist am wahrscheinlichsten, aber wenn das der Fall ist, dann haben diese Mädchen doch einen Wert. Die werden sie doch nicht nach ein paar Monaten Arbeit einfach entsorgt haben.«

»Vielleicht sind sie ja bei der Arbeit umgekommen«, meinte Dana und dachte an ihr Gespräch mit Lacey. »Manche Männer haben sehr merkwürdige Vorlieben. Hab ich mir sagen lassen.«

»Da irgendwas zu beweisen wird verdammt noch mal völlig unmöglich sein«, knurrte Cook. »Fangen Sie mal lieber sachte an zu hoffen, dass diese Suchaktion nie genehmigt wird, und wenn doch, dass wir nichts finden. Sonst ist es nämlich das Budget des Morddezernats, das baden geht. Und das Wortspiel ist durchaus beabsichtigt.«

Freitag, 4. April
(elf Wochen zuvor)

39

Anya

Sie hat einen furchtbaren Fehler gemacht. Das hier ist gar kein Weg in die Freiheit. Das hier ist der Fluss, so riesig wie ein Ozean und so schwarz wie der nahende Tod. Wasser brandet ihr ins Gesicht, berghoch und mit unbezähmbarer Wucht. Alles ist zu Wasser geworden. Anya spürt, wie es gegen sie prallt wie ein dahinrasendes Auto, sie gegen die Mauer hinter ihr schleudert. Sie kann den Himmel nicht sehen, die Lichter, ihre eigene Hand. Der Sturm ist aus dem Nichts gekommen.

Die ganze Welt versinkt. Schläge prasseln von allen Seiten auf sie ein. Ihre Augen brennen, sie sieht nichts als eine wirbelnde Masse aus Schwarz, Grau, Braun.

Die Mauer in ihrem Rücken zieht sich endlos hin, Wasser strömt daran herab. Anya reibt sich die Augen. Schaut hoch, nach links, nach rechts, sucht nach einer Leiter, nach einer Unterbrechung der endlosen tödlich glatten Fläche.

Bewegung. Anya hält sich an der algenglatten Mauer fest und dreht sich um. Das Boot erscheint, fliegt in die Luft empor wie ein Funke in einem eiskalten Feuer. Eine Hand streckt sich aus. Verzweifelt fasst sie zu.

Und jetzt hat das Wasser sie mit Haut und Haaren verschluckt. So fühlt es sich an zu ertrinken, dieses wilde Zerren an den Haaren, dieses Reißen an den Gliedern. Sie klammert sich an den Rand des Bootes.

Der Motor ist bei dem Lärm der Wellen kaum zu hören, die überall um sie herum toben, und doch hat Anya das Gefühl, dass er sich abmüht. Dass das Boot und sein Lenker versuchen, sie zu retten.

Es war falsch, Angst zu haben. Dumm, aus dem Boot zu springen, zu versuchen, selbst aus dem endlosen dunklen Tunnel herauszufinden. Das war schon immer ihr Problem – ihre Unfähigkeit, sich für eine Handlungsweise zu entscheiden und dann dabeizubleiben.

Das Boot gleitet abermals in den teilweise geschützten Tunnel, und Anya ist, als würde sie vielleicht demnächst wieder Luft bekommen. Noch immer tanzt das Wasser um sie herum wie ein Derwisch, aber hier sind ihm wenigstens Grenzen gesetzt. Sie prallen gegen die eine Wand, dann gegen die andere, werden zur Decke emporgeschleudert, doch dann gleiten sie weiter, und das Getöse des Sturms wird schwächer. Anya fragt sich allmählich, ob sie vielleicht doch nicht sterben wird.

Der Bootsführer streckt die Hand aus, tätschelt ihr den Kopf. Gleich wird sie an Bord gezogen werden, denkt Anya, doch stattdessen legt sich ein Seil fest um ihren Hals, und das Boot wird schneller.

»Es war richtig, Angst zu haben«, sagt der Bootsführer.

Dienstag, 24. Juni

40

Dana

»Mike, so eine Überraschung.«

»Wirklich?« Kaytes blieb auf der Schwelle von Danas Büro stehen. »Ich dachte, die vom Empfang hätten angerufen.«

»Haben sie auch.« Dana erhob sich und überlegte, ob Höflichkeit bei diesem Mann wohl vergebliche Liebesmüh war. »Aber die Überraschung hat sich die vollen vier Minuten lang gehalten, die Sie gebraucht haben, um persönlich hier anzukommen. Kommen Sie rein.«

Kaytes trat durch die Tür. »Ich hab was zum Mittagessen mitgebracht.« Er hielt eine Tüte einer großen Sandwich-Ladenkette hoch. »Gegrilltes Gemüse und Frischkäse. Für mich auch. Nur für den Fall, dass Sie eine von den Vegetarierinnen sind, die nicht mit Fleisch im selben Zimmer sein können.«

»Das ist sehr nett von Ihnen. Bitte setzen Sie sich doch.«

Kaytes sackte in Danas Besucherstuhl, als sei er etliche Stockwerke hinaufgeklommen anstatt nur eines, und kippte den Inhalt der Tüte auf ihren Schreibtisch. »Was dagegen, wenn ich reinhaue? Hatte gestern ein Badminton-Match, danach futtere ich immer, als gäb's kein Morgen, und um zwei muss ich 'ne Zahnarzthelferin aufschneiden, die sich umgebracht hat.« Damit wickelte er eins der Sandwiches aus. Er hatte auch Orangensaft mitgebracht und Chips.

»Also, wollten Sie bloß ein bisschen Gesellschaft?«, erkundigte sich Dana.

Kaytes hatte die eine Ecke seines Sandwichs im Mund. »Bilden Sie sich bloß nichts ein. Ich hab den toxikologischen

Befund.« Sein Gesicht verzog sich zu einer Grimasse extremen Abscheus.

»Stimmt was nicht?«, erkundigte sich Dana.

Kaytes schien unter Schmerzen zu kauen. »Bisschen schleimig.« Er blinzelte mehrmals rasch hintereinander, ehe er einen weiteren Bissen nahm, diesmal einen kleineren, während er die Hand in seine Aktentasche steckte und einen dünnen Plastikhefter hervorzog.

»Die Tatsache, dass Sie persönlich hier sind«, bemerkte Dana, »lässt darauf schließen, dass es da etwas Außergewöhnliches geben könnte.«

»Verdammte Axt, was hab ich da im Mund?« Kaytes schluckte krampfhaft, dann zog er einen langen, dunkelbraunen Gemüsestreifen aus den Trümmern seines Sandwichs und hielt ihn ins Licht.

»Aubergine«, stellte Dana fest.

»Sieht aus wie irgendwas, das ich bei mir im Abfluss finden könnte.« Kaytes beugte sich über den Schreibtisch und ließ den Rest seines Sandwichs in Danas Papierkorb fallen. »Dem Himmel sei Dank für Chips.«

»Die Toxikologie?«, hakte Dana nach, nachdem Kaytes die Chipstüte aufgemacht und halb geleert hatte.

»Jep, ich lass Ihnen den Befund natürlich da, aber es war ein bisschen merkwürdig. Ist mir noch nicht untergekommen, um ehrlich zu sein.«

Sie lehnte sich auf ihrem Stuhl zurück. »Ich bin ganz Ohr.«

Kaytes schlug den Hefter auf und studierte kurz die erste Seite. »Also, wie Sie ja wissen, hatten wir nicht viel, womit wir arbeiten konnten, dank des fortgeschrittenen Verwesungszustandes. Die inneren Organe waren weg, das heißt, wir haben uns auf Muskel- und Bindegewebe gestützt, und das ist einfach nicht so zuverlässig.«

Dana wartete.

»Also, zuerst mal war interessant, was nicht da war«, fuhr

Kaytes fort. »Natürlich haben sie nach Spuren von Alkohol gesucht und nach der üblichen Bandbreite allgemein zugänglicher Drogen wie Amphetamine, Barbiturate, Benzodiazepine.«

Dana nickte. Kaytes ging die Liste der Substanzen durch, auf die für gewöhnlich bei einer toxikologischen Untersuchung getestet wurde. Das Labor hatte bestimmt versucht, Spuren von Cannabis und Kokain zu finden, von Opiaten – üblicherweise Morphium und Heroin – und chemisch hergestellten Mitteln wie Ecstasy. Außerdem nach Paracetamol und organischen Lösungsmitteln. »Was gefunden?«, erkundigte sie sich.

»Fehlanzeige.« Kaytes streute Chipskrümel über den ganzen Bericht. »Das soll nicht heißen, dass wir das alles kategorisch ausschließen können, aber wenn sie drogenabhängig gewesen oder an Alkoholvergiftung gestorben wäre, hätte es mich überrascht, wenn nichts davon vom Gewebe absorbiert worden wäre.«

»Dann kommen wir jetzt also zum interessanten Teil?«

Kaytes blätterte um. »Kann man wohl sagen. Eins von den Mädels – Max, glaube ich – hatte nämlich die brillante Idee, eine Haarprobe wegzuschicken. Sie wissen doch noch, dass da noch ein paar Haare dranhingen, sehr lang und schwarz?«

»Ich erinnere mich an das Gespräch über Haare«, erwiderte Dana. »Vielleicht ist Max ja auf die Idee gekommen, weil Sie mir eine ganze Handvoll ausgerissen haben.«

»Durchaus möglich. Haar ist in vielerlei Hinsicht ideal für toxikologische Untersuchungen. Vielleicht kommt irgendwann der Tag, wo es Blut, Urin und Weichteilgewebe vollkommen ablöst.«

»Wie das?«

»Aus dem Urin verschwinden Substanzen sehr schnell, aus dem Blut nach Tagen oder Wochen, aber Haare bieten einen dauerhafteren Befund. Jeder Zentimeter stellt, grob gesagt, eine Dokumentation der letzten dreißig Tage dar. Und die verfällt nicht. Wenn Sie also bedenken, dass die Haare unserer Testperson fast sechzig Zentimeter lang waren, dann haben wir es da mit einer langen Historie zu tun.«

»Und?«

»Zuerst schien das Ergebnis alles zu bestätigen, was die Gewebeanalyse uns verraten hatte. Kein Hinweis auf Alkohol- oder Drogenmissbrauch. Eigentlich war die Frau ziemlich gesund. Aber irgendein kluger Kopf im Labor hatte eine gute Idee: Sie hatte was über den Fall gelesen, und ihr war der Gedanke gekommen, dass es ein Ehrenmord sein könnte. Also hat sie angefangen, über den Tellerrand hinauszuschauen, und überlegt, was zu einem sogenannten Ehrenmord führen könnte – normalerweise sexuelles Fehlverhalten seitens der Frau. Also hat sie auf eigene Faust ein paar weitere Analysen gemacht und das hier gefunden.«

Kaytes drehte den Hefter zu Dana herum.

»Humanes Choriongonadotropin«, las Dana. »Also, warum kommt mir das bekannt vor?«

Kaytes bedachte sie mit einem merkwürdigen forschenden Blick. »Für den Laien ausgedrückt: Das ist das Hormon, das von einer befruchteten Eizelle im Uterus produziert wird. Die Schwangerschaftstests, die man in der Apotheke bekommt, sind darauf ausgelegt, hCG im Urin nachzuweisen.«

»Sie war schwanger?«

»Nicht unbedingt, und ohne die Schlüsselorgane kann man das nicht mit Sicherheit feststellen. hCG kann auch auf das Vorhandensein bestimmter Krebstumoren hinweisen. Aber bei einer Frau in dem Alter scheint eine Schwangerschaft das Wahrscheinlichste zu sein.«

41

Lacey

Lacey klopfte leise an die Tür des Einsatzraumes im Revier von Lewisham und schlüpfte hinein. »Es ist eine Spur«, sagte Tulloch gerade. Der große Raum war weitgehend leer, alle waren draußen und genossen den Sonnenschein. Nur Sergeant Anderson, Pete Stenning, Tom Barrett und Gayle Mizon waren um Tulloch versammelt, die aufblickte und lächelte.

»Hallo, Lacey, danke, dass Sie vorbeischauen. Okay, wie gesagt, wenn unser Opfer einen Hausarzt hatte, wird ihre Schwangerschaft irgendwo dokumentiert sein. Wir können in Arztpraxen nachfragen und uns nach Immigrantinnen erkundigen, die in den letzten achtzehn Monaten dort gewesen und seitdem verschwunden sind.«

Lacey zog einen Stuhl hinter einem Schreibtisch hervor, während Tulloch in die Gesichter um sie herum schaute. »Ja, ich weiß, ganz schön weit hergeholt«, gab sie zu. »Aber sonst haben wir nicht viel.«

»Könnte eine uneheliche Schwangerschaft gewesen sein«, meinte Mizon. »In manchen Kulturen würde so was nicht gut ankommen. Oder das Resultat einer ehebrecherischen Affäre. Die Familienschmach. Tod ist besser als Schande.«

Jetzt war Tulloch aufgestanden. »Scheint mir ein bisschen extrem, aber ich bin mir nicht sicher, ob wir irgendetwas ausschließen können. Gayle, können Sie rausfinden, über wie viele Praxen wir hier in London reden? Vielleicht bei einer oder zwei anrufen, schauen, wie die reagieren? Ich würde gern heute damit anfangen, wenn's geht.«

Sie sah Stenning an. »Wie weit seid ihr damit, Nadia Safi ausfindig zu machen?«

»Ihr Foto ist an jedes städtische Revier geschickt worden. Wir haben sie auf allen Vermissten-Websites hochgeladen. Wir wissen, dass sie das Land nicht offiziell verlassen hat. Bei der Einwanderungsbehörde gibt's keine Unterlagen über sie.«

Anderson zwinkerte Lacey zu. »Was ist mit diesen beiden zusätzlichen Leichen, die Lacey und die Flusspolizei für uns gefunden haben?«

Lacey setzte sich ein wenig gerader auf. Deswegen war sie also gebeten worden dazuzustoßen. Sie hatten etwas gefunden. Sie hatte recht gehabt.

»Mike Kaytes hat sich vorhin die Obduktionsberichte angeschaut«, sagte Tulloch. »Hauptsächlich, um zu sehen, ob die beiden Immigrantinnen gewesen sein können und ob er irgendwelche Ähnlichkeiten mit der Frau entdecken kann, die Lacey letzten Donnerstag gefunden hat.« Sie hielt inne.

»Jetzt spannen Sie uns nicht auf die Folter«, brummte Anderson.

Es sah aus, als schüttele Tulloch sich ein wenig. »Entschuldigung, anscheinend brauche ich in letzter Zeit immer einen Moment, nachdem ich mit dem Mann zu tun hatte. Jedenfalls, die Limehouse-Tote hat anscheinend nichts mit dem Ganzen zu tun. Sie war blond, hatte ein paar ziemlich teure Zahnfüllungen und – was für Dr. Kaytes entscheidend war – Brustimplantate. Eins davon war noch immer an der Leiche dran. Und ganz ehrlich, wenn ich seine Kommentare dazu aus meinem Gedächtnis löschen könnte, würde ich's tun, glauben Sie mir.« Wieder hielt sie inne und sah diesmal Lacey direkt an.

»Aber bei der anderen, die, die bei der South Dock Marina gefunden wurde, ist das etwas ganz anderes. Gewisse Ähnlichkeiten zwischen diesem Leichnam und dem, der letzten Donnerstag geborgen worden ist, lassen Dr. Kaytes annehmen, dass es sich bei der früheren Leiche ebenfalls um eine Immigrantin handelt.«

Sie blickte rasch auf ihre Notizen hinab. »Minimale zahnärztliche Versorgung, gut entwickelte Knochen in den Armen und natürlich das lange schwarze Haar. Er hat eine Haarprobe eingeschickt, um zu sehen, ob sie dieselben chemischen Rückstände aufweist wie die von Laceys Freundin, aber es wird eine Weile dauern, bis wir da etwas hören. Aber in der Zwischenzeit halte ich es für eine gute Idee, für alles offen zu bleiben.«

»Was Neues über das Leinen?«, fragte Mizon.

»Ja – danke, dass Sie mich daran erinnern. Wir haben den Untersuchungsbefund zu dem Fragment, das an der Leiche von der South Dock Marina gefunden wurde, die, von der wir glauben, sie könnte etwas damit zu tun haben. Leider nichts vollkommen Eindeutiges. Es ist Leinen, von derselben Machart und mit demselben Fadenlauf wie das Tuch, in das Laceys Leiche eingehüllt war, aber es stammt nicht vom selben Ballen.«

»Und was machen wir jetzt?«, fragte Anderson.

Tulloch suchte sich einen Stuhl und ließ sich schwer daraufsinken. »Wir suchen die Themse ab.«

42

Pari

Es ging Pari einfach nicht besser. *Bald,* sagten sie immer wieder zu ihr, *bald. Wir geben dir sehr starke Medikamente, damit geht es dir erst ein bisschen schlechter, bevor es besser wird, aber sie wirken. Bald bist du wieder mopsfidel.*

Pari wusste nicht genau, was ein Mops war oder warum sie sich wünschen sollte, wie einer zu sein. Sie wollte einfach nur wieder gesund und stark sein. Aber jetzt waren es nicht mehr nur Kopfschmerzen. Seit einiger Zeit tat ihr der Bauch weh und der Rücken auch, und Teile ihres Körpers waren angeschwollen. Und immer öfter hatte sie so ein Gefühl, als ob das Blut in ihren Adern heißer war und schneller strömte, als es sein sollte. Es wurde immer schwerer, mit den Kopfschmerzen und den Krämpfen zurechtzukommen, mit diesem Gefühl, dass das Blut nie da war, wo es sein sollte: manchmal oben in ihrem Kopf, sodass der vor Hitze und Krach dröhnte, manchmal sammelte es sich in den Knöcheln, sodass die so dick anschwollen wie junge Bäume.

»Pari, Gott sei Dank, dass du nicht so schwächlich bist, wie du aussiehst«, hatte ihre Mutter immer gesagt. »Wirst du denn niemals müde?«

Pari war sich nicht mehr sicher, ob sie alles geben würde, um das Gesicht ihrer Mutter wiederzusehen, oder ob sie vor Kummer sterben würde, wenn ihre Mutter sie so krank sähe.

»Pari, Schatz, niemand kann mein Haus so schön putzen wie du. Wenn du gehst, leuchtet es wie Perlen.«

Die letzten paar Tage war ihr Kopf voller Stimmen aus der Vergangenheit gewesen. Den Stimmen der Frauen, für die sie gearbeitet hatte, die sie gern gemocht und sie gelobt hatten. Die Stimme einer Frau, reich und gebildet, die die Ereignisse in Gang gesetzt hatte, die sie hierhergeführt hatten. »Laut Gesetz ist das dein Recht«, hatte sie zu Paris Mutter gesagt, während Pari ehrfürchtig ihren Geschichten von Frauenrechten gelauscht hatte, die von der Wirklichkeit ebenso weit entfernt zu sein schienen wie die Märchen, die sie als kleines Kind gehört hatte. »Der Hof deines Vaters sollte zu gleichen Teilen zwischen dir und deinem Bruder aufgeteilt werden. Er hat kein Anrecht auf alles. Du musst ihn um deinen Anteil bitten.«

Einen Moment lang sah Pari nicht ihr eigenes Gesicht im Spiegel, sondern das ihrer Mutter. Es war ein gütiges Gesicht gewesen, ein bisschen wie eine verblasste Rose, bevor Paris Onkel, erzürnt über die unverschämten Forderungen seiner Schwester, es zu einer blutigen schwarzblauen Fratze geprügelt hatte.

»Das ist doch deine Tochter, die dir solche Flausen in den Kopf setzt!« Noch mehr Stimmen aus der Vergangenheit. Pari hielt sich die Ohren zu. *»Diese hässliche Hure von einem Mädchen! Ich bring sie eigenhändig um, wenn ich sie sehe. Ich ersäufe sie im Wassertrog.«* Pari hatte draußen gekauert, dem Schluchzen ihrer Mutter gelauscht und gewusst, dass er es ernst meinte. Hatte gewusst, dass sie sterben würde, wenn sie blieb.

Sie krümmte sich unter einem plötzlichen Krampf vornüber. Was geschah mit ihr? Sie sagten, es wäre nichts weiter. Dass die stechenden Schmerzen, das Kopfweh und der Schwindel, die Schwellungen nicht mehr seien als eine Erkältung, die sie unterwegs aufgelesen hatte, zusammen mit den Auswirkungen des ungewohnten Essens.

Aber sie hatte sich in ihrem ganzen Leben noch nie so krank gefühlt. Selbst wenn kaum genug zu essen da gewesen war, um die Familie am Leben zu erhalten. Wenn ihre Mutter von Haus zu Haus gegangen war und um Arbeit gebettelt hatte, um ihre Kinder ernähren zu können, wenn Pari mit ihr gegangen war und den ganzen Tag geschrubbt und poliert und gefegt hatte. Nie hatte sie sich so elend gefühlt.

Und heute waren ihr Stunden verloren gegangen. Sie war am frühen Abend aufgewacht und hatte sich an nichts mehr erinnern können, seit sie ihr mittags das Essen gebracht hatten. Steif und zerschlagen war sie erwacht, benommen und ganz dumm vom Schlaf, und die Wände ihres Zimmers hatten geflimmert und getanzt, als wären sie lebendig.

Was machten diese Leute mit ihr?

Donnerstag, 26. Juni

43

Lacey

Im Garten von Sayes Court war Mittsommer. Der Lavendel, der den Weg säumte, hatte vor einer Woche noch Knospen getragen, jetzt waren die violetten Blüten vollständig aufgeblüht. Die Bienen, die von Pflanze zu Pflanze taumelten und hopsten, schienen fast trunken von Pollen. Die kleinen weißen Blumen, die dem Weg am nächsten waren, fingen jetzt an, ihn zu überwuchern, und ließen die harten Ränder weicher erscheinen, während die größeren Pflanzen dahinter sogar noch höher geworden waren. Sie neigten sich Lacey entgegen, als drücke die Last ihrer schweren rosafarbenen Blüten sie nieder.

»Hallo!«

Als sie keine Antwort bekam, trat Lacey in das Gewächshaus. Bienen, Schmetterlinge und andere Insekten hatten sich hier herein verirrt, doch die Hitze erschöpfte sie. Sie klammerten sich schlaff an die Glasscheiben und die Blätter oder schwankten schwer durch die Luft. Hier drin war vor Kurzem gegossen worden; noch immer schimmerten Tropfen auf dem Blattwerk, und die Luft war erfüllt vom Geruch feuchter Pflanzen.

Das Geräusch von Rädern auf Beton war hinter Lacey zu vernehmen; sie drehte sich um und sah Thessa den Weg heraufkommen. Ihr langes graues Haar war an diesem Morgen zu einem Zopf geflochten und fest um den Kopf geschlungen. Sie trug eine türkisgrüne Bluse, einen langen, bunt gestreiften Rock, der ihre Füße bedeckte, und dazu schweren Silberschmuck mit Türkisen.

Jetzt winkte sie Lacey. »Kommen Sie her. Ins Licht. Lassen Sie sich mal ansehen.«

Belustigt tat Lacey, wie ihr geheißen. »Sind Sie heute Morgen ganz allein?« Das Haus hinter ihr fühlte sich irgendwie leer an.

»Ja, Alex ist in seiner Klinik«, antwortete Thessa. »Und jetzt halten Sie still.«

Lacey legte die Hände auf den Rücken und hob das Kinn ein klein wenig an.

»Die Erkältung ist nicht ausgebrochen, nicht wahr?« Triumph schwang in Thessas Stimme mit.

»Ich war mir gar nicht mal sicher, ob ich überhaupt eine hatte.«

Ein Schmetterling verharrte einen Moment lang über Thessas Haar in der Luft und strebte dann nach draußen in die frische Luft. »Aber Sie haben besser geschlafen, leugnen Sie das nicht.«

»Na ja, das stimmt«, gab Lacey zu. »Aber ich hatte ein paar sehr lebhafte Träume.«

»Angst- oder Sexträume?« Thessa beugte sich vor.

»Beschweren tue ich mich nur über die Angstträume.«

»Das ist bestimmt der Beifuß.« Thessa nickte wissend. »Der hat manchmal solche Nebenwirkungen. Besonders bei sensiblen Menschen.«

Allmählich fühlte sich Lacey unter Thessas eingehender Musterung unwohl. »Als sensibel hat mich noch nie jemand bezeichnet.«

»Das kommt daher, weil Sie den größten Teil Ihrer Energie darauf verwenden zu verbergen, wer Sie wirklich sind. Wenn Sie damit aufhören würden, würde sich Ihr Gesundheitszustand dramatisch verbessern.«

»Ich halte mich eigentlich immer für ziemlich gesund.« Laceys Unbehagen wurde noch größer. »Ich bin einer der fittesten Menschen, die ich kenne.«

Thessa schüttelte energisch den Kopf. »Das ist zu neunzig Prozent nervöse Energie. Wenn Sie so weitermachen, sind Sie ausgebrannt, noch bevor Sie vierzig sind. Ich glaube, ich lasse den Beifuß weg und gebe Ihnen was anderes. Etwas, um das Selbstvertrauen und das Selbstwertgefühl zu steigern. Das brauchen Sie ziemlich dringend; ich verstehe gar nicht, dass ich das letztes Mal nicht gesehen habe.«

»Jetzt bin ich aber wirklich froh, dass ich gekommen bin.« Lacey trat zurück in die Tür des stillen Raumes, und sei es nur, um wieder im Schatten zu sein und dieses beklemmende Gespräch zu beenden.

»Wir sollten hineingehen.« Thessa bedeutet Lacey voranzugehen. »Drinnen ist es viel kühler, und ich muss vor dem Mittagessen noch etwas fertig machen.«

Auf dem Arbeitstresen in dem kühlen, dunklen Raum waren Schneidebretter, Messer, ein Mörser, etliche bereits etikettierte Flaschen und zwei auffällige Bündel erdverkrusteter Wurzeln verteilt.

»Ich mache eine Tinktur aus Löwenzahn und Klettenwurzeln«, erklärte Thessa. »Ich habe drei Patientinnen, die darauf warten, aber ich musste auf den abnehmenden Mond warten, bevor ich die Wurzeln ernten konnte. Anders geht's einfach nicht.«

»Löwenzahn und was?«, fragte Lacey.

»Klettenwurzeln. Die da direkt neben Ihnen. Sie sind wahrscheinlich zu jung, um sich an diese Trinkbrause zu erinnern, Liebes, oder? Dunkelbrauner, sehr süßer Sprudel?«

»Sind Sie sicher, dass Sie nicht von Cola sprechen?«

Thessa verzog das Gesicht zu etwas, das große Ähnlichkeit mit einem finsteren Stirnrunzeln hatte. »Nein, Liebes, ich denke nicht an irgendeinen von all den Markennamen der Substanz, die korrektermaßen als Cola bekannt ist. Die hat ganz andere Eigenschaften. Klettenwurzeln und Löwenzahn, das war vor ungefähr dreißig Jahren ein beliebtes Brausegetränk. Hatte einen ganz unverwechselbaren Geschmack. Man kriegt es immer noch, aber heutzutage wird der Geschmack künstlich erzeugt. Ich mache noch das echte.«

Lacey sah Thessa in die Augen, doch wenn da ein spöttisches Funkeln war, so konnte sie es nicht sehen. »Ich weiß nicht recht, ob ich eine Klette erkennen würde, wenn ich eine sähe.« Sie blickte auf die schrumpeligen braunen Wurzeln hinab; sie sahen aus wie Karotten, die zu lange ganz unten im Kühlschrank gelegen hatten.

»Die sind doch unverkennbar«, meinte Thessa. »Die wachsen überall; derjenige, der den Klettverschluss erfunden hat, hat sich das da abgeguckt.«

»Na ja, ich geb's zu, Klettverschlüsse sind ziemlich nützlich.«

»Klettverschlüsse, von wegen«, wehrte Thessa schroff ab. »Es gibt Berichte, dass mit Kletten in alten Zeiten Krebs behandelt worden ist und im Mittelalter Lepra. Henry VIII hat gegen seine Syphilis Klettentinktur bekommen.«

»Und, hat's geholfen?«

Thessa machte ein strenges Gesicht, als sei es unpassend, über die Geschlechtskrankheit eines Monarchen zu scherzen. »Ich glaube, es hat die Symptome gelindert, aber die ursächliche Erkrankung nicht geheilt. Und im Augenblick wird die Pflanze gerade klinisch auf ihre Wirksamkeit bei Krebs und HIV getestet.«

Lacey nickte den kleinen braunen Wurzeln zu. »Beindruckend. Und der Löwenzahn?«

»Der ist fast genauso gut. Und die beiden sind das perfekte Gespann, Löwenzahn ist nämlich ein Diuretikum, das über Leber und Nieren sämtliche Abfallstoffe ausleitet.«

»Was kann ich tun?«, erbot sich Lacey.

»Sie können die Wurzeln schälen«, erwiderte Thessa. »Und dann schrubben Sie sie unter dem Wasserhahn gut ab. Nein, nehmen Sie das blaue Schälmesser – an dem da ist Vogelmiere dran.«

Lacey nahm eine der Wurzeln und fuhr mit dem Schälmesser daran hinab. Tatsächlich, als schälte man eine alte, schlaffe Karotte.

»So ist's recht«, lobte Thessa. »Wenn Sie damit fertig sind, können Sie sie klein schnippeln und dann mit den Löwenzahnwurzeln dasselbe machen. Ich brauche ungefähr fünfhundert Gramm von jedem. Die Waage steht da in der Ecke. Sie haben nicht viele Freunde, wie?«

»Bitte?«

»Ich sehe da ein Gefühl schrecklicher Einsamkeit über Ihnen schweben.«

Lacey konzentrierte sich aufs Schälen. »Ich bin kein besonders geselliger Mensch.«

»Und da ist er wieder, dieser Schleier. Wissen Sie, an wen Sie mich erinnern, Liebes? An die Frauen aus meinem Teil der Welt, die so lange schwarze Gewänder tragen, um sich zu verstecken.«

»Ich dachte, Sie und Ihr Bruder wären Griechen.«

»Wir reden hier nicht von mir, Lacey. Ich habe nie die Burka getragen. Sie schon. Wir können sie nicht sehen, aber sie verbirgt Sie trotzdem.«

Nachdem sie mit dem Schälen fertig war, trug Lacey die Klettenwurzeln zu dem einen Spülbecken und drehte das Wasser auf. Sie konnte sich nicht erinnern, wann sie das letzte Mal Gemüse gewaschen hatte. »Was machen Sie jetzt damit?«, erkundigte sie sich bei Thessa, die in dem Schrank unter dem anderen Spülbecken herumhantierte.

»Ich koche die Wurzeln und seie dann die Flüssigkeit ab«, erklärte Thessa. »Dann tue ich Zucker dazu und koche das Ganze so lange, bis der Zucker sich aufgelöst hat. Wenn es abgekühlt ist, kann ich es in Flaschen füllen. Wie sieht's mit Ihrem Appetit aus, Liebes?«

»Gut«, sagte Lacey.

»Hmm, Sie kochen sich nicht oft was Frisches, stimmt's?«

»Haben Sie eigentlich vor, mir all diese Gratisberatung in Rechnung zu stellen?«

»Wenn ich Ihnen eine Rechnung stellen würde, wär's ja nicht gratis, oder? So ist es gut. Und jetzt schön klein schneiden, wie Karotten für einen Eintopf, falls Sie je Karotten schnippeln.«

Lacey überprüfte die Dicke der Scheiben, die sie produzierte, und machte sich daran, sie dünner zu schneiden. »Sie sind ganz schön voreingenommen, wissen Sie das?«

»Wenn Sie das nächste Mal Kopfschmerzen haben, essen Sie ein paar Löwenzahnblüten, Liebes. Aber nur wenn die Sonne scheint, sonst sind sie zu bitter.«

»Wie lange sind Sie schon Phytotherapeutin?«, fragte Lacey, als sie mit den Klettenwurzeln fertig war und die Löwenzahnwurzeln zum Spülbecken brachte.

»So um die vierzig Jahre«, antwortete Thessa. »Alex und ich haben uns beide für die Medizin entschieden, aber er hat den konventionellen Weg eingeschlagen, und ich bin davon abgewichen.«

»Arbeiten Sie auch manchmal zusammen?«

»Grundgütiger, Kindchen! Ist Ihnen schon mal ein Arzt aus der westlichen Welt begegnet, der irgendetwas mit Alternativmedizin zu tun haben wollte? Für die meisten ist so was nicht viel besser als Hexerei. Danke, so ist es wunderbar. Kochen tue ich sie später, wenn es kühler ist, sie können also erst mal hier liegen bleiben. Können Sie mir mit den Himbeerblättern helfen?«

Lacey versicherte, das könnte sie, und die beiden Frauen verließen das stille Gewächshaus.

»Ich glaube, ich nehme den Beifuß zurück und gebe Ihnen stattdessen Hopfentinktur«, meinte Thessa, als sie wieder in den Sonnenschein hinauskamen. »Das ist ein sehr nützliches Sedativum. Der einzige Nachteil ist, dass seine östrogenartigen Bestandteile oft die weibliche Libido steigern, und das kann nicht gut für Sie sein, wo Ihr Freund gerade so Schindluder mit Ihnen treibt.«

Lacey fragte sich, ob es wohl möglich sei, dass die Körpertemperatur allein durch den Klang von ein paar Worten ruckartig absackte. Oder ob es sich nur so anfühlte. »Was wissen Sie denn von meinem Freund?«, fragte sie und versuchte, ganz locker zu klingen, als wäre die Frage scherzhaft gemeint.

»Überhaupt nichts. Aber eine junge Frau mit Liebeskummer erkenne ich auf einen Kilometer Entfernung.«

»Kommen Ihre Patienten hierher zu Ihnen?« Alles, um Thessa abzulenken.

»Nein. Alex ist es sehr wichtig, dass unser Haus reine Privatsphäre bleibt. Ich habe Praxisräume ganz in der Nähe der Harley Street. Sie sehen ja so überrascht aus, Kindchen. Sie können sich wohl so eine verrückte Alte wie mich nicht in der Harley Street vorstellen, aber Sie würden sich wundern, was die Leute für ihre Gesundheit zu zahlen gewillt sind. Ich behandle viele junge Frauen mit Fruchtbarkeitsproblemen. Normalerweise brauche ich drei bis sechs Monate, um ihre Zyklen so regelmäßig hinzubekommen wie den Mond. Follikel wachsen am besten bei zunehmendem Mond.«

Darauf schien es nicht viel zu sagen zu geben, also trat Lacey zurück, damit Thessa unter einem berankten Bogen hindurch in einen Obstgarten voranfahren konnte. In den ersten Beeten wuchsen Erdbeeren; sie waren mit winzigen weißen Blüten betupft und schimmerten bereits vor Früchten. Sie kamen an Stachelbeerbüschen und roten Johannisbeeren vorbei. Die Himbeeren an ihren hohen, dürren Ranken waren zahlreich, aber noch klein und grün.

»Heute nur die Blätter, Liebes«, sagte Thessa. »Die jungen wachsen ganz oben an den Sträuchern, und da komme ich nicht ran.«

»Darf ich fragen, was Sie aus Himbeerblättern machen?«, erkundigte sich Lacey.

»Ich mache Tee daraus. Selbst Sie haben doch bestimmt schon mal Himbeerblättertee im Supermarkt gesehen. Meiner ist natürlich viel stärker. Den gebe ich meinen Erfolgsfällen; er hilft ganz wunderbar, den Uterus vor der Geburt zu stärken. Verdammt!«

Der Korb mit den Blättern war Thessa vom Schoß gerutscht. Lacey bückte sich, sammelte die Blätter ein und legte sie wieder in den Korb, ehe sie ihn Thessa hinhielt, die anscheinend Schmerzen hatte.

»Alles okay?«

Thessa fasste ihre beiden Beine dicht unterhalb der Knie und zerrte daran. Ganz kurz erhaschte Lacey einen Blick auf runzlige, fest aneinandergepresste nackte Füße. Dann schlug Thessa abermals ihren langen Rock darüber.

»Kann ich irgendetwas tun?«, fragte Lacey.

Thessa schüttelte den Kopf. »Heiler, heile dich selbst, wie? Wenn es eine Pflanze gibt, die mir helfen kann, dann habe ich sie noch nicht gefunden.«

Lacey fuhr fort, Blätter abzuschneiden. »Hatten Sie einen Unfall? Tut mir leid, wenn ich neugierig bin, aber Sie wirken so – na ja, so lebendig. Sie wirken nicht wie jemand, der sein ganzes Leben im Rollstuhl verbracht hat.«

»Das ist sehr lieb von Ihnen, Kindchen, aber genau das habe ich getan. Im Mutterleib ist irgendetwas mit meinen Beinen passiert. Wir sind Zwillinge, Alex und ich, vielleicht war also einfach nicht genug Platz für uns beide.«

»Das tut mir leid.«

»Deswegen ist mir mein kleiner Kahn auch so wichtig. Auf dem Wasser bin ich genau wie alle anderen. Wenn wir auf dem Land leben würden, würde ich wahrscheinlich reiten. Jedenfalls brauche ich das, regelmäßig auf dem Wasser zu sein. Dabei fühle ich mich normal. Aber damit kennen Sie sich ja bestimmt aus, Liebes. Mit diesem niemals endenden Bemühen, normal zu erscheinen.«

Samstag, 17. Mai

(fünf Wochen zuvor)

44

Badrai

Der kleine Korkball kommt durch Badrais offenes Fenster geflogen und landet mit lautem Klappern auf dem Boden. Badrai rührt sich nicht. Bestimmt hat das doch jemand gehört? Sie wartet.

In diesem Haus geschieht Schlimmes mit Frauen.

Draußen das Knattern eines Hubschraubers, aber in weiter Ferne. Autos auf den nahen Straßen. Irgendwo Stimmen. Diese Stadt ist niemals still. Das Wasser steht hoch, plätschert leise an die Hausmauer und an die Wände des Kanals. Als sie ankam, konnte Badrai es kaum glauben, wie die Häuser hier aus dem Wasser emporwuchsen. Gewiss würden sie sich doch einfach auflösen und in den Fluss hineinsinken? In den ersten Wochen fiel es ihr schwer zu schlafen; jeden Moment rechnete sie damit, aufzuwachen und zu spüren, wie das Haus mit all seinen Bewohnern in sein nasses Grab sank.

Im Haus ist es still. Falls wirklich jemand das metallische Klappern gehört hat, mit dem der Ball und die daranhängenden Schlüssel auf dem Boden gelandet sind, dann kommt er nicht herbeigeeilt, um ihre Flucht zu verhindern. Er lauscht, wartet ab, was sie tun wird.

Nichts. Tu gar nichts. Wirf den Ball zurück, mach das Fenster zu, spring ins Bett und drück dir das Kissen auf die Ohren. Vertrau den Leuten, die für dich sorgen. Sie sagen, du wirst sie bald verlassen, dass eine Arbeit und ein Zuhause auf dich warten, Menschen, die dir helfen werden. Sie haben es so oft gesagt: Sobald du wieder gesund bist. Vertrau ihnen.

In diesem Haus geschieht Schlimmes mit Frauen.

Lautlos tappt Badrai zum Fenster hinüber und schaut hinaus. Das Boot ist gerade mal einen Meter unter ihr. Der Himmel ist wolkenverhangen, und im ganzen Kanal ist kein Licht. Das Boot ist so körperlos wie ein dunkler Schatten auf der Wasseroberfläche. Nur das blasse Gesicht der Person am Steuer ist sichtbar.

Keine drängenden Befehle. Keine Gesten. Kein Zeichen der Ungeduld. Kein Bemühen zu überzeugen. Es ist bereits alles gesagt.

In diesem Haus geschieht Schlimmes mit Frauen.

Glaubt sie das wirklich? Sie wollte es nicht glauben. Das Zimmer ist so sauber und behaglich, das Essen ist so gut. Die Leute, die für sie sorgen, sind so freundlich.

Aber das Weinen, das sie hört, wenn das Haus spätabends verstummt ist? Das Schreien von Frauen, deren Forderungen nicht erfüllt werden? Die Türen, die stets abgeschlossen sind? Die Schmerzen in ihrem Bauch und ihrem Rücken, die anscheinend nie weggehen?

Das Boot wartet. Es wird nicht lange warten.

Badrai hebt den Korkball auf. Zwei Schlüssel. Von dem einen weiß sie bereits, dass er zu ihrer Zimmertür passen wird, der andere ist für die Hintertür des Hauses. Sie hebt den Schlüssel und schiebt ihn ins Schloss. Dann lauscht sie, solange sie es wagt. Alles ist still.

Fünf Minuten später steigt sie ins Boot. Der Bootsführer lächelt.

Freitag, 27. Juni

45

Lacey und Dana

»Guten Tag. Leider ist da vorn gerade ein Polizeieinsatz im Gange. Wir müssen Sie bitten, einen Umweg zu machen. Wie viel Tiefgang haben Sie?«

Der Führer des Schleppers gab Lacey die Maße seines Bootes an.

»Dann sollten Sie keine Probleme haben«, meinte sie. »Können Sie auf die Linie aus roten Bojen da zusteuern und sich zwischen denen und dem Ufer halten? Ab der St. George's Stairs haben Sie wieder freie Fahrt.«

»Was ist denn los?«

»Nur eine Routinesache, Sir. Vielen Dank für Ihr Verständnis.«

Der Schlepper dampfte flussaufwärts davon, und Sergeant Buckle, der oben auf der Flybridge stand, steuerte das nächste Boot an, das auf sie zukam. Ungeachtet der E-Mails, die an alle Schiffe geschickt worden waren, welche regelmäßig die Themse befuhren, und ungeachtet der häufigen Durchsagen auf den Funkkanälen der Themseschiffer schienen eine Menge Boote nicht mitbekommen zu haben, dass der Fluss den größten Teil des Tages gesperrt war.

»Wenn Sie sich vielleicht irgendwann einbringen wollen, brauchen Sie's nur zu sagen«, sagte sie halblaut zu Turner, der im Cockpit den *Daily Mirror* las.

Er machte sich nicht einmal die Mühe aufzublicken. »Wir wissen doch beide, dass die uns sehr viel pampiger kommen werden, wenn ich versuche, sie rumzukommandieren. 'ne süße kleine Maus in Uniform, da reißen die sich doch glatt was aus.«

»Ich gehe mal davon aus, dass das nicht so obszön klingen sollte, wie es sich angehört hat. Was glauben Sie, wie's läuft?«

Turner reichte ihr das Fernglas, das er ihr vor zwanzig Minuten mit Gewalt abgenommen hatte, als sie den Blick nicht von dem Geschehen einen knappen Kilometer stromaufwärts hatte abwenden können. Sie stellte es scharf und richtete es auf Sergeant Wilsons Schnellboot, der damit den Einsatz leitete. Es lag genau in der Mitte des Fahrwassers, ganz nahe bei dem vordersten Taucherboot. Tulloch und Chief Inspector Cook standen im Cockpit, Wilson auf der Flybridge.

Auf dem Taucherboot konnte sie den Skipper, den Sergeant, der den Taucheinsatz leitete, und mehrere Teammitglieder ausmachen; alle wuselten durcheinander. Einer der Männer machte sich im üblichen schwarzen Taucheranzug einsatzbereit; sein orangeroter Helm, der wie der eines Astronauten aussah, lag ganz in der Nähe auf dem Deck. Er wurde gerade an einen bunten Luftschlauch angeschlossen und bekam das Geschirr umgelegt, über das er während seines Tauchgangs die ganze Zeit am Boot gesichert sein würde.

Turners Worte ließen sie zusammenfahren. »Also, was glauben Sie, wo diese Frauen herkommen? Naher Osten, das ist ein ganz schön großes Gebiet.«

Lacey verbiss sich eine gereizte Antwort. Sie wollte nicht reden. Sie wollte zuschauen und sich Sorgen machen. »Könnte sogar noch größer sein. Laut den Angestellten des Wohnheims, in dem ich war, könnten ein paar von den Leuten, die wir als Opfer von Menschenhandel erleben, auf legale Weise hergekommen sein. Wir könnten hier von jedem der ärmeren Länder der Europäischen Union sprechen. Von anderen Teilen Osteuropas. Außerdem haben sie was von einen starken Zuzug aus Afghanistan, Kasachstan und Usbekistan gesagt.«

»Und wofür werden die hierhergebracht? Sex?«

Lacey hob das Fernglas von Neuem an die Augen. »Wahrscheinlich. Allerdings hat der Mann von der Border Agency gesagt, wir sollen Organhandel nicht ausschließen. Das ist in Großbritannien zwar sehr selten, kommt aber vor.«

»Großer Gott, was denn für Organe?« Turner schielte doch tatsächlich auf seine Genitalien hinunter.

»Fast immer Nieren. Man kann mit nur einer ganz gut zurechtkommen, also muss man sich nicht mit irgendwelchen ekligen Leichen rumärgern.«

»Ja, aber hier treiben doch überall eklige Leichen rum, um Nieren kann's also nicht gehen.« Turner machte ein selbstgefälliges Gesicht.

»Es sei denn, sie haben beide rausgenommen.« Lacey schaute auf die Uhr. Der Einsatz sollte laut Plan sechs Stunden dauern. In Anbetracht der Tatsache, dass es seit nunmehr drei Wochen im gesamten Wassereinzugsgebiet der Themse ungewöhnlich wenig geregnet hatte, war der Pegelstand des Flusses so niedrig, wie er kaum jemals wieder sein würde. »Wenn es einen guten Zeitpunkt für so eine beknackte Operation gäbe, dann wäre es heute«, hatte David Cook vorhin bei der Einsatzbesprechung gesagt. Dabei hatte er gar nicht versucht, so zu tun, als schaue er nicht gerade Lacey besonders finster an.

»Wie werden sie vorgehen?«, fragte Dana.

»Im Großen und Ganzen im Kreis«, antwortete Cook. »Sehen Sie die gelbe Boje da?«

Dana wandte sich der Boje dicht bei dem Taucherboot neben ihnen zu.

»Und die beiden anderen da, neben den Taucherbooten?«

Dana schaute und nickte.

»Schauen Sie weiter hin – gleich sehen Sie unter jeder davon einen Mann tauchen«, sagte Cook. »Die Bojen sind mit einem Gewicht am Boden fixiert, die Leinen führen senkrecht an die Oberfläche. Die Stelle, an der das Gewicht liegt, ist der Ausgangspunkt. Dann schwimmen die Taucher in zwei Meter Entfernung um das Gewicht herum. Wenn sie einmal herum sind, schwimmen sie ein Stück weg und dann wieder rundherum, in vier Meter Entfernung, und vergrößern dann nach und nach den Radius, bis alle drei sich praktisch berühren. So decken wir das ganze Gebiet ab, ehe wir fertig sind.«

»Ist das gefährlich?«

Cook schüttelte den Kopf. »Auskennen müssen die Leute sich schon, aber ich mache mir keine übermäßigen Sorgen um ihre Sicherheit, nicht an einem Tag wie heute.«

Dana blickte zum Himmel hinauf. Der Tag schien ein klein wenig kühler zu sein als das, was sie inzwischen alle gewohnt waren. »Über was für eine Wassertiefe reden wir hier?«

»In der Mitte ungefähr sieben Meter. Tiefe ist hier weniger das Problem als die schnelle Strömung und die Sichtweite.«

»Und die wäre?«

»Mit bloßem Auge gleich null. Mit starken Suchscheinwerfern können sie ein paar Zentimeter weit sehen. Größtenteils tasten die Taucher. Beneiden tue ich sie ja nicht. Man weiß nie, was man als Nächstes anfasst.«

Dana schaute über die Reling. Sieben Meter, das war nicht tiefer als ein Olympia-Schwimmbecken, und doch, seit weit über tausend Jahren schon lebten und arbeiteten Menschen an diesem Fluss. Dort unter ihnen konnte alles Mögliche sein.

»Ma'am, die Videoverbindung steht. Wollen Sie mal sehen?«

Am Kartentisch in der Kabine saß ein junger Constable vor einem Computerbildschirm. Dana trat näher und merkte, dass Cook direkt hinter ihr war. Der Bildschirm zeigte wirbelnde Schlieren von einem so dunklen Grün, dass es fast schwarz war, gelegentlich von rasiermesserscharfen Lichtpunkten durchbrochen.

»Hat einer von den Tauchern eine Kamera?«, fragte sie.

Cook beugte sich vor. »Diese Bilder kommen von dem RV, dem *remote controlled vessel.* So was wie ein ferngesteuertes Mini-U-Boot; Darren hier steuert es.«

Der Blick des jungen Constables wich nicht von dem Bildschirm.

»Über Wasser reichen diese Scheinwerferstrahlen hundert Meter weit«, erklärte Cook. »Da unten nicht mal einen.«

Dana sah dem trüben Schimmer des Lichtstrahls zu. Sediment und Schmutz schwebten über den Bildschirm; es sah aus, als führe das RV durch Suppe. Es bewegte sich sehr dicht über dem Grund dahin. Umrisse tauchten aus der Düsternis auf, vage und undeutlich. Gelegentlich kam die behandschuhte Hand eines Tauchers in Sicht, kroch zaudernd über den Grund wie eine behäbige Flusskreatur. Jedes Mal, wenn eine Hand etwas berührte, stob ein feiner Sedimentschleier auf und machte das bisschen Sicht, das vorhanden gewesen war, fast völlig zunichte.

»Was ist da unten?«, fragte Dana halblaut und legte es eigentlich nicht darauf an, dass irgendjemand antworten würde.

»Genau weiß das niemand«, sagte Cook. »Jede Menge Baumaterial – Ziegel, Steine, alles mögliche Zeug, das im Laufe der Jahre von Gebäuden am Ufer und von Brücken gefallen ist. Alles, was schwer ist und von einem Boot gefallen ist. Jede Menge Zeug, das die Leute absichtlich entsorgen wollten. Solange der Fluss nicht austrocknet, werden wir es nie erfahren. Selbst wenn wir Scheinwerfer erfinden, die stark genug sind, um da unten was zu sehen – das meiste wird mit Sediment bedeckt sein.«

»Also könnte es gut sein, dass die Taucher, selbst wenn da unten wirklich noch mehr Leichen sind, einfach darüber wegschwimmen und es nicht merken.«

»Na ja, ich möchte gern glauben, dass die so was nicht so leicht übersehen. Aber das Ganze war von vornherein ein unsicheres Unterfangen, das wissen Sie ja.«

»Ja, das weiß ich.« Dana blickte flussabwärts zu Laceys Boot hinüber. Ein paar Mal hatte sie während der letzten halben Stunde Fernglaslinsen aufblitzen sehen. Man konnte wohl getrost annehmen, dass Lacey ebenso nervös war wie sie. Allerdings würde Lacey es nicht ausbaden müssen, wenn das hier schiefging.

»Was hoffen Sie denn da unten zu sehen?«, fragte Turner und trat neben Lacey an Deck. Sie hatte an der Reling gelehnt und in die Tiefe gestarrt. Der Schiffsverkehr auf dem Fluss hatte nachgelassen, und die Crew hatte eine kleine Pause eingelegt. Lacey nahm den Kaffee, den Turner ihr hinhielt.

»Sie sehen aus wie so eine legendäre Meerjungfrau aus alten Zeiten«, sagte er zu ihr.

»Im Bann einer Meerjungfrau? Von ihrem Sirenengesang in ein feuchtes Seemannsgrab gelockt?«

Er deutete ihre Stimmung richtig und machte mit. »Ich glaube, Frauen waren weitestgehend immun gegen den Zauber von Meerjungfrauen.«

»Hoffen wir's.« Lacey richtete sich auf und folgte Turner zurück ins Cockpit, gerade als Buckle sich dort Ketchup vom Mund wischte.

»Noch 'n Kaffee, Sarge?«, bot Turner an.

»Ja, nur zu. Euch beiden ist doch klar, dass wir mächtig Stress kriegen, wenn die da hinten heute nichts finden, oder?«

»Das Leinen war doch das gleiche«, gab Lacey zu bedenken. »Das Stück von der Leiche, die vor zwei Monaten geborgen wurde, war aus dem gleichen Stoff wie das Laken, in das die Leiche gewickelt war, die wir vor einer Woche rausgezogen haben. Das kann doch kein Zufall sein.«

Die Männer sahen beide nicht überzeugt aus.

»Die Frau, die bei der South Dock Marina gefunden worden ist, war wahrscheinlich eine illegale Immigrantin«, versuchte sie es noch einmal.

Die beiden anderen wechselten einen skeptischen Blick.

»Ich bilde mir ja nicht ein, dass die das da mir zuliebe veranstalten.« Mit einem Kopfnicken deutete sie auf die drei Boote in der Mitte des Einsatzgebiets. »Was kostet so eine Operation?«

»Darüber will ich gar nicht nachdenken«, knurrte Buckle.

»Also hätten Mr Cook und DI Tulloch das doch nie genehmigt, wenn sie nicht glauben würden, dass wir was finden.«

»Es ist ein Riesenfluss, Lacey. Wir suchen einen kleinen Bruchteil davon ab. Da unten könnten noch ein Dutzend Leichen sein, und wir finden sie vielleicht nie. Mal realistisch, wie groß ist die Chance?«

Lacey schloss die Augen und spürte, wie ihr Gesicht spannte. Die Chance war winzig bis nicht vorhanden, jeder wusste das. Man würde sie nicht offiziell für die Suchaktion verantwortlich machen, aber es wäre ziemlich klar, was alle von ihr halten würden.

46

Nadia

Beim Anblick der *Cutty Sark,* einem der letzten großen britischen Segelschiffe, musste Nadia immer an eine gefesselte Göttin denken oder an einen prachtvollen Vogel mit gestutzten Flügeln. Wenn sie in der Nähe des Schiffes war, schloss sie gern die Augen und stellte sich vor, wie es unter vollen Segeln durch einen heraufziehenden Sturm kreuzte und die dürftig bekleidete Hexe am Bug dem Wetter lachend die Stirn bot. Stattdessen saß es im Trockendock fest, damit Touristen darauf herumkrabbeln konnten, und die Segel waren eingelagert.

Außerdem befand es sich sehr dicht am Fluss. Von der Spitze von Greenwich Reach aus konnte das alte Schiff nach Westen bis zur Stadt blicken, direkt voraus bis zu den Wolkenkratzern vom Canary Wharf und nach Osten bis zum Millennium Dome. In der Sonne schimmerte die Themse blau. Das war nichts anderes als eine Fata Morgana, das wusste Nadia, ein Taschenspielertrick, eine Himmelsspiegelung. Die Sonne brauchte sich bloß hinter eine Wolke zu verdrücken, und das Wasser würde sich wieder in seinen Normalzustand zurückverwandeln: in dahinströmenden, gierigen, flüssigen Schlamm.

Fazil saß auf dem Rand eines der Hochbeete aus Beton. Nadia zog ihr Kopftuch hoch, so dass es die Seiten ihres Gesichts bedeckte. Sie hielt den Blick gesenkt, bis sie dicht bei ihm war.

»Onkel.«

Das war ein Höflichkeitstitel. Fazil war ein entfernter Verwandter, eigentlich gehörte er gar nicht zur Familie, aber er war älter als sie. Er verschwendete keine Zeit und drückte ihr ein zusammengefaltetes Blatt Papier in die Hand. »Die Polizei sucht dich. Was hast du angestellt?«

Nadia entfaltete das Blatt und erblickte ein Foto von sich. Sie musste sich zusammennehmen, um sich nicht umzuschauen, als würden sogar hier die Leute bereits mit dem Finger auf sie zeigen.

»Das haben wir von einer Polizei-Website ausgedruckt«, sagte Fazil. »Dein Foto ist überall. Vor der Polizei kann ich dich nicht schützen. Wieso suchen sie nach dir?«

Die Polizei würde sie festnehmen. Sie nach Hause schicken. Oder zurück in das Haus am Fluss.

»Ich weiß es nicht. Ich schwöre es. Ich habe nichts Unrechtes getan.«

Fazil beugte sich näher zu ihr herüber. Er roch nach Minze und Tabak. »Glaubst du, das interessiert die? Allein schon hier zu sein ist für die Unrecht.«

Er hielt ihr eine Plastiktüte hin. »Jaamil schickt dir das hier«, sagte er. »Es ist nicht leicht für uns, dir zu helfen.«

Nadia nahm die Tüte. »Ich bin euch sehr dankbar.«

»Hast du das Geld mitgebracht?«

Nadia reichte ihm die Geldscheine. Fazil zählte sie zweimal. »Nicht so viel diese Woche.«

»Ich habe einen Teller zerbrochen. Den musste ich ersetzen.«

Er stupste die Plastiktüte an, sodass sie unter seiner Hand knisterte. »Sofort«, befahl er und zeigte auf eine Tür, die zwanzig Meter entfernt war. »Sonst übernehme ich keine Verantwortung. Nächste Woche bin ich wieder hier.«

Nadia verabschiedete sich und ging zur Damentoilette hinüber. Fünf Minuten später kam eine in eine Burka gehüllte Frau heraus, das Gesicht vollständig verborgen. Rasch glitt sie durch die abendliche Menge und verschwand.

47

Lacey

In ihrer Schlafkajüte stieg Lacey aus der Uniform, schlüpfte in Shorts und T-Shirt und löste ihr hochgestecktes Haar. Dann suchte sie ihre Turnschuhe und kletterte wieder an Deck. Ray stand auf dem Hof und plauderte mit einem der anderen Bootsbesitzer. Sie konnte Eileen unter Deck herumrumoren hören. Gut, sie hatte wirklich keine Lust zum Reden.

»Es ist noch nicht vorbei«, hatte Tulloch gesagt, als die

Suchaktion schließlich abgebrochen worden war und sie und die Leute vom MIT – dem Major Investigation Team – sich verabschiedet hatten. »Die Schwangerschaft ist eine ganz neue Spur. Wenn sie in diesem Land ärztlich behandelt worden ist, kann man sie finden.«

Das Wasser stand hoch, schlug plätschernd gegen den Rumpf von Laceys Boot und schimmerte unter dem Abendhimmel in einem ganz untypischen Blau. Eine Schwanenfamilie zog elegant um den Theatre Arm herum. Die Jungen trugen nur noch einen Hauch des grauen Kükenflaums. Lacey griff in den Kasten, in dem sie altes Brot und Kekse aufbewahrte, und warf eine Handvoll über Bord.

Die Schwangerschaft der Toten würde keine Hilfe sein. Die Chance, dass eine illegale Immigrantin im Frühstadium einer Schwangerschaft einen Arzt aufsuchte, war winzig bis nicht vorhanden. Und ungeachtet der gescheiterten Suchaktion wurden noch immer hilflose junge Frauen die Themse hinaufgeschmuggelt, wahrscheinlich bevor sie in die moderne Sklaverei verkauft wurden. Lacey waren solche Frauen schon früher begegnet, Mädchen, die sehr weit weg von zu Hause waren, die rasch alkohol- oder drogenabhängig wurden, von einem Schuss zum nächsten lebten und bereit waren, so ziemlich alles zu tun, um nicht geschlagen zu werden, um alles zu vergessen. Sie war zur Polizei gegangen, um solchen Frauen zu helfen. Und doch hatte sie das CID verlassen, gerade als sie sich zu einer der Spezialeinheiten hätte versetzen lassen können, die geschaffen worden waren, um sich mit Vergewaltigungs- und Misshandlungsopfern zu befassen. War wieder in den Streifendienst zurückgekehrt und hatte gewusst, dass alle ihre Kollegen, so mitfühlend sie auch sein mochten, dachten, sie hätte gekniffen.

Scheiße, sie hatte ja auch *wirklich* gekniffen.

Sie stand auf, kletterte die Leiter am Heck hinunter und stieg in ihr Kanu. Die Schwäne trieben sich immer noch in der Nähe herum, und als sie sich abstieß, folgten sie ihr wie eine königliche Eskorte übers Wasser. Am Ende des Theatre Arm bog ihre kleine Flottille nach links in den Creek ab. Lacey paddelte am Skillions Wharf vorbei und hob grüßend die Hand, als sie Madge und Marlene an Deck ihres Bootes stehen sah. Madge hob ihr Mobiltelefon und machte anscheinend ein Foto von Lacey und den Schwänen.

Sie hatte gekniffen. Das Problem war nur: All den schwierigen Sachen den Rücken zu kehren hatte überhaupt nicht geholfen. Sie hatten sich nur von Neuem auf die Suche nach ihr gemacht.

Frauen wurden die Themse heraufgeschippert und irgendwo an ihren Ufern festgehalten. In irgendeinem verfallenen Gebäude, wo niemand suchen würde. Irgendwo, wo es keinen Strom gab, kein Wasser und keinerlei Komfort. Dort würden sie eingesperrt sein, vierundzwanzig Stunden am Tag, in der Hitze, halb verhungert und völlig verängstigt. Und dieses ganze Elend war wahrscheinlich keine zwei Kilometer von dort entfernt, wo sie sich jetzt befand.

Die Strömung drückte sie gegen das verlassene Baggerschiff am rechten Ufer. Sie hob das Paddel und streckte es vor, um nicht dagegenzuprallen. Als es den kalten, schleimigen Rumpf berührte, hörte sie, wie sich im Innern des Schiffs etwas rührte.

Das Wasser zog sie an dem Schiff vorbei, ehe sie Zeit zum Nachdenken hatte. Sie rammte das Paddel ins Wasser und wendete.

Das alte Schiff war schon vor Jahren aufgegeben worden, vermutlich, weil die Kosten, es abzuwracken, größer waren als die Unannehmlichkeiten, es gleich neben dem Kieswerk liegen zu lassen. Dort sollte eigentlich niemand drin sein.

Irgendein heruntergekommenes Versteck, wo niemand suchen würde? Irgendwo, wo es keinen Strom gab, kein Wasser und keinerlei Komfort?

Sie hielt auf das Ufer zu und bekam einen Eisenring zu fassen, um im Gezeitenstrom nicht abzutreiben. Zwischen dem Schwimmbagger und der Ufermauer lag ein kleines Boot, nicht viel größer als ihr Kanu, aber mit Motor.

Lacey hangelte sich näher heran. Anscheinend war das Boot vor Kurzem benutzt worden. Kein Regenwasser auf dem Boden. Kein Rost an den Metallbeschlägen. Der Motor sah sauber aus, sogar Ölspuren waren zu sehen. Sie schaute nach oben und erblickte eine Bootsleiter, die an der Reling des Baggerschiffs eingehängt worden war, um Zugang zum Deck zu bieten.

Irgendjemand war an Bord.

Einige Sekunden lang hockte Lacey da und überlegte. Sollte sie ihren Fund melden und es riskieren, als Drama-Queen zu gelten, die unbedingt Aufmerksamkeit wollte, oder sollte sie erst einmal selbst nachsehen? Beides war riskant. Sie holte ihr Handy hervor und tippte eine SMS an Ray:

Überprüfe den alten Schwimmbagger am Enfield-Kieswerk. Ruf die Kavallerie, wenn ich mich in 15 Min. nicht gemeldet habe.

Sie schickte sie ab und wartete. Nicht lange.

15 Min., Uhr läuft. Sei verdammt noch mal vorsichtig.

Ray würde ihr den Rücken decken. Sie machte ihr Kanu neben dem Motorboot fest und kletterte auf das leere Schiffsdeck hinauf.

Ungefähr fünfundvierzig Meter lang, schätzte sie rasch, und zehn Meter breit. Sie stand am Heck. Das, was von dem Kran noch übrig war, befand sich weiter vorn, in der Schiffsmitte; das Ruderhaus lag am anderen Ende, gleich hinter dem Bug. Unter ihren Füßen müsste der Frachtraum sein, ein riesiger Stauraum. Wenn eine große Anzahl Menschen gemeinsam festgehalten wurde, wäre der Frachtraum der einfachste, wenngleich auch der unbequemste Ort dafür. Um dort hinzugelangen, musste sie einen Niedergang finden.

Langsam schlich sie in Richtung Bug; ihre Turnschuhe machten kein Geräusch auf dem stählernen Deck, und ein Gefühl der Unwirklichkeit beschlich sie. Überall um sie herum war der Abend so völlig normal. Dunkler werdender blauer Himmel, Reste von goldenem Licht, Vögel, Stimmen, Autoverkehr, und doch unbekannte Gefilde unter ihren Füßen.

Selbst hier oben gab es zu viele Verstecke: hinter mehreren Containern, hinter dem Kran, im Ruderhaus. Das Schiff schwenkte gegen die gewaltigen Autoreifen, die seinen Rumpf säumten, und unter Deck rührte sich etwas. Noch zwölf Minuten, bis die Kavallerie ausrückte.

Niemand versteckte sich hinter den Containern oder hinter dem Kran, aber nichts zu entdecken machte Lacey nur noch unruhiger. Wenn sie jemanden stellen musste, dann lieber hier oben, wo sie Bewegungsfreiheit hatte und wo die Flucht relativ einfach wäre. Wenn sie erst unter Deck war, würde das etwas ganz anderes sein.

Auch das Ruderhaus war leer. Die Eisentreppe, die nach unten führte, lag an der Backbordseite der Ruderkabine. Ab hier wurde es brenzlig. Sie hatte nicht einmal eine Taschenlampe dabei. Alles, was sie hatte, war die schwache Displaybeleuchtung ihres Handys. Auf Aufmerksamkeit versessene Drama-Queen oder leichtsinnige, eigenbrötlerische Idiotin? Wie sie's machte, war es verkehrt.

Lacey schlich die Treppe hinunter. Das Schott unten ging geräuschlos auf, und dahinter konnte sie die Kabine sehen, die als Kombüse und als Aufenthaltsraum für die Crew gedient hatte. Gepolsterte Plastikstühle um einen Resopaltisch. Ein geschwärzter Herd. Noch immer hingen Pfannen an

Haken an der Wand. Cola- und Bierdosen auf dem Boden. Die Kabine roch nach Kanalschlamm, nach faulenden Pflanzen und nach Bilgewasser.

Der größte Teil des Schiffsinneren, einschließlich des Frachtraums, befand sich hinter ihr, in Richtung Heck, vor ihr jedoch, zum Bug hin, war ein Schott, und ihr blieb nichts anderes übrig, als dort zuerst nachzusehen.

Nervös – es behagte ihr nicht, sich von ihrem Fluchtweg zu entfernen – tappte Lacey an vergammelnden Seekarten und Logbüchern vorüber, die auf dem Tisch zu hohen Stapeln aufgetürmt waren. Vorbei an einem schimmelfleckigen Plakat mit einem barbusigen Model mit Achtziger-Jahre-Frisur und einem auf dem Boden verstreuten Satz Spielkarten. Das Schott war oval, klein und schmal. Lacey drückte auf den Hebel, und es schwang laut quietschend auf. Sie zuckte zusammen, fuhr herum und lauschte auf eine Reaktion: einen Hilferuf, Schritte. Ihr Herz hämmerte im Sekundentakt, während sie wartete. Noch zehn Minuten, bis Ray aufbrechen würde.

Der Gestank, der hinter dem offenen Schott hervordrang, jene unverwechselbare Mischung aus scharfen Chemikalien und organischer Materie, verriet ihr, dass sie das Bordklo gefunden hatte. Sie leuchtete mit dem schwachen Licht umher, um sicher zu sein. Zwei Kabinen. Niemand versteckte sich hier. Sie ließ das Schott leise zufallen und ging wieder durch die Kombüse, am Niedergang vorbei, und trat in den schmalen dunklen Korridor hinein, der sie unweigerlich zum Frachtraum führen würde.

Hier war die Decke niedriger. Nur Zentimeter über ihrem Kopf war ein Lüftungsschacht. Kabinen auf beiden Seiten, insgesamt vier. Sie ging weiter, schaute rasch nach links und rechts, sah nichts. Noch acht Minuten, bis Ray losfahren würde. In acht Minuten konnte eine Menge passieren.

In der letzten Kabine glänzte etwas in dem schwachen

Lichtstrahl. Zerrissene, durchsichtige Plastikfolie, die früher mal ein Sechserpack Ein-Liter-Wasserflaschen zusammengehalten hatte. Ihre Haut kribbelte vor Spannung, als sie in die Kabine trat. Irgendetwas an der Luft hier, auch wenn sie nicht gerade frisch war, war anders als im Rest des Schiffs. Ein Schlafsack lag auf der schmalen Koje. In der Ecke stand eine Sporttasche und eine riesige Taschenlampe neben dem Bett.

Und auf dem zusammengefalteten Sweatshirt, das als Kopfkissen diente, lag etwas, das sie wiedererkannte. Ein mit hellblauem Samt bezogenes Haargummi. Ihres. Eines von denen, mit denen sie sich die Haare zum Pferdeschwanz band. Es war definitiv ihres – sie erinnerte sich daran, dass die Nähte allmählich aufgingen. Derjenige, der hier campierte, war auf ihrem Boot gewesen. Und hatte ein sehr persönliches Souvenir mitgehen lassen.

Zwei Gedanken, die um ihre Aufmerksamkeit wetteiferten. Der erste: Mach, dass du hier rauskommst, sofort. Der zweite: Zu spät.

Sie fuhr herum und erblickte die dunkle Silhouette eines Mannes in der Tür. Eines sehr großen Mannes.

»Ich bin Polizistin.« Das Aggressivste, Selbstbewussteste, Forscheste, was ihr einfiel.

»Was du nicht sagst«, antwortete Joesbury.

48

Dana

Der Raum, in den Dana und Anderson geführt worden waren, war nicht ganz ein Labor und auch kein Künstleratelier, sondern irgendetwas dazwischen. Etliche Computerbildschirme waren im Schlafmodus, und jeder Bildschirmschoner zeigte den menschlichen Kopf, der sich langsam um die eigene Achse drehte. Bilder an den Wänden zeigten ebenfalls Menschenköpfe, manche modern, manche altertümlich.

Schädel lagen in den Schaukästen, Schädel auf den Arbeitstischen, die sich entlang zweier Wände erstreckten. Sogar auf dem Couchtisch im Empfangsbereich hatte ein menschlicher Schädel gestanden.

Außer Dana und Anderson waren noch drei weitere Personen im Raum. Die Frau, die sie am Empfang getroffen hatte und die außerdem die Direktorin der Einrichtung war, und zwei Männer, die an Computern arbeiteten.

»Bevor wir weitermachen, würde ich Ihnen gern einen Eindruck von den Grenzen dieser Technik vermitteln«, setzte die Direktorin an. »Die Leute sind nur allzu oft enttäuscht, weil ich nicht sagen kann: ›So ist es, genau so hat sie ausgesehen.‹«

»Ich verstehe«, beteuerte Dana, obwohl sie sich da nicht recht sicher war. Sie hatten einen signifikanten Anteil des Budgets für die Gesichtsrekonstruktion des Leichnams ausgegeben, den Lacey im Fluss gefunden hatte. Wenn sie das nicht weiterbrachte …

Die andere Frau sah aus, als habe sie ebenfalls ihre Zweifel. »Was immer gut klappt, ist, wenn wir eine potenzielle Identität haben. Wenn wir ein Foto von jemandem haben, der möglicherweise das Opfer sein könnte, ist der Prozess, das mit dem

Skelett abzugleichen, relativ einfach und eindeutig. Aber das ist hier ja nicht der Fall.«

»Nein«, bestätigte Anderson. »Wir haben nicht die leiseste Ahnung, wer sie war.«

»Okay, was wir also mit Ihrer Unbekannten gemacht haben«, fuhr die Direktorin fort, »war zuallererst eine vollständige Untersuchung des Skeletts. Wir mussten uns ganz sicher sein, dass die Details hinsichtlich Geschlecht, Alter und genetischer Abstammung, die man uns gegeben hatte, einigermaßen akkurat sind.«

»Und sind sie das?«, fragte Anderson.

»Was Geschlecht und Alter angeht, ja. Definitiv eine junge Frau. Das mit der Ethnie ist immer ein bisschen schwierig, aber in Anbetracht der Knochenstruktur und der verbliebenen Haare erscheinen der Nahe Osten oder Südasien als Herkunftsgebiet am wahrscheinlichsten.«

Sie griff nach unten und hob eine Isolierbox auf den Arbeitstisch. »Das hier ist ihr Schädel. Den können Sie jetzt wiederhaben, er kann uns nichts mehr erzählen.«

Anderson nahm den Kasten entgegen und stellte ihn behutsam neben sich ab.

»Das Erste, was wir tun, wenn wir uns an einer Rekonstruktion versuchen, ist, den Unterkiefer wieder am Schädel zu befestigen«, erklärte die Laborleiterin weiter. »Dann reinigen wir ihn und reparieren sichtbare Schäden mit Wachs. Jedes Arbeitsstadium wird fotografiert. Hier.«

Sie tippte auf ein paar Tasten einer Tastatur. Gleich darauf sah Dana den Schädel auf dem Bildschirm, sauberer und ordentlicher als vorher.

»Dann machen wir einen Abguss, der im Großen und Ganzen die Basis der Rekonstruktion darstellt.« Die Direktorin rief ein neues Bild auf, das zeigte, wie eine tonartige Substanz über den Schädel gestrichen wurde. »Wir bauen diese Schicht anhand von Daten zum durchschnittlichen Gewebeumfang für das jeweilige Alter und Geschlecht und die jeweilige Ethnie auf. In diesem Fall hatten wir das Glück, dass noch ein wenig Weichteilgewebe vorhanden war. So hatten wir viel mehr Grundlagen, als es sonst der Fall gewesen wäre. Auf dem nächsten Foto sehen Sie die Stifte in Position.«

Das Bild auf dem Schirm zeigte jetzt mehrere Dutzend kleine dünne Röhrchen, die ein bisschen wie Streichhölzer aussahen und in regelmäßigen Abständen aus dem Schädel hervorragten. Etliche waren dort, wo die Lippen sein würden, eines im Kinngrübchen, ein weiteres auf der Nasenspitze, eine ganze Reihe zog sich am Wangenknochen entlang.

»Und dann wird das ausgefüllt?«, fragte Dana. »Sie streichen einfach so lange Modelliermasse auf den Schädel, bis man die Stifte nicht mehr sieht?«

»Großer Gott, nein.« Die Direktorin machte ein entgeistertes Gesicht. »Dann würde die Rechnung am Schluss sehr viel günstiger ausfallen, das kann ich Ihnen versichern. Wir bauen das Gesicht Muskel für Muskel auf. Wie dick und wie lang wir die Muskeln gestalten, hängt von unseren Durchschnittsdaten ab, von den aktuellen Gewebeproben, die wir genommen haben, und von den kleinen Hinweisen an den Knochen, die uns verraten, wo Muskelgewebe befestigt war. So entwickelt sich das Gesicht langsam, aber hoffentlich akkurat. Wir setzen Augen ein, fügen Ohren hinzu und bearbeiten sämtliche Hinweise auf Narben oder Abweichungen von der Norm. Als Letztes entscheiden wir uns für eine Hautfarbe und befestigen Haare am Kopf. Sind Sie bereit, die junge Lady kennenzulernen, der Sie helfen wollen?«

»Unbedingt«, versicherte Dana und verspürte ein nervöses Kribbeln im Magen.

Die Direktorin nahm einen großen blauen Kasten von einem der Arbeitstische und trug ihn zu dem Podest in der Mitte des Raumes. Dann stellte sie ihn darauf und nahm den Deckel ab. Die Seitenwände des Kastens ließen sich einzeln wegklappen; sie kippten herunter und gaben den Blick auf den nachgebildeten Kopf darin frei. Die Büste zeigte Kopf und Schultern einer jungen Frau, die ein smaragdgrünes Kopftuch um das schwarze Haar trug.

Wow, dachte Dana.

»Sie war wunderschön«, stellte Anderson fest.

»Ja, das war sie wahrscheinlich«, pflichtete die Direktorin ihm bei.

Das Gesicht der Skulptur war oval, wurde zur Kieferlinie hin breiter und lief in einem runden, energischen Kinn aus. Die Nase war länger und am unteren Ende breiter, als es normalerweise mit vollkommener Schönheit kompatibel gewesen wäre, wurde aber durch volle Lippen und kräftige Brauen ausbalanciert. Ihre Augen waren dunkel, mit Kajalstift nachgezeichnet und von dichten Wimpern umrahmt.

»Sie verstehen doch, dass uns eine ganze Anzahl subjektive Entscheidungen hierhergeführt haben«, meinte die Direktorin. »Dem Haar nach hätte sie Inderin, Pakistani oder Bangladeschi sein können oder aus Sri Lanka, oder sie hätte auch mehr aus dem Westen kommen können, aus der Türkei, Marokko, sogar aus Griechenland. Aber irgendetwas hat mir Persien ins Ohr geflüstert.«

»Der heutige Iran«, meinte Dana.

»Ja, oder möglicherweise Irak oder Afghanistan, Kasachstan, Usbekistan. Zum einen ist der untere Teil des Gesichts recht ausgeprägt – breiter, als man es vielleicht in Indien oder Pakistan sehen würde –, und obwohl die Nase bekanntermaßen sehr schwer zu rekonstruieren ist, gab es Anzeichen dafür, dass sie bei dieser jungen Lady länger und nach unten zu breiter war als im allgemeinen Durchschnitt.«

»Schöne Augen«, stellte Dana fest. »Nicht besonders groß, verglichen mit ein paar anderen Gesichtsmerkmalen, aber trotzdem sehr schön.«

»Ja, mandelförmig. Das sieht man oft bei Leuten aus dem

Osten. Und bei den Augen können wir uns einigermaßen sicher sein, deren Form wird nämlich weitgehend von Form und Neigung der Augenhöhlen bestimmt. Ich habe ihr natürlich braune Augen verpasst, weil das bei Weitem die häufigste Augenfarbe in diesem Teil der Welt ist.«

»Ich habe das Gefühl, wir sollten ihr einen Namen geben«, sagte Dana.

»Ja, so ging es uns auch«, stimmte die Direktorin ihr zu. »Wir haben sie Sahar genannt. Das ist das persische Wort für Morgendämmerung, denn da haben Sie sie ja gefunden.«

49

Lacey

Lacey starrte den Mann an, den sie liebte, den sie immer lieben würde, ganz gleich, was er getan hatte. Vom Niedergang drang gerade genug Licht herüber, dass sie ihn sehen konnte. Er hatte sich lange nicht rasiert. Seine Kleider sahen aus, als trüge er sie schon etliche Tage lang.

»Ich sollte dich verhaften«, sagte sie.

Joesburys Augenbrauen klommen empor. »Versuch's doch mal«, meinte er. »Könnte ganz lustig werden.«

Irgendetwas an diesem halben Grinsen traf sie härter als alles andere. Nach allem, was er getan hatte, konnte er sie noch auslachen.

»Ich weiß nicht mehr, wer du bist.«

»Du bringst uns beide dadurch in Gefahr, dass du hier bist«, sagte er. »Du musst weg, sofort, und komm nicht wieder. Versprichst du mir das?«

So kalt. Hatte sie sich in einen Mann verliebt, der gar nicht existierte? »Ich glaube, seit du jemanden umgebracht hast, hast du kein Recht mehr, mir Versprechen abzunehmen.«

Sie konnte ihm nie sehr lange in die Augen sehen. Selbst hier, wo es kaum hell genug war, um seine Augen richtig zu erkennen. Selbst hier, wo sie nicht viel mehr waren als ein Schimmern in der Finsternis. Als Joesbury einen Laut von sich gab, der irgendwo zwischen einem Seufzer und einem Husten lag und auf sie zutrat, wich sie zurück und wäre beinahe auf die Koje gekippt.

»Als ich ganz dicht vor dem Allerschlimmsten gestanden habe, das einem passieren kann«, sagte er, »da hast du von mir verlangt, dass ich dir vertraue. Weißt du noch?«

Vor drei Monaten. An einem Spätwinterabend. Auf einer Brücke über dem Fluss. Der Mann, den sie anbetete, nahe am Verzweifeln. Und er fragte, ob sie das noch wusste?

»Ich konnte nicht klar denken. Ich hab nicht gewusst, wie ich die nächste Stunde überstehen sollte, und du hast gesagt, ich soll dir vertrauen.«

Joesbury, der weinend vor ihr zusammenbrach. War das etwas, was sie vergessen könnte? Jemals?

»Du hast mir keinen Grund genannt, hast mir keine Hoffnung gemacht, du hast einfach bedingungsloses Vertrauen gefordert. Klingelt's da bei dir?«

Sie fauchte ihn an. »Natürlich. Ich erinnere mich.«

»Gut. Dann erinnerst du dich bestimmt auch noch, dass ich genau das getan habe.«

Das stimmte. *Vertraust du mir oder nicht?*, hatte sie zu ihm gesagt. *Wenn ja, musst du mich jetzt gehen lassen.*

Er hatte sie gehen lassen.

»Ich vertraue dir immer noch. Deshalb sage ich dir jetzt etwas, das sonst niemand wissen darf. Nicht einmal Dana.«

Dieses dröhnende Hämmern könnte vielleicht ihr Herzschlag sein.

»Constable Nathan Townsend ist genauso lebendig wie du

und ich. Und hat wahrscheinlich sehr viel bessere Chancen als wir beide, dass es so bleibt, so wie du dich aufführst.«

Sie hatte die Worte gehört, sie zu verarbeiten dauerte jedoch ein wenig länger. »Was?«

»Er ist am Leben und bei bester Gesundheit. Oder vielmehr am Leben und mit krassen Schmerzen in der Schulter und stinksauer auf mich.«

»Du hast auf ihn geschossen.«

»Ja, das habe ich, das gebe ich zu. Wenn ich nicht auf ihn geschossen hätte, hätte es jemand anderes getan, und der hätte es wahrscheinlich darauf angelegt, sehr viel mehr Schaden anzurichten. Ich hab auf den Blödmann geschossen, damit er am Leben bleibt, allerdings bezweifle ich, dass er das auch so sieht.«

»Er ist am Leben?«

Irgendetwas in Joesburys Gesicht wurde weich. »Am Leben und gut bewacht in einer Rehaklinik irgendwo in Northumberland. Solange die Typen, gegen die ich ermittele, denken, ich wäre ein Polizistenmörder, sind sie eher geneigt zu glauben, dass ich auf ihrer Seite bin. Und im Augenblick ist es sehr wichtig, dass sie das denken.«

Das konnte nicht wahr sein. Sie durfte sich nicht erlauben zu hoffen. »Ich glaube dir nicht.«

»Hat's eine Beerdigung gegeben? Hast du seine gramgebeugte Mutter im Fernsehen gesehen? War irgendwas darüber in den Scheißnachrichten?«

»Du hast niemanden umgebracht?« Scheiße, das hier war Hoffnung, nicht wahr? Die konnte man einfach nicht lange unterdrücken.

Joesbury seufzte. »Ich habe niemanden umgebracht. Ich bin Undercover-Polizist, stecke mitten in einem extrem schwierigen Einsatz und bin allmählich ein bisschen eingeschnappt, dass die Frauen in meinem Leben mich immer so schnell abschreiben.«

Sie sank auf die Koje; der Stoff seines Schlafsacks war glatt und rutschig unter ihren nackten Beinen. Bei diesem Nachgeben schien sich etwas in Joesburys Haltung zu lösen. Etwas an ihm wurde weicher, wärmer.

»Ich hab dich mir ja schon oft in meinem Schlafzimmer vorgestellt, aber so eigentlich nicht.«

Die Kabine war nicht viel länger als einen Meter achtzig. Konnte er hier überhaupt die Beine ausstrecken? »Wohnst du wirklich hier?«

Als er sich neben sie setzte, nahm sie seine Hand und hielt sie mit beiden Händen fest umklammert.

»Die Leute, mit denen ich zu tun habe, müssen glauben, ich sei auf der Flucht«, erklärte er. »Andererseits kann ich nicht aus London weg und die Chance drangeben rauszufinden, was die vorhaben. Ich muss mich verstecken. Der Kahn hier ist mir neulich nachts eingefallen, als ich bei dir war.«

Lacey konnte Schweiß an ihm riechen. Ungewaschene Klamotten. Sie dachte an all den gähnend leeren dunklen Raum um sie herum, an den Geruch darin. »Du warst die ganze Zeit gleich auf der anderen Seite vom Creek?«

Jetzt waren die türkisblauen Augen warm. Sogar in der Dunkelheit der Kabine wusste sie das genau. »Wenn's dunkel wird, schleiche ich mich raus aufs Deck«, sagte er. »Und halte Ausschau nach dem Licht auf deinem Boot.«

Etwas würde passieren. Etwas, von dem sie so viele Male geträumt hatte. War sie bereit dafür?

»Ich sollte lieber gehen.« Das war die reine Nervosität, die sich da zu Wort meldete. Gehen war das Letzte, was sie tun wollte.

»Stimmt.« Er strich mit einem Finger an der nackten Haut ihres Armes empor.

»Ich bringe dich doch in Gefahr.«

»Von dem Augenblick an, als ich dich das erste Mal zu Gesicht bekommen habe.« Der Finger hatte ihren Hals erreicht. Seine Hand legte sich um ihren Hinterkopf.

»Jeder könnte mein Kanu da draußen sehen.«

Sein Gesicht war jetzt sehr nahe. »Eine Katastrophe.«

Lacey schloss die Augen. So oft hatte sie sich, allein im Dunkeln, Joesburys Lippen auf den ihren vorgestellt. So war es nie gewesen. Wer hätte gedacht, dass er so sanft sein würde, dass seine Lippen ihre so leicht liebkosen, erst die eine, dann die andere streifen würden? Sie hatte sich vorgestellt, dass seine Hände sie grob gegen eine Wand drücken, sein Körper sich schwer auf den ihren pressen würde. Nie, dass seine Finger sich in ihr Haar winden, sie fester an ihn ziehen oder dass die Spitzen seiner Fingernägel sich so glatt anfühlen würden, wenn sie ihren Rücken hinaufstrichen.

»Lacey!«, Jemand drosch von außen gegen den Rumpf. »Lacey! Bist du da drin?«

Joesbury war auf den Beinen und aus der Kabine. Lacey brauchte eine Sekunde länger, um wieder zu sich zu kommen, und folgte ihm.

»Das ist Ray«, flüsterte sie. »Ich hab ihm gesagt, wo ich hinwill.«

Joesburys Schultern sanken herab, als die Anspannung aus seinem Körper wich. Er rückte seinen Jeansbund zurecht und seufzte. Dann schüttelte er den Kopf. »Geh lieber und pfeif ihn zurück.«

Sie zwängte sich an ihm vorbei, rannte den Niedergang hinauf und übers Deck. Ray steuerte gerade ums Heck des Baggerschiffs herum. Jeden Moment würde er Joesburys Boot entdecken.

»Alles klar«, rief sie hinunter. »Falscher Alarm, entschuldige.«

Ray winkte wortlos und wendete sein Boot.

Joesbury war auf dem Niedergang, gerade eben außer Sicht. Sie huschte zu ihm hinunter.

»Ich muss dich was fragen. Neulich, als du bei mir übernachtet hast, da hast du ein Herz auf dem Tisch hinterlassen. Das warst doch du, oder?«

Joesburys Augen wurden schmal. »Ich hab keinen Stift finden können. Wieso, wer sollte denn sonst …«

»Schsch. Bist du am nächsten Tag noch mal wiedergekommen und hast mir noch eins hinterlassen?«

Die verwirrte Miene stand ihm ziemlich gut. Er sah jünger aus, wenn er verdutzt war, richtig süß. »Ich war seitdem nicht mehr da. Das ist zu riskant, für uns beide. Was läuft hier eigentlich?«

Sie stieg hinab, bis ihre Gesichter auf gleicher Höhe waren, und küsste ihn, schmiegte sich nur einen Augenblick länger an die Haut seiner Wange, als klug zu sein schien. »Ich muss los. Kann ich dich wenigstens anrufen?«

Er nahm sie wieder in die Arme. »Anrufe kann man zurückverfolgen. Zu riskant.«

Sie seufzte, konnte fast sehen, wie sich ihr Atem um seinen Hals legte. »Besteht eine Chance, dass das hier bald vorbei ist?«

»Oh Gott, ich hoffe es.«

Wenn sie ihn jetzt noch einmal küsste, würde sie nie wieder aufhören. Lacey machte kehrt, rannte die Stufen hinauf und zur Reling hinüber. Als sie hinüberstieg und wieder in ihr Kanu hinunterkletterte, blickte sie zurück. Das Deck des alten Schiffes war leer.

50

Lacey

Während die Sonne sich hinter das alte Fabrikgebäude verabschiedete und das goldene Licht allmählich verblasste, saß Lacey auf dem Deck des Küstenwachtbootes von Madge und Marlene am Skillions Wharf und dachte über Spielzeugboote nach, über Symbole aus Kieselsteinen und Glasscherben und darüber, ob sie sich selbst in eine unhaltbare Position gebracht hatte, indem sie nicht schon früher etwas gesagt hatte.

Und doch gab es keine Möglichkeit, Tulloch jetzt davon zu erzählen, ohne zu erklären, warum sie so lange den Mund gehalten hatte. *Ich sage dir jetzt etwas, das sonst niemand wissen darf. Nicht einmal Dana.*

Jetzt waren es drei Schiffchen. Ein gelbes, ein blaues und ein rotes. Was zum Teufel sollte das? Sie nippte abermals an dem Gin Mojito, der ihr bei ihrer Ankunft angeboten worden war und der definitiv sehr viel stärker war, als man ihr versprochen hatte. Vor sich konnte sie den Theatre Arm sehen, ihr Boot, das an seinem Liegeplatz schaukelte. Wenn sie den Kopf nach rechts drehte – sie gab sich alle Mühe, das nicht alle paar Sekunden zu tun –, könnte sie das Baggerschiff sehen. Und sie würde sich nicht wegen irgendwelcher Spielzeugboote den Kopf zerbrechen. Sie würde sich nicht um Kleinigkeiten sorgen. Nicht heute Abend.

»Was machen Sie morgen, Lacey? Hätten Sie Lust, mit mir und Alex zu Mittag zu essen?«

Lacey drehte sich um und lächelte die alte Dame neben sich an. Nur wenige Minuten nachdem sie von dem Baggerschiff zurückgekehrt war, war Thessa in ihrer kleinen, hübschen Motorjolle längsseits gekommen, hatte laut an die

Wand von Laceys Jacht geklopft und darauf bestanden, dass sie beide von den beiden alten Lesbenschlampen zu einer Party eingeladen worden wären und dass sie da auf gar keinen Fall allein hingehen würde. Nachdem ihr die Einwände ausgegangen waren, hatte Lacey ihr Boot abgeschlossen und war hinuntergeklettert. Zu zweit waren sie hinübergetuckert, und Thessa war mittels eines Bootsmannstuhls und einer Winde an Deck gehievt worden; es sah ganz so aus, als hätte sie das schon viele Male gemacht. Madge und Marlene hatten sogar einen Rollstuhl für sie aufgetrieben.

Die Party war klein, aber laut. Ungefähr zwei Dutzend Leute, die anscheinend alle beim Theater arbeiteten und von denen viele so aussahen, als kämen sie geradewegs von einer Vorstellung. Außerdem zu Laceys Verblüffung Rays Frau Eileen. Von Ray war nichts zu sehen. Ein Stück weiter auf dem Deck spielte ein Aufzieh-Grammophon Buddy-Holly-Songs, und eine kleine, dünne Person von nicht genau definierbarem Geschlecht schwankte versonnen zur Musik hin und her.

Und Thessa hatte sie gerade zum Mittagessen eingeladen.

»Das ist wirklich sehr nett«, meinte sie, »aber morgen muss ich den Zug nach Durham kriegen.«

»Ganz schön lange Fahrt. Das dauert bestimmt fast den ganzen Tag. Oder übernachten Sie da?«

»Nein, ich komme immer am selben Tag zurück. Vier Stunden hin, vier Stunden zurück, eine Stunde im Besuchersaal.«

Sie wartete auf die Frage, die nicht kam. Thessa war nicht völlig taktlos.

»Ich besuche eine Frau, die im Hochsicherheitsstrakt von Durham sitzt«, sagte Lacey. »Sie ist im Januar wegen Mordes zu lebenslänglich verurteilt worden.«

»Jemand, der Ihnen sehr nahesteht?«

Lacey nickte.

Thessa ließ ihren Drink kreisen und das Eis gegen das Glas

klirren und wartete, bis die Flüssigkeit wieder zur Ruhe kam. »Wissen Sie, es ist nicht Ihre Schuld. Was sie getan hat.«

In Thessas Nähe zu sein war, als spiele man Paintball mit dem SAS – man wusste nie, wann der nächste Treffer kam, nur dass er unvermeidlich war und perfekt sitzen würde. Lacey öffnete schon den Mund, um zu beteuern: »Natürlich nicht, das verstehe ich vollkommen, jeder ist für sein eigenes Handeln verantwortlich«.

»Na ja, eigentlich doch«, sagte sie stattdessen. »Aber ich fahre nicht wegen irgendwelcher Schuldgefühle hin oder als eine Art wehleidige Selbstkasteiung. Ich fahre hin, weil es mich glücklich macht, sie zu sehen.«

»Ist sie mit Ihnen verwandt?«

Lacey musste sich ermahnen weiterzuatmen. »Wie kommen Sie darauf?«

»Ich sehe Liebe in Ihren Augen. Und Tränen.«

Ah, jetzt befand sie sich auf etwas sichererem Gelände. »Ich weine nie.« Halb lächelnd, halb finster sah sie Thessa an.

Die genau dasselbe tat. »Sie kommen vielleicht nicht raus, die Tränen, aber sie sind trotzdem da.«

»Austrinken, Ladys.« Madge hatte sich von hinten an sie herangeschlichen. »Ihr habt noch sechs Stunden Zeit, bis die Ebbe einsetzt und ihr hier festsitzt.«

Trotz der Hitze war Madge angezogen wie ein Gangster aus der Zeit der Prohibition; sie trug einen Anzug mit breiten Nadelstreifen, ein rotes Hemd und eine schwarze Krawatte. Ein Schlapphut hockte auf ihrem kurzen Haar.

»Bitte gebt Thessa keinen Alkohol mehr«, sagte Lacey. »Sie muss mich noch nach Hause bringen. Und selbst auch heimfahren.«

»Nachher gehen wir nackt baden.« Madge bedachte Lacey mit einem Blick, wie sie ihn normalerweise von Betrunkenen in den Pubs kannte, wo sie Razzien durchführte. »Mal sehen, ob wir die Meerjungfrau zu fassen kriegen.«

Thessa schnaubte. »Wenn das eine sexuelle Anspielung sein soll, verschwendest du deine Zeit. Lacey ist verliebt. In einen Mann.«

Madge quetschte sich neben Lacey auf die Bank. »Ich fasse es nicht. Du wohnst schon am Fluss, seit die alte Queen gestorben ist, und weißt nichts von der Meerjungfrau.« Sie lallte ein wenig, und ihr Blick war nicht ganz fokussiert.

»Ich weiß wirklich nichts von der Meerjungfrau«, meinte Lacey. »Aber ist die alte Queen nicht erst vor Kurzem gestorben?«

»Sie meint nicht die Queen Mum«, bemerkte Thessa. »Sie meint diesen haarigen alten Künstlertransvestiten aus dem Duke, dem Pub an der Creek Road.«

»Das ist hier in der Gegend praktisch eine Legende.« Marlene hatte sich unbemerkt herangepirscht. Eileen ebenfalls. »Die wunderschöne Tochter eines Hafenarbeiters, die sich in einen Piraten verliebt hat. Als der am Neckingham Creek aufgehängt wurde, hat sie sich vor Verzweiflung in den Fluss gestürzt, aber ihre Liebe war so stark, dass sie überlebt hat und ihr ein Fischschwanz gewachsen ist. Und jetzt ist sie dazu verdammt, für alle Ewigkeiten in den Wassern der Themse und des Creeks zu schwimmen und nach ihrem verlorenen Liebsten zu suchen.«

Unwillkürlich huschte Laceys Blick zu dem Baggerschiff hinüber, das nur wenige Meter entfernt lag.

»Sie ist schon oft gesehen worden«, berichtete Marlene.

»Ja, aber es ist immer irgendein Kerl, der einen anderen Kerl kennt, der sie mal nachts gesehen hat, meistens, nachdem er sich im Bird's Nest ein paar genehmigt hatte«, bemerkte Eileen, während Marlene zur großen Kajüte davonstolzierte und dabei auf Absätzen schwankte, die für das Deck eines Schiffes viel zu hoch schienen.

»Komm mir bloß nicht so. Sogar Ray hat sie gesehen. Hat er mir selbst erzählt.« Madge beugte sich dichter zu Lacey hinüber. »Er war mal nachts draußen und hat geangelt, vor ungefähr zwanzig Jahren. Hat auf einem von den alten Holzstapeln bei der Eisenbahnbrücke eine Meerjungfrau sitzen sehen.«

Eileen lachte zynisch. »Und die hat in einen Perlmuttspiegel geschaut und sich das Haar gekämmt?«

»Als sein Boot näher gekommen ist, ist sie ins Wasser gesprungen und war weg«, fügte Madge hinzu.

»Er war betrunken.«

»Ray würde doch nie betrunken rausfahren«, gab Lacey zu bedenken.

»Er war blau, als er die Geschichte erzählt hat«, beharrte Eileen. »Der hat einen Seehund gesehen.«

Lacey bemerkte, dass Thessa verstummt war. »Haben *Sie* sie schon mal gesehen?«, fragte sie.

Thessa zuckte mit den Schultern. »Ich hab merkwürdige Dinge gesehen. Normalerweise im Creek, manchmal auch draußen im Fluss. Ganz frühmorgens oder spätnachts sehe ich manchmal etwas, das aussieht wie ein Gesicht und mich anstarrt.«

Aus irgendeinem Grund erschien die Geschichte glaubhafter, wenn Thessa sie erzählte, lachhafte alte Spinnerin, die sie war. Der tanzende Funke war vollkommen aus ihren Augen verschwunden.

»Seehunde«, knurrte Eileen. »Oder 'n alter Fußball, der auf dem Wasser treibt.«

Thessa lächelte.

Marlene war mit einem großen Fotoalbum zurückgekommen. Sie reichte es Lacey; es war bereits eine Seite mit Zeitungsausschnitten aufgeschlagen, die Jahre zurückreichten. Delfine in der Themse, Seehunde in der Themse, Tümmler, sogar ein kleiner Wal im Fluss. Irgendwann hatten sich im Laufe der Jahrzehnte Exemplare der meisten Spezies, die dicht an der Themsemündung vorbeischwammen, verirrt und sich plötzlich mitten in der Stadt wiedergefunden. Die meisten fanden leider nicht wieder hinaus.

»Ein bisschen weiter unten«, wies Marlene sie an. »Da.«

Sie zeigte auf einen Artikel aus der *Illustrated Police News* von 1878: DIE MEERJUNGFRAU IM WESTMINSTER-AQUARIUM lautete die Überschrift. Darin ging es um die neue Attraktion im Royal Westminster Aquarium: eine Seekuh.

Die Seekuh, las Lacey, war ein Meerestier vom südamerikanischen Kontinent. Man nahm an, dass sie der Ursprung der Legenden von der Meerjungfrau war, jenem wunderschönen Geschöpf, halb Fisch und halb Mensch, das Seeleute in gefährlichen Gewässern in den Tod lockte.

»Sie sind auch als Manatis bekannt«, sagte Marlene. »Sie haben sehr lange Vorderflossen, von Weitem können die aussehen wie Arme. Und sie haben einen breiten, kräftigen Schwanz, wie Seejungfrauen angeblich auch. Wie sich jemand allerdings auf den ersten Blick in eine Seekuh verlieben kann, ist mir schleierhaft. Auch nach mehreren Monaten auf See und einer oder zwei Flaschen echt starkem Fusel.«

Da hatte sie nicht unrecht. Seekühe waren große, ungeschlachte Geschöpfe, die nicht einmal das niedliche, menschenähnliche Gesicht eines Seehunds hatten.

»Die kommen aus Südamerika«, meinte Lacey. »Und aus Florida. In der Themse könnten sie doch nicht leben, oder?«

»Sollte man meinen«, erwiderte Marlene, »aber Ray hat mir früher immer so merkwürdige Geschichten erzählt. Du brauchst gar nicht so ein Gesicht zu machen, Eileen, du weißt genau, dass das stimmt. Von seltsamen Fährten und riesigen Vögeln, die innerhalb von Zehntelsekunden verschwunden sind. Alle paar Jahre gibt's Gerede von Krokodilen. Die Leute setzen ständig exotische Haustiere im Fluss aus. Vielleicht gehen die ja nicht alle drauf.«

»Es ist doch zu kalt«, wehrte Eileen spöttisch ab.

»Vielleicht haben die Viecher ja Glück«, meinte Thessa,

»und finden ein Abwasserrohr in der Nähe von Warmwasserröhren. Verkriechen sich da, bis die Kälte vorbei ist.«

»Ich glaube lieber an die Seejungfrau«, meinte Lacey. »Das ist eine schöne Geschichte.«

»Na klar, Frau verknallt sich in einen Kerl, es stellt sich raus, dass er 'n Schurke ist, sie ertränkt sich und verbringt den Rest der Ewigkeit als Fisch«, knurrte Madge. »Wie im Märchen. Wer möchte noch was trinken?«

»Warum lieben Sie den Fluss so, Lacey?«, fragte Thessa, als Madge und die anderen Frauen davongeschlendert waren. »Jedes Mal, wenn Ihre Gedanken abschweifen, starren sie ihn an.«

Lacey hatte gar nicht das Wasser angeschaut, sondern den Rumpf des verlassenen Baggerschiffs, hatte überlegt, ob er wohl die Musik hören konnte, ob er ihnen vielleicht gerade zusah. Mit einem jedoch hatte Thessa recht. Sie liebte den Fluss wirklich.

»Ich bin immer schon sehr gern geschwommen. Als Kind bin ich im Meer geschwommen. Wir haben nicht weit von der Küste gewohnt.«

»Ja, Shropshire ist ja auch bekannt für seine Strände.«

Die Erkenntnis ihres Fehlers traf Lacey wie ein Schlag. Sie hatte vollkommen vergessen, dass sie Thessa bereits erzählt hatte, dass sie aus Shropshire sei. Es war das allererste Mal, dass ihr so ein Fauxpas unterlaufen war.

»Sie meinen bestimmt, Sie waren manchmal bei Verwandten, die am Strand gewohnt haben«, sagte Thessa. »Erzählen Sie doch weiter, Kindchen.«

Ihr war gerade aus der Patsche geholfen worden. Jetzt blieb ihr wirklich nichts anderes übrig, als mitzuspielen. »Also, in der Schule bin ich bei Wettkämpfen mitgeschwommen. Das war so ziemlich das Einzige, was ich wirklich gut konnte. Und dann, vor ungefähr einem Jahr, wäre ich mal fast in der Themse ertrunken.«

Die anderen waren zurückgekehrt und drängten sich um die beiden, um zuzuhören. Polizeigeschichten kamen bei jedem gut an.

»Wir waren hinter einem Verdächtigen her«, berichtete Lacey. »Ganz frühmorgens. Ich bin ihm auf die Vauxhall Bridge nachgerannt, und mein Kollege kam von der anderen Seite. Wir dachten, wir hätten ihn in die Enge getrieben. Nur hat er mich gepackt und mich mit übers Geländer gezogen. Da ging's erstaunlich tief runter.«

Erschrockenes Aufkeuchen, gebannte Gesichter.

»Ich hatte einen Peilsender in meinen Klamotten eingenäht, also hat die Flusspolizei mich rausgefischt«, sagte Lacey. »Der andere hatte nicht so viel Glück; seine Leiche ist ein paar Tage später gefunden worden. Ich weiß, das klingt bescheuert, aber ich seh's gern so, dass der Fluss auf mich aufgepasst hat.«

»Das heißt, man kann nicht ertrinken, niemals«, meinte Marlene. »So geht die Legende bei den Wasserleuten. Wenn man dem Tod im Wasser ein Schnippchen schlägt, kann der Fluss einem nichts mehr anhaben.«

»Schwachsinn«, widersprach Thessa. »Natürlich kann man ertrinken. Unterstehen Sie sich ja, irgendwelche dummen Risiken einzugehen.«

Nachdem die Geschichte zu Ende war, schlenderten ein paar der anderen wieder davon. Eileen und Madge traten an die Reling und schauten ins Wasser hinunter.

»Ich überlege die ganze Zeit, in welchem Monat Sie wohl geboren sind, Lacey«, sagte Thessa. »Mai wäre eine Möglichkeit, wie Alex und ich; dann wäre Ihre Geburtsblume das Maiglöckchen.«

Lacey lächelte.

»Hm, irgendwie glaube ich ja nicht, dass es später ist als August«, grübelte Thessa. »Also denke ich mal Juni oder Juli. Juli, glaube ich. Rittersporn.«

»Ich bin im Dezember geboren«, sagte Lacey.

Thessa verzog das Gesicht. »Eine Nelke? Das glaube ich nicht, Liebes.«

»Lacey weiß doch wohl, wann sie Geburtstag hat, du durchgeknallte alte Flunder«, rief Madge über die Schulter. »Kommt jemand mit nackt baden?«

»Eileen hält nichts vom Schwimmen im Creek«, bemerkte Lacey und lächelte ihre Nachbarin an. »Sie hat Ray ganz schön die Flossen gestutzt.«

»Aber nur, weil der dämliche alte Trottel zu alt ist, um es mit der Themse aufzunehmen«, erwiderte Madge. »Außerdem, was glauben Sie denn, wer Ray überhaupt erst zum Freiwasserschwimmen gebracht hat? Sie schwimmt wie ein Fisch, unsere Eileen.«

Samstag, 28. Juni

51

Lacey

»Okay, lass mich diesen ganzen Mist mal kurz auf die Reihe kriegen«, sagte Tic. »Du ziehst die Leiche einer Frau aus der Themse und beschließt, dass es sich um eine illegale Immigrantin handelt.«

»Nicht ohne Grund«, bemerkte Lacey.

»Ja, ja. Du findest Berichte von einer anderen Leiche, die vor zwei Monaten geborgen wurde und bei der es sich vielleicht um eine illegale Immigrantin handeln könnte, vielleicht aber auch nicht – unmöglich, das genau zu wissen –, also beschließt du, dass auf dem Grund der Themse noch massenhaft Leichen liegen, und überredest deine Vorgesetzten, eine aufwendige, unheimlich teure Suchaktion durchzuziehen, bei der nichts rauskommt. Lacey, im besten Fall werden die dein Urteilsvermögen infrage stellen, schlimmstenfalls schreiben sie dich als nicht ganz dicht ab.«

»Na, da fühle ich mich doch gleich besser.«

»Ich leg's gar nicht darauf an, dass du dich besser fühlst. Für eine Polizistin, die unter falschem Namen lebt, verhältst du dich nicht gerade unauffällig.«

Erschrocken sah Lacey sich um. »Warum schickst du nicht gleich ein Rundschreiben?«

»Ich dachte, bei der Rückkehr in den Streifendienst ginge es nur darum, die auffälligen Fälle zu vermeiden. Den Ball flach zu halten, sich darauf zu konzentrieren, ein guter, solider Bulle zu sein.«

»Das stimmt ja auch. Ich kann bloß nicht…«

Tic machte ihr *Ich-geb's-auf*-Gesicht. »Ich weiß. Konntest du noch nie. Okay – gib mir mal den Block.«

Lacey hatte einen Notizblock und einen Stift mit in den Besuchersaal gebracht. Sie schob beides über den Tisch. Mit kühnen, dicken Strichen malte Tic die Zahl 1.

»Erstes Problem«, erläuterte sie. »Ein ethnischer Massenfriedhof auf dem Grund der Themse.«

»Freut mich ja, dass du das komisch findest.«

»Selbst wenn du recht hast, du kannst überhaupt nichts machen. Die Suche ist gelaufen. Sie haben nichts gefunden. Wenn du also nicht vorhast, Taucheranzug und Schnorchel zu nehmen und selbst da runterzutauchen, ist dieser Ansatz blockiert. Sind wir uns da einig?«

Ganz kurz erinnerte sich Lacey an die Sekunden, die sie unter Wasser verbracht und einen dahintreibenden Leichnam betrachtet hatte. »Wir sind uns einig.«

»Als Nächstes hast du eine Bande, die junge Frauen die Themse raufschmuggelt und sie irgendwo nahe am Deptford Creek festhält, aber nicht auf dem alten Baggerschiff, da liegt nämlich ein ganz anderer Schatz im Frachtraum.«

Es war sehr viel besser, gar nicht zu reagieren, wenn Tic so drauf war. *Lass sie sich einfach austoben.*

»Also, sucht Tulloch nach diesem Versteck?«

»Sie hat jemanden darauf angesetzt«, antwortete Lacey. »Aber das ist ein großes Gebiet, und sie hat nicht viele Leute. Das wird eine Weile dauern.«

»Du solltest ihnen vielleicht erzählen, dass du das alte Baggerschiff schon gecheckt hast.«

»Mein Gott, daran hab ich gar nicht gedacht.«

»Na, dann ist es ja ein Glück, dass du mich hast. Aber das ist auch etwas, was du Tulloch und dem Team überlassen musst. Wenn die zu wenig Leute haben, bist du auf dich allein gestellt und arbeitest in deiner Freizeit. Du kannst das Südufer doch nicht allein absuchen.«

»Wenn ich dich so höre, komme ich mir ziemlich nutzlos vor.«

»Wirst du Tulloch erzählen, dass du Joesbury gesehen hast?«

»Kann ich doch nicht. Ich hab versprochen, dass ich es niemandem sage. Ich hab mein Versprechen schon gebrochen, indem ich es dir erzählt habe.«

Tic strahlte. »Anstatt dich also einer zuverlässigen Vorgesetzten bei der Polizei anzuvertrauen, plapperst du bei der berüchtigtsten Serienmörderin des einundzwanzigsten Jahrhunderts? Super!«

»Hast du sonst noch was auf deiner Liste da?«

Tic malte eine große, dicke 3. »Nadia Safi. Jemand, der eine ganze Menge Licht in das Geheimnis bringen könnte, aber immer noch verschwunden ist. Sucht Tulloch auch nach ihr?«

»Die ganze Londoner Polizei sucht nach ihr, aber sie will ganz eindeutig nicht gefunden werden. Ich hab hier irgendwo ein Bild von ihr.« Lacey kramte in ihrer Tasche und fand das Foto von Nadia Safi, das voriges Jahr kurz nach ihrer Festnahme gemacht worden war. Tic reckte den Hals.

»Oh, schau doch mal«, sagte sie. »Sie ist Paschtunin.«

52

Dana

Danas Blick hing wie gebannt an dem Monitor, der keinen Meter von ihrem Kopf entfernt war, und versuchte, in dem grauen Wirrwarr darauf etwas Sinnvolles zu erkennen. Mit angezogenen Knien lag sie auf dem Rücken, eine rosafarbene

Decke über den nackten Beinen, und fühlte sich grauenhaft unbehaglich.

»So«, sagte die Ärztin, die Dana die Ultraschallsonde eingeführt hatte, »jetzt sehen wir allmählich die Follikel.«

Ich nicht, dachte Dana.

Die Ärztin zeigte auf den Bildschirm. »Diese runden, schwarzen Dinger da«, sagte sie. »Sehen wohl mehr aus wie Löcher, wenn man so was nicht oft zu sehen bekommt. Oh, das da ist ein schönes Exemplar. Ich nehme mal die Maße.«

Verblüfft sah Dana zu, wie die Ärztin das größte der schwarzen Löcher mit zwei winzigen Kreuzen markierte.

»Ja, das ist wahrscheinlich die Richtige. Obwohl man sich da ja nie sicher sein kann. Ich könnte Sie morgen noch mal untersuchen, und das Bild wäre vollkommen anders. Die Hauptsache ist, alles ist so, wie's sein soll, und Sie könnten irgendwann morgen oder so einen Eisprung haben. Also, Sie benutzen doch einen Fertilitätsmonitor, nicht wahr?«

Angesichts diverser Packungen in ihrem Badezimmer bestätigte Dana, dass dem so sei.

»Wenn das FSH bei Ihnen ansteigt, müssen Sie uns anrufen«, fuhr die Ärztin fort. »Dann machen wir einen Termin für den nächsten Tag. Es ist wichtig, dass Sie den einhalten; ich weiß, das ist schwierig für Berufstätige, aber die Eizellen warten nicht, und wenn wir das Sperma erst einmal aus der Kühlung genommen haben, können wir's nicht wieder reintun. Es wird Ihnen in Rechnung gestellt.«

»Ich verstehe.«

»Ziehen Sie sich an, dann unterhalten wir uns.«

Als Dana hinter dem Wandschirm hervorkam, hatte die Ärztin eine aufgeschlagene Akte vor sich auf dem Schreibtisch liegen.

»Okay, also, es freut Sie bestimmt zu hören, dass das Labor den Spender, den Sie sich ausgesucht haben, bestätigt hat. Mal sehen. Wirtschaftswissenschaftler. Arbeitet im Finanzsektor. Ziemlich sportlich, mag Rugby und Sport im Allgemeinen. Das ist immer ein gutes Zeichen, finde ich, wenn die Spender aktive Typen sind.«

»Ist er tierlieb?«, fragte Dana.

Die Ärztin blinzelte. »Bitte?«

»Hat er Sinn für Humor?«

Die Ärztin lächelte bedächtig. »Die Spender entscheiden selbst, wie viele Informationen sie uns geben. Wir wissen ein bisschen darüber, wie er aussieht: etwas größer als der Durchschnitt. Schlank. Dunkle Haare, braune Augen.«

Ist er verheiratet? Hat er schon eine Familie? Warum spendet er seinen Samen? Wenn er in der Finanzbranche arbeitet, kann es ja wohl kaum um Geld gehen. Dieser Mann und ich werden ein Kind miteinander haben. Wie kann es sein, dass ich solche Dinge nicht weiß?

»Wissen Sie, seit den Spendern die Anonymität entzogen wurde, ist die Spendenanzahl erheblich zurückgegangen«, meinte die Ärztin. »In manchen Monaten haben wir nicht genug für all unsere Patientinnen.«

Mit anderen Worten, ich habe Glück und sollte mich angemessen dankbar zeigen, dachte Dana. *Wo ist Helen, wenn ich sie brauche?*

53

Lacey

»Sie ist was?«, fragte Lacey und betrachtete das Foto von Nadia Safi.

»Eine Paschtunin. Das ist die größte ethnische Gruppe in Afghanistan, ungefähr vierzig Prozent der Gesamtbevölkerung. Aber in den Nachbarländern gibt es auch viele.«

Afghanistan?

»Auf dem Weg hierher hat mich Tulloch angerufen«, sagte Lacey. »Sie haben eine Gesichtsrekonstruktion von der Frau machen lassen, die ich gefunden habe, und sie denken, sie könnte aus dem Iran stammen. Liegen die beiden Länder nahe beieinander?«

»Sie haben eine gemeinsame Grenze«, meinte Tic. »Es ist also ziemlich wahrscheinlich, dass es im Iran auch Paschtunen gibt.«

Wieder betrachtete Lacey das Foto auf dem Tisch. »Ist das wichtig?«

»Könnte sein. Menschen aus dem Westen finden Paschtunen meistens sehr schön. Von der Knochenstruktur her haben sie große Ähnlichkeit mit Europäern, aber mit dunkleren Haaren und dunklerer Haut. Sie haben ziemlich oft blaue Augen.«

»Blauäugige Asiaten?«

»Die von diesem Mädchen hier sind ziemlich hell, schau mal. Blaugrau, würde ich sagen. Auf jeden Fall sind sie nicht schwarz, wie man es bei Menschen aus diesem Teil der Welt erwarten würde.«

Lacey drehte das Foto herum. Bis jetzt war es ihr nicht aufgefallen, aber jetzt, wo sie darauf hingewiesen worden war, sah sie, dass die junge Frau auf dem Foto tatsächlich ungewöhnlich helle Augen hatte.

»Es gab mal ein berühmtes Foto von einem afghanischen Mädchen auf dem Cover vom *National Geographic,* vor über zwanzig Jahren«, sagte Tic. »Sie war erst fünfzehn oder so, aber sie war wirklich erstaunlich schön. Vor allem wegen ihrer auffallenden grünen Augen.«

»Die Frau in dem Heilsarmee-Wohnheim, mit der ich gesprochen habe, hat irgendwas von Afghanistan gesagt«, meinte Lacey.

Betrübt schüttelte Tic den Kopf. »Einer der allerschlimmsten Orte der Welt, wenn man eine Frau ist. Ich hab zwar nicht von hohen Immigrantinnen-Quoten von dort gehört, aber verdenken könnte ich's ihnen nicht.«

Laceys außenpolitische Kenntnisse beschränkten sich auf das, was sie in den Spätnachrichten aufschnappte oder am Wochenende in der Zeitung las. »Ich dachte, es wäre besser geworden, seit die Taliban weg sind. Dass es eine neue Verfassung gibt und dass die Frauen gleichberechtigt sind.«

Tic zuckte die Achseln. »Besser ist es wohl schon geworden, glaube ich. Aber alles ist relativ. Die meisten Frauen dort sind immer noch Analphabetinnen. Die Lebenserwartung für Frauen ist noch immer die niedrigste der Welt. Dort sterben mehr Frauen während einer Schwangerschaft und bei der Geburt als fast überall sonst, vor allem, weil so viele Frauen im Kindesalter heiraten.«

»Das war mir nicht klar.«

»Die Leute glauben das, womit sie sich wohlfühlen.« Tics Stimme war lauter geworden. Das passierte immer, wenn ihr irgendetwas wichtig war. »Ich sage ja nicht, dass die Regierung nicht versucht, das Richtige zu tun, aber man kann die Gesellschaft nicht über Nacht ändern. Die meisten Frauen haben keine Ahnung von ihren Rechten und wissen daher auch nicht, wie sie sich beschweren sollen. Und im unwahrscheinlichen Fall, dass sie es doch tun, werden sie selten ernst genommen. Die Hälfte der Frauen in afghanischen Gefängnissen ist wegen sogenannten Sittenverbrechen verurteilt worden.«

»Und was genau ist ein Sittenverbrechen? Ehebruch? Promiskuität?«

Tic sah sie ungläubig an. »Ich bezweifle, dass sich viele Frauen so etwas trauen würden. Meistens geht's mehr darum, dass sie einem brutalen Ehemann weggelaufen sind oder sexuell belästigt worden sind. Die Frauen auf dem Land sind am schlimmsten dran. Ohne männliche Begleitung dürfen sie das Haus nicht verlassen. Weniger als die Hälfte geht zur Schule. Für gewöhnlich werden sie gezwungen, sehr jung zu heiraten, oft einen viel älteren Mann.«

Ein wenig ehrfürchtig schüttelte Lacey den Kopf. »Woher weißt du das alles?«

»Ich lese Zeitung. Sehe fern. Hier drin hat man viel Zeit.«

»Okay, ich kann's mir so ungefähr vorstellen«, sagte Lacey. »Wir können also damit rechnen, dass diese Frauen jede Chance für ein besseres Leben nutzen?«

»So einfach kann es nicht sein. Diese Frauen haben kein Geld, keinen Pass, die Hälfte kann nicht lesen. In weltlichen Dingen sind sie so unbedarft wie Kinder. Es ist für sie schlicht nicht möglich, Afghanistan ohne Hilfe zu verlassen.«

»Aber es ist doch durchaus möglich, dass eine ganze Menge von ihnen in Versuchung geraten würden, wenn man ihnen Hilfe anbieten würde – sagen wir, bei der Reise in ein Land, wo sie sicher sind, Hilfe bei der Suche nach Arbeit und einer Bleibe, wenn sie dort ankommen?«

»Ja«, stimmte Tic zu. »Ich kann mir vorstellen, dass sehr, sehr viele diese Gelegenheit beim Schopf ergreifen würden. Mein Gott, so was nennt man vom Regen in die Traufe.«

Ein Kleinkind kam angerannt, prallte von ihrem Tisch ab und sauste weiter durch den Raum. Seine Mutter flitzte vorbei und schnappte sich den Kleinen. Auf dem Rückweg zu ihrem eigenen Tisch blieb sie kurz stehen, um Tic böse anzufunkeln, die den Giftblick mit einem strahlenden Lächeln erwiderte.

»Ich möchte versuchen, Nadia Safi zu finden«, sagte Lacey. »Sie könnte den Ermittlungen wirklich auf die Sprünge helfen. Fällt dir irgendwas ein, wie ich das anstellen könnte?«

Tic lehnte sich auf ihrem Stuhl zurück und machte ein selbstgefälliges Gesicht. »Eigentlich hätte ich ja gedacht, du wärst Expertin darin, junge Frauen in London aufzuspüren.« Ihr Lächeln wurde breiter. »Du hast acht Monate lang nach mir gesucht, weißt du noch? Und hättest mich auch fast gefunden.«

Lacey lehnte sich ebenfalls zurück und erwiderte das Lächeln. »Stimmt.«

54

Pari

Das Schießen kam jetzt näher, die dumpfen Einschläge schwerer Geschütze, die die Mauern um ihr Zuhause herum trafen, das Bersten von Glas. Dahinter konnte sie Tageslicht erkennen. Noch ein paar Treffer, und die Mauer würde fallen. Sie würde frei sein. Krachen und Klirren.

Pari erwachte gerade noch rechtzeitig, um das Platschen zu hören, mit dem unter ihrem Fenster etwas ins Wasser fiel. Ganz still lag sie da und fürchtete sich vor der Übelkeit, die sie in letzter Zeit immer lähmte, wenn sie wach war.

War da Gesang zu hören gewesen? Dieses alte Volkslied, kurz bevor der dumpfe Aufschlag sie von Geschützfeuer hatte träumen lassen?

Da war es wieder. Der leise Aufprall, der in ihrem Traum so viel lauter erschienen war, gefolgt vom scharfen Klappern von Metall auf Glas. Dann wieder das Platschen. Die Neugier gewann die Oberhand, und Pari stieg aus dem Bett.

Im Zimmer war es dunkel. Nur ein paar ganz schwache Mondstrahlen fanden je hier herein. Hören konnte sie nichts, aber irgendetwas sagte ihr, dass in der Welt um sie herum nicht alles schlief. Irgendwo, gar nicht weit weg, waren Menschen wach. Irgendetwas ging hier vor.

Als Pari das Gesicht ans Fenster drückte, waren die Gebäude auf der anderen Seite des Kanals fast vollständig schwarz. Ein Wurfgeschoss – klein und rund – kam heraufgeflogen, direkt auf sie zu. Es prallte unter ihr an die Mauer und fiel wieder hinab.

Als sie sich auf einen Stuhl stellte, konnte sie dort unten etwas im Wasser sehen. Es war unmöglich zu erkennen, was genau es war – bloß Umrisse und Bewegung. Wieder kam das Wurfgeschoss heraufgeflogen, blieb an dem halb offenen Fenster direkt unter ihrem hängen. Pari sah, wie sich eine kleine Hand ausstreckte und die Schlüssel packte.

Sie blieb, wo sie war, bis ihr Rücken zu schmerzen begann, dann stieg sie vom Stuhl und setzte sich aufs Bett, lauschte und wartete.

Verkehrslärm irgendwo ziemlich weit weg. Eine Sirene. Gebrüll, ebenfalls sehr weit weg. Die normalen Geräusche Londons. Dann das leise Schließen einer Tür.

Niemand lief hier nachts herum. Das kam nicht vor. Die Wärterin – Pari hatte schon längst aufgehört, sie als irgendetwas anderes zu betrachten – legte Wert auf ihren Nachtschlaf. Und das war auch keine Innentür gewesen. Pari stieg abermals auf den Stuhl, beugte sich von Neuem aus dem Fenster und schaute hinunter.

Undeutliche Gestalten. Blasse Farben vor dem Schwarz des Wassers. Das Schimmern von Haut, der anmutige Fall langen Haares. Dann ein leises, rhythmisches Plätschern. Ein Boot legte von dem Gebäude ab. Jemand hatte das Haus verlassen.

Pari kehrte zum Bett zurück und legte ihren schmerzhaft pochenden Kopf behutsam auf das Kissen.

Zum ersten Mal seit vielen Wochen hatte sie Hoffnung.

Jemand war gerade entkommen.

Irgendjemand kam ihnen zu Hilfe.

55

Lacey

Was in aller Welt mache ich hier eigentlich?, dachte Lacey, als sie aus dem Bus stieg. Sie war kein Detective mehr, sie war erst vor Kurzem wieder für diensttauglich erklärt worden, und auf gar keinen Fall würde man ihr erlauben, undercover zu arbeiten. Außerdem war ihre Glaubwürdigkeit bei der Polizei von London wahrscheinlich auf dem absoluten Tiefpunkt angekommen. Vielleicht war es ja genau das, das Bedürfnis, etwas davon zurückzugewinnen. Sie konnte keinen Neoprenanzug anziehen und in der Themse tauchen, sie konnte nicht acht Kilometer des Südufers absuchen, aber vielleicht gelang es ihr ja, Nadia Safi zu finden.

Sie gestattete sich einen Moment Zeit, um sich zurechtzufinden. Die Old Kent Road in South London war berüchtigt. Allein an diesem Teilstück gab es über ein Dutzend Bordelle und Massagesalons, viele unauffällig über Fast-Food-Restaurants untergebracht. In einem Schaufenster sah sie kurz ihr Spiegelbild und zog sich das Kopftuch ein wenig enger ums Gesicht. Gesenkter Blick, unterwürfige Körpersprache: Sie war eine ängstliche junge Frau in einem fremden Land.

Als sie nach ihrem Besuch bei Tic wieder in London angekommen war, war sie schnurstracks in ein Bräunungsstudio gegangen und hatte sich von oben bis unten mit Bräunungsspray einsprühen lassen. Bevor sie losgezogen war, hatte sie ihr Haar dunkler getönt; dabei hatte sie das knallige Blauschwarz vermieden, das verraten würde, dass es gefärbt war, und sich stattdessen für ein sehr dunkles Braun entschieden. Die dunklere Haut betonte das Weiß und die braunblaue Iris ihrer Augen. Sie hatte einen feinen Lidstrich um die Augen gezogen und dunklen Lippenstift aufgelegt. In der Dunkelheit auf der Straße und im Kunstlicht der Gebäude war es durchaus möglich, dass man sie für eine Paschtunin halten würde, das wusste sie.

Im ersten Etablissement, das sie betrat, gab es einen kleinen Empfangsbereich mit weiß getünchten Wänden und Plastikstühlen; eine staubige Plastikpalme stand in einer Ecke. Auf dem zerschrammten Couchtisch standen etliche benutzte Plastiktassen. Lacey blickte vom Boden auf und sah der Frau hinter dem Tresen ins Gesicht. Sie war weiß und vielleicht knapp über fünfzig.

Sprich langsam. Mach viele Pausen, als müsstest du nach den richtigen Worten suchen. Das Risiko, einen Akzent vorzutäuschen, ging sie nicht ein.

»Können Sie mir helfen, bitte? Ich suche meine Schwester.«

Die Frau schüttelte den Kopf und atmete durch ihre Zigarette hindurch tief ein. Lacey nahm das Foto von Nadia Safi aus ihrer Tasche und legte es auf den Tresen. »Sie heißt Nadia.« Die Frau sah das Bild nicht an. Sie starrte Lacey an, den Mund zu einem belustigten Lächeln verzogen.

Da ihr klar war, dass eine Frau die gefärbten Haare und die unechte Bräune eher bemerken würde, griff Lacey rasch abermals in ihre Tasche. »Bitte.« Sie legte ein Stück Papier auf den Tresen und nahm das Foto von Nadia an sich. »Ich habe ein Telefon. Wenn Sie irgendjemanden wissen, der Nadia vielleicht kennt, bitte?«

Als Lacey sich zum Gehen wandte, sah sie in der Spiegelung der Glasscheibe in der Tür, wie die Frau das Stück Papier zusammenknüllte und zu Boden wischte. Manchmal gewinnt man, und sehr viel öfter verliert man. Das hier hatte sie schon einmal getan, hatte Monate ihres Lebens damit verbracht, London nach einer jungen Frau abzusuchen, die nicht gefunden werden wollte. Es war wie Fischen. Wenn man genug Würmer aufs Wasser streute, wurde früher oder später einer davon aufgeschnappt.

Im zweiten Laden, bei dem sie es versuchte – nach außen hin ein Massagesalon –, hockte ein älterer Mann hinter dem Empfangstresen, und zwei Frauen saßen im Wartebereich. So wie sie angezogen und geschminkt waren, nahm Lacey an, dass sie hier arbeiteten.

»Geh nach Hause, Schätzchen«, riet ihr die eine, als sie ihnen mit gesenktem Blick das Foto zeigte. »Das ist keine Gegend, wo man nachts rumlaufen sollte.«

Als Nächstes war ein Kebab-Laden an der Reihe. Ein junger Asiate hinter dem Tresen. »Nie gesehen«, meinte er mit einem Akzent, der Lacey verriet, dass er in England geboren und in London aufgewachsen war. »Woher kommst du?«

»Aus Kundus.« Eine Provinz im Norden Afghanistans, in der Nähe der Grenze zu Tadschikistan. »Sie ist meine Schwester«, wiederholte sie und zeigte auf das Foto.

»Hast du Papiere?«

Lacey zuckte zurück, schlug die Augen nieder. »Ich möchte keinen Ärger. Ich will doch nur wissen, ob es ihr gut geht.«

»Wie seid ihr denn hierhergekommen?«

Sie wich zurück, auf die Tür zu. »Wir sind zusammen gekommen. In Calais sind wir getrennt worden.«

»Hast du was, wo du wohnen kannst?« Sein Blick bekam etwas Gieriges. Es wurde Zeit weiterzuziehen. Lacey holte das Stück Papier mit ihrer Telefonnummer hervor, huschte hastig zum Tresen und legte es hin. Die Tür klingelte hinter ihr, als sie wieder auf die Straße hinaustrat.

»Für eine Afghanin sprichst du aber sehr gut Englisch.«

»Ich war auf der Schule.« Lacey hielt den Blick fest auf den staubigen Boden geheftet. »Ich war eine von denen, die Glück hatten.«

Der Mann, der an einem billigen Plastiktresen lehnte, in

mittleren Jahren und übergewichtig, stammte von den karibischen Inseln. »Brauchst du eine Bleibe?«, fragte er. »Geld?«

Überall war es dasselbe gewesen. Entweder wollten sie sie anwerben, oder sie gaben sich alle Mühe, sie zu ignorieren.

»Ich will bloß meine Schwester finden.« Lacey legte das Kärtchen mit ihrer Telefonnummer vor ihm auf den Tresen. Er streckte die Hand aus, versuchte, die ihre zu packen. »Wir suchen hier immer nette Mädchen. Brauchst du einen Job? Ist auch was Festes.«

Lacey trat zurück, weg von dem Tresen. »Wenn Ihnen irgendjemand einfällt, der sie vielleicht gesehen hat, bitte rufen Sie mich an.«

Um drei Uhr morgens hatte sie genug. Als sie so etwas das letzte Mal gemacht hatte, war sie um einiges jünger gewesen und hatte nach jemandem gesucht, der ihr wichtig war. Nadia war lediglich ein Name, ein Foto und eine nasse Erinnerung.

Ihr Handy klingelte. Nicht ihr eigenes Handy, das lag auf dem Boot. Das hier war das billige Wegwerftelefon, das sie vorhin gekauft hatte. Plötzlich klopfte ihr Herz laut und schnell, die Erschöpfung war vergessen.

»Hallo?«

»Ich weiß, wo sie ist.«

Das grüne Neonschild verhieß »Exotische Girls«, das rote darunter PEEPSHOW. Weitere Schilder versprachen Pole-Dancing und Striptease, als wäre der Daseinszweck dieses Etablissements nicht hinreichend deutlich gemacht worden. Während Lacey näher kam, wurden drei Geschäftsmänner von dem übergewichtigen Türsteher eingelassen; zwei waren Japaner, der dritte ihr britischer Fremdenführer. Die Stimme am Telefon hatte sie angewiesen, zum Hintereingang zu gehen.

Lacey schaute kurz in ihre Tasche, um sich zu vergewissern, dass die SMS, die sie an ihr eigenes Handy zu Hause auf dem Boot geschickt hatte, auch angekommen war. Darin hatte sie genau geschildert, wo sie hinwollte und warum. Wenn ihr irgendetwas passierte, würde früher oder später ihr Handy überprüft werden. Als Sicherheitsmaßnahme war das nicht gerade allumfassend, aber es war besser als gar nichts.

Die Gasse, die sie hinuntergehen sollte, war sehr dunkel. Sie konnte kaum das andere Ende erkennen. Abermals zog sie ihr Handy heraus und wählte die Nummer des Notrufs.

»Notrufzentrale.«

»Ich hab gerade gesehen, wie ein Mädchen in der Argyle Street in einen Strip-Club gezerrt worden ist«, berichtete Lacey. »Ganz dicht bei der Old Kent Road. Es waren drei Männer dabei, und es hat ausgesehen, als würde sie gezwungen. Ich glaube, sie braucht Hilfe.«

Keine Minute später ging sie die Gasse hinunter. Die durchschnittliche Reaktionszeit der Polizei lag in diesem Teil der Stadt und um diese Uhrzeit bei fünfzehn bis zwanzig Minuten. In einem möglichen Entführungsfall würden die Constables vorsichtig vorgehen. Ohne Rückendeckung würden sie nicht in einen Strip-Club stürmen. Sie würden sich umsehen, würden mit dem Türsteher reden, auf Verstärkung warten. Es war siebzehn Minuten nach drei. Sie hatte Zeit.

Am Ende der Gasse wartete ein dunkelhäutiger, dunkeläugiger Mann in einer offenen Tür.

»Wo ist Nadia?«, fragte Lacey aus gut drei Metern Entfernung.

»Du musst reinkommen.«

Fünfzehn, zwanzig Minuten. Trotzdem ein großes Risiko.

»Ist sie hier?« Man würde von ihr erwarten, dass sie Angst hatte. Angst würde überzeugend wirken. Ein Schritt näher. Ein rascher Blick in den Hof hinter der Tür. Wahrscheinlich wirkte sie im Moment sehr überzeugend.

»Ich will da nicht rein.«

»Das musst du selbst wissen. Willst du zu deiner Schwester oder nicht?«

Lacey machte noch ein paar Schritte vorwärts. Als sie in Reichweite war, packte der Mann sie an der Schulter und stieß sie in den Hof. Die Tür schloss sich hinter ihnen, und ein Riegel wurde vorgeschoben. *Scheiße!*

Der Hof war auf drei Seiten von hohen Mauern umgeben, an der vierten ragte ein schmales, dreistöckiges Haus empor. Es roch nach indischem Essen, nach abgestandenem Bier und noch abgestandenerem Urin, nach Mülltonnen, die schon länger nicht mehr geleert worden waren. Im Haus brannte Licht. Der Mann schob sie auf die Hintertür zu.

Eine verdreckte Küche. Mindestens ein Dutzend Milchflaschen voll geronnener Milch in unterschiedlichen Gelbtönen. Eine Recyclingtonne, die vor Bierdosen überquoll. Ein Stapel Flugblätter auf Urdu auf der Arbeitsplatte. Irgendwo im Innern des Hauses konnte sie das monotone Dröhnen europäischer Billig-Popmusik hören. Drei weitere Männer in der Küche, zwei davon weiß, einer Asiate.

»Durchsucht ihre Tasche«, sagte der Mann, der sie in der Gasse erwartet hatte, barsch.

Laceys Handtasche wurde ihr von der Schulter gezerrt und der Inhalt auf die Arbeitsplatte neben ihr gekippt. Doch sie hatte genug Zeit mit Joesbury verbracht, um zu wissen, dass man nichts bei sich trug, was einen identifizieren könnte, wenn man undercover arbeitete. In der Tasche waren ihr Handy, ein Regenschirm, ein paar billige Make-up-Artikel, ein Busfahrschein und ein paar Münzen.

»Wer bist du?«

Nicht hochschauen. Eine illegale Immigrantin wäre völlig verängstigt. Der Mann, der mit ihr sprach, der ältere der beiden Weißen, trat vor und rammte ihr die Hand unters Kinn. »Ich hab gefragt, wie du heißt.«

»Laila.«

Sie versuchte, den Blick wieder zu senken. Er hielt ihr Kinn fest. *Bleib ruhig. Denk daran, wie du das früher gemacht hast.*

»Laila was?«

»Einfach nur Laila. Bitte, ich will doch nur zu meiner Schwester.« Sie wandte sich zu dem Mann um, der sie hereingebracht hatte. »Sie haben doch gesagt, Sie wissen, wo sie ist?«

Der andere Asiate meldete sich zu Wort. »Musliminnen laufen um diese Zeit nicht nachts allein auf der Straße rum. Was bist du, so eine Art Hure?«

»Sie ist meine Schwester. Sie hat doch sonst niemanden.«

»Wo kommst du her?«

Lacey sah die Männer vor sich an. Zwei von ihnen könnten ohne Weiteres aus Afghanistan sein. Sie durfte nicht in Panik geraten. Es gab unzählige Sprachen und Dialekte in dieser Region; sie konnten sie unmöglich alle kennen.

»Sie haben mir gesagt, das darf ich nicht sagen«, erwiderte sie. »Ich will nicht zurück, ich will nur zu Nadia.«

»Und wenn wir dir sagen, dass wir Nadia kennen und dass sie uns erzählt hat, sie hat keine Schwester?« Das war der andere Weiße, der Jüngere der beiden, in einer braunen Lederjacke und mit einer engen Wollmütze über dem dunklen Haar.

»Wenn sie Ihnen das erzählt hat, versucht sie, mich zu schützen. Ist sie hier?«

»Haltet sie fest.«

Der ältere Weiße drehte sich um und verließ den Raum. Mindestens zehn Minuten, bis Hilfe eintreffen würde. Acht Minuten, bis sie wegmusste oder riskierte, in Gewahrsam genommen zu werden. Scheiße, das hier lief gar nicht gut.

»Ich möchte meine Schwester sehen oder gehen«, sagte sie zu dem Mann, der sie hereingebracht hatte, der, der jetzt wie ein Rausschmeißer an der Hintertür lehnte.

Der Mann richtete sich auf. Er würde sie nicht widerspruchslos gehen lassen. »Bringt sie nach oben.«

Der Boss war wieder da. Zwei der anderen griffen nach ihr.

»Nein!«

Lacey wurde rückwärts gegen den Küchentresen gedrängt. Sie könnte sich dagegenstemmen, mit beiden Beinen austreten. Bei nur einem Kerl hätte sie eine Chance. Bei vieren überhaupt keine.

»Glaubt ihr, ich bin allein? Ich habe eine Freundin, die die Polizei anruft, wenn ich nicht in zwei Minuten hier raus bin.«

Sie wurde gepackt und vorwärtsgestoßen, aus der Küche, in einen schmalen Korridor. Oh, was zum Teufel hatte sie getan? Sie war mutterseelenallein in einem Stripclub, der wahrscheinlich nebenbei als Bordell fungierte, eine Gefangene von vier Männern, und die Musik war so laut, dass sie die Sirenen nicht hören würde, und kein Polizist würde sie hören.

Die Treppe, die sie hinaufstiegen, war schmutzig, der Teppich alt und abgetreten. Die Glühbirne über ihnen war kaputt. Im ersten Stock wartete ein weiterer Mann. Er öffnete eine Tür am Ende des Korridors und schubste Lacey hinein.

Der Mann hinter dem Schreibtisch sah aus, als wäre er Anfang sechzig, mit dichtem, grau meliertem Haar und einer großen Hakennase. Seine Augen waren dunkelbraun, seine Haut deutete darauf hin, dass er möglicherweise von gemischter genetischer Herkunft war oder aber sehr gern Urlaub in der Sonne machte.

Die Tür knallte zu, und die Musik wurde so weit gedämpft, dass es nicht mehr wehtat. Die Hände, die sie hielten, lösten sich, und sie stand wie ein gefangenes Tier mitten in einem Kreis unfreundlicher Augen. Sie durfte die Nerven nicht verlieren. Die Polizei würde gleich hier sein.

»Du hast dreißig Sekunden, mich davon zu überzeugen, dass du aus Bongo-Bongo-Land kommst, sonst mache ich Pläne für dich«, sagte der Mann mit der Hakennase und den grausamen Augen. Er warf dem Mann in der braunen Jacke hinter ihr einen raschen Blick zu. »Kennst du sie, Beenie?«

Lacey wurde zu dem Jüngeren herumgedreht.

»Nein.« Beenie betrachtete sie unverwandt, während er den Kopf schüttelte. »An die würd ich mich erinnern.« Er ließ den Blick bis zu ihren Füßen hinunter und dann an ihr wieder hinaufwandern.

»Könnte sie eine von euch sein?«

Beenie verzog den einen Mundwinkel. »Kann nicht sein. Die würden doch keiner Polizistin erlauben, hier nachts ohne Verstärkung aufzukreuzen. Und wenn sie 'n Team dabeihätte, wären die inzwischen hier.«

Eine von euch? Beenie war Polizist. In was zum Teufel war sie da hineingetappt? Einer der Männer ging zum Fenster und sah hinaus. Falls er irgendetwas sah, was ihn beunruhigte, sagte er es nicht.

»Wenn sie also keine Bullenschlampe ist, wer ist sie dann, verdammte Scheiße?«

»Wenn ich raten soll, würd ich auf Privatdetektivin tippen«, antwortete Beenie. »Vielleicht hat das Mädchen, das sie angeblich sucht, ja doch Familie.« Er wandte sich an den Mann, der an der Tür gewartet hatte. »Habt ihr sie durchsucht?«

»In ihrer Tasche war nichts.«

»Ich hab nicht nach ihren persönlichen Scheißsachen gefragt, ich hab gefragt, habt ihr sie durchsucht?«

Kopfschütteln.

»Na, dann ist das hier wohl meine Glücksnacht.«

Lacey stand ungerührt da, als sei sie bei der Sicherheitskontrolle auf einem Flughafen, während Männerhände über ihren Körper fuhren. Über Rücken, Arme, Beine. Überall.

»Nichts.«

Hakennase verlor allmählich die Geduld. Er stand auf, beugte sich über den Schreibtisch. »Okay, genug rumgeeiert. Was hast du hier zu suchen?«

Wahrscheinlich war es an der Zeit, das mit der Unterwürfigkeit sein zu lassen. Beenie hatte ihr einen möglichen Ansatz gegeben, vielleicht konnte sie den nutzen.

»Ich suche nach Nadia Safi«, sagte sie. »Spielt es wirklich eine Rolle, ob ich ihre Schwester bin oder nicht? Sie hat Menschen, denen sie wichtig ist, die mich bezahlen. Wenn Sie sie nicht gesehen haben, sagen Sie's einfach, dann lasse ich Sie in Ruhe.«

»Für wen arbeitest du?«

»Für mich.«

Hakennase setzte sich wieder. »Also, was machen wir mit ihr?«

»Kannst du tanzen, Schätzchen?«, fragte der Weiße, der sie hier heraufgebracht hatte.

»Oben ist ein Zimmer frei«, meinte einer der Asiaten. »Willst du sie erst mal ausprobieren, Rich?«

Rich, der Mann hinter dem Schreibtisch, schien darüber nachzudenken. Beenie hatte an seinen Nägeln gepult und völlige Gleichgültigkeit vorgetäuscht. Jetzt schaute er auf. »'tschuldigung, Leute, aber behalten könnt ihr sie nicht. Die arbeitet bestimmt nicht allein, ganz gleich, was sie euch erzählt. Die hat sicher Leute, die nach ihr suchen werden. So was könnt ihr im Moment echt nicht gebrauchen.«

»Und was dann?«

»Lasst sie laufen.«

»Einfach so?«

»Zeigt ihr das Fotoalbum. Die sieht aus wie 'ne Tussi, der ihr Gesicht was wert ist.«

Rich betrachtete Lacey einen Augenblick lang mit zusammengekniffenen Augen, dann griff er in die Schublade seines Schreibtischs, holte ein billiges Fotoalbum heraus und winkte sie näher heran.

Die erste Seite zeigte eine Frau, deren Gesicht und Hals schwer vernarbt waren. Ihre Haut wölbte sich zu Buckeln und Wülsten wie eine Mondlandschaft. »Säure«, meinte Rich. »Sie war ungeschickt, hat sich 'ne ganze Flasche voll übergekippt, als sie versucht hat abzuhauen, bevor wir mit ihr fertig waren.«

Er blätterte um. Noch mehr fürchterliche Verletzungen. »Das dumme Ding hat sich selbst angezündet«, erklärte Rich. »Mit Saris muss man vorsichtig sein. Vor allem mit den billigen Dingern. Dieses Nylonzeug brennt echt leicht.« Noch eine Seite. »Hat sich selbst die Nase abgeschnitten, ist das zu fassen?«

»Ich hab's kapiert«, sagte Lacey.

Rich beachtete sie nicht, blätterte von Neuem um. Eine Frau, der auf beiden Seiten des Mundes das Gesicht zerschnitten worden war, sodass eine Narbe entstand, die wie ein grässliches falsches Lächeln aussah. Als Lacey die Augen schloss, klingelte das Telefon. Rich nahm den Hörer ab.

»Draußen steht 'n Polizeiwagen«, sagte er kurz darauf. »Zwei Bullen beobachten das Haus sehr genau.«

»Ich muss weg«, sagte Beenie. »Ich sorge dafür, dass sie verschwindet. Mein Auto steht hinten.«

Eilig verließen sie das Gebäude; Beenie zerrte Lacey an der Hand mit sich. Die Treppe hinunter, wieder den Korridor entlang. In den Hof hinaus und dann in die Gasse, während jemand vorne anfing, an die Haustür zu hämmern. Beenie führte sie zu einem dunklen Wagen, der ein paar Meter entfernt parkte. Er sprang auf den Fahrersitz und fuhr schon fast an, ehe Lacey richtig eingestiegen war.

Sie erreichten das Ende der Gasse, bogen auf die Hauptstraße ab und fuhren an dem Club vorbei. Zwei Streifenwagen parkten davor; die Insassen diskutierten noch immer mit dem Türsteher über Zutrittsmöglichkeiten.

Während sie die Old Kent Road hinunterfuhren, beobachtete Lacey Beenies Augen im Rückspiegel. Einen Moment lang blickte er auf, doch seine Miene verriet ihr nichts. *Ich sorge dafür, dass sie verschwindet,* hatte er gesagt. Wie verschwindet? Die Straße wurde ruhiger; sie hatten die meisten hellen Lichter hinter sich gelassen. Sie wurden langsamer. Beenie blinkte und fuhr an den Straßenrand. Lacey drehte sich um, um zu sehen, wo sie waren.

Vor einem Taxistand, der rund um die Uhr besetzt war. Er wollte sie in ein Taxi setzen?

Gleich darauf saß Lacey hinten in einem Auto, das nach Zigaretten und billigem Lufterfrischer roch. Beenie beugte sich herein und reichte dem Fahrer, den er mit Vornamen begrüßt hatte, einen Zwanzigpfundschein.

»Sie sagt dir, wo sie hinwill«, erklärte er. »Bring sie direkt nach Hause.« Dann wandte er sich an Lacey. »Wenn wir dich noch mal hier in der Gegend sehen, Schätzchen, dann schicken wir dich nicht im Taxi nach Hause. Kapiert?«

Sonntag, 29. Juni

56

Pari

»Wie ist sie rausgekommen? Wie zum Teufel kommen die hier raus?«

»Frag das nicht mich.«

Pari fühlte sich zu schlecht, um aufzuwachen. Schlaf war manchmal das einzige Mittel, die Schmerzen beiseitezuschieben. Selbst dann gingen sie nie ganz weg, drängten sich ständig in ihre Träume, verfinsterten sie.

»Wen soll ich denn sonst fragen? Wer war denn sonst die ganze Nacht hier?«

»Was meinst du damit? Dass ich sie rausgelassen habe?«

Sie sprachen zu schnell, als dass Pari mehr als ein paar Worte hätte aufschnappen können, die Angst dahinter jedoch war eindeutig. Die Leute, die diesen Ort betreuten, wurden normalerweise nie laut.

»Na, irgendjemand lässt sie raus. Er wird ausflippen.«

»Dann muss er eben was unternehmen.«

»Was soll das heißen?«

»Frag ihn. Ist doch seine Entscheidung.«

Pari öffnete die Augen. Es war hell im Zimmer. Morgen.

»Ach, und das wirst du ihm sagen, ja?«

»Kannst du mir sagen, wie die hier rauskommen?«

»Das ist jetzt schon die Neunte, die abgehauen ist. Neun Stück, die einfach so zur Hintertür rausspaziert sind. Das schaffen die doch nicht allein.«

Nein, tun sie nicht, dachte Pari. *Jemand hilft uns. Und bald bin ich an der Reihe.*

57

Lacey

Es herrschte Ebbe; die Jacht war in den Schlamm gesackt, und Lacey konnte das Deck des alten Baggerschiffs nicht mehr sehen. Sie hatte wirklich keine Ahnung, wie lange sie schon hier saß und übers Wasser starrte. Den größten Teil des Vormittages hatte sie geschlafen, und den Nachmittag über hatte sie – meistens vergeblich – versucht, sich eine sinnvolle Beschäftigung zu suchen. Dies hier würde ein vergeudeter Tag werden; je eher er zu Ende war, desto besser.

Gott stehe ihr bei, wenn Joesbury jemals erfuhr, was sie gestern Nacht getan hatte.

Ein ganz leises Geräusch hinter ihr verriet Lacey, dass sie nicht allein war. Eileen war ins Cockpit des Bootes nebenan hinaufgestiegen, jetzt saß sie da und sah zu ihr herüber. Doch noch während Lacey lächelte und den Mund öffnete, um etwas zu sagen, war sie sich nicht mehr sicher, ob die Ältere wirklich sie ansah. Eileen schaute in ihre Richtung, doch ihr Blick ging ein wenig ins Leere. Sie schien tief in Gedanken versunken zu sein.

Unten klingelte ein Telefon. Lacey stand auf, schwang sich den Niedergang hinunter und hielt inne. Ihr Handy lag auf dem Tisch und war stumm. Das Klingeln kam aus der Tasche, die sie letzte Nacht auf der Old Kent Road bei sich getragen hatte. Die Nummer war unterdrückt.

»Hallo?«

Schweigen in der Leitung. Durch ein Steuerbordfenster konnte Lacey immer noch Eileen sehen. Heute Nachmittag war sie irgendwie anders. Sie hatte ein meerblaues Kleid an und trug das Haar offen. Ihr kräftiges Gesicht war geschminkt; das Make-up verlieh ihr einen Zauber, der die Frau erahnen ließ, die Ray vor all den Jahren geheiratet hatte. In dem eng anliegenden Kleid wirkte sie gar nicht so dick wie sonst. Eigentlich sogar recht wohlgeformt. Noch immer Schweigen in der Leitung, dann:

»Warum suchen Sie nach mir?«

Eine Frauenstimme. Gebrochenes Englisch. Starker Akzent.

»Nadia?« Lacey wandte sich ab, damit der ungewöhnliche Anblick einer glamourösen Eileen sie nicht ablenkte.

»Sie sind nicht meine Schwester. Warum sagen Sie den Leuten, Sie wären meine Schwester? Was wollen Sie?«

»Ich würde mich gern mit Ihnen treffen. Können wir uns unterhalten, bitte?«

»Ich habe nichts zu sagen.«

Warum hatte sie dann angerufen?

»Ich komme allein«, beteuerte Lacey. »Ich möchte bloß reden. Sie haben nichts zu befürchten, ich verspreche es.«

Schweigen. War das überhaupt Nadia Safi? Es könnte doch jede x-Beliebige sein. Sie schaute abermals durch das Fenster. Jetzt kämmte Eileen sich das Haar, noch immer mit diesem versonnenen Gesichtsausdruck. Langes Haar, das ihr bis auf die Schultern fiel. Grau, aber noch immer weich. Nicht so drahtig, wie das Haar alter Leute oft wurde.

»Wo sind Sie jetzt?« Lacey sprach sehr leise, ihr war bewusst, dass Eileen sie wahrscheinlich hören konnte. »Ich komme zu Ihnen.«

»Warum?«

»Ich glaube, Sie können mir helfen. Vielleicht kann ich Ihnen helfen.«

Lacey hielt den Atem an.

»Kensington Gardens. Bei der Statue von dem kleinen Jungen. In einer Stunde.«

58

Nadia

Der Park war voll. Der Wagen eines Eisverkäufers blies viel mehr Hitze aus, als das Produkt, das er verkaufte, jemals würde lindern können. Hunde und Kinder rannten herum; Erwachsene hielten mit, so gut sie konnten. Ein Jongleur sah aus, als würde er gleich schmelzen, so sehr schwitzte er.

Nadia ging durch die Italian Gardens am Nordrand der Serpentine; die Farben der Blumen wurden durch das Gitterwerk vor ihren Augen gedämpft. Die Burkas, die daheim getragen wurden, waren hellblau und angeblich schon schlimm genug, bei dieser Hitze jedoch konnte man nichts Schlimmeres anhaben als dieses beengende, erstickende Schwarz.

Sie warf einen kurzen Blick zurück. Fazil stand am Tor, einer seiner Söhne war ein Stück weiter im Park, ein weiterer würde ganz in der Nähe warten. Es war ihre Idee gewesen, sich mit der Frau von gestern Nacht zu treffen, herauszufinden, wer sie war, was sie wollte. Nadia ging am Wasser entlang; der Boden unter ihren Sandalen war trocken und rissig. Ihre Hände schwenkten die dunklen Falten ihres Gewandes, damit ein wenig Luft an ihr Gesicht kam. Die Peter-Pan-Statue war direkt vor ihr.

Mehrere Leute befanden sich in der Nähe der Statue. Ein Mann, der eingehend mit seinem Handy beschäftigt war. Eine Mutter, die Eiscreme vom Hemdchen ihres Kleinkindes rubbelte. Eine Frau, die nach Westen blickte, zum Palast hinüber. Ihrer Figur und ihrer Haltung nach zu urteilen, war sie jung, und langes, dunkles Haar hing ihr offen über den Rücken. Ein Fahrrad lag zu ihren Füßen, und sie trug das grün-weiß gestreifte Shirt, von dem sie am Telefon gesprochen hatte. Dies war die Frau, die die ganze Old Kent Road hinuntergelaufen war und behauptet hatte, Nadias Schwester zu sein.

Als würde eine ihrer Schwestern auch nur im Traum daran denken, etwas derart Leichtsinniges zu tun. Als würde einer ihrer Schwestern genug an ihr liegen.

Sie wandte sich um und sah Nadia unverwandt an. In ihrem Gesicht zeigte sich keine Regung. Fazil hatte recht gehabt, als er meinte, sie sollten sich hier treffen. Überall im Park waren schwarz gewandete Frauen, saßen plaudernd da, schoben Kinderwagen, während nur ihre Hände unter dem Gewand sichtbar waren.

Die Frau in dem gestreiften Shirt wandte sich wieder um, drehte sich einmal bedächtig um sich selbst. Nadia trat auf den Rasen, sodass ihre Füße kein Geräusch machten. Als sie nahe genug war, sagte sie den Namen, der ihr am Telefon genannt worden war. »Lacey?«

Die Frau drehte sich um. Nadia trat erschrocken einen Schritt zurück. Das hier war ein schrecklicher Fehler. Sie musste weg.

»Nadia, sind Sie's?«

Eilig machte Nadia sich auf den Weg zum Tor. Schritte hinter ihr verrieten ihr, dass jemand ihr folgte. Dann sprang die Engländerin mit einem Satz vor sie, sodass sie nicht mehr weiterkonnte. »Ich weiß, dass Sie es sind«, sagte sie.

»Sie sind von der Polizei«, stieß Nadia hervor. Wie hatte sie so dumm sein können? Wie konnte es sein, dass Fazil das nicht bemerkt hatte?

Lacey hob beide Hände. »Ich bin allein. Niemand weiß, dass ich hier bin.«

Sagte sie die Wahrheit? Das konnte man unmöglich wissen. Nadia drehte den Kopf und verfluchte innerlich das winzige Gitterfenster, das ihr Gesichtsfeld so einschränkte. Sie sah Fazil, der ihr keinerlei Schutz mehr gewähren würde, wenn er wüsste, dass sie mit der Polizei sprach.

»Sie waren auf dem Fluss«, sagte sie. »An dem Abend damals, im letzten Jahr, als das Boot umgekippt ist.«

Lacey nickte.

»Sie sind wegen mir ins Wasser gegangen«, sagte Nadia. »Sie, nicht einer von den Männern.«

»Die waren auf der anderen Seite des Bootes, sie haben Sie nicht gesehen.«

»Sie glauben, die wären wegen jemandem wie mir ins Wasser gesprungen?«

»Ehrlich gesagt, Sie würden sich wundern. Und ich war ja auch am Boot festgemacht; ich war niemals irgendwie in Gefahr.«

»Doch, als ich versucht habe, Ihnen auf den Kopf zu klettern, um aus dem Wasser zu kommen.«

Die Polizistin lächelte und zeigte kleine Zähne von der Farbe frischer Sahne. »Ich würde Ihnen wirklich gern ein paar Fragen stellen«, sagte sie jetzt. »Können wir uns ein Weilchen hinsetzen?«

Nadias Stimme senkte sich zu einem Flüstern. »Sie beobachten uns.«

Die Polizistin sah sich nicht um, reagierte überhaupt nicht. »Wer? Wer beobachtet uns?«

»Ich muss gehen. Sie dürfen nicht wissen, dass Sie von der Polizei sind.«

Lacey sah Nadia direkt in die Augen, als wäre das Gitterfenster gar nicht da. »Kommen Sie mit mir, jetzt gleich. Ich kann Sie in Sicherheit bringen. Kommen Sie mit, und machen Sie eine Aussage. Wir kümmern uns um Sie.«

Glaubte sie tatsächlich, das wäre so einfach?

»Kümmern Sie sich auch um meine Familie? Tausend Kilometer weit weg? Können Sie die auch beschützen?«

Lacey war eindeutig zu ehrlich, um Versprechungen zu machen, die sie nicht halten konnte. Sie trat zurück und schüttelte den Kopf, übertrieb die Geste theatralisch. »Sagen

Sie ihnen, Sie sind nicht diejenige, die ich suche. Sagen Sie, ich bin Privatdetektivin; die wissen bestimmt, was das heißt, und dass ich mich geirrt habe. Sagen Sie ihnen, ich werde Sie nicht wieder belästigen. Und dann rufen Sie mich an. Wir reden, wenn Sie allein sind.«

Langsam hob Nadia ihren Schleier, hielt ihn weiter dicht ums Gesicht gezogen, sodass nur Lacey sie sehen konnte. Seit jenem Abend im letzten Oktober hatte sich die Polizistin die Haare gefärbt. Selbst klatschnass waren sie nicht so dunkel gewesen, das wusste Nadia. Auch ihre Haut war dunkler, als wäre sie monatelang in der Sonne gewesen. Nur ihre Augen waren noch genauso wie damals.

»Sie würden mich doch bestimmt ansehen wollen«, sagte sie. »Um ganz sicher zu sein, dass ich nicht die bin, nach der Sie suchen. Danke, dass Sie mir das Leben gerettet haben.«

Damit ließ sie den Schleier wieder fallen und ging davon. Sie schaute sich nicht um.

59

Dana

»Ma'am, wir haben sie verloren.«

»Das soll wohl ein Witz sein!« Eine Frau war zu ihnen gekommen, aus freien Stücken, hatte sich mit einer von ihnen getroffen, und jetzt hatten sie sie verloren? Dana drehte sich im Kreis, blickte die Bayswater Road hinauf und hinunter. Keine Burkaträgerin war in dieser Richtung aus dem Einkaufszentrum gekommen. Ein Stück weiter die Straße hinauf, am Eingang zum Park, sah sie Lacey, die Nadia in einiger Entfernung gefolgt war und sich darauf verlassen hatte, dass ihre Kollegen sie nicht aus den Augen verloren. »Sicher?«, fragte Dana in ihr Funkgerät.

Stenning klang, als wäre er außer Atem. »Haben Sie eine Vorstellung davon, wie viele Burkas um diese Jahreszeit im Einkaufszentrum unterwegs sind?«

»Suchen Sie weiter.« Da sie weniger als eine Stunde Zeit gehabt hatte, waren Stenning und Mizon die einzigen Mitglieder ihres Teams gewesen, die Dana quer durch London hatte herbeischaffen können. Die beiden konnten nicht einmal alle Ausgänge im Auge behalten. »Wir dürfen sie nicht verlieren, sie ist alles, was wir haben.«

Noch während die Worte aus Danas Mund kamen, wusste sie, dass es hoffnungslos war. Nadia war verschwunden.

60

Lacey

»Ich wüsste ja zu gern, was dir so im Kopf rumgeht.«

Lacey fuhr zusammen. Ray saß im Cockpit seines Bootes und rauchte; eine offene Bierdose stand neben ihm. Irgendwo unter Deck konnte sie Eileen leise und unmelodisch vor sich hin summen hören. Die beiden waren heute Abend also doch nicht ausgegangen. Sie fragte sich, ob Eileen wohl noch immer ihr meerblaues Kleid trug und was in aller Welt die Frau geritten hatte, sich so herauszuputzen, wenn sie gar nicht weggehen wollte.

»Ich hab gar nicht gesehen, dass du dich da im Schatten rumdrückst«, erwiderte sie, während sie um den Bug seines Bootes herum an Backbord das Deck entlangkam.

Er blies Rauch in die Luft. »Ist zu heiß, um runterzugehen.« An diesem Abend war es auf dem Creek windstill, und der Rauch hing über Rays Kopf in der Luft, fast wie in einem geschlossenen Raum. Lacey sah Eileens Kamm und ihren Spiegel neben der Bierdose liegen.

»Hast du gearbeitet?«, fragte er.

»Ein aussichtsloser Versuch«, gestand Lacey. Ein aussichts- und gesichtsloser, wallender schwarzer Versuch, der ihnen allen missglückt war. Und morgen würde sie Tulloch irgendwann ihre inoffiziellen Undercover-Aktivitäten auf der Old Kent Road erklären müssen.

Die Erschöpfung siegte, und sie wünschte Ray eine Gute Nacht, kletterte auf ihr Boot, öffnete die Luke und stieg hinab. In der Kajüte war es heiß, wie sie es erwartet hatte. Es würde eine lange, stickige Nacht werden. Lacey streifte die Schuhe ab und ging in ihre Schlafkabine. Sie war so klein, dass sie von der Tür aus alles überblicken konnte, und so ordentlich, dass ihr alles auffiel, was nicht an seinem Platz war.

Krabben.

Drei Stück, auf ihrem Bett. Alle noch am Leben, zwei regungslos und braun glänzend auf dem schlichten weißen Bezug der Daunendecke, die dritte kroch behäbig und ungraziös über ihr Kopfkissen. Einen Moment lang sah Lacey ihnen zu und traute ihren Augen nicht ganz. Die langen, dürren Beine und die übergroßen Scheren auf ihrer makellosen weißen Bettwäsche hatten etwas fast Surreales an sich. Dann verließ sie die Kabine, suchte eine hohe Schüssel und eine Salatzange hervor und ging wieder zurück.

»Krabben«, sagte sie gleich darauf zu Ray, als sie wieder im Cockpit stand.

»Das sehe ich«, meinte er.

»Auf meinem Bett«, fügte sie hinzu.

Er schnippte Zigarettenasche über Bord. »Sieht man auch nicht alle Tage.«

Lacey beugte sich über die Heckreling, kippte die Schüssel aus und sah zu, wie die Tiere verschwanden.

»Wie sind die denn da hingekommen?«, erkundigte sich Ray, als sie sich wieder aufrichtete.

»Ich habe keine Ahnung. Ich hab die Kabinenfenster offen gelassen, aber Krabben können doch nicht an einem glatten Schiffsrumpf hochklettern, oder?«

»Meines Wissens nicht. Das waren Wollhandkrabben, nicht wahr?«

Lacey nickte. Soweit sie wusste, waren das die einzigen Krabben, die es in der Themse gab.

»Davon gibt's 'ne Menge«, stellte Ray fest.

»Ray, warst du den ganzen Abend hier?«

Er nickte. »An mir ist niemand vorbeigekommen. Sind da unten noch mehr von den Viechern?«

»Soweit ich sehen konnte, nicht. Vielleicht hab ich ja irgendwo ein Leck, und die haben den Weg nach drinnen gefunden.«

»Wenn du irgendwo ein Leck hast, wirst du das bei Flut schon merken.«

»Du hast recht. Ich schreie, wenn ich jemanden zum Schöpfen brauche. Gute Nacht.«

Lacey ging wieder nach unten; nicht einmal sich selbst mochte sie eingestehen, wie nervös sie war. Auf einer Skala von eins bis zehn waren Wollhandkrabben nicht gerade furchterregende Eindringlinge. Aber es war wirklich nicht sehr wahrscheinlich, dass sie allein hier hereingefunden hatten. Also, konnte sie Tulloch anrufen und drei Einbrecher aus der Krustentiersparte melden? Wollte sie die nächsten sechs Monate in Wapping als Zielscheibe für Krebswitze dienen? Lieber in Ruhe abwarten. Ray und Eileen waren ja in Rufweite.

Das Boot schaukelte und rollte in seinem unregelmäßigen, seltsam tröstlichen Rhythmus. Rund um den Creek herum war die Luft von Geräuschen erfüllt. Dem Teil von London, der von den Gezeiten beeinflusst wurde, war wieder eingefallen, dass ein bisschen Wind ja eigentlich die Norm war, und die Bootsmasten und die hohen Gebäude waren eine einzige Masse aus Seufzen und Pfeifen. Auf der A2 summte hin und wieder ein Auto vorüber, und ein Nachtvogel beklagte kreischend den Verlust eines Fangs. In der Kabine war alles still.

Lacey regte sich; sie schlief nicht ganz, und ihr war bewusst, dass ihr zu heiß war. Schweiß hatte sich zwischen ihren Brüsten und im Nacken gesammelt. Sie packte das Kissen und drehte es um, dann schob sie die Daunendecke noch weiter nach unten. Es war viel zu heiß, um mit geschlossenen Fenstern zu schlafen, doch nach der kleinen Überraschung vorhin hatte sie sich nicht den Elementen preisgeben wollen. Sie drehte sich noch einmal herum, und die Finsternis in ihrem Kopf wurde tiefer.

Sie fuhr auf ihrem Fahrrad einen langen, dunklen Tunnel hinunter, der teils der Kanal war, teils eine Fußgängerunterführung in Greenwich und teils etwas, das ausschließlich in Träumen vorkommt. Massen verschleierter Frauen säumten ihren Weg.

Ihr Kopf juckte. Sie kratzte sich, rollte sich abermals herum.

Joesbury starrte auf sie herab. Er senkte den Kopf, und ihre Lider schlossen sich. Sie wartete auf den Moment, wo seine Lippen die ihren berühren würden. Wieder seine Augen, draußen vor dem Boot, starrten durchs Kabinenfenster herein.

Laceys Augen öffneten sich, sahen das Fenster, leer und schwarz, und schlossen sich wieder.

Sie war im Wasser, schwamm schnell und kam nirgendwohin, wie es in Träumen üblich ist. Verschleierte Frauen waren hinter ihr, kamen mit jedem Zug näher, ihre langen Kopftücher breiteten sich wallend übers Wasser aus, griffen nach ihr, umschlangen sie, zerrten an ihr. Die Schleier, so lang und so leicht, so ungemein tödlich, glitten an ihrem Körper entlang, liebkosten, kitzelten sie.

Kitzelten ihren Fuß.

Mit jähem, scharfem Bewusstsein setzte Lacey sich auf und schrie in ihrer Verwirrung auf. Sie trat heftig aus, und das Geschöpf, das an ihrem Fuß entlanggekrochen war, fiel auf den Kabinenboden. Sie konnte es klappernd über die polierten Bodenplanken schlittern hören.

Hastig tastete sie nach der Nachttischlampe und krümmte sich dann auf dem Bett ganz eng zusammen, überzeugt, dass die Viecher überall waren.

Waren sie aber nicht. Lacey fuhr sich mit den Händen über den Kopf, die Schultern, kniete auf dem Bett und drehte sich hierhin und dorthin. Sie raffte die Daunendecke zusammen und schob sie gegen die Kabinenwand. Erst dann beugte sie sich über die Bettkante und suchte nach der Krabbe, die sie zu Boden gestoßen hatte.

Das Tier war riesig, der Panzer hatte bestimmt zehn Zentimeter Durchmesser, und die Beine waren mindestens zwanzig Zentimeter lang. Wasserpflanzen hingen an seinem hintersten rechten Bein, und die eine Schere war viel größer als die andere. Es war überall auf ihr herumgekrabbelt, während sie geschlafen hatte.

Sie musste aufhören zu zittern. Es war doch nur eine Krabbe. Abgesehen von hässlichem Kneifen konnte sie ihr nichts tun. Lacey sah sich um. Die Fenster, eines auf jeder Seite der Kabine, waren geschlossen, genauso wie das große über ihrem Kopf. Die Krabbe musste vorhin mit den anderen hier hereingeraten sein und sich versteckt haben, bis sie im Schutz der Dunkelheit ungefährdet hatte hervorkommen können.

Mein Gott, war das ein Riesenvieh, mit Abstand das größte der vier. Und sie hatte doch jeden Quadratzentimeter des Bootes abgesucht. Ein solches Geschöpf konnte sich nirgends verstecken.

Dann fiel es ihr ein. Die große Luke über ihrem Kopf

konnte man zwar nicht von außen öffnen. Wohl aber die kleineren an der Seite.

Klappern und Kratzen. Die Krabbe versuchte am Bett emporzuklettern.

Es war lächerlich, Angst vor ihr zu haben. Sie schwamm doch andauernd zwischen solchen Kreaturen. Bisher hatten Krabben ihr nie etwas ausgemacht, sie hatte ihre komische, verhuschte Art irgendwie ganz nett gefunden. Aber die hier – sie riskierte abermals einen Blick über die Bettkante. Die Art und Weise, wie das Tier wiederholt versuchte, an dem glatten Holz des Bettgestells hochzuklettern, hatte fast etwas Raubtierhaftes an sich.

Herrgott noch mal, wo war der Mann in ihrem Leben, wenn sie ihn brauchte?

Ehe sie es sich anders überlegen konnte, schwang sie die Beine über den Rand des Bettes, hob die Krabbe hoch und beugte sich über das Bett, um das Fenster an Backbord aufzumachen.

Die Beine des Krustentiers fuchtelten wild. Seine Scheren griffen nach ihr. Lacey streckte die rechte Hand aus dem Fenster und ließ es aufs Deck fallen. Dann knallte sie das Fenster zu und verriegelte es fest.

»Lacey.«

Die Stimme war so leise, dass Lacey einen Moment lang dachte, jemand sei bei ihr in der Kabine.

»Laayy-ceeey.«

Da draußen war jemand. Mit an Sicherheit grenzender Wahrscheinlichkeit auf ihrem Boot – die Stimme war zu nahe, um irgendwo anders herzukommen. Sie streckte die Hand aus und machte das Licht aus.

Klappern, Krabbeln. Die Krabbe kroch das Deck entlang. Eine Pause, dann ein Platschen. Sie war wieder im Wasser, wo sie hingehörte.

Lacey tastete auf dem Wandbord, das sich um die Kabine

herumzog, und fand ihre Uhr. Drei Uhr siebenundvierzig. Bald würde es hell werden. Nicht bald genug.

Wer kam um vier Uhr morgens auf ihr Schiff? Die Stimme kam ihr nicht bekannt vor, sie konnte nicht einmal sagen, ob sie einem Mann oder einer Frau gehörte. Sie hatte tief und krächzend geklungen.

Ein klopfendes Geräusch. Diesmal nicht die Krabbe. Die Krabbe war wieder im Wasser, und das da war dumpfer gewesen, zielstrebiger, wie das Anklopfen an einer Tür.

Klopf, klopf, klopf.

Da klopfte jemand seitlich an den Rumpf ihres Boots. Lacey griff nach ihrem Handy. Ray, der zuverlässig unter Schlaflosigkeit litt, meldete sich auf das erste Klingeln hin.

»Was gibt's?« Er sprach mit gedämpfter Stimme. Dabei hatte er ihr doch neulich erklärt, dass er und Eileen in getrennten Kabinen schliefen, er im Heck, sie am Bug.

»Irgendjemand ist auf meinem Boot.«

Er fragte nicht, ob sie sicher sei, oder meinte, sie hätte vielleicht geträumt. Er sagte, sie solle ihm eine Minute Zeit geben, und legte auf. Da sie wusste, dass die Kabine dunkel war und jemand, der von außen zuschaute, nichts sehen würde, stand Lacey auf, fand ihre Turnschuhe und zog einen dünnen Pullover über. Dann tastete sie sich in die große Kajüte hinaus, und als sie hörte, wie Ray die Luke auf seinem Boot öffnete, drückte sie die ihre auf.

Dann stand sie im Cockpit und sah sich um, war sich darüber im Klaren, dass Ray drüben bei sich genau das Gleiche tat. Das Klopfen war auf der Backbordseite des Rumpfes gewesen, doch es war niemand an Deck. Und es gab dort auch keine Verstecke.

»Bist du irgendjemandem auf den Schlips getreten?«, wollte Ray wissen, nachdem sie ihm geschildert hatte, was vorgefallen war.

Wo sollte sie da anfangen? »Es weiß doch niemand, wo ich wohne.«

»Davon auszugehen ist nie besonders klug«, bemerkte Ray. »Es überrascht mich immer wieder, wie viele Leute wissen, wo ich wohne. Dein Bett steht unter dem Backbord-Fenster, nicht wahr?«

Lacey bestätigte, dass dem so sei.

»Wenn die Krabbe auf der anderen Seite reingeschmissen worden wäre, hättest du gehört, wie sie auf den Boden geknallt wäre.«

»Denke schon.« Das hieß, der Eindringling war auf der dem Wasser zugewandten Seite gewesen.

»Hast du gespürt, ob das Boot geschaukelt hat? Schritte gehört?«

»Nein. Bloß die Stimme. Und das Klopfen.«

Ray war bereits auf ihrem Boot. Er trat an die Backbordreling und leuchtete mit seiner Taschenlampe ins Wasser.

»Du glaubst, die sind über Bord gegangen?« Lacey musste alle paar Sekunden hinter sich schauen.

Ray ließ den Lichtstrahl an ihrem Boot entlangwandern, vom Bug bis zum Heck. »Was hältst du davon, wenn wir uns mal ein bisschen umschauen?«, fragte er.

Fünf Minuten später kauerte Lacey im Bug von Rays Motorjolle, während sie sich einen Weg um die Hausboote herum suchten. Ray hatte den Motor nicht angelassen, er bewegte sie mit Muskelkraft voran. Das Tropfen des Wassers von den Rudern, wenn sie sich hoben, ein leises Platschen, wenn sie in den Fluss tauchten, das waren die einzigen Geräusche, und sie wurden vom Klatschen der Wellen gegen die Bootsrümpfe, dem Wimmern des Windes um die Masten und dem gelegentlichen fernen Brummen eines vorbeifahrenden Autos mehr als übertönt.

Trotz des Pullovers, den sie anhatte, trotz der Wärme der

Nacht konnte Lacey nicht aufhören zu zittern. Sie war schon viele Male nachts auf dem Fluss gewesen, aber immer im sicheren Umfeld eines der Polizeiboote. Das hier fühlte sich ganz anders an. So tief im Wasser, so dicht an der Tintenschwärze, die um sie herumströmte, so sehr ein Teil des brackigen, öligen Geruchs, der emporstieg wie Dampf aus einem brodelnden Topf. Und so angreifbar für alles, was dort draußen sein mochte.

Dass Ray ihre Darstellung fraglos akzeptiert hatte, war es, was sie am meisten geängstigt hatte. Und auch dass er es nicht einen Augenblick lang in Betracht gezogen hatte, den Schleusenhof abzusuchen. Sie waren sofort aufs Wasser hinausgefahren. Was oder wen genau er dort zu finden erwartete, war eine andere Frage.

Vor gar nicht langer Zeit hatte Joesbury in ihrer Kabine mit Zucker ein Herz gemalt. Am nächsten Tag hatte jemand es ihm nachgemacht und dabei Muscheln und Kiesel benutzt und noch einen Leinenbeutel voller Krabben als Dreingabe dazugepackt. Spielzeugboote waren bei drei verschiedenen Gelegenheiten für sie deponiert worden. Irgendjemand beobachtete sie und spielte seine Spielchen mit ihr. Jemand, der wiederkommen würde, jemand, der jetzt dort draußen war.

Sie hatten die Stelle erreicht, wo der Creek auf die Betonwand unter der Church Street traf. Ray steuerte das Boot in den Schutz der Brücke, und es wurde noch dunkler. Wasser tröpfelte unnatürlich laut von den Stahlplatten über ihnen. Am Ufer huschte etwas davon, als sie irgendeinen vierbeinigen Flussbewohner aufscheuchten. Dann waren sie wieder draußen und glitten ungehindert dahin.

Überall war Bewegung. Wasser schwappte gegen das Ufer, platschte wieder in den Fluss hinunter. Blätter und Äste regten sich im Wind. Schlamm- und Staubpartikel rieselten herab. Und immer wieder huschte irgendein Getier – eine

Ratte, eine Wühlmaus oder wieder eine von diesen verflixten Krabben – in den Matsch davon.

Ein plötzlicher Laut über ihnen ließ sie beide auffahren. Ein großer Vogel zog über ihnen vorüber. Zu stämmig für eine Möwe, flog er tief und schnell dahin, seine Flügel fächelten Luftströme über Laceys Gesicht. Sie hatte die Taschenlampe nach oben gerichtet und senkte sie jetzt wieder, ließ den Strahl über das Wasser vor ihnen wandern.

Augen starrten sie an, keine fünfzehn Meter entfernt.

Laceys Hände umklammerten die Taschenlampe, hielten den Strahl fest auf den kleinen, runden Umriss im Wasser gerichtet. Ein Kopf. Ein Menschenkopf? Möglicherweise. Doch was die Augen betraf, bestand kein Zweifel. Groß und schimmernd, sie spiegelten das Licht der Taschenlampe. Ein glatter Kopf, etwas wallte darum herum, vielleicht Haare. Oder es könnte auch nur das Spiel des Lichts auf dem Wasser sein.

»Ray.« Das Boot glitt mit jedem Ruderschlag näher heran. »Hör auf zu rudern. Dreh bei.« Er tat, wie ihm geheißen. Beide beobachteten wie gebannt den Kopf im Wasser, der sich nicht von der Stelle rührte. Diese riesigen hellen Augen hatten fast etwas Hypnotisierendes.

Der Vogel war wieder da, kreischte über ihnen auf und brach den Bann. Der Kopf verschwand. Lacey beugte sich im Boot vor, versuchte, ihn wiederzufinden.

»Ganz ruhig.« Ray klang beklommener, als sie ihn je erlebt hatte. »Wir wollen doch nicht reinfallen. Nicht jetzt.«

»Ray, wo ist …«

»Sitz still. Und sei ruhig.«

Lacey fand ihr Gleichgewicht wieder und fing an, den Lichtstrahl über den Creek wandern zu lassen, von einer Kanalwand zur anderen. Ihr Herz schlug so schnell und so heftig, dass es ihr vorkam, als könne es das Boot ins Schaukeln bringen. Sie musste sich beruhigen. Der Strahl der Taschenlampe war hell genug, um beide Ufer zu erreichen, doch sie waren jetzt fast im Hauptkanal, und die Strömung war weniger berechenbar. Und viel stärker.

»Ich glaube, wir sind fertig«, verkündete Ray.

Er wich ihrem Blick aus, als er das Boot wendete und sich anschickte, zum Liegeplatz zurückzurudern. Das würde mehrere Minuten dauern. Lacey drehte sich wieder um. Auf keinen Fall würde sie dem Creek den Rücken zukehren. Nicht eine Sekunde lang.

Das Boot der Bradburys war doppelt so groß wie das von Lacey, war jedoch, anders als ihres, nicht im Hinblick auf Komfort entworfen worden. Die Hauptkajüte war groß, aber die Wände waren aus demselben nackten, dunkelgrauen Metall wie der Rumpf. Es roch nach Tabak und gebratenen Zwiebeln und nach Wasser, das zu lange in der Bilge gestanden hatte.

Ray hantierte in einem frei stehenden Schrank herum. Keins der Möbelstücke, die sie sehen konnte, war ursprünglich für das Boot gedacht gewesen. Es war ganz gewöhnliches Haushalts- oder Büromobiliar. Irgendwie funktionierte das nicht, der Raum sah aus wie ein schwimmendes Möbelgeschäft. Ray richtete sich wieder auf und stellte eine Flasche und zwei Gläser vor sie auf den Tisch.

»Trink das«, wies er sie an. Lacey streckte die Hand aus und nahm das Glas dankbar entgegen. Sie amtete den Dunst ein und nippte. Rum. Ray war ein Wasserbewohner. Natürlich trank er Rum.

»Werden wir Eileen nicht aufwecken?«, fragte sie.

»Das Ende der Welt würde Eileen nicht aufwecken.« Er zog sein Glas näher heran. Die Flasche stand zwischen ihnen, es war wie eine Szene in einem Piratenfilm.

»Du hast es gesehen, nicht wahr?«, fragte sie.

Ray hielt ihrem Blick stand und schaute nicht weg. Ließ nur den Kopf sinken und hob ihn wieder. Er hatte es gesehen.

»Was zum Teufel war das?«

Er hob das Glas schwungvoll an den Mund, wie jemand, der vorhat, es auf einen Sitz auszutrinken, doch als er es wieder abstellte, schien nur sehr wenig zu fehlen. Lacey tat es ihm nach und behielt den Alkohol auf der Zunge, bis es brannte.

»Meine Meinung?«, fragte er. »Ein Seehund.«

»Das hat aber gar nicht ausgesehen wie ein Seehund.« Lacey stellte ihr Glas hin; es war leer. »Es hat ausgesehen wie ein Mensch, Ray. Ich hab das Gerede über die Meerjungfrau im Creek gehört; ich hab bloß gedacht, das wären nur irgendwelche Geschichten betrunkener Fischer. Nach heute Nacht bin ich mir da nicht so sicher.«

»Es gibt Seehunde im Mündungsgebiet«, meinte Ray. »Nicht mehr so viele wie früher, aber gelegentlich sieht man sie mal so weit flussaufwärts.«

Lacey streckte die Hand aus und schenkte sich nach.

»Seehunde haben sehr menschenähnliche Gesichter, Lacey. Große Augen, niedliche kleine Nasen.«

»Ich bezweifle, dass ein Seehund mein Boot mit Krabben füllen könnte. Oder an den Rumpf klopfen könnte. Oder ›Lacey‹ rufen könnte.«

Ray antwortete nicht.

»Wir müssen das melden«, drängte sie.

Ray drehte sich eine Zigarette und klopfte sie leicht auf der Tischplatte fest. »Wahrscheinlich. Aber lass uns erst mal darüber schlafen. Nach dem, was ich so höre, stehst du im Moment in Wapping nicht gerade hoch im Kurs. Was glaubst du, wie deine Vorgesetzten reagieren, wenn du sagst, du hättest eine Meerjungfrau gesehen?«

Lacey trank ihr zweites Glas aus.

»Na los«, sagte er. »Geh wieder ins Bett. Heute Nacht schlafe ich sowieso nicht mehr, und Sonnenaufgänge sehe ich mir immer gern an. Ich pass schon auf, dass du nicht belästigt wirst.«

61

Der Schwimmer

Im Creek beobachtete der Schwimmer das Licht auf dem Boot. Durchs Kabinenfenster waren Bewegungen zu erkennen, dunklere Umrisse vor dem Lampenschein. Näher heran, vielleicht war es möglich zu hören, was sie sagten. Noch näher. Zwischen die beiden Boote. Ganz schön riskant, aber manchmal …

Die Zeit wurde knapp. Bald würde wieder ein Mädchen sterben. Noch eine dieser wunderschönen, langgliedrigen jungen Frauen mit ihrer glatten Haut.

Eine laute Stimme im Innern des Bootes. Lacey. Der Name war wie eine Blume. Lacey war die Schönste von allen.

Sie konnten nicht schwimmen, die anderen jungen Frauen. All das Gestrampel, Geschrei, Gezappel. Sie waren leichte Beute. Sie schrien, wenn sie untergingen, Wasser strömte in ihre Kehlen, und dann war alles vorbei. Aber nicht Lacey. Lacey war stark. Schnell. Sie war dazu geboren, im Wasser zu sein. Lacey würde kämpfen. Oder flüchten. So oder so, bei Lacey würde es nicht leicht sein.

Lacey war die Richtige.

Montag, 30. Juni

62

Lacey

Lacey erwachte, als der Morgen dämmerte. Einen Moment lang war sie desorientiert, dann fiel ihr wieder ein, dass sie sich in der Heckkajüte eingeigelt hatte, weil sich die beiden winzigen Bullaugen von außen nicht öffnen ließen. Sie hatte sich in die Daunendecke gehüllt, und ihr war viel zu heiß geworden, aber wenigstens hatte sie geschlafen.

Vernehmliches Klopfen.

Es war wieder da. Was auch immer sie in der Nacht geweckt hatte, es war zurückgekommen. Sie setzte sich auf und stieß sich den Kopf an der niedrigen Decke. Das Klopfen kam von der großen Luke.

»Lacey.«

Rays Stimme. Er war an der Luke, und er war völlig außer sich. »Lacey, ich komm jetzt rein.«

Langsam glitt die Luke auf. Lacey erhob sich. Als sie die Kajütentür öffnete, sah sie Rays gebräuntes, faltiges Gesicht, das sie vom Cockpit aus anstarrte. Alles an ihm schien vor Erleichterung zusammenzusacken, als er sie erblickte.

»Gott sei Dank.« Er streckte die Hand aus. »Komm, Schätzchen. Nichts wie raus hier mit dir.«

Noch immer benommen, schaute Lacey sich um. »Was denn? Was ist denn passiert?«

»Du musst runter vom Boot. Jetzt sofort.«

Das Boot sah völlig normal aus. Es stand nicht in Flammen. Rasch warf sie einen prüfenden Blick auf den Boden. Kein Wasser.

Keine Krabben.

»Ich hol mir nur …«

»Nein!«

Sie hatte gerade in ihre Kajüte gehen wollen, um sich etwas zum Anziehen zu holen, hatte einen halben Schritt darauf zu gemacht. Und doch, jetzt konnte sie sehen, dass an dem Raum, in dem sie normalerweise schlief, irgendetwas anders war. Es kam nicht so viel Licht durch das vordere Fenster wie sonst.

»Ray, du machst mir Angst.«

Ray winkte schnell und eindringlich mit beiden Händen, eine *Sofort-rauf-an-Deck*-Geste. »Du bleibst ganz dicht bei mir, und wir gehen rüber auf mein Boot«, sagte er. »Es wäre echt gut, wenn du dabei die ganze Zeit auf deine Füße guckst.«

Der Laut, der sich ihre Kehle heraufschlich, war ein Wimmern.

»Es ist gerade eben erst hell genug geworden, dass man's sehen kann«, fuhr er fort, während sie den Niedergang hinaufstiegen und das Cockpit betraten. Sie wandte den Blick nicht von Ray ab. »Ist vielleicht hier aufgehängt worden, als wir draußen auf dem Wasser waren.«

Es war hinter ihr, das, von dem Ray nicht wollte, dass sie es sah. Was immer es auch war. Am Heck war alles in Ordnung. Es war am Bug, über der Kajüte, in der sie für gewöhnlich schlief.

»Versuch, leise zu sprechen«, wies Ray sie an, als wäre es ihr nicht völlig unmöglich, überhaupt irgendeinen Laut hervorzubringen. »Die Polizei ist unterwegs. Ich möchte wirklich nicht, dass die Leute das hier sehen, wenn wir's irgendwie verhindern können.«

Sie traten auf die Steuerbordseite des Decks. Rays Boot war einen großen Schritt entfernt. Die Luft um sie herum war kalt. Noch war die Sonne nicht aufgegangen.

Ray hielt ihr die Hand hin. Lacey ergriff sie und stieg von einem Boot auf das andere. Als sie wohlbehalten an Bord war, drehte sie sich um.

Das Erste, was sie sah, war die in Leinen gewickelte Leiche, die vom Mast ihrer Jacht herabbaumelte. Eines der Falle war an der Schnur um ihren Hals festgehakt und das Ganze dann hinaufgezogen worden. Die Füße streiften gerade noch das Backbordfenster.

Dann sah sie die Krabben. Zu Dutzenden krochen sie an den Beinen des Leichnams hinauf, krabbelten auf ihrem Boot herum, als wäre es zu ihrem natürlichen Habitat geworden.

63

Dana

»Wir müssen fürs Erste eine andere Bleibe für Sie finden, Lacey. Heute Nacht können Sie bei mir übernachten. Bis wir was Längerfristiges finden.«

Schweigen in der kleinen, eklektisch möblierten Bootskabine der Bradburys.

Dana wappnete sich für einen Streit. »Hier können Sie nicht bleiben. Das müssten doch sogar Sie einsehen. Das hier geht doch weit über jeden Zufall hinaus; derjenige, der diese Frauen umbringt, hat Sie im Visier. Gott allein weiß, wie Sie das fertigbringen.«

Lacey seufzte, stand vom Tisch auf und stieß fast eine Kaffeetasse um. Sie ging zum Bullauge hinüber und schaute hinaus. Über ihre Schulter hinweg konnte Dana die gelbe Jacht sehen. Der Leichnam war fortgeschafft worden. Beamte der Spurensicherung krochen überall auf dem Boot herum, so wie vorhin die Krabben. Es würde Tage dauern, bis Lacey wieder dort wohnen konnte, vielleicht sogar länger.

»Und warum, *warum* haben Sie mir nicht schon früher von diesen Spielzeugbooten erzählt? Das geht doch jetzt schon seit über einer Woche so.«

Drüben in der Kochnische sprachen Ray und Eileen leise miteinander. Eileen, noch immer im lila Morgenmantel, wandte sich zu ihnen um. »Du kannst bei uns wohnen, Lacey. Wir haben jede Menge Platz.«

»Das geht nicht«, widersprach Dana. »Es ist sehr nett von Ihnen, dass Sie das anbieten, aber es ist nicht fair, von Ihnen zu erwarten, dass Sie für Laceys Sicherheit verantwortlich sind.«

»Aber dieser Schwimmer, den die beiden da gestern Nacht gesehen haben, kommt doch wahrscheinlich eher zurück, wenn sie noch hier wohnt«, gab Eileen zu bedenken.

Wieder ein Blick zwischen Ray und Lacey. Was verschwiegen die beiden ihr? Als wäre die Geschichte nicht schon irre genug gewesen. Jemand klopfte in den frühen Morgenstunden an den Rumpf von Laceys Boot. Die beiden schipperten aufs Wasser hinaus, um nachzusehen. Eine dunkle Gestalt im Creek, die vor ihren Augen verschwand und die vielleicht ein Seehund gewesen war, da waren beide sich nicht sicher. Ach ja, und Krabben. Jede Menge Krabben.

»Das stimmt«, sagte Lacey. »Ich kann mich ja tagsüber immer wieder mal auf meinem Boot sehen lassen, wenn die Kollegen von der Spurensicherung damit fertig sind, und einfach nur nachts hier schlafen.«

Dana dachte über diesen Vorschlag nach. Sie könnte den Hof und seine Umgebung überwachen lassen. Die Flusspolizei könnte verstärkt in der Nähe des Creeks patrouillieren.

»Wir werden sehen«, sagte sie schließlich. »Schauen wir mal, was bei der Obduktion herauskommt.«

64

Dana

»Endlich hat die Wasserwacht mal eine für mich, mit der sie nicht vorher rumgemacht haben.« Kaytes zog sich Handschuhe über und ließ den Blick über die Runde der sechs Polizisten wandern. »Ganz schöner Andrang für eine Leichenschau. Ihr wollt wohl wissen, wie man so was macht, wie?«

Dana schaute schnell zur anderen Seite des Raumes hinüber, wo David Cook und Lacey Seite an Seite standen. Beide erwiderten nichts, sondern starrten die Leiche an und beachteten Kaytes' spitze Bemerkungen gar nicht.

»Sie wurde heute Morgen auf Laceys Boot entdeckt«, berichtete Dana. »Da sie streng genommen auf dem Wasser gefunden worden war, wurde sie nach Wapping gebracht, da wurde sie gewogen, gemessen und fotografiert und in die Datenbank aufgenommen. Ich habe extra darum gebeten, dass keine Untersuchung des Leichnams vorgenommen wird, bevor sie hierhergebracht wird.«

»Sie?« Kaytes zupfte an seiner Nase. »Wissen Sie irgendwas, was ich nicht weiß?«

»Es ist eine Frau.« Laceys Blick huschte kurz zu Kaytes hinüber. »Von irgendwo im Nahen Osten oder aus Südasien. Nichts für ungut, Dr. Kaytes, aber das wissen wir doch alle.«

Neben Lacey nickte Gayle Mizon. Weder Anderson noch Stenning noch Cook machten Anstalten zu widersprechen.

»Tja, na ja, wahrscheinlich haben Sie recht«, brummte Kaytes. »Okay, dann schauen wir doch alle mal. Lassen Sie mich ruhig wissen, was Sie denken, Freunde, aber ich will überlegte Ansichten hören, keine hysterischen Behauptungen. Hören Sie mir auch zu, Wasserwacht?«

Wieder ging Lacey nicht auf die Provokation ein, sondern trat lediglich näher und fuhr fort, den Leichnam bedächtig und sorgfältig zu mustern. Um sie herum folgten die anderen ihrem Beispiel, Dana schloss sich als Letzte an.

Die schmale Gestalt auf der Bahre war noch immer in Leinenstoff gehüllt, der vom Flussschlamm braun verfärbt war. Algen hatten große Flächen überwuchert, sodass sie stumpfgrün schimmerten, und Wassergetier hatte begonnen, sich dort einzunisten. Ausgefranste Löcher klafften an Gesicht und Hals, und im Bauchbereich waren noch mehr zu sehen. Dana verspürte ein Aufwallen der Erregung. Diese Tote hatte nicht so lange im Fluss gelegen. Sie würde ihnen mehr zu erzählen haben. Es würden Fingerabdrücke zu finden sein, sämtliche inneren Organe würden noch vorhanden, Wunden deutlich zu sehen sein. Sie würden wissen, ob sie schwanger gewesen war oder nicht.

»Okay.« Kaytes wandte sich an seine Kolleginnen Max und Jac. »Dann schauen wir uns das doch mal genauer an. Wer hat die Schere?«

Die beiden Laborassistentinnen machten sich daran, die Leinenumhüllung zu entfernen. Sie fanden die Knoten an Hals, Taille und Fußknöcheln und schnitten sie als Erstes auf. Als alles gelockert war, fasste Kaytes mit an, hob den Kopf, die Schultern, den Körper und die Beine an, während die Assistentinnen die Binden abwickelten und sie sorgfältig in Beweismitteltüten verstauten. Das Leichentuch darunter war ein großes, viereckiges Stück Stoff; große Flächen waren noch weiß. Auf ein Nicken von Kaytes hin tastete Max nach dem freien Rand unter der linken Seite des Leichnams und hob ihn an. Die Frau darunter kam zum Vorschein.

»Sie sieht aus wie Sahar.« Mizon meinte die Frau, die Lacey vor gut einer Woche im Fluss gefunden hatte.

»Sie sieht aus wie Nadia«, sagte Lacey.

Sie sieht aus wie beide, dachte Dana. Die Züge der Toten

waren ausgeprägt und ebenmäßig. Hohe Stirn, kräftige Nase. Die Augen waren offen, groß und von heller Farbe. Ungefähr zwanzig Jahre alt, schätzte Dana. Die Brüste hoch angesetzt und klein, die Hüften schmal und knochig, die Taille dünn. Ihre Beine waren lang und ein wenig dünn. Das dunkle Schamhaardreieck war weder abrasiert noch in Form gebracht worden. Auf Unterschenkeln und Unterarmen war feiner, dunkler Haarflaum zu sehen. Das Kopfhaar war schwarz und sehr lang.

»Erstochen oder erschossen worden ist sie nicht«, meinte Stenning. »Da sind ja so gut wie keine Verletzungen.«

»Wir müssen sie noch umdrehen«, erwiderte Kaytes, »aber ich bin geneigt zu glauben, dass Sie recht haben. Jac, kann ich hier mal Licht haben, bitte?«

Als der starke Scheinwerfer den Kopf der Frau beleuchtete, traten alle einen oder zwei Schritte näher ans Kopfende der Bahre heran. Kayle nahm einen Chirurgenkamm zur Hand, fuhr damit sanft durchs Haar der Frau und teilte es in regelmäßigen Abständen von wenigen Zentimetern überall auf dem Kopf. »Keine offenkundige schwere Kopfverletzung. Okay, dann drehen wir sie mal um.«

Mit einem Geschick, das von viel Übung herrührte, schoben er und seine Assistentinnen die Hände unter den Körper der Frau und drehten sie auf den Bauch.

»Pete hat recht«, stellte Anderson fest. »Keinerlei Anzeichen für ein stumpfes Trauma.«

»Sie kann nicht ertrunken sein«, gab Lacey zu bedenken, »sie war doch praktisch versandfertig eingewickelt. Sie muss tot oder zumindest bewegungsunfähig gewesen sein, als sie das mit ihr gemacht haben.«

Kaytes hatte irgendwo eine Lupe aufgetrieben und betrachtete etwas am Hals der Toten. Dann ging er an dem Leichnam entlang, bis er direkt über der linken Hand stand. Die Haut dort sah aus wie ein dünner Handschuh, der drauf und dran war, von den Fingern zu rutschen. Kaytes runzelte die Stirn und beugte sich vor, um die andere Hand zu untersuchen.

»Ist sie erwürgt worden?«, fragte Dana. »Oder irgendwie erstickt?«

Kaytes bedachte sie mit einem kleinen Lächeln. »Möglich. Dreht sie bitte wieder um, Mädels.«

»Schaut mal her«, sagte er gleich darauf, als die Frau von Neuem zu ihnen emporstarrte. »Seht ihr diese kleinen Stellen da, direkt über dem Schlüsselbein?«

»Sieht aus, als wäre ihr was um den Hals gewickelt worden«, meinte Anderson. »Also erwürgt?«

»Könnte sein«, antwortete Kaytes. »Die Quetschung reicht um den ganzen Hals herum, bis in den Nacken, und für mich sieht das nicht nach einer Post-mortem-Verletzung aus. Und sie hat Prellungen an beiden Händen, das könnten Abwehrverletzungen sein. Bitte ganz vorsichtig mit den Händen, Mädels. Könnte durchaus sein, dass wir die DNA unseres Täters unter den Fingernägeln finden.«

»Es sind Paschtuninnen.« Lacey hatte beide Hände um einen Kaffeebecher gelegt, als brauche sie die Wärme darin dringend. »Jetzt kann man das unmöglich noch herausfinden, aber ich wette, Sahar hatte helle Augen. Nadia hat auch welche, die hier auch. Junge, schöne Frauen aus Afghanistan oder von irgendwoher ganz in der Nähe.«

Das Team saß mit David Cook und Lacey wieder auf dem Revier von Lewisham. Die Obduktion würde noch etliche Stunden andauern. Sie hatten sie Kaytes und seinem Team überlassen.

»Wir müssen wirklich mit dieser Nadia Safi reden«, meinte Dana. »Ob sie nun etwas damit zu tun hat oder nicht, im Augenblick ist sie alles, was wir haben. Und deswegen sind Sie hiermit wieder im Team, Lacey. Sie sind unsere einzige Verbindung zu ihr.«

Lacey warf Cook einen scharfen Blick zu, er nickte. »Ich hab schon gesagt, dass das okay ist«, brummte er. »Ihre Dienste können wir verteilen, bis das hier vorbei ist. Was übrigens hoffentlich bald der Fall sein wird. Wir haben ein paar ziemlich heftige Monate vor uns.«

Dana sah, wie Laceys Augen aufleuchteten. Sosehr sie auch darauf bestanden hatte, dass sie wieder in den Streifendienst zurückkehren müsse, Lacey wollte bei diesem Fall dabei sein. Sie wollte ihn lösen. Sie war immer noch ein Detective, sosehr sie auch das Gegenteil vortäuschen mochte.

In diesem Moment schwang die Tür auf, und Mizon kam herein. »Rückmeldung in Sachen Fingerabdrücke«, verkündete sie. »Drei verschiedene Abdrücke auf den Spielzeugbooten, einschließlich Ihrer auf dem gelben, Ma'am, und Laceys auf allen dreien. Was aber noch wichtiger ist, ein sehr deutlicher Abdruck, den wir auch auf der Fallwinsch auf Laceys Boot gefunden haben. Einer, der genau zu dem dritten Satz Fingerabdrücke passt.«

Dana setzte sich ein wenig auf, sah, wie die anderen um sie herum dasselbe taten. »Auf der Winde, mit der die Tote am Mast hochgezogen worden ist?«

»Genau die. Anscheinend bestehen wenig Zweifel daran, dass unser Täter persönliches Interesse an Lacey hat und ihr seit einiger Zeit Besuche abstattet. Leider sind seine Abdrücke nicht in der Datenbank, wir sind also nicht näher dran zu wissen, wer er ist.«

»Was ist mit dem letzten Opfer?«

Mizon schüttelte den Kopf. »Tut mir leid, Boss. Deren Fingerabdrücke sind auch nicht registriert.«

Kollektives Seufzen der Enttäuschung war rings um den Tisch zu hören. »Wäre ja auch zu einfach gewesen, oder?«, bemerkte Dana. In diesem Augenblick klingelte ihr Handy. Es war Kaytes. Sie sollten zurückkommen.

Der Gerichtsmediziner lotste sie auf ein kleines, fensterloses Untersuchungszimmer zu, in dem es nach abgestandenem Kaffee und Putzmitteln roch. Er setzte sich nicht, sondern bezog lediglich Position am anderen Ende des Tisches. »Schwanger war sie nicht. Ich bin geneigt zu sagen, dass sie auch noch nie schwanger gewesen ist. Der Uterus war klein, so wie man es bei einer jungen Frau erwarten würde, die erst noch mit dieser ganzen unappetitlichen Kinderkriegerei anfangen muss.«

Dana zog einen Stuhl unter dem Tisch hervor und stützte sich darauf. Wieder eine Spur zum Teufel.

»Fehlen irgendwelche größeren Organe?«, erkundigte sich Mizon.

»Alles da und in Ordnung. Ich hab extra die Nieren gecheckt.«

Und noch eine. Dana setzte sich.

»Ich glaube nicht, dass sie erwürgt worden ist«, fuhr Kaytes fort. »Zum einen war das Zungenbein intakt. Wir werden auf den toxikologischen Befund warten müssen, aber es gibt keinerlei Anzeichen für die herkömmlichsten Giftarten.«

»Und wie ist sie dann gestorben?«

»Genau werden wir das vielleicht nie wissen. Aber im Moment ist es am wahrscheinlichsten, dass sie ertrunken ist.«

»Unmöglich«, widersprach Lacey sofort.

»Schön zu sehen, dass Sie dem Ganzen aufgeschlossen gegenüberstehen, Wasserwacht«, bemerkte Kaytes.

»Aufgeschlossen oder nicht, ich kann Laceys Standpunkt verstehen«, sagte Anderson. »Er sei denn, sie stand unter Drogen oder war bewegungsunfähig, als er sie eingewickelt hat.«

»Im Gegenteil, ich denke, sie hat sich ziemlich gewehrt«, erwiderte Kaytes. »Sie hat Verletzungen an Händen und Unterarmen, ein paar Kratzspuren und schwache Quetschungen. Von der Sorte, die in Minutenschnelle entstehen können, ich glaube nämlich, sie hatte nur Minuten. Sie hat auch eine kleine Wunde am Schädel, dicht über dem Nacken. Und dann die Druckstelle rund um den Hals, die Sie alle gesehen haben. Das deutet für mich alles darauf hin, dass sie irgendwie, möglicherweise mit irgendetwas zum Festhalten um den Hals, unter Wasser gehalten worden ist, bis sie ertrunken ist.«

»Hat sie Wasser in der Lunge?«, erkundigte sich Stenning.

Kaytes nickte. »Ja. Und zwar Themsewasser. Die Mischung aus Salz- und Süßwasser ist ziemlich eindeutig. Nicht, dass das an sich schon irgendwas beweist. Wenn ein Leichnam eine Weile unter Wasser liegt, kann Wasser in die Lunge und in den Magen eindringen.«

Kaytes reckte sich, verschränkte die Hände hinter dem Kopf und bog den Rücken durch. Ihnen stand ein Vortrag bevor. »Sie wissen doch, dass wir Ertrinken als Todesursache nur dann annehmen können, wenn jemand gesehen hat, wie es passiert ist, oder wenn wir es geschafft haben, alles andere auszuschließen. Wenn die Toxikologie ohne Befund ist, dann wird meine Schlussfolgerung lauten, dass diese junge Frau höchstwahrscheinlich dadurch umgekommen ist, dass sie gewaltsam in der Themse untergetaucht worden ist.«

»Und danach ist sie aus dem Fluss gezogen, verhüllt und mit Gewichten beschwert und dann wieder in die Themse geworfen worden, und zwar irgendwo in der Nähe vom Deptford Creek«, sagte Dana.

»Erscheint mir logisch«, pflichtete Kaytes ihr bei.

»Erscheint mir echt schräg«, knurrte Anderson.

»Aber was Sie alle eigentlich wissen wollen«, fuhr Kaytes fort, »ist, ob die Frau, die heute Morgen gefunden worden ist, die Leiche, die die Wasserwacht letzte Woche aus der Themse gefischt hat, und die, die bei der South Dock Marina entdeckt worden ist, für ein gemeinsames Ermittlungsverfahren genug gemeinsam haben. In einem Satz: Haben wir es mit drei separaten Todesfällen zu tun oder mit drei Fällen, die durch die jeweiligen Umstände miteinander in Verbindung stehen? Ist das richtig?«

»Genau«, bestätigte Dana. »Wir wissen bereits, dass sie alle ungefähr im selben Teil des Flusses gefunden worden sind. Wir wissen, dass es gut möglich ist, dass mindestens zwei von ihnen beschwert waren, da ihr Zustand darauf hinweist, dass sie nicht allzu viel in Bewegung waren.«

»Außerdem wissen wir, dass wir es mit einem Zeitraum von weniger als einem Jahr zu tun haben«, fügte Lacey hinzu.

Kaytes nickte. »Sehr wahrscheinlich, Wasserwacht. Na gut. Alle unter dreißig. Ich würde sogar so weit gehen zu behaupten, alle unter fünfundzwanzig, nach den Zähnen und der Knochenentwicklung zu urteilen. Alle drei hatten langes, schwarzes Haar, was auf asatische Herkunft oder den Nahen Osten schließen lässt. Keine von ihnen wies Anzeichen einer Zahnbehandlung auf, wie sie in Industriestaaten zu erwarten wäre.«

»Und Sie haben keine Hinweise auf eine andere Todesursache gefunden als die, die Sie uns schon genannt haben?«, wollte Anderson wissen.

»Keine Anzeichen, dass sie erschossen, erstochen oder mit einem stumpfen Gegenstand erschlagen wurden«, bestätigte Kaytes. »Auch erdrosselt worden sind sie nicht, denn das Zungenbein ist bei allen dreien intakt. Laut Obduktionsbericht der ersten Leiche gibt es keinerlei Anzeichen dafür, dass sie irgendwelche giftigen Substanzen zu sich genommen hat. Ich möchte ja nicht voreilig sein, aber es scheint wahrscheinlich, dass alle drei gewaltsam ertränkt worden sind.«

»Das Leichentuch bestätigt es, nicht wahr?«, fragte Mizon. »Die Tatsache, dass zwei, möglicherweise auch alle drei in Tücher gewickelt waren, das kann doch kein Zufall sein.«

»Das meine ich auch«, antwortete Kaytes. »Sie haben es mit einem höchst ungewöhnlichen Serienmörder zu tun, Ladies and Gentlemen. Mit einem, der's gern nass mag. Sehr nass.«

65

Lacey

»Es ist trotzdem bescheuert«, widersprach Anderson, so wie er es schon den größten Teil des Nachmittags getan hatte. »Wir reden hier über eine Riesenoperation. Zuerst muss man mal so schöne Afghaninnen mit blauen Augen finden. Dann muss man sie bestechen, damit sie ihre Heimat verlassen und mit Männern, die sie gar nicht kennen, Tausende von Kilometern weit über Land reisen, einschließlich quer durch ganz Europa. Und dann muss man sie irgendwie nach Großbritannien reinschmuggeln.«

»Nicht irgendwie, Sarge.« Es fiel Lacey überraschend leicht, wieder an ihrem alten Schreibtisch im Revier von Lewisham zu sitzen. »Wir wissen ganz genau, wie. Sie kommen mit dem Schiff in Tilbury an, werden dort von Bord geholt und in einem kleinen Boot die Themse raufgeschippert.«

Andersons Gesicht war im Laufe des Tages stetig immer röter geworden. Er seufzte. »Ich nehme alles zurück. Wir haben eine ungefähre Vorstellung von den letzten paar Kilometern einer Reise von mehreren Tausend. Wir platzen vor Informationen fast aus allen Nähten. Allmählich frage ich mich ja, wie wir ohne Sie zurechtgekommen sind, Lacey. Aber um noch mal auf meinen Standpunkt zurückzukommen: Das Ganze riecht nach Big Business. Niemand macht sich so viel Mühe, wenn's da nicht richtig Kohle abzugreifen gibt.«

»Dagegen sagt ja keiner was, Sarge«, meinte Mizon. »Aber dieses Unternehmen zwecks Kohleabgreifen führt dazu, dass einige dieser Frauen umkommen, ob nun mit Absicht oder aus Versehen.«

»Und genau da geraten wir in die Twilight-Zone«, gab Anderson schroff zurück. »Die werden nämlich nicht entsorgt, die werden eingewickelt wie ägyptische Mumien. Das deutet für mich auf was Rituelles hin, auf was Abartiges.«

»Weil es ja nicht abartig ist, Frauen quer über den Planeten zu schmuggeln und sie gefangen zu halten?«, erkundigte sich Mizon.

»Ich sag ja nicht, dass das nett ist, ich sage, dass das einen logischen Sinn hat. Kohle. Daran, wie diese Frauen entsorgt werden, ist überhaupt nichts Logisches. Und damit sind wir noch nicht mal bei Laceys Stalker angekommen. Das ist doch alles echt abgedreht.«

Niemand widersprach.

»Na, ich bin ja froh, dass wir uns da einig sind«, bemerkte Stenning. »Und jetzt seid still, da kommt sie.«

Die anderen wandten sich dem Fernseher zu, der leise im Hintergrund gelaufen war. Gerade hatten die Vorabendnachrichten begonnen, und der Aufmacher war die Leiche, die an diesem Morgen auf Laceys Boot gefunden worden war. Ein Reporter berichtete vor laufender Kamera vor New Scotland Yard.

»Die Londoner Polizei hat nicht nur bestätigt, dass sie den Tod der am Deptford Creek aufgefundenen Frau als verdächtig betrachtet, sondern dass ihr Tod möglicherweise mit zwei ähnlichen Londoner Fällen innerhalb der letzten zwölf Monate in Verbindung stehen könnte.«

Als Nächstes wurde der Pressesaal im Innern des Gebäudes gezeigt. DI Tulloch, Chief Inspector Cook und Detective Superintendent Weaver saßen am vordersten Tisch den Reportern gegenüber.

»Wir glauben, dass diese jungen Frauen irgendwo im Nahen Osten angeworben werden.« Tulloch hatte sich für die Pressekonferenz umgezogen; sie trug jetzt ein perlgraues Kostüm mit einer Bluse in dunklem Rosa. »Wir glauben, dass sie durch Täuschung dazu gebracht werden, ihre Heimat zu verlassen, möglicherweise mit dem Versprechen auf ein neues, besseres Leben im Westen. Sie werden auf illegale Weise ins Land geschafft und gefangen gehalten. Dann passiert irgendetwas Schreckliches mit ihnen. Wir glauben, dass im letzten Jahr drei Frauen auf diese Weise umgekommen sind. Es könnten noch viel mehr sein. Es könnten gerade jetzt mehr junge Frauen in Gefahr sein. Wenn Sie irgendetwas wissen, das uns helfen kann, melden Sie sich bitte.«

»Sie hat ja so eine natürliche Autorität, nicht wahr?«, sagte Mizon zu Lacey.

»Stimmt«, pflichtete Lacey ihr bei. »Wie viel davon sind wohl die Klamotten?«

»Die helfen dabei. Aber ich glaube, das kommt auch von dem Wissen, dass man immer die Klügste im Raum sein wird.«

Ein Handy klingelte in Laceys Tasche. Die beiden Frauen sahen sich an. Dann wanderte Mizons Blick zu Laceys Alltagshandy hinüber, das stumm zwischen ihnen auf dem Tisch lag. Sie hatten gehofft, dass die Pressekonferenz Nadia Safi aus der Deckung treiben, sie dazu ermutigen würde, sich wieder bei Lacey zu melden. Sie hatten nur nicht damit gerechnet, dass es so schnell gehen würde.

Während ihr bewusst wurde, dass es um sie herum still geworden war, kramte Lacey nach dem Mobiltelefon. *Keine Anruferinfo* stand auf dem Display. Genau wie beim letzten Mal, als Nadia angerufen hatte.

»Hallo?«

»Wollen Sie immer noch mit mir reden?«

»Natürlich.« Lacey nickte ihren Kollegen zu. »Sind Sie okay?«

Nadia zögerte ganz kurz. »Mir fehlt nichts. Ich hab gerade die Nachrichten gesehen. Ist das wahr? Dass drei Frauen umgebracht worden sind?«

»Mindestens drei. Irgendetwas Schreckliches geschieht mit jungen Frauen wie Ihnen. Können Sie uns helfen?«

»Ja«, antwortete Nadia. »Ich glaube schon.«

66

Lacey

Die Atmosphäre im Greenwich Park war träge, schwer von der Last der Sommerhitze und fünfhundert Jahren Geschichte. Die Blumenstiele in den Zierbeeten schienen ihre Blüten kaum tragen zu können.

In Laufkleidung – denn was konnte im Greenwich Park weniger auffallen als eine Joggerin? – rannte Lacey den Hügel hinauf. Oben angekommen, wurde sie langsamer, um wieder zu Atem zu kommen und dem bisschen Wind, der hier wehte, die Möglichkeit zu geben, sie abzukühlen.

Nadia, nicht länger in einer Burka, sondern im traditionellen muslimischen Salwar Kamiz, ein Kopftuch über dem dunklen Haar, wartete auf den Stufen der Statue von General Wolfe. Sie war größer, als Lacey sie in Erinnerung hatte.

Im Park unter ihnen und um sie herum herrschte reges Treiben. Überall, wo Lacey hinsah, gingen Leute mit Hunden spazieren, spielten mit Kindern, warfen sich Bälle zu oder faulenzten auf Decken. Nadia hatte gesagt, sie solle allein kommen, und hatte versprochen, dasselbe zu tun, aber auf diesem weitläufigen, belebten Gelände konnte man nicht mit Sicherheit wissen, ob das nun stimmte oder nicht.

Lacey hatte jedenfalls nicht Wort gehalten – das wäre niemals zugelassen worden –, und der Park war großzügig mit Polizisten in Zivil bestückt. Auf dem Weg hier herauf war sie an Stenning und Mizon vorbeigekommen, die auf dem Rasen herumlümmelten und sich eine Dose Cola light teilten. Ein Überwachungswagen in einer nahen Straße hörte über den Sender in ihrem Laufshirt jedes Wort mit, das sie sagte. Ein kleines Stück von Nadia entfernt blieb Lacey stehen und ließ ihre Trinkflasche fallen. Die Flasche rollte auf die andere Frau zu, die sich bückte, sie aufhob und sie Lacey reichte.

»Danke.« Vorsichtig schob Lacey die Flasche wieder in die Halterung an ihrem Schulterträger. Jetzt hatten sie Fingerabdrücke, die sie mit denen in der Datenbank abgleichen konnten. Bald würden sie genau wissen, ob dies die Frau war, die letzten Oktober verhaftet worden war.

Als wüsste keine von ihnen, wie sie anfangen sollte, drehten sie sich um und betrachteten die Aussicht: den mittelalterlichen Tierpark, eine Schicht Regency-Pracht aus weißem Stuck darunter und dann ein kleines Stück Stadtfluss, gekrönt von Wolkenkratzern des 21. Jahrhunderts.

»Hier oben fühlt es sich wenigstens an, als wäre hier ein bisschen Luft«, bemerkte Lacey, an den Canary Wharf Tower gewandt.

Nadia starrte weiter geradeaus. Sie war älter, als Lacey sie in Erinnerung hatte, und ihre Haut wies die feinen Falten eines Gesichts auf, das viel Zeit in der Sonne zugebracht hatte. »Wir sollten weitergehen«, sagte sie plötzlich, wandte sich ab und ging los. »Das ist sicherer.«

Mit einem Frösteln, das nichts mit irgendwelchen Luftbewegungen zu tun hatte, ging Lacey neben ihr her, als sie sich in Richtung Osten auf den Weg machten. Was sollte sie zuerst fragen?

Im Überwachungswagen war Tulloch ganz untypisch schweigsam.

Die beiden Frauen schritten unter einem kurzen Baldachin aus Bäumen hindurch, und plötzlich war die Luft um sie herum von Geräuschen erfüllt. Laub raschelte, Vögel schwatzten und zankten, sogar das Kratzen eines umherflitzenden Eichhörnchens war zu hören.

»Brauchen Sie Hilfe?«, fragte Lacey. »Ich weiß, Sie sind illegal hier im Land, aber wenn Sie Opfer eines Verbrechens sind, dann gibt es Menschen, die Ihnen helfen können.«

»Fragen Sie mich später noch einmal«, erwiderte Nadia. »Was wollen Sie wissen?«

»Können Sie mir sagen, woher Sie kommen?«

Schweigen.

»Ich glaube, Sie sind aus Afghanistan«, sagte Lacey. »Ich glaube, irgendjemand hat Ihnen zu Hause angeboten, Ihnen zu helfen, nach Großbritannien einzureisen. Ich glaube, Ihnen ist wahrscheinlich erzählt worden, dass hier ein Job auf Sie wartet, dass Sie gutes Geld verdienen und es Ihrer Familie schicken könnten. Wenn ich mich irre, würde es wirklich helfen, wenn Sie es mir sagen.«

Nadia schaute nach rechts, weg von Lacey; sie betrachtete einen Baum, dessen Stamm so dick war, dass er kaum jünger zu sein schien als der Park selbst. »So alte Bäume«, meinte sie. »Was sind das für welche, wissen Sie das?«

Lacey brauchte nicht nachzuschauen. »Das sind Eichen. Die meisten Bäume hier sind Eichen. Es ist ein sehr alter Park.«

»In meinem Land gibt es auch alte Bäume.« Nadia schritt wieder schneller aus. Sie hatte nicht abgestritten, dass sie aus Afghanistan kam, das war wichtig.

»Ich glaube, die haben Sie ausgewählt, weil Sie helle Haut und helle Augen haben und weil Sie schön sind. Ich glaube, Sie sind nicht die Erste und Sie werden auch nicht die Letzte sein. Aber – und hier liegt das Problem – ich glaube, ein paar Frauen wie Sie, die in dieses Land gebracht worden sind, sind umgebracht worden.«

Lacey wartete ab, ließ Nadia Zeit. Der Weg führte sie zu der hingestreckten Gestalt des ältesten Baumes im Park und des einzigen, der von einem schützenden Geländer umgeben war. Die leere Hülle der Queen Elizabeth's Oak.

Nadia betrachtete die Schilder vor dem Zaun. »Was steht da?«

»Da steht, dass Henry VIII sich bei diesem Baum immer mit Anne Boleyn getroffen hat«, antwortete Lacey, ehe ihr klar wurde, dass die Namen dieser jungen Frau wahrscheinlich nichts sagen würden. »Henry war ein sehr berühmter König von England. Er war verheiratet, hat sich aber in ein junges Mädchen namens Anne verliebt. Er hat vor nichts haltgemacht, um sie zu seiner Königin zu machen, aber als sie ihm keinen Sohn geboren hat, hat er sich gegen sie gewendet. Sie ist mit gerade mal fünfunddreißig Jahren hingerichtet worden.«

»Hatte sie eine Tochter?«

»Ja«, sagte Lacey. »Elizabeth. Die wurde eine sehr große Königin.«

»Ich habe drei Töchter.«

»Wo sind sie?«

»Bei ihrem Vater. Ich habe sie seit drei Jahren nicht mehr gesehen.« Nadia wandte sich wieder dem umgestürzten Baum zu. »Er hat sie getötet? Sie war Königin, und er hat sie umgebracht? Ich dachte, dieses Land wäre anders.«

Lacey öffnete den Mund, um darauf hinzuweisen, dass Henry und Anne vor über fünfhundert Jahren gelebt hätten, und begriff, dass für eine Frau, die drei Kinder verloren hatte, ein halbes Jahrtausend nur ein Detail wäre. »Was ist Ihnen passiert?«, fragte sie stattdessen.

Nadia zog das Kopftuch enger um ihren Kopf. »Ich habe mit fünfzehn geheiratet. Den ältesten Sohn eines Regierungsbeamten. Es war eine bedeutsame Heirat, man hat mir gesagt, was für ein Glück ich hätte. Ich denke, ich habe das sogar geglaubt. Mit fünfzehn denkt man doch nicht viel, außer daran, einen guten, freundlichen Ehemann zu haben, viele gesunde

Kinder und sich den Respekt der Familie des Mannes zu verdienen, nicht wahr?«

Mit fünfzehn hatte Lacey ans Autoklauen gedacht, daran, damit nachts auf leeren Parkplätzen herumzurasen und sie dann auf den Kais ihrer Heimatstadt abzufackeln. An die Jungen, mit ihren gegelten Haaren und ihren hungrigen Augen. An die Lügen, die sie ihren Pflegeeltern auftischen würde, und ganz selten mal daran, was wohl aus ihr werden würde, wenn sie zu alt für die Obhut der städtischen Behörden war. Diese Frau und sie würden wohl nur wenige Gemeinsamkeiten entdecken. »Mädchen sind wohl auf der ganzen Welt gleich«, meinte sie.

»Meine erste Tochter ist weniger als ein Jahr später zur Welt gekommen.« Nadia streckte die Hand aus und riss, anscheinend ohne es zu merken, die Blüte einer hohen Blume ab. Sie begann, die Blütenblätter abzurupfen und zu Boden zu werfen. Ihre Hände waren verblüffend groß, schwielig und gebräunt. »Meine zweite etwas über ein Jahr danach. Meine dritte fast zwei Jahre später. Drei wunderschöne, gesunde Mädchen. Sie haben mir erlaubt, meine Jüngste fertig zu stillen, bevor er sich von mir scheiden lassen hat und mich zu meiner Familie zurückgeschickt hat.«

»Weil Sie Mädchen bekommen haben? Sind Söhne wirklich so wichtig?«

Die Überreste der Blume wurden in Nadias Hand zerquetscht. »Sie haben ja keine Ahnung, wie es in meinem Land ist. Eine Familie ohne Söhne hat keine Sicherheit, keine Zukunft. Eine Familie ohne Söhne ist nichts. Eine Frau ohne Söhne ist schlimmer als nichts.«

»Aber Sie waren doch noch jung. Sie können doch nicht viel älter gewesen sein als zwanzig. Und Sie konnten doch offensichtlich gesunde Kinder kriegen. Warum habt ihr es nicht einfach noch einmal versucht?«

Nadia marschierte von Neuem zügig los. »Weil meine

Schwiegermutter mich loswerden wollte. Wir haben eine Sitte in unserem Land: Wenn ein Mädchen heiraten soll, gibt ihm seine Mutter ein Taschentuch. Oft ein besticktes, oft mit Spitzen. Es ist ein sehr besonderes Tuch. Aber man hat mir nicht gesagt, was ich damit machen soll. In dieser Nacht, nachdem mein Mann und ich zusammen gewesen waren, hat er nach dem Beweis dafür gesucht, dass ich Jungfrau war.«

Lacey überlegte kurz. »Er hat nach Blut gesucht?«

Nadia nickte. »Es war keins da. Das Laken war sauber. Er hätte das Taschentuch am nächsten Tag zu meiner Familie mitnehmen sollen, verstehen Sie, als Beweis dafür, dass sie ihm eine unberührte Braut gegeben haben. Ich hätte es mir zwischen die Beine halten müssen, um das Blut aufzufangen. Aber er konnte nichts vorzeigen. Also war ich entehrt. Meine Familie wurde durch die Nachricht gebrochen, die Familie meines Mannes hat allen Respekt vor mir verloren.« Sie wandte sich um, und einen Moment lang flammte solche Wut in ihren kalten silbergrauen Augen auf, dass Lacey fast einen Schritt zurückgetreten wäre. »Ich war fünfzehn. Ich war noch nie allein von zu Hause fort gewesen. Ich hatte seit meiner ersten Periode eine Burka getragen. Wie hätte ich denn keine Jungfrau mehr sein können?«

»Nicht alle Frauen bluten, wenn sie ihre Jungfräulichkeit verlieren«, sagte Lacey.

»Wenn ich gewusst hätte, wozu dieses Taschentuch da ist, wie wichtig es war, dann hätte ich ein Messer mit ins Bett genommen. Ich hätte mich geschnitten, ohne dass er es gemerkt hätte. Ich hätte dafür gesorgt, dass Blut da ist. Mein Leben hing davon ab, und meine Mutter hat mir nicht gesagt, wozu es da war.«

»Aber ihr seid doch zusammengeblieben«, wandte Lacey ein. »Ihr habt Kinder bekommen.«

»Wenn ich Söhne geboren hätte, wäre mir vielleicht verziehen worden. Aber meine Schwiegermutter hat jedes Kind als

Zeichen dafür betrachtet, dass Gott mich wegen meiner Unreinheit verflucht hat. Sie hat meinem Mann gesagt, er würde nie Söhne haben, solange ich seine Frau bin. Also wurde ich zu meiner Familie zurückgeschickt. Er hat eine andere Frau genommen. Sie hat ihm noch im selben Jahr einen Sohn geschenkt.«

»Und Ihre Töchter sind bei ihm geblieben?«

»Im Islam gehören Kinder dem Vater. Aber sie werden niemals glücklich sein. Sie werden nicht das beste Essen oder neue Kleider bekommen wie die Kinder seiner neuen Ehefrau. Wenn sie alt genug sind, werden sie an unbedeutende Männer verheiratet werden und in den Familien ihrer Männer nicht respektiert werden. Niemand wird sie lieben. Und hier bin ich, auf der anderen Seite der Welt, und meine Liebe bringt mich ganz langsam um.«

Endlich wandte sich Nadia zu Lacey um und sah sie richtig an. Sie war eine schöne Frau, eindeutig eine intelligente Frau, die von der Unterdrückungskultur, in die sie hineingeboren worden war, so gut wie zermalmt worden war.

»Vor etwas über einer Woche habe ich den Leichnam einer jungen Frau in der Themse gefunden«, sagte Lacey, die einen Vorteil witterte. »Heute Morgen haben wir noch eine Frau gefunden. Wir haben beide nicht identifizieren können, und deshalb glauben wir, dass sie illegal in dieses Land gekommen sind. Neulich nachts war ich auf Patrouille, und wir hätten beinahe ein paar Leute geschnappt, die in einem kleinen, unbeleuchteten Boot die Themse heraufgekommen sind, genau wie Sie damals. Das Mädchen und einer der Männer konnten flüchten. Ich hatte gehofft, Sie könnten mir sagen, was da läuft.«

Als Nadia abermals weiterging, folgte Lacey ihr. Der Weg führte sie tiefer hinab, und Lacey roch Rosen, trockene Erde, warme Baumrinde, als hielten sich die Gerüche des Parks wie Frühnebel dicht über dem Boden.

»Woher wussten Sie, dass ich nach Ihnen suche?«, fragte

sie. »Als Sie mich das letzte Mal angerufen haben? Wer hat Ihnen meine Nummer gegeben?«

Nadia antwortete nicht.

»Die Männer, die Sie hierhergebracht haben? Ich möchte Sie nicht in Gefahr bringen, Nadia. Hören Sie, kommen Sie doch mit, ich kann dafür sorgen, dass Ihnen nichts passiert.«

Nadia schüttelte den Kopf. »Ich weiß nicht, ob die dabei mitgemacht haben oder nicht. Sie haben gesagt, nein. Aber ich kann nicht einfach verschwinden; ich kann es nicht riskieren, dass sie meinen Töchtern etwas antun.«

Natürlich. So behielten sie diese Frauen unter Kontrolle. Mit Drohungen gegen die Familie daheim. Ob es eine reale Drohung war oder nicht, spielte keine Rolle; wichtig war nur, dass die Frauen es glaubten.

Ein Knistern in Laceys Ohr verriet ihr, dass DI Tulloch allmählich die Geduld ausging. »Warum erzählen Sie mir nicht einfach alles, was Sie sagen können?«, fragte sie. »Fangen Sie damit an, was passiert ist, als Sie die Unterkunft verlassen haben.«

»Ich bin in ein Haus gebracht worden«, sagte Nadia. »Es war groß, aber eigentlich habe ich nur mein Zimmer zu Gesicht bekommen. Sie haben mich lange dort festgehalten. Mehrere Monate, glaube ich, aber es war schwer, den Überblick zu behalten, wie viel Zeit vergangen ist.«

Lacey hörte, wie Dana nach Luft schnappte.

»Und was ist während dieser Monate mit Ihnen passiert?«

»Gar nichts. Es hieß, ich müsse warten, bis meine Papiere fertig sind. Und bis sie einen Job für mich arrangiert hätten. Also habe ich gewartet. Ich habe das Essen gegessen, das sie mir gegeben haben, habe ferngesehen, viel geschlafen. Es war langweilig.«

Nicht das, was sie alle zu hören erwartet hatten.

»Sie haben Ihnen nichts getan? Irgendetwas von Ihnen verlangt, was Sie nicht tun wollten?«

Nadia schüttelte den Kopf. »Ich weiß, was Frauen wie mir passieren kann. Ich weiß, was für ein Risiko ich eingegangen bin, als ich hierhergekommen bin. Ich habe Glück gehabt.«

»Waren in dem Haus noch andere Frauen?«

»Ich glaube schon, aber gesehen habe ich keine von ihnen. Ich habe nur von Zeit zu Zeit Stimmen gehört. Manchmal habe ich jemanden schreien hören; ich bin mir nicht sicher, ob alle so geduldig waren wie ich.«

»Sie wurden dort gefangen gehalten? Die anderen Frauen auch?«

»Wahrscheinlich. Einmal habe ich gesagt, ich wolle weg. Sie haben gesagt, das gehe nicht. Dass ich nach Hause geschickt werden würde, solange das mit den Papieren nicht geregelt wäre. Aber ich bin nicht schlecht behandelt worden. Als ich krank geworden bin, haben sie sich um mich gekümmert. Ich hatte Ärzte, Pflegerinnen, bin behandelt worden.«

»Sie waren krank?«

»Ja, ein paar Wochen nachdem ich dorthin gekommen bin. Sie haben gesagt, dadurch werde sich meine Entlassung verzögern. Dass niemand mich einstellen werde, solange ich nicht gesund sei.«

Wieder begann es in ihrem Ohr zu knistern, aber Lacey war schon da. »Inwiefern krank?«, wollte sie wissen.

Nadia machte ein verwirrtes Gesicht. »Ich weiß nicht genau. Sie haben gesagt, bei jungen Frauen aus meinem Teil der Welt komme das ziemlich häufig vor. Ich sei einfach nicht an englisches Essen und englisches Wasser gewöhnt. An englische Bazillen. In gewisser Weise hatten sie ja recht. Es ist wirklich besser geworden. Und dann bin ich von dort weggegangen.«

»Lacey, versuchen Sie rauszufinden, wo sie festgehalten wurde«, flüsterte Dana Tullochs Stimme in ihrem Ohr.

»Es war dunkel, als sie mich dort hingebracht haben«, meinte Nadia, als Lacey sich danach erkundigte. »Und als ich weggegangen bin auch. Ich weiß nur, dass es irgendwo in London war. Die Häuser waren hoch. Ich könnte das Haus nicht wiederfinden.«

»Hatte Ihr Zimmer ein Fenster?«

»Ja, aber das Glas war – ich weiß nicht genau, wie Sie das nennen würden … neblig?«

»Milchglas? Es lässt Licht durch, aber man kann nicht richtig hindurchsehen. So was benutzen wir oft in Badezimmern.«

»Ja, wie Badezimmerglas. Ich weiß, dass ganz in der Nähe andere Gebäude waren. Und außerdem war ich ziemlich nahe am Fluss. Das merkt man doch, wenn man in der Nähe von Wasser ist, nicht wahr? Da liegt so ein Geruch in der Luft. Und Boote hören sich anders an als Autos.«

»Hat man Sie übers Wasser dorthin gebracht?«

Ein Schatten erschien auf Nadias Gesicht. Zustimmend hob und senkte sie den Kopf. »Ja. Aber wenn Sie wollen, dass ich mich an die Fahrt erinnere, ich glaube wirklich nicht, dass ich das kann.«

»Gibt es irgendetwas, was Sie uns sagen können – irgendwas?«

»Es tut mir leid, aber Sie müssen verstehen, wie sehr ich mich vor Wasser gefürchtet habe. Nach dem, was uns passiert ist, in der Nacht, als Sie mich aus dem Fluss gezogen haben, konnte ich nicht einmal an Wasser denken, ohne das Gefühl zu haben, ich würde wahnsinnig werden.«

»Das ist verständlich. Es war ja auch ein ziemlich schreckliches Erlebnis.«

»Aber für mich war es nicht das erste Mal. Es war nicht das erste Mal, dass ich fast ertrunken bin.«

Lacey wartete. Nadia schien drauf und dran zu sein, mehr zu sagen, dann schüttelte sie den Kopf.

»Das ist Jahre her«, meinte sie. »Die Einzelheiten sind nicht wichtig. Aber deswegen habe ich fürchterliche Angst vor Wasser. Ich weiß, dass sie mich übers Wasser zu diesem Haus gebracht haben und auch wieder weg von dort. Aber ich hatte beide Male solche Angst, dass ich einfach nur nach unten geschaut und mir das Kopftuch über den Kopf gezogen habe.«

Lacey empfand jähe Enttäuschung. Es war möglich, dass die Mädchen auf dem Wasserweg transportiert wurden, um sie zu verwirren, um es ihnen schwerer zu machen zu erklären, wo sie gewesen waren. Wenn das so war, hatte es bei Nadia auf jeden Fall funktioniert.

»Sie haben nicht geschaut, wohin es ging?«

Nadia schüttelte den Kopf. »Ich habe bestimmt ein paar Dinge gesehen, aber als es vorbei war, habe ich mir solche Mühe gegeben, das alles zu vergessen.«

»Das verstehe ich, wirklich. Aber alles, woran Sie sich erinnern können, wäre für uns wirklich eine große Hilfe, egal was.«

»Da war noch etwas anderes. Etwas, das ich nie richtig verstanden habe.«

»Was denn?«

»Da war eine Frau. Sie war draußen, glaube ich. Ich habe sie durchs Fenster gehört.«

»Eine Frau, die was genau getan hat?«

»Sie hat gesungen«, sagte Nadia. »Sie hat uns etwas vorgesungen.«

67

Dana

»'n großes Haus in Blackheath, Ma'am.« Barrett war gerade zurückgekommen, nachdem er Nadia Safi bis zu ihrer Wohnung gefolgt war. »Auf einem separaten Grundstück, mit ferngesteuertem Tor.«

»Okay, wir haben folgende Optionen«, verkündete Dana. »Wir können Nadia Safi in Gewahrsam nehmen und die Verantwortung für sie übernehmen, aber wenn sie uns nicht mehr über die Leute erzählen kann, die sie hergebracht haben, oder darüber, wo sie festgehalten wurde, dann könnten wir damit ohne triftigen Grund ihre Familie in Gefahr bringen. Wir können uns auch ihre gegenwärtigen Arbeitgeber vornehmen und sehen, wer ihnen ihr illegales Personal verschafft, aber damit riskieren wir auch wieder, dass die Gang Lunte riecht, und wir gewinnen nicht unbedingt viel dabei. Oder wir behalten Nadia als Kontaktperson. Sie hat Lacey jetzt ihre Handynummer gegeben, wir können sie also wenigstens erreichen, wenn es nötig ist.«

»Ich glaube wirklich, sie hat uns fürs Erste alles gesagt, was sie sagen kann«, bemerkte Lacey.

»Genau«, bekräftigte Dana. »Fürs Erste. Vielleicht sieht sie ja jemanden aus der Gang in dem Haus. Oder es könnte sich etwas anderes ergeben. Außerdem hätte ich es wirklich gern, wenn sie Ihnen eine Haarprobe gibt, Lacey.«

»Eine Haarprobe?«

»Ja. Ich möchte herausfinden, was für Medikamente sie bekommen hat, während sie in dem Haus am Fluss war. Hat irgendjemand hier schon einmal einen richtigen Arzt von englischen Bazillen reden hören?«

Schweigen, während alle Anwesenden darüber nachsannen.

»Die könnten sich doch einfach nur bemüht haben, Worte zu verwenden, die eine Immigrantin, die gerade erst angekommen ist, verstehen kann«, gab Mizon zu bedenken.

»Das ist möglich«, gab Dana zu. »Aber wer waren diese Ärzte und Pflegerinnen? Heutzutage macht doch niemand mehr Hausbesuche, es sei denn, der Patient steht praktisch an der Schwelle des Todes. Und wie kommt es, dass die keine Fragen über diese jungen Frauen gestellt haben, die da unter Hausarrest standen?«

»Also keine richtigen Ärzte?«, fragte Lacey.

»Die könnten alles Mögliche gewesen sein und ihr alles Mögliche gegeben haben«, sagte Dana. »Und all den anderen Frauen in dem Haus auch. Lacey, können Sie sie um eine Haarprobe bitten? Sie kann sie uns ja mit der Post schicken, wenn sie Angst hat, sich noch mal mit Ihnen zu treffen.«

Lacey nickte, während Dana einen raschen Blick auf ihr Handy warf. »Das war die Streife«, verkündete sie. »Morgen bei Tagesanbruch fangen sie an, den Deptford Creek und die nähere Umgebung abzusuchen. Wenn sich irgendjemand in der Nähe des Creeks versteckt hält, finden sie ihn.«

68

Lacey

Um sechs Uhr abends hatte die Sonne viel von ihrer Kraft verloren, doch der Boden schien die Hitze, die er im Laufe des Tages absorbiert hatte, abzustrahlen. Selbst auf Rays und Eileens Boot und mit der leichten Brise des Creeks war es unerträglich heiß gewesen, und es war für Lacey eine Riesenerleichterung gewesen, von ihrem Fahrrad zu steigen und in den grünen Schatten des Gartens von Sayes Court zu treten.

Der runde gusseiserne Tisch, zu dem sie geführt wurde, stand auf einer etwas erhöhten Terrasse an der einen Seite des Hauses. Die umliegenden Gebäude versperrten den Blick auf den Fluss, doch Lacey konnte die Baumwipfel in dem Obstgarten auf der anderen Seite des Creeks sehen. Winzige Äpfel, Birnen und Pflaumen, so frisch und grün wie die Miniaturtrauben an der Ranke über ihren Köpfen.

»Sind Sie bereit, uns zu erzählen, was Ihnen zu schaffen macht?« Thessa bedachte Lacey mit jenem merkwürdigen Blick von der Seite her, den sie gern einsetzte, nachdem sie dem Betreffenden gerade eine schwierige Frage hingeworfen hatte wie eine Handgranate.

»Sagen Sie ihr, sie soll sich um ihren eigenen Kram kümmern.« Alex kam mit einem großen Tablett vom Haus herüber. »Man weiß nie, vielleicht klappt's ja bei Ihnen.«

»Wenn man in einem medizinischen Beruf arbeitet, werden die Angelegenheiten anderer Leute wohl unweigerlich zu den eigenen.« Lacey lächelte Thessa an. »Bei der Polizei ist das ganz ähnlich. Und in gesellschaftlichen Situationen kann man das dann ein bisschen schwer abstellen.«

»Wenn das das Beste ist, was Sie als höflichen Rüffel draufhaben, dann wird das nicht funktionieren.« Alex stellte das Tablett auf den Tisch. »Sie ist viel zu dreist, um sich von Subtilitäten abschrecken zu lassen. Bedienen Sie sich. Nur kalte Platte, fürchte ich. Wir haben beide den ganzen Tag gearbeitet, aber das Brot ist ganz frisch, und der Brie da sieht aus, als ob er gleich vom Teller läuft.«

»Das sieht toll aus«, beteuerte Lacey. »Es war wirklich sehr nett von Ihnen, mich einzuladen. Und was trinken wir hier gerade?«

Auf dem Tisch stand eine ungeöffnete Flasche Chablis; Kondenswasser rann wie Regentropfen daran herab. Thessa jedoch hatte wieder einen ihrer Tränke gemischt, und in Anbetracht der Hitze hatten sie damit angefangen.

»Brombeersaft«, antwortete Thessa. »Mit ein paar Tropfen Wahrheitsserum drin.«

»Greifen Sie doch zu, Lacey.« Alex reichte ihr einen Teller. »Und beachten Sie sie einfach nicht. Obwohl ich ja zugeben muss, dass ich doch ziemlich neugierig auf diese Geschichte heute am Deptford Creek bin.«

»Sie haben die Nachrichten gesehen?«

»Thessa war mit ihrem Paddelboot draußen und hat die Polizei auf dem Fluss gesehen. Ich bin überrascht, dass keiner von Ihren Kollegen sie überfahren hat. Sie hat mich angerufen, und ich habe den Rest des Tages ein Auge auf die Lokalnachrichten gehabt.«

»Dann wissen Sie ja bestimmt, dass wir eine Leiche gefunden haben«, sagte Lacey. »Und zwar nicht die erste dieser Art. Vor ein paar Wochen hab ich eine beim Schwimmen entdeckt.«

»Sie schwimmen?« Alex sah aufrichtig schockiert aus. »In der Themse?«

»Damals schon«, gestand Lacey. »Aber seitdem nicht mehr. Ich überlege, ob ich es nicht sein lassen soll.«

»Ja, bitte tun Sie das. Niemand sollte in diesem Fluss schwimmen. Das ist wahrscheinlich genau das, was diesen armen Toten passiert ist, die Sie und Ihre Kollegen gefunden haben.«

Schön wär's. Lacey beugte sich vor und lud sich Brot, Käse und kaltes Huhn auf den Teller. Als sie sich wieder zurücklehnte, fing sie Thessas finsteren Blick auf.

»Was ist denn?«

Thessas Blick wanderte vielsagend zu dem gemischten Salat in einer gedrechselten Holzschüssel.

»Ich Trottel.« Lacy beugte sich abermals vor. »Das ist doch ein Kunstwerk, Thessa.« Blumen waren über den Salat gestreut, winzige Tomaten und kleine juwelengleiche Früchte und Beeren. »Viel zu schade zum Essen.«

»Trotzdem.« Mit geschürzten Lippen sah Thessa zu, wie Lacey ihren Teller vollhäufte und anfing, sich Blätter in den Mund zu schieben.

»Sie wären eine prima Mum.« Insgeheim fragte sich Lacey, wie viel von dem Grünzeug sie wohl würde hinunterwürgen müssen, ehe sie sich diesen cremigen, zerlaufenen Käse auf das Brot schmieren konnte, das aussah, als wäre es mit Walnüssen gebacken worden. »Aber natürlich sind Sie ja vielleicht auch schon eine. Ich sollte keine Vermutungen anstellen.«

Schweigen tropfte herab wie ein sommerlicher Regenschauer. Der Wind vom Fluss her schien die Richtung gewechselt zu haben. Sie konnte die üblichen Flussgeräusche nicht mehr hören, Bootsmotoren und Wasservögel. Stattdessen war das leise, fast melodische Plätschern fließenden Wassers zu vernehmen.

»Höre ich da einen Springbrunnen?«, erkundigte sie sich, als das Schweigen unbehaglich wurde.

»Ja, das kommt von Thessas Koiteich im Vordergarten«, antwortete Alex. »Sie hat eine ganz schöne Sammlung da drin. Und um Ihre Frage zu beantworten, wir haben beide keine Kinder.«

Lacey lächelte unbeirrt weiter.

»Ich war mal ganz kurz verheiratet, nicht lange nachdem wir in dieses Land gekommen sind«, fuhr er fort. »Es hat nicht lange gehalten, und ich hatte keine große Lust, es noch einmal zu versuchen.«

»Sehen Sie, zwischen Zwillingen besteht so eine Verbindung«, meinte Thessa. »Vor allem zwischen eineiigen. Eine Nähe, in die jeder andere wohl nur schwer vorstoßen kann, denke ich. Ich glaube, Alex' Frau ist sich immer vorgekommen wie das fünfte Rad am Wagen.«

Die Frage, ob sie alle drei in diesem Haus gewohnt hätten, lag Lacey auf der Zunge. Und wenn ja, wer von ihnen das tatsächlich – ganz ehrlich – für eine gute Idee gehalten hatte.

»Aber Sie können doch gar nicht eineiige Zwillinge sein«, sagte sie. »Eineiige Zwillinge müssen doch dasselbe Geschlecht haben.«

»Natürlich. Ich glaube, meine Schwester hat das einfach ganz allgemein angemerkt. Und was ist mit Ihrer Familie, Lacey? Wo lebt die?«

Genau deswegen hatte sie keine Freunde. Freunde stellten

Fragen, auf die es keine einfachen Antworten gab. Lacey warf Thessa einen verstohlenen Blick zu; die alte Frau betrachtete eingehend den Inhalt ihres Glases, aber ihre Ohren wedelten praktisch vor Neugier.

»Eigentlich habe ich gar keine Familie«, sagte sie.

Thessa blickte auf. »Jeder hat eine Familie. Sogar wir, obwohl die Chance, dass wir sie je wiedersehen werden, ziemlich klein ist.«

»Ich bin zu Pflegeeltern gekommen, als ich noch ganz klein war. Mit meiner Pflegefamilie habe ich keinen Kontakt mehr, und über meine richtige weiß ich überhaupt nichts. Ich fürchte, da gibt's nur mich.«

»Bis Sie heiraten und selbst eine Familie gründen«, stellte Alex fest. »Und das kann doch bestimmt nicht mehr lange dauern?«

»Ja, was macht denn Ihr junger Mann?«, wollte Thessa wissen. »Benimmt sich der inzwischen ein bisschen besser?«

Lacey lächelte geduldig.

»Ach, mit der Zeit werden Sie uns schon alles erzählen. Das tun sie immer.«

»Sie?«

»Meine Schwester hat so ihre Projekte«, erklärte Alex. »Meistens Patienten. Sie gibt keine Ruhe, bis sie sie körperlich und geistig fertiggemacht hat, mit ihrer Mischung aus Pillen, Tränken und gnadenloser Aufdringlichkeit in Sachen Privatleben.«

»Dann betrachte ich mich als gewarnt«, antwortete Lacey. »Aber der fragliche junge Mann arbeitet oft außerhalb von London. Im Augenblick ist er gerade weg, und ich bin ziemlich überrascht, wie sehr er mir fehlt.«

»Der kommt schon wieder«, meinte Alex. »Es sei denn, er ist ein Volltrottel.«

Lacey lächelte. Alex hatte sich in den letzten Tagen angewöhnt, ihr kleine Komplimente zu machen. Normalerweise bedeuteten Komplimente von Männern sexuelles Interesse, vor dem sie sich immer sehr sorgfältig in Acht nahm, doch bei Alex fühlte es sich nie so an. Seine Komplimente waren stets respektvoll. Sie waren fast väterlich – ja, das war das einzige Wort dafür. Das war etwas Neues für sie, diese fraglose, bedingungslose Anerkennung eines älteren Mannes.

»Das ist aber doch nicht alles, oder?«, fragte Thessa. »Die Traurigkeit in Ihnen reicht doch viel tiefer, als dass Sie nur Ihren Mann vermissen.«

Lacey schaute kurz zu Alex hinüber und fragte sich, ob er wohl wieder dazwischengehen würde, doch er blieb stumm.

»Ich war Detective«, antwortete sie. »Bis vor ein paar Monaten. Genau das wollte ich immer sein, seit ich klein war. Aber letzten Sommer bin ich in einen sehr schwierigen Fall hineingeraten. Am Schluss habe ich mittendrin gesteckt. Und danach bin ich beruflich aus London weggeschickt worden. Eigentlich sollte das Ganze nur eine routinemäßige Observierung sein, aber wie sich herausgestellt hat, war's ganz was anderes. Ich wäre fast draufgegangen.«

Ihr Blick wanderte von Thessa zu ihrem Bruder. Zwei große dunkelblaue Augenpaare waren unverwandt auf sie gerichtet. Sie waren gute Zuhörer, diese beiden. Zu gute Zuhörer.

»Als ich nach London zurückgekommen bin, war ich drauf und dran, ganz bei der Polizei aufzuhören«, sagte sie. »Ich war völlig fertig. Und das Letzte, was ich brauchen konnte, war noch ein übler Fall, und deshalb hab ich natürlich genau das bekommen.«

»Sie hatten doch nicht etwa mit den South-Bank-Morden zu tun, oder?«, fragte Alex. Lacey nickte. »Meine Güte. Die waren ja besonders schrecklich.«

»Kann man wohl sagen«, pflichtete Lacey ihm bei. »Also habe ich meine Karriere als Detective drangegeben und bin wieder in den Streifendienst zurückgekehrt. Ich will einfach nur Patrouille fahren, für Recht und Ordnung sorgen, dazu beitragen, dass es in London sicher ist. Ich weiß, das klingt ein bisschen schwülstig, aber im Augenblick ist das alles, was ich schaffe.«

»Und was ist schiefgegangen?«, fragte Alex.

»Ich habe eine Leiche gefunden. Vor eineinhalb Wochen. Und wie das Schicksal es wollte, war's kein Selbstmord oder Unfall. Es war etwas viel Schlimmeres. Und dann ist heute Morgen eine zweite aufgetaucht, sozusagen genau vor meiner Tür.«

»Aber das kann doch wohl nicht Ihre Angelegenheit sein, oder?«, fragte Thessa. »Das ist doch jetzt Sache vom CID oder vom Morddezernat oder von einem Sondereinsatzkommando.«

»Es gibt übrigens keinen Preis dafür zu erraten, wer sich hier seine Kenntnisse in Sachen Polizeiarbeit aus dem Fernsehen verschafft«, bemerkte Alex.

»Das Major Investigation Team in Lewisham ist dafür zuständig«, erklärte Lacey. »Aber die haben mich wieder ins Team geholt, denn ob mir das nun gefällt oder nicht, anscheinend habe ich doch was damit zu tun.«

»Und das ist an und für sich schon ein Problem?«, fragte Alex.

Lacey nickte. »Ich darf nicht beteiligt sein, und ich kann nicht *nicht* daran beteiligt sein. Wie verkorkst ist *das*? Entschuldigen Sie, dass ich mich hier so gehen lasse, das passt eigentlich gar nicht zu mir.« Sie warf einen vielsagenden Blick auf den Saftkrug. »Das mit dem Wahrheitsserum war kein Witz, nicht wahr?«

»Sie sind sehr viel stärker, als Sie glauben«, erwiderte Thessa ohne Zögern. »Das ist bei Mittsommerbabys immer so.«

»Ich bin im Dezember geboren worden«, gab Lacey zurück. »Dies Gespräch hatten wir schon mal, da bin ich mir sicher.«

»Von mir aus. Das Wichtigste ist: Sie sind nicht allein. Jedenfalls nicht mehr. Wissen Sie, Sie haben recht. Ich wäre wirklich eine ziemlich gute Mum.«

»Manchmal ist meine Schwester wirklich zu lächerlich.« Alex schüttelte den Kopf. Dann griff er herüber und tätschelte Lacey kurz und verstohlen die Hand. »Und manchmal trifft ihr Instinkt absolut ins Schwarze.«

69

Dana

»Und, wie war's?«

Dana schaute auf. Im Spiegelbild ihres Schlafzimmerfensters begegnete ihr Blick dem von Helen. Plötzlich war ihr erstickend heiß; Dana streckte die Hand aus und schob das Fenster hoch. Dabei klaffte ihr Bademantel ein wenig auf. Sie wartete darauf, dass die Brise ihre Haut kühlte. Es kam keine. Die Luft draußen war still und schwer.

»Ich habe in so einer kleinen Kabine auf dem Rücken gelegen, die Beine auf Kniestützen, und eine Ärztin hat mir das Sperma eines Wildfremden in die Gebärmutter gespritzt«, antwortete sie. »Wenn ich zu genau darüber nachdenke, fange ich an, mich zu ekeln.«

Die Kerbe zwischen Helens Augenbrauen war tiefer geworden. Selbst über einen Meter entfernt und in der Fensterscheibe gespiegelt, konnte Dana sie sehen, wie eine kurze, senkrechte Narbe im Gesicht ihrer Lebensgefährtin. »Hat's wehgetan?«

»Ein bisschen. Nicht so sehr wie eine Geburt, nehme ich an.«

Helen rückte näher heran, aber ganz langsam, als hätte sie Angst, zu schnell oder zu abrupt näher zu kommen. Das passte gar nicht zu ihr, diese plötzliche Unsicherheit. »Wahrscheinlich hilft dir ein großer Fall dabei, dich in den nächsten Wochen abzulenken.«

Draußen konnte Dana einen kleinen braunen Vogel in dem großen Fliederbusch im Garten nebenan sitzen sehen. Er begann zu singen, ein hohes, liebliches Sommergezwitscher. Komisch, dass vor dem Hintergrund einer der größten, geschäftigsten Städte der Welt, vor aufheulenden Motoren, vor gellenden Hupen und brüllenden Menschen dieser kleine Vogel das Deutlichste war, was sie hörte.

»Ich kann nur nicht anders, ich denke immer, bei diesem Fall geht es um Schwangerschaft«, sagte sie. »Lacey und die anderen glauben, es ist irgendeine abartige Zwangsprostitutions-Nummer, aber ich bin mir da weniger sicher.«

»Bei der Frau, die ihr heute gefunden habt, ist doch keine Spur von diesem Hormon da nachgewiesen worden«, gab Helen zu bedenken.

Der Vogel war eine Singdrossel. Kleiner als eine Amsel, mit cremefarbenem, grau gesprenkeltem Brustgefieder. Jetzt schien es ihr, als singe er extra für sie.

Helens Blick senkte sich zu der Stelle dicht unterhalb von Danas Taille, wo sich die Ränder ihres Bademantels berührten. »Soll ich uns was zu trinken raufholen?«

»Lieber nicht.« Instinktiv legte Dana die Hand auf ihren Bauch.

Helens Augenbrauen klommen empor. »Findest du's nicht ein bisschen früh, hier anzufangen, auf schwanger zu machen?«

Plötzlich unerklärlich zornig, trat Dana näher ans Fenster und schaute in den Garten hinunter. Die Singdrossel war verschwunden. Jetzt war nur noch Verkehrslärm zu hören, ein Flugzeug, das über sie hinwegdröhnte, ein Streit im Garten nebenan. Nichts da draußen war so laut wie das Getöse in ihrem Kopf.

»Das war im Moment wohl nicht gerade besonders sensibel von mir.« Helen war ebenfalls vorgetreten, stand jetzt direkt hinter ihr. Dana blickte nicht auf. »Es entspricht nun mal einfach nicht meiner griesgrämigen schottischen Natur, den Tag vor dem Abend zu loben.« Helen trug niemals Parfüm, und doch ließ der Geruch ihrer Haut und ihres Haars Dana manchmal an Sommermorgen denken.

»Bist du mir böse?« Helens Atem kitzelte Dana am Ohr.

»Ja.«

»Warum?«

Dana holte tief Luft. »Weil ich Hunderte von Pfund hinblättern und Wildfremde um Hilfe bitten muss, denen ich vollkommen egal bin, ganz zu schweigen von unzähligen Demütigungen, die ich hinnehmen muss, nur um etwas zu bekommen, was jede andere Frau auf diesem verdammten Planeten für selbstverständlich hält. Ich bin dir böse, weil du keine Eier hast.«

Hinter ihr war ein tiefes Einatmen zu vernehmen, dann ein langsames Ausatmen. »Mir fallen da ein paar Typen im Knast von Dundee ein, die das möglicherweise ganz anders sehen.«

Noch immer blickte Dana nicht auf, sie konnte nicht. Sie hatte keine Ahnung gehabt, wie viel Wut in ihr tobte. »Kinder sollten aus Liebe gezeugt werden. Unseres – wenn wir Glück haben und eins kriegen – wird mit Kniestützen und einer Spritze gezeugt worden sein.«

Von irgendwoher war leichter Wind aufgekommen. Er kroch unter Danas Bademantel, liebkoste ihre Haut.

»Kein Mann auf der ganzen Welt hat seine Frau je mehr geliebt, als ich dich liebe«, sagte Helen. »Ich würde sagen, alles andere sind bloß Detailfragen.«

Als die Brise Dana abkühlte, merkte sie, wie sie sich beruhigte. Es war nur die Hitze gewesen. Die Hitze und die zornige Hilflosigkeit wegen eines Falles, von dem sie nicht glaubte, dass sie ihn jemals lösen würde. Sie spürte, wie sich die Spannung in ihrem Körper löste, wie sie wie ein von Kinderhand errichteter Turm aus Bauklötzen in sich zusammenfiel. Entweder Helen war näher getreten, oder Dana hatte sich zurückgelehnt. Sie konnte die Körperwärme ihrer Lebensgefährtin durch den Baumwollstoff des Bademantels spüren, und es fühlte sich schön an. Die Kühle des Windes, Helens Wärme und irgendwo dazwischen vielleicht, vielleicht der Beginn von etwas Neuem und unfassbar Besonderem. Ganz gleich, was für eine unorthodoxe Route notwendig gewesen war, um hierher zu gelangen.

»Willst du heiraten?«, fragte Helen. Ihre Finger streiften Danas Hals.

Dana hielt den Atem an, ließ die Worte im Kopf noch einmal ablaufen, vergewisserte sich, dass sie wirklich das besagten, was sie zu hören geglaubt hatte. Und dann stieg ein Kichern in ihrer Kehle empor. »Machst du mir etwa einen Antrag?«

»Na ja, irgendwer muss dich doch zu einer ehrbaren Frau machen.«

Der Bademantel lag zu ihren Füßen. Helens Finger strichen ganz langsam ihren rechten Arm hinauf. Gänsehaut folgte ihnen auf dem Fuße, verwandelte ihre Arme in eine Miniatur-Hügellandschaft. Helen fand das toll, das wusste sie, sie fand es toll, wie ihre dunklen Haare strammstanden. Manchmal fuhr sie mit den Händen gerade dicht genug über Danas Körper, dass sie nur die Haare berührte. Manchmal liebte sie sie lange, minutenlang, bevor sie sie überhaupt richtig berührte. Sie war knapp zehn Zentimeter größer als Dana, gerade groß genug, dass sie den Kopf neigen musste, um sie auf den Hals zu küssen.

»Ja«, sagte Dana und schloss die Augen. »Lass uns heiraten.«

70

Lacey

Lacey sagte Alex Gute Nacht, dann ging sie, begleitet von Thessa, ums Haus herum zur Vorderseite, wo ein schmaler Weg durch einen kleinen, ordentlichen Garten zu dem hohen Metalltor und der Gartenmauer führte. Durch die fallende Temperatur waren die Düfte des Gartens noch intensiver geworden, das schwere, betörende Parfüm der Rosen und die starke Süße von Jasmin. Thessa hatte munter geplaudert, ihr übliches Gemenge aus Nachbarschaftstratsch, Folklore und Unsinn. Sie hatte Lacey gerade auf irgendwelche Blumen und Pflanzen hingewiesen, als sie ihren Rollstuhl plötzlich anhielt, direkt vor Laceys Fahrrad.

»Da!« Sie zeigte auf die hohen, zackigen Blütensäulen, die ganz hinten im Beet vor der Mauer wuchsen. »Er blüht Ihnen zu Ehren. Ist er nicht schön?«

Lacey betrachtet die blauen, blassvioletten und weißen Blumen, die stolz inmitten einer Masse aus Grün und Farben standen. »Delphinium, nicht wahr?« Sie lächelte über Thessas verdutzte Miene. »Ich mag Blumen. Als ich noch in Kensington gewohnt habe, habe ich mich oft auf dem Blumenmarkt herumgetrieben.«

Thessa machte ein höflich beeindrucktes Gesicht. »Wissen Sie zufällig auch, wie die im Volksmund heißen?«

Das wusste Lacey nicht, aber sie konnte es sich denken. »Doch nicht zufällig Rittersporn, oder? Gute Nacht, Thessa. Danke für den schönen Abend.«

Sie bückte sich, um ihre Freundin auf die Wange zu küssen; es war das erste Mal, dass sie das tat, doch im letzten Augenblick zuckte Thessa zurück.

»Ich habe von dieser Frau im Gefängnis von Durham gelesen, von der Sie mir erzählt haben, Liebes. Ich wollte nicht herumschnüffeln, aber ich erinnere mich an den Fall, und ich war neugierig.«

»Das sind ja alles öffentlich zugängliche Informationen.« Lacey richtete sich auf und trat zurück; sie merkte, wie ihr plötzlich die Brust eng wurde.

»Das ist ja eine traurige Geschichte. Die armen Mädchen.«

»Mit dem Warum befassen wir uns nicht allzu sehr.« Lacey hob ihr Fahrrad auf und schaltete Vorder- und Rücklicht ein, obgleich es noch nicht einmal annähernd dunkel genug war, als dass man Licht gebraucht hätte. Dann bückte sie sich und überprüfte den Reifendruck, obwohl sie noch nie erlebt hatte, dass man darauf achten musste. »Das überlassen wir der Verteidigung.«

»Und trotzdem war ich als ›Warum-Mensch‹ sehr neugierig, was eine vollkommen normale junge Frau zu einer Mörderin macht.« Thessa setzte sich in Bewegung, die Reifen ihres Stuhls knirschten über den Kies. Einen Augenblick lang empfand Lacey Erleichterung, doch der Augenblick war schnell vorbei.

Thessas Räder hielten an. »In einer von den Sonntagszeitungen war ein ganz besonders aufschlussreicher Artikel; ich weiß ja nicht, ob Sie den gelesen haben. Zwei Schwestern, in Pflegefamilien groß geworden, sind eines Nachts brutal überfallen worden und haben keinerlei Gerechtigkeit erfahren.«

Sie hatte sich genau vor Lacey auf dem Weg positioniert; ein Vorbeikommen war nicht möglich.

»Dem Artikel nach ist Cathy, die jüngere Schwester, vollkommen entgleist. Ist von zu Hause weggelaufen, hat auf der Straße gelebt und ist dann bei einem Unfall auf dem Fluss ums Leben gekommen. Sie hatte auf einem Hausboot auf einem Kanal gewohnt, gar nicht so weit weg von da, wo Sie jetzt wohnen. So ein Zufall, hab ich gedacht.«

Lacey bemühte sich aufzublicken; sie kam bis zu den spitzen blauen und violetten Blumensäulen.

»Die Ältere ist nicht über den Tod ihrer Schwester hinweggekommen.« Thessa war gnadenlos. »Sie hat jahrelang Rachepläne geschmiedet. Sie ist zur Mörderin geworden, hat sich einen umständlichen, tödlichen Plan zusammengebastelt und ihn in die Tat umgesetzt. Hat vier Frauen umgebracht und fast noch eine fünfte, aber sie ist geschnappt worden. Kann man das etwa so zusammenfassen?«

»Ich habe Victoria Llewellyn vor ein paar Jahren gekannt.« Lacey hatte endlich ihre Stimme wiedergefunden. »Wir waren eine Weile befreundet. Deswegen habe ich sie auch aufspüren können und konnte sie überreden, sich zu stellen. Deswegen halte ich weiter Kontakt zu ihr.«

»Ja, ich habe mir schon gedacht, dass Sie die namentlich nicht genannte Zivilpolizistin waren, die maßgeblich an der Festnahme beteiligt war. Und damit hätte ich es wahrscheinlich auch gut sein lassen, wäre da nicht so ein gutes Foto der Täterin in dem Artikel gewesen. Mein liebes Kind, die Ähnlichkeit ist doch unverkennbar.«

Lacey sah zu, wie sich Thessas kräftige, gebräunte Hand ausstreckte und eine der hohen tiefblauen Blütenstauden abbrach. Dann ließ sie die Hände wieder im Schoß ruhen und fing an, den Stängel zwischen den Fingern zu drehen, und Lacey fragte sich, ob sie jemals wieder Gartenblumen würde riechen können, ohne dass ihr übel wurde.

»Ich konnte einfach nicht verstehen, warum das sonst niemand bemerkt hat. Aber, wie Alex so gern sagt, nicht jeder sieht, was ich sehe.«

Ihre Verblüffung machte es Lacey möglich, ihr in die Augen zu sehen. »Sie haben mit Alex darüber gesprochen?«

Ganz kurz erlosch der Glanz in Thessas Augen. »Nein. Dieser Tage haben Alex und ich mehr Geheimnisse voreinander, als ich früher einmal je für möglich gehalten hätte. Aber deswegen ziehen Sie sich auch so an, nicht wahr? Verstecken sich unter diesen hässlichen Schlabbersachen. Deswegen tragen Sie nie Make-up und binden sich immer das Haar zurück. Tragen Sie eine Sonnenbrille, wenn Sie sie besuchen, damit niemandem auffällt, dass Sie beide genau dieselben Augen haben?«

Sie musste sich zusammenreißen, musste dem hier ein für alle Mal ein Ende machen. »Sie haben wirklich viel Fantasie, Thessa. Und das ist eine sehr spannende Theorie, aber Catherine Llewelynn ist tot.«

»Ja, ja, sehr schlau. Aber jemand, der so schwimmt wie Sie, hätte doch keine Probleme, ein Bootsunglück zu überleben.«

»Ich bin nicht Catherine Llewelynn.« Da sie keine Alternative sah, hob Lacey ihr Fahrrad hoch, trat in ein Blumenbeet und marschierte um Thessa herum. Ein Dorn schrammte über ihr nacktes Bein. Sie achtete nicht darauf, stellte das Fahrrad hin und schob es über den Kies, wobei sie mehr Lärm machte, als notwendig war.

»Das weiß ich, Liebes. Verstehen Sie, ich hab noch ein bisschen weitergegraben. Ich habe die Geburtstage der Mädchen herausgefunden. Catherine war ein Valentinsbaby, sie ist am 14. Februar geboren.«

Jetzt musste Thessa die Stimme heben, Lacey war schon fast am Tor. »Victoria dagegen, was glauben Sie, wann die geboren wurde?«

Sie hatte das Tor erreicht und drückte es mit einer Hand auf.

»Am 9. Juli.« Thessas Stimme schlängelte sich auf sie zu wie die Ranken einer Giftpflanze. »Nicht lange nach Mittsommer. Ihre Geburtsblume ist der Rittersporn.«

Dienstag. 1. Juli

71

Lacey und der Schwimmer

Joesbury war fort. Die Kabine, in der er geschlafen hatte, war leer – nichts, nicht einmal ein schwacher Geruch in der Luft deutete darauf hin, dass er jemals dort gewesen war. Es war blöd, enttäuscht zu sein, wirklich; es war doch viel besser, dass er weg war. Ab morgen Abend würde es am Deptford Creek von Undercover-Polizisten nur so wimmeln. Morgen würde die Londoner Polizei mit einer systematischen Durchsuchung sämtlicher Häuser und Grundstücke entlang des Creeks beginnen. Lacey knipste die Taschenlampe aus und ließ sich vom schwachen Licht der Sterne zurück aufs Deck führen.

Einen Augenblick stand sie im Schatten des Ruderhauses. Drüben im Theatre Arm sah alles ruhig aus. Ein Constable saß in der großen Kabine von Rays und Eileens Boot, ein zweiter auf Laceys Jacht. Es war nicht leicht gewesen, sich durch die Luke über ihrer Gastkoje hinauszuschleichen, lautlos über das Boot zu huschen, zu ihrem Kanu hinunterzuklettern, das sie dort hatte liegen lassen, und sich schnell davonzumachen. Auf dem Hof waren auch Polizisten unterwegs, doch sie war ganz in Schwarz gekleidet und war sich ziemlich sicher, dass niemand sie gesehen hatte. Es war ein Risiko gewesen, aber eins, das sich anfühlte, als ob es sich lohnte. Nur war er schon weg gewesen.

Plötzlich fühlte sie sich schwach, sie sank auf das Deck des Baggerschiffs nieder und lehnte den schmerzenden Kopf gegen das kalte Metall des Ruderhauses. Sie hatte sich schlicht und einfach nicht gestattet, darüber nachzudenken, wie sehr sie sich danach sehnte, Joesbury zu sehen, bis sie festgestellt hatte, dass es unmöglich war. Und jetzt holte das Zittern sie ein, das sie in Schach hatte halten können, seit sie Sayes Court verlassen hatte. So lange hatte sie gedacht, Joesbury würde ihre Nemesis sein, würde derjenige sein, der ihre Geheimnisse ans Licht zerren und ihr sorgsam konstruiertes Leben in Stücke sprengen würde. Wie hatte es ihr nur passieren können, dass sie die wahre Gefahr nicht gesehen hatte?

Sie musste zurück. Lacey zog sich hoch und ging zum Heck des Baggerschiffs. Heute Nacht war der Creek anders. Er hatte seine Launen, genau wie die Themse, genau wie jedes andere Lebewesen, und das einzige Wort, das Lacey einfiel, um seine jetzige Stimmung zu beschreiben, war *aufsässig*. Zum einen waren die kleinen Strömungen merkwürdig. Es waren mehr; manche schienen dem Gezeitenstrom völlig zuwiderzulaufen. Einmal hatte sie auf dem Weg hierher gespürt, wie sie stromabwärts gedrängt wurde. Näher am Ufer waren kleine Wirbel und Strudel gewesen.

Licht. Das jähe Aufblitzen eines Taschenlampenstrahls quer über den Kanal, ungefähr unterhalb des alten Kraftwerks. Lacey blieb wie angewurzelt stehen. Es könnte eine Spiegelung gewesen sein, ein Licht von einem Boot draußen auf dem Fluss, das von den stählernen Spundwänden des Creeks zurückgeworfen wurde. Aber irgendwie war es dafür zu hell gewesen.

Da war es wieder. Definitiv eine Taschenlampe. Wahrscheinlich reichte der Strahl nicht bis hierher, aber trotzdem verharrte Lacey regungslos. Das Licht befand sich auf Höhe des Wassers, kam wahrscheinlich von einem Boot.

Zurück in ihrem Kanu, ließ Lacey mürrische kleine Wellen hart gegen den Bootsrumpf schlagen, während sie überlegte, was sie tun sollte. Sie hatte ihr Handy, ihr Funkgerät, eine Kamera und einen Feldstecher in dem wasserdichten kleinen Rucksack auf ihrem Rücken. Ein Licht auf dem Creek, um diese Zeit, das war doch bestimmt etwas, was sich zu überprüfen lohnte? Vielleicht sollte sie einfach nur ein wenig näher heranfahren?

Sie machte das Kanu los und begann zu paddeln, hielt sich dicht am Ufer. Beim Dowell's Wharf bot ein kleiner Zufluss Schutz und einen Ring zum Festmachen. Sie hielt das Kanu mit dem Paddel im Wasser ruhig und vertäute es.

Die Kanalwände waren hier am höchsten; sie ragten meterhoch über ihr auf und ließen kein Licht herein. Andererseits schützten sie sie vor dem Wind und vor heftigeren Wellen. Das Wasser floss hier drinnen langsamer; im Vergleich zu der starken Strömung im Hauptkanal war es beinahe ruhig. Es war ein guter Platz, um sich auf die Lauer zu legen.

Der Schwimmer schaute zu dem Boot hinüber. Jetzt war es ganz nahe, zu nahe, um noch einmal die Taschenlampe zu riskieren.

Hatte Lacey das Licht nun gesehen oder nicht? Bestimmt, sonst wäre sie doch zum Liegeplatz zurückgekehrt und würde sich nicht in diesem kleinen Zustrom dort verstecken, kaum auszumachen vor dem dunklen Ufer. Oh, sie war wirklich ein Flussgeschöpf, ob im Wasser oder in ihrem kleinen Boot. Sie bewegte sich lautlos voran und schnell.

Jetzt gab es nichts mehr zu tun. Entweder Lacey würde das Boot sehen oder nicht. Wenn sie es sah, würde sie ihm folgen.

Und wenn sie ihm folgte, würde sie nicht die Einzige sein.

Der Schwimmer begann, tief und schwer zu atmen, nahm mehr und mehr Sauerstoff auf, hyperventilierte schon fast. Er wusste, dass ihm schnelles, anstrengendes Schwimmen bevorstand, und er war fest entschlossen, gut darauf vorbereitet zu sein.

Überall um Lacey herum waren Geräusche, das unaufhörliche Dröhnen von London. Doch nach ein paar Sekunden war es plötzlich verblüffend leicht, all das auszublenden und stattdessen die Laute des Flusses zu hören. Das leise, stetige Murmeln des Wassers, das zwischen hohen, harten Uferwänden dahinströmte, das Wirbeln, Platschen und Schlürfen, wenn die Strömung direkt vor ihr auf die Mauersteine traf und davon abprallte. Die winzigen Wellen, die gegen den Rumpf ihres Kanus schwappten. Und das Krabbeln von Lebewesen um sie herum. Eines davon, das den glatten Rumpf des Kanus mit der Kanalwand verwechselte, kletterte daran herauf und kam auf sie zugekrochen. Mit dem Paddel fegte Lacey es wieder ins Wasser. Es könnte einige Zeit dauern, bis sie sich in der Gesellschaft von Wollhandkrabben nicht mehr unbehaglich fühlte.

Langsam hob sie das Fernglas und sah das Boot sofort. Klein, mit hölzernem Rumpf und einem kleinen Außenbordmotor. Zwei Passagiere, vielleicht drei. Keine Wasserbewegungen um die Schraube herum. Ein Mann am Heck blickte auf die Themse hinaus, ein zweiter saß am Bug und hielt sich an der Uferwand fest, damit das Boot nicht abtrieb. Der dritte Passagier, eine Frau, saß in der Mitte, ein Tuch war um ihren Kopf gewickelt.

Lacey wagte sich kaum zu rühren, doch sie wusste, dass es sein musste. Vorsichtig griff sie in ihren Rucksack und tippte rasch eine SMS auf ihrem Handy.

Brauche dringend Unterstützung. Wo seid ihr?

Ihre übliche Crew würde jetzt gerade auf dem Fluss im Einsatz sein. Finn Turner hatte sein Handy stets am Mann, für den Fall, dass eine seiner zahlreichen Freundinnen versuchte, ihn zu erreichen.

Die Antwort kam:

Nicht weit von Ihrem Boot. Was liegt an?

Das kleine Boot setzte sich in Bewegung.

> Möglicherweise Illegale im Deptford Creek. Zwei M, eine F. Kleines Motorboot, fährt jetzt auf die Themse raus. Könnt ihr abfangen?

Das würde reichen müssen. Lacey machte das Kanu los und folgte dem Boot. Ungefähr zehn Meter vor ihr fuhr es um die Biegung und geriet außer Sicht. Lacey paddelte aus Leibeskräften und hatte gleich darauf dieselbe Biegung hinter sich. Das Boot war verschwunden.

Keine Spur von ihren Kollegen. Nichts auf ihrem Handy.

So schnell sie konnte, strebte Lacey auf die Mündung des Creeks zu und hielt sich dabei dicht am linken Ufer. Sie kam auf die Themse hinaus und musste sich trotz all ihrer Erfahrung auf dem Wasser große Mühe geben, nicht in Panik zu geraten.

Die volle Wucht des Gezeitenstroms riss sie mit, schob sie auf die Stadt zu. Und der Fluss schien im Dunkeln so viel breiter zu sein; sie konnte kaum das Nordufer sehen. Doch da war das Boot, ungefähr fünfzehn Meter vor ihr. Manchmal kam es eben nur auf Muskelkraft an. Kopf runter und lospaddeln.

Sie fuhren jetzt wieder mit Motor, aber ganz langsam, krochen dicht am Ufer entlang, hinein in den Schatten und wieder heraus. Wahrscheinlich kamen sie nicht viel schneller voran als sie, aber sie würde bald müde werden. Wo zum Teufel blieben Fred und Finn?

Und dann, fast aus heiterem Himmel, ertönte Motorenlärm, so laut, dass sie dachte, sie würde gleich überfahren werden. Ein großes Boot kam direkt auf sie zu, mit Scheinwerfern wie Leuchtfeuer. Lacey packte ihre eigene Lampe und schaltete sie an, dann begann sie, mit aller Kraft aus dem Weg zu paddeln.

»Hier spricht die Polizei! Bleiben Sie, wo Sie sind!«

Die Stimme des Sergeants. Das Schnellboot war fast auf gleicher Höhe, sie konnte ihn oben auf der Flybridge sehen und Turners schlaksige Gestalt an Backbord. Ein weiterer Polizist im Cockpit. Als das Boot neben ihr war, begegnete Turners Blick eine Sekunde lang dem ihren, dann waren sie vorbei, holten das kleine Motorboot allmählich ein.

»Schalten Sie den Motor aus und warten Sie, bis wir bei Ihnen sind. Versuchen Sie nicht zu fliehen.«

Die Heckwelle des Schnellboots erreichte sie, hob ihr Kanu hoch und wirbelte es herum. Sie paddelte wie wild, um den Kurs zu korrigieren, doch eine weitere Welle traf sie und brachte sie fast zum Kentern. Ihr Handy fiel auf den Boden des Kanus. Vor ihr beleuchtete das Polizeiboot den ganzen Fluss. Sie hatten das kleine Boot mit dem Scheinwerfer erfasst, holten rasch auf. Sobald sie konnten, würden sie nach ihr suchen, aber Priorität würde sie für sie nicht haben.

Okay, welche Optionen hatte sie? Sie befand sich mehr oder weniger gegenüber der Einfahrt zur South Dock Marina. Da ihr klar war, dass sie allmählich müde wurde, und sie wusste, dass sie dort ungefährdet würde warten können, paddelte Lacey hin und ging in Lee neben der nächsten Jacht längsseits, einer zwölf Meter langen Moody. Dann suchte sie nach ihrem Funkgerät.

»Constable Flint, brauche dringend Unterstützung«, brachte sie gerade noch heraus, eine Zehntelsekunde bevor die Welt plötzlich auf den Kopf gestellt wurde.

Jetzt galt es, das wusste der Schwimmer. Dies war der richtige Augenblick. So eine Chance würde nicht wiederkommen. Lacey war unter Wasser. Es galt, sie schnell zu finden, bevor sie Zeit hatte, sich zurechtzufinden. Schnelligkeit und Mut waren jetzt nötig. Lacey war stark. Er würde stärker sein müssen.

Lacey war unter Wasser in ihrem Kanu gefangen. Sie zwang sich, den Mund zu schließen, und schwang ihren Körper zur Seite.

Das Kanu rührte sich nicht. Sie hing kopfüber im Wasser fest. Was zum Teufel war passiert? Abermals schwang sie sich zur Seite, sie musste hier raus. Noch immer hielt sie das Paddel in beiden Händen; mit der rechten hielt sie es fest und stieß sich mit der linken vom Kanu ab.

Nachdem sie die Wasseroberfläche durchstoßen hatte, konnte sie einen Moment lang nichts anderes tun als nach Luft ringen und Wasser ausspucken. Das Kanu war gerade eben außer Reichweite, schwamm noch immer kieloben. Rasch sah Lacey sich um. Niemand zu sehen.

Das Paddel noch immer fest umklammernd, schwamm sie auf das Kanu zu, doch als sie die Hand danach ausstreckte, hüpfte der glatte Fiberglasrumpf davon.

Dann zog sie etwas in die Tiefe. Binnen eines Augenblicks glitt Lacey unter Wasser, ohne jegliche Luft in der Lunge. Sie trat um sich und riss sich los, wurde jedoch sofort an den Schultern gepackt.

Ihr Überlebensinstinkt übernahm die Regie. Lacey wand sich, schlug mit dem Paddel und der freien Faust zu. Ihre Schwimmweste zog sie an die Oberfläche, das Gewicht, das an ihren Beinen hing, versuchte, sie hinunterzuzerren. Im Wasser war Licht. Die Taschenlampe war aus dem Kanu gefallen, sank auf den Grund hinab, beleuchtete das Flussbett, in dem es vor Wollhandkrabben nur so zu wimmeln schien.

Und die in Leinen gewickelten Leichen auf dem Grund des Jachthafens.

Wieder kam sie an die Oberfläche, wappnete sich für den nächsten Angriff. Nichts. Kein Gesicht, das auf sie zufuhr. Keine drahtigen Arme, die nach ihr griffen. Sie war vollkommen allein, oder jedenfalls schien es so.

Vom Fluss her war Motorenlärm zu vernehmen. Wenn eines der Polizeiboote nach ihr suchte, würden sie nicht auf die Idee kommen, hier hereinzufahren, und sie hatte kein Handy und kein Funkgerät mehr. Das Geräusch verklang wieder.

Ohne nachzudenken, ließ Lacey das Paddel los und kraulte los in Richtung Themse. Ihr Kanu war verschwunden, sie hatte nur ihre Schwimmweste, um sich über Wasser zu halten, aber auch nur noch einen Moment in der Nähe dessen zu verbringen, das sie gerade angegriffen hatte, war unmöglich. Sie würde es im Fluss darauf ankommen lassen müssen.

Wie lange war sie schon im Wasser? Fünf Minuten? Eine Stunde? Sie hatten den Fluss schon einmal überlistet, das hieß doch, sie konnte nicht ertrinken, niemals. *Schwachsinn,* hatte Thessa gesagt, *natürlich können Sie ertrinken, gehen Sie bloß keine dummen Risiken ein.*

Lacey wurde immer kälter, und sie wurde langsamer. Sie wusste nicht genau, ob sie ihre Füße noch spüren konnte, und ihre Fingerspitzen wurden allmählich taub. Die Schwimmweste hielt ihren Kopf über Wasser, doch die Wellen schlugen ihr ins Gesicht, und alle paar Sekunden tauchte sie von Neuem unter.

Der gewaltige kreisrunde Rand des Anlegers, der den Eingang des Creeks kennzeichnete, war in Sicht, leuchtete im Mondlicht wie ein Signalfeuer. Er sah aus wie ein prähistorischer Tempel, wie ein hölzernes Hünengrab, das aus dem Wasser ragte. Warum war es plötzlich so schwer, sich zu konzentrieren? Wieso schweiften ihre Gedanken in alle Richtungen ab?

Das Schnellboot kam zurück. Unmöglich, dieses hohe Dröhnen zu verwechseln. Und diesmal suchten sie nach ihr, kein Zweifel. Langsam, aber unerbittlich schwenkte der Bugscheinwerfer über dem Wasser hin und her.

Der Strahl fiel auf ihr Gesicht und verharrte dort, blendete sie, doch aus dem Wasser herauszukommen, das war alles, woran sie im Moment denken konnte. Das Boot kam näher. Die Schwimmweste straffte sich um ihre Brust, und sie fühlte, wie sie hochgehoben wurde. Das Wasser blieb zurück, sie konnte es unter sich wirbeln sehen. Gleich darauf lag sie auf dem kalten, harten Deck des Bootes, wusste nur, dass es sich toll anfühlte, frei atmen zu können, und dass der Mann, der sie umfasst hielt, warm war.

»Schauen Sie mal, Sarge!« Finn Turner klang quietschvergnügt. »Ich hab 'ne Meerjungfrau gefangen.«

72

Dana

»Die Taucher sind wieder oben«, berichtete Chief Inspector Cook Dana, als er den Hörer auflegte. »Sie sind sich ziemlich sicher, dass da unten zwei Leichen sind. Eingewickelt, so wie die anderen beiden, die wir gefunden haben, und an Hals, Taille und Knöcheln mit Ballast beschwert.«

Drei Stunden nach der Festnahme zweier mutmaßlicher Menschenhändler und ihrer menschlichen Fracht, zweieinhalb Stunden nach der hektischen Suche nach Constable Verdammt-noch-mal-Flint (tot oder lebendig, und ganz ehrlich, beides wäre akzeptabel) hatte Dana ihr Team auf dem Revier versammelt. Die Spezialabteilung, die sich mit Menschenhandel befasste, war informiert worden und hatte sich bereit erklärt, fürs Erste die Leitung der Operation zu übernehmen.

Zwei weitere Leichen. Zusammen mit den beiden, die

Lacey gefunden hatte, und der, die schon vor Wochen aus dem Fluss gezogen worden war, waren das fünf tote Frauen.

Bald würde es hell werden. Die Suche am Grund des Jachthafens hatte bei Dunkelheit stattgefunden. Was sich jetzt vielleicht als gar nicht schlecht erweisen würde.

»Wie sicher liegen sie dort?«

»Was?« Cooks schwerlidrige Augen wirkten noch schläfriger als sonst.

»Sind sie kurz vorm Abtreiben?«

»Glaub ich wirklich nicht. Ich möchte wissen, was Sie denken«, erwiderte Cook. »Und es liegt mir ja fern, Ihnen zu sagen, wie Sie Ihren Job machen sollen, aber sollten Sie den Jachthafen nicht absperren und anfangen, die Boote zu durchsuchen?«

Ja, wahrscheinlich sollte sie das tun. Das hieße, sich genau an die Vorschriften halten, und im Zweifelsfall hielt man sich immer an die Vorschriften. Nur ...

Dana wandte sich zu Lacey um, die still in der Ecke saß. Sie trug geborgte Kleider, und ihr Haar trocknete zu langen, verklebten Strähnen. Irgendwie hatte sie es geschafft, einen Laptop aufzutreiben, und ihr Blick war fest auf den Bildschirm geheftet. Dana sprach lauter.

»Okay, dank DC Flint und ihrer unerschütterlichen Gleichgültigkeit gegenüber Vorschriften haben wir anscheinend ein Leichenversteck gefunden. Wovon wir nicht unbedingt ausgehen können, ist, dass wir das Zentrum der fraglichen Operation gefunden haben.«

»Jetzt komm ich nicht mehr mit«, sagte Cook. »Und ich hoffe, Ihnen ist klar, dass ich auf Dauer nicht einfach ein paar Leichen in der South Dock Marina rumschwabbeln lassen kann.«

Wieder warf Dana einen Blick auf die Uhr. Die Zeit schien schneller zu vergehen. »Dave, die Verdächtigen, die Ihre Leute heute Nacht festgenommen haben – dank PC Flint und ihrer nicht genehmigten Überwachungsaktion –, die wollten vielleicht gar nicht zu der Marina. Wer versteckt denn Leichen nur ein paar Meter von der Stelle entfernt, wo er sie umgebracht hat?«

»Fred und Rosemary West«, bemerkte Barrett.

»Ja, vielen Dank, Tom. Aber wenn man eine Jacht besitzt, wie wahrscheinlich ist es dann, dass man eine Leiche am Liegeplatz über Bord schmeißt? So was macht man doch nicht. Man würde sie in die Fahrrinne schaffen oder näher zur Flussmündung. Ich bin mir gar nicht sicher, dass unsere Gang irgendwie direkt mit dem Jachthafen in Verbindung steht, außer dass sie ihn zum Leichenlagern benutzt.«

»Und außerdem«, meldete sich Lacey zu Wort, »wäre jedem, der ein bisschen Grütze im Kopf hat, klar, dass es rund um den Hafen Überwachungskameras gibt. Und sämtliche Liegeplatznutzer sind registriert und bekannt. Das Risiko ist einfach zu groß.«

»Nicht jeder geht mit Risiken so bedacht um, wie ich es gern hätte, Lacey, aber ich verstehe, was Sie meinen.«

»Ich glaube, die transportieren die Leichen in einem kleinen Boot durch die Gegend«, fuhr Lacey fort. »Irgendwas, das sich an den Kameras an der Einfahrt vorbeimogeln kann. Ein Boot, das vielleicht mit der South Dock Marina überhaupt nichts zu tun hat.«

»Na ja, so ganz abwegig ist das wohl nicht«, gab Cook widerwillig zu. »Wenn sie ein kleines Boot verwenden, vielleicht eins mit einem kleinen Motor, dann würden sie's ungern riskieren, damit in die Mitte der Fahrrinne zu fahren.«

»Die Strömung ist zu stark, und das Risiko, dass man im Fahrwasser plattgemacht wird, ist zu groß.«

»Also«, fuhr Cook fort, »wenn sie die Leichen nicht in der Fahrrinne verklappen können, was ideal wäre, dann brauchen sie eine andere tiefe Stelle, die nicht von den Gezeiten betroffen ist.«

Lacey lehnte sich zurück. »Jachthäfen.«

Cook rieb sich die Augen. Mitten in der Nacht aus dem Bett gezerrt zu werden behagte ihm gar nicht. »Gott steh uns bei, wenn wir jeden Anleger und jeden Jachthafen in der ganzen Stadt absuchen müssen.«

»Ich glaube nicht, dass das nötig ist, Sir«, erwiderte Lacey. »Ein kleines Boot, Sie erinnern sich? Damit fahren die bestimmt nicht weit. Und da ist noch was. Schauen Sie mal, was ich gefunden habe.«

Damit drehte sie den Laptop zu den anderen herum. Sie hatten einen naturgeschichtlichen Artikel über Chinesische Wollhandkrabben vor sich. »Das hier war in *The Ecologist*. Anscheinend sind die Biester vor allem in der Nähe von Jachthäfen besonders lästig. Möglicherweise, weil essbare Abfälle, die von den Booten ins Wasser geschmissen werden, die kleinen Krabbelviecher anlocken, die sie fressen. Jedenfalls, in der South Dock Marina sind sie bekanntermaßen ein Riesenproblem. Ich glaube, diese Krabbennummer war für meinen Stalker ein bisschen so was wie ein Spiel. Sie wissen schon, er hat uns einen Hinweis ins Gesicht geschmissen und geschaut, wie lange wir brauchen, um darauf zu kommen. Und auch die Spielzeugboote. Wo findet man viele Boote auf einem Haufen? In einem Hafen.«

Kopfnicken in der Runde.

»Ich glaube, die Leichen werden in der South Dock Marina entsorgt, und der Ort, wo die Frauen festgehalten werden, egal, was es ist, wird ganz in der Nähe sein«, fuhr sie fort. »Allmählich kommen wir dem Ganzen näher.«

»Was uns vor ein Problem stellt«, meinte Dana. »Sobald bekannt wird, dass wir zwei weitere Leichen gefunden und die drei in dem Boot verhaftet haben, machen die ihren Laden doch dicht oder ziehen weiter. Wir werden nie rausfinden, wer dahintersteckt.«

Cook sackte schwer in seinen Stuhl. »Das geht nicht, Dana.

Bestimmt sind wir heute Nacht gesehen worden. Die Leute werden anfangen, Fragen zu stellen. Ehe Sie sich's versehen, haben wir die Presse da unten rumlungern. Und dazu kommt noch die Tatsache, dass Lacey dort angegriffen wurde und nur knapp mit dem Leben davongekommen ist.«

»Und das mehr durch Glück als durch Kompetenz«, warf Dana schroff ein.

Lacey bedachte sie mit einem schwachen Lächeln. »Worauf ich hinauswill …«

Die Tür des Besprechungszimmers ging auf, und Stenning und Anderson kamen herein. »Die Frau redet immer noch nicht«, meldete Anderson. »Der Dolmetscher hat's mit beiden Sprachen versucht, die in Afghanistan hauptsächlich gesprochen werden, und mit ein paar Dialekten und nichts aus ihr rausgekriegt. Wir können's morgen noch mit anderen Sprachen versuchen, aber ganz ehrlich, die könnte von überall im Nahen Osten sein.«

»Sie ist eine Paschtunin«, sagte Lacey und nahm abermals das Foto zur Hand. »Genau wie die anderen.« Dana merkte, dass sie nickte. Selbst ein ganz gewöhnliches Polizeifoto konnte die Reize des Mädchens nicht verbergen. Sie war bildschön, mit hellem, fast europäischem Teint, leuchtend blauen Augen und dunkelbraunem Haar.

»Sie sieht ganz so aus wie Sie in Ihrer Bollywood-Aufmachung.« Mizon drehte das Foto zu sich herum.

»Von den beiden Männern sagt auch noch keiner was«, berichtete Stenning. »Obwohl die beide ein bisschen Englisch können. Was man aber ziemlich deutlich sieht, ist, dass sie Angst haben.«

»Was meinen Sie, werden sie reden?«, erkundigte sich Cook.

»Wahrscheinlich«, antwortete Stenning. »Aber ich kann mir nicht vorstellen, dass die bei der ganzen Nummer viel zu melden haben. Wahrscheinlich können sie uns sagen, wo sie die Frau hinbringen sollten, aber ansonsten …«

»Das ist aber doch schon was«, meinte Anderson. »Wir besorgen uns einen Durchsuchungsbeschluss, und bei 'ner Razzia in aller Frühe sollte doch was zu finden sein. Was bedeutet, dass wir in die Gänge kommen müssen. Sobald bekannt wird, dass die Typen einkassiert worden sind, fangen die doch an, ihre Spuren zu verwischen.«

»Nur, wenn Nadia die Wahrheit sagt, dann ist gar nichts Illegales mit ihr passiert, während sie bei diesen Leuten war«, gab Lacey zu bedenken. »Sie ist betreut worden, hatte ein hübsches Zimmer und reichlich zu essen, ist medizinisch versorgt worden, als sie krank geworden ist, und hat dann den Job gekriegt, der ihr versprochen worden war.«

»Wenn wir also in dem Laden eine Razzia veranstalten, wo immer er auch ist, und wir finden nichts, dann war's das«, sagte Dana. »Vielleicht kriegen wir ein paar geringfügige Verurteilungen wegen Menschenschmuggel, aber die ganze Operation zieht woandershin, und wir werden nie erfahren, was da läuft.«

»Menschenschmuggel ist ja nun nicht gerade ein Bagatellvergehen.« Cook machte ein entrüstetes Gesicht.

»Aber es ist nicht Mord«, entgegnete Dana. »Lacey hat recht. Wir sind nicht näher dran zu wissen, was die mit diesen Frauen machen und warum einige von ihnen ums Leben kommen.«

»Schade, dass wir die Typen nicht einfach weiterfahren lassen und die Frau verwanzen können«, bemerkte Stenning.

»Ja, *das* klappt bestimmt.« Anderson unterdrückte ein Gähnen.

»Vielleicht ja doch.« Mizon betrachtete noch immer das Foto der jungen Frau aus dem Boot. »Was würdet ihr sagen, wie alt sie ist?«

»Schwer zu sagen.« Stenning beugte sich über ihre Schulter. »Um die zwanzig.«

»Sie ist ungefähr eins zweiundsechzig groß, nicht wahr?«, fragte Mizon. »Und wiegt gut fünfzig Kilo?«

»Was haben Sie vor, Gayle?«, fragte Dana.

»Die, die sie drüben in Afghanistan ausgesucht haben, haben doch bestimmt kein Foto geschickt, oder?«, fragte Mizon. »Die wollen doch bestimmt keine potenziell belastenden Dokumente. Ich wette, derjenige, der sie erwartet, weiß nur, dass es eine junge, hübsche Frau ist, dunkles Haar, helle Augen.«

»Falls Sie vorschlagen wollen, dass wir jemanden undercover da reinschicken, das kriegen wir nie rechtzeitig organisiert«, erwiderte Dana. »Ich kann heute Nacht noch mit dem SO10 sprechen, aber die Chance, dass die eine junge Kollegin mit asiatischer Abstammung verfügbar haben, ist praktisch gleich null.«

»Sie meinen also, wir finden auf keinen Fall auf die Schnelle eine junge, dunkelhaarige Polizistin, die blaue Augen und Undercover-Erfahrung hat?«, fragte Mizon.

Plötzlich richteten sich sämtliche Blicke im Raum auf Lacey.

73

Lacey

Lacey kam es vor, als sei sie die Einzige im Raum, die in der Lage war, still zu sitzen und nichts zu sagen. Alle anderen zappelten herum und redeten zu schnell, zu laut und alle auf einmal. Tulloch war aufgestanden und tigerte von einer Seite des Besprechungsraums zur anderen, so wie sie es immer tat, wenn sie unter Stress stand. »Ich riskiere nicht das Leben einer Polizistin bei einem unausgegorenen, unüberlegten, leichtsinnigen Einsatz«, verkündete sie. »Das diskutieren wir nicht weiter.«

»Bei allem Respekt, Ma'am«, erwiderte Mizon, »aber es kann doch nicht schaden, sämtliche Möglichkeiten in Betracht zu ziehen. Lacey kann als eine von diesen Frauen durchgehen. Das hat sie doch schon mal gemacht. Neulich Nacht hat sie die Hälfte der Anwohner der Old Kent Road überzeugt. Wenn Mr Cook uns vierundzwanzig Stunden Zeit geben kann, bevor er die Leichen birgt, dann könnte das gerade eben reichen.«

Reichen, dachte Lacey. Dann reichte es also nicht, dass ihr Leichen in den Weg gelegt und auf ihrem Boot am Mast hochgezogen worden waren. Es reichte nicht, dass jemand sie zur nächsten Leiche hatte machen wollen. Komisch, dass sie das bis jetzt nicht hatte verstehen können.

Tulloch lehnte mit finsterer Miene an der gegenüberliegenden Wand, die Arme vor der Brust verschränkt.

Anderson hatte das Wort. »Ich sage ja nicht, dass ich Gayles Meinung bin, aber vermutlich kann uns das SO10 mit Überwachungsequipment ausstatten. Wir würden immer wissen, wo sie ist. Sobald ihr mulmig wird, können wir sie rausholen.«

Cook reckte den Arm in die Höhe, um auf sich aufmerksam zu machen. »Ich bin definitiv dagegen. Lacey ist meine Untergebene, und letzten Endes bin ich verantwortlich für sie. Aber nur mal so theoretisch, wir könnten Teams auf Zivilbooten auf dem Fluss bereithalten. Dann wären wir jederzeit nur Sekunden von ihr entfernt, während sie da drin ist. Ich sage nicht, dass ich das für klug halte. Das Ganze ist zu überstürzt.«

Sie würden das zulassen, begriff Lacey. Das hier war leeres Gerede. Sie taten so, als wären sie dagegen, aber wenn es darauf ankam, hatten sie doch gar keine andere Option.

»Genau«, fauchte Tulloch. »Und wie kriegen wir die beiden Männer dazu mitzuspielen?«

»Bieten Sie ihnen einen Deal an«, antwortete Mizon. »Die rufen denjenigen an, mit dem sie sich treffen sollten, und zwar jetzt gleich, und sagen, sie wären aufgehalten worden und würden es morgen noch mal versuchen. Morgen Abend nehmen sie Lacey mit, unter enger, aber diskreter Polizeiüberwachung, und übergeben sie. Dann kommen sie wieder in Gewahrsam, bis die Operation gelaufen ist. Als Gegenleistung für ihre Mithilfe und für ihre Aussage kommen sie mit einer milden Strafe davon.«

»Die brauchen doch nur zu zwinkern oder einen Zettel rüberzureichen, und Lacey landet auf dem Grund der Themse«, wandte Tulloch ein.

Als wäre sie da nicht schon mal gewesen. *Hallo, Fluss, sieht aus, als hättest du doch gewonnen.*

»Wenn da gezwinkert wird oder Zettel rübergereicht werden, holen wir sie raus«, entgegnete Mizon gerade. »Wir sitzen doch praktisch gleich bei denen vor der Tür. Schauen Sie, ich sag ja nicht, dass es ideal ist, aber im Moment ist es unsere beste Chance.«

Und da war jenes kurze Schweigen, wie bestellt.

»Gayle hat recht«, sagte Lacey. »Es ist unsere einzige Chance. Das wisst ihr doch alle, ihr wollt mich nur nicht darum bitten.«

»Sprechen Sie Paschtu?«, fragte Tulloch mit hochgezogenen Brauen. »Oder Dari?«

»Es gibt vierzig Sprachen in Afghanistan«, erwiderte Lacey. »Wir groß ist die Chance, dass das Empfangskomitee die alle beherrscht? Nicht dass ich behaupten würde, das Ganze wäre eine gute Idee, Sie verstehen.«

»Na, ich bin ja froh, dass wir uns über irgendwas einig sind«, bemerkte Tulloch. »Weaver wird das nämlich nie erlauben, selbst wenn ihr Idioten mich überreden könnt.«

»Kann ich mit ihr reden? Mit der Frau, die wir heute Nacht aufgegriffen haben? Kann ich ein bisschen Zeit mit ihr verbringen?«

»Warum? Damit Sie sich eine Tarnung zusammenbasteln können? Das läuft nicht, Lacey.«

»Ich würde gern ohne Dolmetscher und Anwalt mit ihr reden, nur sie und ich.«

»Nein. Das wäre extrem unvorschriftsmäßig.«

Lacey seufzte. »Sie hat doch gar keinen Anwalt verlangt, Ma'am, und den Dolmetscher hat sie nicht mal zur Kenntnis genommen. Es gibt keinen Grund, warum wir die beiden nicht auffordern sollten zu gehen. Gayle kann ja mitkommen, wenn Sie nicht möchten, dass ich allein bin.«

»Lacey …«

»Ich weiß, Ma'am. Wir halten das alle für keine gute Idee. Also müssen wir rausfinden, was wir können, solange wir's noch können.«

»Ach, machen Sie doch verdammt noch mal, was Sie wollen. Ich geb's auf.«

»Ich glaube, Sie können mich verstehen.«

Gayle hat recht, dachte Lacey. Sie und die junge Frau auf der anderen Seite des Tisches sahen sich wirklich ähnlich. Die andere war wahrscheinlich jünger, doch dadurch, dass sie mehr Zeit bei extremen Temperaturen im Freien verbracht hatte, war ihr Gesicht derber geworden. Ihr Haar war lang und dunkelbraun, die Augenbrauen fein gezeichnet, und die Augen hatten die Farbe von Kornblumen, deren Frische gerade zu verblassen beginnt.

Sie hatten sie in den Familienraum gebracht, wo eine etwas entspanntere Atmosphäre herrschte als in den Vernehmungszimmern; dort befragten sie normalerweise Kinder oder gefährdete Personen.

»Ich glaube, Sie sind aus Afghanistan.« Die junge Frau erwiderte Laceys Blick ruhig und fast ohne zu blinzeln. »Und man hat Ihnen gesagt, hier gäbe es einen Job für Sie. Vielleicht Kinder betreuen oder einer reichen Frau bei der Hausarbeit helfen. Sie haben damit gerechnet, dass Sie Ihrer Familie Geld schicken könnten. Also müssen Sie doch ein bisschen

Englisch sprechen, sonst hätten Sie doch nie in Erwägung gezogen herzukommen.«

Lacey wartete auf irgendeine Reaktion. Der Blick der anderen Frau senkte sich auf den unberührten Kaffeebecher auf dem Tisch. Lacey schaute rasch zur Seite und sah Gayle aufmunternd nicken.

»Ich glaube, dass Ihre Reise hierher sehr lange gedauert hat«, fuhr sie fort. »Dass es unterwegs ungemütlich wurde, vielleicht sogar beängstigend. Ich glaube, Sie haben angefangen, sich zu fragen, ob Sie einen Fehler gemacht haben, aber man hat Ihnen gesagt, es sei zu spät, es sich anders zu überlegen. Ich glaube, die Männer, die Sie hergebracht haben, haben sich allmählich verändert. Sie haben angefangen zu drohen, anstatt Sie zu überreden. Sie haben Ihnen gesagt, dass Sie keine Wahl hätten. Dass Ihre Familie leiden würde, wenn Sie Ärger machen. Ich glaube, im Moment haben Sie furchtbare Angst.«

Wieder wartete sie, hielt Ausschau nach irgendetwas in diesen blauen Augen, ganz gleich, was. Okay – Zeit, ein wenig zuzulegen.

Lacey schlug die Akte auf, die vor ihr lag, und drehte sie so, dass die Frau das Foto von Nadia Safi sehen konnte. »Was Sie verstehen müssen, ist, dass Sie eigentlich sehr viel Glück haben.«

Blaue Augen zuckten zu dem Foto hinab und verloren sogleich das Interesse. Sie hatte Nadia eindeutig noch nie gesehen.

»Das ist Nadia Safi«, sagte Lacey. »Sie hatte auch großes Glück. Sie ist letzten Sommer nach England gekommen. Aus Afghanistan, genau wie Sie. Jetzt arbeitet sie bei einer Familie in London. Natürlich könnte sie jederzeit abgeschoben werden, weil sie sich noch immer illegal hier aufhält. Wahrscheinlich ist sie nicht viel mehr als eine Sklavin, aber niemand tut ihr etwas. Sie hat zu essen, eine Bleibe. Sie ist eine von denen, die Glück hatten.«

Jetzt sah die junge Frau gelangweilt aus. Lacey zog zwei weitere Fotos aus der Akte und legte sie mit der Rückseite nach oben auf den Tisch. Dann drehte sie das erste um.

»Dieses Mädchen hier nennen wir Sahar. So hat sie wohl ausgesehen, als sie noch am Leben war, glauben wir.« Sie drehte das andere Foto um. »So hat sie ausgesehen, als wir sie aus dem Fluss gezogen haben. Sie hatte nicht so viel Glück.«

Die junge Frau hatte einen raschen Blick auf die Bilder geworfen. Der Schock, der sich auf ihrem Gesicht gemalt hatte, war echt gewesen. Jetzt hatte sie die Augen niedergeschlagen und starrte auf die Tischplatte.

»Es tut mir leid, Ihnen so was zuzumuten. Aber Sie müssen verstehen, wie ernst das hier ist.« Lacey holte ein Foto hervor, das bei der letzten Obduktion gemacht worden war, der des Leichnams, der auf ihrem Boot aufgehängt gefunden worden war. Dann noch eins aus den Akten der Flusspolizei, von der Frau, die vor zwei Monaten in der Nähe der South Dock Marina aus dem Fluss geborgen worden war.

»Drei tote Frauen. Alle in Ihrem Alter, alle aus Ihrem Land, alle wie Sie nach Großbritannien gebracht. Alle genau wie Sie. Jetzt müssen wir also eine Entscheidung treffen. Wenn Sie aus dem Polizeigewahrsam entlassen und ins Immigrationssystem von Großbritannien übernommen werden, dann werden die Männer, die Sie hergebracht haben, Sie wiederfinden. Sie haben Nadia gefunden, und sie werden Sie finden. Sie sind zu wertvoll für sie, um sie einfach laufen zu lassen. Vielleicht sind Sie eine von denen, die Glück haben. Oder vielleicht auch nicht.«

»Lacey«, sagte Gayle, »ich bin mir wirklich nicht sicher, ob sie auch nur irgendwas von dem versteht, was Sie sagen.«

»Oh, ich glaube, sie versteht so ziemlich jedes Wort.« Lacey wandte den Blick nicht von der jungen Frau »aber ich mache mal etwas langsamer. Was jetzt kommt, ist nämlich wichtig. In ein paar Stunden werde ich Ihren Platz einnehmen. Ich werde

Kleider wie Ihre anziehen und mich von den Männern, die Sie hergebracht haben, dorthin bringen lassen, wo Sie hingebracht werden sollten. Ich werde so tun, als wäre ich eine junge, verängstigte Afghanin. Nur werde ich gar nicht so tun müssen, als hätte ich furchtbare Angst. Die werde ich wirklich haben. Wir nennen so was einen Undercover-Einsatz. Ich werde mich in Gefahr begeben, weil ich nicht will, dass noch mehr junge Frauen aus Ihrem Land sterben. Das werde ich tun. Und Sie?«

Sie wartete. Die junge Frau hielt ihrem Blick unbeirrt stand. Lacey konnte Gayle neben sich atmen hören. Sie schob die Fotos zusammen und stand auf.

»Vernehmung um vier Uhr dreiundzwanzig beendet.« Sie schickte sich an, das Aufnahmegerät auszuschalten.

»Sie haben mich ja gar nichts gefragt«, ließ sich eine Stimme hinter ihr vernehmen. »Sie haben doch nur selbst gesprochen. Wenn Sie etwas wissen wollen, fragen Sie mich doch.«

74

Dana

Dana rief die Bilder der drei Toten auf ihrem Laptop auf.

»Wir werden Sie wegen Mord anklagen«, erklärte sie dem dunkelhäutigen jungen Mann, der ihr gegenüber am Tisch saß. »Wir haben drei Leichen illegaler Immigrantinnen gefunden. Wir haben Kontakte nach Afghanistan, wir finden heraus, wer diese Frauen waren, und wir werden sie zu Ihnen zurückverfolgen. Und was noch wichtiger ist, wir haben eine Frau, die letztes Jahr hergebracht worden und nicht auf dem Grund der Themse geendet ist. Die kann Sie identifizieren.«

Mit versteinertem Gesicht saß der Mann da und reagierte nicht. Unter dem Tisch war das etwas ganz anderes. Sein linkes Bein vibrierte vor nervöser Energie, so sehr, dass die ganze linke Seite seines Körpers bebte.

»Wahrscheinlich bekommen Sie dreißig Jahre«, sagte Dana. »Ihr Freund dagegen wird glimpflich davonkommen. Weil der nämlich kooperiert.«

Lediglich die Andeutung eines finsteren Blicks unter schweren Brauen.

»Er redet gerade mit meinem Sergeant. Ich würde mich nicht wundern, wenn er ihm schon erzählt hätte, wo Sie das Mädchen aufgegabelt haben und wo Sie heute Nacht hinwollten.«

Sie griff nach ihrem Handy. Das Display zeigte nichts an, doch das konnte er nicht sehen.

»Mein Sergeant will mich sprechen«, verkündete sie. »Ich glaube, das war's dann. Wir brauchen jemanden, der uns bei dem Einsatz behilflich ist. Aber wir brauchen nur einen von Ihnen beiden. Und das wird derjenige sein, dem wir am meisten vertrauen. Der, der kooperiert hat.« Sie stand auf und klappte ihren Laptop zu.

»Was wollen Sie wissen?«, fragte der Mann.

»Daraus wird nichts, Lacey«, beharrte Dana, als sie und das Team wieder im Besprechungszimmer waren. »Sie haben bei Freelancer-Einsätzen ja vielleicht ein ganz neues Level erreicht, aber ich setze das Leben meiner Kollegen nicht leichtfertig aufs Spiel. Ihre Sonnenbräune ist eindeutig unecht, Ihre Haare sind eindeutig gefärbt, und Ihr Teint ist klassisch englisch. Und nur für den Fall, dass Sie es vergessen haben: Derjenige, der diese Frauen umbringt, weiß, wer Sie sind. Er hat vorhin versucht, Sie zu ertränken. Das Einzige, was ich erreiche, wenn ich Sie losschicke, ist, dass ich es denen leichter mache. ›Hier ist Lacey, ich hab sie euch schön als Geschenk verpackt.‹ Wissen Sie was, ich hätte nicht übel Lust dazu.«

»Wenn wir uns diese Chance entgehen lassen, kriegen wir nie wieder eine«, meinte Lacey.

»Das weiß ich«, erwiderte Dana. »Und deswegen bin ich auch wider besseres Wissen einverstanden.«

Es war, als hätte jemand die junge Frau mit eiskaltem Wasser übergossen. Halb belustigt sah Dana ihr zu. Lacey machte gern große Sprüche, sie war außergewöhnlich mutig und würde es tun, daran bestand überhaupt kein Zweifel, aber sie war erst vor Kurzem in schlimmen Situationen gewesen. Wenn man ein kleines bisschen an der zur Schau getragenen Tapferkeit kratzte, lag dicht darunter nackte Furcht.

Dana sah zu, wie sie mit zitternder Hand nach einem Kaffeebecher griff, der schon längst leer war. Rasch zog sie sie zurück, bevor es jemand sah, und Dana fiel plötzlich wieder ein, warum sie diese junge Frau so gernhatte, warum ihr bester Freund sich in sie verliebt hatte.

»Na schön.« Anderson war aufgesprungen. Sein Gesicht war aschfahl, auch er mochte Lacey sehr. »Dann sollten wir sehen, dass wir in die Gänge kommen. Ich hab dafür gesorgt, dass jemand vom SO10 rüberkommt und mit uns bespricht, womit wir zu rechnen haben. Lacey, sind Sie sich wirklich sicher? Weil, wenn nicht …«

»Regen Sie sich ab, Neil«, sagte Dana. »Lacey geht ja gar nicht undercover. Sondern ich.«

75

Dana und Lacey

Sie warteten auf die Flut. Das Wasser musste hoch sein, hatten die beiden Männer erklärt, viel Wasser, aber es durfte nicht zu schnell fließen. An einem wenig benutzten Anlegesteg am Südufer östlich von Greenwich stieg Aamil als Erster in das Boot und trat zum Bug. Er war der Jüngere der beiden, der Mann fürs Grobe. Raashid saß am Ruder. Dana stieg als Letzte ein. Nur ein einziger Beamter der Flusspolizei hatte sie zum Steg hinunterbegleitet, Sergeant Wilson in Jeans und Sweatshirt. Fred sah mindestens genauso unglücklich aus wie alle anderen. Er hatte Dana die Schulter gedrückt, bevor sie ins Boot gestiegen war, doch als der Motor beim zweiten Versuch ansprang, brachte er nicht mehr zustande als ein schmallippiges Lächeln.

Sie ließen das Ufer hinter sich zurück, und Dana wandte sich von Freds regungsloser Gestalt auf dem Steg ab; sie wusste, dass die Realität dessen, was sie hier tat, sie gleich endgültig einholen würde. Während der letzten paar Stunden war kaum Zeit zum Nachdenken gewesen. Maya, die junge Frau, die sie gestern Nacht aufgegriffen hatten, hatte ihr zu einer dürftigen Tarnung verholfen. Sie war fünfundzwanzig, eine kinderlose Witwe aus der Provinz Tachar; die Familie ihres verstorbenen Ehemannes hatte sich geweigert, für sie zu sorgen. Sie hatten sie zu ihrer eigenen Familie zurückgeschickt, die auch nicht gerade begeistert gewesen war. Da ihre Zukunft in Afghanistan nicht eben rosig aussah, hatte sie die Chance auf ein neues Leben im Westen nur zu gern genutzt. Als junges Mädchen war sie etliche Jahre zur Schule gegangen, bevor die Taliban dem Schulbesuch von Mädchen einen

Riegel vorgeschoben hatten, daher stammten ihre rudimentären Englischkenntnisse.

Die Kleider, die Laccy sich für ihren Ausflug auf der Old Kent Road gekauft hatte – Baumwollhosen, langes Oberteil und Kopftuch –, waren von Maya für vollkommen akzeptabel befunden worden. Sie hatte ihnen sogar Ratschläge zu der schlichten Baumwollunterwäsche gegeben, die Afghaninnen gern trugen. In der Stofftasche, die zu Danas Füßen lag, waren ihre Habseligkeiten, basierend auf dem, was Maya in ihrer Tasche gehabt hatte. Lacey hatte den Tag in der Brick Lane verbracht und sich alle Mühe gegeben, Imitate des Tascheninhalts aufzutreiben. Sie hatte ein paar Kleider zum Wechseln, ein paar simple Toilettenartikel mit asiatischen Etiketten und Fotografien von Danas angeblicher Familie daheim in Afghanistan besorgt.

Außerdem hatte Dana einige Zeit mit einem Detective Sergeant vom SO10 verbracht, der vorbeigekommen war, um ihr Tipps zu geben, wie sie sich verhalten sollte. Er hatte für die Operation ein Zeitfenster von maximal vierundzwanzig Stunden festgelegt, ein Zeitraum, mit dem David Cook sich widerwillig einverstanden erklärt hatte. Wenn das Ganze länger dauerte, hatte der Sergeant erläutert, würde sie das unnötigen Risiken aussetzen. In Lewisham waren ihr vierundzwanzig Stunden gar nicht lange vorgekommen, jetzt jedoch, wo der Einsatz erst ein paar Minuten lief, war das etwas anderes.

Sie hatte Helen nichts erzählt. Helen war wieder in Dundee und würde es nicht unbedingt seltsam finden, wenn sie einen Tag lang nichts von Dana hörte.

Helen hätte gesagt, dass das alles vollkommen bescheuert sei. Zu riskant. Dass Dana weder für Undercover-Einsätze ausgebildet noch ausreichend auf diese Operation vorbereitet worden sei. Sie hätte recht gehabt.

Dana kämpfte ein jähes Aufwallen der Panik nieder, wandte sich um und schaute über Raashids Schulter zurück.

Fred war verschwunden, aber irgendwo in der Düsternis auf dem Fluss war ein Festrumpfschlauchboot, das mit Beamten der Flusspolizei und einem bewaffneten Sergeant vom SO10 bemannt war. In ein paar Stunden würden sie von einer identischen Einheit abgelöst werden und später dann von einer dritten; jede Einheit schob acht Stunden Dienst. Das waren ihre Beschützer. Sie sollten sich nicht weiter als hundert Meter von ihr entfernen, bis sie wohlbehalten wieder bei ihnen war. Wenn sie ihren Panikknopf drückte, würden sie als Erste darauf reagieren. Es wäre schön gewesen, wenn sie sie hätte sehen können, nur um zu wissen, dass sie auch wirklich da waren, aber das war unmöglich.

Bei Undercover-Arbeit ging es ausschließlich um Vertrauen, hatte der Sergeant zu ihr gesagt. Man musste sich darauf verlassen, dass die Verstärkung da war. Sie vertraute Neil, der in ihrer Abwesenheit den Einsatz leitete, sie vertraute David Cook und seinen Leuten. Aber wie Mark das die letzten zehn Jahre durchgehalten hatte, war ihr ein Rätsel.

Auf der anderen Seite des Flusses, dicht am Nordufer, lag das Schnellboot, das gegenwärtig das Kommandozentrum der Operation war, obwohl das im Laufe der Nacht nach Lewisham zurückverlegt werden würde. Jedes Wasserfahrzeug, das die Flusspolizei zur Verfügung hatte, war heute Nacht draußen auf dem Fluss, mit der expliziten Anweisung, ja von Deptford wegzubleiben, sich aber bereitzuhalten, falls es nötig werden sollte. Sie war so sicher, wie es nur irgend möglich war, und es wurde Zeit, dass sie sich auch so fühlte.

Ein billiges Metallmedaillon, das sich scheinbar nicht öffnen ließ, hing um ihren Hals. Es war besonders wichtig, dass niemand es aufbekam, denn darin war ein Peilsender verborgen. Solange sie es trug, würden ihre Kollegen wissen, wo sie war. Falls etwas schiefging, sollte sie das Medaillon öffnen und den Sender zerstören. Das war das Signal, dass die anderen sie herausholen sollten.

Sie war nicht verdrahtet worden. Die anderen hatten diskutiert, ob man sie verwanzen solle, und es zu riskant gefunden. Aamil und Raashid jedoch trugen beide versteckte Mikrophone am Körper, und solange sie bei ihnen war, würde alles, was sie oder die beiden Männer sagten, vom Überwachungsteam mitgehört werden.

Sie fuhren jetzt an Greenwich vorbei, dicht am Südufer entlang. Dana konnte sich nicht vorstellen, wie Maya und den anderen zumute gewesen war, auf diesem kalten, gewaltigen Fluss, ohne die leiseste Ahnung, wohin es ging oder was auf sie wartete. Ohne den Schutz auch nur einer Schwimmweste; Cook hatte eisern darauf bestanden, dass sie und die Männer jeweils eine trugen.

»Wenn Sie mir im Fluss abhandenkommen, dann kostet mich das meinen Job und meine Pension«, hatte er zu ihr gesagt, als sie versucht hatte, ihm mit dem Argument zu widersprechen, dass das das Empfangskomitee misstrauisch machen könnte. »Das ist nicht verhandelbar.« Dana hatte einen Blick in sein Gesicht geworfen und begriffen, dass das wahrscheinlich stimmte. Als sie jetzt dahintuckerte, sah, wie die Wellen über den Bug schwappten, und merkte, wie tief sie im Wasser lagen, war sie froh, dass er ein Machtwort gesprochen hatte.

Das riesige kreisförmige Bauwerk, das die Einfahrt zum Deptford Creek kennzeichnete, kam näher. Sie konnte sehen, wie sich die Strömung im Fluss dort änderte, wo das Creekwasser auf die Themse traf. Als sie weiterfuhren, zog sie sich das Kopftuch enger um den Kopf.

Allzu weit konnte es jetzt nicht mehr sein. Bisher hatten die beiden Männer genau das getan, was ihnen gesagt worden war. Schwierig würde es werden, wenn sie ankamen. Sie würde sie genau beobachten. Irgendein Anzeichen dafür, dass sie versuchten, andere auf die polizeiliche Überwachung aufmerksam zu machen, und ihre Anweisungen waren eindeutig. Den Peilsender zerstören, den Kopf einziehen und auf die Retter warten. Sie wurden langsamer.

»Hier fahren wir rein«, sagte Raashid hinter ihr.

»Das ist Sayes Creek«, stellte Lacey auf dem Kontrollboot fest. »Das Stück kenne ich. Da ist der Kanal sehr eng. Es gibt nur eine Wendemöglichkeit, etwa einen halben Kilometer den Kanal rauf, in der Nähe von einem großen Haus namens Sayes Court.«

Auf dem Computermonitor sahen sie, wie der rote Punkt, der Dana darstellte, den schmalen Creek hinaufwanderte. Das kleine Boot fuhr bis zum Ende, wendete vor Sayes Court und fuhr wieder kanalabwärts. Ungefähr hundert Meter von der Themse entfernt hielt es an. Sie hatten angelegt.

»Danke«, hörten sie Dana sagen. »Auf Wiedersehen.«

»Sei leise«, sagte eine Frauenstimme. »Hier schlafen Leute.«

»Sie geht rein«, sagte Anderson.

Dana wurde die schmalen Betonstufen hinaufgelotst, die vom Fluss emporführten. Sie hörte, wie der Bootsmotor wieder ansprang, und schaute sich um. Aamil und Raashid waren an der Einfahrt zum Creek. Gleich darauf war sie im Haus, und die Tür schloss sich hinter ihr.

Ein trübe beleuchteter Korridor, in hellem Beige gestrichen. Zur Linken zwei Türen. Am Ende des Flurs führte eine Treppe nach oben. Draußen hatte sie vier Stockwerke gezählt, einschließlich einem, das anscheinend ein wenig unterhalb der Wasserlinie lag. Ein hohes, schmales Gebäude.

So weit, so gut.

Draußen hatte die Crew auf dem Fluss bestimmt bereits Kontakt zu ihren Kollegen an Land aufgenommen. Sie würden draußen auf der Straße ein Zivilfahrzeug postieren. Sie würden Wärmesuchgeräte einsetzen, um herauszufinden, wie viele Menschen sich in dem Haus aufhielten. Sie würden erwägen, sich Zugang zu den angrenzenden Gebäuden zu verschaffen, um zu sehen, ob dort Abhörgeräte installiert werden könnten. Sie waren ganz in der Nähe. Auch wenn es sich nicht so anfühlte.

Die Frau, die sie den Flur entlangführte, hatte etwas zu ihr gesagt. Sie war stehen geblieben, hatte sich umgedreht, wartete.

»Wie heißt du?«, wiederholte sie und sprach jedes Wort überdeutlich aus, als wäre sie an Menschen gewöhnt, die nicht gut Englisch konnten.

»Maya«, antwortete Dana.

Die Frau sah Dana an. Dann ließ sie den Blick an ihr hinauf- und hinunterwandern, betrachtete ihr Gesicht, ihre Kleider, sogar ihre Schuhe. Dana hatte sich Salatöl in die Haare gerieben, damit es aussah, als wären sie länger nicht gewaschen worden. Bevor sie ins Boot gestiegen war, hatte sie Hände und Nägel mit Schmutz bearbeitet. Ihre Erscheinung war überzeugend. Sie hatte schwarzes Haar und kaffeebraune Haut, sogar die hellgrünen Augen, die bei Paschtuninnen häufig vorkamen. Wenn überhaupt, würde es ihre Stimme sein, die sie verriet.

Dana sprach Hindi und Arabisch und konnte einen regionalen Akzent auflegen, der die meisten Leute aus dem Westen täuschen würde. Bei afghanischen Einheimischen jedoch wäre das etwas anderes.

»Sagen Sie so wenig wie möglich«, hatte der SO10-Sergeant ihr geraten. »Stellen Sie sich dumm. Wenn Sie etwas sagen, halten Sie sich an kurze, simple Sätze, und sprechen Sie leise.«

Endlich schien die Frau zufrieden zu sein. »Komm mit«, sagte sie.

Dana wurde in ein Zimmer im obersten Stock gebracht; ihr Richtungssinn sagte ihr, dass es auf den Creek hinausgehen müsste.

»Darf ich deine Tasche nehmen?« Die Frau streckte die Hand aus. Dana zögerte. Damit hatte sie gerechnet. Sie würden sicher überprüfen, was sie mitgebracht hatte, aber niemand würde doch bereitwillig alles hergeben, was er auf dieser Welt besaß, oder?

»Du bekommst alles zurück«, versicherte die Frau. »Aber wir müssen wissen, was du dabeihast.«

Dana hielt ihr die Tasche hin. Die Frau legte sie hinter sich neben die Tür. Sie trat einen Schritt auf Dana zu und streckte die Arme nach beiden Seiten aus.

Dana sagte sich, dass es wohl kaum überzeugend wäre, wenn sie aufbegehrte, und ließ sich abtasten wie auf einem Flughafen. Die Frau fand ihren Geldgürtel innerhalb weniger Sekunden. Sie schob die Hände unter Danas langes Oberteil, löste den Gürtel und schaute hinein.

Das Team hatte ganz genau das reproduziert, was Mayas Geldgürtel enthalten hatte: eine Mischung aus afghanischen Geldscheinen, Euros und Pfund. Die Frau schaute in alle drei Fächer, zog die Reißverschlüsse wieder zu und gab Dana den Gürtel zurück. Geld interessierte sie also nicht.

»Du solltest duschen und dich umziehen«, sagte die Frau. »Ich nehme deine Sachen mit zum Waschen. Und ich bringe dir etwas zu essen.«

Dana sah zu, wie ihre Betreuerin das Zimmer verließ. Sie war etwa Mitte fünfzig, ungefähr eins siebzig groß und gut gebaut. Gekleidet war sie in etwas, das wie Krankenhauskluft aussah. Ihr Haar war kurz und eisengrau, ihr Gesicht fahl und grob, doch relativ faltenlos. Dana würde sie wiedererkennen, würde sie nötigenfalls identifizieren können. Die Tür schloss sich und wurde von außen abgeschlossen.

»Das Team ist vor dem Haus in Position«, berichtete Detective Superintendent Weaver, als Lacey und Detective Sergeant Anderson wieder in Lewisham eintrafen. »East Street, Ende des 17. Jahrhunderts erbaut. Ursprünglich waren da mal Lagerhäuser und Büros von Reedereien. Manche von den Häusern sind jetzt Bürogebäude. Ein paar sind Wohnhäuser.«

»Wissen wir, wem das Gebäude gehört?«, erkundigte sich Anderson.

»Laut Grundbuch einer Firma mit Sitz in Übersee«, antwortete Weaver. »Es wird eine Weile dauern, die ausfindig zu machen.«

Lacey beobachtete den kleinen roten Punkt auf dem Bildschirm, der DI Tulloch darstellte. Sie hatten die Leichen, sie hatten den Ort, wo die Frauen hingebracht wurden. Sie hatten zumindest ein paar von den Leuten, die an der Operation beteiligt waren.

Das reichte nicht.

Dana konnte nicht anders, sie rannte zur Tür und zog an der Klinke. Sie war eingeschlossen. Aber ganz ehrlich, was hatte sie denn erwartet? Sie hatte bereits eine Menge in Erfahrung gebracht, schon jetzt hatte sich das Risiko gelohnt. Und es war nichts Schlimmes passiert. Sie trug noch immer ihre Rettungsleine um den Hals. Sie musste einfach ihre Arbeit machen, und das hieß, so viel wie möglich darüber herauszufinden, wo sie sich befand.

Ein Zimmer, ungefähr drei mal zweieinhalb Meter, das ganz so aussah wie ein Privatzimmer in einem Krankenhaus, auch wenn sich schwer sagen ließ, warum. Es waren keine medizinischen Geräte zu sehen, das Einzelbett hatte ein Kopfteil aus Holz und nicht aus Metall, und doch wirkten der Fliesenboden und das Fehlen von Bildern oder irgendwelchen Ziergegenständen irgendwie anstaltsmäßig. Eine zweite Tür führte in ein kleines Badezimmer mit Waschbecken, Klo und Dusche. Ein paar raue weiße Handtücher, ein dünner Bademantel und etliche überraschend hochwertige Toilettenartikel. Man erwartete von ihr, dass sie sauber und vorzeigbar war.

Im Schlafzimmer standen ein Tisch und ein Stuhl, ein Schränkchen neben dem Bett und ein großer Schrank aus Pressspanholz. In dem Schränkchen waren Zeitschriften und ein paar Bücher für Englischschüler. Außerdem noch ein paar englische Sprachunterricht-DVDs. Von den Bewohnern dieses Zimmers wurde erwartet, dass sie ihre Englischkenntnisse verbesserten, während sie hier waren. Was doch eher darauf hindeutete, dass sie eine Zukunft hatten, oder?

Im Schrank waren Kleider. Leggins, T-Shirts. Lange Strickjacken, lange, weite Röcke, Unterwäsche und Pyjamas, alles in schlichtem, langweiligem Blau oder Braun. Nichts davon war auch nur im Entferntesten aufreizend. Dies waren simple, sittsame Kleidungsstücke. Alles war sauber und gebügelt, aber nichts fühlte sich wie frisch ausgepackt an. Jemand anderes hatte diese Sachen getragen.

Dana holte einen Pyjama und einen dünnen Baumwollmorgenmantel aus dem Schrank, wobei ihr bewusst war, dass sie mit an Sicherheit grenzender Wahrscheinlichkeit beobachtet wurde. Überwachungsgeräte waren extrem hochentwickelt und leicht zu bekommen, hatte ihr Marks Kollege vorhin erklärt. Kameras konnten in Wand- und Deckenputz eingebettet werden, die Linsen als etwas Unverdächtiges getarnt, zum Beispiel als Kopf einer großen Schraube. Solange sie sich hier aufhielt, musste sie davon ausgehen, dass alles, was sie tat, alles, was sie sagte, gesehen oder belauscht werden konnte. Und das bedeutete, dass sie sich verhalten musste, als hätte sie nichts zu verbergen.

Sie ging zum Fenster, weil das das Natürlichste zu sein schien. Und doch war die Welt hinter dem Milchglas schwarz. Dies hier musste die Seite des Gebäudes sein, die auf den Kanal hinausging. Auf der Seite zur Straße hin wäre es heller gewesen. Hinter dem Fenster wäre mehr Raum zu erahnen.

Man hatte sie angewiesen, zu duschen und sich umzuziehen, ihre Kleider zum Waschen bereitzuhalten. Maya hätte das wahrscheinlich getan, also tat sie es auch.

Das Wasser war heiß, und das Shampoo duftete schwer nach Moschusrosen, ein Geruch, der Dana an türkischen Honig erinnerte. Conditioner war auch vorhanden und Bodylotion auch. Was auch immer für diese jungen Frauen geplant war, es wurde gut für sie gesorgt. Bisher hatte sich Nadias Schilderung als korrekt erwiesen.

Nachdem sie ihr Haar gespült hatte, zog Dana sich rasch an und ging wieder ins Zimmer. Sie trug keine Armbanduhr – Maya hatte auch keine gehabt –, aber sie schätzte, dass es kurz vor Mitternacht war. Sie sollte müde sein. Sie war auch müde, aber in diesem seltsamen Haus schlafen, ohne zu wissen, warum sie hier war oder was mit ihr geschehen würde – konnte sie das?

Schritte draußen vor der Tür. Sie wich zum Bett zurück, ihre Hand hob sich zu dem Medaillon um ihren Hals. *Die Kette zerreißen, das Medaillon zu Boden fallen lassen und kräftig drauftreten.*

Noch nicht, noch nicht. Vielleicht war es ja gar nichts weiter.

Die Tür ging auf, und Essensgeruch wallte herein. Die Frau, die sie in Empfang genommen hatte, trug ein Tablett mit einer kleinen Auflaufform; eine Halbliterflasche Wasser, ein Apfel und eine Banane waren auch dabei. Sie stellte das Tablett hin, hob die schmutzigen Sachen auf, die Dana auf dem Stuhl abgelegt hatte, und bedachte sie mit einem halben Lächeln.

»Warten Sie!«

Die Frau wandte sich im Türrahmen um; das Lächeln war bereits verschwunden.

»Was passiert jetzt?«, fragte Dana.

»Iss und schlaf. Morgen musst du zum Arzt.«

Damit schritt sie hinaus und schloss die Tür hinter sich, als wolle sie weiteren Fragen entgehen.

Morgen musste sie zum Arzt. Warum wurde ihr dabei so kalt ums Herz?

»Diese Frau, diese Nadia Safi. Ich möchte, dass sie in Gewahrsam genommen wird. Gleich morgen früh«, sagte Weaver.

»Ist das klug, Boss?«, fragte Anderson. »Das Letzte, was wir wollen, ist, irgendwen auf die Operation aufmerksam machen.«

»Sie war da, wo Dana jetzt ist. Sie kann uns genau sagen, was gerade mit ihr passiert.«

»Sie ist in einem Zimmer im obersten Stock.« Lacey saß neben dem Überwachungstechniker vor dem Bildschirm. »Es sind noch vier weitere Personen in dem Gebäude. Zwei davon haben sich in der letzten halben Stunde nicht von der Stelle gerührt, ich würde also sagen, sie schlafen. Anscheinend befindet sich eine von ihnen in dem Zimmer neben dem von DI Tulloch, die andere im Stockwerk darunter. Die dritte Person ist diejenige, die am meisten in Bewegung ist – das könnte die Frau sein, die ihr die Tür aufgemacht hat. Die vierte scheint sich nur im Erdgeschoss aufzuhalten, aber sie bewegt sich, schläft also nicht.«

»Was macht Dana gerade?«, wollte Weaver wissen.

»Nicht viel. Sie war ganz schön in Bewegung – Sie wissen schon, ist zum Fenster gegangen, vielleicht auch ins Bad. Seit etwa vier Minuten ist sie still, also versucht sie vielleicht, ein bisschen zu schlafen.«

»Und genau das sollten wir auch tun«, meinte Anderson. »Niemand ist letzte Nacht so richtig zum Pennen gekommen, und das hier könnte noch vierundzwanzig Stunden so weitergehen.«

Der Sergeant hatte recht. Die Überwachungsgeräte würden die ganze Nacht bemannt sein. Wenn etwas geschah, würden sie es erfahren.

Keiner machte Anstalten aufzustehen.

»Sie rührt sich nicht, sie schläft«, beharrte Anderson.

»Nein, das Medaillon rührt sich nicht«, entgegnete Weaver. »Sie könnte überall sein.«

»Bei allem Respekt, Sir, das beweist nur, dass Sie zu müde sind, um klar zu denken. Da auf dem Wärmebildmonitor ist ein rot-orangener Fleck, und der steht für einen warmen, gesunden Körper an genau derselben Stelle wie der Peilsender. Um es ganz deutlich zu sagen, wenn dieser gesunde warme Lichtfleck anfängt, ein bisschen blau auszusehen, dann können wir in Panik geraten. Im Augenblick geht's ihr gut.«

76

Dana und Lacey

Als Dana nachts aufwachte, kam ihr augenblicklich der Gedanke, dass sie nicht damit gerechnet hatte, überhaupt zu schlafen, und dass sie sich trotzdem seltsam ausgeruht fühlte, wenn auch ein wenig benommen. Waren in dem Auflauf, den sie gegessen hatte, Medikamente gewesen? Wenn ja, dann nur ein Schlafmittel, das keinen Schaden angerichtet hatte.

Sie hatte etwas gehört, irgendetwas hatte sie geweckt, und doch herrschte jetzt vollständige Stille, als läge um sie herum alles im Schlaf.

Im Zimmer war es nicht so dunkel, wie sie es vom Lichtausmachen her in Erinnerung hatte, und um die Fenster herum war ein blassgrauer Schein zu sehen. Sie stand auf und drückte das Gesicht gegen die Scheibe. Ja, draußen wurde es definitiv hell, und wenn sie lauschte, konnte sie vielleicht Schiffe auf dem Fluss hören. Es wurde also Tag. Sie hatte die Nacht überlebt.

Du musst zum Arzt. Großer Gott, sie wünschte sich einen Termin mit diesem Arzt so sehr, wie sie sich ein Loch im Kopf wünschte.

Der Tisch und der Stuhl, die sie vor die Tür geschoben hatte, bevor sie ins Bett gegangen war, standen noch da. Als Barriere wären sie nutzlos gewesen, aber das Scharren auf dem Boden hätte ihr ein paar Sekunden Zeit verschafft. Und da war dieses Geräusch wieder. Definitiv das Geräusch, das sie geweckt hatte, ein oder zwei Stunden bevor ihr Köper so weit gewesen war, jetzt, wo sie richtig hinhörte. Ganz in der Nähe weinte jemand.

Als Lacey nachts aufwachte, hörte sie, wie die Flut auflief. Auf dem Boot von Ray und Eileen hörte sich das anders an. Eine leise Bewegung in der großen Kabine verriet ihr, dass der Polizist, der sie bewachte, noch an Bord war. Sie setzte sich auf, öffnete die Luke über ihrem Kopf und kletterte hinaus.

Die Nachtkühle lag schwer in der Luft um sie herum, und der Mond war ein Käseviertel, drauf und dran, hinter den Horizont zu fallen. In ungefähr einer Stunde würde das Wasser seinen höchsten Stand erreicht haben. Ihr eigenes Boot schaukelte sanft an seinen Tauen, hob und senkte sich im Gleichtakt mit dem größeren Boot nebenan. Sie sahen aus wie zwei betrunkene Tänzer, die sich am Ende des Abends auf dem Tanzboden aneinanderklammerten.

Lacey schlich in Richtung Bug, bis sie sich am Rand des Kabinendachs hinsetzen und aufs Wasser schauen konnte. Sie konnte ziemlich gut sehen; bis zur Morgendämmerung konnte es nicht mehr lange dauern.

Irgendwann im Laufe des Tages würde sich der Einsatz am

Sayes Creek zuspitzen. Mit Glück und günstigem Wind würden sie DI Tulloch wohlbehalten da rausholen und herausfinden, was dort gelaufen war. Sie würden Verhaftungen vornehmen und den Laden dichtmachen. Die Leichen, die am Grund der South Dock Marina trieben, würden geborgen, identifiziert und schließlich anständig bestattet werden. Es würde vorbei sein.

Nur, wenn es bei dieser kriminellen Operation, die da lief, darauf ankam, dass die Leichen nicht entdeckt wurden, wieso hatte irgendjemand sie ihr dann praktisch vor die Füße geworfen? Sie hatte angenommen, dass der Mörder Spielchen spielte, sie als Verbindung zur Polizei benutzt hatte, als Mittel, die Behörden zu verhöhnen, aber war das wirklich logisch? Das Wenige, das sie über die Operation wussten, deutete auf etwas Großes, Organisiertes hin. Etwas Professionelles. Im Allgemeinen spielten Professionelle, für die es um große Summen ging, keine Spielchen.

Es war verblüffend, wie schnell einem auf dem Fluss jegliches Zeitgefühl abhandenkam. Das unaufhaltsame Fließen des Wassers hatte fast etwas Hypnotisierendes, nur hier und da von Treibgut unterbrochen, das groß genug war, um sichtbar zu sein, und hell genug, um das Sternenlicht einzufangen.

Eine jähe Bewegung auf dem Wasser ließ Lacey zusammenfahren, als ein dösender Vogel aufschrak und sich flügelschlagend in Sicherheit brachte. Der Himmel wurde definitiv heller. Die Laute des erschreckten Tieres verklangen, die Kräuselwellen auf dem Wasser vergingen, und einen Moment lang strömte die Flut unbehelligt herein. Dann tauchte zwanzig Meter vom Boot entfernt der runde Umriss eines menschlichen Kopfes auf.

Mittwoch, 2. Juli

77

Dana und Lacey

Dana stand in ihrem Badezimmer. Das Weinen kam aus dem Zimmer nebenan. Tonlage und Stärke des Schluchzens ließen auf eine Frau schließen. Sie bückte sich und erblickte das Abflussrohr unter dem Waschbecken.

Sie klopfte dreimal dagegen.

Keine Antwort. Das Weinen ging weiter. Dana richtete sich wieder auf, eilte ins Zimmer und holte den Löffel vom Abendessen. Ein Messer hatten sie ihr nicht gegeben. Zurück im Badezimmer, klopfte sie mit dem Löffel dreimal gegen das Abflussrohr. Und dann noch einmal. Das Weinen hörte auf. Noch mal dreimal klopfen. Schweigen aus dem Nebenzimmer.

»Hallo?«, versuchte Dana es, gerade als draußen auf dem Flur Schritte ertönten.

Sie hörte, wie jemand das Nebenzimmer betrat, ein leises Gespräch, das Klappern von Geschirr, dann wurde die Tür wieder zugemacht und abgeschlossen. Dana setzte sich aufs Bett und wartete. Die Tür ihres eigenen Zimmers ging auf, und die Frau von gestern Abend kam mit einem Frühstückstablett herein. Sie hatte Danas Kleider über dem einen Arm und ihre Tasche unter dem anderen.

»Danke schön«, riskierte Dana.

»Hast du gut geschlafen?«

Dana nickte. Im helleren Licht sah die Frau aus wie eine Osteuropäerin. Ihre Augenbrauen waren dunkel, ihre Haut fahl, und die ebenfalls dunklen Augen lagen ziemlich tief in den Höhlen. Möglicherweise war auch ein ganz leichter Akzent in der tiefen Stimme zu vernehmen.

»Du solltest dich anziehen«, sagte die Frau. »Ich komme in einer Stunde wieder.«

»Vor dem Haus ist gerade ein Auto vorgefahren«, meldete Lacey ihren beiden Kollegen. »Sieht aus, als kämen da noch mehr Leute.«

Die Einheit der Flusspolizei war schon seit vor dem Morgengrauen auf dem Wasser: Sergeant Buckle, Finn Turner und Lacey saßen in einem kleinen Schlauchboot ganz dicht bei der Einfahrt zum Sayes Creek. Buckle saß am Ruder, Turner vorn im Bug. Lacey überwachte den Funkverkehr.

Sie war nicht wieder ins Bett gegangen, nachdem sie den Schwimmer gesehen hatte. Noch ehe sie den Polizisten in der Kabine hatte rufen können, war der Kopf verschwunden.

Während sie aufs Wasser gestarrt hatte, hatte Ray sich zu ihr gesellt, und gemeinsam hatten sie beschlossen, erst einmal nichts zu sagen. Die Situation in Sayes Court zu beobachten und dafür zu sorgen, dass DI Tulloch nichts zustieß, musste die nächsten Stunden Priorität haben. Wenn Dana in Sicherheit war, würde sie es melden.

»Sie machen das große Tor auf«, sagte sie. »Der Wagen fährt ins Gebäude.«

In der Mitte des Flusses rauschte eine Passagierfähre vorbei, einer der ersten Ausflugsdampfer auf dem Weg nach Greenwich. Die Heckwelle schwappte auf sie zu, und Buckle wendete das Boot darauf zu.

»Zwei Personen sind ausgestiegen«, berichtete Lacey nach einem Moment. »Damit wären dann sieben Leute in dem Gebäude, einschließlich DI Tulloch.«

Die Frau kam Dana genau eine Stunde später holen. Nachdem sie sich angezogen und gegessen hatte, hatte Dana sich die Morgennachrichten im Fernsehen angesehen. Als sie Schritte hörte, fuhr ihre Hand zu dem Medaillon empor, als umklammere sie einen Talisman, doch als die Tür aufging, stand sie bereits mit ihrem Frühstückstablett in den Händen da.

»Geh nur.« Die Frau nahm Dana das Tablett ab. »Die Treppe runter. Ein Stockwerk tiefer.«

Dana tat, wie ihr geheißen.

»Die nächste Tür rechts«, sagte die Frau, und als Dana vor einer Tür ankam, die angelehnt war: »Geh einfach rein.«

»Okay, die Zahl der Anwesenden im Haus hat sich gerade um zwei erhöht«, erklärte Lacey ihren Kollegen. »Jetzt sind da sieben Personen drin. Eine im obersten Stock, eine im Erdgeschoss. DI Tulloch und ihre Betreuerin sind im ersten Stock und außerdem noch jemand, der vielleicht noch schläft, der Betreffende hat sich nämlich seit gestern Nacht nicht von der Stelle gerührt. Und dann sind noch zwei in dem Raum, zu dem DI Tulloch anscheinend gerade unterwegs ist.«

Sie hielt inne, ein paar Sekunden lang war statisches Knistern zu hören, dann kamen weitere Informationen.

»Okay, DI Tulloch befindet sich in dem Raum im ersten Stock, zusammen mit zwei weiteren Personen. Ihre Betreuerin hat sie dort abgeliefert und geht wieder die Treppe hinunter.«

Turner senkte den Blick, Buckle starrte geradeaus. Sie vergegenwärtigten sich den Grundriss des Hauses, genau wie sie. Sieben Personen: eine oben im zweiten Stock, zwei im Erdgeschoss und vier im ersten Stock, von denen sich drei nunmehr im selben Zimmer aufhielten. Nicht vergessen. Wenn sie plötzlich dort einfallen mussten, wollten sie keine Überraschungen erleben.

»Könnte sein, dass es gleich losgeht«, verkündete Anderson über Funk. »Alle bereithalten.«

»Hallo, Maya«, sagte die dünne weiße Frau, die hinter dem Schreibtisch stand. »Willkommen in Großbritannien. Wir freuen uns ja so, dass du hier bist.«

»Ich bin Dr. Kanash«, sagte der junge Asiate, der am Fenster stand. »Das ist Mrs Stafford, die Schwester.«

Morgen musst du zum Arzt. Kanash und Stafford. Richtige Namen? Merk dir, soviel du kannst. Kanash ist ungefähr fünfunddreißig, hat eine kleine Narbe dicht über der Oberlippe, auf der linken Seite, und angesichts seiner sehr dunklen Haut- und Augenfarbe hielt sie ihn eher für einen Sri-Lanker als für einen Inder oder Pakistani. Stafford ist älter, vielleicht Anfang vierzig, hat dünnes Haar, das zu einem Bob geschnitten ist, stumpfbraun, aber mit grauen Strähnen darin. Sie trägt einen Ehering.

»Danke«, sagte Dana, weil sie wusste, dass man eine Antwort von ihr erwartete. »Vielen Dank.«

Es war doch okay, sich umzusehen, oder? Jede Frau würde sich doch nervös im Zimmer umschauen. Ein Sofa an der einen Wand, mit einem langen Papierstreifen darauf. Eine Messlatte, um die Körpergröße zu messen, und eine Waage. Eine Blutdruckmanschette auf dem Schreibtisch. Eine Schachtel mit Latexhandschuhen. Irgendein elektronisches Gerät mit einem Scanner.

»Ich weiß, Sie haben eine lange Reise hinter sich«, sagte Kanash gerade. »Eine sehr anstrengende Reise, aber jetzt ist es ja vorbei.«

»Wie wär's mit einem Tee?« Stafford war hinter dem Schreibtisch hervorgetreten und stand jetzt neben einer Thermoskanne mit heißem Wasser. »Wir haben Jasmin, oder lieber Pfefferminz?«

Sie waren nett zu ihr. Sollte sie sich jetzt deswegen besser fühlen oder noch schlechter?

»Bitte, ich bin sehr – ich weiß die Worte nicht. Was passiert jetzt?«

»Das verstehen wir vollkommen«, versicherte Kanash, während Stafford Dana anlächelte. »Alles ist ganz neu. Aber keine Sorge. Wir haben einen sehr schönen Job für Sie. Ein nettes Ehepaar, das jemanden sucht, der sich ums Haus kümmert, vor allem, wenn sie auf Reisen sind. Es ist ein sehr schönes Haus. Nicht viel Arbeit. Sie werden sehr glücklich sein.«

»Vielen Dank. Gehe ich heute da hin?«

Die beiden wechselten einen Blick. »Ich fürchte, nein«, sagte Stafford. »Zuerst muss noch so viel erledigt werden. Jede Menge Papierkram. Arbeitserlaubnis und Visa und die Einwanderungsunterlagen. Die Briten brauchen so viele Papiere. Aber während das geregelt wird, bleibst du hier bei uns, und wir werden sehr gut für dich sorgen.«

»Vielen Dank«, sagte Dana.

»Halt kurz still.« Stafford hatte eine Kamera vom Schreibtisch genommen. Als Dana sie anstarrte, drückte sie auf den Knopf. »Nur für deine Akte«, sagte sie. »Damit wir dich nicht mit einer von den anderen Ladys verwechseln.«

»Wie fühlen Sie sich denn so nach Ihrer Reise?«, erkundigte sich Kanash. »Gibt's irgendwelche Gesundheitsprobleme, über die wir Bescheid wissen sollten?«

Dana schüttelte den Kopf; ihr war klar, dass sie verängstigt aussah und dass wahrscheinlich jede junge Frau in diesem Raum genauso ausgesehen hatte.

»Schön«, meinte Kanash, und Dana hatte den Eindruck, dass sein Repertoire an Freundlichkeiten damit erschöpft war. »Dann stellen wir Sie mal auf die Waage, in Ordnung?«

»Sie ist wieder unterwegs«, meldete Lacey der Crew. »Sie wird wieder nach oben gebracht.« Rasch schaute sie auf die Uhr. »Was ist denn da abgegangen?«

Sie hatte nicht mit einer Antwort gerechnet. »Nach der Nummer eben muss sie doch etwas wissen«, meinte sie. »Wir könnten jetzt zuschlagen.«

»Ihr fehlt doch immer noch nichts«, gab Buckle zu bedenken. »Und es hat geheißen, vierundzwanzig Stunden.«

»Lacey, sind Sie noch da?« Anderson klang gestresst.

»Ich höre Sie, Sarge«, antwortete sie.

»Ist in den letzten fünfzehn Minuten ein Boot oder irgendein Gefährt den Sayes Creek raufgefahren?«

»Negativ, Sarge.« Lacey sah das Spiegelbild ihrer eigenen Verwirrung in den Mienen von Buckle und Turner. »Hier war niemand, seit wir unseren Dienst angetreten haben.«

»Na ja, jetzt sind acht Personen in dem Haus, und mit dem Auto ist niemand gekommen.«

»Sind Sie sicher?«

»Natürlich bin ich verdammt noch mal sicher. DI Tulloch und noch jemand sind auf dem Weg nach oben. Zwei in dem Raum, den sie gerade verlassen hat, macht vier. Noch einer auf diesem Stock, der sich seit Beginn der Überwachung nicht gerührt hat, und einer in dem Zimmer neben dem von DI Tulloch im obersten Stock. Und zwei Typen im Erdgeschoss. Wie hat sich Nummer acht also da reingequetscht? Per Teleportierung?«

»Wir haben nichts gesehen, Sarge.« Plötzlich standen Lacey Schweißperlen auf den Schläfen, während sie den Blick über das Wasser um sie herum wandern ließ.

Als sie wieder in ihrem Zimmer war, ging Dana sofort unter die Dusche. Sie stellte das Wasser so heiß wie möglich, stand unter dem Strahl und befahl sich, sich zu beruhigen.

Sie hatten nichts weiter mit ihr angestellt außer einer ganz normalen, wenngleich sehr gründlichen medizinischen Untersuchung. Sie war gewogen und gemessen worden, vor einem Hintergrundgespräch, dass sie ja ein wenig dünn sei, aber trotzdem sehr attraktiv. Kanash hatte ihren Brustkorb abgehorcht und Herz und Lunge für vollkommen gesund befunden. Er hatte ihren Blutdruck gemessen und war anscheinend auch damit sehr zufrieden gewesen. Sie war für eine Urinprobe auf die Toilette geschickt worden. Sie hatten die Probe sofort getestet und keine Spur von Zucker oder Eiweiß gefunden, was anscheinend gut war, hatten aber erklärt, dass der Urin noch für weitere Untersuchungen weggeschickt werden müsste. Dann hatte Stafford ihr Blut abgenommen, aber so reibungslos und fachkundig, dass Dana die Nadel kaum gespürt hatte. Kanash hatte ihr Kopfhörer aufgesetzt und sie gebeten, auf ganz winzige Geräusche zu lauschen. Sie hatten sie von einer Karte an der Wand ablesen lassen, einer Karte mit Bildern darauf, für Frauen, die keine lateinischen Buchstaben lesen konnte. »Boot«, hatte Dana gesagt. »Fisch, Baum.« Sicherheitshalber hatte sie Apfel und Schere auch noch mit den Händen angedeutet.

Dann hatten sie sie aufgefordert, sich auf das Sofa zu legen. Ab hier hatte Stafford die Untersuchung übernommen, allerdings war Kanash im Raum geblieben, hinter dem zugezogenen Vorhang verborgen. Dana war angewiesen worden, sich bis auf die Unterwäsche auszuziehen, und als sie ein widerwilliges Gesicht gemacht hatte, hatte Stafford erklärt, die britische Regierung erteile nur vollkommen gesunden Leuten eine Aufenthaltserlaubnis.

»Haben Sie schon einmal ein Kind bekommen?« Ihre Finger waren über Danas Bauch gewandert, hatten gedrückt und getastet. »Sind Sie schon mal schwanger gewesen?« Mit den Händen mimte sie einen dicken Bauch, für den Fall, dass Dana sie nicht verstanden hatte. »Legen Sie sich flach hin und ziehen Sie die Beine an.« Ihre Miene verriet Dana, dass dies der Teil war, wo es normalerweise schwierig wurde.

Nach Luft schnappend drehte Dana das Wasser ab und ließ kühle Luft über ihren Körper wehen; ihre Haut brannte. Was machte es schon, wenn sie zusahen? Es war ja nicht so, als hätte sie noch irgendetwas zu verbergen.

Es war eine gynäkologische Untersuchung gewesen, das

war alles. So was hatte sie doch schon oft mitgemacht. Das war unangenehm, man biss die Zähne zusammen und wartete, bis es vorbei war. Es dauerte ja nicht lange, und es gab doch absolut keinen Grund, sich deswegen so anzustellen, aber großer Gott, warum hatten sie das alles mit ihr machen müssen? Was ging hier vor?

Sie trat aus der Duschkabine, suchte sich ein Handtuch und legte es sich um die Schultern. Dann wartete sie darauf, dass das Zittern aufhörte.

Aus dem Nebenzimmer kam das Geräusch der Toilettenspülung. Dann ein leises Stöhnen.

78

Pari und Dana

Irgendjemand klopfte wieder ans Abflussrohr. Pari ließ sich auf dem gefliesten Badezimmerboden auf die Knie nieder. Drei Klopfgeräusche. Das Rauschen des Toilettentanks erstarb, Pari drückte das Gesicht gegen die Wand. Es waren schon früher Leute in dem Zimmer nebenan gewesen, aber niemand hatte je versucht, mit ihr zu sprechen.

»Hallo«, hörte sie auf Englisch.

Sie sagte nichts, wartete ab, ob die Stimme wieder sprechen würde.

Nach ein paar Sekunden tat sie es tatsächlich. »Ich heiße Maya. Bist du okay?«

Pari verstand Okay, das war ein internationaler Ausdruck. Sie setzte zu einer Erwiderung an, doch der Laut, der herauskam, lag irgendwo zwischen einem Stöhnen und einem Keuchen.

»Was ist los? Bist du krank?«

»Tut weh.« Endlich war Pari imstande zu sprechen.

»Wo tut es weh? Was ist mit dir passiert? Wie heißt du?«

Die englischen Worte kamen zu schnell hintereinander. Pari brauchte einen Moment, um zu verarbeiten, was sie gerade gehört hatte.

»Ich bin krank. Schmerzen. Ich heiße Pari.«

Schweigen, als würde die Frau auf der anderen Seite der Wand nachdenken. Dann: »Hast du der Schwester Bescheid gesagt? Der Frau, die uns Essen bringt?«

So zusammengekauert waren die Krämpfe einfach zu schmerzhaft. Pari stand auf.

»Wie lange bist du schon krank?«

»Ich weiß nicht. Viele Tage.«

»Wie lange bis du schon hier?«

»Viele Tage.«

Leute draußen auf dem Flur. Pari hörte rasche Schritte im Zimmer nebenan. Dann wurde die andere Badezimmertür zugezogen.

Dana huschte schnell ins Zimmer zurück. Es klopfte an der Tür, noch während diese aufschwang. Mrs Stafford stand draußen, mit der Frau, die das Essen brachte, und einem untersetzten Mann mittleren Alters, den Dana bisher noch nicht gesehen hatte. Auch er trug Krankenhauskluft, hellblau, wie die der Frau. Seine rechte Hand steckte in der Hosentasche.

»Entschuldige, dass wir dich stören, Maya.« Stafford trat ins Zimmer und kam auf sie zu. »Nur eins noch. Gibt es da etwas, das du unten nicht erwähnt hast?«

Die beiden anderen folgten ihr ins Zimmer, und die Tür schloss sich hinter ihnen. Danas Hand zuckte zu dem Medaillon, als die Frau in der blauen Krankenhauskleidung auf sie zukam. Der Mann zog dic Hand aus der Tasche. Dana zuckte zurück, noch ehe sie sah, dass er ein kleines Röhrchen mit einer roten Flüssigkeit darin in den Fingern hielt. Ihre eigene Hand zögerte einen Augenblick zu lange. Die Frau packte ihren einen Arm und der Mann den anderen. Sie kam nicht mehr an das Medaillon heran.

»Natürlich ist es möglich, dass du es gar nicht wusstest.« Stafford war ein kleines Stück entfernt und sah Dana unverwandt ins Gesicht. »Die Spiegel, die wir nachgewiesen haben, waren sehr niedrig, aber da stellt sich doch eine interessante Frage: Wie kann eine Frau, die die letzten paar Wochen von Afghanistan nach England unterwegs war, jederzeit gut bewacht und geschützt, in deinem Zustand sein?«

Dana schüttelte den Kopf. »Ich verstehe nicht …«

»Das ist ein ganz simpler Test«, meinte Stafford. »Den führen wir routinemäßig durch. Wir hatten bloß noch nie ein positives Resultat. Aber ich gratuliere, Maya, wenn du denn wirklich so heißt. Du bist schwanger.«

79

Lacey

Um kurz nach zwei Uhr nachmittags kam Lacey wieder auf dem Schleusenhof an. Weder sie noch Buckle oder Turner hatten ihren Posten am Sayes Creek verlassen wollen, aber Chief Inspector Cook hatte darauf bestanden. Falls sich etwas tat, würden sie zurückgerufen werden, hatte er gesagt, aber Dana sollte nicht vor Mitternacht abgezogen werden, und auf keinen Fall würde er mit einer übermüdeten Mannschaft einen schwierigen, gefährlichen Einsatz durchziehen. Es war unmöglich gewesen, dem zu widersprechen.

Aus reiner Gewohnheit hielt sie Ausschau nach dem Polizisten, der ein Auge auf den Schleusenhof haben sollte. Der Eiswagen, der sein vorübergehendes Zuhause war, war leer. Auch sonst war er nirgends zu sehen.

Ihr eigenes Boot war ebenfalls leer. Sie kletterte wieder an Deck und machte sich auf die Suche nach Eileen. Auch auf deren Boot war keinerlei zivile Polizeipräsenz zu entdecken.

»Wo ist der Polizeischutz?«, fragte sie.

Eileen machte ein »Frag nicht mich«-Gesicht. »Die haben einen Einsatzbefehl gekriegt, der Priorität hatte. Kommen später wieder.«

»Na, dann hoffen wir mal lieber, dass unser Liegeplatzpsychopath den Schutz der Dunkelheit braucht«, knurrte Lacey, obwohl sie insgeheim erleichtert war. Ein paar Stunden allein zu sein fühlte sich an wie eine gute Idee.

Sie zog gerade ihr Sweatshirt aus, als ihr Handy klingelte. Nicht ihr offizielles Handy – das war zusammen mit ihrem Kanu im Fluss verschollen. Das, mit dem sie Nadia kontaktiert hatte.

»Mir ist gerade etwas wieder eingefallen. Ich dachte, ich sollte Sie gleich anrufen.«

Lacey setzte sich und zog einen Schreibblock und einen Stift zu sich heran. »Schießen Sie los.«

»Ich glaube, ich weiß den Weg wieder, auf dem sie mich weggebracht haben, als ich das Haus verlassen habe«, sagte Nadia.

Lacey griff über den Kartentisch hinweg nach dem *Thames Pilot Book*.

»Seit ich mit Ihnen gesprochen habe, habe ich die ganze Zeit darüber nachgedacht«, sagte Nadia, als Lacey sie bat fortzufahren. »Ich habe mir eine Karte von dem Fluss gekauft und versucht, es herauszufinden. Ich war unten am Wasser.«

»Nadia, wir wissen, wo Sie festgehalten wurden.« Lacey hatte die Karte gefunden, auf der der Sayes Creek verzeichnet war. »Ein Haus ganz dicht am Fluss. Wir beobachten es gerade, aber alles, was Sie mir sagen können, ist von Nutzen.«

»Ich kann es Ihnen zeigen.«

Lacey sah auf die Uhr. Um zehn musste sie wieder in Wapping sein. Es war gut möglich, dass die genauen Details, wie Nadia das Haus verlassen hatte, nicht mehr wichtig waren. Andererseits, schaden würde es auch nicht.

»Okay, wo sind Sie gerade?«

»Am Wasser. An einer Stelle namens St. George's Stairs. Ich erinnere mich, dass wir nachts daran vorbeigekommen sind. Und an dem Anlegesteg gleich flussaufwärts davon.«

Lacey schaute auf die Karte. Die St. George's Stairs war ein Zugang zum Fluss ganz nahe bei der South Dock Marina. Der Steg, den Nadia meinte, war der Greenland Pier, ein Anleger, an dem stets reger Betrieb herrschte.

»Okay, ich hole Sie ab. Sie sah sich nach ihrem Autoschlüssel um. »Ich brauche ungefähr eine halbe Stunde, um mit dem Wagen da hinzukommen.«

»Aber im Auto geht das nicht.«

»Bitte?«

»Ich habe versucht, den Weg zu Fuß zu finden, und es ist nicht möglich. Da gibt es Stellen, wo ein Auto nicht hinkann.«

»Sie werden sehen, dass ein Dienstausweis der Polizei eine Menge Tore öffnet.« Lacey sah nach, ob sie ihren bei sich trug.

»Und da war ein Gebäude, wo sie mich hingebracht haben, bevor sie Auf Wiedersehen gesagt haben. Ich kann es an Land nicht wiederfinden, ich habe den ganzen Tag gesucht, aber ich glaube, in einem Boot könnte ich es.«

»Sie wollen, dass wir es auf dem Wasserweg suchen?« Nein. Erinnerungen kamen zurückgeflutet. Der Kopf, der aus dem dunklen Wasser auftauchte. Starke Hände, die sie unter Wasser zogen. Sie wollte nicht auf den Fluss hinausfahren.

»Lacey, ich habe immer noch Angst vor dem Wasser«, sagte Nadia. »Aber ich glaube, es ist vielleicht die einzige Möglichkeit.«

80

Dana

Dana wurde abermals die Treppe hinuntergeführt. Sie war schwanger? Wie konnten die das denn so schnell feststellen, es war doch kaum zwei Tage her? Großer Gott, sie wusste nicht, ob sie lächeln oder schreien sollte. Sie kamen im ersten Stock an, die Frau schob sie den Flur hinunter. Es hatte geklappt! Die Eizelle, die sie auf dem Bildschirm gesehen hatte, war aus ihrem Follikel hervorgeplatzt. Eines der etlichen Millionen Spenderspermien hatte sie gefunden, und die beiden hatten beschlossen, dass sie sich doch ein bisschen miteinander amüsieren könnten. Ein Baby wuchs in ihrem Innern heran. Und sie hatte sich und das Baby in Gefahr gebracht.

Sie durfte jetzt nicht in Panik geraten. Sie hatte noch immer ihr Medaillon. Ihr Team war ganz in der Nähe und beobachtete alles, was in diesem Haus vorging. Sie würden in wenigen Minuten hier sein.

Helen würde sie umbringen. *Oh bitte, lieber Gott, lass sie Gelegenheit dazu haben.*

Sie standen wieder vor dem Untersuchungsraum. Die Tür wurde aufgestoßen. Jemand Neues stand direkt vor dem Fenster und hielt eine Akte ins Licht. In der oberen rechten Ecke der ersten Seite war ein kleines, erschrockenes Foto von Dana. Der Mann – hochgewachsen, dunkelhaarig, in einem gut geschnittenen Anzug – betrachtete es eingehend. Dann drehte er sich um. Alexander Christakos, der Arzt aus der Kinderwunsch-Klinik.

»DI Tulloch«, sagte er. »Was für eine interessante Entwicklung.«

Danas Hand fuhr zu dem Medaillon empor. Sie riss heftig daran, während die drei Angestellten, die sie noch immer flankierten, sich bemühten, sie an weiteren Bewegungen zu hindern.

»Das hier ist ein Polizeieinsatz, und Sie sind alle festgenommen«, verkündete sie. »Meine Kollegen umstellen gerade das Gebäude.«

Christakos nahm den Telefonhörer ab und hielt ihn ihr hin. »Wenn das so ist«, sagte er, »dann würde ich vorschlagen, Sie bitten sie herein.«

»Detective Sergeant Anderson, wie schön, Sie kennenzulernen«, sagte Christakos etliche Minuten später, als Anderson keuchend und mit rotem Gesicht ins Zimmer platzte. »Ehrlich gesagt glaube ich, ich habe von einer jungen Freundin von mir schon viel von Ihnen gehört, aber das kann warten. Setzen Sie sich doch.«

Er ließ sich hinter dem Schreibtisch nieder und deutete auf den Stuhl, der davor stand, so wie er es in dem Sprechzimmer in der Stadt getan hatte. Er war auch genauso tadellos gekleidet, sah so gepflegt und attraktiv aus wie eh und je. Anderson beachtete ihn nicht und wandte sich stattdessen an Dana.

»Das hier ist irgend so eine Art Klinik, Ma'am. Außer uns sind noch fünf Personen im Gebäude. Mr Christakos hier, drei Angestellte und eine junge Ausländerin, die aussieht, als wäre sie vielleicht eine Patientin. Sie sind alle in getrennten Räumen untergebracht und warten darauf, dass wir mit ihnen reden. Ist bei Ihnen alles okay?«

Dana nickte. »Mir fehlt nichts, aber die Frau braucht medizinische Hilfe. Heute Morgen hatte sie starke Schmerzen.«

Während Anderson zur Tür trat und mit jemandem draußen sprach, umklammerte Dana die Lehne des Stuhls. Sie hätte sich so gern hingesetzt und wusste doch, dass das nicht ging. Es musste so aussehen, als hätte sie alles unter Kontrolle.

Christakos bedachte sie mit einem kleinen, höflichen Lächeln. Seine Hände lagen vollkommen ruhig vor ihm auf dem Schreibtisch. »Mir sind keinerlei medizinischen Probleme unseres Gastes bekannt, aber vielen Dank, dass Sie mich darauf aufmerksam gemacht haben.«

»Was ist das hier?«, fragte Dana. »Was geschieht hier?«

»Das hier ist meine Privatklinik.« Christakos spreizte die Finger, als wolle er sagen: *Schauen Sie sich ruhig um, ich habe nichts zu verbergen.* »Hier behandle ich Patientinnen, die nicht in eine volle Londoner Praxis kommen wollen. Ich bin erst seit ein paar Monaten hier, deshalb sind wir noch nicht ganz auf dem erwünschten Stand, aber ich hoffe, wir werden hier bald einfache Eingriffe durchführen können.«

»Was für Eingriffe?«, fragte Anderson von der Tür her.

Christakos warf Dana einen raschen Blick zu, und einer seiner Mundwinkel hob sich in einem kleinen, wissenden Lächeln. »Verschiedene. Aber größtenteils wird es um Empfängnisförderung gehen. Viele unserer Samenspender kommen zum Spenden hierher. Für die, die auf der Südseite des Flusses wohnen, ist das einfacher als unsere Räumlichkeiten in der Stadt.«

»Wofür sind die Mädchen da?«, wollte Dana wissen.

Er blinzelte. »Mädchen, Detective Inspector? Ich beschäftige keine Mädchen. Ich habe mehrere weibliche Angestellte, Schwester Rachel Stafford zum Beispiel. Und Kathryn Markowa, sie ist so eine Art Büroleiterin, allerdings hat sie auch eine medizinische Ausbildung.«

»In dem Zimmer da oben ist eine junge Frau, ich würde wetten, dass es sich um eine illegale Immigrantin handelt«, erwiderte Dana. »Nach dem, was ich heute Morgen mitbekommen habe, ist sie ernsthaft krank. Ich frage Sie noch einmal: Wofür sind die Mädchen da?«

Christakos antwortete mit einem schwachen, betrübten Lächeln, als entginge ihr etwas Wichtiges, ehe er aufstand und sich zum Fenster wandte. Die Scheibe vor ihm bestand nicht aus Milchglas, und Dana konnte das Gebäude direkt gegenüber sehen. Fünf Stockwerk hoch, mit rechteckigen Fenstern, Flachdach und gusseisernen Balkonen.

Anscheinend hatte Christakos sich gesammelt. »Detective Inspector, vor vielen Jahren sind meine Schwester und ich als Einwanderer in dieses Land gekommen. Ich würde nicht sagen, dass es illegal war, aber damals waren die Vorschriften auch nicht so streng wie jetzt. Wir haben hier Erfolg gehabt, also helfen wir gern anderen, die unsere Hilfe brauchen.«

»Und was genau heißt das?«, wollte Anderson wissen.

»Wenn wir von jungen Leuten hören – nicht unbedingt Frauen –, die Hilfe dabei brauchen, in einem neuen Land Fuß zu fassen, dann unterstützen wir sie gelegentlich. Wir geben ihnen eine Bleibe, helfen ihnen dabei, Englisch zu lernen, und schließlich helfen wir ihnen, Arbeit zu finden.«

»Und Sie informieren die Behörden, wenn Sie das tun?«

»Die Border Agency hat sich in der Vergangenheit nicht besonders hilfsbereit gezeigt«, erwiderte Christakos. »Wir finden, wir kommen sehr gut ohne sie zurecht.«

Es klopfte an der Tür, und der Sergeant der Streife streckte den Kopf herein. »Kann ich Sie mal kurz sprechen, Ma'am?« Hinter ihm sah Dana Mizons blondes Haar.

»Es gibt da eine Diskrepanz«, meinte der Sergeant, als sie und Anderson zu ihm auf den Flur traten. »Die Überwachungsgeräte haben angezeigt, dass sich acht Personen im Haus aufhalten, Sie eingeschlossen. Eine ist mit dem Auto weggefahren, gerade als Sie uns verständigt haben. Also sollten es außer Ihnen noch sechs sein. Das Problem ist nur, das, was die Geräte angezeigt haben, war irgendwann ziemlich wirr. Wir haben den Überblick verloren, wo jeder Einzelne war. Jetzt haben wir das ganze Gebäude von oben bis unten durchsucht, und es sind nur fünf Personen. Wir waren im Keller und auf dem Dach. Hier ist nur eine junge Ausländerin, in einem Zimmer im Erdgeschoss. Ist ein bisschen benommen, aber ansonsten scheint ihr nichts zu fehlen. Krank oder verletzt sieht sie jedenfalls nicht aus.«

»In dem Zimmer neben meinem war über Nacht jemand«, beharrte Dana. »Eine junge Frau namens Pari. Sie hatte starke Schmerzen. Schauen Sie noch einmal nach.«

»Wir haben den Wagen, der vorhin von hier weggefahren ist, auf der Zufahrt zur London Bridge angehalten«, berichtete Mizon. »Der Fahrer behauptet, er hieße Kanash, sei Arzt und arbeite in der Thames Clinic. Er hatte heute Morgen hier eine Besprechung mit Dr. Christakos und sei auf dem Weg zur Arbeit. Sie bringen ihn gerade nach Lewisham.«

»Ich nehme doch an, der Wagen ist durchsucht worden«, bemerkte Dana.

Mizon nickte. »Im Kofferraum waren zwei große Behälter, er sagt, zur Kryokonservierung. Behauptet, die Dinger wären leer, aber in der Klinik würden sie darauf warten.«

»Und wie heißt das?«, fragte Anderson. »Kryo-was?«

»Für Fruchtbarkeitsbehandlungen muss man Eizellen und Embryos zur künftigen Verwendung konservieren«, erklärte Dana. »Sperma, Eizellen und Embryos können in flüssigem Stickstoff eingefroren werden, bis man sie braucht.« Sie wandte sich an Mizon. »Gayle, wir sollten die Behälter in die Klinik schaffen, aber ich möchte, dass jemand sich ansieht, was genau da drin ist. Können Sie versuchen, Mike Kaytes zu fassen zu kriegen?«

Mizon ging den Flur hinunter und zog ihr Handy hervor. Der Sergeant machte sich auf, um das Haus von Neuem zu durchsuchen.

»Bringen Sie ihn aufs Revier, Neil.« Mit einem Kopfnicken deutete Dana auf das Zimmer, wo Christakos auf sie wartete. »Er verschweigt uns etwas.«

81

Lacey

»Ich hab überhaupt kein gutes Gefühl bei dieser Geschichte«, brummte Lacey zehn Minuten später, als sie Rays Motorboot aus dem Deptford Creek steuerte und sich stromaufwärts wandte.

Das Revier von Lewisham hatte keine Verstärkung schicken können. »Bei uns brennt total die Luft«, hatte der diensthabende Beamte zu Lacey gesagt. »Ein Unfall auf der Lewisham High Street und ein bewaffneter Raubüberfall in der Barclays-Bank. Können Sie warten, bis es ein bisschen ruhiger ist?«

Da es ihr widerstrebte, ihre eigenen Kollegen von der viel wichtigeren Aufgabe abzuziehen, Dana zu überwachen, hatte Lacey beschlossen, sich allein mit Nadia zu treffen. Wenn das, was die Afghanin ihr zeigen wollte, weitgehend irrelevant war, konnte es warten, bis sie es später meldete. Wenn es sich als wichtig erwies, konnte sie sofort anrufen und auf Verstärkung bestehen. Sie hatte ein Funkgerät, ein Handy und sogar eine Taschenlampe sicher in dem wasserdichten Beutel am Boden des Bootes verstaut. Es war helllichter Tag, und sie saß in einem gut ausgerüsteten Boot. Was konnte da schon schiefgehen?

»Sag irgendjemandem Bescheid, dass ich weggefahren bin, wenn ich in einer Stunde nicht anrufe«, hatte sie Eileen angewiesen, die versprochen hatte, genau das zu tun.

Sie machte einen großen Bogen, als sie sich der Einfahrt zum Sayes Creek näherte; sie wollte dem Überwachungsteam keinen Anlass geben, sich wegen ihrer Anwesenheit auf dem Wasser Gedanken zu machen. Halb rechnete sie damit, dass sie sie zum Anhalten auffordern würden, auch wenn sie sie am Ruder nicht erkannten. Doch sie konnte das kleine Boot dicht an der Ufermauer gar nicht ausmachen, und das Polizeiboot lag bestimmt weiter flussabwärts.

Hinter dem Sayes Creek fuhr sie wieder dicht am Ufer entlang, und nach ein paar Minuten sah sie Nadia auf der St. George's Stairs auf sie warten.

»Dort entlang.« Nadia zeigte flussaufwärts, nachdem sie die Schwimmweste übergezogen und sich vor Lacey ins Boot gesetzt hatte. »Dort sind wir langgefahren, als ich aus dem Haus weggegangen bin. Es war dunkel, aber gestern Nacht ist es mir wieder eingefallen.«

Lacey legte ab; sie hielt sich dicht am Ufer und fuhr stromaufwärts auf die Innenstadt zu.

»Daran erinnere ich mich.« Nadia zeigte auf die Einfahrt zur South Dock Marina. »Ich dachte, wir wollten da vielleicht hinein, aber im letzten Moment sind wir doch daran vorbeigefahren.«

Hast du ein Glück, dachte Lacey und musste an die Leichen denken, die beschwert auf dem Grund des Jachthafens lagen. Sie steuerte das Boot um den Greenland Pier herum und hielt dabei wachsam Ausschau nach den Schnellbooten, die hier oft festmachten, dann ging es an der Schleuseneinfahrt zum Greenland Lock vorbei. Nadia starrte das Südufer an.

»Da.« Sie zeigte auf eine Lücke in der Ufermauer. »Da sind sie mit mir hineingefahren.«

»Das ist ein Abwassertunnel.«

»Der führt zu einem Raum; er hat ausgesehen wie ein Raum für Maschinen. Ganz alt, aber sehr schön. An den Eisenbalken waren Blumen. Und riesige hohe Säulen.«

Lacey sah auf die Uhr, dann blickte sie stromabwärts – noch immer konnte sie keinerlei Polizeiaktivität vor dem Sayes Creek erkennen – und schaute schließlich auf das Funkgerät in dem wasserdichten Beutel. »Nadia, wieso haben Sie mir das nicht schon früher gesagt?«

»Ich habe es Ihnen doch gesagt, ich denke nie an diese Nacht. Ich habe nur zugelassen, dass ich mich daran erinnere, als ich gemerkt habe, wie wichtig es Ihnen ist.«

»Ich kann da mit Ihnen nicht hineinfahren.« Wieder betrachtete Lacey den Tunneleingang. »Das Wasser steht ziemlich tief, wir könnten stecken bleiben.«

»Okay, dann steuern Sie einfach zur Mauer«, sagte Nadia. »Da ist etwas, was Sie sehen müssen.«

»Was denn?«

»Da ist ein Ring in die Mauer eingelassen. Ich glaube, an dem binden sie die Frauen fest. Sie binden sie an dem Ring fest, und dann, wenn das Wasser steigt, ertrinken sie.«

Der Striemen um den Hals des Leichnams. Das war ein Detail, das nie öffentlich gemacht worden war. Oh Gott, das war ja grauenhaft. In einem Tunnel festgebunden zu sein und zuzusehen, wie das Wasser immer näher kam. »Wie tief drinnen ist dieser Ring?«

»Es sind mehrere, aber der erste ist gleich hinter dem Eingang.«

Lacey steuerte das Boot die letzten Meter bis zur Ufermauer und ein kleines Stück in den Tunnel hinein. Indem sie den Motor ganz langsam im ersten Gang laufen ließ, konnte sie ihre Position gerade eben halten.

»Gleich da drüben.« Nadia zeigte tiefer in den Tunnel hinein. »Nur noch ein kleines Stück.«

Rays Boot hatte mehr Tiefgang als die Schlauchboote, in denen die Flusspolizei in diesen Tunneln patrouillierte. Sie waren bereits weiter vorgedrungen, als klug erschien.

»Nadia, ich kann wirklich nicht weiterfahren. Ich muss Sie wieder ans Ufer bringen und das melden. Was? Was ist los?«

Nadia war erstarrt. Kerzengerade saß sie im Boot, und ihr Blick huschte von einer Seite zur anderen.

»Lacey«, sagte sie zaghaft. »Ich glaube, hier drinnen ist jemand.«

Instinktiv legte Lacey den Rückwärtsgang ein und schaute über die Schulter nach hinten, um das Boot ins Freie zu steuern. Ein jäher Aufschrei. Das Boot schaukelte. Sie fuhr herum und sah gerade noch, wie Nadia rücklings ins Wasser stürzte.

82

Dana

»Tut mir leid, Dana«, sagte Kaytes, »aber ich glaube, die Klinik ist sauber.«

Sie waren wieder auf dem Revier in Lewisham. Drei Stunden waren vergangen, seit Dana und das Team das Haus in der East Street verlassen hatten. Christakos hatte keine weiteren Aussagen gemacht, und Kaytes und sein Team hatten gerade eine so gründliche Durchsuchung der Thames Clinic abgeschlossen, wie es ihnen ohne Gerichtsbeschluss möglich war.

»Uns ist eine junge Frau abhandengekommen.« Es war unmöglich für Dana, sich hinzusetzen. »Als er mir erlaubt hat, meine Kollegen anzurufen, waren sechs Leute in dem Haus, und als Sie dort angekommen sind, waren es nur noch fünf. Er weiß, wo sie ist. Vielleicht hat er sie sogar umgebracht. Damit kommt er nicht davon.«

»Natürlich nicht«, meinte Kaytes. »Aber seine HFEA-Lizenz erlaubt ihm eindeutig …«

»Entschuldigung, was heißt HFEA?«, unterbrach Anderson.

»Human Fertility Embryology Authority«, antwortete Kaytes.

»Das ist die Aufsichtsbehörde für Fruchtbarkeitsbehandlungen in Großbritannien. Sie sollten mal bei denen nachfragen, ob gegen Christakos irgendwelche Beschwerden vorliegen oder Ermittlungsverfahren anhängig sind. Aber um ehrlich zu sein, das würde mich überraschen.«

»Ist das ein großes Geschäft, dieser Fruchtbarkeitskram?«, wollte Anderson wissen.

»Großer Gott, ja. Manche Leute sind praktisch bereit pleitezugehen, nur um ein Baby zu bekommen. Allerdings treiben die meisten Kinder ihre Eltern letzten Endes sowieso in den Bankrott, also spart das wohl einfach nur Zeit.«

»Was macht also so eine Klinik im Jahr an Umsatz?«

»Millionen. Nehmen wir fürs Erste mal nur die Behandlung mit Spendersamen.«

Dana zwang sich, sich zu setzen.

»Frauen können bis zu tausend Pfund pro Zyklus hinblättern«, fuhr Kaytes fort. »Sagen wir mal, jemand braucht sechs Zyklen, um schwanger zu werden. Sechs Riesen, und was hat das Sperma die Klinik gekostet? Kleingeld für irgendeinen Medizinstudenten, der nicht zu zimperlich ist, sich in irgendeinem Krankenhauskabuff einen runterzuholen.«

»Faszinierend«, bemerkte Mizon nach dem Augenblick des Schweigens, der angebracht schien. »Wir können also davon ausgehen, dass Christakos beruflich erfolgreich ist. Dass er ordentlich Kohle macht.«

»Das möchte ich doch meinen«, sagte Kaytes. »Die Thames Clinic hat eine internationale Reputation. Die waren eine der Ersten, die damals in den Neunzigern mit Egg-Sharing gearbeitet haben, und das ist 'ne echte Gelddruckmaschine.«

»Müssen wir wissen, was Egg-Sharing ist?«, erkundigte sich Anderson.

»Wahrscheinlich nicht«, brummte Kaytes.

Egg-Sharing? Dana wollte schon aufstehen und ermahnte sich zu warten, bis sie ganz sicher war.

»Schaden kann's ja nicht«, meinte Mizon. »Müssen wir nicht so viel wie möglich darüber wissen, was der da treibt?«

»Na ja, also, eigentlich ist das ja 'ne tolle Idee.« Kaytes ließ sich auf einer Schreibtischkante nieder. »Dabei werden Frauen, die zu alt sind, um lebensfähige Eizellen zu produzieren, mit Paaren zusammengebracht, die sich die Riesenkosten für eine In-vitro-Befruchtung nicht leisten können. Im Großen und Ganzen finanziert das ältere, reichere Paar dem jüngeren die künstliche Befruchtung, und die erklären sich als Gegenleistung bereit, die befruchteten Eizellen mit ihnen zu teilen, die dabei herauskommen.«

Und genau darum ging es hier. »Dem Himmel sei Dank, dass wir Sie haben holen lassen, Mike.« Dana war wieder auf den Beinen.

»Freut mich ja, dass ich helfen konnte.« Kaytes sah geschmeichelt, aber auch ziemlich verdattert aus.

»Es besteht doch ein akuter Mangel an Spender-Eizellen, richtig?«

Kaytes nickte. »Aber hallo. Frauen, die Eizellen spenden, müssen quasi die volle IVF-Behandlung durchziehen. Kriegen jeden Tag Injektionen, bekommen Medikamente in die Nase gejagt. Und dann ist da noch der chirurgische Eingriff an sich, unter Vollnarkose. Da wird der Frau ganz schön was abverlangt. Und das normalerweise für einen Wildfremden.« In seinen Augen leuchtete etwas auf. Er hatte begriffen.

Die anderen dagegen wurden allmählich unruhig.

»Einen Augenblick Geduld, Leute. Ich denk mir was dabei«, bat Dana. »Mike, in anderen Ländern, hauptsächlich in den USA, werden Eizellenspenderinnen doch finanziell entschädigt, nicht wahr?«

»Hier auch«, antwortete Kaytes. »Aber nur mit ein paar Hundert Pfund. In den USA zahlen Paare Tausende von Dollar für Eizellen von einer geeigneten Spenderin.«

»Und wie sieht eine geeignete Spenderin aus?«

»Jung, gesund, intelligent und attraktiv. Und eine gewisse Ähnlichkeit mit der leiblichen Mutter ist definitiv von Vorteil.«

»Worauf wollt ihr zwei eigentlich hinaus?«, fragte Anderson.

Dana trat an einen freien Computer und tippte etwas in das Suchfenster ein. »Okay, das hier ist mehr, als ich normalerweise verraten würde, aber bald sieht es sowieso jeder. Die Sache ist die, Helen und ich wollen eine Familie gründen.«

Von all den Gesichtern um sie herum sah nur das von Kaytes nicht völlig verblüfft aus.

»Aber in Anbetracht unserer besonderen Situation brauchen wir dabei ein bisschen mehr Hilfe als das Durchschnittsehepaar«, fuhr sie fort. »Kommt mal her und schaut euch das an.«

Die anderen scharten sich um sie.

»'ne Samenbank«, stellte Stenning fest; in seiner Stimme lag so etwas wie Abscheu.

Dana versteifte sich. »Wissen Sie was, Pete? Wenn für Sie und irgendeine unglückliche junge Frau die Zeit gekommen ist, sich fortzupflanzen, dann hoffe ich wirklich, dass Sie beide das auf die altehrwürdige Weise erledigen können. Aber sollten Sie ein bisschen medizinische Hilfe benötigen, dann werden Sie einiges von dieser Scheu vor Körperfunktionen ablegen müssen.«

Stenning schüttelte den Kopf. »Nein, Sie haben mich bloß daran erinnert, dass ich das vor ein paar Jahren auch mal gemacht habe. Als ich auf der Uni war. Viele von uns haben das gemacht. Wegen der Kohle.«

»Sie waren Samenspender?« Mizon war einen Schritt von ihm weggetreten.

»Ich auch«, sagte Barrett. »Hab mir zwei Jahre lang so Bier und Fluppen finanziert.«

Dana schüttelte den Kopf. »Das sind Informationen, auf die ich im Moment wirklich verzichten könnte. Aber kommen wir mal wieder zur Sache. So sucht man sich den Richtigen raus. Schaut mal.« Sie rief die Seite mit der Liste der verfügbaren Spender auf, und die kleinen blauen, gelben, grünen und rosafarbenen Icons erschienen.

»Dann rennen hier also zig kleine Stennings und Barretts durch die Gegend«, bemerkte Mizon.

»Gayle, könnten Sie sich wohl einen Augenblick konzentrieren?«, fragte Dana. »Das hier ist so eine Art Online-Katalog für verfügbares Sperma. Mit ein paar sehr basalen Informationen zu den Spendern.«

»Ich frag mich ja, ob ich da noch drin bin.« Barrett beugte sich vor.

»Na, zig nun nicht gerade.« Stenning drehte sich zu Mizon um. »Es gibt Vorschriften, wie viele Familien ein einzelner Spender versorgen darf. Und wie alt sind Sie eigentlich, zwölf?«

»Aufhören«, befahl Dana. »Hier geht's nicht um Sperma, hier geht's um Eizellen. Mike, gehe ich recht in der Annahme, dass es keine entsprechende Website gibt, an die sich Paare wenden können, die eine Eizellenspenderin suchen?«

»Definitiv nicht«, bestätigte Kaytes. »In Großbritannien herrscht ein akuter Mangel an Eizellenspenderinnen.«

»Aus all den Gründen, die Sie uns genannt haben. Wenn also ein Paar viel Geld hat, aber keine fortpflanzungsfähigen Eizellen, was machen die dann?«

»Oh mein Gott!« Jetzt hatte auch Mizon begriffen.

»Viele reisen ins Ausland, um sich da Eizellen zu besorgen, in Länder, wo die Behörden sich nicht so zieren, dass Spenderinnen bezahlt werden«, meinte Kaytes. »Es gibt internationale Eizellenbanken. Tiefgefrorene Eizellen können auch verschickt werden, aber die besten Resultate erzielt man mit frischen. Normalerweise bedeutet das, dass die Empfängerin dafür sorgt, dass die Spenderin zu ihr kommt, damit die Zyklen koordiniert werden können. Sie können sich ja vorstellen, wie verdammt teuer so was wird.«

»Es sei denn, die Frauen werden auf billigere, unorthodoxere Weise eingeschmuggelt«, sagte Mizon. »Und vor allem, wenn sie gar nicht wissen, dass man ihnen ihre Eizellen entnimmt.«

Es dauerte einen Augenblick, bis auch den Männern ein Licht aufging.

»Diese Frauen sind Eizellenspenderinnen?«, stieß Anderson hervor.

»Ich glaube, das könnte sein«, antwortete Dana. »Für irgendwas sind sie ja eingeschleust worden, und Zwangsprostitution haben wir mehr oder weniger ausgeschlossen. Was haben junge, attraktive Frauen also sonst noch zu bieten?«

»Ihre Fruchtbarkeit«, sagte Mizon. »Sie glauben, dieses Arschloch Christakos klaut ihnen die Eizellen?«

»Wenn Leute sich einen Spender aussuchen, sei es nun für Samen oder Eizellen, dann wollen sie jemanden, der aussieht wie sie«, meinte Dana. »Die meisten Paare, die das Geld für eine Eizellenspende haben und die damit kein ethisches Problem haben, sind mit Sicherheit weiß. Sie suchen nach einer weißen Spenderin.«

»Aber diese Mädchen sind doch aus Afghanistan«, wandte Stenning ein.

»Sie sind Paschtuninnen«, erwiderte Dana. »Da hat Lacey doch schon seit Tagen drauf rumgeritten. Hellhäutige, helläugige Asiatinnen. Wenn man eine von ihren Eizellen mit weißem britischem Sperma befruchtet, dann kommt dabei ein weißes, britisch aussehendes Baby raus.«

»Na ja, garantieren kann man das nicht«, bemerkte Kaytes, »aber ich denke auch, die Chancen stehen ziemlich gut.«

»Und weil den Frauen nichts bezahlt wird, weil sie nämlich gar nicht wissen, was da läuft, ist die Gewinnspanne für Christakos enorm«, stellte Dana fest. »Warum hat Nadia sonst von medizinischer Behandlung geredet? Sie hat bei einem IVF-Programm mitgemacht und wusste gar nichts davon.

Sahar war nicht schwanger, ihr Körper war mit IVF-Medikamenten vollgepumpt.«

»Aber wie und warum enden manche von denen auf dem Grund der Themse?«, fragte Mizon. »Nadia ist doch nichts passiert.«

»Und die Frau, die auf Laceys Boot aufgehängt worden ist, hatte keinerlei Medikamente im Körper«, gab Kaytes zu bedenken.

»Wieso sollte Christakos seinen Goldesel schlachten?«, meinte Stenning.

Die Tür des Einsatzraums öffnete sich, und eine der Sekretärinnen schaute herein. »DI Tulloch, entschuldigen Sie, aber gerade hat der Empfang angerufen. Irgendjemand ist gegen Ihren Wagen gefahren.«

Dana starrte die Frau an. Ausgerechnet jetzt. »Das soll doch wohl ein Witz sein.«

»Tut mir wirklich leid, Ma'am. Sie müssen runter und Versicherungsnummern austauschen.«

Dana erhob sich. »Gayle, können Sie sich über Eizellenspenden schlaumachen, während ich draußen bin? Verschaffen Sie sich einen Überblick, wie viel die Leute für gespendete Zellen zu zahlen bereit sind. Neil, ich möchte, dass die Kassenbücher der Thames Clinic beschlagnahmt werden. Ich will wissen, wie viel Geld da über den Tisch geht und wo es herkommt.«

Danas Auto stand am Ende der Reihe. Das linke Rücklicht war kaputt; rote und weiße Plastikscherben lagen auf dem Boden. Ein grüner Ford Mondeo stand mit laufendem Motor ungefähr einen Meter entfernt. Sie ging auf die Fahrertür zu, doch als sie auf Höhe der Tür war, packte jemand sie fest am Oberarm. Gleichzeitig ging die hintere Tür auf, und sie wurde in den Wagen gestoßen.

Als Dana herumfuhr, bereit, zu schreien und sich zur Wehr

zu setzen, ließ sich derjenige, der sie gepackt hatte, neben ihr auf den Sitz fallen, und der Fahrer trat aufs Gaspedal. Sie bogen nach links in die Lewisham High Street ein. Dana kippte rückwärts gegen die Sitzlehne.

Nach dem, was sie im Rückspiegel sehen konnte, kam ihr der Fahrer vage bekannt vor. Was jedoch die Identität ihres Kidnappers betraf, bestand kein Zweifel. Es gab nur wenige Menschen auf der Welt, die sie besser kannte.

»Was hast du verdammt noch mal mit Lacey gemacht?«, fragte Joesbury.

83

Pari, Lacey und Dana

Das Tastgefühl war der erste von Paris Sinnen, der zu ihr zurückkam, und er kam in einen dicken roten Mantel aus Schmerz gehüllt. Ihr Gehirn schien anzuschwellen, drückte heftig gegen ihre Schädelknochen, die anscheinend so spröde und zerbrechlich geworden waren wie Porzellan. Sie atmete, aber jeder Atemzug fühlte sich an, als schabten Glasscherben über wunde Haut. Und ihr war so heiß. Ihr Körper war mit einer schlüpfrigen Schweißschicht bedeckt, und es gab überhaupt keine Luft mehr auf der Welt. Ihre Kehle brannte. Niemand konnte sich so elend fühlen und trotzdem weiterleben. Und doch lebte sie. Einen Moment später war sie immer noch am Leben und einen weiteren Moment danach auch. Nach vielen, vielen Momenten konnte sie anfangen, über den Schmerz hinauszudenken.

Sie lag auf dem Bauch. Die harte Eisenfläche, die sie an ihrer rechten Schläfe fühlen konnte, schmerzte am meisten.

Wenn sie sich nur ein klein wenig bewegen, ihren Kopf losmachen könnte, würde das helfen. Doch ihr Gehirn schickte Botschaften, die ihre Gliedmaßen nicht hören konnten. Und in ihrem Kopf war so viel Schlamm. Ihre Gedanken waren ganz schwer, mühten sich ab, Gestalt anzunehmen und einen Sinn zu ergeben. War das echter Schlamm? Wie konnte das sein, wenn ihr so heiß war?

Alles schwankte. Die Welt hob sich hoch in die Luft und sank wieder herab. Der Boden unter ihr bewegte sich. Ein paar Sekunden lang konzentrierte sie sich auf diese schaukelnden, rollenden Bewegungen. Sie war auf dem Wasser.

»Nadia!«

Keine Antwort. Sogar das Wasser war still geworden. Da sie wusste, dass sie es nicht riskieren konnte, mit dem Boot weiter in den Tunnel hineinzufahren, machte Lacey es an dem Eisenring fest. Dann hockte sie sich breitbeinig hin, um das Gleichgewicht zu wahren, und reckte sich in die Höhe. Aufrechtstehen ging nicht ganz.

Nadia hatte doch eine Schwimmweste getragen. Sie wäre nicht einfach untergegangen. Irgendjemand musste sie unter Wasser festhalten.

»Nadia!«

Sie griff nach dem Beutel, der Funkgerät und Handy trocken hielt, und wusste genau, dass sie mächtig Mist gebaut hatte, dass Nadia jetzt ums Leben kommen könnte.

Der Beutel war weg. Die einzige Erklärung wäre, dass Nadia danach gegriffen, sich an irgendetwas festgehalten hatte, um nicht über Bord gezogen zu werden. Lacey bemühte sich, nicht in Panik zu geraten, während sie aus dem Boot auf das Sims an der Wand krabbelte. Nirgends eine Spur von aufgewühltem Wasser, nur sanftes Dahinströmen. Dann ein Platschen, ein Schrei, ungefähr zwanzig Meter tiefer in dem Tunnel.

»Nadia!«

Sie sollte ins Boot steigen und Hilfe holen.

Wenn sie das tat, würde Nadia sterben.

Ohne auch nur eine Taschenlampe machte Lacey sich auf den Weg den Tunnel hinunter und versuchte dabei, die Erinnerung an das Wesen zu verdrängen, das versucht hatte, sie zu ertränken. An die menschliche Gestalt, die Ray und sie im Creek gesehen hatten.

»Ich fasse es nicht. Wenn's sein muss, versau dir dein eigenes Leben, aber halt dich gefälligst aus meinem raus.« Dana wandte sich von Mark ab und fuhr den Fahrer an: »Und wer zum Teufel sind Sie?«

Ein Mann Ende sechzig. Schütteres Haar, schlank gebaut, sonnengebräunte Haut. Die eine Augenbraue, die sie im Rückspiegel sehen konnte, hob sich ein wenig. »Sagen wir einfach, ich bin Ihnen für heute Nachmittag als Fahrer zugeteilt«, antwortete er.

»Einen Dreck sind Sie. Bingen Sie mich sofort zurück. Nein, halten Sie an, ich steige aus. Und Sie sollten sich lieber mit Fluchtfahrzeugen auskennen, ich zeige Sie nämlich an, sobald ich …«

»Würdest du verdammt noch mal die Klappe halten?«, herrschte Mark sie an.

Sie fuhr wieder zu dem Mann neben ihr herum. »Du hast mein Auto demoliert, du Arschloch. Ich glaub's einfach nicht. Und nur für den Fall, dass du's nicht mitgekriegt hast, ich bin gerade mit etwas verdammt Wichtigem beschäftigt. Wo zum Teufel fahren wir eigentlich hin?«

Mark seufzte. »Dana, wir fahren um den gottverdammten Block. Wenn du dich mal ganz kurz beruhigen und aufhören würdest rumzuschreien, würdest du das selber merken.«

Sie verstummte, gönnte sich – und ihm – einen Augenblick Zeit. »Wie meinst du das, was hab ich mit Lacey gemacht?«

Mark war zu nahe, bedrängte sie. Normalerweise tat er das nie. »Ray hat mich vor einer Stunde angerufen. Das da ist übrigens Ray Bradbury.« Mit einem Kopfnicken deutete er auf den Fahrer. »Er wohnt auf dem Boot neben dem von Lacey. Sie ist nach dem Frühdienst nach Hause gekommen, hat sich Rays Motorboot geliehen und ist damit losgefahren. Seiner Frau hat sie gesagt, sie soll Alarm schlagen, wenn sie nicht in einer Stunde zurück ist. Sie geht nichts ans Handy, und Wapping kann sie auch nicht erreichen. In Anbetracht dessen, was in letzter Zeit alles passiert ist, erschien mir das nicht gut. Und wo wir gerade dabei sind: Ich bin zurzeit auch mit etwas verdammt Wichtigem beschäftigt – wenn hier also gerade irgendjemandes Karriere den Bach runtergeht, dann meine.«

Dana brauchte einem Moment, um zu verarbeiten, was er da sagte. »Aber ich hab gedacht ... Wir haben alle gedacht ...«

In der Miene ihres besten Freundes war keine Spur von Belustigung zu sehen. Er war wütend auf sie, war enttäuscht. »Ja, klar, schönen Dank auch.«

»Dann bist du gar nicht ...? Du hast nicht ...? Du bist immer noch ...?«

Er nickte und bedachte sie mit jenem eigenartigen Halblächeln, von dem sie oft gedacht hatte, in das könne sie sich verlieben, wenn sie auch nur annähernd so gepolt wäre. »Ja, so gerade eben noch. Glaube ich.«

84

Pari, Lacey und Dana

Als sie langsam wieder zu sich kam, konnte Pari auch wieder hören. Das langsame, stetige Schwappen von Wasser. Möwengeschrei. Das ferne Brummen und Tuckern von Schiffen auf dem Fluss. Ein Flugzeug über ihr.

Der Gestank um sie herum schien lebendig zu sein. Fast konnte sie spüren, wie sich seine feuchten, schleimigen Falten um ihren Körper legten. Ihre Nase brannte, während er langsam in ihren Kopf hineinkroch. Wie mit einem stumpfen Messer stach er auf ihren Magen ein, lag in ihrem Mund wie Erbrochenes, das sie nicht ausspucken konnte. Einen so grauenvollen Geruch hatte sie sich niemals vorstellen können, und sie fragte sich einen Moment lang, ob dies der Gestank ihres eigenen verfaulenden Leichnams war, der sie da umgab.

Und warum konnte sie nichts sehen? Hatte sie noch Augen? Das waren doch Möwen, die sie da hören konnte. Was hatten die Vögel mit ihr gemacht, während sie hier gelegen hatte?

Warte. Einen Moment. Sie konnte spüren, wie ihre Wimpern ihre Wangen streiften, wenn sie blinzelte. Noch immer konnte sie nichts sehen außer Schwärze, aber jetzt verstand sie, wieso. Sie war in irgendetwas eingewickelt. Verhüllt.

Die Panik verlieh ihr die nötige Kraft, um sich wieder bewegen zu können. Sie versuchte, sich hochzustemmen, doch ihre Hände waren auf dem Rücken gefesselt. Dann versuchte sie, um sich zu treten, doch ihr waren Hände und Füße zusammengebunden worden.

Dieses Kalte, Glitschige da an ihrem Gesicht war schwarze Plastikfolie, die ihr vorgaukelte, sie wäre blind, die die Luft von ihrem Gesicht fernhielt. Sie versuchte, den Mund zu öffnen, und stellte fest, dass er mit Klebeband zugeklebt worden war.

Und dann, als hätten diese Anstrengungen sie vollständig erschöpft, versank Pari abermals in Besinnungslosigkeit.

Lacey ging weiter, vorbei an einem Laternenstellplatz, der keinerlei Hoffnung auf Licht bot, an einer Leiter, über die sie an die Oberfläche gelangen könnte, wenn das denn irgendetwas helfen würde, und dann noch weiter.

Vor ihr endete der Tunnel abrupt in einer T-Kreuzung. Um nach rechts abzubiegen, müsste sie ins Wasser springen, und das würde sie auf gar keinen Fall tun. Sie bog nach links ab, bewegte sich jetzt parallel zum Fluss, und nach ein paar Minuten hörte sie einen schrillen Laut, der von einem Nagetier stammen könnte, sich aber irgendwie größer anhörte, menschlicher. Lacey öffnete den Mund, um nach Nadia zu rufen, und stellte fest, dass sie es nicht wagte. Hier gab es so gut wie kein Licht mehr, und vor ihr lag Schwärze, so dicht, dass sie fast wie eine feste Masse wirkte.

Es war auch eine feste Masse. Eine Mauer. Der Tunnel knickte nach rechts ab und öffnete sich dann zu einer sehr viel größeren Kammer. Hier drinnen gab es Licht. Nicht viel, aber genug, um zu erkennen, dass sie anscheinend allein war. Sie folgte dem Sims und war überrascht zu sehen, wie das Licht stärker wurde. Noch immer war es sehr dunkel, noch immer gab es hier viel zu viele Schatten, doch obwohl das Licht vom Tunneleingang nicht bis hierher reichte, konnte sie sehen, wo sie hintrat.

Ein Stück weiter konnte sie die Lichtquelle ausmachen. Drei kleine Tunnel, ungefähr in Hüfthöhe. Abwasserrohre. Dahinter musste ein Hebewerk sein. Vielleicht hatte sie ja das Gebäude gefunden, von dem Nadia gesprochen hatte.

Sie erreichte die erste Röhre und spähte hinein. Kaum

mehr als einen Meter lang, und dahinter war Tageslicht. Lacy ergriff die Chance, aus dem Tunnel herauszukommen, mit beiden Händen und kletterte in das Rohr hinein. Gleich darauf stand sie in dem Hebewerk.

Zwei Stockwerke hoch; das untere war in die Erde eingelassen. Das erkannte sie daran, dass die mit Brettern vernagelten Fenster und die große Doppelflügeltür sehr viel höher lagen. Das Licht drang durch mehrere Oberlichter herein.

Von Nadia war nichts zu sehen – und auch nicht von irgendjemand anderem.

An der gegenüberliegenden Wand zogen sich drei gewölbte Alkoven entlang. Sie glaubte nicht, dass sich dort jemand versteckt hielt, doch es war schwer, das genau zu erkennen. Zwischen ihr und den Alkoven waren drei eiserne Sockel. Lacey verstand nicht viel von Maschinenbau, doch sie nahm an, dass dort seinerzeit die Pumpen gestanden hatten, als das Hebewerk noch in Betrieb gewesen war. Hinter jedem dieser Podeste könnte man sich verstecken. Und unweit der Stelle, wo sie stand, zählte sie vier Gewichte, mit Griffen daran, die genauso aussahen wie die, die die Leichen in der South Dock Marina am Grund verankerten.

Etwas fiel ihr ins Auge, und sie suchte sich vorsichtig einen Weg über den Steinboden. Auf einem Bord, hoch über den feuchtigkeitsfleckigen Steinplatten, lagen zusammengefaltete Laken. Leinenlaken.

Hier ist jemand.

Wer? Wer hatte Nadia über Bord gezogen?

Eine Bewegung hinter ihr. Lacey wollte sich umdrehen und spürte mehr, wie jemand über ihr aufragte, als dass sie es sah. Dann nichts mehr.

»Okay, jetzt sind uns also zwei junge Frauen abhandengekommen. Von denen es eine verdammt noch mal besser wissen sollte.« Dana stand vor den Anwesenden in dem kleinen

Raum in Lewisham. Sie hatte ein so kleines Team zusammengerufen, wie sie es gewagt hatte – die Einzigen, denen sie anvertrauen konnte, dass Mark wieder in den Schoß der Polizei zurückgekehrt war. Anderson, Stenning und Mizon. Zusammen mit Mark und seinem neuen besten Kumpel Ray Bradbury machte das sechs.

»Lacey hat heute Nachmittag um halb drei einen Anruf bekommen«, sagte Anderson. »Der Fairness halber muss man sagen, sie hat um Unterstützung gebeten, aber in der Gegend war gerade 'ne Menge los, und sie hatten keine Leute frei. Von Mrs Bradbury vom Boot nebenan wissen wir, dass sie in Mr Bradburys Boot auf den Fluss rausgefahren ist, um sich mit Nadia Safi zu treffen, die wir ebenfalls nicht ausfindig machen können. Genau genommen also drei junge Frauen, Ma'am.«

»Das wird ja immer besser«, bemerkte Dana. »Ach ja, wissen eigentlich alle, dass in der Themse eine Meerjungfrau ihr Unwesen treibt?«

»Bitte?«

Ungeduldig bedeutete Dana Ray, allen Anwesenden zu berichten, was er Mark und ihr im Auto erzählt hatte. Dass derjenige, der Lacey während der letzten zwei Wochen nachgestellt hatte, im Wasser unterwegs war, möglicherweise mit einem kleinen Boot, zumindest einen Teil der Zeit aber auch schwimmend. Er schilderte das Herz aus Glasscherben und Kieseln, von dem Lacey kein Wort gesagt hatte, weil sie angenommen hatte, es sei von Mark. Und er erzählte ihnen von der Stimme, die Laceys Namen gerufen hatte, von dem Klopfen am Rumpf ihrer Jacht, von der Nacht, als sie mit dem Boot hinausgefahren waren und jemanden im Wasser gesehen hatten.

»Ich will mich nicht festlegen.« Jetzt wiederholte Bradbury sich. »Es war dunkel. Wir haben uns beide ein bisschen gegruselt. Ich sage nur, zumindest vom Hals aufwärts hat es ausgesehen wie ein Mensch.«

»Warum haben Sie denn nichts gesagt?«, fragte Mizon.

»Hätten Sie das getan?« Mark wandte sich an Ray. »Und heute Morgen hat sie's wieder gesehen?«

Bradbury nickte. »Sie ist kurz vor Tagesanbruch aufgestanden. Ich hab gehört, wie sie aus dem Boot geklettert ist, aber dieser verpennte Schnarchsack in der großen Kajüte hat nichts mitgekriegt. Sie war oben an Deck und hat's im Wasser gesehen.«

»Männlich? Weiblich? Was genau hat sie gesehen?«, wollte Anderson wissen.

»Einen Menschenkopf«, antwortete Ray. »Zu weit weg, um das Gesicht zu erkennen, aber sie hat etwas gesehen, das sie für langes Haar gehalten hat, das deutet auf eine Frau hin. Es ist untergetaucht, bevor sie Alarm schlagen konnte.«

Die Tür ging auf, und David Cook kam herein. Seine Augen wurden schmal, als er Mark erblickte, doch er sagte nichts und fixierte stattdessen Ray. »Wir haben Ihr Boot gefunden, Ray.«

Im Zimmer wurde es still.

»Ist vor ein paar Minuten unten an der Sperre gesichtet worden. Offenbar ist es gekentert. Tut mir leid, Kumpel.« Er wandte sich an die anderen. »Es tut mir leid, sieht nicht gut aus.«

Dana schloss die Augen.

»Nein«, sagte Ray.

Dana drehte sich zu ihm um. Wahrscheinlich weil sie es nicht über sich brachte, Mark anzusehen.

»Lacey ist eine verdammt gute Schwimmerin«, sagte Ray. »Seit meine Frau jung war, hab ich keine mehr gesehen, die so stark oder so ausdauernd ist. Sie kann mit Booten umgehen, und sie kennt den Fluss wie ihre Westentasche. Außerdem hatte sie laut Eileen 'ne Schwimmweste an, als sie losgeschippert ist. Wo sie auch ist, auf dem Wasser verunglückt ist sie nicht.«

»Ich hoffe, Sie haben recht, Ray, aber selbst die erfahrensten Skipper kann es mal kalt erwischen«, erwiderte Cook. »Ich lasse so viele Leute nach ihr suchen, wie ich entbehren kann.«

»Ist es möglich, dass Lacey einen Hinweis bekommen hat, was mit dieser anderen jungen Frau passiert ist? Pari, so heißt sie doch, hast du gesagt?«, fragte Mark.

»Wenn ja, dann hätte sie's melden sollen«, erwiderte Dana schroff.

»Das hat sie ja auch verdammt noch mal versucht.« Mark seufzte. »Suchen wir doch mal nach dieser Pari. Vielleicht führt sie uns ja zu Lacey.«

»Und zu Nadia«, ergänzte Mizon.

Dana ließ den Kopf in die Hände sinken. Wie viele verdammte Frauen würden sie noch aus der Themse ziehen, bevor dieser Tag zu Ende war?

85

Pari, Lacey und Dana

Als Pari von Neuem zu sich kam, wusste sie, dass sie sich auf dem großen Fluss befand, der Themse. Außerdem wusste sie, dass sie zwischen Müll lag. Der widerliche Gestank war nicht verschwunden. Es stank nach verrottendem Abfall. Da sie aus einer Stadt kam, in der es keine Müllabfuhr gab, war der Geruch Pari hinlänglich vertraut. Sie konnte nur annehmen, dass die Leute hier ihren Müll auf dem Fluss lagerten.

Warum war sie hier? Sie war doch in ihrem Zimmer in der Klinik gewesen, hatte mit einer Frau gesprochen, auf der anderen Seite der Wand. Im Zimmer nebenan hatte es Lärm gegeben, dann war alles still gewesen. Aber nicht lange. Zwei

Angestellte der Klinik waren zurückgekommen. Sie schienen es ungewöhnlich eilig zu haben, hatten anscheinend Angst. Sie erinnerte sich, dass sie auf sie zugekommen waren, und dann …

Nichts. Vielleicht eine ganz schwache Erinnerung daran, die Treppe hinuntergetragen worden zu sein. Und hatte sie zum ersten Mal seit Wochen die Sonne auf ihrem Gesicht gespürt? Danach nichts mehr.

Pari versuchte, sich zu entspannen, sich auf das Schaukeln, Schwanken und Rollen unter ihr zu konzentrieren. Der Wind schien stärker geworden zu sein. Das Wasser war aufgewühlt. Die Flut lief schnell auf oder vielleicht auch wieder ab. Unmöglich, das zu unterscheiden. Aber sie konnte nicht in Bewegung sein, weil sie sonst doch einen Motor gehört hätte. Sie befand sich auf einer vor Anker liegenden Plattform. Es war ein Versteck, und zwar ein vorübergehendes. Wahrscheinlich war noch Tag. Wenn es Nacht wurde, würden sie zurückkommen. Sie hatte bis Anbruch der Nacht Zeit zu fliehen.

Es war der Blutgeschmack in ihrem Mund, der Lacey wieder zu sich brachte, jenes salzige, metallische Aroma, tröstlich und beängstigend zugleich. Sie leckte sich die Lippen. Drängte den Brechreiz zurück und öffnete die Augen.

Nichts war deutlich. Die Dunkelheit fühlte sich an wie ein Freund, milderte die Wucht der wirbelnden Formen und sich wiederholenden Bilder. Sie schloss abermals die Augen und machte Inventur.

Sie saß auf dem schlickbedeckten Boden des Abwassertunnels, das zumindest konnte sie erfassen. Es gab hier ein wenig Licht, was bedeutete, dass sie wahrscheinlich nicht allzu weit von dem Hebewerk entfernt war. Sie brauchte nicht sehen zu können, um zu merken, dass sie etwa zwanzig Zentimeter tief im Wasser saß, und das wahrscheinlich schon seit einiger Zeit. Ihr war eiskalt, und sie hatte heftige Schmerzen. Die rührten zu einem großen Teil von der Kopfverletzung her, teilweise aber auch von ihren Armen, die auf den Rücken gebogen und dort gefesselt worden waren. Der Rest kam durch den Strick, der fest um ihren Hals gebunden war. Lacey versuchte, sich von der Mauer wegzubeugen, und der Strick hinderte sie daran. Mühsam drehte sie den Kopf, und ihre schlimmsten Befürchtungen wurden bestätigt. Sie war am Hals an einem der Ringe in der Mauer des Abwassertunnels festgebunden; sie konnte sich nicht weit wegbewegen, und wahrscheinlich konnte sie auch nicht aufstehen. Und wenn die Flut zurückkam, würde sie hilflos sein.

»Kennen Sie diese Frau?«

Kathryn Markowa, die Pflegerin aus der Klinik, schaute auf das Foto hinunter.

»Sie kennt sie.« Stenning verfolgte die Vernehmung am Bildschirm. »Haben Sie das gesehen? Sie musste zweimal hingucken, voll der Klassiker. Dranbleiben, Gayle.«

»Keine Sorge«, meinte Dana. »Aber ich finde, die Markowa sieht überrascht aus. Hat nicht damit gerechnet zu sehen, was wir ihr gerade gezeigt haben.«

Kathryn Markowa schüttelte den Kopf.

»Wir nennen sie Sahar. Das ist eine Rekonstruktion«, erklärte Mizon im Vernehmungszimmer. »Sie war zu stark verwest, als wir sie aus dem Wasser geholt haben. Aber die hier nicht.«

Als Mizon ein weiteres Foto über den Tisch schob, war der Schock auf Kathryn Markowas Gesicht unverkennbar.

»Das kann nicht sein«, stammelte sie halblaut.

»Wir haben sie vor drei Tagen gefunden«, sagte Mizon. »Sie war nur ein paar Tage im Fluss, also würde ich sagen, sie war Anfang letzter Woche noch bei Ihnen. Haben Sie sich um sie gekümmert? Ihr Essen gebracht? Sie zur Behandlung nach unten geholt? Haben Sie sie getötet?«

»Ihr hat nichts gefehlt«, beteuerte Kathryn Markowa. »Sie war ein paar Tage bei uns, und dann ist sie weggegangen. Denen passiert nichts, solange sie bei uns sind. Wir sorgen für sie. Das waren wir nicht.«

»Irgendjemand war es aber«, erwiderte Mizon.

86

Pari, Lacey und Dana

Es klappte. Die scharfe Metallkante, die Pari beim Umhertasten gefunden hatte, hatte ein Loch in den Sack gerissen. Das half gewaltig, das Loch ließ frische Luft herein und milderte das Gefühl beklemmender Enge, das sie beinahe den Kopf hatte verlieren lassen. Jetzt sägte dieselbe Waffe durch das Klebeband um ihre Handgelenke. Diese Schweine hatten es viele Male darum gewickelt, aber sie kam voran.

Sie musste weitermachen. Es war egal, dass sie sich sterbenselend fühlte, sie durfte nicht aufhören. Das Problem war nur, die Wellen auf dem Fluss waren höher geworden, und die Schwimmplattform schaukelte wie ein Spielzeugschiffchen im Bad eines Kleinkindes. Wenn sie sich mit dem Klebeband über dem Mund übergab, würde sie ersticken. Also musste sie immer wieder innehalten, sich ausruhen und tief Luft holen.

»Ich denke, Sie werden feststellen, dass Eizellenspenden in diesem Land vollkommen legal sind, Detective Inspector«, sagte Christakos.

Dana erwiderte seinen Blick ungerührt. »Ich denke, Sie werden feststellen, dass es in den meisten Ländern illegal ist, jemandem ohne dessen Einverständnis Körperteile zu entfernen. Mord ist auf jeden Fall illegal. Sie sollten hoffen, dass Entführung, Freiheitsberaubung und Körperverletzung die schwersten Delikte sind, wegen denen letzten Endes Anklage gegen Sie erhoben wird.«

»Die Frauen sind freiwillig in dieses Land gekommen. Es hat ihnen jederzeit freigestanden, meine Klinik zu verlassen. Und sie haben alle Einverständniserklärungen unterschrieben.«

»Das glaube ich nie im Leben«, entgegnete Dana.

Christakos machte ein selbstgefälliges Gesicht.

»Und wo sind diese Erklärungen?« Dana ging auf, dass sie sich selbst in die Enge getrieben hatte.

»In einem Aktenschrank in meinem Büro. Nebst Quittungen über Geldbeträge, die den Frauen ausgehändigt worden sind, als sie die Klinik verlassen haben. Ein vergleichbarer Betrag mit dem, was man einem britischen Spender bezahlen würde.«

Nein, so würde er sich da nicht herauswinden.

»Das Problem ist nur, ein paar von den Frauen haben das Haus in Richtung Themse verlassen. Auf dem Unterwasserweg.«

»Davon weiß ich nichts«, wehrte Christakos ab. »Sie waren alle absolut wohlauf, als wir uns von ihnen verabschiedet haben.«

»Selbst wenn sie gezwungen oder mit irgendwelchen Tricks dazu gebracht worden sind, irgendetwas zu unterschreiben«, meinte Dana, »das beweist gar nichts. Wie viele von diesen Frauen können denn überhaupt Englisch lesen?«

»Die Prozedur und ihre Bedeutung sind ihnen sehr ausführlich erläutert worden. Die meisten unserer Gäste sprechen Paschtu oder Dari, und ich beherrsche beides.«

»Glauben Sie, sie werden das auch vor Gericht aussagen?«

»Ich bezweifele, dass es je zu einem Prozess kommen wird«, erwiderte Christakos. »Zum einen müssten Sie eine direkte

Verbindung zwischen Eizellen oder Embryos und den Frauen nachweisen, von denen Sie wissen, dass sie bei uns waren. Und in Anbetracht der extremen Empfindlichkeit des organischen Materials, das wir in unserer Klinik lagern, wäre ich überrascht, wenn Ihnen irgendein Gericht gestatten würde, sie zu beschlagnahmen und Analysen damit durchzuführen.«

»Gespendete Eizellen kann man zurückverfolgen.«

»Aber wenn – rein theoretisch – Eizellen auf illegale Art und Weise entnommen worden wären, dann könnte man das nicht«, entgegnete Christakos. »Es tut mir leid, Detective Inspector, aber das Einzige, was Sie mir vorwerfen können, ist, dass wir unsere Eingriffe in einem nicht dafür lizenzierten Gebäude vornehmen, und das ist kein strafrechtlich relevantes Vergehen. Wahrscheinlich verliere ich meine Zulassung, aber nachdem ich mich in nicht einmal fünf Jahren zur Ruhe setzen werde, ist das für mich kein Riesenproblem.«

»Wo ist die junge Frau, die gestern Nacht in dem Zimmer neben meinem war?«

»Ich habe keine Ahnung, wen Sie meinen.«

»Haben Sie eine Ahnung, wo Constable Lacey Flint sich gegenwärtig aufhält?«

Einen Augenblick lang sah er schockiert aus. »Ich wusste nicht, dass Lacey vermisst wird.«

Danas Handy klingelte. Es war Barrett, der die Durchsuchung in der East Street leitete. Sie entschuldigte sich und verließ das Vernehmungszimmer.

»Mit dieser Seite des Flusses sind wir durch, Ma'am«, berichtete er. »Ich stehe gerade vor einem Haus namens Sayes Court. 'n Riesenkasten, ganz oben am Creek, direkt am Ufer. Jedenfalls, es hat sich herausgestellt, dass Alexander Christakos hier wohnt, mit seiner Schwester.«

Dana drehte sich um und spähte durch das Fenster ins Vernehmungszimmer. Christakos hatte die Augen geschlossen.

»Ach ja?«, sagte sie.

»Laut seiner Schwester schon seit Jahren. Ist 'n nettes altes Mädchen. Die Verbindung ist uns nicht gleich aufgefallen, weil das Haus ihr gehört und auf sie eingetragen ist, und sie hat einen anderen Namen. Anscheinend ist Alex Christakos nicht sein richtiger Namen, den hat er angenommen, als er hierhergezogen ist, weil er dachte, ein griechischer Name wäre für das medizinische Establishment und die Patienten akzeptabler als einer aus Südasien. Ob Sie's glauben oder nicht: Die beiden sind aus Afghanistan.«

Christakos hatte dunkles Haar und blaue Augen und sprach beide afghanischen Hauptdialekte. Er war ein Paschtune mit hellen Augen, wie die Frauen, die er ins Land bringen ließ.

»Das erklärt dann wohl auch, wie er heute Morgen unbemerkt an uns vorbeigekommen ist«, meinte Barrett. »Hat bestimmt das Boot von seiner Schwester genommen.«

»Genau so könnte er auch Pari rausgeschafft haben«, überlegte Dana. »Unter irgendeiner wärmeresistenten Abdeckung, um die Kameras zu täuschen. Vergessen Sie nicht, diese Leute sind Menschenschmuggler.«

»Und was noch interessanter ist«, sagte Barrett, »beide kennen Lacey.«

Ich wusste nicht, dass Lacey vermisst wird.

Darauf war sie nicht eingegangen. Christakos hatte die Augen geöffnet und sah sie durch das Fenster unverwandt an. Unwillkürlich hatte Dana das Gefühl, dass er genau wusste, was sie sagte. Sie wandte ihm den Rücken zu.

»Inwiefern?«, fragte sie Barrett.

»Christakos' Schwester hat einfach nur gesagt, sie seien mit Lacey befreundet. Hat sich auch ganz schön aufgeregt; ich hab einem von den Constables gesagt, er soll ihr Tee machen.«

Dana schaute auf die Uhr. »Tom, ich schicke Ihnen ein Team rüber«, sagte sie. »Offensichtlich haben sie die junge

Frau über den Creek und durch dieses Haus rausgeschafft. Ich will, dass der Laden durchsucht wird.«

Die Flut kam zurück. So gern sie sich auch eingeredet hätte, es wäre nicht so, wusste Lacey doch, dass sie vor einer halben Stunde noch nicht so nass gewesen war. Sie konnte nicht auf die Uhr sehen, hatte keine Ahnung, wie spät es war, doch sie wusste, dass der Gezeitenwechsel irgendwann am frühen Nachmittag stattgefunden haben musste.

Vor noch nicht einmal einem Jahr war sie in den Fluss gezerrt worden, war nur ein verzweifeltes Zupacken weit vom Ertrinken entfernt gewesen. Sie erinnerte sich nur zu gut an die lähmende Kälte, an die wirbelnde, dichte Schwärze, die völlige Hilflosigkeit, mit der sie dem rasch dahinströmenden Wasser ausgeliefert gewesen war. Das würde jetzt wieder passieren.

Wenn sich nicht irgendetwas Ernstes ereignet hatte, war der Einsatz im Sayes Creek bestimmt immer noch im Gange. Alle ihre Kollegen würden sich darauf konzentrieren; sie musste erst um zweiundzwanzig Uhr wieder zum Dienst erscheinen und würde bis dahin nicht vermisst werden. Ihre einzige Chance war Eileen.

Hier drinnen würde das Wasser nicht so schnell strömen wie beim letzten Mal. Es würde langsam auf sie zukriechen, quälend langsam und wissen, dass sie nicht entkommen konnte.

Ihr Hals blutete. Sie hatte versucht, an dem Strick zu zerren, ihn von dem Ring zu lösen oder sogar den Ring selbst aus der Wand zu reißen. Sie hatte versuchte, den Kopf zu drehen und an dem Knoten zu nagen, aber derjenige, der sie gefesselt hatte, kannte sich mit Knoten aus. Dieser hier gab nicht nach.

Zweimal war sie im letzten Jahr der Gnade der Themse ausgeliefert gewesen, das zweite Mal freiwillig. Sie war von einem Patrouillenboot der Flusspolizei gesprungen, in dem leichtsinnigen Versuch, die Frau zu retten, die sie jetzt als Nadia Safi kannte. *Hab ich dich,* hatte das rauschende Wasser geflüstert, als es über ihrem Kopf zusammengeschlagen war, und sie hatte gespürt, wie die muschelüberkrustete Hand der Panik vom Grund des Flusses her nach ihr griff. Damals hatte sie sie besiegt, hatte sich selbst und die völlig verängstigte Afghanin gerettet. War sie wirklich so dumm gewesen zu glauben, sie und der Fluss hätten eine Art Waffenstillstand vereinbart?

Und jetzt widmete ihr auch noch eine Ratte mehr Aufmerksamkeit, als ihr lieb war. Wie lange würde es dauern, bis das Tier den Mut aufbrachte, auf ihre Schulter herabzuklettern und sich näher an das Blut heranzutasten, das aus der Wunde an ihrem Hals sickerte?

Man kann nicht ertrinken, hatte Marlene gesagt. *So geht die Legende bei den Wasserleuten. Wenn man dem Tod im Wasser ein Schnippchen schlägt, kann der Fluss einem nichts mehr anhaben.*

Schwachsinn, hatte Thessa gefaucht. *Natürlich kann man ertrinken. Unterstehen Sie sich ja, irgendwelche dummen Risiken einzugehen.*

Sie war ein unverzeihlich dummes Risiko eingegangen, als sie hierhergekommen war, Nadia hierhergebracht hatte. Und jetzt schien sich nur noch eine einzige Frage zu stellen, nämlich, wer sie zuerst kriegen würde: die Flut oder die Ratte?

87

Dana und Pari

»Sahars richtiger Name war Anya Fahid«, berichtete Mizon dem Rest der Gruppe. »Die Leiche von Laceys Boot war eine Frau namens Rabia Khan. Beide aus Afghanistan, beide illegal ins Land geschmuggelt. Aber die Markowa behauptet steif und fest, dass keinem von den Mädchen irgendwas zuleide getan wird. Wenn der Behandlungszyklus vorbei ist, werden sie bei Leuten untergebracht, die tatsächlich Arbeit und Unterkunft anbieten. Es gibt ein Netzwerk afghanischer Familien in London, die ihnen helfen. Sie findet, diese Eizellennummer sei doch ein kleiner Preis für ein neues Leben.«

»Sagt sie die Wahrheit?«, fragte Barrett, der eben erst zurückgekommen war.

»Könnte durchaus sein, glaube ich«, antwortete Mizon. »Sie wirkt echt betroffen. Obwohl ich ja das Gefühl nicht loswerde, dass sie uns nicht alles sagt. Sie äußert sich nur sehr vage darüber, wann und wie die Frauen die Klinik verlassen. Sagt, damit hat sie nichts zu tun.«

»Wenn Kaytes recht hat, ist die Behandlung, der die Frauen da unterzogen werden, zwar unangenehm, bringt sie aber nicht um«, bemerkte Mark.

»Stimmt«, erwiderte Dana. »Diese Frauen ertrinken. Hier läuft noch etwas anderes. Christakos braucht die Frauen nicht umzubringen, und er hat jede Menge Gründe, sie am Leben zu lassen. Er will doch keine Aufmerksamkeit erregen und auch keine unnötigen Risiken eingehen. Ich glaube, er ist ein Menschenhändler. Ich glaube, er beutet schutzlose junge Frauen aus und haut kinderlose Paare übers Ohr, und ich halte ihn für einen absoluten Widerling, aber nicht für einen Mörder.«

»Und wer zum Teufel ist dann der Mörder?«, fragte Anderson. »Die Meerjungfrau?«

Das Klebeband war mehr als zur Hälfte durchtrennt. Pari versuchte, den Rest zu zerreißen, aber es ging noch nicht. Also weitersägen und hin und her zerren. Fast geschafft. Noch einmal. Vor und zurück, und sie war frei. Sie riss die Plastikfolie auf, bis sie sie über ihren Kopf zerren und wieder frische Luft atmen konnte.

Dunkelheit. Eine Dunkelheit mit Sternen und Stadtlichtern, aber nichtsdestotrotz Dunkelheit. Ein ganzer Tag war vergangen, während sie gefesselt gewesen war, und sie würden zurückkommen. Sie stemmte sich auf die Knie hoch und schaute sich um. Nicht allzu weit weg von der Mitte des Flusses. Sie saß ungefähr fünfzig Meter vom Nordufer entfernt auf dem Fluss fest, auf einem Müllfrachter, genau wie sie gedacht hatte.

Acht große Müllcontainer standen auf dem Frachter, und sie hockte in einem davon. Der Container war nicht ganz voll, und jemand, der bei Tageslicht vorbeigefahren wäre, hätte sie nicht gesehen, auch nicht aus ziemlicher Nähe.

Pari drehte sich herum, bis ihre Knöchel an der Metallkante lagen, und fing von Neuem an zu sägen. Mit den Füßen ging es nicht so leicht, aber sie konnte mit den Händen nachhelfen und blickte alle paar Sekunden auf, um zu sehen, ob sich ein Boot näherte. Doch es war nichts zu sehen. Heute Abend war das Wasser ruhig. *Säg weiter.*

»Sie wissen, wer sie ist, nicht wahr? Die Frau, die diese Mädchen umbringt?«

Christakos starrte Dana mit seinen großen dunkelblauen Augen an. Die Stunden in Polizeigewahrsam forderten allmählich ihren Tribut. Sein Gesicht sah angespannt aus, und die Falten um seine Augen herum schienen tiefer geworden zu sein.

Dana beugte sich vor, legte die Unterarme zwischen ihnen auf den Tisch. »Die Frau, die schwimmt, als wäre sie im Wasser geboren. Die, die von Zeit zu Zeit im Fluss gesehen worden ist, von Schiffern, die gedacht haben, sie wären einfach nur übermüdet oder hätten zu viel getrunken. Die Frau, wegen der die Legende von der Meerjungfrau im Creek entstanden ist.«

Christakos zog die Brauen hoch und schrak ein wenig zusammen. Er war gut, nur ein winziges bisschen zu langsam, als dass seine Verblüffung überzeugend gewesen wäre.

»Vor ein paar Nächten hat sie Constable Flint angegriffen«, sagte Anderson, während Dana sich noch ihren nächsten Schritt überlegte. »Zur selben Zeit haben wir zwei Männer gefasst, die mit einer jungen Afghanin zu Ihrem Haus in der East Street unterwegs waren. Sie hat's ein bisschen mit Lacey, hat sich bei ihrem Boot rumgetrieben, ihr Streiche gespielt, versucht, ihr Angst zu machen. Und dann hat sie neulich Nacht Constable Flints Kanu umgekippt und versucht, sie zu ertränken. Das alles ist in der South Dock Marina passiert, wo wir zwei weitere Leichen gefunden haben.«

»Detective Sergeant, das soll jetzt nicht flapsig klingen, aber wenn junge Frauen sich mitten in der Nacht auf der Themse verlustieren, müssen sie doch damit rechnen, in Schwierigkeiten zu geraten.« Christakos unterdrückte ein Gähnen. »Ich verstehe immer noch nicht, was das alles mit mir zu tun hat.«

»Zwei junge Frauen, die wir definitiv mit Ihrer Klinik in Verbindung bringen können, weil Ihre Assistentin sie nämlich erkannt hat, sind diesen Sommer aus dem Fluss geborgen worden«, meinte Anderson.

Christakos schloss die Augen.

Dana beschloss, ihm eine Brücke zu bauen. »Ich glaube nicht, dass Sie diesen jungen Frauen etwas zuleide tun wollten. Ich glaube, Sie tun auf Ihre Weise Ihr Bestes, um sie zu schützen. Aber irgendwie kommt sie an Ihnen vorbei. Wie macht sie das?«

Mit einem Ruck öffnete er die Augen wieder. »Ich freue mich ja schon auf die Pressekonferenz, bei der Sie dem ganzen Land verkünden, dass der Mörder, den Sie suchen, eine Meerjungfrau ist. Haben Sie nicht Anfang des Jahres nach einem Vampir gefahndet? Die werden Sie noch für *Akte X* rekrutieren, Detective Inspector.«

»Wir suchen nicht nach einer Meerjungfrau, wir suchen nach jemandem, der gut schwimmen kann«, ging Anderson dazwischen, ehe Dana reagieren konnte. »Wir haben da oben einen Mann sitzen, der seit vierzig Jahren in der Themse schwimmt. Constable Flint macht das schon den ganzen Sommer. Das ist durchaus machbar, wenn man sich dicht am Ufer hält, die Gezeiten beachtet und sich vor dem Schiffsverkehr in Acht nimmt. Wie macht Ihre Täterin das? Eine unauffällige Schwimmweste? So eine große Monoflosse, wie Freitaucher sie tragen?«

Christakos schüttelte den Kopf, als nähme der Unsinn, den er sich anhören sollte, einfach kein Ende. Er sah müde aus, ein geduldiger Mann, der an die Grenze berufsbedingter Höflichkeit getrieben worden war. In einem Zeugenstand würde er sehr überzeugend sein.

»Ich habe mich mit Ihrer Schwester unterhalten«, sagte Anderson. »Sie ist ziemlich aufgebracht. Sie mag Lacey. Aber das wussten Sie ja, nicht wahr? Sie hat uns erzählt, dass Sie beide sich kennengelernt hätten. Dass Lacey Sie zu Hause besucht hat.«

»Ich mag Constable Flint sehr gern, ich würde nicht im Traum daran denken, ihr etwas anzutun. Und ich habe keiner der jungen Frauen etwas getan, die in meiner Klinik waren.«

»Kann sein. Kann auch nicht sein«, erwiderte Dana. »Aber worüber Sie sich Gedanken machen müssen, ist, wie lange wir wohl brauchen, um uns so oder so zu entscheiden.«

»Wie meinen Sie das? Wo ist meine Schwester jetzt?«

»Sie denken, das Schlimmste, was passieren kann, ist, dass Sie Ihre Zulassung und Ihren guten Ruf verlieren.« Dana ließ nicht locker. »Letzten Endes haben Sie da vielleicht recht. Aber Ihre Assistentin hat zwei der Opfer identifiziert. Wir haben mehr als genug in der Hand, um Sie wegen Mordes anzuklagen, und wenn wir Lacey und die beiden anderen vermissten Frauen in den nächsten Stunden nicht finden, werden wir genau das tun. Sie sind Einwanderer und reisen viel ins Ausland; kein Richter wird Sie auf Kaution freilassen. Sie werden sechs Monate lang in einem britischen Gefängnis sitzen, während wir einen Prozess vorbereiten.«

Sie wartete, gab Christakos Gelegenheit zu verarbeiten, was sie gesagt hatte, und setzte dann zum Todesstoß an.

»Was, glauben Sie, wird sie tun, wenn Sie nicht da sind, um sie zu bändigen? Was wird sie heute Nacht tun, wenn sie eine von diesen jungen Frauen in ihrer Gewalt hat? Was wird sie mit Lacey machen?«

88

Pari

Als Paris Füße frei waren, krabbelte sie hastig zum Rand des Müllcontainers. Der Müll war über einen Meter tief, und mit jeder Bewegung versank sie darin, doch sie schaffte es, über den Rand zu klettern, und landete auf dem Deck des Frachters.

Und jetzt musste sie etwas trinken, sonst würde sie ganz bestimmt sterben. Falls es nötig wäre, würde sie sich über die Reling beugen und die Themse austrinken. Sie erblickte einen umgekippten Plastikbehälter, in dem etwa zwei Zentimeter hoch Wasser stand. Rasch hob sie ihn auf, kostete und kippte dann den Inhalt ihre Kehle hinunter. Besser.

Nachdem ihr Durst gestillt war, schaute Pari zum Nordufer hinüber. Sie konnte nicht schwimmen, hatte es nie gelernt. Vielleicht gab es ja etwas auf diesem Kahn, das ihr helfen konnte, sich über Wasser zu halten, aber das Wasser strömte so schnell dahin. Sie stellte sich aufrecht hin – oder so aufrecht, wie es ihr auf dem ständig schwankenden Deck möglich war – und sah sich um. Vielleicht war ja ein Boot in der Nähe, das ihr helfen konnte.

»Hilfe!«, schrie sie.

Und dann, als hätte ihr Sehnen die Macht, Rettung aus dem Äther herbeizuzaubern, hörte sie das Surren eines kleinen Außenbordmotors.

»Hilfe!«, schrie sie abermals in die Leere hinein, die der schwarze Fluss darstellte.

»Um Gottes willen, sei leise«, antwortete eine Stimme in ihrer Muttersprache.

89

Lacey

Das Wasser reichte Lacey jetzt bis zur Taille. Aufrecht stehen konnte sie nicht, der Strick um ihren Hals war zu kurz. Sie hatte alles Erdenkliche versucht, und es gab keine Möglichkeit, ihr Gesicht höher zu heben als die Wasserlinien an der Ziegelmauer vor ihr. Ihr blieb weniger als eine Stunde.

Einmal – es könnte Minuten oder auch nur Sekunden her sein, sie wusste es nicht genau – war sie schon vollkommen durchgedreht. Sie hatte geschrien, bis sich ihre Kehle angefühlt hatte, als würde sie bluten, doch die einzige Antwort, die sie bekommen hatte, war das sanfte Plätschern der zurückkehrenden Wellen gewesen. Und jetzt stieg abermals Panik in ihr empor. Ihre Brust wurde immer enger. Sie konnte nicht denken, konnte nicht planen, konnte nicht ruhig bleiben. Alles, was sie tun konnte, war schreien.

Nur war das gar nicht ihre Stimme. Dieses Geräusch, das sich da durch die Finsternis wand, war nicht einmal ein Schrei. Mehr ein Stöhnen. Oder das Echo eines Stöhnens.

»Hallo! Ist da jemand?«

Einen Augenblick lang antwortete nur das monotone Murmeln des Wassers. Dann: »Lacey?«

»Nadia?« Hoffnung flutete durch Laceys Körper. Sie war nicht allein. »Nadia, ich bin hier. Wo sind Sie?«

»Lacey, ich kann mich nicht bewegen!« Nadia klang krank, erschöpft. Die Hoffnung erlosch. »Lacey, sie haben mich gefesselt. Das Wasser. Kommen Sie mich holen. Bitte.«

»Wo sind Sie?« Lacey drehte sich im Wasser wild im Kreis, während das Seil ihr wie eine Klinge in den Hals schnitt, und versuchte, Nadias Stimme zu orten. Ihr war klar, dass sie der anderen Frau grausame und hoffnungslose Rettungsvorstellungen vorgaukelte.

Das Klatschen von Händen, die heftig auf Wasser eindroschen. Dann schrie Nadia abermals auf, verfiel in ihrer Angst in ihre eigene Sprache. Sie war ganz in Laceys Nähe. Lacey zerrte mit aller Kraft an dem Strick. Er gab so wenig nach wie eh und je.

Jetzt schrie Nadia aus vollem Hals. Und das da war das Geräusch eines Menschen, der sich verschluckt. Wo immer Nadia auch war, sie war dichter am Boden des Abwassertunnels festgebunden worden, und das Wasser hatte sie bereits erreicht.

Die Schreie und das Zappeln und Prusten gingen immer

weiter. Lacey schloss ganz fest die Augen und hätte alles gegeben, um auch ihre Ohren zu verschließen, damit sie nicht hören konnte, wie noch eine Frau ertrank. Nach ein paar Sekunden wurde ihr klar, dass das gar nicht nötig war. Ihr eigenes Schluchzen übertönte so ziemlich alles andere.

Es dauert sehr lange, fand sie heraus, bis eine kräftige junge Frau ertrinkt.

90

Pari

Pari starrte aufs Wasser hinaus. Die Stimme war aus der Richtung gekommen, in der das weiter entfernte Ufer lag. »Wer ist da?«, fragte sie.

Ein Zischen kam als Antwort zurück, leise und eindringlich. »Schsch!«

Pari rieb sich die Augen. Jemand kam auf sie zu. Ein kleines, unbeleuchtetes Boot. Als es näher kam, konnte Pari das helle, geschnitzte Holz des Rumpfes erkennen und dann die Person am Ruder, eine alte Frau, die eine schwarze Kapuze trug, sodass nur ihr großes, blasses Gesicht zu sehen war. Sie kämpfte mit der Strömung. Fast wäre sie vorbeigetrieben, flussabwärts, doch es gelang ihr, ein Tau zu werfen, und Pari fing es auf.

Die Frau starrte zu ihr herauf. »Du musst einsteigen«, sagte sie auf Paschtu. »Schnell, wir haben nicht viel Zeit.«

»Wer sind Sie?« Plötzlich widerstrebte es Pari, die relative Sicherheit des Frachtkahns zu verlassen und in das Boot hinunterzuklettern, das ziemlich zerbrechlich aussah. »Bringen Sie mich dorthin zurück?«

»Ich bringe dich in Sicherheit. An einen Ort, wo dir niemand noch einmal wehtun kann, aber du musst schnell machen.«

»Sind Sie das, die immer für uns singt?« Pari versuchte, die Stimme, die sie hörte, mit der in Einklang zu bringen, an die sie sich erinnerte, mit der, die unter dem Fenster ertönt war. »Die, die uns hilft zu fliehen?«

»Ai, ai!« Die alte Dame zeigte stromaufwärts. »Wirst du wohl hinschauen? Sie kommen. Verstehst du denn nicht? Sie werden dich ins Wasser werfen. Mich auch, wenn sie mich erwischen.«

Pari folgte dem starren Blick der Frau. Tatsächlich, dort war ein winziges Licht auf dem Wasser, das auf sie zukam.

»Wer ist das?«, fragte sie.

»Wenn du nicht mitkommst, fahre ich ohne dich. Ich darf mich nicht von ihnen erwischen lassen.«

Es war die Angst der Frau, die sie überzeugte. Und das Licht wurde größer, hielt genau auf sie zu. Pari schwang beide Beine über die Reling und ließ sich in das Boot hinuntersinken. Auf ein Nicken der alten Dame hin löste sie das Tau und stieß sich mit aller Kraft von dem Müllkahn ab.

Der Abstand zwischen dem Boot und dem Frachter wurde schnell größer, und Pari wurde klar, dass die alte Frau sie mitten in die Fahrrinne hinaussteuerte. »Wo fahren wir hin?«, fragte sie drängend. »Fahren Sie zum Ufer.«

Die Frau blickte stromaufwärts. »Das geht nicht. Von da kommen sie doch.«

Sie hatte recht. Das näher kommende Boot war dicht am Nordufer. Ihnen blieb nichts anderes übrig, als den Fluss zu überqueren. Pari drehte sich um und versuchte abzuschätzen, wie weit es noch war.

»Die Flut treibt uns ab«, sagte die Gefährtin. »Kannst du rudern?«

Pari hatte keine Ahnung, aber die Lichter des anderen

Bootes wurden immer größer. Sie packte die Ruder und zog mit aller Kraft daran. Ohne auf den Schmerz in ihrem Kopf zu achten, tat sie es gleich noch einmal. Und noch einmal.

Sie ruderte immer weiter. Die alte Dame umklammerte das Steuerruder, als könne sie den Motor durch schiere Willenskraft dazu bringen, mehr zu leisten, doch als sie sich der Flussmitte näherten, war Pari sich nicht sicher, wie viel sie noch geben konnte. Jeder Ruderschlag fiel ihr schwerer. Aber jedes Mal, wenn sie aufblickte, waren die Lichter des Bootes der Verfolger dem Müllfrachter näher gekommen, waren sie näher daran zu entdecken, dass sie fort war.

Die Wellen schlugen über den Rand des Bootes, durchnässten sie beide, und auf dem Boden sammelte sich zu viel Wasser, aber jeder Ruderschlag brachte sie dem gegenüberliegenden Ufer näher. Pari ruderte weiter, den Blick fest auf die Bootsplanken geheftet; sie fürchtete sich davor, die Lichter der Verfolger fast direkt über ihnen zu sehen.

»Die Strömung lässt nach«, meinte die alte Dame schließlich. »Wahrscheinlich kannst du jetzt aufhören zu rudern.«

Pari blickte auf und sah sich um. Sie näherten sich dem Ufer. Sie hob die Ruder aus dem Wasser und versuchte, wieder zu Atem zu kommen.

»Alles in Ordnung?«, erkundigte sich die alte Dame. »Ich heiße übrigens Thessa. Du bist bestimmt Pari. Ich habe deinen Namen in den Büchern gesehen.«

Pari brachte ein Nicken zustande. Erschrocken sah sie das Boot der Verfolger neben dem Frachter liegen. Es war groß, mit vielen Lichtern. Das war kein Boot, das so aussah, als solle es unbemerkt bleiben. Und dahinter kam anscheinend noch eins an. Sie sah, wie Leute ausstiegen und anfingen, auf dem Frachter herumzulaufen. Nach ihr zu suchen.

Als der Motor langsamer wurde und sich das Gesicht der Bootsführerin in angestrengter Konzentration verzog, fuhr Pari wieder herum. Eine schwarze Lücke in der Ufermauer war vor ihnen aufgetaucht. Das Flusswasser strömte dort hinein.

»Da können wir doch nicht hineinfahren.«

»So kommen wir zu einer Leiter.« Thessa wendete das Boot in einem weiten Bogen und steuerte direkt auf den Tunnel zu. »Da kannst du hinausklettern.«

Ungeachtet Paris wimmernder Proteste fuhr das Boot unter dem gewölbten Tunneldach hindurch, und die Nacht wurde noch finsterer. Pari blinzelte wie wild. Ein paar Meter Ziegelmauer zu beiden Seiten war alles, was sie sehen konnte.

»Deine Augen werden sich bald anpassen«, versicherte Thessa. »Mach sie mal eine oder zwei Sekunden lang zu.«

Pari schloss eine Sekunde lang die Augen. Bis zur zweiten kam sie nicht. Es ist schwer, die Augen geschlossen zu halten, wenn ganz in der Nähe jemand schreit.

91

Lacey und Dana

Die Ratten waren zahlreicher geworden. Während das Wasser gestiegen und immer höher an den Wänden des Tunnels emporgekrochen war, waren überall um Lacey herum Augen erschienen. Augen, die umherhüpften und -huschten, im Finstern auf sie einstachen.

Sie war auf den Beinen, das Wasser brusthoch, und mühte sich ab, das Gleichgewicht zu halten. Die Schürfwunde um ihren Hals schmerzte von ihren Versuchen, sich loszureißen. Sie hatte noch etwa zwanzig Minuten, schätzte sie, bis das Wasser sie vollkommen verschlucken würde. Die Ratten wussten es auch. Sie wussten, dass ihre Zeit knapp wurde.

Sie hatten sich auf dem Sims zusammengeschart, dicht über ihrem Kopf. Mit zuckenden Nasen und peitschenden Schwänzen, die Ohren jedem neuen Geräusch zugedreht, krabbelten sie in dem niemals endenden Bemühen, so nahe wie möglich an Lacey heranzukommen, übereinander hinweg. Eine wabernde Masse aus fetten Leibern und dicken Schwänzen. Aber die Augen waren am schlimmsten – Augen, die die ihren nie loszulassen schienen.

Eine von ihnen sprang, die nadelspitzen Krallen stachen in ihr Gesicht, ehe das Tier in ihr Haar hinaufkletterte. Dann kamen noch mehr.

Schreiend und um sich schlagend ließ Lacey sich ins Wasser fallen, um sie loszuwerden. Wasser in der Kehle. Ihr Kopf knallte gegen die Wand. Beißen in ihrer Kopfhaut. Zerren an ihrem Haar. Etwas traf sie am Kopf. Jemand brüllte, drohte.

Nicht ihre Stimme.

Mühsam kam Lacey auf die Beine und spuckte Wasser aus. Dann schüttelte sie den Kopf wie ein Terrier mit einer Ratte zwischen den Zähnen, doch keine kleinen, gemeinen Geschöpfe hingen an ihr. Ein kleines, dünnes Mädchen mit langem schwarzen Haar stand im Bug eines Bootes und drosch mit einem Ruder heftig auf das Sims ein, auf die Wand, gelegentlich sogar auf Laceys Kopf und schrie dabei in einer Sprache, die Lacey nicht verstand. Sie wäre ein furchterregender Anblick gewesen, nur waren die Ratten weg. Sie hatte die Ratten verscheucht.

»Sie sagt, sie hasst Ratten«, sagte eine Stimme hinter dem Mädchen. »Das war zu Hause immer ihre Aufgabe, die Ratten aus dem Hinterhof zu verjagen. Das ist übrigens Pari. Ich helfe ihr zu fliehen.«

Als hätte die Anstrengung sie völlig erschöpft, sackte Pari im Bug des Bootes zusammen. Es war Thessas Boot. Thessa selbst saß im Heck, ein schwarzes Stück Stoff um Kopf und Schultern gelegt. Erstaunt sah sie Lacey an.

»Mein liebes Kind«, stieß sie hervor. »Was in aller Welt machen Sie denn hier?«

Dana saß Christakos gegenüber und sagte die Formalitäten auf, mit denen die Vernehmung fortgesetzt werden würde. Sie war sich der Tatsache bewusst, dass Mark direkt hinter ihr stand, die Hände um die Lehne ihres Stuhls geklammert. Eigentlich sollte sie ihm sagen, er solle sich hinsetzen. Falls sie denn Lust auf vergebliche Liebesmüh hätte.

»Auf dem Fluss war keine Spur von Pari zu finden«, berichtete sie Christakos. »Unsere Leute sind gerade zurückgekommen.«

Christakos' Haut war in den wenigen Stunden, die er in Polizeigewahrsam verbracht hatte, um etliche Schattierungen blasser geworden. »Sie muss dort sein. Wir haben den Frachter schon öfter benutzt, wenn wir mal Frauen eine Zeit lang verstecken mussten. Das ist völlig ungefährlich für sie.« Es hörte sich an, als versuche er, sich selbst zu überzeugen. »Haben Sie auch richtig gesucht?«

»Ich hab jeden Quadratzentimeter von diesem verdammten Frachter persönlich abgegrast«, knurrte Mark, noch ehe Dana den Mund aufmachen konnte. »In einem von den Containern habe ich zerrissenes Klebeband gefunden, das als Fessel gedient haben könnte. Sonst nichts.«

Christakos ließ den Kopf in die Hände sinken.

»Wer war das?«, fragte Dana. »Wer hat sie geholt?«

Er schien vor ihren Augen zusammenzuschrumpfen. »Meine Schwester«, antwortete er. »Meine Schwester hat sie vor Ihnen gefunden.«

92

Lacey und Dana

Thessa versorgte die beiden Frauen in ihrer Obhut; trotz ihrer Umgebung hatte sie darauf bestanden. Sie hatte beiden frisches Wasser zu trinken gegeben und einen Schal um die Wunde an Laceys Hals gewickelt. Sie helfe Pari bei der Flucht, hatte sie erklärt, sie müssten tiefer in den Abwassertunnel hineinfahren, um eine Leiter zu finden, über die sie dann auf die Straße hinaufsteigen könnten. Sie und Pari seien dorthin unterwegs gewesen, als sie Lacey schreien gehört hätten.

Laut Thessa, die im Augenblick voll und ganz das Sagen hatte, war in dem Boot nicht genug Platz für drei, deshalb würde Lacey schwimmen und sich dabei am Bootsrand festhalten müssen, und dafür müsste sie um einiges fitter sein, als sie war. Von irgendwoher hatte Thessa eine Taschenflasche gezückt, in der etwas war, das wie Brandy schmeckte, nur dicker und süßer. Sie wies beide Frauen an, davon zu trinken.

Lacey trank und versuchte, sich wieder zu fangen. Das Wassertrinken und der Brandy halfen. Sie würde nicht ertrinken, jetzt noch nicht. Ihr Kopf schmerzte, und ihre Kehle fühlte sich an, als wäre sie völlig aufgerissen, aber das würde schon wieder werden. Die Ratten waren fort. Das Wasser stieg, aber sie waren in Sicherheit – Lacey kauerte auf dem Sims, und die beiden anderen hockten noch immer in Thessas schönem, lächerlichem Boot.

Ein Boot, das irgendwie ein blasses, silbriges Licht zu verströmen schien. Oder vielleicht war das auch nur der Schein der merkwürdigen altmodischen Lampe, die Thessa gerade angeknipst hatte.

Das Boot schaukelte, und Laceys Blick huschte zu der jungen Frau im Bug hinüber. Seit ihrer stimmgewaltigen Attacke gegen die Ratten hatte Pari kein Wort mehr gesagt. Zusammengekrümmt kauerte sie auf der schmalen Sitzbank und sah aus, als wäre sie nicht nur erschöpft, sondern hätte auch Schmerzen. In dem trüben Licht musterte Lacey sie genauer. Jung, schlank, langes schwarzes Haar, helle Augen.

Rasch schaute sich Lacey noch einmal um, um sich zu vergewissern, dass keine Ratten mehr da waren. »Thessa«, fragte sie dann, »war Pari in dem Haus in der East Street? Was geschieht da drin?«

»Wir müssen weiter.« Thessa griff nach dem Tau, mit dem das Boot festgemacht war, und löste es. »Bald steigt das Wasser zu hoch, um mit dem Boot weiterzufahren. Lacey, meinen Sie, Sie können wieder ins Wasser?«

»Sie haben gesagt, Sie helfen ihr zu fliehen. Woher wussten Sie, dass sie fliehen musste?«

»Sie singt für uns«, unterbrach Pari sie. »Sie singt Lieder von daheim, damit wir wissen, dass wir ihr vertrauen können, und dann hilft sie uns, von dort wegzukommen. Ich habe sie gesehen.«

Irgendjemand hatte doch auch von einer Frau gesprochen, die sang. Nadia. Großer Gott, wie hatte sie Nadia nur vergessen können?

»Lacey, ist alles okay? Sehen Sie mich an. Konzentrieren Sie sich.«

Lacey zwang sich, Thessa in die Augen zu sehen. Nadia war tot. Sie hatte gehört, wie sie ertrunken war. Erst die angstvollen Hilferufe, dann die Schreie, das Würgen und schließlich die Stille.

»Lacey!«

Nadia konnte sie nicht helfen. Vielleicht würde es nicht einmal möglich sein, ihren Leichnam zu bergen, bis die Ebbe wieder eingesetzt hatte. Bis dahin hatte Thessa recht. Das Wasser stand schon sehr hoch.

»Was passiert mit diesen Frauen?«, fragte sie.

Plötzlich sah Thessa schrecklich müde aus. Müde und traurig. »Lacey, ich weiß es nicht. Alex sagt mir nur, dass diese Mädchen versuchen, einem fürchterlichen Leben zu entfliehen. Er hilft ihnen.«

Alex? Hier ging es um Alex?

»Ich höre sie weinen, wenn ich mit dem Boot vorbeifahre. Ich höre, wie traurig sie sind, wie sehr sie sich fürchten. Ich höre es, wenn sie Schmerzen haben, so wie diese Kleine hier.« Sie drehte sich um und lächelte Pari an.

»Manche von ihnen haben aber nicht nur Schmerzen«, meinte Lacey. »Ein paar von ihnen kommen um.«

Thessa nickte. Eine große, dicke Träne bebte in ihrem Augenwinkel und rollte dann ihre Wange hinunter.

»Thessa, wer tut das?«

Und schließlich zerfiel Thessas Gesicht in tiefer Trauer. »Mein Bruder. Es tut mir so leid, Lacey, aber Alex bringt sie um.«

»Es ist ungefähr ein Jahr her, dass die erste Frau aus der Klinik verschwunden ist«, sagte Christakos, während Anderson auf die Lewisham High Street hinausfuhr und das Gaspedal durchtrat. Der Wagen wurde schneller, und er schaltete das Blaulicht ein. Dana saß auf dem Beifahrersitz, auf dem Rücksitz war Christakos mit Handschellen an Mark gefesselt.

Minuten zuvor hatten sie festgestellt, dass Christakos' Schwester nicht mehr in ihrem Haus in Deptford war. Als er das gehört hatte, war Christakos nur ein einziger Ort eingefallen, wo sie sein könnte. Sie hielten auf den Fluss zu. Sie besitze ein altes viktorianisches Hebewerk, hatte er erklärt, das sie vor ihm hatte geheim halten wollen. Da es für sie unmöglich war, über Land dort hineinzugelangen, glaubte er, dass sie mit ihrem Boot durch die Kanalisation fahren könne.

»Ihr Name war Jamilla Kakar«, fuhr Christakos fort. »Wir

waren vollkommen ratlos. Wir haben ihr Gute Nacht gesagt, die Tür ihres Zimmers abgeschlossen, wie es bei uns üblich ist, und dann war sie am nächsten Morgen einfach nicht mehr da. Keine Spur von ihr. Wegen der Gitterstäbe vor dem Fenster war es unmöglich hinauszuklettern. Ihr Zimmer war immer noch abgeschlossen. Es war wie … Zauberei.«

Dana drehte sich auf ihrem Sitz um. »Haben Sie ihr Verschwinden gemeldet?«

Christakos hatte vielleicht einen Schlag einstecken müssen, sämtliche Arroganz jedoch hatte er noch nicht eingebüßt.

»Natürlich nicht, Detective Inspector. Verschwenden wir doch keine Zeit damit zu punkten. Mein erster Gedanke war, dass es einer von den Angestellten war, aber die haben behauptet, von nichts zu wissen, und irgendwie erschien es auch unwahrscheinlich. Sie sind seit vielen Jahren bei mir. Wir haben das Ganze als Nachlässigkeit verbucht. Irgendjemand hatte versehentlich die Schlüssel herumliegen lassen, Jamilla hat das ausgenutzt und sich verdrückt. Ich weiß nicht, ob Sie mir glauben oder nicht, aber ich habe gehofft, dass es ihr gut geht.«

Anderson überholte einen stehenden Wagen und schwenkte dabei direkt vor einen entgegenkommenden Bus.

»Aber damit war es nicht zu Ende?« Mark war nicht angeschnallt. Christakos auch nicht. Keiner von ihnen war angeschnallt. War es leichtsinnig von ihr gewesen, einer Hochgeschwindigkeitsfahrt zu einem verlassenen Gebäude am Flussufer zuzustimmen?

»Leider war das erst der Anfang.« Christakos hatte sich jetzt direkt an Mark gewandt. »Nicht lange danach ist wieder eine Frau verschwunden, auf genau dieselbe Weise, obwohl wir die Schlösser ausgewechselt hatten. Ein zweites Mal konnte ich das nicht mit Achtlosigkeit begründen. Irgendjemand hat sie hinausgelassen. Sämtliche Angestellte haben beteuert, nichts zu wissen. Ich konnte ihnen ja schlecht mit der

Polizei drohen. Außerdem, irgendetwas hat mir gesagt, dass sie nicht gelogen haben. Ich kenne meine Schwester sehr gut.«

Die anderen Autofahrer ließen sie größtenteils durch. Sie waren bereits in Deptford, nicht mehr weit vom Fluss entfernt.

»Entschuldigen Sie, wenn ich etwas Offensichtliches anspreche«, bemerkte Mark, »aber wenn ich richtig verstanden habe, sitzt Ihre Schwester im Rollstuhl. Wie hat sie es geschafft, in einem dreistöckigen Haus jungen Frauen bei der Flucht zu helfen und sie sicher nach draußen zu schmuggeln?«

»Sie würden sich wundern, was Thessa alles fertigbringt.« Christakos sah merkwürdig stolz aus. »Sie hat sich von ihrer Behinderung noch nie aufhalten lassen; sie war immer die Starke. Mir war irgendwann klar, dass sie vertrauliche Dokumente im Computer eingesehen hat. Nie habe ich es geschafft, mir ein Passwort auszudenken, das sie nicht erraten hat. Aber sie hat natürlich Spuren hinterlassen, ich konnte sehen, dass die Dateien geöffnet worden waren, wenn ich nicht im Büro gewesen war. Nur sie hätte das tun können. Und sie hat angefangen, zu allen möglichen Tages- und Nachtzeiten mit ihrem Boot loszufahren. Irgendwie schmuggelt sie die Schlüssel zu den Mädchen hinein und schafft sie auf dem Wasserweg fort.«

»Haben Sie sie darauf angesprochen?«

Christakos schüttelte den Kopf. »Das mit der Klinik hat ihr nicht gepasst, das wusste ich. Wenn es ihr Freude gemacht hat, der einen oder anderen Frau zur Flucht zu verhelfen, dann war ich bereit, damit zu leben. Ich war mir sowieso nicht sicher, wie lange ich noch so weitermachen würde.«

»Sie waren bereit zuzulassen, dass sie diese Mädchen mitnimmt und ertränkt?«

Christakos drehte sich herum, sodass er Mark direkt ins Gesicht sehen konnte. »Ich hatte keine Ahnung, dass ihnen etwas zustößt; ich habe erst vor gut einer Woche begriffen, was da vorgeht. Als Sie Anya in der Themse gefunden haben.«

»Ihnen ist klar geworden, dass sie ihnen gar nicht geholfen hat zu fliehen?«, fragte Dana behutsam.

Christakos schüttelte den Kopf. »Nein. Sie hat sie umgebracht.«

93

Lacey und Dana

»Alex ist festgenommen worden.« Thessa steuerte das Boot durch den Abwasserkanal. Sie und Pari saßen noch immer darin, Lacey hielt sich am Heck fest. Sie konnten es nicht riskieren, den Motor anzuwerfen, weil Lacey so dicht hinter der Schraube war, also benutzten Thessa und Pari die Ruder. Lacey stieß sich von der Wand ab, um sie vorwärtszutreiben. Jeder Augenblick im Wasser war ihr verhasst.

»Heute Morgen«, fuhr Thessa fort. »Die Klinikangestellten waren auch alle auf dem Revier von Lewisham, aber es sind auch andere Männer beteiligt. Die, die die Mädchen hierherbringen. Bestimmt hat er sie angewiesen, loszufahren und Pari zu holen, wenn es dunkel ist. Alex weiß nicht, dass das Hebewerk mir gehört, aber die könnten durchaus beschließen, in der Kanalisation zu suchen.«

Sie waren wieder an der Gabelung des Tunnels angekommen, doch abgesehen von einem schwachen Lichtschein in der Dunkelheit konnte Lacey die Öffnung zur Themse nicht sehen. Thessa wendete das Boot und folgte der Abzweigung, die nach rechts führte. »Jetzt ist es nicht mehr weit. Auf der rechten Seite. Wir sind fast da, Kinder.«

Lacey schaute zu ihr empor. In der Düsternis des Tunnels sahen Thessas Augen riesengroß aus. »Wie lange wissen Sie schon Bescheid? Über Alex?«

Thessa behielt den langsamen, stetigen Paddelrhythmus bei. »Über die Klinik weiß ich schon lange Bescheid. Gefallen hat mir das nicht, aber ich habe Alex immer vertraut. Er war immer der Starke.«

»Sie haben ihn nicht darauf angesprochen?«

Thessa schien sie nicht gehört zu haben, sie erzählte die Geschichte auf ihre Weise. »Ich habe angefangen, ihnen etwas vorzusingen, wenn ich abends dort vorbeigefahren bin. Ich dachte, das würde ihnen helfen, ein Lied von daheim zu hören, deshalb habe ich etwas gesungen, das meine Mutter Alex und mir immer vorgesungen hat, als wir ganz klein waren. Und dann hat eines Abends eine von den Frauen gerufen. Hat mich angefleht, ich möge ihr helfen zu fliehen. Ich habe nicht darauf geachtet und bin einfach weitergefahren, aber ich habe das den ganzen Abend nicht mehr aus dem Kopf bekommen. Die ganze Zeit habe ich gedacht, das könnte ich doch tun, ich könnte ihr helfen. Ich konnte ganz leicht Schlüssel auftreiben, sie an einer Kugel aus Kork festmachen, damit sie nicht untergehen, und sie in ein offenes Fenster werfen. Danach war es ganz leicht, sie sind die Treppe heruntergeschlichen, haben die Haustür aufgeschlossen und sind in mein Boot gestiegen, und ich habe sie hierhergebracht. Ich habe ihnen Geld gegeben und die Adresse von Bekannten, die ihnen helfen würden.«

»Vor vier Nächten.« Pari hatte sich zu den anderen umgedreht. »Ich habe Sie singen hören, und ich habe gesehen, wie Sie die Schlüssel geworfen haben. Ich habe jemanden weggehen sehen.«

Thessa furchte die Stirn und legte den Kopf schief. »Nein, Kindchen«, sagte sie nach kurzem Zögern. »Ich glaube, da verwechselst du etwas.«

»Wie vielen haben Sie zur Flucht verholfen?«, fragte Lacey, während Pari anfing, an den Fingern abzuzählen. Thessas Arme schienen mitten in der Bewegung erstarrt zu sein.

Die Frage riss Thessa aus ihren Gedanken. Sie begann wieder zu paddeln. »Nur vier. Ich hätte noch mehr herausgeholt, aber ich konnte das Haus doch nur verlassen, wenn ich wusste, dass Alex nicht daheim und nicht in der Klinik war. Er lässt mich nicht oft allein.«

Pari zuckte leicht mit den Achseln und nahm ihr eigenes Ruder wieder zur Hand. Lacey zögerte einen Moment, ehe sie die schwierige Frage stellte. »Wieso kommen manche von den Frauen ums Leben?«

Thessa schüttelte den Kopf. »Ich weiß es nicht. Ich wusste nicht, dass sie sterben, bis vor ein paar Wochen. Als ich Anya gefunden habe.«

»Wer ist Anya?«

»Die Tote, die Sie im Fluss gefunden haben, Liebes. Als Sie vorletzten Donnerstag schwimmen waren. Ich habe sie in der South Dock Marina gefunden, nur wenige Tage vorher. Irgendwie hatte sie sich von ihren Gewichten losgerissen.«

»Das verstehe ich nicht«, sagte Pari. »Wer von euch beiden hat Anya denn nun gefunden?«

»Thessa«, antwortete Lacey. »Und dann hat sie sie an einer Stelle zurückgelassen, wo sie genau wusste, dass ich sie finden würde. Was ist mit der Toten auf meinem Boot? Waren Sie das auch?«

»Das tut mir wirklich leid, Liebes, das war bestimmt ein furchtbarer Schock. Aber Sie haben nicht verstanden. Ich dachte, die Krabben würden vielleicht reichen oder die Schiffchen – dass Sie von selbst auf den Jachthafen kommen würden –, aber da habe ich mir wohl zu große Hoffnungen gemacht.«

»Wie weit ist es noch?« Pari spähte wieder voraus. »Ich sehe keine Leiter. Ich sehe überhaupt nichts.«

Pari hatte gute Augen. Vor vier Nächten hatte sie gesehen, wie Thessa eine der Frauen aus dem Haus in der East Street gerettet hatte. Vor zwei Nächten hatte jemand, von dem Lacey jetzt wusste, dass es Thessa gewesen war, den Leichnam einer vor Kurzem ertrunkenen jungen Frau auf Laceys Boot aufgehängt. Doch Thessa hatte abgestritten, dass sie die Frau gerettet hatte. *Nein, Kindchen. Ich glaube, da verwechselst du etwas.*

Plötzlich war Lacey sehr bewusst, dass sie sich in Reichweite von Thessas Paddel befand.

»Ich konnte das doch nicht so weitergehen lassen, Liebes«, sagte Thessa gerade. »Nicht, wenn ich wusste, dass den Mädchen etwas zustößt. Aber ich fürchte, ich habe es nicht über mich gebracht, meinen eigenen Bruder anzuzeigen. Ich dachte, wenn die Leichen gefunden werden, wenn er weiß, dass die Polizei ermittelt, dann hört er vielleicht auf.«

»Warum ich?«

»Ich habe Sie beim Schwimmen gesehen und in Ihrem Kanu. Und auf Ihrem großen, schnellen Polizeiboot. Ich wusste, Sie sind die Richtige.«

Es war also Thessa gewesen, die Laceys Jacht nachts in ihrem kleinen Boot Besuche abgestattet hatte. Thessa, die Herzen und Krabben hinterlassen hatte und schließlich eine Leiche. In mancherlei Hinsicht klang es sehr viel logischer, dass der Stalker eher versucht haben sollte, Lacey zu warnen, als ihr Angst zu machen. Nur …

»Aber die Frauen werden zum Sterben hierhergebracht. Das hat Nadia mir erzählt. Sie hat gesagt, sie werden mit einem Strick um den Hals an den Ringen festgebunden, damit sie ertrinken, genau wie ich vorhin. Wie kann Alex sie umbringen, wenn er nichts von diesem Ort weiß?«

»Nadia?« Thessa sah aufrichtig überrascht aus.

»Nadia Safi. Sie war heute mit mir hier. Sie war auch in der East Street.«

Thessas große Augen wurden vor Verblüffung noch größer. »Nadia war hier?« Sie drehte sich um und schaute auf die lange Wasserstrecke hinter ihnen.

»Ja, sie hat mich hergebracht. Ich wollte nichts sagen, weil ich euch keine Angst machen wollte. Sie ist angegriffen worden, irgendjemand hat sie aus dem Boot gezogen. Ich glaube, sie ist tot.«

»Nadia ist heute angegriffen worden? Ich glaube, das ist nicht mögl…«, setzte Thessa an.

Ein plötzliches Geräusch war zu hören, das keiner von ihnen verursacht hatte. Das Geräusch von etwas, das ins Wasser fiel oder rutschte.

Lacey zog die Beine unter sich hoch und überlegte, ob Ratten wohl schwimmen konnten. Thessa hatte aufgehört zu rudern; sie saß kerzengerade da, und ihr Blick huschte von Lacey zu Pari und wieder zurück. »Leg doch kurz mal das Ruder weg, Pari, Liebes«, sagte sie.

»Wir müssen weiter«, drängte Lacey.

Thessa beachtete sie nicht, ihre Aufmerksamkeit galt immer noch dem Geräusch, das sie gerade gehört hatten. Im bleichen Schein der Lampe schien sie sich zu verwandeln. Sie straffte die Schultern, streckte den Kopf, und ihre Augen begannen zu leuchten. Sie wirkte größer, jünger, kräftiger. Dann, zu schnell, als dass Lacey sie daran hätte hindern können, griff sie zur Seite und bekam einen Eisenring zu fassen, der in die Mauer eingelassen war. Blitzschnell hatte sie das Boot daran festgemacht. Sie hielten an.

»Thessa«, fragte Lacey, während kaltes Begreifen sie überkam, »wie hätte Alex Nadia töten können, wenn er den ganzen Tag in Polizeigewahrsam war?«

Fred und seine Crew warteten am selben Steg, von dem Dana vor noch nicht einmal vierundzwanzig Stunden in das Boot der Menschenhändler gestiegen war. Als sie die Ufertreppe hinunter auf sie zueilten, bekam Anderson einen Funkspruch. Er hob die Hand, bedeutete allen zu warten.

»Pete, Tom und Gayle sind am Hebewerk«, berichtete er gleich darauf. »Die Kollegen von der Streife sind unterwegs. Soweit sie es sagen können, ist das Hebewerk leer, aber genau wissen sie's erst, wenn die Tür aufgebrochen worden ist.«

»Wie weit ist das von hier?« Mark blickte sich um – schaute die Treppe wieder hinauf, den breiten Uferstreifen entlang, musterte die nahen Bürogebäude.

»Ungefähr zweihundert Meter flussabwärts.« Christakos zeigte mit der freien Hand fast genau nach Süden. »Der Abwasserkanal, durch den Thessa dorthin kommt, ist ungefähr zwanzig Meter flussaufwärts.« Er zeigte in die Gegenrichtung.

Fred machte ein grimmiges Gesicht. »Tut mir leid, Dana«, sagte er, noch ehe sie den Mund aufmachen konnte. »Wir kommen auf keinen Fall in den Tunnel rein, bevor der Wasserstand ein bisschen zurückgeht. Das dauert mindestens noch vier Stunden.«

Mark marschierte auf seinen Onkel zu. »Wenn sie nicht in dem Hebewerk sind, dann müssen sie irgendwo in den Tunneln sein.«

Fred ließ sich nicht beirren. »Die Tunnel sind weitgehend überflutet. Ich habe ein Boot direkt am Eingang, und das kann da bleiben, bis wir mehr wissen, aber ich kann's nicht riskieren, dass einer von meinen Leuten da reinfährt.«

»Dann gib mir ein verdammtes Schlauchboot, und ich fahre selbst da rein.«

»Kommt nicht in Frage, mein Freund.«

Dana legte Mark die Hand auf die Schulter. »Steig wieder ins Auto«, sagte sie. »Wir fahren hin.«

»Von wie vielen Frauen reden wir hier, Mr Christakos?« Sie saßen wieder im Wagen und fuhren langsam um die Industriegebäude herum. Dana hatte das Gefühl, sie müsse das Gespräch in Gang halten, und sei es nur, damit Mark nicht explodierte. »Wie vielen Frauen hat Ihre Schwester geholfen, aus der Klinik zu fliehen?«

Wie viele Leichen warteten noch irgendwo auf dem Grund des Flusses?

Christakos schloss die Augen, als denke er angestrengt nach. Sie hörte ihn den Namen Jamilla murmeln, dann etwas, das sich anhörte wie »Shireen«. Nummer vier war Yass, Nummer fünf Ummu.

Bitte lass das die Letzte gewesen sein. Sie hatten fünf Leichen gefunden. Das war doch genug.

Sie konnte das Hebewerk sehen. Ein kleines, hübsches, ansonsten aber unauffälliges Backsteingebäude unweit vom Fluss. Christakos hatte einen sechsten Namen aufgezählt, einen siebten, mehr. Großer Gott, es waren neun. Irgendwo waren noch vier weitere Frauen. Nur …

»Mr Christakos, die Dritte, die Sie genannt haben. Wer war das noch mal?«

Christakos öffnete die Augen. »Die Dritte war Nadia Safi«, sagte er. »Achtundzwanzig Jahre alt. Aus Khost, im Südosten von Afghanistan. Sie ist am 10. Januar dieses Jahres verschwunden, kurz nachdem sie zu uns gekommen war.« Etwas, das wie ein Schmerzzucken aussah, huschte über seine Züge. »Ist sie eine von den Frauen, die Sie gefunden haben? Ist sie auch tot?«

94

Lacey und Dana

»Sie haben doch gesagt, Ihr Bruder ist schon den ganzen Tag auf dem Polizeirevier«, erinnerte Lacey Thessa. »Dann kann er doch nicht hier gewesen sein. Er kann Nadia nicht umgebracht haben. Er kann mich nicht gefesselt zurückgelassen haben, damit ich ertrinke.« Rasch blickte sie sich um, spähte in die Dunkelheit, fragte sich, wie weit die Leiter wohl entfernt war und ob irgendetwas von dem, was ihr in der letzten halben Stunde erzählt worden war, stimmte.

»Nein«, pflichtete Thessa ihr bei. »Das kann nicht sein, nicht wahr? Wie dumm von mir, dass ich daran nicht gedacht habe.«

»Pari, können Sie aus dem Boot steigen?« Lacey war wieder in Bewegung, sorgte dafür, dass sie mindestens eine Armlänge von Thessa entfernt war. »Gehen Sie das Sims entlang, bis Sie zu der Leiter kommen, dann klettern Sie da rauf. Ich komme gleich nach.«

Verwirrt, noch immer verängstigt, rührte Pari sich nicht vom Fleck. Sie vertraute Thessa, nicht Lacey. Es würde nicht leicht sein, sie aus dem Boot zu kriegen.

»Mein Bruder ist ein guter Mensch, Lacey.« Thessa löste ihren Umhang und ließ ihn von den Schultern gleiten. »Ein wenig fehlgeleitet vielleicht, aber ein guter Mensch. Was ich über ihn gesagt habe, tut mir leid.«

Sie knöpfte sich die Bluse auf. Lacey öffnete schon den Mund, um sie zu fragen, was zum Teufel sie da mache, und begriff, dass das im Moment wohl kaum das Wichtigste war.

»Thessa«, fragte sie stattdessen, »haben Sie die Frauen umgebracht?«

Thessa zog sich die Bluse aus und enthüllte die flachen, leeren Brüste einer alten Frau und die gut entwickelte Muskulatur eines Menschen, der seit Jahren regelmäßig schwimmt. »Ja.« Sie streckte die Arme aus, ließ jede Schulter einzeln kreisen, wie ein Schwimmer vor einem Wettkampf. »Ich allein bin für ihren Tod verantwortlich. Wie ist das Wasser, Liebes?«

Nein, nein, doch nicht ihre Freundin Thessa. Großer Gott, sie durfte nicht in Panik geraten. »Ganz gleich, was Sie vorhaben, Thessa, ich bin stärker als Sie. Sie können ja noch nicht einmal laufen.«

»Stimmt.« Thessas griff sich mit der linken Hand an die Taille und löste ihren Rock. Sie wickelte ihn von ihren Hüften los und ließ Lacey sehen, was darunter war. »Aber schwimmen«, sagte sie mit breitem, fröhlichem Lächeln.

Lacey antwortete nicht. Viel konnte sie nicht sehen. Aber genug. Hinter sich hörte sie Pari halblaut etwas in ihrer Muttersprache stammeln, das sich anhörte, als wäre es vielleicht ein Gebet.

»Nun?« Thessa blickte auf ihren nackten Körper hinunter, dann sah sie wieder Lacey an. »Sagen Sie jetzt nicht ›Was sind Sie?‹ Das sagen sie sonst immer.«

»Sie sind die Meerjungfrau.«

Thessa strahlte richtig. »Wie lieb von Ihnen. Ich habe Meerjungfrauen schon immer wunderbar gefunden. Wussten Sie, dass die Schwester von Alexander dem Großen eine Meerjungfrau namens Thessaloniki war? Deswegen habe ich mir meinen Namen ausgesucht. Mein richtiger lautet ganz anders. Aber das wissen Sie ja alles, nicht wahr?«

Jäh merkte Lacey, dass sie heftig zitterte. »Sie wissen gar nichts von mir. Sie haben all diese Frauen getötet. Sie haben im Jachthafen versucht, mich umzubringen.«

Die nackte Kreatur im Heck des Bootes lächelte noch breiter. »Mein liebes Kind, wenn ich Sie hätte umbringen wollen, dann hätte ich es getan, glauben Sie mir. Ich habe lediglich versucht, Ihnen das zu zeigen, was Sie und Ihre Kollegen allein einfach nicht finden konnten.«

Während Lacey sich bemühte, das, was sie da hörte, zu verarbeiten, seufzte Thessa. »Aber im Großen und Ganzen haben Sie recht. Dass ich Sie eigentlich gar nicht kenne, meine ich.« Sie nickte, dann schien sie mit einem Satz von ihrer Sitzbank zu schnellen. Gleich darauf war sie verschwunden.

»Pari, raus aus dem Boot! Sofort!« Mit einer Hand hielt Lacey den Bug des Bootes fest und zerrte mit der anderen an der verängstigten jungen Afghanin. »Kommen Sie schon. Wir müssen eine Leiter finden.«

Während Pari hastig und unbeholfen aus dem schwankenden Boot auf das Sims kroch, hielt Lacey den Blick fest auf das Wasser um sie herum geheftet. Thessa war dort unten, wahrscheinlich ganz in der Nähe. Sie schob noch einmal kräftig unter Paris Hinterteil an, stieß das Boot mit dem Fuß weg und schickte sich an, sich auf das Sims hinaufzuziehen.

Gerade, als etwas sie unter Wasser zog.

Im Wasser war es dunkel. Sie stieß gegen das glatte Holz des Bootes. Als sie sich davon abstieß, prallten ihre Schultern gegen das raue Mauerwerk der Kanalwand. Lacey nutzte die Wand, um zu navigieren, an die Oberfläche zu kommen, wieder Luft zu holen.

Pari tastete sich langsam das Sims entlang, auf die Leiter zu, auf der sie sich in Sicherheit bringen konnte, ihr entsetzter Blick jedoch war fest auf Lacey gerichtet. Sie kam nicht annähernd schnell genug voran.

Rasch schaute Lacey den Tunnel hinunter. Nichts zu sehen außer dem aufgewühlten Wasser, das langsam zur Ruhe kam. Nichts zu hören außer dem Tropfen von der gewölbten Tunneldecke und dem Schwappen der Wellen an den Mauern.

Dann hatte sich plötzlich ein lähmendes Gewicht an ihre Beine gehängt und zog sie wieder hinunter. Binnen eines

Augenblicks glitt Lacey unter die Wasseroberfläche. Etwas zerrte an ihr, versuchte, sie fester zu packen. Sie trat mit aller Kraft zu und kam einen Moment frei, ehe sich Zähne in ihren Schenkel gruben. Fast hätte Lacey vergessen, dass sie unter Wasser war, und instinktiv aufgeheult. Sie krümmte sich nach vorn und schlug mit der rechten Faust zu, ihrer stärkeren Hand. Der Schlag traf hart, und sie spürte, wie sich der Griff um ihre Beine lockerte. Noch einer, und sie kam wieder an die Oberfläche.

Das Sims war ganz nahe. Nur raus aus dem Wasser. Gerade wollte sie nach der schlickbedeckten Steinkante greifen, als sich zwei starke Hände um ihren Hals legten und sie wieder hinabzogen, und diesmal fühlte es sich an, als wäre es das letzte Mal.

Das war's. Sie würde die nächste Leiche sein, die sie fanden. In weißes Leinen gehüllt. Oder vielleicht auch nicht. Vielleicht würde sie auch für alle Zeit auf dem Grund des Flusses liegen. Thessa schien überall zu sein, unzählige Gliedmaßen zu haben, doppelt so stark zu sein. Einen Augenblick lang fragte sich Lacey sogar, ob Pari vielleicht ins Wasser gesprungen sein könnte, um ihr zu helfen. Ja, sie waren definitiv zu dritt – sie wurde von mehr als zwei Händen festgehalten. Dann ließ ein Händepaar los, und der Körper, zu dem es vielleicht gehörte – fast unmöglich, das genau zu sagen –, hatte sich auf die dritte Person gestürzt. Das Ganze war eine einzige Gliedermasse, wimmelnd, tretend und beißend. In einer letzten Anstrengung, sich loszureißen, wand und drehte sich Lacey wie ein Aal.

Und sie war frei. Nicht weit entfernt kauerte Pari noch immer auf dem Sims, die Hände vor Entsetzen vors Gesicht gepresst. Ihre Kleider waren trocken.

Lacey machte den größten Satz, den sie zustande brachte. Mithilfe von Paris Händen, die ihre Schultern umklammerten, war es das Werk von wenigen Augenblicken, sich auf das

Sims zu ziehen und taumelnd auf die Beine zu kommen. Einem Impuls folgend, griff sie hinunter ins Boot und nahm das Ruder heraus, das ihr am nächsten war. Eine wie auch immer geartete Waffe zu haben schien im Moment eine gute Idee zu sein. Gegen die feuchte, schleimige Wand des Tunnels gepresst, bemühte sie sich, wieder zu Atem zu kommen, Flusswasser auszuhusten und die Frau ausfindig zu machen, die sie angefallen hatte, alles gleichzeitig.

Neben ihr zeigte Pari mit dem Finger auf etwas.

Dort war sie, keine drei Meter entfernt; ihr Kopf hob sich aus dem Wasser, das Haar wallte in alle Richtungen. Schultern, die aberwitzig breit und stark aussahen. Ein Furcht einflößendes Geschöpf, die Zähne fauchend gefletscht, starrte sie mit den Riesenaugen einer Wahnsinnigen an, stieg aus dem Wasser, erhob sich stolpernd auf dem Sims, machte Anstalten, auf sie loszugehen. Eine Frau, die – und das war unter diesen Umständen fast unmöglich zu begreifen – definitiv nicht Thessa war.

»Nadia Safi war eine schwer gestörte junge Frau«, erklärte Christakos, während Anderson vor dem Hebewerk auf der Promenade hielt. Zwei Streifenwagen und ein Toyota, den Dana als Mizons wiedererkannte, parkten bereits neben dem Gebäude.

Dana hatte die Sitzordnung im Auto geändert, vor allem, um Mark und Christakos zu trennen. Jetzt saß sie auf dem Rücksitz und war an ihren Gefangenen gefesselt. Mit einem Nicken bedeutete sie ihm fortzufahren.

»Das konnten wir sofort erkennen, als sie bei uns ankam«, sagte er. »Wir haben es auf ihre extrem traumatische Reise geschoben, selbst gemessen an dem, was unsere Gäste üblicherweise durchmachen müssen.«

»Reden Sie von ihrer Festnahme?«, fragte Anderson; eine gewisse Schärfe lag in seiner Stimme.

»Ich rede davon, dass sie damals fast ertrunken wäre«, gab Christakos zurück. »Wegen Ihrer Leute sind die Männer, die sie zu uns gebracht haben, in Panik geraten. Sie haben versucht zu fliehen, ihr Boot ist gekentert. Nadia wäre beinahe ums Leben gekommen. Als sie zu uns kam, hatte sie deswegen immer noch Albträume.«

»Sie ist aber nicht ums Leben gekommen, weil nämlich PC Flint ins Wasser gesprungen ist und sie rausgezogen hat«, erwiderte Mark scharf. »Und dabei ihr Leben riskiert hat.«

»Das war Lacey?« Für die Dauer eines Lidschlags hellte sich Christakos' Miene auf. »Ich hatte ja keine Ahnung. Aber zurück zu Nadia. Uns wurde bald klar, dass es mehr war als der Schock der jüngsten Ereignisse. Das war etwas, das sehr tief saß. Wie viel wissen Sie über mein Land, Detective Inspector?«

Aus dem Augenwinkel sah Dana Stenning und Mizon aus dem Toyota steigen. Anderson und Mark öffneten ihre Türen. Sie hob die Hand, um anzuzeigen, dass die anderen ihnen einen Moment Zeit lassen sollten. »Ich war ein paar Mal in Indien«, sagte sie. »Ich habe da Verwandte. Aber in Afghanistan war ich noch nie, ich weiß nur, was ich in den Nachrichten gehört habe.«

»Dann wissen Sie wahrscheinlich nur Bescheid über das, was in Helmand passiert ist. Khost liegt an der Grenze zu Pakistan. Die Provinz ist insofern anders als die anderen, weil viele Männer von dort ins Ausland gehen, um Arbeit zu finden, meistens nach Pakistan, manchmal auch noch weiter. Die Frauen bleiben zu Hause, um sich um die Familie zu kümmern und die Höfe zu bewirtschaften. Nadia war das älteste Mädchen in einer Familie, in der es nur Töchter gab. Ihr Vater hat im Ausland gearbeitet, bis er gestorben ist, und sie ist, wie es in dieser Gegend Brauch ist, als Junge aufgezogen worden.«

Während sie unbeholfen hinter Christakos aus dem Auto

stieg, sah Dana, dass sowohl Anderson als auch Mark verdutzte Gesichter machten. Sie richtete sich auf und wandte sich an Mizon. »Erzählen Sie.«

»Wir können nicht reingucken, Ma'am. Die Fenster sind alle vernagelt. Und gehört haben wir auch nichts, aber ich möchte mich nicht festlegen.«

»Wie lange dauert's noch, bis die Jungs mit der Ramme da sind?«, erkundigte sich Mark.

»Noch ein paar Minuten«, antwortete Stenning. »Die Holztore da sind alt, da müssten wir leicht reinkommen.«

»Sagen Sie allen, sie sollen warten«, wies Dana ihn an. »Aber haltet weiter die Ohren offen und sagt sofort Bescheid, wenn ihr was hört.« Sie wandte sich wieder an Christakos. »Wie meinen Sie das, als Junge? Davon hat Nadia nichts gesagt. Wir haben eine Tonbandaufnahme davon, wie sie mit Lacey redet; da sagt sie, sie hätte jung in eine gute Familie eingeheiratet, aber ihr Mann hätte sich von ihr scheiden lassen, weil sie drei Töchter bekommen hat und weil es irgendwelche fadenscheinigen Zweifel an ihrer Unberührtheit gab. Es war eine sehr überzeugende Geschichte.«

»Nadia hat nie ein Kind bekommen«, wehrte Christakos ab. »Da bin ich mir ziemlich sicher. Sie war noch Jungfrau, als sie zu uns kam. Ich würde sogar so weit gehen zu behaupten, man hätte ihr nie erlaubt, ein Kind zu bekommen. Ihr Dorf hat sie behandelt wie einen Mann, verstehen Sie? Es wurde erwartet, dass sie auf den Feldern arbeitet wie ein Mann, ihre Familie ernährt, Entscheidungen trifft, dabei mithilft, die Angelegenheiten des Dorfes zu regeln. Sie war sogar angezogen wie ein Mann.«

»Davon hat sie uns nichts erzählt.«

Das Brummen eines Dieselmotors war zu hören; ein Polizeitransporter fuhr vor. Anderson ging hin, um mit dem Sergeant zu sprechen, während etliche Streifenpolizisten aus dem Wagen sprangen.

»Ihre Geschichte ist im Laufe von mehreren Wochen herausgekommen«, sagte Christakos. »Sie hat sich ziemlich mit Kathryn Markowa angefreundet. Ganz ehrlich, überrascht hat mich das nicht. In Anbetracht dessen, wie hoch Söhne in Afghanistan geschätzt werden und wie relativ unwichtig Mädchen sind, ist es in manchen Gegenden durchaus üblich, dass Mädchen von Kindesbeinen an als Jungen großgezogen werden. Manche von denen wissen nicht einmal, dass sie Mädchen sind, bis die Pubertät einsetzt und die äußerlichen Veränderungen deutlich sichtbar werden. Was zu diesem Zeitpunkt für psychische Schäden angerichtet worden sind, kann ich wirklich nicht sagen.«

95

Lacey und Dana

»Nadia?« Nein, sie bildete sich das nicht ein. Das war Nadia, die da neben dem Boot kauerte. Nadia, also doch nicht tot. Keine Wasserleiche, die sich rasch aufblähte, mit einem Strick um den Hals an einen Eisenring in der Mauer gebunden, sondern sehr lebendig. Die großen silbergrauen Augen schienen in dem trüben Licht kaum zu blinzeln.

Ein Scharren neben ihr verriet ihr, dass Pari tiefer in den Tunnel hineintappte. Da Nadia den Weg nach draußen versperrte, war das das einzig Vernünftige.

Wo war Thessa? Steckten die beiden etwa unter einer Decke?

Lacey schickte sich an, Pari zu folgen, den Rücken gegen die feuchten Mauersteine gepresst. Die niedrige gewölbte Decke zwang sie, sich zu bücken, und sie hatte ständig Angst auszurutschen. So rasch sie es wagte, schob sie sich mit Seitwärtsschritten voran, schaute gelegentlich nach vorn, noch öfter jedoch hinter sich, beobachtete die Frau, die ihnen nachkam.

Nadia folgte ihnen langsam, aber stetig, als wollte sie nicht riskieren, wieder ins Wasser zu fallen oder dem Ruder zu nahe zu kommen, das Lacey noch immer in der Hand hielt. Oder vielleicht wusste sie auch nur, dass sie nicht hinauskonnten. Abermals wagte Lacey einen Blick nach vorn. Wenn Nadia und Thessa Verbündete waren, könnte Thessa ein Stück weiter vorn im Tunnel auf sie warten.

»Überlegen Sie sich, was Sie tun, Nadia«, rief sie. »Wenn Sie uns umbringen, sehen Sie Ihre Kinder nie wieder.«

Nadia blieb kurz stehen und spie ein paar zornige Worte in ihrer Muttersprache hervor.

»Sie sagt, sie hat keine Kinder, Sie Idiotin«, übersetzte Pari. »Sie hatte nie welche. Sie hatte nie die Möglichkeit.«

»Gehen Sie weiter, Pari«, drängte Lacey. »Suchen Sie die Leiter. Irgendwo wird eine sein, in diesen Tunneln gibt es überall welche.«

Pari zögerte. »Und was ist mit Thessa?«

Verdammt gute Frage. Wo war Thessa? *Was* war Thessa? War sie eben im Wasser gewesen? Hatte sie Nadia von Lacey weggezerrt?

Pari setzte sich von Neuem in Bewegung, und Lacey schloss sich ihr an. Nadia hielt mit ihnen Schritt, folgte ihnen den Tunnel entlang. Sie war wie eine Katze, die darauf wartete, dass ein verwundeter Vogel unter den Büschen hervorkriecht.

Der Tunnel machte eine Biegung, und das bleiche Licht von Thessas Lampe verschwand. Sie hätten sich in völliger Finsternis wiedergefunden, wäre nicht gelegentlich ein vergitterter Lüftungsschacht in der Decke gewesen. Bis jetzt schien dieser Tunnel hier genauso beschaffen zu sein wie der, den sie mit Fred und Finn überprüft hatte.

Endlich spürte Lacey, wie sie mit der Schulter gegen etwas Hartes, Kaltes stieß. Ja! Eine Leiter zur Straße hinauf. Pari, von Panik angetrieben, war bereits etliche Sprossen hinaufgeklettert.

Lacey blieb, wo sie war, sie wusste nicht recht, wie sie Pari folgen sollte: Sobald sie nicht mehr mit dem Ruder drohte, würde Nadia sich auf sie stürzen. Dann ließen jähe, schnelle Bewegungen hinter Nadia beide zusammenfahren.

Thessa schoss durchs Wasser auf sie zu, im Butterfly-Stil, der sich für ihre anatomischen Voraussetzungen besonders gut eignete. Ohne nachzudenken, hob Lacey das Ruder und stieß es Nadia fest in den Rücken. Als sie ins Wasser fiel, war Thessa augenblicklich da. Die beiden Schwimmerinnen verschwanden in einem Aufwallen schwarzen, schäumenden Wassers.

»Lacey, ich bekomme es nicht auf!«

Pari war oben am Ende der Leiter, hatte den Gullideckel erreicht, der ihnen den Fluchtweg versperrte. Lacey machte einen Schritt die Leiter hinauf und hielt inne. Sie konnte Thessa doch nicht allein lassen. Rasch sprang sie wieder auf das Sims hinunter; ihre Füße platschten laut in dem Wasser, das es jetzt völlig überflutet hatte.

Direkt vor ihr tauchten ein Kopf und Schultern aus dem Wasser auf. Nadia war wieder da.

»Für Frauen wie Nadia gibt es eigentlich keinen Platz auf der Welt«, erklärte Christakos, während das Polizeiteam die Stahlramme auslud, mit der die Tür des Hebewerks aufgebrochen werden würde. »Sie sind schlechter gestellt als Dienerinnen, sogar schlechter als Sklavinnen. Sie sind wie Geistersklavinnen.«

»Das verstehe ich nicht«, sagte Dana.

»Sie sind keine Männer. Vielleicht haben sie gelernt zu kämpfen, mit Schusswaffen umzugehen und ihre Familie zu verteidigen, aber sie werden nie in die Gemeinschaft der Männer aufgenommen werden. Bei Familientreffen und Hochzeiten müssen sie bei den Frauen bleiben. Aber sie sind auch keine richtigen Frauen. Sie dürfen nicht heiraten, keine Kinder bekommen, keine Frauenkleider tragen. Von den Frauen werden sie wie Aussätzige behandelt. Sie werden *Narkhazak* genannt, das heißt Eunuch. Die Kinder werfen auf der Straße mit Steinen nach ihnen. Sie gehören nirgendwohin, und wenn die Taliban auf sie aufmerksam werden, werden sie wahrscheinlich hingerichtet.«

Ausnahmsweise wusste Dana nicht, was sie sagen sollte. Ein lautes Krachen ertönte, als die Stahlramme gegen die Holztüren des Hebewerks schmetterte. Die Türen hielten stand.

»Kurz bevor Nadia Afghanistan verlassen hat, hat es einen Zwischenfall gegeben. Das war der Auslöser dafür, dass sie überhaupt weggegangen ist.«

»Was ist passiert?«, fragte Dana. Das Team an den Türen schickte sich an, es noch einmal zu versuchen.

»Die Taliban haben sie unverschleiert auf der Straße gesehen und sie verhaftet. Sie haben sie in einem Abwasserkanal angekettet und sie dort zurückgelassen. Der Kanal war trocken, aber die Taliban wussten, dass er zu einem reißenden Strom werden würde, wenn es anfing zu regnen, und dass sie ertrinken würde; und sie hat es auch gewusst. Sie haben sie zwei Tage dort gelassen, mit einer Kette um den Hals, während sie darauf gewartet hat zu ertrinken. Keiner ihrer Freunde oder Verwandten hat ihr geholfen. Am Schluss haben Männer, die für mich gearbeitet haben, ihr geholfen, zu fliehen und hierherzukommen.«

Die Tür kippte nach innen, und die Polizisten verschwanden im Innern des Hebewerks, Mark an der Spitze. Stenning, Anderson und Mizon folgten ihnen. Dana konnte Lichtstrahlen sehen, als Taschenlampen eingeschaltet wurden und die

Beamten damit umherleuchteten. Sie und Christakos traten vor, bis sie direkt am Eingang des Gebäudes standen.

Sie schaute in die Tiefe – das war das Erste, was sie überraschte, obwohl man ihr gesagt hatte, dass das Hebewerk halb unter der Erde lag. Die hellen Backsteine und das geflieste Innere erinnerten sie an die öffentlichen Badehäuser der viktorianischen Zeit. Hier gab es jede Menge Verstecke: steinerne Säulen, gewölbte Alkoven, riesige Eisenplattformen. Das Team bewegte sich mit Bedacht, selbst Mark hatte sich im Griff, Stenning jedoch stand still da, den Strahl seiner Taschenlampe auf etwas am Boden gerichtet. Er schaute zu Dana hinauf, und sie sah seine Lippen ein einziges Wort formen: Blut.

Mit wachsender Furcht schloss sie die Handschellen auf und machte Christakos los. »Gehen Sie vor.« Sie deutete auf die Treppe, die nach unten führte. »Langsam. Bleiben Sie dicht bei mir.«

»Niemand hier, Ma'am.« Der Sergeant der Streife kam ihnen entgegen, bevor sie halb die Treppe hinunter waren. Er sah zu ihnen herauf, sein Gesicht bestand in dem trüben Licht nur aus eckigen Schatten. »Keine Spur von irgendjemandem, aber da drüben ist Wasser auf dem Boden, und Ihr Kollege hat da etwas gefunden, das könnte …«

»Ich weiß.« Dana hatte die unterste Stufe erreicht. Mark stand auf der anderen Seite des Raumes und spähte in das erste von drei großen Abflussrohren. Bisher war es ihr gar nicht aufgefallen, aber er hatte eine Schwimmweste von Freds Polizeiboot dabei. *Scheiße*.

»Ma'am, hier liegen Gewichte.« Mizon stand vor einem der Alkoven und schaute zu einem Wandbord hinauf. »Genau wie die, die wir im Jachthafen gefunden haben. Und ich bin mir ziemlich sicher, dass das Leinenlaken sind, was ich hier vor mir habe. Hier sind die Leichen eingewickelt und beschwert worden.«

»Aber ertränkt worden sind sie hier nicht.« Mark hatte inzwischen die Schwimmweste angelegt. »Das passiert woanders. Borgen Sie mir doch mal Ihre Taschenlampe, Pete.«

»Nein!« Dana marschierte energisch zu dem Abflussrohr hinüber, während die Taschenlampe von einem Mann zum anderen wanderte. »Niemand geht in die Kanalisation. Das ist verdammt noch mal zu gefährlich.«

Mark schüttelte den Kopf. »Ich bin keiner von deinen Leuten, Dana.« Er deutete über ihre Schulter hinweg hinter sie. »Du musst weiter mit ihm reden. Frag ihn, ob seine Schwester wirklich ein Krüppel ist. Wenn ja, kann sie sie nämlich nie und nimmer hier reingebracht haben. Schau dich doch um.«

Einen winzigen Augenblick lang täuschte er sie. Sie wandte den Blick von ihm ab, um die Tür hoch oben in der Wand zu betrachten, die steile Eisentreppe, die von dort herunterführte, die schmalen Leitern, die drei Abflussrohre, die den einzigen Zugang zur Kanalisation darstellten. In den Sekunden, die sie brauchte, um zu begreifen, dass er recht hatte, war er verschwunden.

»Nein!« Mit erhobener Hand hielt sie Stenning zurück, der drauf und dran gewesen war, ihm zu folgen. »Ich bin nicht verantwortlich für das, was DI Joesbury tut. Aber Sie bleiben hier. Gayle, setzen Sie sich mit Chief Inspector Cook in Verbindung. Wenn die Kanalisation abgesucht werden muss, dann müssen seine Leute das übernehmen.«

Sie ging zu Christakos zurück. »Wir sind mit der Durchsuchung der South Dock Marina fertig«, sagte sie. »Neben zwei weiteren Leichen haben wir die Gewichte gefunden, die unserer Ansicht nach an Anya Fahid und Rabia Khan befestigt waren. Sonst nichts.«

Er starrte sie an, begriff nicht recht, was sie da sagte.

»Sie haben von neun Frauen gesprochen«, erklärte sie. »Es wäre möglich, dass vier von diesen Frauen noch am Leben sind. Dass Ihre Schwester ihnen tatsächlich zur Flucht verholfen hat. Alex, war Nadia Safi Ihrer Meinung nach zu Gewalt fähig?«

Christakos dachte etliche Sekunden lang nach, ehe er antwortete. »Ich bin kein Psychologe, aber was mir an Nadia aufgefallen ist, war, dass sie Frauen gehasst hat, obwohl ihr ihre Rolle im Leben doch von Männern vorgeschrieben worden war. Andere Frauen – vor allem junge, attraktive Frauen, die begehrenswert waren – haben bei Nadia rasende Wut ausgelöst. Als uns klar wurde, wie gestört sie war, haben wir beschlossen, sie ohne weitere Behandlung zu entlassen. Doch dann ist sie verschwunden. Wir haben uns natürlich Sorgen gemacht, aber so ganz hat es uns auch nicht leidgetan, sie los zu sein.« Christakos holte tief Luft. »Detective Inspector, ich glaube, ich war ein Idiot. Meine Schwester ist keine Mörderin. Sie hat bloß eine freigelassen.«

96

Lacey

»Los, weiter«, zischte Lacey Pari zu, während sie hastig die Leiter hinauf auf sie zukletterte.

Noch mehr lautes Atmen, kleine Laute der Verzweiflung. Pari war nicht stark genug.

»Machen Sie Platz.« Lacey kletterte weiter, bis sie und Pari Seite an Seite auf der Leiter standen. Sie griff nach oben, und die beiden Frauen stemmten sich gemeinsam gegen das Gitter. Finn hatte mit ein paar von diesen Dingern Mühe gehabt. Schlamm, Dreck und Schwemmgut blieben darin stecken. Man musste einfach mit aller Kraft drücken und nicht nachlassen. Sie spürte, wie sich der Deckel bewegte. Sie konnte es schaffen. Sie konnte sie beide hier rausholen. Und dann wurde ihr kalt, als sie unter sich ein Geräusch hörte.

Nadia kam ihnen nachgeklettert. Noch ein paar Sprossen, ein paar Sekunden, und sie könnte Lacey erreichen. Sie brauchte nur ihren Fuß zu packen und sich mit ihrem ganzen Gewicht daran zu hängen, dann würden sie beide ins Wasser stürzen. Und Lacey wusste wirklich nicht, ob sie die Frau ein zweites Mal würde abwehren können.

Wieder drückte Lacey gegen das Eisengitter über ihr. Sie stieg noch eine Sprosse höher, zum Teil, damit ihre Beine weiter von Nadia entfernt waren, zum Teil, um sich besser abstemmen zu können. Der Deckel bewegte sich. Die Leiter bebte unter der Last der Frau, die daran emporklomm, und Lacey konnte ihr angestrengtes Atmen unter sich hören. Gleich würde sie in Reichweite sein.

Der Deckel löste sich genau in dem Moment, als Pari zornig aufkreischte. Lacey schaute sich um und sah, wie sie nach Nadia trat und verzweifelt versuchte, sie sich vom Leibe zu halten. Noch einmal schob sie mit aller Kraft, und der Deckel rutschte zur Seite.

»Los, Pari, rauf!«

Pari schoss die letzten paar Sprossen empor und auf die Straße über ihnen hinaus. Gerade wollte Lacey ihr folgen, als sich eine starke, nasse Hand um ihren Knöchel schloss. Sie schaute nach unten und sah das zähnefletschende Gesicht näher kommen. Und dann war es Nadia, die vor Schmerz aufschrie. Unter ihr konnte Lacey Thessa sehen, die irgendwie aus dem Wasser geschnellt war und sich an Nadia festklammerte. Wie ein menschliches Seil hingen die drei da, und nur Laceys fester Griff um die Leiter verhinderte, dass sie hinunterstürzten.

»Lacey!«

Paris Gesicht war über ihr, ihre Hände ließen den Gitterdeckel wieder herunter. Einen Augenblick lang begriff Lacey nicht. Dann löste sie eine Hand von der Leiter, spürte, wie die andere von dem Gewicht, das sie halten musste, fast entzweigerissen wurde, packte das Gitter und half Pari, es durch das Loch zu schieben. Sie ließ es fallen.

»Thessa! Weg da!«, schrie sie.

Nadias Griff löste sich. Sie gab jenes dumpfe Ächzen von sich, das aus einem Köper dringt, aus dem sämtliche Luft herausgepresst wird, und kippte nach hinten. Doch im Fallen drehte sie sich, und der Gitterdeckel stürzte weiter. Er traf auch Thessa und riss sie mit. Als Lacey wieder auf das Sims des Abwasserkanals sprang, waren weder Nadia noch Thessa irgendwo zu sehen.

Donnerstag, 3. Juli

97

Lacey und Dana

Industriegebäude säumten die Skyline vor ihnen. Fast direkt am Rand des Wassers stand ein mehrere Meter hoher Maschendrahtzaun; dahinter war eine Flotte aus weißen Lieferwagen zu sehen. Sie hielten auf eine Stelle am Südufer zu, ungefähr anderthalb Kilometer flussabwärts von Greenwich. Irgendwann während der Nacht war das Wetter umgeschlagen. Wolke auf Wolke hatte sich über ihnen aufgetürmt, und der Wind, der die Themse heruntergesurrt kam, fühlte sich an wie Winter. Oder wie ein ganz normaler englischer Sommer.

Sechs Personen warteten auf dem schmalen steinigen Uferstreifen. Der Gerichtsmediziner Mike Kaytes, drei Beamte der Flusspolizei und zwei Leute von der Spurensicherung. Irgendetwas lag hinter ihnen auf den Steinen. Lacey konnte es kaum erkennen, und das war wahrscheinlich auch ihre Absicht.

Hinter ihr im Schlauchboot sprach Finn Turner ins Funkgerät. »Haben Sie das mitgekriegt?«, fragte er, als er das Gespräch beendete.

Ohne sich umzudrehen, nickte Lacey. Der Leichnam einer jungen Frau, der am frühen Morgen bei Cleopatra's Needle in der Themse gefunden worden war, befand sich jetzt auf dem Polizeirevier von Wapping und war als die achtundzwanzig Jahre alte Nadia Safi identifiziert worden. Nach ihrem Sturz von der Leiter hatte die Flut sie stromaufwärts geschwemmt, und sie war zwischen zwei Booten eingeklemmt worden.

»Was Sie wahrscheinlich nicht gehört haben, ist, dass sie

eine Verbindung zur South Dock Marina hatte«, berichtete Turner. »Ihr Arbeitgeber hat da ein Boot liegen. Nadia ist immer da hingefahren, um auf dem Boot zu putzen und den Proviant aufzustocken, für Wochenendausflüge. Eine kleine Motorjolle, die sie da auch liegen hatten, ist verschwunden.«

Sie waren fast da. Turner nahm Gas weg und überließ es dem Schwung des Bootes, sie die letzten paar Meter zu tragen. Einer der Polizisten trat vor und fing die Bugleine auf. Das Schlauchboot kam zum Stehen, und Lacey stieg aus. Das erste Augenpaar, dessen Blick sie begegnete, gehörte dem Gerichtsmediziner.

»Schön, Sie zu sehen, Wasserwacht.« Irgendetwas an seiner finsteren Miene war nicht ganz so starr wie sonst. Vielleicht meinte er das ja tatsächlich ernst, dachte sie.

»Danke, dass Sie gewartet haben.« Sie ließ den Blick an ihm vorbeiwandern, zu der kleinen Gestalt auf dem Uferstreifen. »Ist das … Ist sie das?«

Kaytes nickte schmallippig.

»Wir waren eineiige Zwillinge«, sagte Christakos, nachdem er im Vernehmungszimmer Platz genommen hatte. »Was natürlich bedeutet, dass wir dasselbe Geschlecht hatten. Mein Bruder hieß Mujib, aber wegen seines Leidens hat er sich als Mann nie wohlgefühlt. Sie müssen verstehen, er hatte keinen Penis.« Christakos wandte sich an Anderson. »Und ohne Penis ist es doch unmöglich, sich als Mann zu betrachten, würden Sie das nicht auch sagen, Sergeant?«

»Kann nicht behaupten, dass ich viel darüber nachgedacht hätte«, brummte Anderson. »Aber ich kann mir vorstellen, dass das nicht leicht für einen Jungen ist.«

»Als wir etwa elf, zwölf Jahre alt waren, habe ich die ersten Anzeichen dafür bemerkt, dass er sich dem Femininen zuwendet«, berichtete Christakos. »Er hat sich das Haar wachsen lassen, hat angefangen, weitere, buntere Sachen zu tragen. Kurz bevor wir Afghanistan verlassen haben, hat er angefangen, sich Thessaloniki zu nennen. Damit wollte er sich über mich lustig machen, verstehen Sie. Die Schwester von Alexander dem Großen war angeblich eine Meerjungfrau dieses Namens. Nicht dass er mich besonders großartig fand – das war mehr ein Kommentar zu meiner Arroganz.«

Arroganz, dachte Dana und betrachtete den gebrochenen Mann, der ihr gegenüber am Tisch saß. Arroganz, die vollkommen verschwunden war. Es war, als wäre sein Selbstwertgefühl mit seiner Schwester gestorben.

»Woran genau hat er denn gelitten?«, fragte sie.

»Sirenomelie«, sagte Kaytes. »Eine angeborene Missbildung, bei der die Beine anscheinend zu einer einzigen unteren Extremität verschmolzen sind. Auch als Meerjungfrauensyndrom bekannt.« Lacey hielt den Blick weiter auf Kaytes gerichtet. Sie war noch nicht bereit zu sehen, was der Fluss auf dem Südufer zurückgelassen hatte.

»Davon hab ich noch nie gehört«, meinte Turner. Nach den ratlosen Gesichtern um sie herum zu urteilen, erging es den anderen ebenso.

»Ist auch sehr selten«, gab Kaytes zu. »Und normalerweise tödlich. Die meisten Babys mit dieser Missbildung sind Totgeburten. Nur wenige leben länger als ein paar Tage. In der Fachliteratur steht nichts davon, dass jemand so lange damit überleben kann. Oder dabei so stark sein könnte.«

Irgendwann würde sie hinsehen müssen. Deswegen hatte sie ja darum gebeten, herkommen zu dürfen. Es galt, sich einem Dämon zu stellen, und der lag kalt und still nur ein paar Meter entfernt.

»Und woher kommt so was?«, wollte einer der Männer von der Spurensicherung wissen.

»Das weiß niemand genau«, antwortete Kaytes. »Eine Zeit lang wurde es mal mit mütterlichem Diabetes in Verbindung gebracht, aber das ist inzwischen mehr oder weniger ausgeschlossen worden. Nach dem, was ich gelesen habe – und viel Zeit hatte ich nicht, mich schlauzumachen –, liegt eine Anomalie in der Nabelschnur vor, die eine normale Entwicklung der unteren Extremitäten und diverser Unterbauchorgane verhindert. Für gewöhnlich entwickeln sich die Nieren nicht richtig, und der Säugling stirbt an Nierenversagen.«

»Niemand hat damit gerechnet, dass Mujib überleben würde«, berichtete Christakos. »Kinder mit einer solchen Missbildung sterben fast immer. Aber es war nicht ganz so schlimm wie die Fälle, von denen man so hört. Er hatte eine Niere, die ausgezeichnet gearbeitet hat, und eine zweite, die zwar schwächer war, aber funktioniert hat. Und, ganz wichtig, er hatte einen Anus. Er konnte Essen verdauen und Kot ausscheiden. Er hat überlebt.«

»Leicht hat er es bestimmt nicht gehabt«, meinte Dana.

Christakos bedachte sie mit einem Blick, der besagte, dass sie keine Ahnung hatte. »Afghanistan in den Fünfzigerjahren«, sagte er. »Und unsere Eltern haben sich nicht so gut um ihn gekümmert, wie sie es wahrscheinlich hätten tun sollen. Es hat einige Zwischenfälle gegeben, als wir klein waren. Kinder aus der Nachbarschaft. Das hat nicht immer mit Beschimpfungen angefangen und geendet. Eines ihrer Lieblingsspiele war, ihn in den See zu werfen und zuzusehen, wie er schwimmt. Natürlich konnte er schwimmen, ganz instinktiv, aber die Spiele wurden immer gröber. Einmal habe ich wirklich gedacht, sie ertränken ihn.«

»Sirenomelie«, wiederholte Lacey. »Die Sirenen haben doch gesungen, nicht wahr? Sie haben auf den Klippen gesessen und für die Seeleute gesungen. Die Frauen in der Klinik haben Thessa für sie singen hören.«

»Mythologie ist nicht so mein Ding, Wasserwacht«, meinte

Kaytes. »Ich werde mir alle Mühe geben rauszufinden, woran sie gestorben ist, aber ansonsten …«

»Ich habe sie getötet«, sagte Lacey. »Ich habe ihr ein Eisengitter auf den Kopf fallen lassen. Sie ist wieder ins Wasser gefallen, und wenn sie da noch nicht tot war, ist sie ertrunken.«

Schweigen. Sie konnte die nervösen Blicke spüren, die über ihrem Kopf hin und her huschten.

»Na ja, das sollte mir ein bisschen Zeit sparen«, bemerkte Kaytes.

»Im Laufe der Jahre habe ich tatsächlich angefangen, sie als Schwester zu betrachten und nicht als Bruder«, sagte Christakos. »Da sie keine Sexualorgane hatte, ist sie nie in die Pubertät gekommen. Sie hatte keine Körperbehaarung, bekam keinen Stimmbruch. Aber seltsamerweise ist sie ziemlich groß geworden und sehr kräftig. Im Schwimmen war sie wirklich erstaunlich gut. Sie konnte schwimmen wie ein Fisch, im wahrsten Sinne des Wortes. Und wenn sie nicht geschwommen ist, war sie ständig in einem von diesen albernen kleinen Booten unterwegs. Sie hat immer gesagt, sie fühlt sich nur auf dem Wasser richtig zu Hause. Beinahe wäre sie zu dem geworden, wovon sie immer geträumt hat – zu einer Meerjungfrau.«

Thessa lag zusammengekrümmt auf der Seite, fast so, als schliefe sie. Ihr langes, noch immer feuchtes Haar lag hinter ihr auf dem Ufer ausgebreitet. Ihr Gesicht war nur im Profil zu sehen und hob sich blass vor dem Schlamm ab. Lacey trat näher, und die anderen auf dem Uferstreifen, die zurückgetreten waren, um sie durchzulassen, sahen ihr zu.

Oberhalb der Taille unterschied sich Thessas Oberkörper nicht allzu sehr von dem von Ray. Breite Schwimmerschultern, Arme, die zugleich schlank und stark waren. Die schlaffen Brüste waren lediglich das Resultat von im Alter geschrumpften Brustmuskeln.

Von der Taille abwärts hatte Thessas Körper keinerlei Ähnlichkeit mit dem eines Menschen.

»Wenn ich sie in die Gerichtsmedizin bringen kann, werde ich mehr wissen.« Kaytes stand dicht hinter Lacey. Turner übrigens auch, als fürchteten sie, sie würde umkippen. »Aber soweit ich sehen kann, sind hier nicht nur zwei Beine über die Haut miteinander verwachsen. Da liegt eine tatsächliche Verschmelzung der Beinknochen vor; sie hatte eine einzige, lange, kräftige untere Extremität.«

»Sieht eigentlich gar nicht aus wie ein Fischschwanz, nicht wahr?«, bemerkte Lacey und spürte, wie ihre Augen auf ganz unvertraute Weise feucht wurden.

Thessas untere Extremität war an den Hüften breit, ehe sie sich rasch verjüngte. Sie war um einige Zentimeter kürzer, als man es von ihren Beinen vielleicht erwartet hätte, an der Länge des Oberkörpers gemessen. Lacey konnte kein Kniegelenk erkennen, doch irgendeinen Mechanismus, um diese eine Extremität zu beugen, gab es bestimmt, wie hätte sie sonst so gut schwimmen können? Ihre Füße waren fast vollendet geformt, sie waren einfach nur an den Knöcheln zusammengewachsen.

»Bei Tag nicht«, gab Kaytes zu. »Da sieht es aus wie das, was es ist. Eine der zahlreichen Unvollkommenheiten, mit denen die Menschheit sich im Laufe der Jahre abgefunden hat. Aber nachts, aus einiger Entfernung, im Wasser – na ja, ich kann verstehen, dass leichtgläubige, romantische Typen anfangen könnten, von mythischen Kreaturen zu fabulieren.«

»Die Flut kommt rein«, stellte einer der Flusspolizisten fest. »Wir sollten wirklich …« Er vollendete den Vorschlag nicht.

»Sind Sie hier fertig, Lacey?«, fragte Kaytes.

Sie nickte und trat zur Seite, während die Männer Thessa hochhoben und sie behutsam in einen Leichensack legten. Turner war zum Schlauchboot gegangen; jetzt kam er auf sie zu, einen Zellophankegel in der Hand. Er löste die Folie von den Blumen darunter und reichte sie Lacey.

»Das sind Lilien«, sagte sie, an niemanden Bestimmtes gewandt. »Sie und Alex sind im Mai geboren.« Sie bückte sich und legte die fünf Blumen auf den Uferstreifen, wo der Abdruck von Thessas Leichnam noch immer im Schlamm zu erkennen war. »Eigentlich hätten es ja Maiglöckchen sein müssen. Aber die bekommt man um diese Jahreszeit nicht.«

Sie richtete sich auf, schniefte und wischte sich über die Augen.

»Das war ihre Geburtsblume«, erklärte sie. »Meine ist Rittersporn.«

Freitag, 18. Juli

98

Die Meerjungfrau

Lacey lag am Bug ihres Bootes auf dem Deck in der Sonne. In den zwei Wochen, seit Thessa und Nadia umgekommen waren, war ihre Bollywood-Bräune verblasst. Doch sie hatte beschlossen, dass sie sich goldbraun eigentlich besser gefiel. Und wer weiß, vielleicht würde irgendwann ja mal jemand da sein, um das zu bewundern.

Eileens große nackte Füße kamen das Deck entlang in Sicht. »Post für dich, Tracey.« Lacey setzte sich auf und hakte den Verschluss ihres meergrünen Bikinis wieder zu.

»Du weißt ganz genau, wie ich heiße«, meinte sie. »Du willst mich bloß ärgern.«

Eileen wandte sich zum Gehen und marschierte wieder auf das Cockpit zu. »Weiß gar nicht, wovon du redest«, brummte sie. Dann blieb sie stehen und drehte sich um. »'n paar von den Briefen sind von Maklern. Willst du verkaufen?«

Widerstrebend nickte Lacey. Trockener Boden. Das war es, was sie jetzt brauchte. Es war ein Jammer – sie liebte ihr Boot, sie liebte die Menschen, unter denen sie jetzt lebte –, doch sie würde nie wieder auf das dunkle Wasser und auf trostlose Uferstreifen hinausschauen können, ohne an das zu denken, was sie verloren hatte. An die Freundin, deren Ende sie verschuldet hatte. Sie riss den ersten Maklerbrief mit den Fingern auf.

»Einer ist aus Belmarsh«, bemerkte Eileen, bevor sie verschwand.

Belmarsh?

Lacey legte den Brief des Maklers weg und fand den Umschlag ganz unten im Stapel. Die Adresse war mit der Hand geschrieben, frankiert war er in der Strafvollzugsanstalt Belmarsh.

Meine liebe Lacey,
wir alle sind durch die stoffliche Hülle definiert, die uns durchs Leben trägt. An diesem Ort, wo mir so viel Zeit zum Nachdenken gelassen wird, ertappe ich mich immer öfter dabei, dass ich darüber nachsinne, was wohl aus meiner Zwillingsschwester geworden wäre, wäre da nicht jener kleine Defekt in der vorgeburtlichen Programmierung gewesen, der die normale Ausformung der Gliedmaßen und damit eines Lebens verhindert hat. Sie hatte einen ziemlich brillanten, wenngleich eigenwilligen Verstand, aber das brauche ich Ihnen wohl nicht zu sagen.
Mir ist nur allzu klar, dass das, was ich getan habe, streng genommen ein Verbrechen war. Ich will mich nicht herausreden. Außer indem ich sage, dass wir, soweit es die Klinik betraf, niemandem geschadet haben und dass die Frauen, die wir ins Land gebracht haben, uns verlassen haben, um ein besseres, glücklicheres Leben zu führen. Man wird mich beschuldigen, aus Habgier wehrlose Menschen ausgebeutet zu haben, und das ist eine Anklage, die ich akzeptieren muss. Die Anzahl der Frauen, denen ich geholfen habe, einem sehr viel grausameren Regime zu entkommen als alles, was dieses Land zu bieten hat, hat mein Gewissen ein klein wenig besänftigt.
Ich bin so froh, dass Ihnen nichts passiert ist. Falls sie noch zu irgendwelchem bewussten Denken fähig ist, dann empfindet Thessa ganz bestimmt genauso. Sie halten ihre Meerjungfrau-Obsession vielleicht für töricht, aber sie ist aus dem Bedürfnis heraus entstanden, sich als vollständiger Mensch zu fühlen; nicht als Produkt eines zufälligen Defekts und der Vorurteile bigotten Denkens, sondern als Geschöpf mit einem Lebens-

zweck, heil und prachtvoll. (Sie und Nadia hatten mehr gemeinsam, als sie beide gedacht hätten.)

Körperlich vollkommene Frauen haben sie seit jeher angezogen, und Sie haben ihr ziemlich den Kopf verdreht. Sie hat mir erzählt, sie könne in Ihr Herz sehen und dass es kalt sei, aber so wahrhaftig wie Silber und so stark wie Stahl. Sie hat gehofft, dass Sie eines Tages wieder Ihren wahren Namen führen, den schweren Schleier abwerfen können, den Lacey Flint darstellt, und die Reinheit in Ihrem Innern finden können. Das hoffe ich auch.

Mit herzlichen Grüßen

Ihr

Alexander Christakos

Sekunden verstrichen und dann Minuten. Und das Klingeln eines Handys fand den Weg in Laceys Kopf hinein. Die Maklerbriefe lagen noch immer in ihrem Schoß, aber ohne es zu merken, hatte sie sie in ein Dutzend Stücke gerissen. Sie hob die Hände und ließ die Fetzen von der Brise davonwirbeln, in die Luft empor und aufs Wasser hinaus. Der Anrufer war Dana.

»Ich habe gerade mit der Border Agency telefoniert«, sagte sie. »Sie haben beschlossen, allen drei Frauen ein Visum zu geben und später ihre Anträge auf eine Aufenthaltserlaubnis zu prüfen. Sieht aus, als ob sie alle hierbleiben können.«

Das waren gute Neuigkeiten. Jamilla, Shireen und Ummu, die drei Frauen, denen Thessa außer Nadia noch geholfen hatte, aus der Klinik in der East Street zu fliehen, waren lebendig und gesund ausfindig gemacht worden. Jamilla arbeitete als Schneiderin, Shireen war verheiratet, und Ummu hatte eine eigene Bäckerei aufgemacht. Keine der drei hatte den Wunsch geäußert, nach Afghanistan zurückzukehren. Keine hatte irgendetwas Schlechtes über Alex oder die Klinikangestellten zu sagen gehabt. Es war dort langweilig gewesen, ein wenig verwirrend und manchmal sogar ungemütlich, letzten Endes jedoch hatte es sich mehr als gelohnt. Selbst als man ihnen eröffnete, dass ihnen möglicherweise illegal Eizellen entnommen worden waren, waren sie gelassen geblieben. Andere Welt, andere Prioritäten.

Pari war im Krankenhaus und erholte sich rasch von einem Ovariellen Hyperstimulationssyndrom. Sie sorgte bereits für einige Bestürzung beim Personal, indem sie sich regelmäßig der Putzkolonne anschloss und diese noch übertraf.

In den kommenden Wochen würde Danas Team sich daranmachen, sämtliche Frauen aufzuspüren, die sich in Christakos' inoffizieller Klinik aufgehalten hatten. Lacey wäre nicht überrascht, wenn sie sich alle in ähnlichen Lagen befinden würden wie die drei, die Thessa befreit hatte.

»Lacey, da ist noch was. Streng geheim, aber ich dachte, Sie sollten Bescheid wissen. Wir haben ein vertrauliches Memo gekriegt; die SO10 hat gerade eine sehr lange Undercover-Operation abgeschlossen. In South London sind über ein Dutzend Personen verhaftet worden. Das war ihr größer Erfolg seit Jahren.«

Lacey holte tief Luft.

»Es ist vorbei, Lacey. Ich würde mich nicht wundern, wenn Sie demnächst Besuch bekommen.«

Nachdem Dana aufgelegt hatte, erhob sich Lacey und stieg auf das Boot nebenan hinüber. Die Flut hatte fast ihren Höchststand erreicht, und von Rays und Eileens Boot aus, das viel höher war als ihres, konnte sie gerade eben die Deckaufbauten des alten Baggerschiffes sehen.

»Eileen.« Rasch schritt sie zum Cockpit. »Kann ich mir mal euren Feldstecher borgen?«

Wieder an Deck, fokussierte sie das Fernglas auf die Spitze des alten Krans. Da war etwas Neues. Ein Stück Stoff wehte im Wind, der dem Creek niemals Ruhe gönnte, nicht einmal an den heißesten Tagen. Eine Flagge. Ein weißer Totenschädel auf schwarzem Grund. Darunter zwei gekreuzte Säbel. Der Jolly Roger. Die Piratenflagge.

Ihr Kanu war schon lange nicht mehr da. Rays Motorjolle befand sich noch immer in den Händen der Spurensicherung. Mit dem Auto zu fahren würde viel zu lange dauern.

»Eileen«, verkündete sie, »ich gehe schwimmen.«

Großer Gott, war der Creek ohne Neoprenanzug kalt. Ein paar schnelle Kraulschläge, damit das Zittern aufhörte, und dann wechselte sie einem Impuls folgend in jenen wellenförmigen Schwimmstil, den sie kaum jemals verwendete, den sie nicht einmal besonders gut beherrschte. Irgendwie kam es ihr einfach richtig vor. Butterfly. Als sie aus dem Wasser tauchte, die Arme hoch und gerade vorgestreckt, konnte sie Eileens Schatten sehen. Sie stand auf dem Deck, an der Backbord-Reling, und sah zu, wie sie davonschwamm. Und ohne sich umzudrehen, wusste Lacey, dass Eileen lächelte.

Sie schwamm weiter, auf die hochgewachsene Männergestalt zu, die auf dem Deck des Baggerschiffes erschienen war, und wusste, dass dieses merkwürdige, vergessene Wasserbrachland jetzt ihr Zuhause war.

Sie würde hierbleiben. Und sie würde weiterschwimmen. Dem Creek würde seine Meerjungfrau erhalten bleiben.

Anmerkungen der Autorin

Schwimmen Sie bitte NICHT im Gezeitengebiet der Themse. Lacey Flint ist eine erfundene Figur, und zwar eine sehr leichtsinnige. Die Themse ist tief, und ihre Strömung ist stark und gefährlich. Genau wie die des Deptford Creeks. Ein Besuch dort ist faszinierend, und ich kann die geführten Touren des *Creekside Education Trust* absolut empfehlen, aber selbst bei Ebbe sollte sich niemand allein im Creek aufhalten.

Die Geschichten, die Nadia, Pari und die anderen Frauen aus Afghanistan erzählen, basieren alle auf dem Buch *Dear Zari: Hidden Stories from Women in Afghanistan* von Zarghuna Kargar.

Die Missbildung Sirenomelie gibt es wirklich, allerdings ist es ungewöhnlich, dass die Betroffenen bis zum Erwachsenenalter überleben.

Danksagung

Mein aufrichtiger Dank gilt:

Derek Caterer, Mike Katesmark und Adrian Summons, die sich (manchmal sogar ungemein) bemühen, dafür zu sorgen, dass ich in der Realität verankert bleibe. Außerdem den Mitarbeitern des *Creekside Education Trust* in Deptford und Anthony Hammond von der Environmental Agency.

Meinen Freunden bei Transworld, besonders Sarah Adams, Alison Barrow, Chrissy Charalambides, Lynsey Dalladay, Elspeth Dougall, Larry Finlay, Gavin Hilzbritch, Katy Loftus, Kate Samano, Bill Scott-Kerr, Claire Ward und Bella Whittington.

Meinen Freunden bei St. Martin's Press, vor allem Kelley Ragland und Elizabeth Lacks.

Meiner fleißigen und unendlich geduldigen Agentin Anne-Marie Doulton und ihren gleichermaßen wunderbaren Kollegen Peter, Rosie und Jessica Buckman.

Nick Blake für die fantastischen Video-Trailer und meinem Sohn Hal dafür, dass er Barney Roberts (aus *Ihr Blut so rein)* zum Leben erweckt hat. Und schließlich Eleanor Bailey, die viel weiser ist, als es ihrem Alter zukommt.

Lust auf mehr Spannung von Sharon Bolton?

Dann lesen Sie hier weiter –
auf den nächsten Seiten finden Sie eine Leseprobe aus
Sharon Boltons nächstem Thriller:

Vier verschwundene kleine Jungen. Drei Geständnisse.
Zwei Lügner. Ein Killer.

»Krönen wir die neue Königin des Thrillergenres! Egal ob Mann oder Frau, jeder wird Sharon Boltons Romane lieben. Sie sind geradezu perfekt.«
The Huffington Post

Übersetzt von Marie-Luise Bezzenberger

Und Alt und Jung mit finsterm Blick
Kam auf mich zugegangen;
Den Albatros, den ich erschoß,
Hat man mir umgehangen.

Samuel Taylor Coleridge, *Der alte Matrose*

TEIL I – Catrin

Ich habe überlegt, ob ich wohl den Mumm habe zu töten. Ob ich einem lebenden Wesen in die Augen sehen und jenen einen, unwiderruflichen Akt durchführen kann, der ein Leben beendet.

Die Frage ist dann wohl beantwortet. Zu töten fällt mir nicht schwer. Eigentlich bin ich sogar ziemlich gut darin.

Tag 2
Dienstag, 1. November 1994

1

Ich glaube, unter den richtigen Umständen kann so ziemlich jeder töten, vorausgesetzt, er ist motiviert genug. Die Frage ist nur, bin ich schon so weit? Ich glaube schon. Weil ich in letzter Zeit nämlich anscheinend an nicht viel anderes denken kann.

Es ist eine Minute nach Mitternacht. In zwei Tagen ist der 3. November. Noch zwei Tage. Bin ich schon so weit?

Etwas bewegt sich. Nicht das Wasser um mich herum, das scheint erstarrt zu sein, sondern das Spiegelbild eines Vogels. Ich brauche nicht hochzublicken, um zu sehen, dass es ein Riesensturmvogel ist. Die Tiere sehen geradezu prähistorisch aus mit ihren fast zwei Metern Flügelspannweite und den riesigen, gekrümmten Schnäbeln. Sie folgen dem Boot oft, besonders wenn ich nachts draußen bin, und halten mit, egal, wie weit ich fahre oder wie schnell ich bin.

Im Augenblick mache ich gar keine Fahrt. Ich sitze im Cockpit und starre ein Foto von meinen beiden Söhnen an. Das tue ich bestimmt schon seit einer ganzen Weile, mir brennen nämlich die Augen. Ich kneife sie zu und zwinge mich dann wegzuschauen.

In der Ferne heben sich die Berge dunkel gegen einen etwas helleren Nachthimmel ab, und das Wasser, das mich umgibt, hat das Aussehen und die Beschaffenheit eines alten Spiegels: regungslos, hier und dort fleckig, nicht vollkommen durchsichtig. Manchmal tut er das, der Ozean, nimmt ein Wesen an, das ihm so überhaupt nicht entspricht, dass es einen ganz kurz kalt erwischt. Und man vergisst, dass man sich auf einem der rauesten, gnadenlosesten Meere der Welt befindet.

Ich liege vor der Küste der Falklandinseln vor Anker, einem

winzigen Archipel im Südatlantik, so weit von allem Wichtigen entfernt, so unbedeutend auf der Weltbühne, dass ihn jahrhundertelang so ziemlich niemand beachtet hat. Und dann wurde er zum Knochen, um den sich zwei vom eigenen Ego getriebene Hunde der internationalen Politik in die Haare gerieten. Ein paar kurze Wochen lang wusste der ganze Erdkreis Bescheid über uns. Das war vor über zehn Jahren, und die Welt vergaß es bald wieder.

Wir dagegen vergessen nicht und Argentinien auch nicht. Immer wieder mal, selbst zwölf Jahre nachdem sie den Hintern versohlt bekommen haben, wirft die argentinische Regierung scheele Blicke in unsere Richtung. Die Argentinier sagen, die Islas Malvinas gehören ihnen. Wir sagen: »Ihr könnt uns mal.«

Nicht, dass wir es so toll finden, das zu sein, zu dem wir geworden sind. Ein kostspieliger Luxus, einer der letzten verbliebenen Reste des britischen Empires. Wir sehnen uns nach Unabhängigkeit, nach einem Einkommen, um unsere Verteidigung selbst zu finanzieren. Diese Hoffnung ist dürftig. Und nie fühlen wir uns sicher.

Das Foto von meinen Söhnen ist verblasst. Jetzt sieht man es nicht so sehr, aber bei Tageslicht wird das Rot von Kits Jacke stumpfrosa aussehen, Neds gelbe Gummistiefel werden einen kränklichen Beigeton annehmen.

Um mich herum, auf dem Wasser, ist der gespiegelte Mond so regungslos und vollkommen, dass er glatt heil und unversehrt vom Himmel gefallen sein könnte. Ein kleines Stück vom Heck entfernt liegt er auf dem Wasser, so schmal und körperlos wie ein zarter Hobelspan. Sterne liegen wie Abfall um ihn herum, als habe sie jemand nach Gutdünken auf die Meeresoberfläche gestreut. In diesem fernen Winkel des Südatlantiks gibt es keine Lichtverschmutzung, und jeder Stern, der heute Nacht am Himmel steht, spiegelt sich genau unter mir im Wasser. Ich scheine von Sternen umgeben zu sein.

Als ich für kurze Zeit in den Städten der nördlichen Hemisphäre gelebt habe, wo die Sterne nur winzige Lichtpunkte und manchmal völlig unsichtbar sind, war es leicht zu vergessen, wie unermesslich zahlreich sie sind. Daheim werde ich jedes Mal, wenn ich nachts aufs Meer hinausfahre, daran erinnert, wie gewaltig groß der Himmel ist.

Ich stehe auf; genau weiß ich nicht, wie lange ich hier gesessen habe, aber ich weiß, dass ich noch ungefähr zwanzig Minuten zu arbeiten habe, ehe ich für heute Nacht fertig bin. Ich wechsle die Sauerstoffflasche aus, überprüfe den Druck, bringe Maske und Mundstück an ihren Platz und mache einen Schritt über den Rand des Hecks hinaus.

Augenblicklich legt das Wasser seine kalte Decke um mich, kühlt mich trotz des schützenden Neoprenanzugs ab, den ich trage, aber das macht mir nie etwas aus. Für mich ist das Teil des Akklimatisierungsprozesses, der Wandlung, die ich durchlaufen muss: vom Landwesen zum Meeresgeschöpf.

Das Wasser ist nicht tief, höchstens zwanzig Meter. Natürlich sollte ich nicht allein tauchen. Schon dadurch, dass ich allein auf dem Boot bin, verstoße ich gegen die erste Taucherregel, aber es ist niemand mehr am Leben, der entweder die nötige Autorität oder den nötigen Einfluss hätte, um mich daran zu hindern, und ich habe kein großes Interesse daran, mich zu schützen.

Ich schaue nach unten, sehe die Tauchleine abwärts führen und in der Dunkelheit verschwinden, dann lasse ich Luft aus meiner Weste ab und sinke. Einen guten Meter tiefer drehe ich mich herum und schwimme auf den Wald aus Kelp zu, der gerade unter mir in Sicht kommt.

Kelp – die meisten Leute sagen Seetang – wächst hier reichlich. Mit wurzelähnlichen Strukturen am Meeresgrund verankert, reckt er sich zum Licht empor; seine Wedel werden von gasgefüllten Blasen aufrecht gehalten.

Ein Schiff ist hier gesunken, vor langer Zeit, und mittlerweile ist das ganze Gebilde auseinandergebrochen und hat die majestätische Unterwasserarchitektur des Meeresbodens geformt. Riesige Holzstücke, von Meeresgetier bevölkert, ragen wie Unterwasserstädte vom Grund empor. Und über allem erhebt sich der Kelp, wie ein uralter Wald, nur in ständiger, anmutiger Bewegung.

Ich erreiche die Spitzen der Pflanzen und schwimme weiter abwärts. Bei Tageslicht und klarem Wasser wäre die schiere Leuchtkraft der Farben um mich herum verblüffend. Nachts, nur mithilfe meiner Lampe wahrgenommen, sind sie sanfter, gedämpfter. Das Senfgelb des Kelps, das Rauchblau des Wassers, das gelegentliche Aufblitzen von Rubinrot, wenn Krabben vorbeihuschen.

Ich sammle Seeigel, zu Forschungszwecken. Die Kelpwälder sind wichtige Laichgründe für Fische, aber seit Kurzem gehen sie zurück, und ein möglicher Verursacher ist der Seeigel, der an den Wurzelstrukturen nagt. Die Leute, für die ich arbeite, müssen wissen, ob hier eine neue, invasive Spezies ihr Unwesen treibt oder ob die normale Population einfach nur ein bisschen gieriger geworden ist. Fischereilizenzen zu verkaufen könnte für die Inselwirtschaft enorm lukrativ sein. Die Fische sind wichtig, also sind die Kelpwälder wichtig und meine Seeigel auch. Heute Nacht werden sie in Kühlbehältern auf meinem Boot gelagert, morgen früh bringe ich sie ins Labor in Stanley.

Ein paar Meter über dem Meeresgrund schwimme ich einen Pfad entlang, den ich mir bereits ins Gedächtnis eingeprägt habe. Viele Taucher mögen den Kelp nicht. Sie ekeln sich vor den glitschigen Pflanzen, die an ihnen entlangstreifen, sie fürchten die Momente, wenn sie sich wie Ranken um ihre Glieder schlingen. Ich mag das Gefühl der Geborgenheit, das die Kelpwälder mir geben. Es macht mir Spaß, verborgen zu sein, andere Lebewesen zu überraschen, manchmal auch selbst überrascht zu werden. Meine Sammelmissionen sind immer von mehr Erfolg gekrönt, wenn ich von Kelp umgeben bin.

Jäh wird mir klar, dass ich hier unten nicht allein bin. Der Kelpwald vor mir bewegt sich, und zwar nicht im sanften Takt der Wellen. Irgendetwas kommt auf mich zu. Sekunden später finden ein junger Seebär und ich uns praktisch Nase an Nase wieder. Er schaut mir in die Augen und schießt dann davon, verfolgt einen Fisch, der zu schnell ist, als dass ich erkennen könnte, um was für eine Art es sich handelt. Ich sehe zu, wie sie im Zickzack über den Meeresboden flitzen, doch das ungute Gefühl vergeht nicht.

Es geschieht binnen eines Augenblicks. Ein großer Schatten ragt über mir auf, das Wasser wird mit gewaltiger Wucht gegen mich gedrückt, und ein massiges Geschöpf schießt vorbei, hinter dem Seebären her. Sie treffen aufeinander. Ein heftiges Zappeln und Herumschleudern. Das Wasser brodelt vor Luftblasen, dann trennen sie sich wieder.

Der Neuankömmling ist ein Seeelefant, ein großes Männchen, über zwei Meter lang. Er ist viel langsamer als der Seebär, aber außerordentlich stark. Die beiden setzen zu einer verzweifelten Hetzjagd durch den Kelp an, und ich bin in Gefahr.

Normalerweise würde ein Seeelefant einen Menschen nicht angreifen, er würde nicht einmal einen großen Seebären behelligen – dieser jedoch ist ganz in seiner Jagd gefangen, getrieben vom Bedürfnis zu töten. Das Wasser um mich herum ist bereits vom Blut des jungen Seebären rot gefärbt. Wenn der entkommt und der Seeelefant mich sieht, dann könnte er rein instinktiv handeln. Ich erstarre und ducke mich tief in den Kelpwald, hoffe, dass die Jagd von mir wegführt.

Tut sie aber nicht. Der Seebär kommt genau auf mich zu; er will gerade in dem dichten Pflanzenwuchs Schutz suchen, als der Seeelefant über ihm auftaucht. Der Jäger schließt die mächtigen Kiefer um das Genick seiner Beute und schüttelt sie heftig. Binnen Sekunden hängt der Kopf des Seebären schlaff herab. Der Seeelefant schwimmt mit seiner getöteten Beute zur Oberfläche hinauf.

Und so macht man das. Schnell, brutal, ohne sich Zeit zum Zaudern oder Nachdenken zu lassen. So töten wir. Ich habe heute Nacht viel über den Tod nachgedacht, als ich oben auf der Wasseroberfläche gesessen bin, als ich da runtergetaucht bin. Über den Tod und die Fähigkeit der Menschen, ihn anderen zuzufügen. Über meine eigene Fähigkeit zu töten.

Schließlich stamme ich von einer langen Ahnenreihe aus Mördern ab. Mein Großvater, ein Mann mit dem passenden Namen Bartholomew Coffin, war einer der erfolgreichsten und skrupellosesten Killer, die dieser Teil der Welt jemals gekannt hat. Tag für Tag zogen er und seine Bande aus, jagten ohne Einhalten oder Erbarmen und sahen zu, wie die See sich vom Blut rot färbte. Natürlich hat Grandpa Wale getötet, keine Menschen – aber wie groß kann der Unterschied denn sein?

Als ich mein letztes Forschungsexemplar eingesammelt und eingetütet habe, bin ich auch bereit, wieder aufzutauchen. Ich liefere mir ein Wettrennen mit den Luftblasen um mich herum und kann Sterne ausmachen, als ich noch gut einen Meter unter Wasser bin. Dann tauche ich auf und kann einen Augenblick lang das Boot nicht finden. Während ich unten war, ist der Bann, der auf dem Ozean gelegen hat, gebrochen, und das Wasser ist wieder in Bewegung geraten. Wellen wölben sich rund um mich herum empor, und einen Moment lang verspüre ich scharfe Erregung. Ich bin ganz allein, weit draußen auf See. Wenn ich es nicht aufs Boot zurück schaffe, sterbe ich hier draußen. Schon seit einiger Zeit habe ich jetzt das Gefühl, dass mein Leben seinem Ende sehr nahe kommt. Ist es jetzt also so weit? Werde ich heute sterben?

Und dann ist es da, keine zwanzig Meter entfernt.

Queenie ist aufgewacht. Sie hopst an der Reling entlang

über das Deck und kläfft mich an, bis ich die Leiter zu fassen bekomme und mich hochziehe. Ich bücke mich, um sie zu streicheln, und tropfe sie dabei von oben bis unten voll. Sie rennt los und bringt mir das alte Handtuch aus ihrem Korb. Es ist voller Dreck und Hundehaare, aber gut gemeint war es trotzdem.

Queenie ist ein Staffordshire Terrier, sehr klein für ihre Rasse, ein kompaktes kleines Bündel aus Muskeln und seidenweichem Fell. Ihre Nase, die Beine und die Schwanzspitze sind weiß, der Rest jedoch ist so schwarz wie das, was in meinem Kopf ist. Sie ist vier Jahre alt, und ich schwöre, es gibt Momente, wo sie sich auch an die Jungen erinnert. Wo sie auch um sie trauert.

Ich lichte den Anker, werfe den Motor an und nehme Kurs auf Stanley in Richtung Süden. Dabei denke ich von Neuem an meinen Großvater. Heute Nacht scheinen meine Gedanken entschlossen zu sein, auf jenem düsteren Weg zu wandeln, wo verstohlene Pläne wie klammernde Wurzeln über den Waldboden kriechen, wo die finstereren Gefilde unseres Verstandes freie Bahn haben.

Grandpa Coffin, der Vater meines Vaters, war einer der größten Walfänger im Südatlantik. Er war der Letzte einer Dynastie aus Jägern zur See, die 1804 Nantucket verließen und etliche Monate später auf New Island in den Falklands anlandeten. Die nächsten zweihundert Jahre lang plünderten sie die Inseln und die See, die sie umgab. Die Meeres- und Inselfauna müht sich noch immer ab, sich von dem zu erholen, was Grandpa Coffin und seine Vorfahren angerichtet haben.

Er ist gestorben, als ich noch klein war. Schade.

Ich fahre in das ruhigere Wasser des Port William ein und justiere meinen Kurs neu, sodass ich einen gehörigen Abstand zu dem Kreuzfahrtschiff halte, der *Princess Royal.* Von jetzt an bis zum Ende des Sommers werden wir einen stetigen

Strom solcher Schiffe sehen, die auf dem Weg nach South Georgia und der Antarktis für ein paar Tage hier vor Anker gehen. Sie sind Fluch und Segen zugleich, die Hundertschaften von Touristen, die täglich an unseren Küsten anlanden, wenn ein Schiff im Hafen liegt, und wie jeden Segen lieben und verfluchen wir sie gleichermaßen. Heute Nacht scheinen die Leute auf dem Schiff angesichts der späten Stunde ungewöhnlich wach und laut zu sein, aber auf diesen Pötten kann mächtig gefeiert werden. Der Lärm der Partys dringt dann oft kilometerweit ins Landesinnere.

Unbemerkt von allen an Deck schlüpfe ich vorbei und halte auf den inneren Hafen zu. Es ist fast ein Uhr morgens. Bald werde ich Stunden zählen und nicht mehr Tage. Es gibt Dinge, die ich noch erledigen muss, Versprechen, die ich anderen gegeben habe, aber stets beschäftigt zu sein ist bestimmt eine gute Sache. Rasch schaue ich mich auf dem Boot um; ich habe dafür gesorgt, dass Treibstoff- und Wassertank immer voll sind. In einem verschlossenen Schapp ist ein Betäubungsgewehr, für den seltenen Fall, dass ich ein großes Säugetier sedieren muss. Und außerdem eine alte Pistole von meinem Großvater, für den Fall, dass Euthanasie die einzige Option ist. Beide sind voll funktionsfähig. Ich bin bereit.

Bereit herauszufinden, wie viel vom Blut meiner Vorfahren durch meine Adern strömt. Ich steuere durch The Narrows in den inneren Hafen und sehe sofort, dass aus meinen sorgfältig geschmiedeten Plänen vielleicht doch nichts werden wird.

Die Polizei wartet auf mich.

2

In der kurzen Zeit, die ich auf See war, ist hier irgendetwas passiert. Die meisten Bewohner der Falklandinseln leben in Stanley, aber es ist trotzdem eine kleine Gemeinde. Nur ungefähr zweitausend Menschen in so um die siebenhundert Häusern. Vor drei Stunden, als ich ausgelaufen bin, haben die winzigen Lichtpunkte von hundert oder mehr Kürbislaternen die Hügel gesprenkelt wie Sterne, jetzt aber sind sie alle ausgebrannt. Um diese frühe Morgenstunde sollte Stanley eigentlich in fast völliger Finsternis daliegen. Dem ist aber nicht so. Ich sehe ein Polizeiauto die Küstenstraße entlangfahren, und im Hafen funkeln noch mehr Blaulichter.

Es ist fast auf den Tag genau drei Jahre her, dass ich das letzte Mal in den Hafen eingelaufen bin und die Polizei mich erwartet hat.

»Es hat einen Unfall gegeben.« Drei Jahre später kann ich noch immer Bens Stimme aus dem Bordfunkgerät dringen hören, knisternd und zittrig. »Ned und Kit sind beide auf dem Weg ins Krankenhaus, aber mehr weiß ich nicht. Fahr so schnell wie möglich hin.«

Hastig beendete er die Verbindung, und ich malte mir das Schlimmste aus. Nur eben doch nicht das Allerschlimmste. Das konnte ich mir nicht gestatten. Ich stellte mir vor, wie sie Schmerzen litten. Ich stellte mir ihre kleinen, vollkommenen Körper zerschlagen und zerbrochen vor, zerschnitten von rasiermesserscharfem Metall. Den ganzen Weg bis nach Stanley hörte ich ihre Stimmen in meinem Kopf, wie sie nach Mummy riefen, nicht verstehen konnten, warum ich nicht da war, wenn sie mich am dringendsten brauchten. Ich malte mir abgerissene Gliedmaßen aus, Narben auf ihren hübschen Gesichtern. Nie stellte ich sie mir als leblose Leichname vor, die Seite an Seite im Leichenschauhaus lagen.

Im Klammergriff schlimmer Erinnerungen gebe ich zu viel Gas; ich sollte nicht mit solcher Geschwindigkeit in den Hafen einfahren. Hier gibt es Felsen, mehr als ein Schiffswrack, verborgene Hindernisse, die mein Boot in Stücke reißen können. Ich zwinge mich, Fahrt wegzunehmen, und warte darauf, dass auch mein Herzschlag und mein Atem langsamer werden. Beides erweist sich als schwerer zu kontrollieren als der Gashebel. Und doch muss ich den Schein des Normalseins wahren, des Zurechtkommens. Ein Weilchen muss die menschliche Hülle um mich herum noch halten.

Jemand wartet an meinem üblichen Anlegeplatz auf mich, einer von den ehemaligen Fischern, die inzwischen im Ruhestand sind. Er wohnt mit zwei Frauen in einem Cottage am Hafen; die Leute sind sich einig, dass es seine Mutter und seine Schwester sein müssen, doch wetten will niemand darauf. Er heißt Ralph Larken, hinter seinem Rücken auch Roadkill Ralph genannt. Als ich ihm die Heckleine zuwerfe, sehe ich, dass er unter seinem Ölzeug eine ausgeblichene gestreifte Pyjamahose trägt. Die Hosenbeine stecken in riesigen schwarzen Seestiefeln, und in dem merkwürdigen trüben Licht sieht er damit aus wie ein Pirat. Ich springe mit der Bugleine an Land. »Was ist denn los?«

»'n Kind wird vermisst.«

Ich starre ihn an und frage mich innerlich, wer von uns beiden es wohl laut aussprechen wird. Er tut es.

»Schon wieder eins.« Mit einem Kopfnicken deutet er auf eine Menschengruppe an der Hafenmauer. Ich kann Polizeiuniformen erkennen, jemanden in Militärkluft. »Die warten auf Sie«, sagt er. »Haben Ihre Positionslichter gesehen.«

Noch ein vermisstes Kind. Ich trieb noch immer haltlos im Strudel meiner eigenen Trauer, als das erste verschwand, vor etwas über zwei Jahren, aber ich weiß noch, dass die Leute sich erzählten, es sei ein schrecklicher Unfall gewesen, wenngleich einer ungeklärter Natur. Als das zweite verschwand, meinten dieselben Leute, wir hätten einfach fürchterliches Pech. Und jetzt ein drittes?

Jemand hat sich aus der Gruppe an der Mauer gelöst und kommt auf mich zu. Es ist diese junge Polizistin, die, die niemand ernst nimmt, weil sie so wahnsinnig jung und so wahnsinnig groß ist und weil sie sich anscheinend nicht rühren kann, ohne irgendetwas umzuschmeißen. Constable Skye McNair ist einer von den Menschen, von denen andere behaupten, sie würden sie gern mögen, weil sie ihnen leidtun und weil sie als mitfühlend gelten möchten. Ich habe niemandem etwas zu beweisen, also gebe ich zu, dass mich ihre Ungeschicklichkeit nervt.

Als ich sie jetzt kommen sehe, geht mir zum ersten Mal durch den Kopf, dass sie unheimlich lebendig aussieht. Ihr Haar, lang und drahtig und von exakt der Farbe frisch gekochter Orangenmarmelade, fliegt ihr um den Kopf, und ihr im Mondlicht papierblasses Gesicht verrät mir, dass sie angespannt und ziemlich aufgeregt ist. Ein paar Zentimeter um sie herum scheint die Nacht nicht ganz so dunkel zu sein.

»Catrin, entschuldigen Sie.« Sie ist viel größer als ich, beugt sich zu mir her und biegt sich dann ein wenig zurück, als hätte sie Angst, mich zu bedrängen. »Ich muss wissen, ob Sie heute Nacht da draußen noch jemand anderes gesehen haben? Irgendwelche Boote, die Sie nicht kannten?«

Ich sage Nein. Mehrere große kommerzielle Fischkutter haben den Hafen ungefähr zur selben Zeit verlassen wie ich, aber die kannte ich alle. Viele Inselbewohner fischen nachts, aber normalerweise in kleineren Booten, dicht an der Küste.

»Es tut mir leid, das ist bestimmt sehr schwer.« Skye weiß anscheinend nie, was sie mit ihren Händen machen soll. Im Augenblick wedelt sie damit herum. »Ich weiß ja, es ist fast genau die Zeit …«

Vor drei Jahren war Skye noch nicht da. Sie war in England auf der Polizeischule. Und doch weiß sie, dass sich in zwei Tagen der Tag jährt, an dem mir mein Leben verloren gegangen ist.

»Was ist passiert, Skye?« Ich schaue kurz zu Ralph hinüber, der Queenie streichelt. »Irgendwas von wegen einem vermissten Kind?« Ich sage nicht *noch einem* vermissten Kind. Das ist wohl nicht nötig.

»Eine von den Touristenfamilien.« Sie blickt sich nach der Menschenmenge hinter uns um. »Nicht vom Kreuzfahrtschiff. Sie sind selbst angereist, haben in einem von den Gästehäusern in der Stadt gewohnt. Mittags haben sie in der Nähe von Estancia gepicknickt. Die Kinder haben im Gras gespielt. Sie haben den Jüngsten aus den Augen verloren.«

Estancia ist eine Farmsiedlung, ungefähr dreißig Kilometer entfernt, an der südöstlichen Spitze einer großen Bucht.

»Er ist erst drei.« Skye sieht aus, als würde sie gleich losheulen.

Drei Jahre alt. Die beiden Kinder, die davor verschwunden sind, waren älter, aber nicht viel. Beides Jungen. Ein dreijähriges Kind, stundenlang von seiner Familie getrennt, ganz allein, mitten in der Nacht. Bestimmt friert er, hat Hunger und schreckliche Angst. Ist verlassen zu werden nicht die größte Furcht kleiner Kinder? Auf dieser Insel wird er sich nachts vorkommen, als sei er von der ganzen Welt verlassen worden.

»Wurde schon gesucht?«

Skyes Gesicht zuckt ein wenig, als sie sich zusammenreißt. »Wir hatten den ganzen Tag Leute da draußen im Einsatz. Und ein paar sind auch noch mal hingefahren. Callum Murray zum Beispiel. Er ist mit ein paar Männern aus den Kasernen losgezogen. Wir warten darauf, von ihnen zu hören.«

»Ist das da die Familie?« Ohne mir wirklich Mühe zu geben, erkenne ich die Mutter, eine rundliche, dunkelhaarige Frau von Ende dreißig. Ihr ganzer Körper wirkt wie nach innen gezogen, als hätte sie Angst, sie würde in Stücke gehen, wenn sie loslässt. Wenn ich näher herangehen würde, wäre jegliches Fleisch, das dort vielleicht einmal gewesen ist, aus ihrem Gesicht verschwunden, sodass nur noch über Knochen gespannte Haut zurückgeblieben sein wird, das weiß ich. Ihre Augen werden aussehen wie tot. Sie wird so aussehen wie ich.

Nur dass dort, wo es darauf ankommt, Welten zwischen uns liegen. Sie hat noch Hoffnung.

»Das ist die Familie.« Jetzt steht Skye anscheinend auf einem Bein. »Die Wests. Das Ganze wird echt schwierig, jetzt sind da auch noch Leute von dem Kreuzfahrtschiff zugange, und, na ja, ich will ja nicht unhöflich sein, aber die sind nicht gerade eine Hilfe. Anscheinend finden sie, wir sollten Häuser und Grundstücke zwangsdurchsuchen. Die wollen, dass wir ein Auslaufverbot für sämtliche Boote im Hafen verhängen, ab sofort. Können Sie sich vorstellen, was uns die Fischer erzählen, wenn wir sagen, sie können morgen früh nicht rausfahren?«

»Ich bezweifle, dass viele auf euch hören werden.« Autorität wird hier toleriert, aber nur bis zu einem gewissen Grad.

»Und die Angehörigen sind doch schon aufgelöst genug. Das Letzte, was die brauchen, ist, dass ihnen die Leute alle möglichen verrückten Ideen in den Kopf setzen.«

Ich bin versucht zu erwidern, dass die verrückten Ideen in Anbetracht unserer jüngsten Vergangenheit in Sachen vermisste Kinder wohl schon präsent sein dürften.

»Das ist alles ganz furchtbar.« Während Skye weiterredet und ich so tue, als würde ich zuhören, gehen wir auf mein Auto zu. »Seit neun Uhr sind wir zu fünf Vorfällen gerufen worden. Chief Superintendent Stopford versucht, die Kreuzfahrer alle wieder auf das Schiff zu schicken, aber die wollen nicht gehen, bevor der Kleine gefunden worden ist. Das wird eine schlimme Nacht.«

Da ich weiß, dass es von mir erwartet wird, murmele ich halblaut, sie solle mir Bescheid sagen, wenn ich irgendetwas tun kann, und verdrücke mich. Queenie springt ins Auto, und ich mache mich auf den Weg zu meinem Haus auf der Westseite der Halbinsel Cape Pembroke, einer winzigen Landspitze zwischen dem Doppelhafen von Stanley und dem Ozean.

Ich denke nicht an das vermisste Kind. Oder vielmehr, ich denke schon daran, aber nur insoweit, als es mich betrifft. Wenn für alle Boote ein Auslaufverbot verhängt wird, wenn sie durchsucht werden, macht das meine Pläne zunichte. Noch zweieinhalb Tage. Ungefähr sechzig Stunden. Bis dahin muss der Junge gefunden sein.

Ich nehme nicht den kürzesten Weg nach Hause. In manchen Nächten, für gewöhnlich, wenn der schwarze Nebel in meinem Kopf die Oberhand gewinnt, scheint mich irgendetwas zum Haus der Grimwoods hinauszulotsen. Immer nur nachts, wenn die Chance, die Familie zu Gesicht zu bekommen, fast gleich null ist, zieht mich irgendetwas dorthin. Heute Nacht fahre ich um die östliche Spitze von Stanleys Naturhafen herum auf das große Haus mit dem pfauenblauen Dach zu, das nach Osten über die Surf Bay hinausblickt. Ich werde langsamer, als ich um die letzte Kurve komme und die weiß getünchten Mauern sehen kann, die schwarzen Fenster, die niedrige Ginsterhecke, jetzt prallvoll mit gelben Blüten. Zu beiden Seiten des niedrigen hölzernen Gartentores steht eine Kürbislaterne, und in den kunstvollen, akkuraten Schnitzereien erkenne ich das Werk des Großvaters der Kinder. Früher hat er auch für meine Familie Kürbisse geschnitzt.

Jemand ist wach. Ich kann Licht in einem der oberen Fenster sehen. Peters Zimmer. Ich habe Peter, das jüngste Kind der Grimwoods, noch nie gesehen. Die letzten zweieinhalb Jahre hat er in meinem Kopf gelebt. Ich sehe ihn als dünnen, blonden kleinen Jungen vor mir, mit ovalem Gesicht, wie seine Brüder im selben Alter. Außerdem wird er wie sie die leuchtend blauen Augen seiner Mutter haben.

Ich war seit Jahren nicht mehr in dem Haus, seit Peter geboren worden ist nicht mehr; aber ich kenne Rachels Haus so gut wie mein eigenes. Peter ist wach, mitten in der Nacht, und Rachel wird bei ihm sein, wird ihren Körper schützend um seinen schmiegen und ihn sanft in den Schlaf wiegen. Sie wird den Geruch seines Haarschopfs einatmen, wird spüren, wie er an ihrer Brust zittert, und ihre Macht genießen, seine Ängste zu vertreiben.

In diesem Augenblick hasse ich sie so sehr, dass ich nur noch aufs Gaspedal treten und weiterfahren kann.

Ja, denke ich. Rachel zu töten wird mir leichtfallen.

3

Ich stoße die Tür meines Hauses auf und spüre sofort die Abweichung von der Norm. Irgendetwas ist hier – ein Geruch, das Echo eines Kicherns, eine minimale Veränderung der Atmosphäre. Winzige Anzeichen, aber unmissverständlich. Sie sind wieder da.

Leise schließe ich die Tür hinter mir und sehe mich um. Keine leuchtenden Augen in der Dunkelheit. Keine scharrenden Bewegungen, mit denen sich kleine Gestalten tiefer in den Schatten drücken. Ich drehe langsam eine Runde durch das altmodisch eingerichtete Zimmer und trete auf den Flur hinaus. Dabei bin ich zugleich wachsam und begierig. Es ist ein sonderbarer Hunger, dieses Bedürfnis, die Toten zu sehen.

In den drei Jahren seit dem Tod der Jungen haben sie mich immer wieder heimgesucht. Meine ich das wörtlich? Ich weiß es nicht genau. Ich bin Wissenschaftlerin, würde eher an Aliens glauben als an Geister, aber nach dem Unfall wurde ihre Anwesenheit im Haus binnen Tagen realer, zwingender als die meines Mannes oder irgendeines jener wohlmeinenden Mitmenschen, die gelegentlich auftauchten.

Die lebendigen Menschen gingen fort, aber die Jungen blieben, trieben immer wieder in mein Leben herein und wieder hinaus, mit der Zuverlässigkeit der Gezeiten, wenn auch nicht mit derselben Regelmäßigkeit. Immer dann, wenn ich es am wenigsten erwarte, sehe ich ihre Schatten hinter den Vorhängen, die Wölbung ihrer Körper unter den Decken auf den Betten, die ich immer noch nicht abziehen kann. Ihre

Stimmen, manchmal kichernd und geheimnistuerisch, ziemlich oft zankend, vermischen sich mit den Geräuschen aus dem Fernseher oder dem Radio. Ich fange einen Hauch ihres Geruchs auf. Jenen ganz besonderen erdigen Apfelgeruch, den Kits Haar einen Tag oder so nach dem Waschen annahm. Den ätzenden Mief von Neds Turnschuhen, wenn der Schuhschrank offen stand.

Sie sitzen nicht unten auf der Treppe oder hocken auf dem Sofa und starren den Fernseher an. Gut so, ich kann es nicht ausstehen, wenn sie das tun. Ich steige die Treppe hinauf. Das Treppengatter, das wir nie abgebaut haben, ist zu. War ich das? Warum sollte ich es zugemacht haben? Und doch kommt es selten vor, dass ich den Jungen zutraue, Einfluss auf ihre physische Umwelt nehmen zu können. Vielleicht ist hin und wieder ein Spielzeug verschoben worden. Ist eine Delle in einem der Betten zu sehen. Für beides könnte natürlich auch mein Hund verantwortlich sein.

Queenie steht unten in der Küche vor der Hintertür und winselt, wie immer, wenn die Jungen da sind. Ich habe keine Ahnung, ob sie ihre Anwesenheit auch spürt oder ob sie es einfach hasst, mich in dieser Stimmung zu sehen, aber ihre Besuche machen ihr Angst. Das ist schade, sie hat sie nämlich auch geliebt, aber Haustiere sind wohl keine Mütter.

Ich bin mir sicher, dass ich sie in Neds Zimmer finden werde, aneinandergekuschelt wie ein paar Welpen, aber die Gestalt, die ich erblicke, als ich die Tür aufmache, ist nur ein großer Teddy, der bäuchlings auf Neds Bett lieg. In Kits Zimmer sind sie auch nicht. Jetzt gehe ich schneller; ich ermahne mich, es ruhig angehen zu lassen, verspüre aber die normale Panik einer Mutter, die ihre Kinder nicht findet. Auch wenn es ihre toten Kinder sind. Mein Schlafzimmer ist leer. Oder scheint leer zu sein.

Sie verstecken sich.

Ich wünschte, sie würden das lassen, aber Verstecken war

eins ihrer Lieblingsspiele, als sie noch am Leben waren, und manchmal spielen sie das immer noch mit mir. Wieder mache ich mich daran, das Haus abzusuchen, diesmal richtig, und die ganze Zeit über wird die Gewitterwolke in meinem Kopf immer dichter und dichter. Ich öffne Schranktüren, ziehe Duschvorhänge zurück, schaue unter das Bett im Gästezimmer. Wenn ich ehrlich sein soll, hat dieses Spiel mir schon immer zugesetzt, selbst als ich wusste, dass ich am Ende der Suche zwei warme, starke Körper finden würde.

Ich bin wieder unten. Sie können nur draußen sein. Ich mache die Hintertür auf, und der Wind kommt hereingefegt, als hätte er nur darauf gewartet.

Sie sind nicht dort draußen. Ich kann spüren, wie sie davonschlüpfen. Zwei Laute sind durch den Wind hindurch zu hören, beide ein Aufstöhnen tiefster Traurigkeit. Eins von Queenie und eins von mir.

»Ned! Kit!«

Sie sind weg. Genauso, wie ich mir vorhin sicher war, dass sie da waren, bin ich mir jetzt ihrer Abwesenheit gewiss.

In meinem Kopf ist jetzt nur noch sehr wenig Licht übrig. Ich bin wieder oben, in dem kleinen Raum, der an mein Schlafzimmer grenzt und den ich als Arbeitszimmer benutze. Knie neben meinem Schreibtisch und hantiere mit der Schublade herum, die ich immer abschließe. Ich finde, wonach ich suche; ich sorge dafür, dass es stets scharf ist.

Unten fängt Queenie an zu heulen.

Einige Zeit später lichtet sich der Nebel. Mühsam stemme ich mich vom Teppich hoch und in den Schreibtischstuhl. Meine linke Hand blutet. Ich lege die Harpunenspitze wieder in die Schublade. Das Foto von Rachel zu meinen Füßen ist zu einer zerrissenen, zerfransten Fetzenmasse zerstochen und zerschnitten.

Ich bücke mich und werfe die Fetzen in den Papierkorb.

Ich habe noch mehr Kopien von demselben Foto. Fürs nächste Mal.

Ich bin so müde, dass ich kaum noch denken kann; ich muss unbedingt duschen und schlafen, aber irgendetwas hält mich hier fest, lässt mich meine verletzte Hand umklammern und die Wand anstarren. Den Rest des Hauses habe ich weitgehend so gelassen, wie es war, als die Jungen noch gelebt haben und Ben noch hier gewohnt hat, dieses kleine Arbeitszimmer jedoch ist im Laufe der letzten drei Jahre zu dem Raum geworden, in dem ich mich gehen lassen kann.

Überall an den Wänden hängen Fotos von Ned und Kit, manche gerahmt, die meisten einfach mit Reißzwecken angepinnt. Die Bilder, die sie in der Schule gemalt haben, sind auch hier. Kleine Urkunden aus dem Unterricht, sogar ein paar Babysachen, die ich behalten habe, das alles hängt als düstere Andenken-Montage an der Wand.

»Mein Gott, Catrin«, sagte Ben, als er noch einmal vorbeikam, um irgendetwas vom Dachboden zu holen. »Das ist kein Arbeitszimmer, das ist ein Schrein.«

An der Wand hinter mir jedoch hängt etwas anderes. Hier sind Fotos von zwei anderen kleinen Jungen, zwei dunkelhaarigen, dunkeläugigen Jungen, die verloren gegangen sind – ganz plötzlich und auf mysteriöse Art und Weise. Der erste, Fred Harper, ist während des Sportfestes auf West Falkland verschwunden, vor etwas über zwei Jahren, als meine Trauer noch frisch war, wund und nässend wie ein offenes Geschwür. Er war fünf Jahre alt.

Natürlich hatte ich von seinem Verschwinden gehört. Das Radio war tagelang voll davon gewesen, und Ben, der als Teil des medizinischen Betreuungsteams auf der Insel gewesen war, hatte sich an der Suchaktion beteiligt. Als ich die Geschichte in den *Penguin News* sah, begleitet von einem großen Porträtfoto von Fed, machte mein Herz einen Satz. Fred sah Kit so wahnsinnig ähnlich. Instinktiv schnitt ich das Foto aus, versteckte es und pinnte es schließlich an die Wand, zusammen mit allem anderen, was in den nächsten Wochen über ihn in der Zeitung erschien.

Vielleicht behielt ich die Artikel als eine Art Test meiner Menschlichkeit. Wenn Fred gefunden würde und ich mich freute, dann wäre das ein Zeichen, dass es noch Hoffnung für mich gab.

Und dann, etwa anderthalb Jahre später, verloren die Inseln noch einen kleinen Jungen. Der siebenjährige Jim Brown war zuletzt in der Surf Bay gesehen worden, wo Rachel wohnt. Ich kannte die Familie Brown einigermaßen gut; ich war mit Gemma, der Mutter befreundet gewesen, deren Tochter, Jimmys kleine Schwester, mit Kit in eine Klasse gegangen war. Ben kannte den Vater, er arbeitete im Krankenhaus als Laborant.

Als Jimmy verschwand, als die ganze Stadt tage- und nächtelang nach ihm suchte, während seine Familie immer tiefer in einer Art hektischer Verzweiflung versank, sagte mehr als einer zu mir, ich hätte wenigstens Gewissheit. Ich wüsste, was mit meinen Söhnen geschehen war, ich hätte sie begraben, angemessen um sie trauern können. Ein Privileg, das den Familien der Vermissten verwehrt sei.

»Ja, vielen Dank«, sagte ich zu einer Frau. »Ich bin wirklich froh, dass ich so viel Glück hatte.«

Seitdem hat sie nicht mehr mit mir geredet.

Unter den Fotos von Fred und Jimmy hängt ein anderer Zeitungsausschnitt, der nicht direkt mit den Jungen zu tun hat, der mich aber damals berührt hatte. Ein paar Monate nachdem Jimmy verschwunden war, als die Suche noch andauerte – wenngleich in kleinerem Rahmen und ohne echte Hoffnung –, schrieb der Chefredakteur der *Penguin News* einen Artikel über die Auswirkung, die vermisste Kinder auf eine Gemeinschaft haben, besonders auf eine kleine. Er sprach von einem kollektiven Gefühl der Schande, von dem

Glauben, dass für Kinder alle verantwortlich sind und dass es auf uns alle zurückfällt, wenn eins von ihnen zu Schaden kommt.

Der Artikel war nicht in Bezug auf meine Söhne geschrieben worden, aber ich fand trotzdem ein wenig Trost darin. Er ließ mich begreifen, dass Ben und ich und unser engster Kreis die Auswirkungen des Todes der Jungen nicht allein empfanden. Dass unser Schmerz auf gewisse Weise ein kleines bisschen geteilt wurde.

Der Verfasser, ausgerechnet Rachels Vater, hatte sich weiter darüber ausgelassen, wie verschiedene Kulturen mit vermissten Kindern umgehen. Er schrieb darüber, wie ihr Verschwinden rasch in der lokalen Folklore aufginge, wie sie zuerst als geisterhafte Erscheinungen und dann später in der mündlich überlieferten Tradition des Geschichtenerzählens auftauchten. Vermisste Kinder, führte er an, stehen hinter sämtlichen Märchen, in denen Kinder von Feen geraubt oder von Trollen und Hexen gefressen werden. Wir verarbeiten unsere Scham, indem wir sie auslagern. Indem wir übernatürlichen Mächten die Schuld geben.

Er hatte alte Legenden über Kinder ausgegraben, die hier auf den Inseln umgekommen waren, und sie mit realen ungeklärten Todes- und Vermisstenfällen in Verbindung gebracht. In fünfzig Jahren, behauptete er, würden Fred und Jimmy den Weg in die Mythologie der Falklands gefunden haben.

Ned, Kit, Fred und Jimmy. Meine kleine Sammlung toter Jungen. Wird es jetzt noch einen fünften geben, wird unsere kollektive Schande noch größer werden?

Ich beuge mich über den Schreibtisch und schalte das Radio an. Der Lokalsender ist heute länger auf Sendung als sonst. Das vermisste Kind heißt Archie West, erfahre ich. Er ist drei Jahre und zwei Monate alt. Nur ein klein wenig älter als Rachels Jüngster.

Nein, denk nicht an Rachel, nicht jetzt.

»Nur zur Erinnerung«, sagt der Sprecher, auch als Bill der Fischhändler bekannt, »Archie hat blonde Locken, braune Augen und ist kräftig gebaut. Als er das letzte Mal gesehen wurde, trug er ein Arsenal-Trikot, rot mit weißen Ärmeln, weiße Shorts und rote Stutzen. Wenn Sie glauben, ihn gesehen zu haben, melden Sie sich bitte sofort bei der Polizei. Okay, hier ist der Falklands Islands Broadcasting Service, und Bill Krill führt Sie die nächsten Stunden durch die Sendung. Es ist ein Uhr dreiundvierzig, und nicht vergessen, morgen früh – oder ich sollte wohl sagen, später am heutigen Tage – haben wir Ray Green von der Astronomy Society hier, der uns alles über die Sonnenfinsternis am kommenden Donnerstag erzählen wird: Wo man sie am besten beobachten kann, wie man Schäden an den Augen vermeidet und wie dunkel es auf den Inseln denn nun eigentlich werden wird.«

Blonde Locken und kräftig gebaut. In meiner kleinen Bildergalerie wird er auffallen. Meine vier verlorenen Jungen sind dünn und dunkel, wie so viele Inselbewohner.

Ich mache das Licht aus, gehe zum Fenster und blicke nach Westen.

»Bei mir hier im Studio ist Sally Hoskins«, verkündet Bill. »Eine Freundin der Familie; gerade hat sie uns erzählt, dass Archie ein lebhaftes, neugieriges Kind ist. Nicht wahr, Sally?«

Natürlich ist es für mich unmöglich, die Suchmannschaft auszumachen. Sie sind fast dreißig Kilometer weit weg, und es sind Berge dazwischen.

»Ja, Bill, das stimmt. Archie ist ein reizender Junge. Sehr fröhlich, hat nichts als Unsinn im Kopf. Er spielt gern Verstecken.«

Unten am Hafen sind weniger Lichter zu sehen. Bestimmt hat Skye die Passagiere doch noch überredet, auf das Kreuzfahrtschiff zurückzukehren.

»Und deswegen hat sich die Familie zuerst auch keine Sorgen gemacht?«

»Genau. Wir haben einfach gedacht, er versteckt sich. Das kann er stundenlang durchhalten.«

Ich kann gerade eben noch den Mount Tumbledown erkennen. Die Suche wird dahinter stattfinden.

»Wir haben alle über zwei Stunden nach ihm gesucht, bevor wir die Polizei verständigt haben.« Sallys Stimme im Äther kommt immer wieder ins Stocken. »Archies Eltern haben mich gebeten, allen für ihre Hilfe heute Nacht zu danken. Die Leute waren so toll. Haben suchen geholfen, haben ihre Häuser und Gärten abgesucht. Ich möchte einfach nur sagen: Bitte suchen Sie weiter. Und wenn Sie wissen, wo er ist, bitte tun Sie das Richtige. Bitte lassen Sie ihn zu seiner Familie heimkommen.«

»Sally, warum erzählen Sie uns nicht ein bisschen mehr über Archie?«, geht Bill rasch dazwischen. »Wir wissen, dass er gern Verstecken spielt. Was mag er denn sonst noch?«

»Ach, wissen Sie, Bill, er ist ein Riesenfan von Arsenal, wie eigentlich alle in seiner Familie. Er macht gerade so eine Phase durch, wo er nichts anderes anziehen will als seine Arsenal-Fußballsachen, und seine arme Mum muss die jeden Abend waschen, damit er sie am nächsten Tag wieder anziehen kann. Er kennt alle Fangesänge, und, also, ein paar von denen sind wirklich nicht für Dreijährige geeignet, aber was soll man machen?«

Ich höre nur halb zu, während Sally fortfährt, uns Archies Vorliebe für Popmusik zu schildern. Anscheinend kann er gar nicht still sitzen, wenn das Radio läuft. Und dass er nie eine Folge von »Power Rangers« versäumt.

»Und wenn jemand Archie bei sich hat, bitte tun Sie ihm nicht weh oder machen Sie ihm nicht irgendwie Angst«, sagt sie jetzt. »Wenn irgendjemand Archie entführt hat: Wir wollen ihn doch bloß wiederhaben. Bitte sagen Sie uns, wo wir ihn finden können. Bitte tun Sie ihm nichts.«

»Ja, okay. Also, vielen Dank, Sally. Aber ich denke, es lohnt sich, nur zur Erinnerung zu erwähnen, dass die Polizei davon ausgeht, dass der kleine Archie sich lediglich verlaufen hat. Darauf müssen wir uns jetzt konzentrieren, Leute. Ein kleiner Junge ist ganz allein losgezogen, und wir müssen ihn finden. Okay, hier ist Bill Krill, und Sie hören den Falklands Islands Broadcasting Service.«

»Herrgott noch mal, wie seid ihr denn drauf hier?« Sallys Stimme fährt heftig vor die Eröffnungstakte des nächsten Liedes. »Wie viele Kinder müssen noch verschwinden, bevor ihr …«

Sallys Stimme verstummt. Sie haben das Mikrofon abgeschaltet. Die Musik wird lauter: Der Reggae-Song, den wir gerade gehört haben, ist Archies Lieblingslied. Ich stelle mir vor, wie Sally sanft, aber bestimmt aus dem Hinterzimmer der Lokalzeitungsredaktion gelotst wird, wo der Radiosender ansässig ist. Eine andere Kultur, sage ich mir. Wenn in England ein Kind verschwindet, besteht die Standardreaktion darin, in Pädophilen-Panik zu geraten. Hier hoffen wir, dass der Kleine nicht in eine Seelöwenkolonie hineingetappt ist.

Drei verschwundene Kinder in ebenso vielen Jahren. Ganz schön viele, um sie den Seelöwen anzukreiden.

Ich höre ein leises Seufzen, das mir verrät, dass Queenie es für ungefährlich gehalten hat zurückzukommen. Sie springt auf mein Bett und kuschelt sich in die Kuhle zwischen den Kopfkissen. Ich mache das Radio aus und schalte den Computer an. Als er hochgefahren ist, schreibe ich die Notizen dieses Abends nieder und klicke dann auf das einzige Dokument, das ich mit einem Passwort schütze.

Bevor die Jungen ums Leben gekommen sind, habe ich nie Tagebuch geschrieben. Ich hatte nie das Bedürfnis, und mit einem Mann, zwei kleinen Kindern und einem Job, wo hätte ich da die Zeit dafür hernehmen sollen? Mein Leben war zu voll, als dass es nötig gewesen wäre, es zu dokumentieren. Jetzt, mit leerem Herzen und einem bedeutungslosen

Leben, ist es, als bräuchte ich diese regelmäßigen Berichte über mein Kommen und Gehen, meine Gedankengänge und meine emotionalen Jahreszeiten, um mich daran zu erinnern, dass ich noch existiere.

Ich beginne zu schreiben. Dabei schildere ich die Ereignisse des Tages immer in allen Einzelheiten, nicht weil ich echtes Interesse daran habe, mich daran zu erinnern, was ich bei der Arbeit tue, sondern weil das, was ich tue, mir dabei hilft zu ordnen, was ich empfinde. Es ist von allen mir möglichen Dingen das, was für mich einer Therapie am nächsten kommt, dieses tägliche Ausgießen von Elend und Wut. Hauptsächlich Wut, wenn ich ehrlich bin, die sich ausnahmslos gegen die Frau richtet, deren Fotografie zerfetzt im Papierkorb liegt. Die Frau, die früher meine beste Freundin war.

Ich war acht, als ich Rachel kennenlernte, und sie ein paar Monate jünger. Damals lief ich gerade einen Pfad entlang, der gerade eben breit genug war, dass ein Kind sich dort hindurchquetschen konnte, so dicht wucherte das Tussockgras. Plötzlich stieß ich auf ein kleines, mit Schmetterlingen verziertes Hinterteil, das sich himmelwärts reckte. Bestimmt hatte sie mich gehört, obwohl ich mich sehr leise bewegte, denn ohne sich umzudrehen, hob sie eine schmutzige Hand mit abgekauten Fingernägeln. Es war eine so gebieterische Geste, dass sie sofort das achtjährige Teufelchen in mir weckte.

»Was machst du denn da?«

Sie krabbelte rückwärts, bis ich ein kleines rundes Gesicht sehen konnte, mit großen blauen Augen, heller, sommersprossenfreier Haut und sehr langem Haar, dass ein klein wenig zu dunkel war, um blond zu sein. Ihre Augenbrauen schienen sich in der Mitte emporzuwölben, als wäre sie ständig verblüfft, und ihre Ohren standen vom Kopf ab wie die eines Elben.

»Dracheneier«, zischte sie mich an. »Kein Wort mehr!«

Verwirrt ließ ich mich in den Sand fallen und kroch neben sie. Sie starrte zwei cremegelbe Objekte an, jedes ein vollendetes Oval, ungefähr zehn Zentimeter lang. Das Nest eines Eselspinguins.

»Die gehören Ozmadschian.« Anscheinend war sie fest entschlossen, ganz leise zu zischeln, obwohl wir die einzigen beiden Menschen im Umkreis von einem Kilometer waren. »Einem sehr mächtigen Drachen. Sie wurde geboren, als das tausendste Herz gebrochen wurde, also ist sie sehr alt, aber Drachengedächtnisse sind auch nicht so wie unsere.«

Mit acht Jahren wusste ich, dass Eselspinguine oft im Strandgras nisten, dass die Mutter ihr Nest normalerweise nicht so lange allein lassen würde und dass sie sich wahrscheinlich wegen uns beiden nicht herwagte. Ich wusste, ich hätte eigentlich sagen sollen, dass wir weitergehen sollten, aber ich gebe es zu, das mit dem Drachen hatte mich neugierig gemacht.

»Echt nicht?« Ich schlug denselben gedämpften, geheimnistuerischen Ton an wie sie.

Sie schob sich näher heran, drängte sich mit der vollkommenen Unbefangenheit kleiner Kinder an meinen Körper. »Nein, Drachen können sich an alles erinnern, was vorher war, was jetzt passiert und was jemals noch kommen wird.«

Also, das gab mir zu denken. »Wir sollten wohl lieber gehen«, meinte ich. »Sie kann doch jeden Moment zurückkommen.«

»Oh, sie kommt nicht zurück. Die Eier bleiben hier, bis drei Monde zu- und wieder abgenommen haben. Dann tragen die schwarzen Adler mit den Saphiraugen sie davon und bewachen sie, bis die Zeit zum Schlüpfen gekommen ist. Das könnte morgen sein. Es könnte auch im nächsten Jahrtausend sein.«

Mit acht konnte ich damals fast vierzig verschiedene Vogelarten unterscheiden, die auf den Falklands nisten, der schwarze Adler mit den Saphiraugen jedoch war mir neu. Inzwischen frischte der Wind auf, trug Salzgeruch heran, und ich machte mir allmählich große Sorgen wegen der Pinguinmutter. Wenn Muttertiere zu sehr unter Stress geraten, kann es sein, dass sie ihr Nest im Stich lassen.

»Der nächste Neumond ist in fünf Nächten.« Ich wusste immer schon genau, was der Mond gerade tat, sogar als Kind. »Bis dahin bleiben sie hier. Wenn du willst, kann ich ja wiederkommen und nachschauen.«

Sie hockte sich auf die Fersen und betrachtete mich mit neuem Respekt. Plötzlich beneidete ich sie geradezu schmerzhaft um diese glänzenden blauen Augen. Es erschien mir nicht fair, dass jemand (ich) Augen haben sollte, so düster wie Gewitterwolken, und die von jemand anderem (Rachel) von so verträumtem Azurblau sein sollten wie das Meer an einem Sommermorgen.

»Wir kommen zusammen her«, verkündete sie. »Wo wir doch jetzt beste Freundinnen sind.«

Ich war mir nicht ganz im Klaren darüber, wie das gehen sollte; ich wusste nicht einmal, was sie hier machte – die Insel, auf der wir uns befanden, gehörte meiner Tante und meinem Onkel. Aber gegen die Idee, eine beste Freundin zu haben, hatte ich nichts einzuwenden. »Okay«, sagte ich.

»Ist das dein Haus?« Sie war aufgesprungen und zeigte auf das grüne Blechdach von Tante Janeys Farmhaus. Ich nickte, denn im Grunde genommen stimmte das. Ich wohnte den Sommer über dort, während meine Eltern arbeiteten.

»Habt ihr Eiscreme?«

Wieder nickte ich. Tante Janey sorgte immer dafür, dass sie alles auf Lager hatte, bevor ich kam.

»Dann komm.« Sie ergriff meine Hand, und wir rannten – sie war unglaublich flink auf den Beinen – durch das Gras, über die Koppel und auf den Hof der Farm.

Und das war's. Von diesem Tag an waren Rachel und ich

beste Freundinnen, brauchten einander mit einer leidenschaftlichen Innigkeit, die ich seither wohl nie wieder in einer Beziehung gefunden habe, glaube ich. Wir hätten unterschiedlicher nicht sein können. Sie sah ineinander geschachtelte Welten, durch Regenbögen aus endlosen Möglichkeiten miteinander verbunden. Ich sah Pinguineier. Und doch standen wir uns näher als Schwestern, denn diese Verbindung zwischen uns war eine, die wir selbst gewählt hatten. Näher als Liebende, denn Liebhaber kommen und gehen, und das, was wir hatten, war für immer. Sie war meine andere Hälfte. Der Sonnenschein auf den Felsen meiner schattigen Nische unter einem Baum. Der Dur-Ton unter meinen Moll-Akkorden. Sie war alles, was ich nicht war, und alles, was ich zu sein ersehnte, nur waren all diese Eigenschaften in ihr so viel besser, und das wusste ich. Sie und ich waren unzertrennlich, ganz gleich, wie groß die Entfernung zwischen uns war. Wir waren die Vergangenheit, das Jetzt und das Immer.

Bis zu dem Tag, als sie meine Söhne umbrachte.

Es ist fast vier Uhr morgens. Ich habe geschrieben, gedacht und nichts von beidem getan, und das sehr lange. Jetzt mache ich den Computer aus und gehe ins Schlafzimmer hinüber, um mich zu Queenie zu gesellen, als ich draußen ein Geräusch höre.

Dieses Geräusch kann ich nicht einfach ignorieren, kann nicht so tun, als sei es bloß das Wetter.

Genau kann ich nicht sagen, wann es angefangen hat. Es könnte schon Jahre so gehen, vielleicht ist es auch erst seit den letzten paar Monaten so – aber mehr als einmal, wenn der Wind aus der richtigen Richtung kommt, habe ich spätabends etwas gehört, das mich überlegen lässt, ob jemand draußen vor meinem Haus ist. Ich habe Bewegungen gehört, die nicht mit der Natur in Einklang zu stehen scheinen, ein Scharren, das von Schritten herrühren könnte. Ein paar Mal hat sich Queenie ziemlich aufgeregt, wollte unbedingt hinaus und verharrte dann doch nervös in der Tür, wenn ich sie aufmachte. Vor einigen Monaten, als die Abende dunkler waren, hatte ich das Gefühl, dass da draußen in der Finsternis Augen waren, die mich ansahen, bevor ich die Vorhänge zuzog.

Auf den Inseln schließt niemand seine Haustür ab, aber ich habe damit angefangen und bin jetzt froh darüber, denn das, was ich gehört habe, lässt wenig Raum für Zweifel. Da draußen ist jemand. Ich verlasse das Schlafzimmer, und Queenie schnarcht weiter. Sie spielt viele Rollen in meinem Leben, Wachhund jedoch gehört nicht dazu.

Unten trete ich ans Fenster, ohne Licht anzumachen.

Selbst für Falkland-Verhältnisse ist das Gelände um mein Haus herum ungewöhnlich. Es ist ein Monument, ein Freiluftmuseum, wenn man so will. Ein Walfangmuseum. Den Ehrenplatz nimmt der Schädel eines Blauwals ein. Er steht auf dem Rasen vor der Haustür, fast drei Meter hoch, mit klaffendem Kiefer, als sei er mitten im Schlingen erstarrt. Das fast vollständig intakte Skelett eines Schwertwals liegt ganz in der Nähe. Drüben am Zaun liegt das Rückgrat eines Pottwals, den Grandpa vor der Küste von South Georgia erlegt hat. Zwischen ihm und dem Haus ist eine Schule Delfinskelette verteilt. Den größten Teil der Sammlung hat mein Großvater beschafft. Auch die Waffen haben Grandpa gehört: die Harpunen und Leinen, die mächtige Harpunenkanone. Für die Botschaft des Museums jedoch ist ganz und gar mein Vater verantwortlich. Er hat das alles nicht zusammengestellt, um den Walfang zu verherrlichen, sondern um ihn zu verdammen. »*Über 2000 Wale wurden zwischen 1886 und 1902 mit dieser Kanone getötet*« steht auf dem Schild unter der Harpunenkanone. Dad hat sich zutiefst für die Verheerungen geschämt, die seine Vorfahren auf See angerichtet hatten. Er hat sich sein ganzes Leben lang bemüht, das Gleichgewicht wiederherzustellen.

Das Geräusch, das ich vor einigen Sekunden gehört habe, war ein Klappern von mehreren Metallgegenständen, die umgefallen sind. Irgendjemand hat die Walspeere umgestoßen, die drüben bei der Ginsterhecke stehen.

Ein Schatten huscht vor dem Umriss des Orcagerippes vorbei, und ich schiebe mich näher an die Tür heran, bis ich die große dunkle Gestalt ausmachen kann. Als ich die Silhouette erkenne, beruhigt sich mein Herzschlag allmählich. Und geht dann aus einem ganz anderen Grund wieder schneller. Ich sehe zu, wie der Mann in meinem Garten erst einen Speer wieder aufstellt und dann noch einen, ehe ich die Tür aufschließe und sie öffne.

»Bisschen spät für Süßes oder Saures.« Die Worte sind heraus, bevor ich Zeit habe zu überlegen, ob sie klug sind.

Callum Murray stellt den letzten Speer wieder an seinen Platz und dreht sich um. »Ich hab Licht bei dir gesehen. Und ich dachte, ich hätte dich im Garten gesehen. Wollte sicher sein, dass du okay bist.«

Darauf antworte ich nicht. Wozu auch? Ich werde nie okay sein. Dann hören wir ein Pferd wiehern. Was eigentlich nicht sein sollte, hier in der Nähe werden nämlich nirgends Pferde gehalten.

»Hört sich an, als ob da gerade jemand dein Pferd klaut.« Ich mache wohl einen Scherz; ich habe Callum noch nie zu Pferd gesehen, und ich bezweifle, dass es auf den Inseln eins gibt, das groß genug ist, um ihn zu tragen.

»Ich bin zu Fuß gekommen.« Er geht zum Rand des Gartens hinüber und schaut auf die Straße hinunter. Das Pferd muss außer Sichtweite sein, denn er verliert rasch das Interesse und kommt zurück. »Bist du okay?«, fragt er hartnäckig.

Callum Murray ist kein Kelper. Er ist Schotte, hat als Second Lieutenant beim Fallschirmjägerregiment im Konflikt mitgekämpft. Als er das Regiment verließ, nicht lange nach dem Sieg der Briten, hat er sich ein Cottage ein paar Kilometer außerhalb von Stanley gekauft. Wenn ihn die Leute fragen, ob er für immer hierbleibt, sagt er, er hält sich alle Optionen offen.

»Habt ihr das Kind gefunden?«, frage ich – mehr, weil ich das Bedürfnis habe, etwas zu sagen, als weil ich es mir nicht denken könnte.

In seinen Augen spiegelt sich das Licht des Schlafzimmerfensters im ersten Stock. Bei Tag sind sie ungewöhnlich, das Resultat einer genetischen Besonderheit, die als Iris-Heterochromie bekannt ist und wegen der sein rechtes Auge blau ist und sein linkes grün. Bei Mondlicht jedoch sind diese merkwürdigen Augen nichts weiter als ein Lichtschimmern. »In vier Stunden geht's wieder los«, sagt er.

Ein Geräusch in der Ferne kommt mit dem Wind auf uns zu. Ein Hubschrauber nähert sich.

»Wahrscheinlich ist er okay.« Ich versuche, die Worte so klingen zu lassen, als sei es mir wichtig. »Der ist bestimmt rumgelaufen, bis er erschöpft war, und hat sich dann irgendwo zusammengerollt und ist eingeschlafen. Morgen früh findet ihr ihn bestimmt.«

»Das will ich verdammt noch mal hoffen. Vorhin wurde das Ganze ziemlich hässlich. Hauptsächlich deswegen sind wir auch noch mal los, damit sich die Lage beruhigt.«

Warum tut er das? Warum ist er hier, in den frühen Morgenstunden, und tut so, als hätte ich auch nur das leiseste Interesse daran, was um mich herum geschieht? Ich sollte einfach ins Haus gehen, die Tür zumachen. Abschließen. »Skye hat irgendwas davon gesagt, dass die Leute von dem Kreuzfahrtschiff Schwierigkeiten machen.«

Callums Blick zuckt zum Himmel hinauf, dann wieder zu mir herab. »Die waren noch das kleinste Problem. Fred Harpers Familie ist heute Nachmittag mit dem Flugzeug rübergekommen. Die machen Stopford die Hölle heiß, weil er vor zwei Jahren so schnell aufgegeben hat.«

»Aber so was passiert doch nun mal«, sage ich. »Die Farmer verlieren doch andauernd Schafe; die bleiben im Torf stecken und versinken ganz einfach. Oder sie fallen von den Klippen, und die Flut schwemmt sie mit. Ponys und Kälber fallen in die Flüsse. Wenn sie klein genug sind, werden sie mitgeschwemmt. Hin und wieder gehen auch mal Menschen verloren. Das ist furchtbar traurig, aber es passiert eben. Das hier ist doch kein Nationalpark.« Ich will nicht belehrend klingen, aber Callum macht es mir auch nicht leicht.

Der Hubschrauber, ein Sea King, ist über uns, hängt in der Luft, so wie Libellen über Teichen verharren. Der trockene, torfige Geruch der Hügel, so anders als der des Meeres, scheint in Callums Jacke zu hängen. Mir fällt wieder auf – wie immer, wenn er in der Nähe ist –, wie enorm groß er ist.

»Gehört das Ding da direkt über uns auch zu der Suchaktion?«, erkundige ich mich. »Wenn da nämlich was rausfällt, ist das hier kein guter Platz zum Rumstehen.«

So nahe bei Callum, das kann kein guter Platz zum Herumstehen sein.

»Die haben gewartet, bis wir fertig sind«, sagt er. »Damit wir die Suchgeräte nicht durcheinanderbringen.«

Der Sea King fliegt weiter, nachdem sich die Crew vergewissert hat, dass keiner von uns beiden ein dreijähriger Junge ist. Callum und ich sind wieder allein.

»Ich gehe dann mal ein bisschen schlafen.« Damit drehe ich mich um, gehe wieder hinein und schließe die Tür ab. Erst als ich weiß, dass er mich nicht mehr sehen kann, gestatte ich mir, mich zu entspannen, und lehne mich schwer gegen die nächste Wand. Er ist zu Fuß hergekommen? Warum sollte er das tun? Callums Haus ist mindestens sechs Kilometer von meinem entfernt.

Oben schnarcht Queenie weiter, als ich das Licht ausmache und zum Fenster schleiche. Callum wendet sich gerade zum Gehen, als hätte er darauf gewartet, dass das Licht